人民文学出版社

中国古代小说演变史

ZHONG GUO GU
DAI XIAO SHUO
YAN BIAN SHI

齐裕焜　主编

图书在版编目(CIP)数据

中国古代小说演变史/齐裕焜主编.—北京:人民文学出版社,2014(２０２５．２重印)
ISBN 978-7-02-010549-6

Ⅰ.①中… Ⅱ.①齐… Ⅲ.①古典小说—小说史—中国 Ⅳ.①I207.409

中国版本图书馆 CIP 数据核字(2014)第 160253 号

责任编辑　葛云波
装帧设计　赵　迪
责任印制　宋佳月

出版发行　人民文学出版社
社　　址　北京市朝内大街 166 号
邮政编码　100705

印　　刷　北京建宏印刷有限公司
经　　销　全国新华书店等

字　　数　580 千字
开　　本　710 毫米×1000 毫米　1/16
印　　张　33.25　插页 3
印　　数　8001—9000
版　　次　2015 年 7 月北京第 1 版
印　　次　2025 年 2 月第 4 次印刷

书　　号　978-7-02-010549-6
定　　价　45.00 元

如有印装质量问题,请与本社图书销售中心调换。电话:010-65233595

序

吴小如

自鲁迅《中国小说史略》问世迄今,已经过去了四分之三个世纪。尽管研究我国古代小说的论著汗牛充栋,而从小说史的框架方面看,却始终没有超越《中国小说史略》的藩篱。而且半个世纪以来,以通史的形式来写一部新的中国古代小说史,不仅数量微乎其微,质量也不够理想。近十年来,海内外对我国古代小说中几部名著的研究工作确有较大突破,但古代小说史的撰写却仍付阙如。现任教于福建师大中文系的齐裕焜同志,是六十年代北大中文系毕业的研究生,治古典小说颇有成就。他从前年起,便带着两位硕士研究生开始撰写这部《中国古代小说演变史》,这是一次有创造性的尝试。由于我曾忝为裕焜的研究生导师,他在本书草创伊始便嘱我为他们通审全稿。我认为他们这项工作很有意义,尽管自己早已不从事这方面的研究,还是不揣冒昧地答应了。几十万字读下来,实在获益非浅,很想把个人的读后感介绍给本书的读者。这就是我为本书写序的动机。

这书的特点之一是从体例上突破了《中国小说史略》的框架,却又未背离撰写一般通史的原则。在对古代小说进行分门别类的同时,使读者仍能看出时间上的发展顺序,真正落实了"演变"的前因后果。当然,有些小说是各种题材的融合体,在分类过程中很不容易为它们找到恰当的归属,因此本书的分类未必对每一部作品都区划得十全十美,无懈可击。但这部《中国古代小说演变史》毕竟是从新的角度来观察、考虑问题的,能给人以多方面的启发。我个人在审读书稿时,就感到它的内容既有纵向发展的脉络,也有横向联系的轨迹,实际上作者们只想在我国古代小说领域中尽量做到点、面、线的结合。可以说,这确是一次大胆而有新意的尝试。

特点之二是书中所论列的各类小说涉及范围甚广,有许多一般小说史和小说论著中从不谈起的作品,本书都提到了并给予它们以适当评价。这就使读者耳目一新。我们做学问,总希望后来人"青出于蓝"、"后来居上"。但前人在著述中也要给后人铺平道路并指明走向,让后人有"出蓝"、"居上"的机会才行。此书在这一点上对读者恰好起到了开拓视野和引导方向的作用。假令我们的研究工作者一编在手,据此而按图索骥,说不定会有更多更新的发现。我在审稿过程中确实也增长了不少知识,学到了许多新东西,因而深感到古人说的"教学相长",真是经验之谈。单凭这一点,便足以证明裕焜同志和他的两位助手不仅曾下了不少功夫去读书,而且还经过缜密思考和严格选择,才写成这部内容丰富的《中国古代小说演变史》的。

特点之三是本书对于几部长篇古典巨著如《三国演义》《水浒传》《儒林外史》《红楼梦》等,都做出了更有深度和说服力的新的评价。当然,由于撰稿之人非一,在评价每一部名著时也各具特色。如对《三国演义》和《水浒传》,是在近年来现有科研成果的基础上百丈竿头更进一步的;而对《儒林外史》和《红楼梦》,则由于撰写人对作家与作品做了深刻细致的钻研分析,因之得出了仿佛出人意外、而实际上却是有根有据的新的结论。这三个特点恰好证实了我上面的话,这部《中国古代小说演变史》在撰写中确是力求做到点、面、线三方面统筹兼顾,既有述也有作,而且是从"述"中体现了"作"的。

但这部《中国古代小说演变史》也并非无疵可指。首先,由于书成于众手,无论是文章的立意还是文字的风格,都未能完全统一。其次,既然全书由几个人分工撰写,而每位作者的素养和兴趣自然有深浅多寡轻重之别,因而对其所必须撰写的那一部分内容,在章节之间也难免有畸轻畸重的地方。然而话说回来,一部书即使由一个作者来写,应该是"一家之言"了,也还不免出现此处精彩纷呈、彼处平淡无奇的现象,何况是由几个人撰写的集体著作呢!

最后,我想谈谈裕焜同志和他的两位助手。我和裕焜谊属师生,情同益友。将近三十年的交往使我深感裕焜同志不仅由衷地尊师重道,而且热心地奖掖后进。在治学的态度上也是不苟同异,对别人的意见既不武断也不盲从的。比如他对《金瓶梅》的看法,就同我本人不一样,并不因为由我审读全稿便有所曲从。这是很难得的。助手之一陈惠琴同志肯好学深思,写文章有才华,但欠老练,思路敏捷却有时爱标奇立异。另一位助手包绍明同志,则文风朴实无华,立意力求平正。这两位都是大有前途的青年学者。裕焜执教高校也已二十余年,能得天下英才而教育之,使我这日趋衰悖的老友由衷感到欣慰。对于这部《中国古代小说演变史》,我仅仅做了一次通审工作,但通过读文章,却更多地对裕焜及其两位弟子有所了解,也是一大收获。古人为某一著作写序,往往对写书的作者更为重视,因为作品出于作家手笔,二者必不可分割。我于序末作此赘言,读者或亦能有所鉴谅乎!

  1989年12月,写于北京大学中关园寓所

目 录

序 ·· 吴小如 1

绪 论 ·· 1

第一章 文言小说 ·· 20
  第一节 概述 ·· 20
  第二节 志怪小说 ······································ 28
  第三节 轶事小说 ······································ 54
  第四节 传奇小说 ······································ 86
  第五节 《聊斋志异》 ································ 112
  第六节 《阅微草堂笔记》 ·························· 128

第二章 白话短篇小说 ······································ 133
  第一节 概述 ·· 133
  第二节 宋元小说话本 ································ 138
  第三节 "三言"和"二拍" ·························· 147
  第四节 李渔的白话短篇小说 ······················ 161
  第五节 明清其他白话短篇小说 ··················· 168

第三章 历史演义小说 ······································ 177
  第一节 概述 ·· 177
  第二节 《三国演义》 ································ 182
  第三节 列国志系统的历史演义小说 ············· 199
  第四节 隋唐系统的历史演义小说 ················ 204
  第五节 其他历史演义小说 ·························· 215

第六节　明末清初的时事小说 ………………………………… 220
第四章　英雄传奇小说 ……………………………………………… 229
　　第一节　概述 …………………………………………………… 229
　　第二节　《水浒传》 ……………………………………………… 231
　　第三节　《水浒传》的续书 ……………………………………… 246
　　第四节　杨家将系统的小说 …………………………………… 254
　　第五节　《说岳全传》等民族英雄传记小说 ………………… 260
　　第六节　以帝王发迹变泰为题材的小说 ……………………… 267
　　第七节　其他英雄传奇小说 …………………………………… 273
第五章　神怪奇幻小说 ……………………………………………… 277
　　第一节　概述 …………………………………………………… 277
　　第二节　《西游记》 ……………………………………………… 282
　　第三节　《西游记》的续书 ……………………………………… 298
　　第四节　《封神演义》 …………………………………………… 306
　　第五节　历史幻想化的神怪奇幻小说 ………………………… 312
　　第六节　民间故事演化的神怪奇幻小说 ……………………… 320
　　第七节　《绿野仙踪》 …………………………………………… 326
第六章　婚恋家庭小说 ……………………………………………… 335
　　第一节　概述 …………………………………………………… 335
　　第二节　《金瓶梅》 ……………………………………………… 337
　　第三节　《醒世姻缘传》《歧路灯》等家庭小说 ……………… 355
　　第四节　才子佳人小说 ………………………………………… 370
　　第五节　《红楼梦》 ……………………………………………… 388
　　第六节　《红楼梦》的续书 ……………………………………… 418
　　第七节　狭邪小说 ……………………………………………… 428
　　第八节　儿女英雄小说 ………………………………………… 440
第七章　社会讽喻小说 ……………………………………………… 445
　　第一节　概述 …………………………………………………… 445
　　第二节　魔幻化的社会讽喻小说——《斩鬼传》等 ………… 451
　　第三节　《儒林外史》 …………………………………………… 459

第四节　《镜花缘》……………………………………………… 478
第八章　公案侠义小说 ……………………………………………… 488
　第一节　概述 ……………………………………………………… 488
　第二节　公案小说 ………………………………………………… 493
　第三节　公案侠义小说 …………………………………………… 501
　第四节　武侠小说 ………………………………………………… 509

主要参考书目 ………………………………………………………… 517
编后记 ………………………………………………………………… 520
修订本后记 …………………………………………………………… 522

绪　　论

在源远流长的中国文学史上，与诗歌、散文相比，小说和戏曲是晚出的。可是，在我们这样一个历史悠久的国度里，即使产生较晚，从"粗陈梗概"的魏晋小说算起，至今也有一千七百多年的历史了。在这漫长的岁月里，产生了数量众多的作品。据朱一玄等编著的《中国古代小说总目提要》(人民文学出版社2005年版)从先秦到清末，文言小说部分收二千一百九十二种；白话小说部分收一千三百八十九种①。在小说这一百花园中，各类小说争奇斗艳，其中不乏杰构佳作，放射出璀璨的光彩，成为我国以至世界文学的瑰宝；有的虽是二三流作品，但也以各自的特色，把百花园装点得绚丽多姿。无可讳言，也有不少杂草，但它也可以转化为肥料，使奇花异草更加繁茂葱茏。整理与总结中国古代小说这份丰厚的文化遗产，对于弘扬民族优良传统，提高民族自信力，建设中国特色的社会主义文化都是十分必要的。

在绪论里，我们想对中国古代小说发展的轨迹和特点作粗略的描述，对中国小说史研究的状况进行简要的回顾，也许对读者了解中国古代小说的概貌和本书编写的意图会有所帮助。

一、中国古代小说的分期

中国古代小说中文言小说和白话小说是互相影响、又自成体系的两大系统。文言小说从魏晋时代起，绵延不断，伴随中国古代社会走完了它的历程。白话小说起步较晚，但从宋元时代开始，就如长江大河，汹涌澎湃，波澜起伏，到了五四运动前后又演进为中国现代小说，奔突喧腾，富有强大生命力。

文学的发展，既要受到社会政治、经济、文化的影响和制约，又有文学特别是小说自身发展的规律。根据中国社会发展的阶段和古代小说的发展情况，我们把中国古代小说的发展分为六个时期：

---

① 石昌渝主编的《中国古代小说总目》(山西教育出版社2004年版)收文言小说2904种，白话小说1251种。

1. 准备期(从远古至先秦两汉)

神话传说、寓言故事、史传文学等,是我国最早的叙事文学。它们虽然不是小说,但从思想上、题材上、语言艺术的表现方法上为后来小说的产生和发展作了多方面的准备。

2. 成熟期(魏晋至唐)

魏晋时代是个动乱的年代,封建专制统治相对薄弱,各种"异端"思想得到了发展,老庄思想和外来佛教也日趋兴盛。于是,魏晋南北朝时代,志怪志人小说产生了,它们渐渐从野史杂传中分离出来,开始走向独立的文学形式,展现了中国小说的雏形。但它们仍然没有最终摆脱依附历史著作的状态,作家还不是有意为小说,形式也比较简单,只是"粗陈梗概"而已。

到了唐代,随着经济的高度发展,各类文学作品的普遍繁荣和中外文化交流的结果,古代小说开始成熟,成为独立的文学形式——传奇体小说。唐传奇的作家是有意为小说,自觉地进行想象和虚构,作品从记录神怪异闻,转向描写现实的社会人生;篇幅加长,描写细致,情节曲折,人物形象也较鲜明,是成熟的短篇小说,是我国文言小说的一座高峰,对后代文言小说和白话小说都产生了巨大的影响。

3. 转变期(宋元)

宋代城市经济十分繁荣,市民阶层不断壮大,说唱文学由唐代主要宣扬佛经的"变文"、"俗讲",发展到"说话"。宋元话本在中国小说史上承前启后,标志着中国古代小说发生了根本性的转变。这种转变表现在以下几个方面:一是从文言小说向白话小说转变。虽然文言小说仍在继续发展,但白话小说成为古代小说的主流。二是从短篇小说向长篇小说转变。白话短篇小说日益成熟,而由话本发展起来的章回体小说开始崛起,成为我国长篇小说的唯一形式,逐渐成为古代小说中的主力军。三是民间艺人大量参加小说创作,并与专业作家结合。四是小说题材从描写文人生活,转向对社会生活的全面描写,小手工业者、城市平民、小商人等成为作品的主人公。五是小说由史传体向说唱体发展。宋元以前的小说主要接受史传文学的影响,从宋元时代起开始了说唱体小说的新阶段,中国古代小说的民族形式和风格都与说唱文学的特点密切相关。

标志着这个历史转变阶段的是宋元短篇话本和在话本基础上发展起来的《三国演义》与《水浒传》。这两部杰作虽然成书于元末明初,但它的基本骨架却是在宋元时代形成的。

4. 繁荣期(明代)

明代初年,农业生产有一定恢复,经济得到发展,但是,政治上强化君主专制,社会思想遭到禁锢,商品经济受到压抑与摧残,宋元时期发展起来的市民文学受到打击,明代开国后的一百年,小说几乎处于一片空白的断层时期。到明代中叶,政治上的严峻形势开始缓解,商品经济渐趋活跃,市民意识重新抬头,以李贽、三袁、冯梦龙为代表的进步思想家、文学家,反对理学,提倡人性的解放,重视小说、戏曲创作,生气勃勃的思想启蒙运动有力地推动着小说创作的发展;印刷业十分兴旺,为长篇小说的出版创造了良好的物质条件。于是明嘉靖、万历年间到明末,小说创作出现了繁荣的局面,《三国志演义》《水浒传》得到广泛传播,《西游记》《金瓶梅》和"三言"等白话短篇小说集是这个时期的代表作。神怪奇幻小说、婚恋家庭小说成为小说的主潮。这个时期,中国古代小说又发生了重大的变化,就其总体趋向来说,是从文人与群众相结合的创作转向作家个人创作;从说书体小说向文人创作小说过渡;从描写历史、颂扬英雄转向描写市井细民;从惊心动魄的政治军事斗争转向日常生活的细腻描写;从类型化的人物典型向个性化的人物典型过渡;长篇小说从线性结构向网状结构发展;英雄主义、理想主义转向写实主义、暴露文学;作家的主体意识、作家的思想情感在作品中有较多的显现,作品的个人风格更加鲜明。

5. 高峰期(清初至清中叶)

清王朝的建立,使明代中叶发展起来的商品经济遭到打击,君主专制制度进一步强化,思想文化上的高压政策,使清初的小说创作出现了短暂的沉寂局面。康熙的晚期,商品经济再度发展,市民意识重新抬头,顾炎武、王夫之、黄宗羲等人所倡导的启蒙运动又推动着小说的发展,小说创作在康熙晚年到乾隆年间再次出现高潮。文言小说在唐传奇之后,虽然并未断线,但没有取得突出的成就,而在清初,《聊斋志异》异峰突起,成为文言小说的又一座丰碑。《聊斋志异》是清代小说繁荣的先声。接着《儒林外史》和《红楼梦》出现,把中国古代小说发展推向了高峰,达到前所未有的成就。这个时期小说的新特点是:从对封建政治黑暗的揭露,转向对封建文化的认真反思;作家把自己的生命熔铸在艺术作品中,作家个性更为鲜明;人物形象达到高度个性化;在封建社会即将解体前夕,作家已敏锐感到时代的变化,反映个性解放思想的新人物出现了;对封建社会已经失望,作家带有更浓重的困惑和感伤的情绪。

1840年鸦片战争爆发,中国社会发生了根本性质的变化,从封建社会变为半封建半殖民地社会。但是,小说创作却没有立即反映这种变化,从1840年到1898年戊戌变法,近代小说尚未出现,这时期兴盛的公案侠义小说和狭邪小说是古小说的余波。所以,我们把虽然出现在1840年以后,但仍属于古小说范畴的作品也在这个时期介绍。

6. 演进期(1900—1911)

近代小说的出现,实际上是在1898年戊戌变法之后,即从1900—1911年,算是近代小说时期,也就是古小说终结演进为近代小说的时期。由于资产阶级改良主义和资产阶级民主革命的发展,时代的变革需要小说,于是小说创作又一次大繁荣,出现了数以千计的创作小说和翻译小说。近代小说从内容上反映着反帝反封建的斗争,提倡改良主义或资产阶级民主革命;从艺术上说,逐渐接受西方小说影响,在继承古代小说传统的同时,在人物、结构、语言方面都有重大的变化。这个时期,可以不算为中国古代小说的一个时期,把它们作为现代小说史的一部分也许更为恰当。

二、中国古代小说发展中的几个问题

每个民族的文学都与这个民族的社会、文化、心理密切相关,具有独特的民族传统。只有确立自己民族文学的主体地位,发扬民族优良传统,在这个基础上吸收外来文化的优点,才能使民族文学在世界文学的百花园中独放异彩,为世界文化作出独特的贡献。拒不吸收其他民族文化的长处,抱残守缺、故步自封,本民族的文学也就不能丰富和发展;否定自己的民族传统,全盘吸收,也会使民族文学失去特色,丧失民族文学在世界文学之林中的独特地位,也会使世界文学的百花园变得单调和乏味。

中国古代小说有着鲜明的民族风格和民族气派。造成中国小说迥异于西方小说的主要原因是:1、以儒家为主,儒道佛互相融合与碰撞的政治伦理思想;2、注重纂修历史和史传文学的影响;3、说唱文学的影响;4、中国富有民族特色的其他文艺形式如诗歌、戏曲等的融合、渗透。由于这些因素的影响与作用,使中国古代小说在下列几个方面,表现了鲜明的民族特色。

1. 创作思想

儒家哲学思想把本体论、认识论始终融合在道德论中,强调道德修养和个人对社会的责任;它的文艺思想强调"诗言志""文以载道",倡导文学的教化作用。因此,小说作家在作品中总是按照善与恶、忠与奸、正与邪的道德观念来塑造人物,达到文艺的教育作用。

历史学家编纂历史,也是要在历史著作中树立完美的理想人格,作为后代的楷模。史传文学的传统,深刻地影响着小说创作。

在儒家思想影响下,民间说唱文学也是强调"喻世""警世""醒世"的教化作用。同时,强调文学作品的娱乐作用,"寓教于乐""娱目醒心",通过"娱目"达到"醒心"的目的。

"诗言志","文以载道",戏曲的"不关风化体,纵好也枉然"等等,这就是中国文学的传统,在这样浓厚的教化至上的氛围里,小说创作是难以例外的。

由于上述原因,中国古代小说始终密切关注现实社会,把重大社会问题作为中心题材,把塑造"仁人志士"形象作为小说的神圣使命。不容讳言,这使古代小说中一部分作品成为封建说教的工具,而丧失其艺术魅力;强调封建道德,抹杀了人物灵魂深处的矛盾与斗争,而使人物类型化、模式化、绝对化。

但是,儒家思想虽是封建伦理思想,但它在历史上也有进步意义,特别是当作品中所歌颂的事业是正义的事业时,那些忠于国家,为保卫民族利益赴汤蹈火,为社会的公正而刚毅不阿、不懈斗争的,都与历史的进步潮流、与人民的利益相一致,因而起着教育人民、鼓舞人民的作用,受到人民的欢迎。同时,中国古代小说在创作过程中,许多作品有广泛的群众基础,因此,人民群众的思想情感深深地渗透在人物形象中,当时人民群众还不可能用其他语言概念来表述他们的道德观念,也只能借助"忠、孝、节、义"这些概念来表述自己的道德理想。因此,在小说"劝善惩恶"中,人民也强烈地寄托着自己的理想与情感。

随着商品经济的的发展,市民阶层的壮大,具有初步民主思想的启蒙运动兴起了。先进的思想家、文艺家虽然还不能完全摆脱儒家思想的束缚,但却对神圣的道德规范提出了大胆的挑战,他们笔下的主人公已不是全忠全孝的"仁人志士",而是"离经叛道"的浪子;已不是封建社会的进取者,而是冷眼旁观人;他们并不想为封建王朝建功立业,显身扬名,而是带着悲观迷惘的情绪,离开那即将坍塌的大厦,在佛道思想中寻找自我解脱的道路。《儒林外史》《红楼梦》这些作品已逐步摆脱封建教化思想的影响,走向抒写作家心灵、抒写作家对人生、对社会的切身感受的新路。

2. 作品题材

中国古代小说,特别是章回小说,在题材方面的特点是重大题材多,历史题材多,因袭继承现象多。

中国古代小说题材相对集中,大体可以归为历史演义、英雄传奇、神怪奇幻、婚恋家庭、社会讽喻、公案侠义这六类。如果再概括一些,可以归纳为讲史(包括历史演义、英雄传奇、公案侠义),世情(包括婚恋家庭、社会讽喻),神怪(包括志怪和神怪奇幻)三种。

中国古代小说重大题材多,与儒家思想密切相关。儒家思想是以伦理化、政治化为特征的,注重封建社会的秩序化,追求人格道德的完善化,关心人伦关系的规范化,因而,选择重大题材是作家的神圣使命。作家相当自觉地把他们的视线集中在关系国家命运、世风道德等重大问题上,因而历史演义、英雄传奇、婚恋家庭、神怪奇幻、公案侠义小说就应运而生了。即使神怪奇幻小说,与佛教道教的流行有关,但仍以儒为主,儒佛道三教合一,"言诞而旨正",通过神怪奇幻故事,达到教化的目的。当然,在其他各类小说中,也常渗透着因果报应、归隐避世的佛道思想,反映出三教合一与互相碰撞的思想影响。

中国古代小说历史题材多,与注意编纂历史的传统有关。中国有着编写史书的传统,而《史记》等历史著作在中国有着与儒家经典同样崇高的地位,因而"史贵于文"的价值观念使我国的古代小说出现了把历史通俗化的历史演义小说,出现了取材于历史的英雄传奇和公案侠义小说。即使是以现实生活为题材的小说,也往往要假托历史,以抬高自己的身价。而作为小说源头的神话传说,早就被历史化和政教化了,因而神怪奇幻小说中存在着大量把历史幻想化的作品。

在封建社会里,人民大众深受封建制度的压迫,他们在现实生活中深切感受到国家的前途、民族的命运与个人的命运是息息相关的,国家统一,政治清明,人民才能安居乐业。因此,关怀国家命运,反对外族侵略,歌颂明君贤相,颂扬英雄侠客,希望淳朴和谐的人际关系,是人民愿望的表现,也是"说话"的集中题材。

中国古代小说题材的特点,使古代优秀小说总是引导读者关心国家前途、民生疾苦、社会正义,而不要沉溺于个人情感的狭小天地里;总是在作品中高扬着爱国主义、集体主义、英雄主义的主旋律,鼓舞人民为美好前途而斗争,而不要消极颓废、意志消沉。当然,中国古代小说中也有些作品成为宣扬封建道德的教科书,既毒化人民,又扼杀了作品本身的生机,这些作品是中国古代小说的支流,自然而然会逐渐被历史所淘汰。

中国古代小说题材相对集中,因袭现象比较严重。有的同一题材在不同类型的作品中重复出现;有的题材由戏曲传给小说,由小说输送给戏曲,互相影响;有的同一个题材,在同类作品中不断重复,出现相似模式的作品和层出不穷的续书。这些情况都影响了中国古代小说的发展,因而虽数量多而精品不多,书名虽异而雷同者众。

中国古代小说题材的走向,从总体上说是从取材历史走向取材现实生活。讲史、神怪类小说,由于多取材于历史或笔记小说等书面材料,因而因袭现象严重;而世情类取材于现实生活,所以在《金瓶梅》之后,还能继续发展,出现了《儒林外史》《红楼梦》等巨著。

3. 人物塑造

中国古代小说的人物塑造,经历了从实录到虚构、从类型化人物到类型化典型、从类型化典型到个性化典型的发展过程。

唐以前的小说,还属于记述怪异和实录人物言行的阶段,没有自觉地创造人物形象。到了唐传奇,开始自觉进行艺术虚构,在故事情节开展中注意刻画人物。但是,人物刻画还服从于故事情节的叙述,人物个性不够鲜明,小说人物还处于类型化阶段。到了宋元话本出现,注意把故事情节的曲折开展与人物个性的刻画统一起来,在类型中有了个性。在宋元话本基础上产生的《三国演义》《水浒传》创造了一系列光辉的类型化典型形象。这些作品把惊心动魄、复杂曲折的故事情节与人物塑造结合起来,用浓墨重彩、渲染烘托的手法夸张人物的主要性格特征;用粗线条勾勒和工笔细描结合的办法在类型中显示不同的个性;用传奇性的细节刻画人物个性以展现人物个性的不同侧面;用中国绘画、戏曲中独具的洗练手法"略貌取神",突出人物精神特质,以达到传神的目的等等,使这些类型化典型具有强烈的故事性、鲜明的倾向性,高度的理想化和突出的个性特征。它们具有永久的艺术魅力,是深受中国大众喜爱的艺术典型。

这些类型化的典型人物,是中华民族文化传统的产物,体现了我国古代人民以古拙雄浑为美的审美趣味,要求和谐与整一的古典美学原则。这些典型人物没有西方小说中人物"灵"与"肉"的搏斗,没有忏悔与赎罪意识,没有人格的分裂。我们不能以西方小说为标准,来贬低英雄人物的典型意义。

当然,我们对这些类型化典型的肯定,并非要肯定古代小说中存在的大量类型化人物。那些类型化人物其主要缺陷就是只有类型没有个性;粗线条勾勒多于工笔细描,个性消失在共性中;只注意故事情节的惊险曲折,而没有把故事情节与人物刻画有机地统一起来。因此,他们只是类型而不是典型,千人一面,苍白无力。我们必须把类型化典型与类型化人物区别开来,而不要笼统用"类型化"来贬低《红楼梦》以前的中国小说。

我们肯定中国古代小说中类型化典型,是根据历史主义的原则对艺术典型进行审美价值评价,并没有把它绝对化、神圣化的意思。应该看到这种类型化的典型是一定历史阶段的产物,体现着政治化的道德观念,比较适合表现重大题材而不太适合表现日常生活;比较适合表现英雄人物而不太适合表现细民百姓;比较适合表现雄浑粗豪的风格,不太适合表现细腻温柔的情感;存在着简单化、绝对化的倾向,不利于表现生活的复杂性。因此,随着社会生活的发展和中国古代小说艺术经验的积累,从《金瓶梅》开始,中国古代小说进入更高的发展阶段,以《儒林外史》《红楼梦》为代表,小说表现了前所未有的广阔复杂的社会生活;对人物性格进行了多层次、多侧面的揭示,使我国古典小说人物塑造达到个性化典型的成熟阶段。当然,我国古代小说中个性化的典型人物仍然有着鲜明的民族特点,其气质神韵迥异于西方小说中的典型人物,而具有中华民族的特有风采!

4. 结构与语言

西方是先有长篇小说,后有短篇小说,而中国则相反,先有短篇后有长篇,因而,中国古代小说的结构也不同于西方小说。

文言小说深受史传文学特别是《史记》的影响。《史记》的体例分则为独立的人物传记,合则为通史。这种体例被后代史家奉为圭臬,"自此例一定,历代史家遂不能出其范围"(赵翼语)。从唐传奇开始到《聊斋志异》,大部分文言小说都是传记体,基本上是《史记》中人物传记的体例。

白话短篇小说的结构除受史传文学影响外,更重要的是由"说话"艺术特点所规定的。为适应听众心理和口味,就要有头有尾,追求故事的完整性,交代人物出身、经历和结局,这就造成白话短篇小说基本上也是人物传记的体例。

总之,无论文言或白话短篇小说都是纵向地顺序地讲述人物的一生中几件重大事件,有头有尾,而少有西方短篇小说那样横切人物片段生活,甚至只描写一个瞬间的心理活动。

长篇小说一部分由"讲史"发展而来。"说话"艺人依据的重要材料是史书,受《史记》分为传记合为通史体例的影响,"说话"艺人要把长篇故事分若干次讲完,一次讲述一个故事,这就造成"讲史"话本基本上是把短篇故事联缀在一起的体例。长篇小说另一部分由"小说"演变而成,这类长篇小说更是短篇连缀体。总之,中国初期长篇小说如《三国志演义》《水浒传》以及《西游记》都是短篇连缀的体例,或称为线性结构。到了《金瓶梅》出现,长篇小说才摆脱了线性结构,发展为网状结构。它以一个家庭为圆心,通过家庭内外关系的描写,将触角伸向社会的各个角落,织成了生活的巨网,全面反映了当时的社会生活。《红楼梦》更创造出波澜壮阔、自然和谐、完整统一的艺术结构,犹如"天然图画",把网状结构发展到更高级更成熟的阶段。

史传文学是历史学家为历史人物作传,"说话"是说书人讲述人物故事。因此,中国长短篇小说基本都是第三者叙述,而极少有第一人称的写法;大多是顺序叙述人物和事件,较少运用倒叙、插叙手法。这是中国小说叙事方法的特点,也影响了中国小说的结构。

文学是语言的艺术,民族语言是构成文学作品民族特色的最重要因素。中国古代小说在语言方面有着得天独厚的优势,首先,存在文言小说和白话小说两大系统。文言小说语言的精练、准确,白话小说语言的生动活泼,可以互相吸收,互相融合。其次,群众创作与文人创作相互结合,相互学习,既有民间语言的丰富矿藏,又有文人创作的锤炼加工,使小说语言达到炉火纯青的地步。第三,中国是具有悠久文化传统的国度,诗、文、词、曲以及历史著作、哲学著作在语言方面都有着辉煌成就,为小说语言的成功奠定了坚实的基础。

由于上述原因,中国古代小说在语言上的突出成就是:群众化、通俗化、口语化;精练准确而又丰赡多采;典雅秀丽而又泼辣幽默;人物语言摹影传神,惟妙惟肖;小说语言的风格多姿多彩,百花齐放。《红楼梦》达到古代小说语言成就的高峰。它广采博取,兼收并蓄,熔各种文体(诗、词、赋、曲、偈、铭、诔)于一炉,集文言白话成就之大成,形成以北方口语为基础而又高度加工提炼的文学语言,成为我国规范化的书面语言。"五四"以来,现代文学的语言大师们基本上是继承了《红楼梦》所代表的文学语言传统而创造发展的。

5. 融合与发展

中国古代小说的独特民族形式、民族风格,它的繁荣发展,除了上述诸因素外,还应考察其内部发展演变的情况。

中国古代小说可分为几种类型,它们以共同的题材和表现方法为基本特征,有着比较严格的规范,但又是不断融合演变的。它演变的方式,基本上是同类小说的纵向延伸和不同类型小说的横向融合两种方式。

同类小说的纵向延伸,又可分为演变与扩大两种情况。首先说演变:如婚恋家庭小说从《金瓶梅》发轫,然后直接发展为家庭小说《醒世姻缘传》《歧路灯》等;演变为才子佳人小说;它的消极因素发展为猥亵小说。而家庭小说、才子佳人小说又融合成《红楼梦》,才子佳人小说直接发展为狭邪小说;家庭小说、才子佳人小说又与侠义小说结合发展为儿女英雄小说。其次我们说扩大:一种办法是直接的续书。续书多是中国古代小说的特有现象,几乎所有古代有影响的作品都有续书,如《水浒后传》《续西游记》《续金瓶梅》《续红楼梦》《小五义》等等;另一种办法是由一人扩大为家族,由一个家族扩大为另一个家族。如隋唐系统小说中的罗成扩大为罗家将;薛仁贵扩大为薛家将;北宋初年边境战争小说由杨业扩大为杨家将,又扩大为杨家女将;由杨家将又扩大为狄家将、呼家将等等。

以上两种情况基本上都属于同类小说之间的延伸、演变、发展;另一种情况,则是不同类小说的横向融合,产生新的品种或新的风格。公案小说与侠义小说结合为公案侠义小说,就是产生了新的品种。而更多的是在保持一类小说基本模式的同时吸收融合另一类小说的写法,产生新的风格。历史演义融入英雄传奇、神怪奇幻小说的写法,产生了《禅真逸史》《禅真后史》这类小说。在婚恋家庭小说崛起之后,历史演义、英雄传奇、神怪奇幻小说中多融入婚恋家庭小说的成分,使它们在保持其原有特性基础上,更贴近现实生活。基本上属于神怪类的《绿野仙踪》在神怪奇幻小说的框架中更多地反映人情世态,而其主要价值恰恰在于描写人情的部分。《水浒后传》直接继承《水浒传》,基本上是英雄传奇小说,但其中渗入才子佳人故事,体现了随着时代变化,英雄传奇小说中妇女观的变化,也使英雄人物更具人情味。属于历史演义的《梼杌闲评》用魏忠贤、客印月的婚恋为主线贯串起来,具有才子佳人小说的格局,更富有浪漫色彩。

小说创作受商品化的推动,当一种题材小说普遍受到欢迎时,说书人、作家和出版商千方百计将它们延伸、扩大,造出众多续书,以满足读者和听众的需要;当听众和读者对同一模式的小说感到腻烦的时候,说书人和作家就绞尽脑汁,在原有模式的基础上,糅合进其他因素,使它花样翻新,别有情趣。正因为如此,续书多,因袭题材多,大同小异多,就成为古代小说的特点。古代小说数量之多令人吃惊,但精品之少却令人遗憾。这就造成这样一种现象,《三国演义》《水浒传》《西游记》之后,历史演义、英雄传奇、神怪奇幻小说数量很多,却没有一部作品能与它们相颉颃,更不必说超过它们了。

《红楼梦》是人情小说,它在《金瓶梅》之后取得了伟大的成功。这是因为曹雪芹把自己切身的经历、自己的性格、自己的灵魂,融化在作品中,在批判地继承前人成就的基础上,创造出震古烁今的杰作。这说明,单凭题材的因袭、延伸,作品难以成功;只靠题材、写法上的融合、借用,也不易创造出杰作,只有生活与作家的感情发生火一样关系的时候,文艺作品的生命才会燃烧起来。

三、中国古代小说研究的回顾

在中国古代,正统文学是诗歌和散文,而小说是不能登"大雅之堂"的"闲书",小说家命运也极为悲惨。相当多的作家没有留下姓名,不少作品在作家生前无力梓行,只靠抄本流传。小说不被重视,当然小说理论也不发达。中国古代小说家很少有创作理论,极少有人为自己的作品写过序跋;明中叶以前,只有零星的小说资料的记载而没有系统的小说研究;到了明中叶以后,才有李贽、袁宏道、冯梦龙、金圣叹、毛宗岗、张竹坡、脂砚斋诸人为小说写的序跋和评点文字,但没有出现体系严密的小说理论著作。小说引起整个社会的重视,那是到了晚清才开始的。但当时对中国古代小说还没有展开系统的研究,小说史的编撰还无从谈起。因此,小说史学成为一门学科是在20世纪逐步创立和发展的。古代小说研究成绩斐然,蔚为大观,并形成世界性的影响,是20世纪古代文学研究领域中最引人注目的变化。

20世纪至今,中国小说史学研究可分为三个时期。

第一个时期(1900—1949)。这是传统的学术范式向现代学术范式转变,中国小说史学建立的时期。

传统的小说研究是以为小说作序跋和小说评点为基本方法的。这种方法主要包括对作品的社会批评、道德评判与艺术欣赏。它是直观式、领悟式、随感式的,基本上局限于对特定作品的批评鉴赏,还没有小说史研究的观念和格局。

从传统的学术范式向现代学术范式转变,最突出的代表人物是梁启超和王国维。梁启超等人为推动政治改良运动,借鉴西方的经验,十分强调小说的社会作用,把小说作为推行维新的工具。1902年梁启超在《论小说与群治之关系》一文中正式提出了"小说界革命"的口号,把小说提高到空前重要的地位。梁启超强调小说的政治功能,有浓厚的功利主义色彩。梁启超的观点影响很大,大大提高了小说的地位,但其政治解读模式也有负面影响,小说研究忽视了审美导向,影响了它的学术品格。

与梁启超政治解读方式不同的是王国维。他用西方哲学观点来评论中国小说。1904年他发表了《红楼梦评论》,以哲学和美学作为文学批评的理论基础,认为《红楼梦》揭示了人生悲剧,是"文学的",因而具有美学的、伦理学的价值。他的研究具有鲜明的文学研究的学科性质,是小说史学研究转向现代学术范式的标志。

与此同时,开始了小说史的研究。约在1905年黄人编写了《中国文学史》讲义,小说在其中占有一定的地位;1907年王钟麒的《中国历代小说史论》开始了中国小说史的研究。"五四"运动使中国思想文化界发生了深刻变化,在民主与科学精神推动下,在文学方面形成的新思想和新方法,促进了小说史的研究。最杰出的代表人物是胡适和鲁迅。胡适用历史考证的方法,以本事考辨与版本校勘为基础,贯穿着历史进化的观念和母题研究的思路,对作家的家世、生平和生活遭遇进行考证;从故事的演进以及母题变化来理解中国章回小说的演变,取得丰硕的成果。1920年的《水浒传考证》,1921年的《红楼梦考证》,直至1925年的《三侠五义序》,为中国小说史研究作出重要的贡献。鲁迅1920年底开始到北京大学讲小说史,注重小说资料的收集整理。《古小说钩沉》《唐宋传奇集》《小说旧闻钞》为小说史的写作奠定了坚实的基础。1923年底和1924年中,《中国小说史略》分上下册出版。首创了小说史的理论框架和编撰体例,勾勒出中国小说发展的基本轮廓,建立起比较科学的体系,产生了重大而深远的影响。

本时期小说史研究的进展,主要表现在以下三个方面:

1. 小说史的编撰掀起热潮。除鲁迅的《中国小说史略》外,先后出版的还有张静庐的《中国小说史大纲》(1920)、范烟桥的《中国小说史》(1927)、阿英的《晚清小说史》(1934)、郭希汾的《中国小说史略》(1934)、谭正璧的《中国小说发达史》(1935)、郭箴一的《中国小说史》(1939)等。

阿英的《晚清小说史》开创了小说断代史的写作,成为研究晚清小说的奠基之作。其他小说史都没突破鲁迅小说史的体例,有的只是鲁迅小说史的简单模仿和改编。

2. 古代小说文献研究取得较大成绩。孙楷第1932年出版的《日本东京所见小说书目》、1933年出版的《中国通俗小说书目》,是小说版本目录学方面的重要成果,是以后治小说者不可或缺的工具书。郑振铎除收集、考证古代小说方面的成就外,对几部长篇章回小说的演化作了细致的考察和梳理,取得引人注目的成果。赵景深、谭正璧、王古鲁、孔另境、叶德均、王利器、刘开荣、冯沅君、戴望舒等为小说文献研究作出重要贡献。有的省吃俭用,费尽周折,千辛万苦地把散佚在国外的古代小说影印回来;有的对古代小说进行比较系统的整理、考证,为小说史的研究作了扎实的基础性工作。

3. 对几部小说名著和小说史中的若干重要问题作了较为深入的探讨。如俞平伯、茅盾、李辰冬、王昆仑等对《水浒传》《红楼梦》、古代神话等方面的研究。

这个时期,由于西方哲学思想、文学理论的影响,在二三十年代,以进化论的观点为基础进行小说史研究;四十年代由于马克思主义的影响日益深入,社会历史批评的方法逐步盛行。研究方法的改变,科学性、系统性、实证性得到加强,中国小说史研究的现代学术范式建立起来了。

这个时期中国社会处在激烈的震荡之中,学者处境艰难,难以潜心研究,重大课题也无力进行,小说史研究处于比较零碎、分散的状态,研究还不深入。

第二个时期(1949—1976)。这个时期以反映论为基础的社会历史批评成为小说史学研究的主流,名著研究逐步深入,文献整理更为系统,而小说史著作比较稀少。

在本时期近三十年的时间跨度内,50年代前期和60年代前期成果较为丰硕;50年代后期和1963年以后,由于政治运动的冲击,古代小说研究比较冷落;而1966年至1976年十年"文革"期间则陷于停顿状态。

全国解放后,古代文学研究者努力学习马列主义、毛泽东思想,以反映论为哲学基础,运用社会历史批评的方法研究古代小说,根据"存在决定意识"的原理,着力研究不同时代的经济、政治对小说创作的决定性影响,注重对古代小说作家的阶级属性及其世界观进行分析,坚持"政治标准第一,艺术标准第二"的原则来评价古代小说,强调挖掘古代小说的现实意义。

这个时期运用社会历史批评的方法对《水浒传》《红楼梦》等名著进行研究,从一个侧面大大深化了对古代小说思想内容的研究;运用典型理论,分析了古代小说人物形象的文化意蕴和审美特征;努力探讨古代小说的民族形式,运用古代小说理论中"白描"、"传神"、"虚实"、"春秋笔法"等概念对作品进行分析,取得较好的成绩。何其芳、吴组缃、董每戡、聂绀弩、范宁、刘修业、吴小如、何满子、徐士年、许政扬、周汝昌、吴世昌、吴恩裕、李希凡、蒋和森、程毅中、郭豫适、袁世硕、刘世德、戴不凡等一大批学者的研究论文和著作，对古代小说名著和小说史上的若干问题进行较深入的探讨，取得相当可观的成绩。

这个时期古代小说的文献资料工作继续取得新的进展。俞平伯的《脂砚斋红楼梦辑评》，在评注搜集方面开创了良好的先例。王利器辑录的《元明清三代禁毁小说戏曲史料》一书，在古代小说资料搜集方面开辟了新的领域。一粟的《红楼梦卷》、魏绍昌的《老残游记资料》等开辟了出版专书研究资料的新路。小说研究资料搜集整理更集中、更完备。张友鹤的《聊斋志异会校会注会评本》，将评注、版本资料集中在一起，创造了古代小说资料辑录的新方法。

在这个时期专门小说史的撰写比较冷落。只有北京大学中文系55级编写的《中国小说史稿》（1960）和南开大学中文系编写的《中国小说史简编》（1979）。

"文革"十年，整个学科处于被取消的状态，虽然也有过"评《红楼梦》"和"评《水浒》"，但完全是从当时政治斗争需要出发，借题发挥，与古代小说研究根本不是一回事。

综观这个时期小说史研究，研究模式单一，具有简单化、庸俗化的倾向，缺乏开阔的视野和多角度的研究，如宗教、神话、民俗等与小说史关系的研究；片面强调了作家与时代的关系、作家世界观对创作的影响，强调评价作品"政治标准第一"，因而不少作品被打入"冷宫"；一些作品和流派成为研究的禁区，如《金瓶梅》、才子佳人小说；对小说的艺术形式、文体演进研究较少，无法全面反映中国小说史发展的全貌；与海外学术界处于完全隔绝的状态，他们小说史研究的成果没有介绍进来。

第三个时期（1977年至今）。这个时期学术思想空前活跃，多元化研究方法的探索与尝试蔚然成风，小说史学研究取得重大进展，呈现繁荣发展的大好局面。

这个时期的主要特点是多元化。所谓多元化，是指马克思主义的唯物论得到重新的认识和阐释，纠正庸俗社会学所导致的片面性和绝对化；其他各种学术观念和方法也得到相应的尊重和吸纳，使本学科的研究呈现"百家争鸣"的局面。

这个时期前后三十余年，1985年以前主要是"拨乱反正"，对几部名著重新研究，清除"左"的影响和"四人帮"制造的混乱；西方的文学理论和方法被大量介绍进来,为多元化的学术研究作准备。1985年以后,出现了古代小说史研究空前活跃的局面。

这个时期小说史学研究的成就主要表现在以下几个方面:

1. 研究方法的更新和多元化。研究者一方面从外部拓展古代小说的研究方法,大量引进西方现代社会学、文化学、人类学、心理学、宗教学、历史学等理论,倡导一种广义的文化批评,掀起了一股"文化热"。另一方面,转向小说的内部研究,从叙事学、语言学或审美鉴赏角度研究古代小说,对小说文体特征、叙事方式、原型母题等都作了较为深入的探讨。这两方面交叉进行,互相渗透融合,因而在小说流派的演化、小说的文化蕴涵、小说的叙事特征等许多方面的研究大大深入一步,涌现了一批质量较高的专著和论文。

2. 打破禁区,扩大了古代小说研究的范围。对过去不太敢涉及的作品如《金瓶梅》掀起了研究热潮;对过去不敢涉及或忽视了的小说流派如才子佳人小说、猥亵小说、狭邪小说等都引起了重视;几乎出版了保留下来的全部古代小说,为小说史研究提供了必不可少的条件;相继介绍了海外学者的研究论著,如刘世德编的《中国古代小说研究》、夏志清的《中国古典小说导论》、韩南的《中国白话小说史》、柳存仁的《伦敦所见中国小说书目提要》等等。

3. 小说文献研究取得重大进展。目录学方面:江苏社科院文学所编辑的《中国通俗小说总目提要》,袁行霈、侯忠义的《中国文言小说书目》,程毅中的《古小说简目》,宁稼雨的《中国文言小说总目提要》,石昌渝主编的《中国古代小说总目》,朱一玄、宁稼雨、陈桂声编著的《中国古代小说总目提要》等目录学著作为小说史研究提供了良好的条件。李剑国的《唐五代志怪传奇叙录》《宋代志怪传奇叙录》,把钩沉资料与条析源流、辨别真伪等结合起来,与单纯的目录学著作比较,有了新的发展。作品方面:有林辰主持编校、春风文艺出版社出版的《明末清初小说选刊》,中华书局出版的《古本小说丛刊》,上海古籍出版社出版的《古本小说集成》等。研究资料方面:每一部小说名著都出版了多种研究资料集,还出版了综合性的资料集,如朱一玄编的就有《三国演义》《水浒传》《西游记》《金瓶梅》《儒林外史》《红楼梦》《聊斋志异》等名著的资料汇编;黄霖、韩同文编的《中国历代小说论著选》,丁锡根编的《中国历代小说序跋集》等等。还出版了《水浒传》《三国演义》《儒林外史》《红楼梦》等著作的汇评本。

4. 研究工作更有组织,更加系统。相继成立了《三国演义》《水浒传》《金瓶梅》《儒林外史》《红楼梦》等学会，出版了《红楼梦学刊》《水浒争鸣》《聊斋志异研究集刊》《明清小说研究》等刊物。学会和刊物成为团结和组织大批研究者，特别是中青年研究者的学术阵地。

　　古代小说研究的进展为小说史的撰写奠定了坚实的基础。八十年代以后，通史、断代史、题材史、体裁史、专题史争奇斗艳，蜂拥而出，超过了一百种，出现了前所未有的繁荣局面。

　　在通史方面，杨子坚《新编中国古代小说史》（1990）、齐裕焜《中国古代小说演变史》（1990）、徐君慧《中国小说史》（1991）、李悔吾《中国小说史漫稿》（1992）、王恒展《中国小说发展史概论》（1996）等相继出版。此后通史类小说史没有新著出版，直到2007年，出版了李剑国、陈洪主编的四卷本《中国小说通史》，一百七十余万字，是迄今规模最大的一部小说通史。信息量丰富，反映了最新的研究成果。

　　断代史方面，浙江古籍出版社推出《中国小说史丛书》，包括断代史、题材史、体裁史、通史四类十七种。其中断代史六种，即王枝忠的《汉魏六朝小说史》、侯忠义的《隋唐五代小说史》、萧相恺的《宋元小说史》、齐裕焜的《明代小说史》、张俊的《清代小说史》、欧阳健的《晚清小说史》，都在1997年出版，质量好，影响大。"从总体上来看，在资料的辑录和作品的诠释两个方面都达到断代史著述的新的高度。"①此后最值得重视的是2000年由上海文艺出版社出版，2007年人民文学出版社重印的陈大康《明代小说史》，这是迄今规模最大的一部小说断代史，六十多万字。不仅规模很大，内容丰富，而且建构了一个"明清小说在作者、书坊主、评论者、读者，以及统治者的文化政策五者共同作用下发展的研究模式"，力图改变目前小说史多是作家作品连缀的毛病。

　　以题材为别的小说史较早出版的是李剑国《唐前志怪小说史》（1984）、方正耀《明清人情小说研究》（1986）、王海林《中国武侠小说史》（1988）等。九十年代初辽宁人民出版社出版过四种，即罗立群《中国武侠小说史》（1990），黄岩柏《中国公案小说史》（1991），宁稼雨《中国志人小说史》（1991），齐裕焜、陈惠琴《中国讽刺小说史》（1993）。浙江古籍出版社出版的《小说史丛书》中也有四种：林辰的《神怪小说史》（1998）、曹亦冰的《侠义公案小说史》（1998）、向楷的《世情小说史》（2001）、欧阳健的《历史小说史》（2003）等。

---

① 董乃斌等著《中国文学史学史》第三册，河北人民出版社2003年版，第232页。

以形式体裁为别的小说史,首先要推 1980 年出版的胡士莹《话本小说概论》(上下册),这是一本材料丰富、功力深厚的著作,实际上是一部古代短篇白话小说史或说书史。此外还有侯忠义的《中国文言小说史稿》(上下册,1990、1993)、吴志达的《中国文言小说史》(1994)、杜贵晨的《中国古代短篇小说史》、徐振贵的《中国古代长篇小说史》等。"五四"以后重视白话小说,对文言小说研究甚少,侯忠义、吴志达的文言小说史对文言小说进行了梳理,显示了文言小说的演进历史,具有开创性的意义。

为了突破现有的小说史编撰模式,有的着力从小说艺术形式演变和小说流派发展方面进行探讨,如鲁德才《中国古代小说艺术论》(1987)、刘上生的《中国古代小说艺术史》(1993)、陈文新的《中国文言小说流派研究》(1993);有的采取以点带面、史论结合的方法,对小说史研究中的重大问题进行探讨,如陈平原《中国小说叙事模式的转变》(1988)、石昌渝的《中国小说源流论》(1994)、董乃斌《中国小说的文体独立》(1994)、杨义的《中国古典小说史论》(1995)等等。

与此同时,小说学术史、小说理论批评史也取得丰硕的成果,这里就不赘述了①。

总之,改革开放以来,中国小说史学取得重大进展、成绩辉煌。但同时还应该清醒地看到目前小说史的著作主要还是量的扩张,即著作数量的增加和著作规模的"膨胀";还只是对小说发展外在表象的孤立断续的描述,虽然在局部问题上有过比较深入的探讨,然而还没有达到对整个小说史内在逻辑的完整的把握,还缺少具有理论形态的中国小说史著作,说实在还没有一部小说史能全面超过鲁迅的《中国小说史略》,像它那样给后代学人以巨大的影响。

四、本书的编写体例与范围

本书是为适应大学本科"中国小说史"选修课的需要而编写的,采取了教材式的写法。

编写的体例,改变过去按历史发展时期编写的办法,而采取分类编写的方法,这是一种尝试。分类编写的好处是对各种类型小说的发展脉络可以叙述得更清楚些,便于对小说本身题材、表现方法的演变规律进行探讨。但是,也

---

① 有关小说史研究更具体、详细情况,可参看齐裕焜《20 世纪小说史研究》,《文史哲》2002 年第 4 期。

遇到不少困难。首先,时代的政治、经济、文化对小说发展的影响不如分期叙述清楚;同一时代各类小说发展的概貌,即横切面不够清晰。不过,其他文学史、小说史著作多是分历史时期编写的,读者自可参考。况且,中国古代小说成熟较晚,最繁荣的是明清两代,历史跨度比诗歌、散文小得多,读者对明清两代历史背景和文化概貌易于掌握,不至于产生大的问题。其次,中国古代小说分文言、白话两大系统,白话小说中又有长短之别,如果全部按类划分,把文言小说、白话短篇和长篇小说一锅煮,不易理清头绪,不利于阐明文言小说和白话短篇小说自身的演化。因此,本书把文言小说、白话短篇小说各专列一章,按历史发展线索予以叙述,然后将章回小说按题材分章叙述。第三,长篇小说分类也很困难,众说纷纭,目前按我们理解分为历史演义、英雄传奇、神怪奇幻、婚恋家庭、社会讽喻、公案侠义六类,是否恰当,有待读者、专家指教。第四,古代小说发展中趋势是互相吸收与融合,有些小说难以分类,有的则介于二者之间。同一题材小说,我们采用集中叙述的办法,如隋唐系统、杨家将系统、说岳系统等等。但是,它们虽然题材相同,而类型并不完全相同,有的属历史演义,有的为英雄传奇,我们只好把写朝代的归于历史演义一章,写个人或家族的归之于英雄传奇,在具体阐述时,指出它们的演变情况,哪些作品是历史演义,哪些作品为英雄传奇。

正确划定小说史的研究范围是研究小说史的必要条件。我们只把比较严格意义上的小说划入编写范围。在文言小说一章中,为叙述中国古代小说起源,我们谈到了神话传说、寓言故事、史传文学对小说产生的影响,在魏晋小说产生之后,就不把这些列入研究范围。作为口头文学的宋元话本,我们放在白话短篇小说一章里叙述,宋元之后的民间说唱文艺,虽然也是叙事文学,与小说关系密切,但它已自成体系,属民间文学史范围,本书也不把它们列入。小说理论是小说史的重要部分,本应予以充分重视,但本书篇幅有限,加之研究不够,我们没有专门列章介绍。本书只写到1900年左右。鸦片战争之后,虽然已进入近代,即晚清社会,诗文方面已明显表现出新时代的影响,但小说方面还是古代小说的余波。1900年以后的晚清小说,则不予论述,因为这些小说的性质与古代小说已有明显区别,而且数量众多,要理出一个头绪,殆非易事,还是专门写晚清小说史更好。

过去的小说史实际上只是重要作家和重点作品的介绍分析,本书在编写时希望改变这种状况,重点描述各类小说演变的轨迹和阐明其发展规律,尽可能涉及过去为人们所忽略的作品;对重要作家作品只着重阐述它们在小说史上的贡献,没有全面叙述,避免与其他小说史、文学史重复。因此,现在包括《金瓶梅》在内的七部名著,只占全书四分之一的篇幅;对其他作品较之过去的小说史著作则有较多的论述。

  本书在1990年由敦煌文艺出版社出版,迄今已二十五年,可能由于采取了分类编写的路子,小说史的发展脉络比较清晰;篇幅适中,比较适合作为大学生选修课的教材,因此,还有重新修订出版的必要。我们在保持原书体例不变的原则下,努力吸收新的研究成果,对书稿作了较大的修改,重新出版。

  历史在前进,学术研究在推陈出新,本书只想给读者提供研究小说史的线索,便于进行新的探索和研究,并不期待读者接受我们的观点和结论。

第一章 文言小说

第一节 概述

我国宋代以前的小说,基本上都是文言小说。宋以后,在文言小说的哺育下,以及其他因素的作用下,白话小说异军突起,很快地取代了文言小说而成为古代小说的主要形式。但作为白话小说源头之一的文言小说并未绝响,它一方面继续给白话小说以一定的影响,另一方面仍以其独特的精神风貌和强大的生命力,在古代小说的领域里拥有自己的天地,毫不示弱地伴随着中国古代小说走完它最后的路程。

一、小说的界定和分类

研究小说史,首先要界定什么是小说,确定小说史研究的范围。

"小说"一词出现在《庄子·外物》篇:"饰小说以干县令,其于大达亦远矣。"可见,"小说"指的是与"大道"形成对照的价值不大的琐碎议论。这里所谓的小说,与后世的小说概念是不同的,但也有相通之处。到了东汉才把小说作为一种文体。东汉桓谭《新论》说:"若其小说家,合丛残小语,近取譬论,以作短书,治身理家,有可观之辞。"[①]班固《汉书·艺文志》的"诸子略"列儒、道等十家,小说家为最末一家。"诸子十家,其可观者九家而已","小说家者流,盖出于稗官,街谈巷语,道听途说者之所造也。孔子曰:'虽小道,必有可观者焉,致远恐泥,是以君子弗为也',然亦弗灭也。闾里小知者之所及,亦使缀而不忘。如或一言可采,此亦刍荛狂夫之议也。"[②]著录十五种小说,已不存,只有少量佚文,多杂史杂记类。从这些论述中,我们可以看到汉人对小说的看法主

---

① 桓谭撰,朱谦之校辑《新辑本桓谭新论》卷一《本造篇》,中华书局2009年版,第1页。
② 班固《汉书》卷三十《艺文志第十》,中华书局1962年版第1745—1746页。本书凡引用二十四史,皆使用中华书局点校本,下文不再赘注。

要是:小说来自民间,"街谈巷语,道听途说者之所造也";作者是小官和小知识分子;它虽然是"小道",但"治身理家,有可观之辞",有可观可采之处;形式是"丛残小语","尺寸短书",都是短篇;艺术上"近取譬论",有比喻、虚构、夸张等特点。对小说这些看法,成为古代学者和作家的共识。但是它和现代关于小说的概念又有差别;而且,古代小说多以丛集出现,在一个集子里哪些算小说更难区分。胡应麟说:"小说,子书流也,然谈说理道或近于经,又有类注疏者;纪述事实或通于史,又有类志传者。他如孟棨《本事》、卢瓌《抒情》,例以诗话、文评,附见集类,究其体制,实小说者流也。至于子类杂家,尤相出入。郑氏(郑樵)谓古今书家所不能分有九,而不知最易混淆者小说也……"①

为此,学者提出界定古代小说的四条原则:

1. 叙事原则。把叙事与非叙事作品分开,如《茶经》就不是小说。
2. 虚构原则。把小说与记实性叙事文体分开,如史传。
3. 形象原则。叙事必备形象。
4. 体制性原则。小说有自己的体例结构,一类是单篇;一类是丛集。这就排除了将从史传类、诸子类中选出的作品当作小说,如《左传》《韩非子》。②

虽然这些原则是正确的,但在具体处理时还是一个比较棘手的问题,正如《中国古代小说百科全书》编者所说,如果完全依据今天通行的小说概念,那许多古代文言小说势必无缘进入这部百科全书;而如果完全依据古人的种种有关小说的概念来编选,那这部百科全书又将显得内容芜杂、大而无当。考虑到小说文体经历了从幼稚到成熟的漫长过程,因此,对文言小说的认定采取前宽后严的原则。目前出版的目录学著作对宋代之前的文言小说,不管是符合古人的概念或是符合今人的概念的,只要是可考的就尽可能全部收入;宋代元代的文言小说,大部分收入;对明清两代的文言小说,则有选择地收入,入选者大抵是那些符合或接近于今人的概念而又比较重要的作品。

文言小说的分类又是一个复杂的问题。

刘知几《史通·杂述》:"史氏流别,殊途并骛,榷而为论,其流有十焉:一曰偏纪,二曰小录,三曰逸事,四曰琐言,五曰郡书,六曰家史,七曰别传,八曰

---

① 胡应麟《少室山房笔丛·九流绪论下》,上海书店出版社2001年版,第283页。
② 李剑国《文言小说的理论研究和基础研究》,《文学遗产》1998年第2期。

杂记,九曰地理书,十曰都邑簿。"①逸事、琐言、杂记三类近似小说。

胡应麟:"小说家一类,又自分数种:一曰志怪,《搜神》、《述异》、《宣室》、《酉阳》之类是也;一曰传奇,《飞燕》、《太真》、《崔莺》、《霍玉》之类是也;一曰杂录,《世说》、《语林》、《琐言》、《因话》之类是也;一曰丛谈,《容斋》、《梦溪》、《东谷》、《道山》之类是也;一曰辨订,《鼠璞》、《鸡肋》、《资暇》、《辨疑》之类是也;一曰箴规《家训》、《世范》、《劝善》、《省心》之类是也。"②这六种中后三种不属于小说。

纪昀等所编的《四库全书总目提要》:"迹其流别,凡有三派:其一叙述杂事,其一记录异闻,其一缀辑琐语也。"③他排除了传奇。

当代学者有的把文言小说分为传奇小说和笔记小说两大类;有的分为志怪、志人和传奇三类;本书则分为志怪、传奇、轶事三类。

二、小说的源流

神话传说是小说,特别是志怪小说的源头之一。

我国古代的神话传说,内容丰富,但缺乏系统性,零星地分散在各类古书中。神话材料保存较多的是《山海经》《楚辞》和《淮南子》。此外在《穆天子传》《庄子》《国语》《吕氏春秋》等书中也有部分记载。

上古神话传说的内容,有关于天地开辟、人类诞生的神话。这类神话歌颂和崇拜那些创造天地的神,在造物神身上寄托了古先民创造世界的宏伟志向。如在三国徐整《三五历记》《五运历年记》里,盘古被描写为天地万物之祖,日月星云、风雷雨水、草木金石都是盘古垂死化身而来的,而开辟天地的盘古却是以人的形象为模特创造出来的,这一形象的创造,体现了原始人创造世界的宏伟魄力和非凡的艺术想象力。女娲的神话则反映了世界遭水火大破坏后女娲重整乾坤和人类诞生的经过。在神话里,女娲不仅被描写为一个世界的创造者,而且还被描写成创造人类和化育万物的始祖。从盘古创世到女娲补天造人,虽然把世界万物包括人类的创造归之于天神,但从这两个人形化、人格化的天神形象中,我们却可以感受到古先民征服自然和改造自然的愿望和热情。

---

① 刘知几撰,赵吕甫校注,《史通新校注》,重庆出版社1990年版,第580页。
② 胡应麟《少室山房笔丛·九流绪论下》,上海书店出版社2001年版,第282页。
③ 纪昀等编《四库全书总目提要》卷一百四十,河北人民出版社2000年版,第3560页。

在远古之时，原始人常常受到来自水旱灾害、毒蛇猛兽的严重威胁，为了生存，他们以顽强的意志与自然灾害展开不屈不挠的斗争，有关这方面的内容在神话传说中也占有相当的数量。像后羿射日、鲧禹治水、精卫填海、夸父逐日等等。这些神话中神和英雄都具有不怕牺牲、百折不挠、一心为人类谋幸福的特点，同时具有征服自然的超人力量。上古神话传说还反映了氏族社会末期各部族间的斗争。如黄帝与炎帝、蚩尤的战争，共工与颛顼的战争，禹和三苗的战争等。神话传说还有大量有关发明创造的内容。如神农氏发明农具和制陶、冶炼、医药、种植等技术，燧人氏钻木取火，仓颉发明文字等等，这些神或英雄的发明创造，实际上是人类在征服自然过程中的结晶，它反映了原始人的伟大创造力。

以上简单介绍了神话传说的主要内容。上古神话传说作为志怪小说的起源之一，它对小说的产生和发展具有不容忽视的意义。

首先，神话传说中瑰丽奇特而又丰富多彩的想象力，给后世小说创作以巨大的启迪。女娲补天造人的首创精神，后羿射日的乐观信念，精卫填海、刑天舞干戚的坚强意志，永远放射着理想的光辉，深刻影响了后代作家的世界观和人物性格的塑造。而六朝志怪、唐人传奇乃至于蒲松龄的《聊斋志异》在创作精神上更是与上古神话传说一脉相承。

其次，神话新奇奔放的幻想和理想化的夸张，同样深刻地影响了后世作家的创作方法，足以启发作家的想象力，开阔作品的境界，而从志怪一系来看，它关于神灵变化的观念和表现形式，为志怪奠定了幻想的基础。魏晋以后的志怪传奇不仅在创作方法、艺术构思等方面深受神话传说的启发，乃至于作品中的神仙妖怪等的形象都同神话中的各种神人神兽在表现上有渊源关系，不同的只是它们的人格化程度提高了，体现着新的审美观念。

再次，神话传说开创了神怪题材，它是后世志怪传奇小说丰富的题材宝库。它不仅作为丰富的营养，一直哺育着志怪传奇的发展，而且还影响到其他体裁的小说，如明代长篇小说《西游记》《封神演义》乃至于清代的《镜花缘》，都明显地烙有神话传说的印记。

宗教迷信故事对志怪小说的产生也有着重大的影响。宗教迷信故事主要流行于春秋战国时期，散见于史官诸子之书中，多数都是幻化和神秘化了的历史故事。它虽不及神话那样优美宏丽，但在题材和幻想形式上有不少新变化，对志怪小说的形成发生过巨大的作用。

宗教迷信故事的内容主要包括：鬼神显灵作祟的故事和关于卜筮占梦的迷信故事。这些故事的内容虽趋于消极，但它对后世小说家通过描写花妖鬼魅和记述梦境来反映现实，拓展想象和幻想的空间，具有一定的启发作用。

与上古神话传说相比，宗教迷信故事自有其新的特点。首先，在神话中，神是幻想世界的主体，神话的幻想境域是排斥人类在外的神灵的世界。而在宗教迷信故事中，人变成幻想世界的主体，人可以与鬼神互相交往。其次，在宗教迷信故事中，神已不像神话中那样可以死去，而是成为大自然中一种神秘的力量，通过显灵来体现它的无比的威力。同时出现了鬼的观念，人死为鬼，鬼可随意变化报恩复仇。这种鬼神不死和随意变化的幻想观念和幻想形式，对志怪小说的形成发生了很大的作用，几乎成为后世志怪小说创作的一种模式。

地理学和博物学产生于西周春秋之际，那时，由于人们认识水平的限制和宗教神秘观点的影响，不可能科学地解释地理博物方面的现象，再加上一些巫觋方士之流利用地理博物知识自神其术和传播迷信，因此当时的地理博物知识都被披上一层神秘的色彩而虚诞化了，成为地理博物传说。它同神话传说、宗教迷信故事一起被志怪小说所继承，成为志怪小说的另一源头。

地理博物传说主要载于《穆天子传》《逸周书·王会解》《山海经》等书中，内容主要是远国异民、神山灵水、奇花异木、珍禽怪兽等，奇谲诡幻、新鲜怪诞。其中尤以《山海经》为地理博物传说的集大成者。在该书中，地理博物都被神话化和志怪化了。与宗教迷信故事不同的是，地理博物传说没有什么故事情节，只是一些幻想材料。但它为志怪小说提供了极为丰富的幻想素材和幻想形式，并长期对志怪小说发生巨大的影响，成为志怪的主要内容之一。

先秦的寓言故事对小说的产生和发展也有重要的影响。由于先秦诸子百家争鸣，许多思想家、政治家常常借助于一些浅显生动的故事来论证自己的某个观点或某种思想，这些故事就是寓言。寓言取材很广，有的取材于现实生活，有的取材于民间故事，有的就是利用古代现成的神话和传说。寓言主要散见于先秦诸子散文和历史散文中，如《孟子》《庄子》《韩非子》《战国策》诸书中都保存了大量的寓言，"郑人买履""揠苗助长""庖丁解牛""愚公移山""狐假虎威"等都是耳熟能详的寓言故事。寓言在艺术上主要有四个特点，一是故事性，二是虚构性，三是哲理性，四是形式短小。寓言的故事性和虚构性显然受到神话传说的影响，但是寓言的编造故事和虚构都有明确的说理目的，也就是说，它是一种自觉的创造和虚构，而神话的艺术虚构对作者来说却是不自觉的。寓言的这一特点使它更近似于小说,对小说产生的影响也更为直接。此外,在题材方面也常常为后世小说所继承。

先秦两汉叙事散文对小说的推动作用。

从先秦两汉至六朝的史传文学,以及介于正史与小说之间的野史杂传对后世小说影响是很明显的。首先是真实与虚构问题,史书要真实,但也难免虚构。钱锺书《管锥篇》说:"史家追叙真人实事,每须遥体人情,悬想事势,设身局中,潜心腔内,忖之度之,以揣以摩,庶几入情合理。盖与小说、院本之臆造人物、虚构境地,不尽同而可相通……《左传》记言而实乃拟言、代言,谓是后世小说、院本中对话、宾白之椎轮草创,未遽过也。"①其次是史传中巧妙的情节安排,人物形象的生动描写。如《左传》晋、楚"城濮之战",秦、晋"殽之战";《史记》之《项羽本纪》《信陵君列传》等等都为后来的小说提供了丰富的艺术经验。第三,史传结构的两种类型:编年体、纪传体,对小说结构有重大影响。第三人称全知视角的客观叙述方式,倒叙、插叙、补叙等叙事手法为小说叙事积累经验。第四是语言。史传文学的叙事语言和人物语言对小说来说更为重要。如《战国策》名篇《冯谖客孟尝君》,整个复杂情节的展开和人物性格的刻画,完全是靠人物对话实现的。

三、文言小说的发展历程

(一)战国秦汉是文言小说的萌芽和形成期

先秦的史籍里载有大量的神话传说、迷信故事、地理博物传说;先秦诸子在游说论辩中,为说明事理,编写了不少寓言故事;《左传》《战国策》和一些野史杂传包含了很多小说的因素。但这些作品还不能称之为小说,只是小说的萌芽。到两汉志怪和轶事小说的分野已现端倪。志怪小说的三种体式都已出现,如地理博物体的《山海经》《神异经》和《十洲记》等;杂史杂传体的《穆天子传》《汲冢琐语》《列仙传》《汉武故事》《汉武内传》《汉武洞冥记》等;杂记体的《异闻记》等;而轶事小说的三种体式,才出现了杂记体的《燕丹子》《飞燕外传》,而琐言和笑话都还没有产生。但无论志怪还是轶事小说,都还没有完全摆脱史传体式的束缚,还不够成熟,所以有的学者把它称为"准小说"是恰

---

① 《管锥篇》第一册,三联书店2001年版,第317—318页。

当的①。

(二)魏晋南北朝是文言小说的成长期

东汉末到隋统一全国前,国家分裂,战乱频仍;儒学独尊的局面被打破,佛、道、玄兴起,谈玄说怪,弘扬佛法道术,蔚然成风。在这样的社会背景下,志怪小说和轶事小说逐渐成长,到魏晋南北朝文言小说达到鼎盛时期。

这一时期,文言小说的发达情况可以从以下几方面来观察。首先,作家、作品急剧增多。在为数众多的作家中,包括不少当权者和知名之士,如魏文帝曹丕、梁元帝萧绎,刘宋大臣刘义庆,著名学者文人干宝、陶渊明、祖冲之、颜之推、任昉、吴均等。这种情况无疑提高了小说的地位和声望。同时,作品数量也大大超过往者,据今人统计,这个时期仅志怪作品就有八十余种,而且普遍都是多卷本,有的多达三十卷。其次,以《搜神记》《博物志》《拾遗记》等为代表的志怪小说,以《世说新语》《笑林》等为代表的轶事小说,现实感和时代感大大增强,艺术想象力和表现力得到提高,对后代的文言小说和白话小说,乃至诗歌、戏曲等文体的创作都产生了重大影响。

当然,也必须指出,这个时期志怪小说、轶事小说的创作多数仍属于自觉或半自觉的状态,艺术上总的看是多叙事而少描写,对人物性格的刻画注意不够,只满足于讲故事,以情节取胜,但情节又往往简单。这些都表明,文言小说尚在成长期,还有待进一步的发展、成熟。

(三)唐代是文言小说的黄金期

唐代是中国封建社会的鼎盛期,农业、手工业,商业空前发展,促进了城市经济和文化的繁荣,人们不再满足于以往志怪作品的简短故事。在这种情况下,唐代文人们开始有意识地创作小说,他们从六朝志怪小说、史传文学、唐代变文俗讲及其他各类文体中汲取丰富的营养,融会各家之长,创造出唐传奇这种新的文言小说体裁,从而奠定了中国文言短篇小说的典型形态。它是中国小说史上的一座辉煌的丰碑。

一些著名的作家也从事小说创作,群星灿烂,名篇迭出。《任氏传》《李娃传》《长恨歌传》《虬髯客传》等不但摆脱"粗陈梗概"的状态,篇幅普遍增长,而且内容丰富,题材扩大,从神怪转向现实生活,普通百姓成为作品的主人公;情

---

① 这些小说的作者、年代、版本等都比较复杂,参看李剑国、陈洪主编《中国小说通史·先唐卷》,高等教育出版社2007年版。

节曲折,构思精巧;人物形象生动鲜明;语言文字华丽优美。

　　唐传奇的兴起,给中国文言小说注入了新的生机,传奇体从此成为文言小说的主要形式。志怪、轶事小说唐以后虽然不断有人创作,而且数量甚夥,但由于它们都是一些短书杂记的"丛残小语",在宋以后白话小说勃兴的背景下,作为小说的特征更显得苍白微弱,而一些较好的志怪、轶事小说,也都带有传奇笔意。因此,唐以后,传奇小说实际上代表了文言小说的主流。

　　(四)宋元时代是文言小说的转变期

　　宋王朝结束了晚唐五代混乱、分裂的局面,重新建立了统一的国家,虽然不及汉唐强盛,但经济发展,城市繁荣,尤其是在文化方面成就辉煌。文言小说处在转变期,其表现之一是文言小说辑集出版,如《太平广记》《类说》等书的出版,不但汇集了宋以前的文言小说,有利于小说的传播,而且通过选择和分类,提高和深化了对小说文体的认识,对文言小说的发展是有益的。表现之二是中国小说史从文言小说的一统天下,进入了以白话小说为主流的时期。表现之三是文言小说和白话小说相互之间产生了影响。说书艺人"幼习《太平广记》",熟读《夷坚志》,从文言小说里吸收故事素材,学习艺术表现方法。而文言小说也接受了白话小说的影响,志怪小说集《夷坚志》、隋炀帝系列传奇小说,以及中篇传奇《娇红记》的出现都是有力的证明。文言小说向世俗化方向转变是必然的趋势。

　　(五)明清两代是文言小说复兴和终结期

　　明代的前中期,传奇小说在经历了宋以后相对的萧条之后,又有了新的转机。出现了像瞿佑的《剪灯新话》、李祯的《剪灯余话》等比较好的传奇专集。同时还出现了一些较好的单篇传奇,如《中山狼传》《辽阳海神传》等。到了明末,文人创作传奇之风又盛,一大批造诣较高的诗文作家积极参与了传奇小说的写作,特别是在当时思想解放思潮的影响下,不少作品除了传统的反封建主题外,还表现出一定程度的人道主义和个性解放的色彩,艺术上也更趋完美。明末传奇小说大昌之势为清初《聊斋志异》的出现创造了良好的条件。清康熙年间出现的《聊斋志异》,把志怪传奇小说的创作推向思想和艺术的高峰。《聊斋志异》问世后,曾风行一时,模拟之作纷纷出现。《聊斋志异》的出现,还从对峙的意义上刺激了笔记体志怪小说的繁荣。如纪昀从六朝志怪小说朴素的记事观念出发,认为《聊斋志异》为才子之笔,不应崇尚。因此,他写《阅微草堂笔记》时,就努力追踪晋宋志怪笔法,"尚质黜华",记事简要,而且议论颇多。由于它文笔清雅,"隽思妙语,时足解颐;间杂考辨,亦有灼见"①。同时也由于作者地位高,文名大,因此在当时文坛上影响也很大。仿效之作亦纷纷出现,但后继者功力都不及纪昀。到了晚清,报刊杂志上虽还出现大量单篇的传奇小说,然而质量却每况愈下,至此,我国文言小说发展的历史便归于终结了。

第二节 志怪小说

两汉出现的一些初具规模的志怪小说,仅仅是具备了小说的某些形式特征,严格地说,它还不能称为完全意义上的志怪小说,它还带有草创期的粗糙、幼稚、不成熟的特点。进入魏晋南北朝后,志怪小说在各种条件的作用下有了长足的发展,不仅作家多、作品多,而且形式上更趋于成熟,不仅有了一定规模的故事情节,而且也有了某种程度的人物形象描写,同时现实性和时代感也大大增强了。

一、魏晋南北朝志怪小说

(一)繁荣的原因

魏晋南北朝志怪小说当然是在两汉志怪的深厚基础上发展起来的,但它的繁荣和进步又有着深刻的社会原因。时代的政治、经济、思想文化情况为志怪小说的繁荣和进步提供了有利条件,同时也给它烙上时代的印记。

首先,魏晋南北朝是中国历史上少有的动乱时代,阶级矛盾、民族矛盾以及统治阶级内部的矛盾斗争都异常尖锐。从三国到隋,三个半多世纪,社会陷入分裂混乱的状态,三十多个朝代和小国交相更替,各统治集团之间的争权夺利、豪征巧夺,使人民蒙受兵荒马乱的巨大灾难。在这种情况下,人民把自己的反抗精神和追求理想的愿望,通过丰富的幻想,寄托在一些神鬼故事里而曲折地显示出来,他们不仅发展了旧传说,而且也创造了新故事。志怪小说里的一些优秀作品正是这些传说故事的记录和加工,这是魏晋南北朝志怪小说具有积极性内容的重要原因。

第二,志怪小说的大量出现又与当时宗教迷信的盛行密切相关。鲁迅先生指出:"中国本信巫,秦汉以来,神仙之说盛行,汉末又大畅巫风,而鬼道愈

---

① 鲁迅《中国小说史略》,《鲁迅全集》第九卷,人民文学出版社1981年版,第213页。下文所引是书皆出自此版本,不再重复说明卷数。

炽;会小乘佛教亦入中土,渐见流传。凡此,皆张皇鬼神,称道灵异,故自晋讫隋,特多鬼神志怪之书。"①魏晋南北朝时期,宗教迷信的规模、声势、影响都大大超过前代,上至皇帝、大臣,下至平民百姓,大多迷信神鬼,佛道两教广泛传布,社会上充满了侈谈鬼神、称道灵异的风气。灵魂不死、轮回报应、鬼神显验、肉体飞升等,成为普遍的社会心理和社会意识。宗教迷信的盛行,势必造成大批鬼神传说的出现和流传,佛教徒和道教徒为宣扬法旨和自神其术,也大量编造和收集神怪故事;同时,六朝文人普遍接受佛道思想,宗教迷信观念极大地支配着他们的写作,如干宝、刘义庆、颜之推等都是为了"发明神道之不诬"而整理创作志怪小说的,这对志怪小说的发展和传播,更起了推波助澜的作用。

第三,谈风的盛行。谈风包括清谈和闲谈,这是六朝名士风流的表现。清谈又称清言,它主要有两方面的内容:一是品评人物,这是受汉末清议风气的影响,又同魏晋选取人才的"九品中正制"密切相关;二是谈论老庄哲学即所谓玄理,这主要是知识分子为逃避严酷的现实政治而追求清虚玄远。闲谈主要是人们聚在一起,说些玩笑、嘲戏之语或讲故事。《陈书》卷三六《始兴王叔陵传》有"叔陵……夜常不卧,烧烛达晓,呼召宾客,说民间细事,戏谑无所不为"的记载,《魏书》卷九一《蒋少游传》也有"青州刺史侯文和……滑稽多智,辞说无端。尤善浅俗委巷之语,至可玩笑"的记载。这里所说的"民间细事"、"浅俗委巷之语",就是指民间发生和流传的各种故事。谈风炽盛,对小说创作来说,使各种传说和故事得到迅速流传,并大量地集中到文人手里,文人就有可能较快地和较多地将它们加工创作,汇集成书。

(二)重要的作家作品

魏晋南北朝志怪小说从数量看是相当可观的,现在保存下来的完整与不完整的尚有三十余种。魏晋时期较著名的志怪小说有题为魏文帝曹丕撰的《列异传》、晋张华的《博物志》、郭璞撰的《玄中记》、干宝的《搜神记》、葛洪的《神仙传》、王嘉的《拾遗记》、祖台之的《志怪》、戴祚《甄异传》等。南北朝时期较著名的有署名陶渊明的《搜神后记》、刘义庆的《幽明录》《宣验记》、刘敬叔的《异苑》、东阳无疑的《齐谐记》、祖冲之的《述异记》、任昉的《述异记》、吴均的《续齐谐记》、颜之推的《冤魂志》等。可惜多数志怪小说都已失传,比较完

---

① 《中国小说史略》,第43页。

整地流传至今的大约只有《博物志》《搜神记》《拾遗记》《搜神后记》《续齐谐记》《异苑》等几种。那些散佚作品的部分佚文被辑入宋李昉的《太平广记》，鲁迅先生的《古小说钩沉》也辑录了部分佚文。值得庆幸的是，现存的志怪小说保存了魏晋南北朝志怪最有价值的部分，《博物志》《搜神记》《拾遗记》《续齐谐记》代表了那一时期志怪小说的最高成就。

《搜神记》作者干宝，字令升，原籍汝南郡新蔡县（今属河南）人，后定居海盐（今浙江海盐），遂为海盐人。生于吴末，卒于晋咸康二年（336），大约享年六十余岁。历任著作郎、领国史，累官司徒右长史、迁散骑常侍。他著作颇多，但都散佚。最有影响的是《晋纪》二十卷，《搜神记》三十卷，今传本二十卷。他搜集了许多古今神怪故事编成《搜神记》，目的就是要证明世上真的有鬼神，所谓"发明神道之不诬"（《自序》），这也是当时一般志怪小说作者的主观意图。从内容上看，《搜神记》主要记了些神仙鬼怪、妖祥卜梦、报应还魂、法术变化诸事，可说是神道、方术的大杂烩。但由于书中的材料大都是从民间来的，因而也保存了不少优美动人的民间传说故事，它们虽也染有怪异的色彩，但在思想倾向上却反映出了当时人民的理想愿望，歌颂了劳动人民勤劳、勇敢的品德，这些构成了本书的精华。《搜神记》可说是魏晋南北朝志怪小说的上乘之作。

《博物志》作者张华，字茂先，范阳方城（今河北固安西南）人，生于魏明帝太和六年（232），卒于晋惠帝永康元年（300）。魏时为长史、中书郎等，入晋历任黄门侍郎、中书令、官终司空。赵王司马伦篡位遭害。他自幼嗜书博学，《晋书》本传说他"博物洽闻，世无与比"。他在当时是像汉代东方朔一样的传奇式人物，也是一个精于数术方伎的方术家。《博物志》是一部地理博物体志怪作品，深受《山海经》的影响，书中主要记载山川、地理、异物、奇境、殊俗、神话、野史，乃至礼制、服饰等等，而着重宣扬的还是神仙与方术。由于它的地理博物体的特点，因此书中记叙的杂考杂说杂物，毫无故事性可言，这部分文字当然不能视为志怪小说。而我们认它为小说，主要是根据它另一方面也记载许多故事性很强的非地理博物性的传说，突破了地理博物体志怪专记山川动植、殊方异族的范围，这也是它作为志怪小说的价值所在。

《拾遗记》作者王嘉。梁萧绮对该书曾加以整理，于故事之后附加议论，称之为"录"。王嘉，字子年，陇西安阳（今甘肃渭源）人，生卒年不详。他是一个能文的方士，《晋书》卷九五《艺术·王嘉传》说他隐居山林，不食五谷，清虚服气,弟子受业者数百人。《拾遗记》共十卷,前九卷都是记历史遗闻佚事,从庖牺、神农一直到晋代帝王,第十卷谈仙山灵物,长生不老,所记人物事件多是神话化和方术化了的历史传说,所谓"多涉祯祥之书,博采神仙之事"。其中记载帝王的故事,有的寓有借古讽今以示规劝的意思,也有一些故事通过美妙的幻想来显示某种社会理想和征服自然的愿望。因此从内容上看,《拾遗记》也是良莠参差的。而从小说艺术的角度看,《拾遗记》的价值更高,它想象丰富,语言雅畅,所述之事,大都情节委曲,描摹细腻,在六朝志怪中,它的写作技巧是比较高明的,对后世的影响也较大。

《续齐谐记》作者吴均,字叔庠,吴兴故鄣(今浙江安吉)人,生于宋明帝泰始五年(469),卒于梁武帝普通元年(520)。天监初,柳恽为吴兴刺史,辟均为郡主簿,官至奉朝请。有才气,诗为士人所效,称"吴均体",史学著作有《后汉书注》等。《续齐谐记》并非完书,部分篇章已散佚,今只存一卷十七条,但所记都较有价值,如《田氏紫荆》《阳羡鹅笼》《黄雀赠环》《会稽赵文韶》等,都是极有名的故事,不仅情节曲折有致,奇特生动,富有情趣,而且描摹细腻,文词清丽优美。在六朝志怪中,实属上乘之作。

(三)良莠参差的思想内容

魏晋南北朝志怪小说是在当时社会土壤中发展起来的,一方面,它多从现实取材,因而它具有极其深厚的时代感和现实感,蕴涵着极其丰富的社会内容。另一方面,由于六朝文人普遍接受佛道思想,宗教迷信观念极大地支配着他们的写作,他们主观上是为了"发明神道之不诬",因此有些落后的思想意识也大量地渗透在作品中。

从进步的一面看,首先,这时期的小说真实地反映了当时社会现实的黑暗和人民遭受的苦难,鞭挞了封建统治阶级的凶残暴虐和荒淫无耻,表现了人民英勇顽强的反抗精神。《搜神记》中的《干将莫邪》《韩凭夫妇》是突出的代表作。《干将莫邪》是写善铸宝剑的巧匠干将莫邪被楚王杀害后,他的儿子赤不惜牺牲自己,在山中侠客的帮助下,替父报了大仇。这个故事情节离奇,悲壮动人,它不仅鞭挞楚王的凶恶残暴,而且高度赞颂赤至死不移的复仇精神和山中侠客不吝生命、见义勇为的无私无畏的英雄气概。

《韩凭夫妇》是写宋康王强占韩凭的妻子何氏,韩凭含愤自杀,何氏趁与康王登台赏景之时,也跳台自尽。康王故意将他们分葬两处,而且厚颜无耻地说:"尔夫妇相爱不已,若能使冢合,则我弗阻也。"然而奇迹终于出现了:

宿昔之间，便有大梓木生于二冢之端，旬日而大盈抱，屈体相就，根交于下，枝错于上。又有鸳鸯，雌雄各一，恒栖树上，晨夕不去，交颈悲鸣，音声感人。宋人哀之，遂号其木曰"相思树"。

故事中的何氏是一个"富贵不能淫，威武不能屈"的女性，她在宋康王的威逼利诱面前，忠于爱情，坚强不屈，最后以身殉情，表现了纯洁崇高的思想品质。小说富有浪漫色彩的神奇结尾，象征着韩凭夫妇的精神不死，永不分离，它表现了当时人民的情感和愿望。

在黑暗的封建社会里，不只是最高统治者残暴荒淫，那些助纣为虐的贪官污吏也无不是凶残的吃人野兽。《述异记》写宣城太守封邵变虎吃百姓；《齐谐记》写薛道询化虎吃人又还原为人后，竟又升官。这些虽不是现实的故事，但表现了对反动官吏本质的认识。那些吃人的虎，显然就是残民以逞的贪官酷吏的化身。而《冤魂志》中的《弘氏》和《搜神记》中的《东海孝妇》则比较直接地表现了人民反抗昏官酷吏的斗争。《弘氏》写南津县尉孟少卿为了强取弘氏的木料给梁武帝盖庙，便将弘氏诬为强盗，判处死刑，夺去了木料。弘氏的冤魂不仅使少卿呕血而死，而且使经办该案的官吏们也一一受到惩罚。《东海孝妇》写孝妇周青被昏庸太守屈打成招，判为死罪。周青临死发下大誓：立十丈竹竿，以悬五幡，若为冤枉，血当顺竿而上。行刑后，血果然顺竿而上，而且当地大旱三年。这类故事的深刻意义在于揭露和抨击了昏暗的封建吏治，生动地表现了下层人民对昏庸官吏颠倒黑白、草菅人命的愤怒控诉和反抗。

人民的反抗精神还表现在与鬼妖的斗争上，《搜神记》中的《李寄斩蛇》可谓此类故事中最杰出的作品。故事是写东越国有一条大蛇，经常为害，地方官吏束手无策，听信巫祝神蛇之说，每年送一贫家女喂蛇，累年如此，已用九女。少女李寄挺身应募，设计杀死大蛇。李寄斩蛇的胜利，不仅是消灭了蛇妖，更主要的是在她身上集中地体现了古代劳动人民敢于斗争的胆略和善于斗争的智慧。对这个少年女英雄为民除害、勇敢无畏的崇高品质的赞颂，无疑也是对昏庸怯懦的封建官吏的嘲讽和鞭挞。

热情歌颂纯真美好的爱情，表达人民对婚姻自由的强烈追求，这也是魏晋南北朝志怪小说一个十分突出的主题。这类小说以超现实的虚构艺术，写了人神之爱、人鬼之爱，魂体分离之爱，起死回生之爱，表现了对封建婚姻制度的有力冲击。《搜神记》中的《紫玉韩重》和《幽明录》中的《卖胡粉女子》是这类题材的优秀之作。《紫玉韩重》写吴王夫差的小女紫玉与平民青年韩重相爱，私订婚约，遭到吴王的极力反对，紫玉郁闷而死。韩重游学归来，到紫玉坟上痛哭，紫玉显魂与韩重相见，并约韩重到墓中"与之饮宴，留三日三夜，尽夫妇之礼"，临别时还赠给韩重一颗明珠。后来韩重去见吴王，吴王认为他是"发冢取物"，要处治他，紫玉的灵魂又出现，为他解释。故事生动地描写了紫玉真挚的生死不渝的爱情，表现出作者对封建势力破坏青年男女自由婚姻的强烈控诉。

《卖胡粉女子》写一富家青年爱上了一位卖脂粉的姑娘，就天天假借买脂粉去与她说话。后来，男子在相会之际，"不胜其悦"，突然身亡。姑娘不顾一切，临尸痛哭，那男青年突又复活，终成夫妻。这个故事曲折地反映出封建婚姻制度对青年男女自由结合的压力，同时赞颂了爱情起死回生的力量。

《幽明录》中的《庞阿》则是在中国小说中首次采用离魂情节来表现爱情的动人故事。故事是写一个石氏女子一次在家看到男青年庞阿，一见钟情，精诚所至，竟然几次魂离躯体，前往庞家，与庞阿相会，并矢志不嫁他人，终为庞妻。这个故事，通过离魂这个离奇美妙的情节表达了少女对自由爱情的强烈追求。另外，像《搜神记》中的《天上玉女》记述孤苦的仙女和凡人结合；《卢充》叙说未婚而死的少女的鬼魂嫁夫生子；以及《列异传》中《谈生》的娶鬼妇等等，写的都是人神、人鬼的结合，但反映的却是现实社会中男女的真挚爱情。

第三，这时期的志怪小说也突出地表现人民群众对和平幸福生活的渴求与憧憬。魏晋南北朝是一个苦难的时代，人民于是就幻想一个无官民之分，无征战之苦，无压迫剥削，人们自耕自食，和睦相处的理想社会。《搜神后记》中的《桃花源》《韶舞》《袁相根硕》《穴中仙馆》和《幽明录》中的《刘晨阮肇》《黄原》都表现了这种良好的愿望。《桃花源》与《桃花源记》所述的内容一样，它通过一捕鱼人所遇，创造了一个乌托邦式的世外桃源：那里没有战争的创伤，没有天灾时疫的侵害，没有劳役赋税横征暴敛之苦，人们"不知有汉，无论魏晋"，男女躬耕自食，老幼怡然自乐。这理想的境界，表达了人民对剥削压迫、战乱世态的深恶痛绝，寄托着人民对安定生活的渴望。《韶舞》写荥阳人何某看见一个大人跳舞而来，那人自己说跳的是韶舞，一边舞一边走。何某跟他走入一个山穴，发现了很宽阔的地方，而且有良田数十顷，于是留下来开垦种地，后代子孙也就在这里生活了。这个故事同样表达了乱世中的人民渴望安居乐业、躬耕自食的生活理想。

《袁相根硕》《刘晨阮肇》《黄原》三个故事的情节都是写青年男子入山遇见仙女,结为夫妇的。这类故事主要的不是在写爱情,而是表达了人们在荒乱年代向往宁静幸福生活的愿望。

表达同样的思想内容的还有《搜神记》中的《千日酒》。但这个故事却写得十分含蓄、深刻,耐人寻味。内容写刘玄石因喝了狄希的"千日酒"而醉死过去,家人便将他埋葬。三年之后,狄希得知,叫人掘坟启棺,刘玄石果然醒来,但旁观者被玄石的酒气冲入鼻中,亦各醉卧三月。这个故事透过赞酒的表象,表露出消极避世的思想。宋人王中诗云"安得山中千日酒,酩然直到太平时",正是点破了这个故事蕴涵的思想。

人民群众对和平生活的追求还表现在想得到神仙帮助,逢凶化吉,解除危难,改变境遇,获得幸福的幻想上。这类故事在志怪小说中为数甚多,带有相当的普遍性。如《搜神记》中的《董永葬父》《杨伯雍施水》,《搜神后记》中的《白水素女》,都是这类故事的优秀之作,这些故事都是把佛教中"善恶报应"的观点用劳动人民自己的理解作了形象化的符合生活逻辑的解释。

以上我们介绍了魏晋南北朝志怪小说进步的思想内容,这也是最值得我们珍视的精华。但我们也应该看到,作为特定历史时期的产物,魏晋南北朝志怪小说中的不少作品则渗透着宗教迷信的糟粕,它们或鼓吹服药求仙、丹鼎符箓、肉体成仙等道家观念,或宣扬佛家的灵魂不灭、轮回报应、天堂地狱之说,或说巫鬼妖怪,或夸殊天异物,目的都在证明神仙及幽冥世界的实有和神鬼的感灵。如《搜神记》中的《阮瞻》就是写"素执无鬼论"的阮瞻被鬼吓坏的故事,显然是在证明鬼神的存在。这类故事在魏晋南北朝志怪小说中为数不少,带有很浓厚的消极因素,把人带到宗教迷信的幻境中,使人们屈从于命运的安排,客观上起了巩固封建统治的消极作用。

(四)艺术成就及在小说史上的意义

魏晋南北朝志怪小说处于小说发展的初期。在艺术形式方面,一般还是粗陈梗概。由于作者在写作时都把怪异之事当作真事,按史家"实录"原则如实记载。因而志怪小说的创作一般还不是有意识的文学创作,总的来看是多叙事少描写,并不专意于人物形象的刻画。一些故事虽以离奇取胜,但情节又往往简单,和后来的短篇小说相比还有很大的距离,但一些优秀作品在艺术上也取得了相当的成就。

从小说艺术发展的角度看,首先是加强了故事的完整性和丰富性,情节曲折多变,引人入胜。如《干将莫邪》《韩凭夫妇》《李寄斩蛇》《刘晨阮肇》《左慈》等,在情节结构上都摆脱了粗陈梗概的写法。《干将莫邪》写干将莫邪埋剑别妻;赤入山逢侠;侠客携赤头入宫行刺。这开头、发展和结尾三部分,完整圆合,很自然地推进了故事情节的进展。而在《李寄斩蛇》中,作者先用官吏的无能、九女的懦弱反衬李寄的勇敢,再通过铺写李寄斩蛇的过程,刻画李寄沉着机智的性格,最后写李寄斩蛇后"缓步而归",再一次渲染了她的勇敢沉着。不仅故事委曲多姿,引人入胜,而且也成功地塑造了这个象征人民战胜灾害的智慧与勇敢的少女形象。又比如《续齐谐记》中的《阳羡鹅笼》,写书生自由出入鹅笼,嘴吐酒菜和女人,女人再吐男人,男人又吐女人,寻欢作乐,后又一一吞入,情节曲折有致,故事生动有趣,可谓"辗转奇艳"、"幻中生幻",大有山外有山,戏中有戏之妙。这说明此时有些志怪小说已开始注意避免平铺直叙,追求情节波澜曲折的趋向。

其次,有些描写妖魅神怪的小说已不仅仅满足于情节的离奇曲折,而且还常常赋予被描述对象以人性和可感的音容笑貌,用写人的手法来写鬼神妖魅,因而也使之富于人情味和生活情趣,读来兴味盎然,给人的审美感受也比较丰富深刻。如《幽明录》中的《刘俊》,写三个在雨中争夺瓠壶的小孩,行为诡异,显系鬼魅,但举止动作,声口性情,完全是三个顽童,并不使人感到阴森可怕,反而感到活泼有趣。这一类故事在魏晋南北朝志怪小说中占有相当的篇幅。它说明一些主要来自民间传说的志怪小说,世俗性、人情味加强了,宗教性则相对减弱了。

第三,一些志怪小说已初步注意了对场面、人物动作、人物语言进行细节性的描写渲染,以衬托人物性格。如《搜神记》的《干将莫邪》不仅具体描述了赤报仇坚决,不惜牺牲自己的刚烈行动,而且还通过他的头被煮时"踔出汤中,瞋目大怒"的细节,突出地表露了他对楚王的死不瞑目的刻骨仇恨。《韩凭夫妇》写何氏跳台前"阴腐其衣",表现她的机智、细心和"视死如归"的殉情精神。又如《搜神记》中《千日酒》,写刘玄石酒醒一段,亦可谓刻画细致,栩栩如生:"……乃命家人凿冢破棺看之,冢上汗气彻天,遂命发冢,方见开目张口,引声而言曰:'快哉醉我也!'因问希曰:'尔作何物也?令我一杯大醉,今日方醒,日高几许?'墓上人皆笑之。"这里写刘玄石初醒时的动作、语言,真是神态如见。

魏晋南北朝的志怪小说在中国小说史上有着不容忽视的重要意义。从中国小说史的角度看,处于小说初级阶段的魏晋南北朝志怪小说与同期的轶事小说相比,具有更多的小说因素,最突出的是它有丰富的想象和幻想,比较鲜明的形象和比较完整的情节,这些因素在各种条件的作用下,不断增长、扩大和完善,使它发展为更高级的小说形态。唐代传奇就是在志怪小说和史传文学的影响下而发展起来的相当成熟的文言短篇小说。

二、唐宋金元志怪小说

（一）唐代志怪小说

到了唐代,由于传奇小说的兴盛,志怪在文言小说中不占主要地位,但它并未消逝,而是以更完善的形态继续发展,自成一系,唐、宋、元、明、清均有志怪佳作。不过因受传奇的影响,有传奇化的趋势,以至有的作品已很难分清是传奇还是志怪。胡应麟感叹地说:"至于志怪、传奇,尤易出入,或一书之中二事并载;一事之内两端具存,姑举其重而已。"①现代学界也是见仁见智,难以统一,"我们只能约定俗成、又各抒己见来讨论了"②。因此,我们下面所论述的志怪作品,在另一些学术著作中可能被认定为传奇小说。

唐代志怪小说较之六朝志怪小说,有新特点。如狐魅故事增强;为增加可信度,时间、地点、姓氏等交代较具体;艺术描写也有进步③。

在唐代比较重要的有张说《梁四公记》、唐临《冥报记》、戴孚《广异记》、段成式《酉阳杂俎》、温庭筠《乾𦠆子》等。简要介绍如下:

张说(667—730),洛阳人,曾封为燕国公。顾况《戴氏广异记序》称"国朝燕公《梁四公记》",因此,认为《梁四公记》是张说著。原文已佚,《太平广记》卷八一有《梁四公记》一条,卷四一八《五色石》和《震泽洞》亦出自《梁四公记》。类似六朝博物志怪和杂传志怪,但描写更为细致,想象更为丰富。如《梁四公记》里傑公先介绍了一个以蛇为夫的女国,众人怀疑,他却还举出六个女国来证明他的奇谈。尤其是以蛇为夫的女国:"……洲中有火木,其皮可以为布,炎丘有火鼠,其毛可以为褐,皆焚之不灼,污以火浣。……大鸭生骏马,大鸟生人,男死女活。鸟自衔其女,飞行哺之,衔不胜则负之。女能跂步,则为酋豪所养。女皆殊丽,美而少寿,为人姬媵,未三十而死。有兔大如马,毛洁白,

---

① 胡应麟《少室山房笔丛·九流绪论下》,上海书店出版社2001年版,第282页。
② 程毅中《古体小说论要》,华龄出版社2009年版,第55页。
③ 参看侯忠义《隋唐五代小说史》,浙江古籍出版社1997年版,第13页。

长尺余。有貂大如狼,毛纯黑,亦长尺余,服之御寒。"想象丰富而奇特,无疑对"女儿国"故事有启发。

《震泽洞》条生动而细致描写梁武帝时傑公遣罗子春等为使者到东海龙宫龙王第七女处以礼取回珠宝的过程,这对后来有关龙的描写影响很大。

《冥报记》三卷。作者唐临(601?—660?),字本德,京兆长安(今陕西西安)人。累官吏部尚书,显庆四年(659)贬为潮州刺史,卒于官。《冥报记》意在劝善惩恶,宣扬佛家报应之说。如《陆怀素》说大火焚烧之后,唯佛经独存。《王将军》因好打猎,杀生太过,遭报应,其女口作兔鸣,月余而死。甚至就因为偷了邻家的蛋就要受地狱煎熬。也有少数作品写得趣味盎然。如《兖州人》叙兖州人张某到泰山祈福,见庙里府君第四子的神像秀美,希望和他交友。后来四郎果然成为他的朋友,把他从强盗手中救出,又让他妻子还魂。但《冥报记》多数作品在思想和艺术上没有多少新意。

《广异记》二十卷,作者戴孚,谯郡(今安徽亳州)人,至德二年(757)进士,官校书郎,饶州录事参军,年五十七卒。书中记唐高宗至德宗时期神鬼怪异故事。它继承六朝志怪,风雨雷电,草木鸟兽皆成题材。最使我们感兴趣的是人神、人鬼恋爱故事和鸟兽精怪故事。如《李湜》说他"谒华岳庙,过三夫人院",与女神恋爱,每年七月七日至十二日相聚,连续了七年。而李湜每次回家,"莫不惆怅鸣咽,延景惜别"。《三卫》记三卫见义勇为,为解救被丈夫虐待的北海女,替她给父亲送信,解救了她。对柳毅传书的故事有明显的影响。写鸟兽精怪故事也颇精彩。《勤自励》记他从军后十年未归,其妻林氏被父母逼迫改嫁。成婚之夜,自励归来,闻讯后"不胜忿怒",持剑而往。途中在树洞避雨,杀死三只幼虎。后大虎衔一物来,视之乃其妻。杀虎后负妻还家。原来自励妻不愿改嫁,在宅后桑林中自缢,为虎所取。写狐的故事很多,《太平广记》收集自汉代至宋初写狐题材的小说七十四篇,而出自《广异记》就有三十三篇之多,其对以后以狐为题材小说的影响深远。

《酉阳杂俎》前集二十卷,续集十卷,作者段成式(803—863),字柯古,齐州临淄(今山东淄博东北)人。父文昌,宪宗元和末年任宰相。以父荫为秘书省校书郎,历任吉州等郡刺史,官至太常少卿。《酉阳杂俎》内容"奇且繁",所叙仙佛鬼怪,神话传说,人间俗事,乃至天文、地理、生物、化学、矿藏、交通、习俗、外事等方面,无所不包。如鲁迅所说:"或录秘书,或叙异事,仙佛人鬼以至动植,弥不毕载,以类相聚,有如类书,虽源或出于张华《博物志》,而在唐时,则犹之独创之作矣。""所涉既广,遂多珍异,为世爱玩,与传奇并驱争先矣"①。

　　段成式深受佛道思想影响,以仁爱慈悲之心,以闲放自适,娱悦性情的心态来写作,在他笔下,鬼怪异物大多善良,少阴森恐怖的景象;人与动植物,与自然界和谐相处。《丘濡》中飞天夜叉化为美丈夫,把一个女子摄到古塔上,共同生活了好几年。他对女子很好,"日两返,下取食,有时炙饵犹热"。而女子知道他是夜叉后,也不讨厌他:"我既为君妻,岂有恶乎?"后来缘分已尽,夜叉与女泣别,还送她一块宝石,让她回家为母亲治病。《长须国》写一士人随新罗使被风吹到长须国,这里繁荣昌盛,但无论男女都有胡须。士人受到热情款待,被招为驸马,"威势烜赫,富有珠玉",但看到妻子的胡子就不太高兴。有一天,国王说有难,"非驸马不能救"。士人则表示:"苟难可弭,性命不敢辞也。"士人去求龙王,原来该国是虾国,是龙王的食料。龙王看在士人面上,把虾王放回去了。这里士人和虾王有生死相交的情谊。人不但与鬼怪动物情感相通,与植物也和谐相处。一个和尚种了四株青桐树,"桐至夏有汗,污人衣如辄脂,不可浣"。影响了人们游览避暑。和尚对树说:"我种汝二十余年,汝以汗为人所恶,来岁若复有汗,我必薪之。"桐树很配合,"自是无汗"(《寺塔记上》)。与此相反,如果虐待、残害动物,却招处罚。《物革》篇说南孝廉"善斫鲙,縠薄丝缕,轻可吹起",把鱼"千刀万剐","凌迟处死",为客人"衒技"。结果是"忽暴风雨,雷震一声,鲙悉化为蝴蝶飞去。南惊惧,遂折刀,誓不复作"。

　　段成式不少作品情节曲折生动,人物性格比较鲜明,有向"用传奇法以志怪"过渡的趋势,因此,有的作品属志怪还是传奇,学界有不同的认定。下面试举两篇作品为例。《叶限》是中国版的"灰姑娘"故事,可是比格林童话早了近一千年。叶限父亲有两个妻子,她的生母已死,后来父亲也死了,后母虐待她。她得到一条鱼,将它从两寸多长一直养到一丈多长,而鱼也只认叶限一人,"女至池,鱼必露首枕岸,他人至不复出"。然而,这样一条与弱女子亲密无间的神鱼,却被其后母残忍地杀害,并且"膳其肉","藏其骨于郁栖之下"。后来,经神灵提示藏在粪堆下的鱼骨终于被叶限领回家中。她要什么,鱼骨就给她弄来什么。终于在一次"洞节"上,叶限"衣翠纺上衣,蹑金履",被后母和她的女儿认出,赶快跑回家,慌乱中丢了一只鞋,被洞人拾到,给了国王。国王"乃令一国妇人履之,竟无一称者"。故事的结局,当然找到了叶限,她被国王娶为

---

① 《中国小说史略》,第95页。

"上妇"。故事曲折生动,叶限的善良、纯洁和后母的残酷、狡猾形成鲜明的对比。

记载豪侠人物的一些故事,如《僧侠》《京西店老人》《兰陵老人》《周皓》等都是较为精彩的豪侠小说。《僧侠》中韦生所遇的僧人及子飞飞的故事脍炙人口。

士人韦生素善弹,在感到僧人可疑之时,密取弹弓弹之,正中其脑。"僧初若不觉,凡五发中之,僧始扪中处,徐曰:'郎君莫恶作剧。'韦生知无可奈何,亦不复弹"。僧人慕韦生弹弓的技艺,乃以盗的真实身份相告,并"举手搦脑后,五丸坠焉"。故事至此,好像难以发展了。不料作者却能将情节更推进一层,引出高手比武扣人心弦的场面:

> 乃呼飞飞出参郎君。飞飞年才十六七,碧衣长袖,皮肉如脂。僧曰:"向后堂侍郎君。"僧乃授韦一剑及五丸,且曰:"乞郎君尽艺杀之,无为老僧累也。"引韦入一堂中,乃反扃之,堂中四隅,明灯而已。飞飞当堂执一短马鞭,韦引弹,意必中,丸已敲落。不觉跃在梁上,循壁虚蹑,捷若猱猿。弹丸尽,不复中。韦乃运剑逐之,飞飞倏忽逗闪,去韦身不尺,韦断其鞭数节,竟不能伤。僧久乃开门,问韦:"与老僧除得害乎?"韦具言之。僧怅然,顾飞飞曰:"郎君证成汝为贼也,知复如何?"

老僧原来是要借韦生来考验飞飞是否可以继承他的事业。情节生动,武艺绝妙,引人入胜。段成式的作品富有诗意。《忠志》篇的"瑞龙脑香"说唐玄宗把交趾进贡的瑞龙脑赐给杨贵妃,当玄宗在琵琶声中与亲王对弈时,一旁观阵的贵妃见玄宗将输,就放出小狗扰乱棋局,甚得玄宗欢心。这时贵妃领巾被风吹到贺怀智幞头上,贺回家便把这顶被薰染了香气的幞头珍藏于锦囊中。到安史乱后玄宗回长安之日,"追思贵妃不已,怀智乃进所贮幞头,具奏他日事,上皇发囊,泣道:'此瑞龙脑香也。'"把珍奇异物和时世的变迁结合起来,睹物思人,"确实起到了着一意象而诗情深蕴的审美效果"[①]。

《酉阳杂俎》多涉唐代朝野的逸闻趣事,随手拈来,涉笔成趣,可视为轶事小说。如《语资》篇里关于"腹稿"和"泰山"的典故:"王勃每为碑颂,先墨磨数升,引被覆面而卧。忽起,一笔书之,初不窜点,时人谓之腹稿。"明皇封禅泰

---

① 杨义《从〈酉阳杂俎〉到〈夷坚志〉》,《齐鲁学刊》1992年第2期。

山,张说为封禅使。封禅之后,他女婿郑镒从九品骤升为五品,玄宗"怪而问之,镒无词以对。黄幡绰曰:'此泰山之力也。'"

总之,《酉阳杂俎》是文言小说中成就较高,影响较大的小说集。

《乾𦠅子》作者温庭筠(812?—866),字飞卿,太原人。唐代著名文人。累举进士不第,曾任县尉、国子助教等。原书三卷,今本残,《太平广记》辑存三十余条。鲁迅称其书曰:"仅录事略,简率无可观,与其诗赋之艳丽者不类。"[①]但也有少数用志怪写世情的小说,堪称佳作。

《华州参军》说柳参军上巳日在长安曲江偶遇崔氏女,两人一见钟情。舅舅执金吾王某要纳崔氏女为儿媳。崔母不敢违背哥哥,答应了。但崔氏女不愿意,希望嫁给柳生。母亲体谅女儿,让她和柳生结合。崔母诈称被侄儿强娶去。王家到处查访,一无所获。后来崔母病逝,柳生与崔氏女去吊丧,被王家发现告官,官府判给王生。过了几年,金吾去世。崔氏女和婢女轻红打听到柳生的住处,竟私奔到柳生处。王生再告官,崔氏女说已怀孕,但王生"又不责而纳焉"。柳生流放江陵,两年后,崔氏女和轻红都去世了。但她们的鬼魂却到江陵和柳生生活在一起。王生听说后,奔到千里外的江陵,找到他们。鬼魂不见了,柳生和王生一同回到长安,掘崔墓验证,然后又重新安葬。柳、王两人"入终南山访道,遂不返焉"。

这篇小说歌颂崔氏对爱情的主动、大胆、执着的追求,令人感动。柳生有唐代文人的风流禀性,当崔母派轻红去向柳生表达女儿的心愿时,柳生又看上轻红,被她义正词严地教训了一顿。不过,柳生后来对爱情的态度也坚定起来。轻红和崔氏女情同姐妹,一直支持崔氏女,让人印象深刻。最让人感兴趣的是次要角色王生。在一般言情小说中,他们往往被贬低甚至丑化。但这篇小说里的王生是个"痴情种子"。他"常悦慕表妹",知道崔氏女喜欢别人,他痴心不改;当父亲通过打官司夺回崔氏女,他不计前嫌;崔氏女私自去和柳生一起生活,而且称已怀孕,但王生"又不责而纳焉"。崔氏女死后,"王生送丧,哀恸之礼至矣"。后来他找到江陵,看到了妻子和柳生,他在"门外极叫",又惊奇又嫉妒的心理昭然若揭。王生的形象反映了唐代在两性关系上的开放态度。小说结局也别开生面,蕴含深意。

《陈义郎》写陈义郎父亲陈彝爽登第,授仪陇县令。邀同乡好友周茂方同

[①] 《中国小说史略》,第95页。

行;妻子郭氏和两岁的儿子义郎也带去。"其母恋旧居,不从子之官",郭氏裁一件衣服给婆婆作纪念,不料手指被刀刺伤,血染了衣服,洗不掉,婆婆把这件带血痕的衣服珍藏起来。陈彝爽赴任途中,在崎岖山路上,被周茂方杀害了,周冒名去上任。郭氏因子年幼,只好屈从。过了十七年,陈义郎去应举,路过老家,一"鬻饭媪"因觉义郎似其孙,于是以血衫相赠。当郭氏看到义郎带回的血衫后,把真相告诉儿子,义郎杀了周茂方,为父报仇。侍母回乡,"郭氏养姑三年而终"。

杀夫、谋妻、冒官、复仇在《原化记·崔尉子》《闻奇录·李文敏》中也有类似的情节,可能对玄奘"江流儿"故事都有影响。用"血衫"这样的"物件"把整个复杂的故事贯穿起来,在我国小说史上还属首次,以后话本小说里就继承下来,发展得更成熟。

《窦乂》写一个青年窦乂凭伯父送的一双鞋袜卖了五百钱起家,靠勤劳和善于经营而发财;同时他也贿赂权臣,把一处房产送给德宗朝功臣李晟"为击毬之所",然后利用李晟的权势为几个富商子弟谋得肥美的官职,富商们又报答他数万钱。这篇作品展示了封建时代商人的发迹史,今天读来也颇有启示意义。

《何让之》《赵存》《王诸》等作品亦可一读。

(二)宋金元志怪小说

北宋太祖、太宗、真宗,约六十多年,是从唐五代到宋初的过渡期,志怪小说继承了唐五代的创作题材和艺术表现方法,主要作品有徐铉《稽神录》和吴淑《江淮异人录》。北宋中期,志怪小说成就较差;两宋之交,志怪小说较有成就;南宋中后期,以《夷坚志》为代表,是它的繁荣期。金元时期成就不高,元好问《续夷坚志》尚可一读。

宋元志怪小说的特点:以道教为主,巫、道、释融合渗透,而儒家忠孝节义却是其核心的价值观;受唐传奇影响,"有意为小说",情节曲折,显示出"传奇化"的特征。多在作品结尾,注明事情是听谁说的以证明故事的真实性。

五代到宋初,《稽神录》和《江淮异人录》是较好的作品。

《稽神录》,作者徐铉(916—991),字鼎臣,扬州广陵(今江苏扬州)人。初仕吴,后仕南唐,随后主李煜降宋,官至直学士院给事中、散骑中常侍。入宋参预编《太平御览》《太平广记》《文苑英华》等大型丛书。《稽神录》六卷,附拾遗、补遗各一卷。

《稽神录》在叙述怪异的故事中表现对五代战乱中苦难人民的关怀和统治者暴行的谴责。如《王建封》说江南军使王建封骄横奢靡，"筑大第于淮之南。暇日临街坐窗下，见一老妪携少女过于前，衣服褴褛，而姿色绝世"。王就要了这个少女，但叫她母女换衣时，"妪及女始脱故衣，皆化为凝血于地。旬月，建封被诛"。《周洁》写霍丘令周洁到淮上，看到的是"时民大饥""村落烟火"的战乱景象，到一家借宿。开门的女子说："家中饥饿，老幼皆病，愧无以延客，止中堂一榻可矣。"周洁给了女子和她妹妹两块饼。第二天要和她们告别，看见的是一幅悲惨的画卷："乃见积尸满屋，皆将枯朽，惟女子死未旬日，其妹面目已枯矣。二饼犹置胸上。"

《稽神录》在艺术上，总体说"平实简率"，成就不高。

《江淮异人录》二卷。作者吴淑（947—1002），字正仪，润州丹阳（今江苏丹阳）人。徐铉女婿。在南唐举进士，后从李煜归宋，授大理评事，预修《太平御览》《太平广记》《文苑英华》《太宗实录》，仕至职方员外郎。

《江淮异人录》主要写集道流、方士、侠客某些特点于一身的"异人"。如《耿先生》叙南唐将校耿谦之女，好书能诗，明于道术。"能拘制鬼魅，通于黄白之术"，召入宫，号曰"先生"。炼黄白之物，不用火，能在怀中炼就，甚至能把雪炼成银子。

《洪州书生》最为人称道：

  成幼文为洪州录事参军，所居临通衢而有窗。一日坐窗下，时雨霁泥泞，而微有路。见一小儿卖鞋，状甚贫窭，有恶少年与儿相遇，绁鞋坠泥中，小儿哭求其价，少年叱之不与。儿曰："吾家旦未有食，待卖鞋营食，而悉为所污。"有书生过，悯之，为偿其值。少年怒曰："儿就我求钱，汝何预焉？"因辱骂之，生甚有愠色。成嘉其义，召之与语，大奇之，因留之宿，夜共话。成暂入内，及复出，则失书生矣。外户皆闭，求之不得，少顷，复至前曰："旦来恶子，吾不容，已断其首。"乃掷之于地。成惊曰："此人诚忤君子，然断人之首，流血在地，岂不见累乎？"书生曰："无苦！"乃出少药傅于头上，捽其发摩之，皆化为水。因谓成曰："无以奉报，愿以此术授君。"成曰："某非方外之士，不敢奉教。"书生于是长揖而去，重门皆锁闭，而失所在。

这篇小说对以后的武侠小说有明显的影响。

宋初至仁宗,志怪小说有张君房的《乘异志》、黄休复的《茅亭客话》等,但成就不高,没有太大的特色。仁宗以后,志怪小说走出低谷,有了新的发展。张师正的《括异志》、刘斧《青琐高议》、李献民《云斋广录》中都有较有特色的作品。

张师正,字不疑,襄国(今河北邢台)人。进士及第,后多任武职,曾任辰州帅、鼎州帅等。至神宗熙宁十年(1077)仍在世,已六十二岁,不知卒于何时。《括异志》十卷,多记五代末至北宋间奇闻异事,尤多道士成仙和因果报应故事。《王廷评》说王廷评中状元,后任南京考试官,却"精神恍惚,如失心者"。原因是"王向在乡间,与一倡切密,私约俟登第娶焉。既登第,为状元,遂就媾他族。妓闻之愤恚自杀,故为女厉所困"。这是著名的王魁负桂英故事的本源。《王廷评》说恶人恶报,《钟离发运》则说好人好报。叙钟离瑾在德化当县令,为嫁女于许氏,要买个婢女作陪嫁,结果买来的却是前任县官的女儿。他于是写信给许家,要求推迟女儿婚期,先嫁前县令之女,"吾将辍吾女之资以嫁焉"。许家很感动,说他有两个儿子,于是就"以二女归许氏"。后来,钟离得到了好报。这个故事为《醒世恒言》之《两县令竟义婚孤女》所本。

《青琐高议》作者刘斧,生平不详,主要生活在宋仁宗至哲宗年间。《青琐高议》二十七卷,是一本选编、自撰皆有的集子,内容比较庞杂,包括志怪、传奇、诗歌、论文等。程毅中认为"可能就是刘斧用以说话的一种底本"[①]。宋代重要的传奇小说如《流红记》《谭意歌传》《王幼玉传》《王榭传》等都收入其中,我们将在介绍传奇小说时论述。从志怪小说来看,也有一些较好的作品。《远烟记》叙筠州人戴敷,娶都下酒肆女为妇。后家庭败落,妻为其父夺归。敷"日夜号泣",妻王氏亦然,发誓绝不改嫁,要以死报敷。后来大病,家人都劝王父让她回到丈夫身边。但王父说:"吾头可断,女不可归敷!"王氏终于病死,敷取其骨归筠州,钓鱼自给。"敷行数里外,隐约烟波中亭亭有人望焉。数日,钓无鱼,只见烟波人。岁余则似近。又半岁,愈近焉。经月,则相去不逾五十步。熟视,乃其妻王氏也。敷号泣,妻亦然,道离索之恨。更旬日,不过数步。敷乃题诗于壁。诗曰:'湖中烟水平天远,波上佳人恨未休。收拾鸳鸯好归去,满船明月洞庭秋。'一日,敷乃别主人,具道其事。主人不甚信,乃遣子与敷翌日往焉。敷移舟入湖,俄有妇人相近,与敷执手曰:'自子持吾骨归筠,我即随子于

[①] 程毅中《宋元小说研究》,江苏古籍出版社1998年版,第101页。

道途间。子阳旺,不敢见子。子钓湖上,相望者二载,以岁月未合,莫可相近,今其时矣。'乃引敷入水中。主人子大惊而回。后数日,尸出水上……"作者把一对青年男女的爱情婚姻悲剧写得细致感人。

《青琐高议》中的志怪小说更重要的是对后世的影响。如《吕先生记》《续记》《何仙姑续补》《韩湘子》《施先生》等是早期钟、吕、何、韩四仙的传说,开启了八仙小说、戏曲的先河。《柳子厚补遗》《善政》《葬骨记》影响《百家公案》相关的故事;《陈叔文》被改编为戏曲等等。

《云斋广录》和《青琐高议》类似,是一部志怪、辑佚、传奇并收的小说集。作者李献民,字彦文,一作元文,廪延(今河南延津北)人,生平不详。全书九卷六门,即"士林清话"记士林之轶事;"诗话录"多录宋人诗歌;"灵怪新说""丽情新说""奇异新说""神仙新说"四门为志怪、传奇小说,共十四篇。其中多为传奇小说,容后再叙。志怪小说构思新奇,讲究词章文采,少古板教训面孔。如《甘陵异事》,说宋潜去甘陵当官,赵当依栖于他的门馆。宿于一室,夜里来一美人,纤腰一搦,楚楚动人。自称是邻居彭城郎之妾,夫主外出未还,故逾垣自荐,与赵当共寝。后来每夜必至,常唱新歌,有"一自别来音信杳,相思瘦得肌肤小"、"有时缓步出兰房,旁人竟笑身如削"等句。宋潜发觉,待美人入室,双手去抱,感到这美妇很细,原来是灯檠成精化为美妇。揭开谜底后,再回想她的诗句,句句紧贴灯檠的特点,富有情趣。

靖康之变后,南宋偏安一隅,临安等城市出现了畸形的繁荣,为文学艺术的发展创造了有利条件;北方文人南迁,集中在江浙一带,相互交流,促进了文学创作;南方民间多巫鬼信仰,为志怪小说创作提供素材;加之统治者的喜好、提倡等因素[1],南宋的志怪小说经过初期的一段回落后,到孝宗、光宗时代达到高峰,标志性的作品是洪迈的《夷坚志》。

《夷坚志》,作者洪迈(1123—1202),字景庐,号容斋,别号野处,鄱阳(今江西波阳)人。曾任知州、中书舍人兼侍读、直学士院、端明殿学士等官职,兼修国史。还著有《容斋随笔》等。《夷坚志》全书共四百二十卷,元朝时书已散佚,现存二百零七卷,不到全书一半。

书名为"夷坚",取自《列子·汤问》中"大禹行而见之,伯益知而名之,夷

---

[1] 张端义《贵耳集》云:"宪圣在南内,爱神怪幻诞等书,郭彖《睽车志》始出,洪景卢《夷坚志》继之。"中华书局1958年版,第8页。

坚闻而志之"的寓言,说明它是专门记载异闻的。虽然多是神鬼怪异,但却是宋代社会生活的真实反映。

首先是在宋金战争大背景下,表现人民的苦难和北方人民对故国的怀念。如《太原意娘》写王意娘和丈夫韩师厚逃难到淮阴一带,被金兵掳去,金酋"欲相逼","义不受辱,引刀自刎"。做了鬼,还"每念念"已在江南做官的丈夫。后她丈夫出使金国,把她的尸骨带回江南,誓不再娶。但韩师厚后来又另娶了,她在梦中谴责韩违背誓言,要他同死。这个故事反映了金人南犯给人民带来的灾难和沦陷区人民对故国的思念;也谴责了南宋官员忘却沦陷区亲人,不图恢复的苟安逸乐心态。这个故事当时可能流传甚广,《鬼董》也写了类似的故事,"洪公不详知,故复载之,以补《夷坚》之阙"。但是,《鬼董》所写没有金兵南侵,造成的灾难和金酋逼死意娘的情节,只是单纯谴责男人再娶和女人再嫁,其意义远不如《夷坚志》。说话艺人取此两篇敷衍成《喻世明言》里的《杨思温燕山逢故人》,故国情怀更真挚动人,描写也更细致。

又如《侠妇人》,写莱州胶水县主簿董国庆,"中原陷,不得归,弃官走村落"。旅店主人可怜他,给他买了一个小妾。这小妾辛勤劳作,善于理家,三年时间,置下田庄,生活富裕。但董国庆思念南国和亲人,郁郁寡欢。小妾请受过自己恩惠的义兄帮他回到南方,第二年义兄又把她送到董国庆身边。当时金人的统治是很严酷的,"是时房下令,宋官亡命许自言,匿不自言而被首者死"。在这种情况下董国庆不顾危险坚决要回南方,表现了强烈的爱国精神;小妾作了勇敢而周密的安排,这个神秘的小妾确实是一个侠妇人。

其次,反映当时社会黑暗的作品很多。如《袁州狱》,叙宜春县尉"遣弓手三人买鸡豚于村墅,阅四十日不归",三人妻告状。但案件破不了,县尉诱骗四个乡民,让他们自认为盗杀人,打入死囚牢中拟斩,司理黄某审知其冤,不肯签字,但县尉和郡守串通反诬黄受贿,黄被迫签署了案牍,四乡民被冤杀。这是一件骇人听闻的冤案,反映了当时吏治的黑暗残酷。《蔡侍郎》写蔡居厚"去年帅郓时时,有梁山泺贼五百人受降,既而悉诛之",因此,受冥报,在阴间受审。这表明作者对蔡居厚残酷杀降的谴责。这条是研究《水浒传》成书的重要资料。《毛烈阴狱》则表现豪强和官府勾结,对老百姓的迫害。小说写陈祈怕兄弟分产,暗中将部分田产典当给"不义起富"的毛烈。分家后拿钱赎回,却没有把券证取回,钱被毛烈吞没了。陈祈告到县里,县吏受贿,反说陈祈诬告,遭到杖责。"诉于州、于转运使,皆不得直"。后来到东岳行宫告状,才惩治了毛烈等恶人。还有不少写家主虐杀妾婢的。如《杨政姬妾》：

> 杨政在绍兴间为秦中名将，威声与二吴埒，官至太尉。然资性惨忍，嗜杀人。帅兴元日，招幕僚宴会，李叔永中席起更衣，虞兵持烛，导往溷所，经历曲折，殆如永巷。望两壁间，隐隐若人形影，谓为绘画。近视之，不见笔踪，又无面目相貌，凡二三十躯。疑不晓，叩虞兵。兵旁睨前后，知无来者，低语曰："相公姬妾数十人，皆有乐艺，但少不称意，必杖杀之而剥其皮，自手至足，钉于此壁上，直俟干硬，方举而掷诸水，此其皮迹也。"叔永悚然而出。

把数十人剥皮，钉壁上作壁画欣赏，其灭绝人性的行为令人发指。《京师浴堂》记京师浴堂厮役要把来京城"参选"的官员，杀了卖人肉，可以证明《水浒传》里的人肉馒头店并非虚构，也可见当时社会的混乱。

第三，描写婚恋的作品。《西湖女子》叙江西某官员到杭州，游西湖，"因独行疲倦，小憩道旁民家"，与其家女子相爱。后男主角离都城临安赴任时，向女子父母求婚，被拒绝，两人只好离别。五年后男主角再来，在途中遇见女子，她说已经嫁人，却跟男主角到旅舍同居了半年，男子要带她同走时，她才吐露真情说自己因相思而亡，幽魂难跟男子一起走。"但阴气侵君已深，势当暴泻，惟宜服平胃散以补安精血"。两人"恸哭而别"。这一对恋人的故事颇为动人，西湖女子形象鲜明，不但对爱情大胆追求，而且对爱人关心体贴，永别之时，要他服药以保平安，这结尾一笔颇有新意。

《吴小员外》写北宋京城开封有个吴小员外到金明池游玩，与一当垆女一见钟情，"思慕之心形于梦寐"，当垆女死去，鬼魂与吴小员外同居。后被道士破坏，以悲剧结束。这个故事被说话艺人敷衍成《金明池吴清逢爱爱》，但不是悲剧，而是吴小员外得到美满婚姻。《鄂州南市女》说富人吴氏女爱上南草市茶店的仆人彭先，相思成疾，母亲得知女儿的心思后，心疼女儿，便与丈夫商量。吴父虽然起初不情愿，但是疼女心切，在亲友劝说下，还是同意了，没想到最大的阻力来自于彭先，彭先对此严辞拒绝。后来吴氏女病死，她在去世后，遇到樵夫少年开棺盗财，吴氏女死而复生，在被迫与樵夫生活一段时间之后，她"思彭生之念不暂忘"。一天，吴氏女让樵夫带到南市，"才入市，径访茶肆，登楼，适彭携瓶上。女使樵下买酒，亟邀彭，并膝道再生缘由，欲与之合"。并想办法与他见面。但是"彭既素鄙之，仍知其已死，批其颊曰：'死鬼！争敢白昼现形?'"并"逐之",以致于吴氏女坠楼而亡,造成悲剧结局。《醒世恒言·闹樊楼多情周胜仙》受本文及《清尊录》所载《大桶张氏》影响而成。与本文相比,《闹樊楼多情周胜仙》对男主人公的形象作了较多改变,小说中的范二郎与周胜仙之间是相互爱慕,不像彭生那么绝情。

《满少卿》是一个负心故事,写满少卿在流落他乡时,"穷冬雪寒,饥饿寓舍",得到焦大郎的周济,又娶了他的女儿。满中进士做官后,回到故乡,他叔父作主,给他娶了富家朱氏女,就遗弃了焦氏,"凡焦氏女所遗香囊巾帕,悉焚弃之,常虑其来,而杳不闻问"。二十年后,焦氏找到门上,自己说愿当侧室。一天,满少卿死在她的房里,焦氏却不见了。朱氏梦见她说:"满生受我家厚恩而负心若此,自其去后,吾抱恨而死,我父相继沦没。年移岁迁,方获报怨,此已(此处似有脱误)幽府伸诉逮证矣。"洪迈在篇末加按断说:"此事略类王魁,至今百余年,人罕有知者。"这篇在诸多负心类作品中还是写得比较详细的,在叙事上也较有特色,如焦氏找到满生时,不说她为他而死,只说:"吾父已死,兄弟不肖,乡里无所依,千里相投。前一日方至,为阍者所拒,恳祈再三,仅得托足。今一身孤单,茫无栖泊。汝既有嘉耦,吾得备侧室,竟此余生,以奉事君子及尊夫人足矣,前事不复校也。"话说得很恳切也很合情理,都想不到她是鬼,最后才揭开真相,让读者感到震撼。

洪迈曾当过史官,继承的还是史家记实的传统,"偏重事状,少所铺叙"(鲁迅语)。因此,《夷坚志》里佳作并不很多。但是,他毕竟生活在南宋,受唐传奇和"说话"艺术的影响,一方面,他强调记实,另一方面,他又不得不承认虚构。他的《乙志序》说:"夫齐谐之志怪,庄周之谈天,虚无幻茫,不可致诘。逮干宝之《搜神》,奇章公之《玄怪》,谷神子之《博异》,《河东》之记,《宣室》之志,《稽神》之录,皆不能无寓言于其间。若予是书,远不过一甲子,耳目相接,皆表表有据依者。谓予不信,其往见乌有先生而问之。"[1]他既说"远不过一甲子,耳目相接,皆表表有据依者",又无从证实,只好去问乌有先生。他充分肯定唐传奇,"唐人小说,不可不熟,小小情事,凄惋欲绝,洵有神遇而不自知者,与诗律可称一代之奇"[2]。"大率唐人多工诗,虽小说戏剧,鬼物假托,莫不宛

---

[1] 洪迈《夷坚志》,中华书局1981年版,第185页。
[2] 莲塘(陈世熙字)撰《唐人说荟·例言》,见陈世熙辑《唐人说荟》,1925年扫叶山房石印本第一集。

转有思致,不必颛门名家而后可称也"①。把唐传奇称为"一代之奇",认为小说要通过"小小情事"的故事情节,"鬼物假托"的作意好奇,达到"凄惋欲绝"的艺术魅力。所以,《夷坚志》也有一些生动感人的作品,有的也类似传奇小说。

《夷坚志》一方面故事多采自民间,又受"说话"的影响,表现出通俗化的特点,另一方面,为小说戏曲提供了大量的素材,凌濛初两集《拍案惊奇》的入话、正话有三分之一由它的故事敷衍而成。"对于中国小说的影响,远远超过以往任何一部志怪小说,这是它的历史贡献"②。

《夷坚志》前后还有不少志怪小说,举其要者有《睽车志》《鬼董》《续夷坚志》等。

《睽车志》六卷。作者郭彖,字伯象,和州(今安徽和县)人。南宋高宗、孝宗时人。登进士第,官至知兴国军。书名取自《易·睽》"载鬼一车",显为志怪小说。此书少反映社会矛盾,多劝戒作品。如卷二有一则说一个女子每天不用吃饭,只要喝水,四十多岁了,"而面貌悦怿"。因为"幼年母病卧床,家无父兄",靠她卖点东西维持生活,到灾年,"谷贵艰食",不能养活两人。她祷告上天,"使我饮水不饥,庶所得可尽以养母。"这是表扬孝道的。卷一有一则写刘尧举坐船去参加考试,本来可以中举,但他引诱了舟女,"刘尧举近作欺心事",于是没有考上。这是惩罚道德败坏的。也有一些故事反映社会现实斗争的。如:"岳侯死后,临安西溪寨军将子弟,因请紫姑神,而岳侯降之,大书其名,众皆惊愕,谓其花押则宛然平日真迹也。复书一绝云:'经略中原二十秋,功多过少未全酬。丹心似石今谁懋,空有游魂遍九州。'丞相秦公闻而恶之,擒治其徒,流窜者数人,有死者。"(卷一)寄托了人民对岳飞的怀念和哀思。

书里写得最精彩的是李通判女嫁陈察推的故事。陈察推中年丧妻,有两个女儿未出嫁。陈察推和李通判谈起,非常苦恼。这时:

  李女自青琐间窥之,窃谓侍婢曰:"是人笃于情义如此,决非轻薄者,得为之配者亦幸矣。"因再三询其姓氏,每言辄及之。陈时年逾强仕,瘠黑而多髯,容状尘垢,素好学,能诗,妙书札。李喜之,每叹曰:"使其年貌稍称,吾女亦足婿矣。"女闻之,窃谓傅姆曰:"女子托身,惟择所归。年之长

---

① 洪迈《容斋随笔》卷十五,上海古籍出版社1998年版,192页。
② 程毅中《宋元小说研究》,江苏古籍出版社1998年版,142—143页。

少,貌之美丑,岂论也哉!"由是家人颇识女意,谋议他姻,则默不乐。父母怪之曰:"岂宿缘耶?"乃遣媒通妫。陈初固拒,以年长非偶,其议屡格,则女辄忧愤,或愠不食。父母忧之,固请,不得已乃委禽焉。女喜甚。既成婚,伉俪和鸣,抚陈之二女,如己所生。

后来,先帮助嫁出长女,"倾资奉之"。接着她又要出嫁二女儿,陈察推说:"纵得婿,今无以备奁具。"妻曰:"第求婿,吾为营办。"又过几个月,找到一个合适的女婿,陈为嫁妆发愁,"妻忽谓陈曰:'君昔贮金五十星于小罂中,埋床下,盍取用之?岂有己女而有吝乎?'"陈大惊曰:"汝何从知之?"她笑而不答。当二女都出嫁后,妻子说,"吾责已塞,今无余事,当置酒相贺。"故事写到这里,都很合情合理,也很有人情味。没有想到的是,当夫妻大醉而睡醒后,李女恍如梦醒,嫌陈"丑老可恶","不肯留",坚决离异,出人意料,原来李女的灵魂已被陈妻替换了。小说写出母女生死难以割舍的情感,颇为动人,而又结构巧妙。前面的叙述看来很合理,没有破绽,但陈埋金子事已埋下伏笔,所以结尾的出人意料,又在情理之中。

《投辖录》一卷。作者王明清(1127—?)字仲言,汝阴(今属安徽合肥)人。曾以朝请大夫主管台州崇道观,做过宁国军节度判官、泰州通判、浙西参议官。还著有《挥麈录》《玉照新志》等。

《投辖录》多释、道、鬼、神,因果报应故事,且有一些是因袭、模拟前人的作品。不过有的作品有新意,如《衡州老人》,叙一个老人"荷担卖生姜三十余年",但"颜貌不改"。一个道士要传授给他"黄白之术",以为他会贪图富贵,欣然接受。但老人拿一块生姜放在嘴里,马上变成黄金。他说:"吾有此术尚不为,况其他耶?"故事蕴含深意,值得思考。写得较曲折生动的是《赵诜之》,写一宗室赵诜之赴京赶考,无意间入一仙境,与女仙欢会:

> 留几浃旬。女子忽谓生曰:"外访子甚急,引试亦复有日,子须亟归,时幸见思。"遂命酒作乐。酒罢曰:"此中物虽多,悉非子可携。玉环一,比珠直系一,以为别后长相思之资。环幸毋弃,直系可货而用也。"众人送出门,各皆吁嗟挥泪,生亦情不自胜。既出,则身在相国寺山门下,恍如梦觉。但腰间古玉环与比珠直系在焉。亟归邸,见同舍与诸仆,惊喜曰:"试期甚迩,郎君前何往乎,如是之久耶?"生具以告。试罢,与二三子再访兰若,曲廊残碑,宛然如昨。扣之,不复如前日矣。诵经之尼亦无复见。怅

然而返。已而下第,货其直系,得钱百万余。古环至今犹存。

女仙热情追求赵诜之,但又很有理智,虽然和赵感情融洽,但想到赵试期临近,还是毅然置酒送别。故事结尾不落俗套。

《鬼董》又名《鬼董狐》,五卷,作者不详,可能是宋理宗时人。书中抄袭了不少唐人作品,"说明《鬼董》一书不是某个人的创作,而是一部纂辑成书而且故弄狡狯的小说选本"[①]。但是,《鬼董》还是很有价值的一本书,其中收录的宋人小说值得重视。主要表现在以下三方面:

一是不少作品反映官吏贪腐,社会动乱,盗贼横行,展现了宋末社会的真实图景。如卷二叙秦桧专权时,雅州守给他送的寿礼是蜡烛,可是烛心是黄金做的,外面灌上蜡。由此引起谋杀案。情节曲折,揭露了奸相的罪恶。卷五周宝抢劫富商的故事。周宝"绕西湖而行,过赤山,见军人取质衣于肆,为缗钱十余,所欠者六钱,而肆主必欲得之,相诟骂。宝为之解纷,视箧中才余五钱,为代偿,而主者又必欲得一钱。宝亦大恨怒。傍人相与叹讶曰:'此所谓闵一郎也。其人以不谊致富,虐取一方,人恨不胼其肉。'宝失声曰:'使在淮上,为壮士所虀粉久矣!浙民懦,容养恶奴至此。'"周宝替军人出钱赎衣,与开当铺的恶霸闵一郎争吵,颇有义气。后来在别人鼓动下,去联络了淮浒壮士来抢闵一郎家。淮浒壮士头领古训"与众誓:'毋杀人,毋奸污女妇。'既而林青缚闵生于木几上,置刀其颈,累欲杀之,训苦禁乃免。闵妻中官养女,素号有色,宝欲淫之。训怒,拔刀将斩宝,宝惮训而退。"古训不让杀闵一郎,不许周宝强奸闵妻,有义军的纪律。所以,"总辖杭世亨曰:'江南鼠偷皆无礼淫杀,此必淮人也。'"淮浒壮士继承了"淮南盗"宋江三十六人的作风。后来,官府如何破案,也写得很曲折,最后周宝被判死刑,"独古训逸去,终莫能得"。

其二是情节曲折,人物形象鲜明,艺术上较为成功。卷二有一篇陈淑的故事,说南宋初,有一个家贫的女子陈淑,"美而慧"。富家子刘生要娶她,但父母不同意。后来陈父死了,"女不能自存,嫁同巷民黄生"。黄家穷,刘子趁机利诱她,两人通奸。她丈夫发现后,打骂她。陈淑把丈夫灌醉,"杀而析其骸置瓮中"。被邻里告发,入狱。刘生怕连累自己,夜晚出逃,被抓,流放澧州。陈淑以凌迟论处。"狱卒谢德悦其貌,夜率同牢卒负而出诸垣",逃到兴国某山李氏

[①] 程毅中《宋元小说研究》,江苏古籍出版社1998年版,154页。

家里。李氏是大盗,看出他们是逃亡者,骗他们说追捕的来了,"德恐,穴壁遁去。淑为李生所得"。而"李妻悍",不能入李家,李生就把她安置酒店。李生是开黑店的,"蓄毒杀人掠财,淑久亦益习为之"。谢德逃走后,行医,过了三、四年,路过李氏酒店。李生已忘记他了,而陈淑对他还有感情,和他设计,杀了李生及两童婢,"席卷肆中所有",和谢德逃到襄阳。

再说刘生流放在澧州,用行贿的办法得以免罪,但不敢回老家,就到襄阳投奔他舅舅崔某。而这时谢德和陈淑来襄阳,刘生见到大惊,"密以叩淑,淑率言之。刘欲执告德,而恐淑并诛,乃伪善视之。月余,携德出城饮,以铁击其脑,推置檀溪中,复纳淑而室之"。没多久,刘生的父亲要他回去。舅舅给他一匹马,一个奴仆。途中刘生把舅家奴仆打发回去,把陈淑接来,把她藏在尼姑庵。刘生快到兴国时夜宿袁八店,"袁窥见橐中物,杀之"。刘父因为儿子没有回来,颇为惊疑,亲自去襄阳找他。他妹妹即崔某的妻子,和他一起去尼姑庵做佛事,刘父见陈淑,大吃一惊说,这女人"是吾乡杀夫者,当极刑,累吾子使黥。今胡为在是,其可乎!"于是陈淑被处死!

围绕着陈淑这个被侮辱而堕落的女人的命运,描写了富家子弟、不法狱卒、黑店盗魁等系列人物,展示了广阔的社会背景。故事跌宕起伏,引人入胜。

第三,与话本小说关系密切,有重要的研究价值。如我们前面说到的张师厚崔意娘故事与《夷坚志·太原意娘》,与话本《杨思温燕山逢故人》之间的关系;周宝故事开头一段与话本《宋四公大闹禁魂张》;卷四樊生、陶小娘子与话本《西山一窟鬼》;卷二周浩娶白衣少女故事与话本《西湖三塔记》;还有陈淑故事与话本《计押番金鳗产祸》等等。它们之间究竟谁影响了谁,还是同一故事分别写成志怪小说和说书人演为话本?对中国小说史来说是值得研究的课题。

《夷坚志》影响很大,金元好问(1190—1257)的《续夷坚志》、元吴元复的《湖海新闻夷坚续志》,是其续书。两书多记神鬼怪异,因果报应之事,艺术上也没有什么进展,简要介绍如下。

写狐,过去志怪较少。《续夷坚志》卷二《狐锯树》写铁李以捕狐为业,一天,他"系一鸽为饵,在大树上伺之"。二更后,群狐至,作人语相胁曰:"铁李铁李,汝以鸽赚我耶?汝家父子群驴相似,不肯做庄农,只学杀生,俺内外六亲,都是此贼害却。今日天数到此,好好下树来,不然,锯倒别说话。"此计没有得逞,第二晚,群狐又来。铁李以火罐掷树下引爆,群狐乱逃,尽落网,被捕杀。

群狐声讨铁李,完全口语化,生动通俗。有的作品没有神怪内容,完全是现实的社会生活。卷一《戴十妻梁氏》,写戴十"以佣为业"。一豪奴牧马入田里,被戴十赶走。奴竟把戴十打死。主人许给戴妻梁氏"牛二头、白金一笏",以平息事态,并说:"汝夫死亦天命,两子皆幼,得钱可以自养,就今杀此人,于死者何益?"可是梁氏在金钱利诱面前,坚决回答:"吾夫无罪而死,岂可言利,但得此奴偿死,我母子乞食亦甘分。"后来梁氏亲手杀了仇人。梁氏嫉恶如仇的反抗精神,表现得非常突出。还有卷一《包女得嫁》,说乱兵掠一妇,是包公孙女,"倡家欲高价买之",一女巫仗义,假装当速报司的包公附身,大骂主人:"汝何敢以我孙女为娼!限汝十日,不嫁之良家,吾灭汝门矣。"作品寄寓了人世沧桑的感慨。

《湖海新闻夷坚续志》有一篇《欺君误国》,记载秦桧"东窗事发"的传说,是其最早也较详细的出处,值得注意。

(三)明清志怪小说

明中叶以来,志怪小说继承六朝以来志怪小说的传统题材与创作手法,以写鬼神、怪异为主,但篇幅简短,描写粗略,虽亦不乏佳作,但既不如它之前的《夷坚志》,也不如它之后的《阅微草堂笔记》。明代志怪小说承上启下,是个过渡性的阶段,为清代志怪小说的繁荣作了准备。

明代主要志怪小说家和作品:

祝允明(1461—1527),字希哲,号枝山,长洲(今江苏苏州)人。弘治五年(1492)中举人,曾官广东兴宁知县,应天府通判,未几自免归。明代著名的书法家和文学家。著有志怪小说《语怪》《九朝野记》《前闻记》等。祝允明相信鬼神,所写志怪小说多取材于元明时期的传闻异事,如幽冥鬼怪故事,动物化为精怪或美女害人的故事。这类作品是六朝以来传统题材的延续,并无新意。其中写得较有特色的倒是并无怪异色彩而直接暴露当时社会黑暗的小说如《王臣》(《九朝野记》),写成化年间一个妖人王臣,精通房中术,结缘太监,被皇帝赏为"千户",以采药炼丹为名,出使江南,掠夺民财,引起士民反抗。这一题材成为明末拟话本集《醉醒石》中《假虎威古玩流殃,奋鹰击书生仗义》的本事。《义虎传》(《前闻记》)叙弘治年间荆溪有两人贫富不同,但是自幼相交的好友。富子为图婺(贫)妻,骗至山中,以镰砍婺,又假哭下山,骗其妻夫为虎食。又引她到山上找其夫,至山欲奸淫婺妻,为虎所噬。妇在神人引导下,遇到其夫。悲喜交集,深感虎义。作品批判为富不仁,道德沦丧;借虎惩罚恶人,透露作者对官府的失望。此故事广泛流传,为《醒世恒言·大树坡义虎送亲》的本事。《语怪》里有一篇《济渎贷银》很有意思,说济渎祠有个神,为百姓借贷。"祠有大池,凡有欲假金者祷于神,以珓决之。神许则以契卷、券投池中,良久有银浮出如其数。贷者持去贸易利市加倍。如期具子本祭谢而投之,银没而原浮其券,……若神不许,则投券入水,顷之券复浮出。"而且,神很仁慈,有个人还不起钱,"舍其儿以盒子盛之投入。俄顷盒浮起,视之,儿活于中无恙,盖神鉴其诚,闵而贷其债也"。正如陈大康所说:是商业繁荣创造出一个全新的神①。

另有《庚巳编》十卷,陆粲撰(1494—1551),陆粲字子余,号贞山。长洲(今江苏苏州)人。嘉靖五年(1526)进士,曾官补工科给事中,贵州永新知县。《庚巳编》亦是明代较为重要的一部志怪小说集。

从总体来说,《庚巳编》仍不出志怪小说传统,很多篇章仍属"丛残小语",但多取材当代,反映明代的社会习俗和思想意识,是其可取之处。

《庚巳编》有的故事描写细腻,情节完整。如《洞箫记》。叙徐鏊月夜吹箫,引来神女,两人就结合了。神女对徐鏊一片痴情,多方护佑徐鏊的生计衣食。而徐鏊不听神女不要外泄的告诫,以致他母亲要给他娶亲,他也答应了。他一动念,神女就知道了,从此不再来了。但过了一段,又和徐鏊见面:

> 老人牵鏊使跪,窥帘中有大金地炉燃兽炭,美人拥炉坐,自提箸挟火,时时长叹云:"我曾道渠无福,果不错。"少时,闻呼卷帘,美人见鏊数之曰:"卿大负心,昔语卿云何,而辄背之!今日相见愧未?"因欷歔泣下曰:"与卿本期始终,何图乃尔!"

结尾余韵悠长,颇得唐人传奇之神韵。

《梁泽》讥刺了怕妖畏死行为,强调了人能胜妖的真理,写得生动活泼,是志怪小说中的上乘之作:

> 三原县按察分司素多怪,居者辄死,使官莫敢入。士子梁泽以气自负,常谓诸友,吾能宿此。诸友出钱与赌之。泽许诺,以夜入坐。堂上三鼓,月色明朗,闻庑间有人切切私语,若相推而前者,久之不至。泽便厉声云:"何不速来?"俄有三人列跪庭下,稍前者一青衣,次一黄衣,一白衣,貌

---

① 陈大康《明代小说史》,人民文学出版社2007年版,第178页。

不可辨识。泽骂曰:"老魅敢数害人?"青衣答曰:"非敢然也,乃见者自怖死耳。"泽曰:"汝何为者?"青衣曰:"我笔也。"问居何在,曰:"在仪门屋上第三瓦沟中。"问黄衣,低回未言,青衣代答曰:"彼金钗也,在庭中槐树下。"问白衣,曰:"我剑也。在堂东柱础下。"泽曰:"汝等今来欲相苦耶?"皆曰:"不敢。"共献一纸曰:"此公一生履历也,今报公,令前知。"泽受而麾之曰:"去!"三物各投所言处,一时都灭,泽便卧。

《张御使神政记》记明初"性格刚明,善于治狱"的张昺。记他任铅山知县时,在土地神启发下平反了乡夫之妻谋杀亲夫的冤狱;又不顾阴报,砍伐巨树,开拓为良田,消灭了妖孽,救出树颠巨巢中的三个妇人;以毁祠相胁,令城隍擒获吃人之虎。张昺的政绩被神化了,反映了老百姓对清官的渴望。

还有《仙佛奇踪》,八卷,洪应明撰。应明字自诚,号还初道人,生平不详。此书于万历三十年(1602)刊行。作者广采道教、佛教典籍及汉魏六朝古小说、唐代传奇,直至元代著作,加以编辑和创作,以记传体的形式,记载了一百余位道教神仙和佛教高僧的故事,也是第一部把仙佛两门合编在一起的小说集。

清代是我国文言小说继魏晋南北朝和唐代以后的第三个高峰。《阅微草堂笔记》是清代最有代表性的志怪小说。在它前后,特别是它之后,涌现不少仿作,形成了志怪小说繁荣的局面。《阅微草堂笔记》有专节论述,清代的志怪小说在此节中一并论述,在这里就不赘述了。

第三节 轶事小说

志怪小说主要是记"异闻",轶事小说(鲁迅等学者称为志人小说)①,主要是记"轶事",即人物言行,传闻故事等。轶事小说有的学者分为琐言、逸事、笑话三类;有的分为世说体、杂记体、笑林体等。在具体论述时,有时分类也不甚严格;列举作品的范围也有不同。我们分为琐言、杂记、笑话三类。

一、魏晋南北朝的轶事小说

魏晋南北朝是个大动荡、大变化的时期,也是思想大解放的时期。摆脱了两汉经学的束缚,魏晋玄学兴起,形成了一种新的世界观和人生观。士人意识

---

① 为什么用轶事小说而不用志人小说,参看陈文新《文言小说审美发展史》,武汉大学出版社2000年版,第16页。

到人的自身价值,追求人格的独立与完美,也崇尚潇洒疏放的生活态度。士大夫聚集在一起,以谈玄说理、品评人物为风尚,形成清谈之风,推动了以描写士大夫生活和精神风貌为主的轶事小说的兴起和发展。

琐言类作品魏晋时有《名士传》《语林》《郭子》;南北朝有《世说新语》《妒记》《俗说》等。其中《语林》和《世说新语》最为重要,分别介绍如下:

《语林》,晋裴启撰。裴启字荣期,河东闻喜(今山西闻喜)人,处士。《世说新语·文学篇》中说:"始出,大为远近所传。时流年少,无不传写,各有一通。"后因为书里记谢安两件事,被谢安指责为失实,故不再流传,但并未湮灭。经鲁迅等人辑录,现存一百八十条。

该书记载了汉魏至晋代帝王公卿、文人名士的传闻逸事,尤以东晋为多。如揭露了达官贵人的骄奢靡费的生活:

> 石崇厕常有十余婢侍列,皆佳丽藻饰,置甲煎沈香,无不毕备。又与新衣,客多羞不能著。王敦为将军,年少,往,脱故衣,著新衣,气色傲然。群婢谓曰:"此客必能作贼。"

作品还写到一些清廉、爱民的官吏:

> 魏郡太守陈异尝诣郡民尹方,方被头以水洗盘,抱小儿出,更无余言。异曰:"被头者,欲吾治民如理发;洗盘者,欲使吾清如水;抱小儿者,欲吾爱民如赤子也。"

陈异从郡民的行为中,体会到百姓对官吏的期望。

作品写士人的怪诞言行,让人们看到所谓的"魏晋风度"。

> 刘伶字伯伦。饮酒一石,至醒,复饮五斗。其妻责之,伶曰:"卿可致酒五斗,吾当断之。"妻如其言。伶咒曰:"天生刘伶,以酒为名。一饮一石,五斗解酲。妇人之言,慎不可听。"

作品在艺术上也较成功。写人物能简练、传神,写出人物性格。如有两条写曹操的,既写了他的奸诈、狡猾;又写出他英气逼人的形象,被《三国演义》采用了,成为脍炙人口的故事。

> 魏武云:"我眠中不可妄近,近,辄斫人亦不自觉,左右宜慎之。"后乃阳冻眠,所幸小儿窃以被覆之,因便斫杀。自尔每眠,左右莫敢近之。
>
> 魏武将见匈奴使,自以形陋,不足雄远国,使崔季珪代当坐,乃自捉刀

立床头。坐既毕,令人问曰:"魏王何如?"使答曰:"魏王信自雅量非常,然床头捉刀人,此乃英雄也。"魏武闻之,驰遣杀此使。

其人物间对话尤为精彩。士衡在座,安仁来,陆便起去。潘曰:"清风至,尘飞扬。"陆应声答曰:"众鸟集,凤凰翔。"

有的并非文人,而是乡间老妇,其机智、幽默令人叹服:

> 刘道真遭乱,自于河侧牵船。见一老姬采桑逆旅,刘谓之曰:"女子何不调机利杼,而采桑逆旅?"女答曰:"丈夫何不跨马挥鞭而牵船乎?"

> 道真尝与一人共索祥草中食,见一姬将二儿过,并青衣。调之曰:"青羊将两羔。"姬答曰:"两猪共一槽。"

《语林》早于《世说新语》近百年,对《世说新语》有很大影响。在现存一百八十条佚文中,有半数为刘义庆所袭用,有的是全文照抄。如:"王子猷尝暂寄人空宅住,便令种竹。或问:'暂住何烦尔?'王啸咏良久,直指竹曰:'何可一日无此君?'"这条就一字不差地搬到《世说新语·任诞》里。它的流风余韵,一直影响到明清,如《明世说》等。

《世说新语》,南朝刘义庆著。刘义庆(403—444),彭城(今江苏徐州)人,宋武帝刘裕之侄,袭封临川王,官至尚书左仆射、中书令。可能有些文人参加了《世说新语》的编撰,不过起主导作用的还是刘义庆本人。全书分为三卷,每卷又分上下,共计三十六门,一千一百三十条。梁刘孝标为之作注,引用古书四百余种,补充了不少史料,许多散佚的古书借此保存下来,尤为后人所珍重。

该书所记最早为西汉初年,最晚为宋初,主要是魏晋时期。它反映了这个时期的政治、经济、思想、文化、风俗、习尚各方面;涉及人物不下五六百人,上自帝王卿相,下至士庶僧徒,尤其是文人的精神风貌和个性才情,是一部中古文化的百科全书。

书中通过王公贵族、朝廷重臣的轶事琐言,反映魏晋南北朝时代的重大变故和大政方针。以王导和谢安这两位名相为例。如晋室南渡以后,东晋政权如何处理与江南大姓士族的关系,决定了能否在江南站稳脚跟,政权能否巩固的问题。作为朝廷重臣的王导作了正确的战略决策,表现出政治家的风度。

> 王丞相初在江左,欲结援吴人,请婚陆太尉。对曰:"培塿无松柏,薰莸不同器。玩虽不才,义不为乱伦之始。"(《方正篇》第24则)

陆太尉就是陆玩,吴郡吴人。顾、陆、朱、张是江东的名门望族。王导为了"结援吴人",欲与江东大族联姻,陆玩以"乱伦",即门第不相当而拒绝,可见当时司马氏政权与江南地区被征服的豪门大族之间有很深的鸿沟。《世说新语》里还有几条王导与陆玩关系的记载,王导始终以宽容团结的态度,争取他,后来他们有长期的合作。

  刘真长始见王丞相,时盛暑之月,丞相以腹熨弹棋局,曰:"何乃渹?"刘既出,人问:"见王公云何?"刘曰:"未见他异,唯闻作吴语耳。"(《排调篇》第13则)

  王丞相拜扬州,宾客数百人并加沾接,人人有说色。唯有临海一客姓任及数胡人为未洽。公因便还到过任边,云:"君出,临海便无复人。"任大喜说。因过胡人前,弹指云:"兰阇!兰阇!"群胡同笑,四坐并欢。(《政事篇》第12则)

前一则说明王导为向江南大族示好,而学吴语。第二则更显政治家的风度。他在官拜扬州刺史的庆祝会上,宾客如云,不问士庶,"并加沾接,人人有说色"。而任姓(任颙)客人和西域胡僧还未接待,心里不高兴。王导就到任颙面前,赞扬他是临海一郡的杰出人物,又用胡人的习俗,弹指问安,借梵语赞美他们是喜爱清寂的得道高僧,于是"群胡同笑,四坐并欢"。

书里对另一位名相谢安,也有精彩生动的刻画。

  谢奕作剡令,有一老翁犯法,谢以醇酒罚之,乃至过醉而犹未已。太傅时年七八岁,著青布绔,在兄膝边坐,谏曰:"阿兄!老翁可念,何可作此!"奕于是改容曰:"阿奴欲放去邪?"遂遣之。(《德行篇》第33则)

这则故事里谢安是个七八岁的小孩,他的长兄谢奕是剡(今浙江嵊州)令,对一个有过错的老翁用灌烈性酒的办法来处罚他,"乃至过醉而犹未已"。谢安勇敢站出来,批评他的兄长,可以看出他自幼就有一颗仁爱同情之心。

  支道林、许、谢盛德,共集王家。谢顾谓诸人:"今日可谓彦会,时既不可留,此集固亦难常。当共言咏,以写其怀。"许便问主人:"有《庄子》不?"正得《渔父》一篇。谢看题,便各使四坐通。支道林先通,作七百许语,叙致精丽,才藻奇拔,众咸称善。于是四坐各言怀毕。谢问曰:"卿等尽不?"皆曰:"今日之言,少不自竭。"谢后粗难,因自叙其意,作万余语,

才峰秀逸,既自难干,加意气拟托,萧然自得,四坐莫不厌心。支谓谢曰:"君一往奔诣,故复自佳耳。"(《文学篇》第55则)

这则故事发生在谢安隐居会稽东山时,名僧支道林、玄言诗的代表人物许询和谢安在清言家王濛家聚会,在众人发表高论之后,谢安作了万余言的演讲,才华奔放,达到别人难以企及的高度。通过清谈,表现出风流宰相的神采。

上面所说都是谢安出仕之前的故事,下面几则就表现他作为杰出的政治家的勇敢和智慧。

桓公伏甲设馔,广延朝士,因此欲诛谢安、王坦之。王甚遽,问谢曰:"当作何计?"谢神意不变,谓文度曰:"晋祚存亡,在此一行。"相与俱前。王之恐状,转见于色;谢之宽容,愈表于貌,望阶趋席,方作洛生咏,讽"浩浩洪流"。桓惮其旷远,乃趣解兵。王、谢旧齐名,于此始判优劣。(《雅量篇》第29则)

在简文帝临终时,桓温原指望简文帝禅位给他,以建立桓氏王朝,但受到谢安、王坦之的阻扰,没有得逞。谢、王两人成为他篡位的障碍,因此,想杀谢、王,以震慑朝野。这是一场严重的政治斗争,如谢安所说:"晋祚存亡,在此一行。"面对桓温的屠刀,王坦之惊慌失措,而谢安为保住晋室不致覆亡,置生死于度外,在刀光剑影中气定神闲,从容讽嵇康"浩浩洪流"的诗句。桓温畏惧他旷达高远的气度,于是急忙撤走了甲兵。

谢公与人围棋,俄而谢玄淮上信至。看书竟,默然无言,徐向局。客问淮上利害,答曰:"小儿辈大破贼。"意色举止不异于常。(《雅量篇》第35则)

前秦皇帝苻坚在统一北方之后,于晋孝武帝太元八年(383)倾全国之兵八十七万,号称百万,欲一举推翻东晋王朝。晋以谢安为征讨大都督,他派弟石、侄玄及子琰等率精兵八万对抗,结果大败敌军,这是历史上有名的以少胜多的淝水之战。作者把这样惨烈的大战,用极其简约的文字,在下围棋的闲适环境中,把谢安的处变不惊,"谈笑静胡沙"的神采风韵表现出来。

除王导、谢安外,此书还写到晋武帝司马炎、简文帝司马昱等帝王;张华、王敦、桓温、祖逖、谢玄等军政要人。书里没有重大事件和历史人物一生的完整叙述,而是通过事件和人物的相当细密的特写镜头,为我们留下了魏晋政治军事斗争的历史资料和生动画卷。

《世说新语》另一个重要方面,就是通过何晏、王弼、阮籍、嵇康、曹植、陆机、王羲之、顾恺之、支遁、慧远、谢道蕴等人物的清谈玄理、品评人物、文化艺术、社会风习构成了一部丰富的中古文化史。

1. 玄学清谈

汉末有清议的风气,名士议论朝政,臧否人物,使当权者受到舆论的制约。但到了魏晋时期,有的士大夫却因议政触犯统治者而遭杀身之祸,为避免卷入朝廷政治斗争的漩涡,名士们再不敢议论政事,清议就变成了清谈玄理。玄学是对《老子》《庄子》《周易》的研究和解说,后来又有佛理的渗入,体现了魏晋时代对人生的新思考,理论的新发展。

> 何晏为吏部尚书,有位望,时谈客盈坐。王弼未弱冠,往见之。晏闻弼名,因条向者胜理语弼曰:"此理仆以为极,可得复难不?"弼便作难,一坐人便以为屈。于是弼自为客主数番,皆一坐所不及。(《文学篇》第6则)

何晏地位尊贵声望高,王弼是个未满二十岁的年青人,因为他精通庄、老,又能言善辩,就得到敬重,可见清谈玄理在上层社会有很高的地位。试举两例,看看当时清谈的情景:

> 孙安国往殷中军许共论,往反精苦,客主无间。左右进食,冷而复暖者数四。彼我奋掷麈尾,悉满餐饭中,宾主遂至莫忘食。殷乃语孙曰:"卿莫作强口马,我当穿卿鼻!"孙曰:"卿不见决鼻牛,人当穿卿颊!"(《文学篇》第31则)

这一则描写孙盛和殷浩清谈辩论的激烈,饭菜热了又冷,冷了又热;两人都用力甩动麈尾,毛尽落到饭菜中,他们竟谈到日暮而忘了吃饭。

> 许掾(询)年少时,人以比王苟子(修),许大不平。时诸人士及支法师并在会稽西寺讲,王亦在焉。许意甚忿,便往西寺与王论理,共决优劣,苦相折挫,王遂大屈。许复执王理,王执许理,更相覆疏,王复屈。许谓支法师曰:"弟子向语何似?"支从容曰:"君语佳则佳矣,何至相苦邪?岂是求理中之谈哉?"(《文学篇》第38则)

辩论是为了追求真理,不是意气之争。许询虽然辩论胜了,但正如支道林所批评的:"你的论辩好倒是好,然而何苦如此相逼呢?这哪里是探讨真理的论谈呢?"

2. 品评人物

《世说新语》三十六篇,以德行为第一篇。它赞扬有道德的人物。如第一则就写陈蕃的言语是读书人的准则,行为是当世的典范,"有澄清天下之志"。他到豫章当太守,未进衙署,先去拜访隐居不仕的贤人徐孺子,体现了敬贤礼士的好作风。荀巨伯远道去看望生病的朋友,正赶上胡人攻城,友人让他赶快离开,他说:"远来相视,子令吾去,败义以求生,岂荀巨伯所行邪!"胡人到了,对巨伯说,大军到了,全城人都跑光了,你竟敢还留在这里?巨伯说:"朋友生病,我不忍心丢下他离去,宁愿用我的生命换取他的生命。"胡人听了,互相说道:"我们这些无道义的人,进了有道义的国家啊!"于是撤军而回,全城都得以保全。

《贤媛》篇各条都是赞扬德才兼备的妇女的。例如描写陶侃母亲湛氏的贤德才能,其中一条写陶侃家境贫困,于冰雪积日之时来了范逵,还带来许多仆人和马匹,湛氏嘱咐陶侃出面应酬,而自己剪下头发卖掉,买米招待客人,铡碎草垫喂马,使陶侃"大获美誉"。另一条写陶侃做管理鱼梁的小吏,利用职权派人给母亲送腌鱼,侃母写信斥责这种假公济私的行为。

3. 魏晋风度

魏晋风度就体现为不畏权势、蔑视礼法、洒脱飘逸等方面。

> 夏侯玄既被桎梏,时钟毓为廷尉,钟会先不与玄相知,因便狎之。玄曰:"虽复刑余之人,未敢闻命。"考掠初无一言,临刑东市,颜色不异。(《方正篇》第6则)

为保持人格的尊严,屠刀也不能让他屈服。

> 阮籍遭母丧,在晋文王坐,进酒肉。司隶何曾亦在坐,曰:"明公方以孝治天下,而阮籍以重丧显于公坐饮酒食肉,宜流之海外,以正风教。"文王曰:"嗣宗毁顿如此,君不能共忧之,何谓?且有疾而饮酒食肉,固丧礼也。"籍饮啖不辍,神色自若。(《任诞篇》第2则)

阮籍并不是不要礼教,而是反对在形式上弄虚作假、沽名钓誉的伪礼教。《任诞篇》第7则记载:

>阮籍嫂尝还家,籍见与别,或讥之。籍曰:"礼岂为我辈设也?"

《曲礼》中有"嫂叔不通闻"之说,是一种违反人之常情的假礼教,阮籍当然不遵守这一套。

旷达任性、放纵不拘小节,是所谓"魏晋风度"的表现形式。

>张季鹰纵任不拘,时人号为"江东步兵"。或谓之曰:"卿乃可纵适一时,独不为身后名邪?"答曰:"使我有身后名,不如即时一杯酒。"(《任诞篇》第20则)

这种人生态度,现在看来好像是消极颓废的,但其实质却是对生活的热爱,意识到人生的短暂,于是尽情享受眼前的快乐,而不去计较身后的评价。

当然恣情任性走向极端,就成了狂怪荒诞,例如刘伶纵酒:

>刘伶恒纵酒放达,或脱衣裸形在屋中。人见讥之,伶曰:"我以天地为栋宇,屋室为裈衣,诸君何为入我裈中?"(《任诞篇》第6则)

4. 文学艺术

此书对文学艺术创作有生动的反映。其中有人们所熟悉的曹植七步成诗、左思作《三都赋》、刘伶著《酒德颂》等故事,也有关于对某些人创作的评价和一些诗文名篇名句的赏析。

>谢公(安)因子弟集聚,问:"毛诗何句最佳?"遏(谢玄小字)称曰:"昔我往矣,杨柳依依;今我来思,雨雪霏霏。"公曰:"'訏谟定命,远猷辰告。'谓此句偏有雅人深致。"(《文学篇》第52则)

这里谢玄从艺术上去赞美品评,谢安则从政治角度进行评定,真是仁者见仁,智者见智。

关于音乐、书画也有十分珍贵精彩的文献资料。书中多条写及顾恺之画作的高妙及论画见解的精辟。如《巧艺篇》第13则记载顾恺之画人常几年不点睛,因为在他看来:"四体妍媸,本无关于妙处,传神写照,正在阿堵中。"强调了眼神对画好人物画的决定性意义。这个看法为历代中国人物画作者所重视,这句话也被广泛引用。关于音乐此书也多有涉及。有的条文表现了人们对音乐的喜好及水平之高、技艺之精,如《伤逝篇》写"顾彦先平生好琴"、《任诞篇》写"桓子野善吹笛"、刘道真少时"善歌啸"。《术解篇》说阮咸妙解音律,善弹琵琶等。

5. 社会习俗

社会习俗方面最主要的表现是门第观念和南北文化习俗的差异。魏晋时代门阀制度森严，他们之间联络有亲，势力强大。他们看不起寒门素族，拒绝与之交往。《方正篇》第 51 则载刘俊等人出门在途，天黑了还饿着肚子，有与他认识的平民特地做好丰盛肴席给他，却被拒绝。别人不解，刘俊回答说："小人都不可与作缘。"《方正篇》第 52 则说王胡之"甚贫乏"，却不肯接受乌程令陶范送来的一船米。他认为，自己是士族，要求也只能求其他士族，决不能接受寒门者的馈赠。不但拒绝与庶族交往，即便同是高姓大家，也要争个你高我低：诸葛令、王丞相共争姓族先后。王曰："何不言葛、王。而云王、葛？"令曰："譬言驴马，不言马驴，驴宁胜马邪？"（《排调篇》第 12 则）

这种讲究门第，严格区分士庶、高下的风气，尤其突出地表现在婚姻问题上：

> 王文度为桓公长史时，桓为儿求王女，王许咨蓝田。既还，蓝田爱念文度，虽长大，犹抱著膝上。文度因言桓求己女婚。蓝田大怒，排文度下膝，曰："恶见文度已复痴，畏桓温面，兵，那可嫁女与之！"文度还报云："下官家中先得婚处。"桓公曰："吾知矣，此尊府君不肯耳。"后桓女遂嫁文度儿。（《方正篇》第 58 则）

桓温是晋室重臣，文度的上司，但王述（蓝田）认为桓温这个暴发户，一介武夫，没有资格娶王家的女儿。但贵族可以娶寒门之女，所以，"后桓女遂嫁文度儿"。

避讳是中国历史上特有的风俗，到魏晋成为彰显和强化门第观念的途径。值得注意的是出现了有意犯讳的现象，借此来炫耀家族或诋毁他人。有一次卢志在大庭广众面前问陆机："陆逊、陆抗是君何物？"陆机马上回敬道："如卿于卢毓、卢珽！"原来陆逊、陆抗分别是陆机的祖父和父亲，卢毓和卢珽则分别是卢志的祖父和父亲。陆机的弟弟陆云问哥哥为什么如此不客气，陆机气愤地说："我父、祖名播海内，宁有不知，鬼子敢尔！"

司马氏的西晋王朝灭吴后，南北贵族之间的对立情绪很严重。甚至利用两地习俗的差异，来表现他们针锋相对的斗争。陆机入洛后，前去拜访王济，王济在陆机面前摆了几斛羊酪，得意地对陆机说："你们江东什么东西可以敌此？"陆机回答说："有千里莼羹，但未下盐豉耳！"（《言语篇》第 26 则）本来，羊酪和莼羹只是代表南北饮食习惯的不同,但这里已经被用来作为双方政治对立情绪的表现工具。

综观以上几个方面可以看到魏晋时期士人的群像,了解当时上层社会的风尚。

《世说新语》在艺术上有很高的成就,最主要是通过轶事琐言,言谈举止,写出人物独特性格和风采神韵。

通过对比写出不同人物的性格。

> 管宁、华歆共园中锄菜,见地有片金,管挥锄与瓦石不异,华捉而掷去之。又尝同席读书,有乘轩冕过门者,宁读如故,歆废书出看。宁割席分坐,曰:"子非吾友也!"(《德行篇》第11则)

> 石崇每要客燕集,常令美人行酒;客饮酒不尽者,使黄门交斩美人。王丞相与大将军尝共诣崇,丞相素不能饮,辄自勉强,至于沉醉。每至大将军,固不饮,以观其变,已斩三人,颜色如故,尚不肯饮。丞相让之,大将军曰:"自杀伊家人,何预卿事!"(《汰侈篇》第1则)

前一则华歆锄菜见金,拾而扔之;管宁却视同瓦石。一起读书,华贵的车子从门前经过,管宁照样读书,而华歆却跑去看。两人对比,可以看出管宁、华歆人品的的高下。后一则通过对石崇斩美人的不同态度,王导宽厚仁慈,王敦狠毒冷酷形成强烈对比。

用精炼、生动的细节表现人物性格。比如:

> 王戎有好李,卖之,恐人得其种,恒钻其核。(《俭啬篇》第4则)
> 王戎女适裴颜,贷钱数万。女归,戎色不说。女遽还钱,乃释然。(《俭啬篇》第5则)

没有人物的言行描写,只是用精炼的细节,却把这个吝啬鬼刻画出来。

此书还注意抓住一些最典型的言行,用漫画式的夸张凸现出人物某一突出的性格特点,如通过王述吃饭时因没夹住鸡蛋,便大怒,于是用手抓住掷到地上;看它在地上滴溜溜乱转,便下地用木屐去踩;又没踩碎,干脆从地上拿起来放到嘴里咬破然后吐掉。这一系列动作,让这个性急、暴躁的人物活现在读者面前。

语言简约含蓄,隽永传神,善于写出深刻哲理和人生慨叹。

> 桓公北征,经金城,见前为琅邪时种柳,皆已十围,慨然曰:"木犹如此,人何以堪!"攀枝执条,泫然流泪。(《言语篇》第55则)

桓温是个枭雄,一方面有恢复中原一统中国的理想,另一方面又是一个图谋九锡、意在禅让的野心家。在他六十岁(太和四年,369)北征,途经金城时,看到三十多年前做琅邪内史时种的柳树已有十围粗了,发出了"木犹如此,人何以堪"的感叹,引发了人生的哲理思考。

《世说新语》对后世的影响极为广泛深远。首先是在轶事小说中形成了一个被称为"世说体"的重要体式流派。如唐刘肃的《大唐新语》、宋王谠《唐语林》、明何良俊《何氏语林》、清王晫《今世说》、民国初年易宗夔《新世说》等,总数不下几十种。

其次,书中有许多故事和人物话语已经凝固成为典故、成语,直到今天还在广泛使用,如"登龙门"、"难兄难弟"、"管宁割席"、"吴牛喘月"、"山阴道上,应接不暇"、"坦腹东床"、"颊上三毛"之类。不少故事改编为戏曲如关汉卿的《玉镜台》,秦简夫的《剪发待宾》等;罗贯中创作《三国志通俗演义》也从中取材,如"望梅止渴"、"梦中杀人"、"七步成诗"等。

《世说新语》在海外,特别是在日本影响很大,仿作不少,如服部南郭《大东世语》(1750年刊行)等。

《西京杂记》是杂记类小说的奠基之作。作者有刘歆、葛洪、吴均三说,卷帙亦有二卷、六卷之别。近世学者多认为是葛洪伪托刘歆所作,现在通行的是六卷本。

《西京杂记》记载了西汉时期朝野轶闻和典章制度。

一类是宫廷生活,包括帝王后妃的传闻轶事,宫廷建筑、风俗习惯等。如王昭君不肯贿赂画工毛延寿,被远嫁和番、赵飞燕姐妹专宠后宫、武帝开凿昆明池、刘邦为其父造新丰移旧社等故事。试举一例:

> 太上皇徙长安,居深宫,凄怆不乐。高祖窃因左右问其故。以平生所好,皆屠贩少年,酤酒卖饼,斗鸡蹴鞠,以此为欢,今皆无此,故以不乐。高祖乃作新丰,移诸故人实之,太上皇乃悦。故新丰多无赖,无衣冠子弟故也。高祖少时,常祭枌榆之社。及移新丰,亦还立焉。高帝既作新丰,并移旧社,衢巷栋宇,物色唯旧。士女老幼,相携路首,各知其室。放犬羊鸡鸭于通途,亦竟识其家。其匠人胡宽所营也。移者皆悦其似而德之,故竞

加赏赠。月余,致累百金。

这则故事,表现刘邦父亲平民生活的习性和表现了民间艺匠的高超技术和才能。

第二类是文人轶事趣闻,表现了在汉代全盛时期人们的精神风貌。脍炙人口的是司马相和卓文君的故事,人们已耳熟能详,就不赘述了。我们引一则匡衡穿壁引光,勤奋好学的故事吧:

> 匡衡字稚圭,勤学而无烛。邻舍有烛而不逮,衡乃穿壁引其光,以书映光而读之。邑人大姓文不识,家富多书,衡乃与其佣作,而不求偿。主人怪,问衡,衡曰:"愿得主人书遍读之。"主人感叹,资给以书,遂成大学。

匡衡"凿壁借光",勤奋读书成为我国励志的经典故事之一。

第三类是民间故事,如"秋胡戏妻",歌颂一位忠于爱情,不受金钱富贵引诱的劳动妇女的形象,也抨击了秋胡当官后,喜新厌旧不道德行为。还有东海黄公一则:

> 余所知有鞠道龙善为幻术,向余说古时事:有东海人黄公,少时为术,能制蛇御虎,佩赤金刀,以绛缯束发,立兴云雾,坐成山河。及衰老,气力羸惫,饮酒过度,不能复行其术。秦末,有白虎见于东海,黄公乃以赤刀往厌之。术既不行,遂为虎所杀。三辅人俗用以为戏,汉帝亦取以为角抵之戏焉。

"东海黄公"演为角抵戏,是探讨我国戏曲起源的重要资料。

《西京杂记》如鲁迅所说:"意绪秀异,文笔可观。"(《中国小说史略》)多数条文篇幅较长,叙述完整,文字细致生动。

书中故事成为典故常为人引用;卓文君、王昭君、秋胡戏妻,匡衡"凿壁借光"等都被编成小说、戏曲广泛流传。

《殷芸小说》,南朝殷芸(471—529)撰,芸字灌疏,陈郡长平(今河南西华)人。齐永明时为宜都王行参军。入梁后官至秘书监,司徒左长史。殷芸系受梁武帝敕命而撰此书。书疑亡于明初,在鲁迅、余嘉锡等人辑佚的基础上,周楞伽辑本辑得163条,分为十卷,是迄今最为完备的本子。

这是我国第一次以"小说"为书名的小说集。本书以历史发展为线索来结构全书,记载从先秦至东晋的轶事传闻,所记对象除了帝王将相,历代名人外,还涉及百姓琐事,街谈巷议,可视为后代野史笔记之滥觞。

书里保存了《汉高祖手敕太子书》五条;《张子房与四皓书》及四皓答书;《鬼谷子与苏秦、张仪书》及苏、张答书等,其真实性存疑,但为《世说新语》等书所不载,因此,颇为后世史家所珍重。有的故事反映了不同时代文人不同的思想。如东方朔对汉武帝议论伯夷、叔齐,对他们的隐居不以为然,表现了在汉代强盛时,士人的积极进取精神。三国士人"腰缠十万贯,骑鹤上扬州",反映了发财、做官、成仙三者兼得的欲望。有的事情经过虚构,变得非常生动有趣:

> 孔子去卫适陈,途中见二女采桑。子曰:"南枝窈窕北枝长。"答曰:"夫子游陈必绝粮。九曲明珠穿不得,著来问我采桑娘。"夫子至陈,大夫发兵围之,令穿九曲珠,乃释其厄。夫子不能,使回、赐返问之。其家谬言女出外,以一瓜献二子。子贡曰:"瓜,子在内也。"女乃出,语曰:"用蜜涂珠,丝将系蚁,蚁将系丝;如不肯过,用烟熏之。"孔子依其言,乃能穿之。于是绝粮七日。

孔子厄于陈,绝粮七日,史有记载,但与采桑女对话等,显系杜撰。正因此,故事饶有趣味,采桑女聪明机巧的形象跃然纸上。

笑话类作品有三国魏邯郸淳撰的《笑林》,三卷。据说他是奉了曹丕之命而作的。书在宋后亡佚,现收集到二十九条。此书记载的滑稽可笑故事,带有浓重的民间传说色彩。其中不少故事十分精彩。如《汉世老人》叙汉世某富翁"聚敛无厌,而不敢自用",取十钱欲授求丐者,"随步辄减,比至于外,才余半在",还要说是"倾家赡君,慎勿他说,复相效而来"!对吝啬鬼的讽刺入木三分。《障叶隐形》叙楚人以障叶隐形,窃人财物而被发现的故事,揭露其愚蠢而贪鄙的行径。

《笑林》是我国最早的一本笑话故事集,对后代同类作品有示范作用。

二、唐宋金元轶事小说

唐代编撰史书风气很盛,士大夫作为神圣的事业,但毕竟不是都有机会参与,而私人编修史书又不是轻而易举之事,又受《世说新语》的影响,有的人就记载轶事琐闻,以补正史之遗,促进了轶事小说的发展。但唐代的轶事小说,如鲁迅所说:"仍以传奇为骨。"记载的轶事琐闻渲染附会成分多些,更富故事性。

琐言类主要有刘𫗧《隋唐嘉话》、刘肃《大唐新语》、李肇《国史补》等。

刘𫗧字鼎卿,彭城(今江苏徐州铜山)人。史学家刘知几之子。天宝初,历集贤院学士,兼知史官,终右补阙。《隋唐嘉话》三卷,记南北朝至开元间事,主体记本朝,尤其是唐太宗朝君臣事。

> 太宗谓梁公曰:"以铜为镜,可以正衣冠;以古为镜,可以知兴替;以人为镜,可以明得失。朕尝宝此三镜,用防己过。今魏徵殂逝,遂亡一镜矣。"
>
> 太宗谓尉迟公曰:"朕将嫁女与卿,称意否?"敬德谢曰:"臣妇虽鄙陋,亦不失夫妻情。臣每闻说古人语:'富不易妻,仁也。'臣窃慕之,愿停圣恩。"叩头固让。帝嘉之而止。

所引的两则故事,可谓唐太宗时的"嘉话",也揭示了唐初强盛的原因,颇有启示意义。

书中记载部分文坛掌故和文人轶事,如王羲之《兰亭序》流传的始末,富有传奇色彩。画家阎立本三见张僧繇画,从不以为然到心悦诚服,"坐卧观之,留宿其下,十日不能去",而后作《醉道士图》。

《隋唐嘉话》继承了《世说新语》的传统,记事简洁,而对话中运用口语多,较为通俗生动。

《大唐新语》,刘肃撰。他是唐宪宗元和(806—820)年间人,当过江都县、浔阳县主簿,此外身世无考。其书仿《世说新语》,记唐初至大历间事,凡十三卷,分三十门。书以儒家入世思想为主,强调仁义政教的作用。作者对唐太宗和其臣下褒多于贬;对武则天和周兴、来俊臣等多有批判。褒扬唐太宗善于识别人才、重用人才;与贤臣们互相信任的亲密关系;能够接受臣下的"规谏"。立《忠烈》《节义》《孝行》《友悌》等表彰李勣、魏徵、褚遂良以及许多正直贤良的官吏。其中一些故事颇有借鉴意义。如唐太宗问褚遂良,你负责"起居注",难道"朕有不善",你也要记吗?褚遂良说,这是我的职责,当然要记。刘洎说:"设令遂良不记,天下之人皆记之矣!"有的故事也令人感动。侍御使王义方要告权臣李义府,但有顾虑。他对母亲说:"奸臣当路,怀禄而旷官,不忠;老母在堂,犯难以危身,不孝。进退惶惑,不知所从。"其母曰:"吾闻王陵母杀身以成子之义。汝若事君以忠,立名千载,吾死不恨焉!"书中还有不少文坛轶闻掌故,如关于"王、杨、卢、骆"并称,杨炯"耻在王后,愧在卢前"的议论;画家阎立本忍辱侍宴,告诫他儿子不要走他的老路等。此书叙述多于描写,史料价值高于文学价值。

《唐国史补》,李肇撰。作者生平未详,仅知曾任大理评事、太常寺协律郎、华州参军等,卒于开成元年(836)前。书作于长庆年间,署官名为尚书左司郎中。全书三卷,共三百零八节,每节均用五节标目。它续《隋唐嘉话》而作,记开元至长庆一百多年间轶事琐闻。涉及面广,几乎包罗万象;所记人物在朝在野,政坛文坛,多为著名人物。作者用简练传神之笔,为他们留下了一幅幅素描画。

书中所记较少重大政治问题,多为日常的嘉言懿行。如《刘颇偿甕直》记当天寒地冻,渑池路上,一载甕车塞路,来往数千车进退不得,刘颇解囊付车主甕钱,碎甕开路。刘颇只是一个普通的客商,却表现了豪侠的风度。《李廙有清德》载刘晏见妻兄李廙门帘破旧,用粗竹做了门帘,想送给他,但"三携至门,不敢发言而去"。写李廙的清廉,虽然他没有出场,但以侧写正,以虚写实,非常精彩。《王积薪闻棋》,写自以为天下无敌的棋手,游京师,住旅店,晚上灭烛后,听到主人家的老太太和媳妇下棋。"积薪暗记。明日覆其势,意思皆所不及也",表现了老百姓的智慧。

书里还记了不少广泛流传的文坛掌故。如《李白脱靴事》《张旭得笔法》《王摩诘辨画》《唐衢惟善哭》《得草圣三昧》等。

杂记类又可分四个专题,分叙如下:

1. 记唐玄宗事

唐玄宗的一生富有传奇性,因而记其遗事,感叹悲欢离合,盛衰无常,成为永恒的话题,成就了一批有影响的作品。轶事小说虽无《长恨歌》《长生殿》那样的经典作品,但也较为可读,并产生了很大的影响。

《次柳氏旧闻》,李德裕撰(787—849)。李德裕字文饶,赵郡(今河北赵县)人。宰相李吉甫之子,以荫补校书郎。穆宗至文宗时擢翰林学士,为浙西观察使。武宗时由淮南节度史入相,当国六年。宣宗立,被贬为崖州司户,卒。据其自序,宦官高力士曾向柳芳讲宫中事,柳芳又向其子柳冕转述,柳冕又言之于李吉甫。李吉甫又说给德裕听,德裕根据回忆写成,因素材得自柳氏,故名《次柳氏旧闻》。作者对唐玄宗抱惋惜和同情之情,书中多记其爱民之心和盛衰变化的感叹。

当玄宗因"安史之乱"要逃离京城时,望见千余人持火炬准备"焚库积",

以免落入敌人之手。玄宗严肃地说："盗至若不得此,当厚敛于民,不如与之,无重困吾赤子也。"听到的人都"感激流涕",说"吾君爱人如此,福未艾也。虽太王去豳,何以过此乎?"

花萼楼是唐玄宗退朝后与诸王游宴作乐之处。当玄宗向西蜀逃前,"复登楼置酒,四顾凄怆",眷恋不舍。"一少年心悟上意,自言颇工歌,亦善《水调》。使之登楼且歌,歌曰:'山川满目泪沾衣,富贵荣华能几时?不见只今汾水上,惟有年年秋雁飞。'上闻之,潸然出涕……不待曲终而去"。

《明皇杂录》,郑处诲撰。处诲字延美,荥阳(今属河南)人。宰相郑余庆之孙。太和八年(835)进士,官至检校刑部尚书、宣武军节度等。书成于宣宗大中九年(855)。此书以明皇为主,记开元、天宝间事,偶及肃、代两朝故事。书中表现玄宗前期的君臣相得,太平盛世的历史图景;也揭露其后期朝政的阴暗面,从而揭示了盛衰转变的原因。

玄宗前期励精图治,勤于国事。如《张嘉贞》《萧嵩》记玄宗为草诏事反复过问;《苏颋》写玄宗器重人才,亲自为醉酒呕吐的苏颋盖被子。但其后期,享乐淫佚,荒于国事,《华清池》《五凤楼》等极写其奢靡享乐之风。作品还揭露飞扬跋扈,仗势欺人的奸臣,如《张九龄》《卢绚》记李林甫嫉贤妒能,陷害忠良;《杨国忠》中,写他不但要让落选的儿子杨暄为进士,而且封的官职还要在考官达奚珣之上。

作品还记叙一些名医、画家、作家、艺人等。如记杜甫漂寓湘潭间,在耒阳县,投诗县宰,受到招待,饮酒过多,"一夕而卒";写杂技演员王大娘顶竹杆的精彩表演;尤其是乐工雷海清在长安陷后,面对安禄山的淫威,视死如归的高尚品德,非常感人。故事被洪昇《长生殿》采用。

本书在艺术上叙事完整,有较强故事性;善于渲染气氛,以诗入文,有助意境的创造。

《开元天宝遗事》,王仁裕(880—956)撰。仁裕字德辇,甘肃天水人。少不知书,年二十五始就学,以文章知名于五代。是书一百五十九条,记开元天宝年间朝野琐闻杂事。上卷记开元朝多为玄宗前期励精图治,求贤若渴和忠臣贤相事迹。如《金函》记玄宗虚怀纳谏,将谏书放在金函中,"时取读之,未尝懈怠也"。《步辇召学士》记玄宗雨中令人抬车辇招姚崇来讨论政务。《赐箸表直》言玄宗赐宰相宋璟,以表扬他忠直的品德。《截镫留鞭》记姚崇离任时,百姓截镫留鞭,以示怀念。下卷记天宝朝,多为玄宗晚年荒淫奢侈,如《被底鸳鸯》《风流阵》等;杨氏兄妹持宠跋扈,如《肉阵》《香肌暖手》等;奸臣李林甫口蜜腹剑,如《肉腰刀》等。此书尤留意宫内外风俗习尚的记载。如七月七日乞巧、红丝结襟、斗花、秋千、灵鹊报喜等。

书中所记多篇幅短小,内容单一,但文字清丽,精致隽永,有较高的艺术水平。

2. 记朝野轶事

记载朝野人物轶事的在唐初有《朝野佥载》,作者张鷟,字文成,号浮休子。深州陆泽(今河北深县北)人。生活在武后至玄宗前期。曾任县尉、鸿胪丞、司门员外郎等职。还著有《游仙窟》等。当时甚有文名,时称"鷟文辞犹青铜钱万选万中",号"青钱学士"。新罗、日本也远闻其名,来朝不惜重金购置其文。

《朝野佥载》记隋至唐开元间朝野见闻,以武后朝事为多。以嬉笑怒骂的讽刺揭露朝政腐败、官吏凶残,生活腐化和人性的异化。初唐官场趋炎附势,谄媚逢迎。武后时张岌谄事薛师,随其后,"于马旁伏地,承薛师马镫。侍御使郭霸尝来俊臣粪秽,宋之问捧张易之溺器……";赵履温为司农卿,谄事太平公主,为其背挽金犊车,"为公主夺百姓田,造定昆池,言定天子昆明池也,用库钱百万亿"。吏治的腐败表现在官员的选任上。作者愤怒地揭露:"假手冒名,势家嘱请。手不把笔,即送东司;眼不识文,被举南馆。……贿货纵横,赃污狼藉。"更有讽刺意味的是张昌仪依仗张易之的权势,卖官鬻爵,一姓薛者送金五十两,而后来忘了薛某之名,故将六十多个姓薛的都给官做。官吏凶残,令人发指。如索元礼审犯人用铁笼头,夹得犯人"脑裂髓出";还有"凤晒翅"、"弥猴钻火"等。来俊臣审周兴,而故意问他用何刑具,周兴说:"甚易也。取大瓮,以炭四面炙之,令囚人处之其中,何事不吐。"于是,来俊臣就用火烧大瓮,对周兴宣布奉旨审讯老兄,"请兄入此瓮"。"请君入瓮"成了酷吏作法自毙的典故。有些故事讽刺贵族富户吝啬刻薄,残忍无情,显示人性的扭曲。广州录事参军柳庆把器用食物都收在自己卧室里,一个奴仆私取了一撮盐,就被他鞭打;夏侯彪的仆人偷吃了一点肉,他就要强迫仆人吃苍蝇,把肉吐出来。记载的民间故事,如《太宗入冥》;旌阳县令许逊斩蛟除害,得道成仙的故事在后代广泛流传。

唐代中期有《谭宾录》。书已佚,《太平广记》辑得一百二十余条。作者胡璩,生平事迹未详,仅知为唐文宗至武宗间人。书名"谭宾"是因为以史实为谈资,应对宾客。

书中写到前代文臣武将，名医画家，诗人乐师，写出盛唐人才济济的图景，在追忆中寄托兴亡的感慨。它受传奇的影响，刻画人物细腻生动，颇具小说情趣。大多以人名为题，篇幅长短自如。如《郭子仪》长达一千余字，通过几个典型故事写他"富贵寿考，繁衍安泰"的一生。而《王师旦》《程知节》等均不足五十字。

作者在褒扬唐代一大批杰出人物外，还揭露了佞臣叛贼，如口蜜腹剑的李林甫，笑里藏刀的李义府等。描写最为深刻的是大阴谋家安禄山。

> 玄宗命皇太子与安禄山相见。安禄不拜。因奏曰："臣胡人，不闲国法，不知太子是何官？"玄宗曰："是储君，朕万岁后，代朕君汝者。"安禄曰："臣愚，比者只知有陛下，不知有太子。"左右令拜，安禄乃拜。玄宗嘉其志诚，尤怜之。

《谭宾录》所反映的唐代社会生活，它塑造的众多的人物形象，有较高的文学价值，是一本较好的轶事小说。

唐代后期有《幽闲鼓吹》一卷，张固撰。张固，唐懿宗、僖宗间人。书中记唐代事，以宣宗朝为主，兼及宪宗、武宗时事。书中记文人以诗文谒官求名，得到有远见卓识的人物的赏识。

> 尚书白居易应举，初至京，以诗谒顾著作。顾睹姓名，熟视白公曰："米价方贵，居亦弗易。"乃披卷，首篇曰："离离原上草，一岁一枯荣。野火烧不尽，春风吹又生。"即嗟赏曰："道得个语，居即易矣。"因为之延誉，声名大振。

再者，如李贺以诗谒韩愈，韩愈送客刚回来，很疲倦，但翻开看到第一首《雁门太守行》："黑云压城城欲摧，甲光向日金鳞开。"就马上接见他。

书中对比地写了清官与贪官。李师古想行贿宰相杜黄裳，令一吏给他送钱。此吏不敢就送，而是在他们门口观察。后见"有绿舆自宅出，从婢二人，青衣褴褛。问何人，曰：'相公夫人'"。宰相夫人和仆婢的衣着简仆，让行贿者断了行贿的念头。宰相杜黄裳没有出场，但侧面衬托出他的正派和清廉。而另一个相国张延赏，貌似清官，见冤狱，"每甚扼腕"，誓要平冤昭雪。后遇一案，审理时行贿者给三万贯，"公大怒"；给五万贯，"公益怒"；给十万贯，他的态度发生了戏剧性的变化，"公遂止不问"。弟子问他，他说："钱至十万贯，可通神矣。无不可回之事……"

作品总体来说过于拘泥事实，小说色彩略嫌不足。

五代有《北梦琐言》。作者孙光宪(？—968)，字孟文，自号葆光子。陵州贵平(今四川仁寿县东)人。五代后唐时为陵州判官，后避地荆州，为割据者高季兴幕下掌书记，累官检校秘书少监等。入宋，官黄州刺史。书篇幅较大，原书三十卷，现存二十卷和佚文四卷。

书中记述晚唐、五代宫廷遗闻、士大夫、文人轶事和社会风俗。针砭时弊，揭露宫廷政治黑暗的内容不少。如《宦官阴谋》记唐昭宗因宦官专权，"骄恣难制"，密令宰相崔胤凡密奏以囊封进。宦官韩全海等选美女进宫刺探，知情后，"引禁军，陈兵仗，逼帝幸凤翔"，将崔胤灭族。有的斥责党争之祸，如《李太尉抑白少傅》记李德裕压抑白居易，排斥杨虞卿、牛僧孺等人。《刘皇后答父》叙后唐庄宗刘皇后，出身寒微，因生皇子，宠幸日隆，为与嫡夫人争宠，竟嫌亲父是老农，拒不相认，在宫门答父。为地位和虚荣，竟不认生父，丧失人性。

《孟浩然赵崼以诗失意》说唐玄宗和李白谈及孟浩然，恰好他在李白家。于是唐玄宗召见他，让他献诗。他诵诗曰："北阙休上书，南山归敝庐。不才明主弃，多病故人疏。""上意不悦"，结果是"终于布衣而已"。才华横溢的诗人，就这样受到压抑，是封建时代知识分子命运的缩影。《荆十三娘》则是民间传奇故事。记荆十三娘从权豪手中夺回李三十九郎的爱妓，表现了疾恶如仇的精神和高超的武功，成为一篇有名的武侠小说，清叶承宗据以改编为《十三娘》杂剧。

《北梦琐言》写作态度比较严谨，保留了许多有价值的史料，但内容比较庞杂，文字显得板滞，小说意味不足。

3. 记歌妓事

唐代冶游之风极盛，不但产生了许多士子与妓女的恋爱传奇，也出现了几部以歌妓生活为对象的杂记类的轶事小说如《教坊记》和《北里志》。

《教坊记》，崔令钦撰。他是唐玄宗至德宗时人。在天宝间为礼部员外郎时，因避安史之乱，寓居润州，为追忆往昔长安声乐之盛而作此书。本书叙述唐代的教坊制度、人物、轶事，特别是记录的三百多曲名，保留了唐代乐曲的丰富资料，弥足珍贵。

书中记载男女艺人的高超技艺和精彩演出，如善歌舞的庞三娘，能翻筋斗的小儿；《圣寿乐》和《踏谣娘》的表演。记述教坊里的风俗也颇有趣："坊中诸女，以气类相似，约为香火兄弟，每多至十四五人，少不下八九辈。有儿郎聘之者，辄被以妇人称呼。即所聘者兄见呼为新妇；弟，见呼为嫂也。……"

本书里的妓女不像传奇小说都有浪漫的爱情故事,作者如实地展示她们生活的不幸,甚至揭示他们的邪恶。如《筋斗裴承恩妹》记裴承恩妹嫁竿木侯氏,又与赵解愁私通,竟然"引解愁谋杀其夫"。《五奴》说苏五奴妻貌美,善歌舞,人多思通之,设法劝五奴多喝酒,快点醉。五奴说:"但多与我钱,虽吃锤子亦醉,不烦酒也。""今呼鬻妻者为'五奴'"。

《北里志》,作者孙棨,字文威。历官侍御使,中书舍人。书成于僖宗中和四年(884)。唐自宣宗以来,贵族子弟,新进举子,盛行狎游之风。时妓女聚居之地为平康里,位于长安北门外,通称北里,故书名为《北里志》。

书只一卷,但内容丰富,记叙了长安文人与妓女的生活情状。《海论三曲中事》为总叙,介绍了北里分为三曲,不同等级的妓女住不同的地方;妓女或假母自幼领养;或出自贫穷之家;或是被卖来的良家妇女。她们要学歌舞等,"微涉退怠,则鞭扑备至"。《天水仙歌》以下,分别叙述了十二位妓女的生活和命运。如《楚儿》,说妓女楚儿不幸嫁给捕贼官郭锻为妾,其"为人异常凶忍且毒"。楚儿与故交郑光业私相往来。为此常遭丈夫毒打,但楚儿不屈服,一日与丈夫同行,遇郑光业,"出帘招之",被丈夫当街"击以马棰"。但她决不屈服,其命运的不幸,令人同情;其追求爱情的执着,也令人敬佩。《颜令宾》说颜令宾喜欢诗词,与文人交往,多向他们乞讨歌诗,珍藏起来。她后来病重,希望她死时,文人能送挽词。她死后,果然有不少人送来悼诗,其中有四首"盛传于长安,挽者多唱之"。妓女与文人的感情、文字的交流,也颇生动。

《教坊记》和《北里志》开启后世《青楼记》《板桥杂记》的先河。

4. 记诗歌创作事

唐代是诗歌的黄金时代。以记载诗人的创作和风采的轶闻琐事的轶事小说也应运而生,《云溪友议》和《本事诗》影响较大。

《云溪友议》,范摅撰。他是唐僖宗时人,居越州五云溪(会稽若耶江别名),自号五云溪人,故名其书为《云溪友议》。此书文学意味不浓,但记载了中、晚唐诗坛上的遗闻趣事,为他书所未载,有资料价值。《四库全书总目提要》的评价公允恰当:"大抵为孟棨《本事诗》所未载,逸篇琐事,颇赖以传。又以唐人说唐诗,终较后人为近。故考唐诗者,如计有功《纪事》诸书,往往据之以为证焉。"[1]书中有不少著名的故事,如《玉箫化》记书生韦皋与玉箫相爱,因

---

① 纪昀总纂《四库全书总目提要》,河北人民出版社2000年版,第3571页。

赴科举分别。玉箫等至归期,韦皋未归,玉箫绝食而死,又托生歌妓为韦皋侍妾。后元乔吉的杂剧、话本《石点头》均演此事。《题红怨》记了两件事。其一记宫女在树叶上题诗,随水流出,诗人顾况"闻而和之",玄宗知道后,将大量宫女放出;其二是卢渥得到红叶,成就了美满姻缘。此书有的记载有志怪色彩,不能当研究资料。如《苎萝遇》记王轩因题诗西施石而见到西施,当然是幻想的故事。

《本事诗》孟棨①撰。唐文宗开成(836—840)年间当过小官,僖宗乾符二年(875)始登进士第。

《本事诗》采集了唐代诗人"触事兴咏"之作,并记载了与之相关的遗闻传说。此书文字清丽,叙事生动,人面桃花、破镜重圆、制衣结缘等爱情故事写得光彩夺目,扣人心弦,久已脍炙人口,成为后代戏曲、小说的创作素材;也有些故事对权贵横恣,吏治腐败等亦有揭露与讽刺。如武后时,武延嗣不但夺了乔知之的心上人窈娘,致其投井而死;而且"遣酷吏诬陷知之,破其家"。书中记叙本事,展现诗人的风采。李白号为"谪仙",杜甫称为"诗史";元白相互赠诗,"千里神交";灵隐寺骆宾王续诗等。

《本事诗》的价值还在于它开创了纪事诗话这一新的文体,后继者形成了浩大的《纪事》系列,影响深广。

宋元时代修史之风很盛,官修、私修史书成绩斐然。在这种风气影响下,士大夫文人多喜欢辑录历史和现实的传闻佚事,因此,宋代轶事小说兴旺发达,粗略统计约在350种以上。这些作品,从作者的主观动机来说主要是"补史之遗";从写作态度来说多回忆,重纪实;从风格来说,多智慧少浪漫;戒虚张浮夸,多简约冲淡。

宋元时代,白话小说崛起;传奇小说成为文言小说的主流,人们对小说的认识深入深化了,小说与历史著作的界限逐渐明晰。因此,程毅中先生认为"凡是基本上是属于历史琐闻类的作品,就归到史料笔记里去,……杂俎性质的作品,则需要仔细分析后再进行定性。"②因此,下面我们重点介绍文学性较

---

① 详参陈尚君《〈本事诗〉作者孟启家世生平考》,《新国学》第六卷,巴蜀书社2006年版。据其考证,孟棨当作孟启。
② 程毅中《古体小说论要》,华龄出版社2009年,第31页。

强的作品。

琐言类有孔平仲《续世说》和王谠《唐语林》。孔平仲，字义甫，临江新喻（今江西新余）人。登进士第，曾任秘书丞、集贤校理。与苏轼关系密切，同坐党籍。《续世说》十二卷，记南朝刘宋至五代事，仿《世说新语》，分三十八门，少《豪爽》一门，增《直谏》、《邪谄》、《奸佞》三门。王谠，字正甫，长安人。出身显赫仕宦之家，曾任少府监丞等职，后遭弹劾，元祐后曾任邠州通判，卒于徽宗崇宁、大观年间。书分八卷五十二门，其中三十五门袭《世说新语》旧目，自增十七门。记唐代政治史实到民间习俗，内容丰富。

这两本书实际上都不能算作宋人的著作，尤其是《唐语林》选辑的五十种唐五代书，大部分可以考证出它的出处①。但是，它所采撷的书有二十种已亡佚，起了保存文史资料的作用，具有重要的参考价值。

总之，这两本琐语类的轶事小说其史料价值比文学价值更重要。

杂记类轶事小说很多，举其要者，宋代有张齐贤《洛阳缙绅旧闻记》、欧阳修《归田录》、司马光《涑水纪闻》、文莹《湘山野录》、魏泰《东轩笔录》、周密的《齐东野语》等。元代则有杨瑀的《山居新语》、陶宗仪《辍耕录》等。

《洛阳缙绅旧闻记》，张齐贤撰（934—1014）。齐贤字师亮，曹州冤句（今山东菏泽西南）人。宋太平兴国二年进士，累官同中书门下平章事。以司空致仕，谥文定。

本书记"洛阳缙绅旧老"所说"唐梁以还五代间事"及"亲所见闻"，五卷二十一篇。作者选择典型事例和细节，突出描写人物的性格和神态；情节曲折生动，引人入胜；善于铺陈渲染，文采绮丽，文学性很强，是以人物为主而独具特色的小说集。

《梁太祖优待文士》写朱温残忍凶暴，"左右小忤其旨，立杀之"，致使他手下的官吏，每天进府前，"先与家人辞决"，不知是否还能活着回家。杜荀鹤见他时，吓得"惨悴战栗，神不主体"。天无云下起雨，他要杜荀鹤立即写一首诗。在朱温的淫威下，杜荀鹤借机奉承，"同是乾坤事不同，雨丝飞洒日轮中。若教阴朗都相似，争表梁王造化功！"于是得到优待。不但写出暴君的淫威，也写出文人可怜的生存状态。

《张夫人始否终泰》写张继恩的继室有容色，多技艺。在战乱中，被军人凌

---

① 详见周勋初《唐语林校证》，中华书局1987年版。

辱、霸占、遗弃、掠夺，但最终当了夫人，得了封赠。作者意在说明一个人富贵穷通乃命中注定，但客观上深刻揭示了战乱给人民尤其是妇女带来的灾难，是五代时社会现实的生动再现。

《向中令徙义》中的向楷原是一个"借交亡命，靡所不为"的人，后投奔郭威，做到节度使之类的高官。像向楷这样凶顽不逞之徒，乘战乱，投靠军阀，以至高官显爵，在五代不乏其人，是一个有典型意义的故事。

《田太尉候神仙夜降》《白万州遇剑客》《水中照见王者服冕》，这三篇写骗子虽然手法并不高明，但由于受骗者的迷信和贪婪，结果都成为笑柄，可视为讽刺小说。

《归田录》是大文豪欧阳修（1007—1072）决意归田后所作，故名《归田录》。其写于治平四年（1067）的自序云："《归田录》者，朝廷之遗事，史官之所不记，与士大夫笑谈之余而可录者，录之以备闲居之览也。"书中文学色彩较强的是记士大夫的嘉言懿行，从仕政绩和诗文名篇等。如《鲁肃简公》记鲁宗道微服到酒肆饮酒时，突然真宗要召见他。他以微服见帝而不肯谎言欺君。《卖油翁》记陈尧咨善射，自矜天下无双。遇一卖油翁从钱孔中酌油而钱不湿。翁曰："我亦无他，惟手熟尔。"故事生动，广为传诵。记文人轶事，也多诙谐有趣。如杨大年写文章，一边在与门人宾客喝酒、下棋，一边在小方纸上"挥翰如飞，文不加点。每盈一幅，则命门人传录，门人疲于应命，顷刻之际成数千言，真一代之大文豪也"。石曼卿和刘潜两位文人在王家酒楼喝酒："对饮终日，不交一言。""二人饮啖自若，傲然不顾，至夕殊无酒色，相揖而去。明日都下喧传，王氏酒楼有二酒仙来饮。久之乃知刘、石也"。

《涑水记闻》十六卷，是著名历史学家、文学家司马光（1010—1086）所撰。他编《资治通鉴》，止于北宋建国前，于是想再写一部《资治通鉴后记》，以记载北宋开国到作者当代这段历史，《涑水记闻》就是为此作准备的史料汇集，具有很高的史料价值。其中，也有一些故事性很强的作品，可视为轶事小说。如卷一中有一则云：

> 太祖尝弹雀于后园，有群臣称有急事，请见太祖，亟见之。其所奏乃常事耳。上怒，诘其故。对曰："臣以为尚急于弹雀。"上愈怒，举柱斧柄撞其口，堕两齿。其人徐俯拾齿，置怀中。上骂曰："汝怀齿欲讼我耶？"对曰："臣不能讼陛下，自当有史官书之。"上悦，赐金帛慰劳之。

寥寥数语,使身份地位不同,性格不同的两个人的形象跃然纸上。

卷七的一则,写向敏中所雪之冤案。一僧人求宿不得,寝于门外,夜遇强盗入室劫人,怕被牵累,趁夜远走,不意掉入废井中。更为巧合的是,先前强盗所劫妇人已陈尸井中。于是他被当作凶手治罪。事情固过于巧合,僧人也只好服罪。但向敏中对此案尚有疑惑,经过查访,方得真凶。故事曲折,引人入胜,是一篇较好的公案小说。后来有人将其改编为白话小说,收入《百家公案》,凌濛初据此作成《东廊僧怠招魔,黑衣盗奸生杀》编入《初刻拍案惊奇》。

释文莹,字道温,钱塘人。其生卒年和俗家姓名皆不详。工诗,多与士大夫交游。尝居西湖菩提寺,后隐于荆州金銮寺。主要活动于北宋仁宗、神宗、英宗朝。著有《湘山野录》三卷、《续湘山野录》一卷、《玉壶清话》十卷。三书所记多为北宋杂事,上至帝王,下及商贾,且杂有不少志怪之作。

书中宋太祖、太宗和钱镠、钱俶等人的形象很生动。如《湘山野录》记钱镠得封吴越王后,衣锦还乡,与父老乡亲欢聚,显出一片深厚的乡情。后见当年留己性命的老媪。"媪抚其背,犹以小字呼之曰:'钱婆留,喜汝长成!'"这个故事脍炙人口,被冯梦龙改编为《临安里钱婆留发迹》(《喻世明言》)。《续湘山野录》有一则写太祖、太宗,前半说一个知天机的道士预言赵匡胤"真龙得真位",后半写道士预言赵匡胤的卒期。那天,在雪天深夜,太祖、太宗烛下对饮,而后太祖崩,太宗继位,这就是后人所谓太宗杀兄继位,"烛影斧声"的源头。

文莹文笔细腻,生动传神,其作品是文学性较强的轶事小说。

《东轩笔录》十五卷,魏泰撰。泰字道辅,湖北襄阳人。曾布妻弟,生活于神宗、哲宗、徽宗朝。数举进士不第,曾因殴打主考官,而未得入仕。徽宗时章惇为相,推荐他做官,竟不就。以隐居为生。书中记北宋太祖至神宗间六朝的朝野遗闻。

卷二有一则说张齐贤家举行宴会时,他目睹一个仆人偷了几件银器,但他隐忍了三十年,没有追究,也没有告诉别人。后来,他当了宰相,手下的人多推荐出去做官了。于是这个仆人找他,说:"某事相公最久,凡后于某者,皆得官矣。相公独遗某,何也?"齐贤说,你偷东西,"吾怀之三十年,不以告人,虽尔亦不知也。"现在"吾备位宰相,进退百官,志在激浊扬清,安敢以盗贼荐耶?"这个故事既表现张齐贤对私事的豁达宽容;又表现他对国事的高度负责。

卷八有一则,记朝廷听说福州地方官陈绛"赃污狼藉",决定派王耿去查办。王耿被任命的第二天,就有福建路的衙校,来见王耿,说陈绛的种种罪行。

王耿非常高兴,就留他在身边。到福建:"耿尽发校所言之事,既置诏狱,事皆不实,而校遽首常纳禁器于耿子。"原来朝廷有人给陈绛通风报信;衙校是陈绛派来的爪牙,将王耿引入歧途,又向他儿子行贿,然后告发。结果陈绛安然无事,而王耿却下狱。陈绛始终没有出场,但他奸滑的形象却突显出来。作者用犀利的笔锋揭开从朝廷到地方相互勾结的罪恶之网。

作品中还多处写王安石,为他的新法辩护;赞扬他正直的品格和简朴的作风。

过去有人说魏泰"为人无行";《东轩笔记》在宋也遭贬抑。但从他辞官不就;在作品中直呈胸臆,爱憎分明的态度来看,很难得出"为人无行"的印象。他受当时舆论的谴责,可能与赞扬王安石变法有关。

《齐东野语》二十卷,周密(1232—1298)周密字公谨,号草窗,南宋著名词人。先世济南人,流寓吴兴(今浙江湖州)。宋理宗时曾任义乌令。宋亡不仕。

书中有关南宋的史料,如记张浚本末、绍熙内禅、岳武穆逸事、李全"忠义军"等最有价值。而与后代文学关系密切的故事,更为我们所关注。

卷一《放翁钟情前室》以陆游有关唐婉的诗词为线索,记述了陆游和唐婉催人泪下的婚姻悲剧和《钗头凤》等凄婉动人的诗篇。这一动人心弦的故事,被改编为小说、戏曲,乃至电视屏幕。

卷二十《台妓严蕊》说天台官妓严蕊是"色艺冠一时"的名妓。唐与正任台州知府时,严蕊应招到官府行酒唱曲,即席赋词,但并无违章留宿的私情。朱熹任浙东提举,到台州视察,诬陷唐与正与严蕊有私情。于是"下狱月余,蕊虽备受棰楚,而一语不及唐,然犹不免受杖。"后来狱吏劝她说,这又不是什么重罪,你就承认了吧,免得受刑。严蕊回答说:"身为贱妓,纵是与太守有滥,科亦不至死罪。然是非真伪,岂可妄言以污士大夫?虽死不可诬也。"后来两个月"一再受杖,委顿几死,然声价愈腾,至彻阜陵之听"。作品歌颂了一个胸怀坦荡,光明磊落的下层妇女,而贬斥了理学家朱熹。凌濛初《二刻拍案惊奇》卷十二《硬勘案大儒争闲气,甘受刑侠女著芳名》就是据此改编的。

卷八《吴季谦改秩》叙述一个郡倅"江行遇盗",被杀。强盗胁迫他的妻子。妻子要求强盗放走才几个月的孩子,才同意顺从他。强盗答应了。她"以黑漆圆盒盛此儿,藉以文褥,且置银二片其旁,使随流去"。过了十几年,妻在一僧房里看到了黑漆盒,于是把事情的原委告诉和尚,认了已长大的孩子。当然强盗被捕,受惩罚,审此案的吴季谦升了官。后来有人把它与取经的陈玄奘联系起来,敷衍成传奇《陈光蕊江流和尚》。在朱鼎臣本的《西游释厄传》就有了玄奘的出身传——"江流儿"故事。

元代有杨瑀《山居新语》、陶宗仪《辍耕录》等。陶宗仪《辍耕录》较为重要,简介如下。

陶宗仪,字九成,号南村,台州黄岩(今台州市路桥区)人。其生卒年有不同说法。约生于1320年前后,卒于明建文朝。元时科举不中,靠教授生徒维持生计。洪武间曾任教官。中年隐居松江(今属上海)南,因以南村为号。

《辍耕录》三十卷,书的体例颇杂,朝野遗闻,元典章制度,宋末掌故诗文等备载其中。作者身处元末乱世,又位居下层,对民间疾苦有更多了解,以"闾巷鄙秽之事入书",不少作品较好反映百姓生活,故事性强,生动有趣,具有小说的特点。

如卷四《贤妻致贵》条,记程鹏举在宋末被掳,于张万户家为奴,张某把掳来的某女给鹏举做妻子。结婚第三天妻子就劝鹏举逃回南宋,但鹏举以为是奉主人之命来试探自己,就报告主人,使妻子被痛打一顿。过了三天,其妻又劝他逃走。鹏举仍然报告主人,妻子被主人卖给一市民。临行时,妻子将所穿的一只绣花鞋,交换鹏举的一只鞋,以期后会。于是鹏举感悟奔宋。入元后,鹏举为陕西行省参知政事,派人到原地找妻子,从尼姑庵迎回,夫妻团圆。作者塑造了一个坚贞不屈的妇女形象。她被掳为奴,为了使丈夫摆脱当奴隶的困境,作出了最大的牺牲;被卖后始终保持贞洁,出家为尼。鹏举与妻别后,也誓不另娶。通过这对苦难夫妻的遭遇,反映了战乱中人民的痛苦,歌颂了他们的美德。这篇小说影响很大,《醒世恒言》第十九卷《白玉娘忍苦成夫》就是据此改编的。明代还有据此改编的传奇《易鞋记》和《分鞋记》,以及梅兰芳编演的京剧《生死恨》。

陶宗仪还编有《说郛》一百卷。这是一部综合性丛书,对保存文言小说有重要贡献。如《太平广记》以后出现的难见、难得或已佚作品,多在此综合性丛书中得以保存,如宋代传奇《绿珠传》《梅妃传》《杨太真外传》《赵飞燕别传》,志怪小说集《夷坚志》等,极便于利用参考。

三、明清轶事小说

明代轶事小说获得空前发展,无论品种和数量都超过唐宋时代。品种类型增多;纪实性增强;反映市民阶层的生活和心态的作品较突出;小说趋向通俗化,这是明代轶事小说的特点。

仿《世说新语》类的琐言小说,明代数量也很多。较著名的有何良俊的《何氏语林》、李绍文的《明世说新语》、曹臣的《舌华录》、焦竑的《玉堂丛语》等。

《何氏语林》,简称《语林》,三十卷,何良俊(1506—1573)撰。良俊字元朗,号柘湖,华亭(今属上海松江)人。嘉靖中以岁贡生入国学,授南京翰林院孔目。后厌倦仕途,愤然归隐,著有《四友斋丛说》《柘湖集》。此书模仿裴启《语林》的书名,体例完全依从《世说》三十六门之旧,又另增《言志》《博识》二门,共三十八门。全书辑录了从西汉到宋元之间文人官僚的轶事、言行凡二千七百余条。又仿刘孝标注《世说新语》的作法,在每条之后亦引书作注,介绍人物生平和故事。同时每门各有自序,以释篇目含义、编辑意图;有的故事后面还有作者议论,表达作者自己的观点。

作者受王学左派影响,尊重个性真情,反对虚假做作。如二十六卷《简傲》写东汉严子陵与光武帝是早年的朋友,刘秀登基后,两人相聚共卧时,子陵以足加在刘秀腹上,刘秀也不在意。某日刘秀去子陵居所,子陵竟高卧不起。此事虽录自《后汉书》,但亦可见作者对此"简傲"中所体现的真性情的欣赏。

《舌华录》九卷,曹臣(1583—1647)撰。曹臣字荩之,安徽歙县人。成书于万历四十三年(1615),是偏重于记言的小说。作者从《世说新语》至宋元笔记、史籍共九十九种书中,采前人与当代人清言隽语,分类编辑,共有慧语、名语、豪语、狂语等十八门。本书虽多片言只语,但对人物气质风韵、音容笑貌,亦有勾勒,且言约旨远,富有哲理。如《狂语》中载:"张思光为中书郎,尝叹曰:'不恨我不见古人,恨古人不见我。'思光善草隶,太祖尝谓曰:'卿殊有骨力,但恨无二王法。'答曰:'非恨臣无二王法,亦恨二王无臣法。'"短短数语,把一个不愿墨守陈规、颇为自负的书法家形象刻画出来。又如《名语》中记:"陈眉公曰:'朝廷大奸不可不攻,朋友小过不可不容。容大奸必乱天下,攻小过则无全人。'"言简意赅,富有哲理。

杂记类,记朝野轶事较为突出的有《菽园杂记》和《真珠船》。

《菽园杂记》十五卷,陆容(1436—1494)撰。陆容字文量,号式斋,太仓人。成化二年(1466)进士,官至浙江布政司右参政。书中从政治、经济、民俗等方面记述明初以来的社会状况。对统治阶级人物多有讥刺,是此书的重要特点。如写得势太监,突然要奉养母亲而闹出的一出滑稽剧:

闽中一娼色且衰,求嫁以图终身,人薄之,无委禽者。乃决之术士,云年至六十当享富贵之养,娼不以为然。后数年,闽人子有奄入内廷者,既贵,闻其母尚在,遣人求得之,馆于外第,翌日出拜之,遥见其貌丑,耻之,不拜而去。语左右曰:"此非吾母,当更求之。"左右观望其意,至闽求美仪观者,乃得老娼以归。至则相向恸哭,日隆奉养,阅十数年而殁。

又如,讥讽巴结太监王振的官僚:

正统间,工部侍郎王某出入太监王振之门。某貌美而无须,善伺候振颜色,振甚眷之。一日问某曰:"王侍郎,尔何无须?"某对云:"公无须,儿子岂敢有须?"人传以为笑。

除此之外,书中还记载不少明代风俗民情,叙述生动,可使读者看到当时下层社会的生活层面,这也是此书值得重视之处。

《真珠船》八卷,胡侍撰。胡侍,字奉之,咸宁(今陕西西安市长安区)人。正德进士,授刑部主事,历鸿胪少卿。《真珠船》多记琐闻逸事,每每喜欢考证古事,如考蔡邕有后(《蔡邕有后》),双头莲又称合欢莲(《双头莲》),外国英才如高丽的金涛、交趾的阮勤等中明代进士等等,颇有史料价值。

《真珠船》有的篇章写得颇为生动,如《临刑饮酒》记载黄巢妻妾,皆勋贵女子,兵败被俘,不以从"贼"为耻,"至于就刑,神色肃然。此女子英辩侃侃,视死如归。以今观之,尤有生气。不知当时君臣,何所置其愧也"。从一个侧面反映了黄巢起义的情况。

《奉承御史》讽刺官场阿谀奉承风气,尤为生动:

弘治甲子,山东乡举,某御史监试,偶阅一卷,顾左右曰:"此卷虽佳,但文体颇古,恐不利会试耳。"某布政侍坐,辄起拱手曰:"实是忒古。"御史讶曰:"公初未尝阅此卷,何以知其古?"布政惶恐对曰:"大人说他古,必定是忒古了。"御史为之启齿,左右无不匿笑。

梅鼎祚的《青泥莲花记》和《才鬼记》是明代轶事小说中很有价值的两本书。

梅鼎祚(1549—1618),字禹金,安徽宣城人。青年时曾于科举中受挫,遂弃举子业,致力读书写作。万历时申时行欲荐于朝,他力辞不赴,后归隐书带园,建天逸阁,藏书著述其中。他知识渊博,撰述丰富,有《才鬼记》《青泥莲花记》《鹿裘石室全集》以及传奇三种,杂剧一种,现存传奇《玉合记》《长命缕》和杂剧《昆仑奴》。他与汤显祖有深厚的友谊,对李贽十分敬仰,受以李贽为代表的进步思潮的影响,反对封建礼法,歌颂男女真情。

《青泥莲花记》十三卷。收录汉至明代数百名"倡女之可取者"之故事,有关作品,除少量自撰外,多前人记载,所采古籍十分广泛,有正史、别集、笔记、传奇、诗话、佛经。本书采取类编的形式,前八卷分别记禅、记玄、记忠、记义、记孝、记节、记从七类为正编;后五卷分别记藻、记用、记豪、记遇、记戒五类为外编。每一类故事又按朝代顺序排列,检阅十分方便。凡同一故事的不同记载都辑在一起,便于读者了解与比较。对认识古代社会来说提供了宝贵的专题资料;对小说、戏曲来说,是一座创作素材的宝库。在每类后面,辑者都以"女史氏曰"的形式发表议论,这些议论常常闪烁着进步思想的火花。

作者对妓女有深切的同情,所记的二百余位妓女都聪明可爱,美丽善良,有操守,明大义。作者称赞她们是出淤泥而不染的莲花。这就足以说明作者妇女观的进步。

《才鬼记》十六卷,是梅鼎祚文言小说集《三才灵记》之一,其他两种《才神记》《才幻记》均已佚。《才鬼记》和《青泥莲花记》一样,取材广泛,选自一百四十多种书籍,并将同一故事的不同记载,辑在一起,有的还做了考证。《才鬼记》主要是记载了人鬼相恋和复仇或雪冤的故事。所写的女鬼都有才有貌,十分可爱;她们对爱情的追求和对现实的反抗,都通过鬼魂的形式来表现。

除此而外,黄榆撰《双槐岁抄》十卷,陆采撰《览胜纪谈》十卷,朱国桢撰《涌幢小品》三十二卷,田汝成撰《西湖游览志余》二十六卷,谢肇淛撰《五杂组》十六卷等等,也大都为杂记类笔记体小说,且有一定的影响。

魏晋时代邯郸淳的《笑林》开启了轶事小说中笑话一类,其后有隋侯白的《启颜录》,唐朱揆的《谐噱录》,但没有多少特色,到了宋元,笑话的数量有较多增加,质量也有提高,如苏轼的《艾子杂说》,元辗然子的《拊掌录》等,为明代笑话类轶事小说的繁荣作准备。到了明代,笑话类数量很多,约近四十种;成就突出,使笑话这一体裁达到它发展的高峰。其代表性作品是冯梦龙的《古今谭概》和《笑府》。

《古今谭概》成于明天启年间,广搜一百余种小说、笔记、史籍及当代传闻,共二千三百余条,按内容分为三十六类,卷为一类。文笔犀利,风趣幽默,可视为一部讽刺小说集。作品讽刺了官僚的腐败昏庸,儒林人物的狂妄迂腐,社会习俗的丑陋愚昧,涉及面很广。兹试举一例:

> 山人某姓者,自负其才,旁无一人。途中闻乞儿化钱,声甚凄惋,问曰:"如此哀求,能得几何?若叫一声'太史公爷爷',当以百钱赏汝。"乞儿连唤三声,某倾囊中钱与之,一笑而去。乞儿问人云:"太史公是何物?值钱乃尔!"(《太史公》)

《笑府》十三卷。《古今谭概》集史传笑谈之大成,皆真人实事,而此书与之相反,纯系虚构,以嘲笑为目的,笑话味道更为纯正。题材广泛,涉及社会各阶层人物,富有民间色彩。《官府生日》:"一官生辰,吏曹闻其属鼠醵黄金铸一鼠为寿。官喜曰:'汝知奶奶生辰亦在日下乎?奶奶是属牛的。'"《土地》一则说:"一官贪甚,任满归家,见家属中多一老叟,问何人,答曰:'某县土地也。'问何为来此,答曰:'地皮都被你刮来了,教我如何不随来?'"对贪官的讽刺都入木三分。

清代轶事小说仍很繁盛,但是传奇、志怪取得很大成就,特别是《聊斋志异》和《阅微草堂笔记》更把这两类小说推向了顶峰,产生了巨大的影响。仿作甚多,其中不乏优秀的作品。在传奇、志怪小说光芒之下,轶事小说相形见绌,虽然还有一些较好的作品,但其影响有限。

清代轶事小说,琐言类有创新,就是从记历史上的人物、事件变为写当代的人物和事件,如《今世说》,值得重视。但逐步衰落,到清中叶以后就很少有人创作了。杂记类向人物传记发展,有一定影响。笑话类也有可读的作品,但也后继乏力。下面我们就这三类代表性作品作简要的介绍。

琐言类有吴肃公的《明语林》、李清和女作家严蘅各自创作的《女世说》,王晫的《今世说》等。《今世说》最有特色。

王晫(1635—?),字丹麓,号松溪子。钱塘(今浙江杭州)人。顺治间诸生,后弃举学业。博览群书,广交文人名士,著作多,名气大。《今世说》八卷四百五十条,其体例全仿《世说新语》,但删去"自新"、"黜免"、"俭啬"、"谗险"、"纰漏"、"仇隙"六类,以免因贬词而开罪于时人。

在"世说"系列中,诸作多是从各种正史稗说中采取素材,而《今世说》是写当代事,与时代同步。书中记清初官僚缙绅、学者名流、山林隐逸等的嘉言懿行，近四百人。作者仿刘孝标的《世说新语》注，故也在记叙人物和事实之后，加小注，简略介绍其生平，有助于读者的理解。此书对我们了解清初文人心态和社会生活有重要的意义。

作者表扬清正爱民的官吏，如卷一"德行"：

> 毛太素督修秋租，田户以稗湿充数，太素置不复问。或诘之，乃恻然曰："田户力田作苦，尚不能饱妻孥，吾姑譬之鼠雀耗耳。"比至岁祲，颇不能自给，勿顾也。

书中写得最突出的是文人名士，或淡泊名利，寄情山水；或风度优雅，才情敏捷，或安贫乐道，发奋苦读。

> 龚柴文隐居清凉山曲，有园半亩，种名花异卉，水周堂下，鸟弄林端。日长无事，读书写山水之余，高枕而已。（《栖逸》）

> 王阮亭于役淮阴，泊舟秦邮湖。风雪凝冱，凄然动心，秉烛作《岁暮怀人》诗六十首。夜漏未半，属草都就。词旨清丽，间出奇峭语。茶村杜处士语人曰："使君才藻如许，当是天人。"（《文学》）

> 陈椒峰读书至夜分，两眸欲阖如线，辄用艾灼臂。久之成疮，每一顾，益自奋不敢怠（《文学》）

从以上几个例子可以看出，作者能用简净文字，典型细节，表现出人物的神情，继承和保持了《世说新语》"言约旨远"的叙事风格。书的缺点是有夸张其辞、自我标榜之嫌。

杂记类中《板桥杂记》和《坚瓠集》较为出色。

《板桥杂记》，余怀（1616—1696）撰。怀字澹心，号曼持老人。福建莆田人。明末曾为幕僚。明亡不仕，流寓金陵、苏州等地。

《板桥杂记》三卷。卷一为《雅游》，记南京妓院盛景，妓家习俗；卷二为《丽品》，为当时名妓小传；卷三为《轶事》，记当时与妓院相关的各色人等的轶事。此书虽为香艳之作，但作者通过南京妓院盛衰变化、秦淮名妓的悲惨遭遇、与名妓相关的文人名士的处境，反映了"十年旧梦，依约扬州，一片欢场，鞠为茂草"的变化，寄托了亡国、亡家之痛。

作者善以个人琐细情事折射时代悲剧；语言简洁纤丽，情感沉郁缠绵，是轶事小说中的上乘之作，后仿此书者不少，但水平相差甚远。

《坚瓠集》六十六卷，褚人获撰。人获，字学稼，长洲（今江苏苏州）人。生于明崇祯八年(1635),本书编讫为康熙四十二年(1703),作者已69岁,卒年不详。

全书多摘录前人著述而成,于明代事较多,涉及历代典制、名人轶事、风俗民情、神鬼怪异、乃至诗文评论等。内容略显芜杂,风格亦不甚统一。

书中有揭露政治黑暗的,有歌颂坚贞爱情的,也有表现文人名流品德的。作者用生动的故事,流畅的语言娓娓道来,给人深刻的印象和审美的愉悦。例如戊集卷三《嘉善林知县》:

> 成化中,嘉善知县林某捶死一家十三人。郓城倪锺按浙,穷治之。林厚赂镇守中官李文,使文宴倪以缓其事。倪知之,预令优人为滑稽语以拒之。因扮一官赏雪,作雪狮子,令藏阴处,以俟后赏。曰:"何处可藏?"一卒曰:"山阴可乎?"曰:"不可。"卒又曰:"江阴可乎?"曰:"不可。"其官高声曰:"但藏在嘉善县可也。"卒云:"此地无阴,何以藏之?"官曰:"汝不见嘉善林知县打杀一家非死罪十三人不偿命,岂非有天无日头处?"一座皆惊,文亦不敢启齿。

林知县的残暴和狡猾令人愤慨;而倪锺既严正清廉又智慧幽默,又让读者莞尔一笑。

秘集卷五《柳敬亭》:

> 泰兴柳敬亭以说平话擅名,吴梅村先生为之立传。顺治初,马进宝镇海上,招致署中。一日侍饭,马饭中有鼠矢,怒甚,取置案上,俟饭毕欲穷治膳夫。进宝残忍酷虐,杀人如戏。柳悯之,乘间取鼠矢啖之,曰:"是黑米也。"进宝既失其矢,遂已其事。柳之居心仁厚,为人排难解纷,率类如此。

把这位著名说书艺人的仁爱之心和善于排难解纷的高尚品格生动地表现出来了。

笑话类作品在明代重新兴盛之后,到清代仍继续发展,有十余种之多,较为重要的有陈皋谟《笑倒》、石成金《笑得好》、独逸窝退士《笑笑录》、小石道人《嘻谈录》和程世爵《笑林广记》等。这些作品中有不少笑话揭露政治的黑暗、腐败;社会道德的沦丧和人性的缺陷,有积极意义,但也有一些低俗下流和用残疾人的生理缺陷开玩笑的笑话,是不可取的。

第四节　传奇小说

一、唐传奇

(一)唐传奇兴盛的原因

中国古代小说发展到唐代,进入了一个新的阶段,被称为"特绝之作"的传奇小说,开始出现在文坛上,并以其优美的艺术形式和广阔的社会生活内容,与唐诗同被誉为"一代之奇"。唐人传奇的出现,说明我国古代小说已开始在文学领域里获得了独立的地位。鲁迅说:"小说亦如诗,至唐代而一变,虽尚不离于搜奇记逸,然叙述宛转,文辞华艳,与六朝之粗陈梗概者较,演进之迹甚明,而尤显者乃在是时则始有意为小说。"[①]鲁迅的这段话,精确而概括地指出了唐传奇在小说史上所起的变革作用:首先,传奇小说绝大部分是文人有意识的创作,也就是说,唐传奇的作者能比较自觉地借助小说的形式,通过故事情节和人物形象反映现实,抒写理想。其次,传奇小说在艺术形式方面有了极大的改进,无论构思布局、人物描写、语言艺术,都达到了一个新的水平,它在艺术上的成就,已经超过了六朝小说,标志着古代小说的成熟。

唐代文言短篇小说之称为"传奇",最早见于元稹《莺莺传》,后来又有晚唐裴铏的《传奇》,宋以后根据这种小说记叙奇行异事的特点,遂以传奇概称之。另一方面,由于当时人们对小说也还没有摆脱传统的偏见,一些正统派文人轻蔑地称其为"传奇",以别于高雅的古文。

唐代传奇的产生和发展,首先是和唐代经济、政治形势的变化分不开的。唐代前期,由于统治者在生产上采取了一系列进步的措施,如推行均田制,减轻赋役等,使农业生产得到迅速的恢复和发展,促进了手工业的发达和商业的繁荣。商品经济的发达,带来了城市的兴盛和城市人员成分的复杂化,官僚豪绅、商贩、手工业者、无业游民、落魄文人汇聚一处,从而使得都市中人们的社会联系日趋广泛,社会生活的内容更为复杂。这种状况,一方面开阔了传奇作家的视野,为他们的创作提供了丰富的素材,使他们有可能摆脱单纯志怪的狭小范围,而去表现广阔的社会现实生活。另一方面,市民阶层兴起,为了满足他们对文化娱乐的需要,产生了"市人小说"。"市人小说"的现实性、通俗性、

---

① 《中国小说史略》,第70页。

传奇性在题材内容和艺术方法诸方面,无疑也为文人创作传奇小说提供了有益的借鉴。

在政治上,初盛唐的统治者采取了较为开明的措施,不兴文字狱,人们思想活跃,言论自由。这就使得文人们敢于大胆地反映现实生活,表达自己的思想感情。同时,唐代统治阶级内部的矛盾也促成了小说创作同政治斗争的联系,对传奇的创作思想产生了很大的影响。例如,唐朝前期的统治者对六朝以来享有特权的世族门阀采取抑制的政策,反映在小说中,就是《莺莺传》、《霍小玉传》等对士族婚姻制度的批判;中唐以后,统治阶级内部斗争激烈,反映在小说中,是《周秦行纪》等含沙射影的作品的出现。另外,"安史之乱"后出现的藩镇割据,对豪侠小说的产生,也有着深刻的影响。

其次,宗教思潮对唐传奇也产生了一定的影响。唐代儒、释、道三家并存,人们的思想也比较活跃,统治者特别提倡道教,道士女冠在社会上享有各种特权,风气所及,社会上一些人竞相建筑道观,崇尚道教,合药炼丹,妄想长生不老,飞升成仙。这种思潮和风尚反映在传奇创作上,就是促使求仙问道的作品大量出现。唐朝统治者虽尊崇道教,但对佛教也予以提倡。而从传奇创作的角度看,佛教与传奇创作的关系更为密切。在思想上,部分传奇作品渗透着浓厚的因果报应、生死轮回的观念;在内容上,佛教故事为传奇小说提供了一部分题材,如《续玄怪录》中的《杜子春》就是取材于《大唐西域记》卷七《烈士池》;在艺术表现上,唐传奇在佛教文学和佛教民间故事的影响下,想象力更为丰富,语言更为平易、准确、具体、生动。同时,佛经散韵夹杂的体裁,对传奇小说的结构形式也有一定的影响。

第三,唐传奇的兴起和发展也是文学本身不断发展的结果。六朝的志怪小说对唐传奇有着直接的影响,它不仅在艺术表现上为唐传奇提供了有益的借鉴,而且在题材、主题上也对唐传奇产生了深远的影响。很多传奇故事都是取材于六朝志怪,如《补江总白猿传》《游仙窟》《枕中记》《南柯太守传》《离魂记》等,这些故事,不仅题材承袭,而且在主题和艺术构思上也有明显的继承关系。六朝的轶事小说虽不像志怪小说那样对唐人传奇有直接的渊源关系,但在记事传人的现实性和艺术技巧等方面,也为唐传奇积累了丰富的经验。

当然,"粗陈梗概"的六朝小说不可能在艺术结构和人物描写方面给唐传奇以更多的影响,而在这方面,唐传奇更得力于史传文学的影响。从先秦两汉至六朝的史传文学,特别是《史记》对传奇小说创作有很大影响。唐传奇大部分作品的题名、结构、行文、人物刻画都直接仿效《史记》的史传体式。而介于正史与小说之间的野史杂传,描写人物细致生动,结构谨严完整,情节曲折委婉,对唐传奇的发展、影响更为深刻。

同时,唐代各种形式的文学普遍繁荣,也在不同程度上,给传奇发展以影响。特别是唐代民间文学新颖的题材、广阔的社会生活内容、活泼多样的表现形式,给传奇带来了许多启示。民间"说话"的兴起,使传奇在有意识创作这一点上受到了重大影响。一些民间故事传说,被传奇作家采来加工再创作,如白行简《李娃传》即来源于民间说话《一枝花》。

另外,唐代古文运动与诗歌的发展,也影响了传奇的创作。古文运动对文体的解放,使传奇作家能够充分利用其成功经验,自由地叙事抒情,而唐代诗歌的杰出成就对传奇小说的创作也有启示作用。

第四,科举制度对传奇创作的繁荣也起过积极推动作用。唐代举子们在参加科举考试之前,往往撰写一篇或数篇传奇故事,呈献给主考官或文坛领袖,以求留个好印象,从而在考试时引起他们的注意。这也叫做"行卷"。宋人赵彦卫《云麓漫钞》说:"唐世举人,先借当时显人以姓名达主司,然后投献所业,踰数日又投,谓之'温卷',如《幽怪录》《传奇》等皆是也。盖此等文备众体,可见史才、诗笔、议论。"① 由于名利关系,"行卷"风气到中晚唐尤为盛行,这和唐代传奇的发展情况也是一致的。

(二)唐传奇发展概况

唐人传奇根据它的发展情况,可分三个时期:

1. 初唐到盛唐,是由志怪到传奇的过渡时期。这时期作品的数量较少,基本上承袭了六朝志怪的余风,内容多以描写神怪故事为主。但在描写神怪时又穿插人世间事。艺术上虽较粗糙,但已逐渐注意到形象的描绘与结构的完整,叙述故事发展过程比较详细具体,篇幅也较长,已经初露有意识创作的端倪,显示出承上启下的痕迹。

这时期的传奇小说流传至今的只有王度的《古镜记》、无名氏的《补江总白猿传》、张鷟的《游仙窟》三篇。

《古镜记》是现存唐传奇最早的一篇,作者王度,太原祁(今山西祁县)人,生于隋开皇初年,卒于唐武德间,是初唐诗人王绩之兄。小说主要是写一面有

---

① 赵彦卫《云麓漫钞》,中华书局1996年版,第135页。

灵性的神奇古镜到处降妖伏怪、治病驱邪的故事。这篇小说的主题是矛盾的，神镜一方面治病救人，另一方面又认为："百姓有罪，天与之疾，奈何使我反天救物！"一方面置害人的妖精于死地，同时，也不饶恕那些并不害人的希望"变形事人"的精怪。出现这种主题前后矛盾的现象，正说明《古镜记》是一篇用若干个有关镜子的志怪故事贯串而成的作品，作家有意创作的意识并不明显，它带有六朝志怪小说的痕迹。但作者在小说中，又记述了自己家世、仕途及人事的变迁，虚虚实实，真真假假，故事情节曲折连贯，文字也较流畅优美，与"粗陈梗概"的六朝志怪相比，还是有较大的进步。

《补江总白猿传》，无名氏作。故事写梁将欧阳纥携妻南征，途中妻子被白猿精劫走，救回时已有身孕，生子"聪悟绝人"，形貌却像猿猴，长大后以文学、书法知名于时。作品的内容不外是搜奇猎异，但写欧阳纥失妻后不避艰险，终于救回妻子，则表现了他对妻子的挚爱。这一点仍值得肯定。宋以后有人认为这篇小说是唐人为嘲讽貌似猿猴的欧阳询而作，此说似事出有因，但也不必穷究坐实。《补江总白猿传》在艺术上比《古镜记》有了进一步的提高，首先在结构上，它已摆脱了平铺直叙、流水账式的简单手法，而是围绕白猿盗妇这一中心情节，展开矛盾冲突，着重描述欧阳纥历尽艰辛，寻妻杀猿的行动。在杀死白猿后，又用倒叙的手法，交代白猿的恶行。在语言上，它是用简洁优美的古文写成，叙事写景也较生动形象。总之，虽然它在题材上仍不脱六朝志怪小说的怪异色彩，但在艺术表现上已初具传奇小说的规模。

《游仙窟》，作者张鹭。唐开元间，这篇小说已传到日本，很受日本人推重，一直流传不衰。而在国内，却久已失传，近世始由人从日本抄录带回中国。故事是作者自叙一次偶入仙窟的艳遇。这显然是封建文人纵酒狎妓生活的自叙。小说虽有宣扬"欢乐尽情，死无所恨"的及时行乐思想，但从另一方面看，十娘和五嫂的形象在一定程度上也体现了当时一些企图冲破礼教束缚的女性生活的苦闷。其中，男主角张文成是以一个知识分子的形象出现，这种写法与中唐以后许多以恋爱为主题的作品相近。《游仙窟》艺术上的最大特点是基本采用一种韵散相间的形式，在简单的情节中，穿插大量的诗歌骈语，并以此作为全篇的主体。这对后来传奇小说通过赋诗言志来交流人物感情的写法，显然有一定影响。从传奇小说的发展来看，《游仙窟》已基本上摆脱了志怪小说的神怪气息，开始着眼于"人事"的描写，完成了由志怪小说到传奇小说的过渡，在唐传奇的发展中，具有不可低估的意义。

2. 中唐时期，是唐传奇空前繁荣的黄金时代。作家辈出，佳作如林，流传至今的唐传奇名篇，绝大多数是这一时期的作品。这时期的作品内容上的一个重要特点就是从前期的以志怪为主转为以反映现实生活为主。即使一些涉及神怪的篇章，也往往具有社会现实内容，而且反映的生活面较广，触及到社会的某些本质方面，具有较高的认识价值。艺术上也更加成熟，想象丰富，构思精巧，情节曲折动人，注意人物形象的描摹和刻画，生活气息很浓，完全具备了唐传奇特征的典型形态。

这一时期的作品中，以反映封建官场生活为题材的作品占有一定的数量，如沈既济的《枕中记》和李公佐的《南柯太守传》。这两篇传奇小说都是以干宝《搜神记》中《杨林入梦》的故事为蓝本，融合了志怪和寓言的表现手法，借梦境来影射现实，集中而深刻地写出了封建官场的险恶和命运盛衰无常的悲剧，具有较强的现实意义。

以爱情婚姻为题材的作品，在这一时期的传奇小说中，显得格外突出，这一类作品代表着唐传奇的最高成就。这些作品大都歌颂坚贞不渝的爱情，抨击了封建礼教和门阀制度对妇女的迫害，塑造了一系列具有反抗精神的女性形象，代表作有：蒋防的《霍小玉传》、白行简的《李娃传》、元稹的《莺莺传》、沈既济的《任氏传》、李朝威的《柳毅传》，还有许尧佐的《柳氏传》、陈玄祐的《离魂记》、李景亮的《李章武传》等。

对封建统治者骄奢淫逸生活的揭露，以及对统治集团内部矛盾斗争的反映，也是这个时期传奇创作值得注意的一个内容。这类作品主要有陈鸿的《长恨歌传》《开元升平源》、陈鸿祖的《东城老父传》、韦瓘的《周秦行纪》等。陈鸿和陈鸿祖的三篇传奇都能站在一定的历史高度，通过叙述一系列历史现象，来探究开元天宝之际治与乱的根源，总结历史的经验教训，因此具有较高的史学价值。《周秦行纪》则是当时"牛李党争"的产物，它直接利用小说来作为攻击政敌的工具，典型地反映了封建统治集团内部由争权夺利而引起的激烈斗争，同样具有一定的认识价值。

3. 晚唐时期，是唐传奇演变和衰微时期。这时期，传奇作品的数量大大增加，出现了大批传奇专集，表明晚唐文人对传奇小说的进一步重视。主要集子有牛僧孺的《玄怪录》、李复言的《续玄怪录》、牛肃的《纪闻》、薛用弱的《集异记》、袁郊的《甘泽谣》、裴铏的《传奇》、皇甫枚的《三水小牍》等。从内容上看，这些集子总的倾向是搜奇猎异，神怪气氛复盛，与现实生活逐渐疏远。但也出现了一些值得重视的新的题材,即出现了许多表现豪士侠客的作品,如袁郊的《红线传》、裴铏的《聂隐娘》《昆仑奴》、杜光庭的《虬髯客传》①等。这时期以爱情为题材的传奇,写得较好的有薛调的《无双传》、皇甫枚的《步飞烟》、牛僧孺的《崔书生》、裴铏的《裴航》等。

从总体上看,晚唐传奇小说,浪漫倾向较为突出,刻意追求故事情节的离奇,向往虚无缥缈的幻境,从而削弱了对现实生活的深刻反映。并且篇幅一般都比较短小,内容也单薄,对人物性格也缺乏深刻细致的描绘,尽管作品的数量不少,但从思想内容或艺术成就上看,都远逊中唐时期那些著名的作品,呈现出一种逐渐衰落的趋势。

唐代传奇流传至今的单篇作品约四十余篇,专集四十多部,大都收入宋初李昉等编集的《太平广记》里。

(三)赞颂自主的爱情和婚姻

在唐传奇中,写得最精彩动人的是以青年男女爱情婚姻问题为题材的作品,它们通过活生生的艺术形象和感人的情节,猛烈抨击了封建礼教和门阀制度的罪恶,着重反映了广大妇女在婚姻爱情问题上所受的迫害以及她们的反抗斗争,在一定程度上反映了人民群众特别是妇女对爱情自由和婚姻自主的理想和愿望,表现了进步的思想倾向。

《霍小玉传》蒋防撰。蒋防,字子徵,常州义兴(今江苏宜兴)人,生活在元和至大和年间,曾任翰林学士、汀州、袁州刺史、中书舍人等职。《霍小玉传》是一篇描写妓女与士子恋爱而以悲剧结局的传奇小说。作者以极大的同情把霍小玉塑造成一个美丽痴情而又坚韧刚烈的悲剧形象。作为一个妓女,她渴望跳出火坑,她同李益相爱,就是要争取真正的爱情生活,摆脱倚门卖笑、被人蹂躏的悲惨命运。而一经爱上李益,她就生死从之,至死不渝,最后并为此牺牲了年轻的生命。虽然从一开始她就清楚自己同李益社会地位的悬殊,担心自己被抛弃,但她仍然爱着李益。她对爱情的要求是很可怜的,只希望李益能和她度过八年的有限时光,然后任他"妙选高门",成就婚事,自己便"舍弃人事,剪发披缁",遁入空门。为了李益的前途,她自愿作出最大的牺牲。然而,在那个无情的社会里,这么一个可怜的最低要求,也无法实现。李益的逾期不至,使她深陷痛苦的思念中,但她不是无可奈何地等待,而是变卖服饰,嘱托亲友,

---

① 《虬髯客传》作者有争议,参看李小龙《虬髯客传作者献疑》,《励耘学刊》2012年第2期。

到处探寻李益。这不仅表现她对爱情的忠贞执著,也表现了她的百折不挠的顽强精神。最后,在黄衫客的帮助下,李益终于来到她的面前,当她确知李生负心后,她丝毫也不哀求,缠绵的爱立刻转为强烈的恨,在临死前,她怒斥李益的负心薄情,并发下复仇的遗愿。作者就是这样,把深沉的爱和强烈的恨统一在霍小玉的身上,成功地写出了霍小玉温柔善良而又刚强义烈的性格。

霍小玉的悲剧,是由于李益的"负心"。但值得注意的是,小说中的李益,并不是那种喜新厌旧的纨绔恶少,他的负心也不能简单地归结为玩弄女性。悲剧的发生包含着深刻的社会历史原因。应该说,在李益赴官之前,是真心爱霍小玉的;离异之后,他"渐耻忍割",对自己的负心感到羞愧;小玉死后,他"为之缟素,旦夕哭泣甚哀",以致霍小玉才在死后现形,表示感叹。然而,他同霍小玉的感情,却与他的门第和个人的前途绝不相容,森严的门阀制度,使他最终选择门当户对的封建婚姻。李益形象的塑造,显示出作者对生活的深刻认识。总之,《霍小玉传》通过两个主要人物的塑造,不仅反映了封建社会妇女被侮辱被损害的悲苦命运,同时也有力地揭露了封建门阀制度的罪恶。

《李娃传》白行简撰。白行简(776—826),字知退,下邽(今陕西渭南东北)人。贞元末进士,曾任左拾遗、主客郎中诸职。《李娃传》从另一角度鞭挞了罪恶的士族婚姻制度,在李娃这个妓女形象的塑造上,也体现了生活的复杂。作品不是把李娃写成一个纯情的女子,而是根据她妓女的身份,深刻揭示了她思想性格的复杂性。她本质纯洁善良,也爱着郑生,但长期的妓院生活又使她在计逐郑生中忍情扮演了不光彩的角色。但她并未绝情,所以当她看到郑生沦为乞丐,"枯瘠疥厉,殆非人状"时,心灵深受震动,怜爱交织,她怀着一种悔过、赎罪的心情不惜一切地去救郑生,使他重新出人头地。这里,李娃的思想性格不能简单地归结为对爱情的坚贞、忠诚,否则就无法解释她前面参加的计逐行动。应该说,李娃后来的爱情掺和着强烈的道义感,她只要求把郑生从沉沦中拨起,并不奢望与郑生将来的结合。她这样做,完全是为了救公子,根本没有什么夫贵妻荣的念头。当郑生金榜题名,即将走马上任时,李娃是这样对郑生说的:

> 娃谓生曰:"今之复子本躯,某不相负也。愿以残年,归养老姥。君当结媛鼎族,以奉蒸尝。中外婚媾,无自黩也。勉思自爱,某从此去矣。"

在这里,我们看到的是一个风尘女子纯洁而痛苦的灵魂。她不是不爱公子,而是她清醒地意识到,他们之间有着一条在当时是难以逾越的阶级鸿沟。然而,作品的结局却出人意料地呈现出喜剧的色彩,妓女李娃竟为郑家明媒正娶,并进而受封汧国夫人。这个结局就本质而言,显然是不现实的,但在当时人民极力反对士族婚姻制度的情况下,虚构这一完满结局,似乎也可以告诉人们:门当户对的门阀婚姻原则也是可以突破的。这无异是对士族婚姻制度的挑战。

《李娃传》主题思想的深刻性,还在于通过荥阳公这个形象的刻画,揭露了门阀制度维护者的虚伪性。在郑生沦落时,他为了家族门第的尊严,不惜置亲子于死地;一旦看到儿子做了官,却又立即表示"吾与尔父子如初",而且主动聘娶李娃。这种出尔反尔、前倨后恭的举动,正是封建统治者虚伪本性的表现。

元稹(779—831),著名诗人。其《莺莺传》是写张生与崔莺莺相爱,后来又负心背弃的故事。女主角崔莺莺是一个出身贵族家庭的封建礼教叛逆者的典型,她聪明、敏感,感情纤细,加之封建礼教的熏陶,赋予她举止端庄、沉默寡言的大家风范。她有着强烈的爱情要求,但却深藏内心,表现得比较隐蔽和曲折。如她爱张生,并约他幽会,可是一旦张生真的出现在她的眼前时,她又感到十分惊惧,竟采取了完全违反自己初衷的行动,"斥责"张生"非礼之动"。这种爱而却惧的心理状态,正表明她的封建意识和爱情要求间的深刻矛盾,经过内心的激烈斗争,她终于不顾一切后果地与张生私自结合,这一行为,无疑是对封建礼教的最大叛逆。这对一个深受封建礼教束缚的大家闺秀来说,确实是难能可贵的。但遗憾的是,张生的始乱终弃,使得莺莺又一次无可挽回地陷入悲惨的境地。莺莺的悲剧无疑概括了历史上许多纯情女子被负心男子遗弃的共同命运。作者对张生却抱着肯定的态度,并把他抛弃莺莺、另娶新人的行为誉为"善补过",这反映了作者思想中存在着浓厚的封建意识,以至于大大削弱了作品的思想意义。

唐传奇中还有一些具有神怪色彩的爱情小说,如沈既济的《任氏传》、陈玄祐的《离魂记》和李景亮的《李章武传》、裴铏的《裴航》等。这些小说继承了六朝志怪的传说,又有所创新,在神奇怪异的描写中充满了人间社会的清新气息。这些小说都侧重于讴歌精诚专一的爱情,并把这种爱情描写与反封建礼教紧密交融在一起。

《任氏传》作者沈既济(约750—800),苏州人。经宰相杨炎推荐担任左拾遗,后杨炎因罪赐死,他也被贬为处州司户参军,贞元中为礼部员外郎。《任氏传》中的任氏,是一个没有受到封建礼教浸染而带有几分野性的狐女,在与郑六的恋爱过程中,她处处采取进取的姿态。但她性格开朗却并不轻佻,当富公子韦崟上门凌辱她时,为了保持自己的贞洁,她机智而勇敢地与之周旋,义正辞严,入情入理地谴责韦崟"忍以有余之心,而夺人之不足"的不义行动,终于说服韦崟放弃邪恶的念头。而当郑生远出就职时,她明知此行不吉,但为了不使郑生失望,最后还是答应了他的要求,途中果为猎犬所害。任氏虽为狐妖,然而我们读来却觉得她可爱可亲,这是因为在她"遇暴不失节,徇人以至死"的行动中,体现了广大妇女的优秀品质,反抗强暴的可贵精神和追求美好生活的强烈愿望。

陈玄祐生平不详,约生活在唐代宗大历年间。他的《离魂记》是写一个官家女子倩娘因爱而病,竟致魂离躯体,私奔出走,与青年王宙结合的故事。李景亮,生卒年和籍贯均不详,是唐德宗贞元时人。他的《李章武传》是写有夫之妇王氏与李章武相爱,王氏思念成疾而死,死后亡魂与李章武再会。这两个故事都十分凄婉动人,它通过非现实的描写,体现了两位女子对爱情的精诚专笃以及她们在礼教束缚下的苦闷。裴铏生平不详,在咸通年间入静海军节度使高骈幕府,后曾担任御使大夫等职。他的《裴航》是晚唐较有影响的一篇传奇小说,它写书生裴航爱上贫女云英后,一往情深,放弃了科举考试,而去一心一意地追求云英,经过种种努力,终于与她结为婚姻,裴航最终也因云英是仙女而得道成仙。在爱情和仕途上飞黄腾达的矛盾面前,裴航选择了前者,这种选择,在当时势利熏心的世风中是极为难能可贵的。当然,作者的本意无非是想通过这个凡人与仙女结合的故事,宣传求仙学道的思想,但由于他在客观上写出了裴航鄙视流俗的高洁品格,赞颂了不带任何世俗势利色彩的爱情,因此使得这篇小说在思想上发出了夺目的光辉。

在以婚姻爱情为题材的传奇中,李朝威的《柳毅传》也是一篇独具特色、值得注意的上乘之作。李朝威生平不详,生活在唐代宗、德宗时期。这篇传奇把当时人们所喜闻乐道的爱情、灵怪、侠义三方面的内容结合在一起,构成了一个美丽、动人的传奇故事。《柳毅传》的爱情描写与同时代的爱情婚姻小说不同之处在于它描写柳毅与龙女的结合,不是出于什么郎才女貌、一见钟情,而是有着更深一层的道德理想做基础。柳毅救助龙女,完全是出于对封建婚姻制度压迫下的弱女子的同情。正是柳毅的这种正义感和光明磊落的胸怀,才引起龙女全家的恭敬和感戴,而龙女对柳毅的倾慕和追求,也是出于柳毅对自己有救助之恩。这样的爱情描写,显然寄托了比一般郎才女貌的爱情小说更多的道德理想和美学理想。同时,这篇小说在一定程度上也表露出反对父母包办婚姻,要求男女婚姻自主的进步思想。故事中写龙女的不幸婚姻是由"父母配嫁",这就暗示出龙女夫妇失和的原因是婚姻不是出自自由的选择,而柳毅不肯在钱塘君的威逼下娶龙女,龙女不愿违背"心誓"改嫁给由父母择定的"灌锦小儿",也都表明了男女婚姻应该自主的意思。

(四)揭露封建政治的腐败

深刻揭露封建社会官场的黑暗和政治的险恶,也是唐传奇重要的主题之一。唐代自安史之乱后,中央集权遭到了严重的削弱,统治阶级内部的斗争愈演愈烈,不论是旧时的豪门世族或新发迹的达官贵人,都已不可能长久保持其荣华富贵。升官发财,封妻荫子只不过是过眼的云烟。于是,他们产生了人生无常、祸福难料,追求功名利禄而又畏惧风云变幻的心理。唐传奇在这方面也有深刻的反映,代表作便是沈既济的《枕中记》和李公佐的《南柯太守传》。沈既济生平,前文已述;李公佐,生卒年不详,贞元、元和间人,进士及第,曾任江西判官、淮南录事参军等职。这两篇传奇用虚幻的故事,典型地、形象地揭示了中唐时期社会政治生活的复杂面貌。《枕中记》中卢生的形象在唐代士子中是具有典型性的,他醉心仕途的思想和愿望,反映了当时士子的普遍心态。他认为人生在世,应当建功立业,出将入相,享尽荣华富贵,成为豪门世族,而不应该落魄潦倒,困居乡里。吕翁的一个枕头使他在梦境中一切如愿以偿,娶了贵族家的女儿,做了节度使,当了宰相,但也因此而招致嫉恨,先后两次被贬流放,几乎自杀,后来借助于宦官的力量,总算重新得到皇帝的宠信,位极人臣,寿终正寝,可醒来后却是黄粱一梦。作者通过卢生梦境中一生的遭遇,无非是要劝诫世人不要热衷于功名富贵,人生的荣辱穷达不必萦绕于心,这显然是作者历尽仕途沧桑后产生的看破红尘的思想。

《南柯太守传》的立意,与《枕中记》差不多,但它所反映的人物关系、矛盾性质与《枕中记》却有所不同,它所反映的不只是一般的君臣关系或大臣间的倾轧,而是皇亲国戚之间的疑忌。淳于棼以驸马身份出任南柯太守,倚仗公主之势而显赫荣耀,又因公主之死而失势,因有植党招权的嫌疑被皇帝疏远,软禁起来,最后把他遣返原籍。这显然是当时那些依靠裙带关系而飞黄腾达的显贵们的活生生的写照。淳于棼的宦海沉浮典型地反映出了封建社会那种炎岌可危、朝不保夕的险恶政治环境。篇末又借李肇赞语进一步点明了小说主旨:"贵极禄位,权倾国都。达人视此,蚁聚何殊。"把封建朝廷比作蚁窟,把那些爵禄高登的庸碌之徒斥为蚁聚,其讽刺之情,鄙夷之态,是何等的鲜明、强烈。这个结尾是十分成功的,它起到了画龙点睛的作用。

这两篇小说都充满了厌世无常和浮生若梦的消极情绪,这固然表现了作者在佛道思想影响下的思想局限,但也反映了作者对政治现实的愤懑和对当权者的讽刺。

(五)礼赞除暴安良的豪侠

唐传奇中还有一些赞颂豪士侠客除暴安良、见义勇为的作品。这类作品主要出现在晚唐时期。这类作品的出现,原因是多方面的,但主要的是由于当时的政治形势所决定的。"安史之乱"后,藩镇割据更为严重,它们割据一方,拥兵自重,与朝廷对抗,有的甚至称王称帝。藩镇之间为扩张势力也互相攻伐,明争暗斗,并往往蓄养侠士刺客,作为自己争权夺利的工具,因此社会上盛行游侠之风。而饱受战乱之苦的人民群众,对现实极为不满,也希望出现英雄豪杰来扶危济困,仗义除奸。这些都为豪侠小说的产生提供了社会基础。同时,由于当时神仙方术的盛行和许多侠义小说的作者都信奉佛道,又使这类小说披上了一层超现实的神秘色彩,出现在小说中的侠客往往具有特殊的武艺和神术,是一些神出鬼没的奇人。

《红线传》,袁郊撰。他生卒年不详,蔡州朗山(今河南确山)人。宰相袁滋之子,生活在唐咸通、乾符年间。曾任虢州刺史、翰林学士等。《红线传》写身为女奴的豪侠红线,运用盗取金盒的特殊手段,及时制止了藩镇田承嗣和薛嵩之间的一场血腥斗争。它虽然间杂着封建报恩观念和因果轮回,遁身隐迹等佛道思想,但也在一定程度上揭露了唐代末期藩镇割据、互谋吞并的黑暗现实,反映了人民反对藩镇战争,渴望安居乐业的思想。作者对红线这个女豪侠形象的塑造是成功的,她既有"势似飞腾,寂无形迹"的超人技艺,又具备普通人的生活习俗和情感。特别值得注意的是,作品敢于把一个普通的奴婢写成豪侠,这对讲究等级名分、"男尊女卑"的封建社会来说,确实是难能可贵的。而身为女奴的红线,她立身行事,不仅着眼于"报恩"和"赎身",而且还能考虑到:"两地保其城池,万人全其性命,使乱臣知惧,烈士安谋。"这就使红线的行动又在一定程度上冲破了个人的恩仇观念,从而使整个作品的内容具有进步的思想倾向。《虬髯客传》也是一篇带有超人色彩的侠客小说。作品以杨素宠妓红拂大胆私奔李靖的爱情故事为线索,描写隋末有志图王的虬髯客在"真命天子"李世民面前折服,出海自立的故事。这个故事英雄传奇的色彩很浓。红拂、李靖、虬髯客三个人物性格鲜明,英气勃勃,被后人誉为"风尘三侠"。出身卑微的红拂于乱世中,识穿杨素尸居余气的本质,毅然私奔风流倜傥、卓有才智的英雄李靖。红拂的这一行动,说明在激烈的社会变革时期,受压迫的奴隶思想上的解放,他们敢于突破封建意识的束缚,蔑视腐朽的权贵,追求自由幸福的爱情生活。虬髯客的形象较为复杂,作者把他塑造成豪放慷慨、仗义助人,有远见卓识而行动诡秘的侠客。他胸怀壮志,饶有资财,不同于李靖、红拂择主而事,而想乘社会动乱之机,干一番争王图霸的事业。但他又有自知之明和知人之见,当他认识到太原李世民是"真命天子"时,便主动放弃逐鹿中原的念头,而远走海外,自立为君。小说通过这些人物的活动,一方面重在宣扬李唐王朝的神圣和永恒性,但另一方面又维护统一,反对分裂,这在晚唐群雄割据、社会动乱不安的特定历史时期,又具有一定的合理性。裴铏的《聂隐娘》的故事近似于《红线传》,而情节更为离奇。在聂隐娘的主要行动中,既反映了藩镇之间尖锐的矛盾斗争,也部分地体现了人民要求复仇,渴望出现为民除害的豪侠的迫切心情。

豪侠小说还值得注意的是,一些作品将侠士排难解纷的精神渗透到爱情婚姻的领域中。中唐以爱情婚姻为题材的小说中,已偶有出现侠客的形象,如《霍小玉传》中的黄衫客,《柳氏传》中的许俊,都是挺身而出、成人之美的侠客,而《柳毅传》中的柳毅,也可算是以书生的形象来表现侠客见义勇为的作风。晚唐这类题材的豪侠小说也有不少,写得较好的有裴铏的《昆仑奴》和薛调的《无双传》。《昆仑奴》塑造了一个聪明机智、侠骨义胆的"义仆"磨勒的形象,磨勒突破重重难关,把受奴役、被侮辱的红绡妓从大官僚的魔窟中救了出来,使她与所钟爱的年少貌美的崔生结为夫妻。磨勒这个行动的意义已不仅限于封建的恩主义仆的范畴,而是表达了当时受压迫人民希望解脱苦难的良好愿望。同时作品通过对红绡遭遇的描写,也反映了豪门贵族的倚势欺人以及封建女奴的悲苦命运。

薛调(830—872),河东宝鼎(今山西万荣县西)人,大中八年进士及第,曾任户部员外郎、翰林承旨学士等职。其《无双传》中的古押衙,也是一个富有个性的侠义之士,他为了救出被籍没入宫的无双,以成全王生和无双的爱情,冒着困难和危险,暗中施行奇计,救出无双后,为了保证他们二人的幸福,又举刀自刎以灭口,舍命报恩。作者通过这个人物形象,体现了受恩必报、舍命全交的道德观念,赞扬了"士为知己者死"的精神。但古押衙在行计过程中,为保守秘密而冤杀十几个知情相助的人,这就绝不是一种道德行为了,这也说明了"士为知己者死"这类封建道德本身的局限性。

(六)唐传奇的特点

首先,从创作意识上看,唐传奇的作者一般都是有意识地进行小说创作。他们一反汉魏六朝小说的"纪实法",自觉地借助小说的形式,通过故事情节和人物形象反映现实生活或某种理想,在创作过程中,充分发挥作家想象、虚构的才能,使故事更生动,艺术形象更具有典型意义。这一点我们可以从两方面来理解。其一,在以神仙鬼怪为题材的小说中,传奇作者不再像六朝小说作者那样,把神仙鬼怪的故事看成生活的真事,而是把它作为表现作品主题和作者理想的一种手段,随便驱使,任意处置。比如《柳毅传》,它所描述的"传书"和"娶龙女"的故事,显然是受到干宝的《搜神记》中的《胡母班》《郑容》《娶河伯女》等故事的启发而写成的。但干宝在记录时显然是以真事视之,唯恐失实。而李朝威则仅仅是借用了这些传闻故事,进行艺术的再创造,通过丰富优美的想象,歌颂了有情有义的柳毅和敢于反抗封建礼教束缚、追求自由幸福的龙女,从而体现了作者进步的思想倾向。相类似的作品还有《任氏传》《裴航》《李章武传》等。其二,唐代传奇中有不少描写现实人生的作品,不再拘泥于生活中的真人真事,打破了"纪实研理,足资考核"的旧传统,这一特点更鲜明地体现在取材历史的传奇中,如陈鸿的《长恨歌传》《开元升平源》等,它们虽然是以真人真事或真实的传闻故事作为题材,但却不能跟史书等量齐观。因为作者在创作时,已有意识地进行了一定的艺术加工和虚构,作者实际上是想通过再创造的艺术形象来体现自己的历史观。至于像《虬髯客传》一类的小说,就更加不受历史事实的约束,它只是借用了杨素、李靖、李世民等历史人物的名字,而整个故事情节以及时间地点都是虚构的。在这里,历史事实只是起了提供小说背景、启迪作者思路的作用。总之,有意识的小说创作最明显的标志就是艺术的想象和虚构,这是唐传奇的一大特点,也是它与"杂录"、"志怪"最大不同之处。它表明从唐传奇开始,中国古代小说才从某些模棱两可的概念中解放出来,开始以它那特有的风貌在文坛上独树一帜了。

其次,唐传奇继承和发扬了史传文学写实传统,也汲取了神话传说、志怪小说的浪漫精神,使传奇小说在创作方法上发展到一个新的水平。从现实主义精神这方面来看,唐传奇中的一些代表作品,比较注意"对于人和人的生活环境作真实的、不加粉饰的描写"①。从作品所反映出来的社会生活的深度和广度来看,唐传奇的作家对生活是抱着积极干预的态度的,他们对生活的观察相当深刻、细致。《霍小玉传》中书生李益形象的塑造就是极好的例子。作者笔下的李生并不是那种单纯玩弄女性的纨绔子弟,他结识霍小玉的缘起固然是以猎取女色为目的,然而,当他同霍小玉见面后,就被这个美丽聪慧的少女的温柔多情所感动,因而从第一次见面直到她死,始终对她有着一定的感情。他对自己的负心感到羞愧,对同小玉的割舍感到痛苦。这一切,似乎是矛盾的,然而正是在李益这种情感和行动的矛盾中,显示了作家对生活观察的深刻性。因为,李益对霍小玉的感情与他的门第和个人前途是绝不相容的。这正是李益"忍情"背弃霍小玉的主要社会历史原因。作者在李益形象的塑造中,显示出了他对唐代社会历史的深刻认识。其他诸如《李娃传》《莺莺传》《柳氏传》《东城老父传》《长恨歌传》等等,也都称得上写实主义的杰作,这些小说主题的社会意义都较深刻,它们从各个不同的侧面,通过各种艺术形象,对唐代复杂的生活现象作了本质的、合乎规律的反映,这也正是传奇作品所作出的重要的贡献。

唐传奇中也有大量带有浪漫倾向的作品。特别是一些描写婚姻爱情的作品,反映了人民积极向上的、进步的理想,赞颂了某种高尚的道德情操,具有鲜明的积极浪漫的倾向,比如像《任氏传》《柳毅传》《李章武传》《离魂记》等,它们或写神鬼狐妖与凡人的缠绵悱恻的爱情故事,或写少女因爱恋相思而魂离躯体、离家私奔的大胆举动,都充满了奇异美妙的幻想。

在《枕中记》和《南柯太守传》中,两位作者也充分利用了虚构、幻想的表现手法,打破了时间和空间的界限,摆脱了人世的羁绊,把主人公起伏变化的一生压缩于一梦之中,离奇神异,变化莫测。这样的奇思遐想,可以使作者的想象在更广阔的天地中翱翔,可以更率真地评判人物,针砭时弊,这种巧妙的艺术构思往往能够更广泛深刻地反映真实的社会内容,有助于揭示事物的本质。

总之,创作方法的多样化,同样标志着唐代传奇小说的成熟。

第三,从小说艺术的表现技巧来看,唐传奇无论在情节结构、人物描写或语言艺术上都达到了一个新的水平。唐传奇的故事情节一般都能做到构思精

---

① 高尔基《谈谈我怎样学习写作》,《论文学》,人民文学出版社1978年版,第163页。

巧新颖,结构严谨完整,波澜起伏,曲折有致,富于悬念,具有较强的艺术吸引力。汉魏六朝的小说,大都以作者的见闻和感受作为结构线索,因此故事情节往往不完整。相形之下,唐传奇却要高明得多,它开始把故事情节放到结构的中心位置,改变了多数古代小说的类似散文的结构形式。如《柳毅传》,从柳毅落第返湘,在泾河之滨与龙女相遇写起,通过倒叙交代了龙女在夫家受虐待的不幸遭遇;接着又铺叙柳毅去洞庭龙宫送信的场面,然后引出了性格暴躁的钱塘君,救回了龙女。在传书故事已经完结,柳毅即将离开龙宫的时候,突然又出现了钱塘君硬要做媒,柳毅正色拒绝的情节。柳毅回家后,两次娶妻都夭折了,最后终于与龙女化身的卢氏结婚。整个故事结构十分严整,富有浪漫色彩的情节安排得十分巧妙,一波未平,一波又起,跌宕起伏,引人入胜。

唐传奇还善于根据表现主题的需要,截取人物经历的某一方面和某一阶段,或突出一两个中心事件来刻画人物,如《任氏传》,在剪裁和布局方面,作者根据主题的需要,重点选择了两个情节来描写任氏对郑六爱情的忠诚:一是抗拒韦崟的强暴行动;一是明知"是岁不利西行",但为了满足郑六的要求,不惜牺牲自己的生命。通过这两件典型事例突出了任氏对爱情坚贞不渝的品格,从中亦可见出作者艺术构思的匠心。

唐传奇中还有一种系事写人,由人及事的结构形式,它以主人公所经历的某一件事为中心,以重大的历史变故作为促使故事情节发展变化的社会背景,重点是记叙人物的生活状况,思想风貌和心理状态,具有条理清晰、层次分明、故事性强的特点,像《东城老父传》《长恨歌传》《高力士传》等都属于这一类。

在人物形象塑造上,唐传奇塑造了一系列性格比较鲜明的人物形象,而且描写的对象涉及社会生活的各个阶层,有落第书生、纨绔子弟,有大家闺秀、风尘妓女,有帝王后妃、官僚贵族,有豪侠之士、商贾艺人,他们代表着不同的社会阶层和思想倾向。传奇作者善于通过不同人物所处的社会环境和生活经历,来揭示他们的心理,刻画他们的性格,这些形象既有自己的性格特征,同时又有一定的典型意义。即使一些身份处境相近的人物,在不同作家的笔下写来也各具风貌,富有鲜明的个性。如李益和张生,都是负心薄行的士人,而他们的个性却截然不同。李益爱霍小玉,但又无法摆脱世族婚姻的诱惑,在辜负盟约后,自感心虚理亏,羞愧痛苦,因此对霍小玉只能采取欺瞒躲匿的方式;张生则表面上显得庄重、深沉、诚挚,背约之后,还摆出正人君子的面孔,无耻地为自己的行动辩护。霍小玉和李娃同是忠于爱情的妓女,前者显得痴情、善良、单纯、敢爱敢恨、宁死不屈;后者则深于世故,老练沉着。任氏和龙女都属于"异类"女子,而任氏的形迹、性格近乎风尘女子,她的多情智慧中包含着义烈贞节;龙女则更像现实生活中的名门闺秀,忧郁中包含着丰富的感情。作者之所以能鲜明地写出这些不同人物的不同性格,主要是通过真实地深入描写人物的环境、教养、出身、遭遇而完成的。

在刻画人物形象时,唐传奇还出现了肖像描写、心理描写和细节描写等等。像《霍小玉传》等优秀作品已经摒弃了静止而又单纯地勾勒外貌的写法,开始围绕情节的展现和性格的发展,动态地、多方面地描写人物的嬉笑怒骂、外貌、服饰、表情和姿态等等。比如在霍小玉出场前,作者先让鲍十一娘赞她为"仙人",净持说她"不至丑陋"。霍小玉刚刚亮相,蒋防就用生花的妙笔渲染她的照人的神采:"但觉一室之中,若琼林玉树,互相照耀,转盼精彩射人。"继而又写她的笑貌和声容。在李益始乱终弃的过程中,又进而穷形尽相地描写霍小玉"流涕观生"、"含怒凝视"、"长恸号哭",从而深刻表现了霍小玉善良、痴情、刚烈的性格。在心理描写方面,唐传奇虽还处在雏形阶段,多数心理描写还离不开人物的语言,但在某些地方也有新的突破,像《莺莺传》就采用了"以诗传情"的手法,《李卫公靖》则用无声描摹来刻画李靖代龙降雨前的心理活动:"吾扰此村多矣,方德其人,计无以报。今久旱苗稼将悴,而雨在我手,宁复惜之?"细节描写在唐传奇中则较为成熟,往往寥寥数语就能十分传神地展示人物的内心世界。试读《李娃传》中郑生初见李娃的细节描写:

他日,乃洁其衣服,盛宾从,而往扣其门。俄有侍儿启扃。生曰:"此谁之第耶?"侍儿不答,驰走大呼曰:"前时遗策郎也!"娃大悦曰:"尔姑止之,吾当整妆易服而出。"生闻之私喜。

轻轻几笔,把郑生、侍儿、李娃三个人不同的心理状态表现得活灵活现。

唐传奇还善于使用对比、烘托、个性化的对话等手法来表现人物的个性。这些艺术手法都使唐传奇在人物形象的塑造上达到一个较高的水平。

唐传奇的语言也取得了较高的成就,它的语言具有既华艳又质朴的特点。一方面它继承了古代散文、骈体文、诗歌语言的优良传统,大量运用了描写性质的形容词和骈偶语句,并且也能较好地表情达意。如《游仙窟》《柳毅传》《南柯太守传》《长恨歌传》等就间杂了很多较为平易的四言和六言的对句,而且多数都写得相当活泼洒脱,都能较好地表达出人物的思想感情和性格特征。

另一方面，唐传奇也吸收了较多的民间俚语俗谚中富有生命力的词汇，显得活泼自由，生活气息较浓。如人称代词往往直用"我""你""他"，形容声音用"骨董一声"，用"鞋"比喻夫妻和谐等等，都采自民间口语。

唐传奇的语言还具有精练准确、文辞雅洁的特点，叙述性的语言，一般都很精练，要言不繁。如《枕中记》全文不过千余字，写尽人生仕宦风波，荣辱得失，语言的精练准确，可谓达到了炉火纯青的地步。而描写性的语言也具有形象鲜明、描摹生动的特点，如《李娃传》中描写东西两肆比赛唱挽歌的场面，作者用绘声绘色、惟妙惟肖的语言，把唱挽歌的神态举止、声调表情、乃至客观效果，都逼真地刻画出来，使读者有耳闻目睹之感。

（七）唐传奇在小说史上的地位和影响

唐传奇在我国小说史上承前启后，占有重要的地位。由于唐传奇的作家是有意识地进行小说创作，不但扩大了小说的题材，而且提高了小说创作的艺术水平，把处于雏形状态的六朝"粗陈梗概"的小说发展到了比较成熟的阶段，使小说形成了自己的规模和特点。唐传奇创造了一系列不同类型的艺术典型，如霍小玉、李娃、崔莺莺、任氏、柳毅、倩娘、红线、"风尘三侠"等，都是富有艺术生命力的人物形象，为小说创作中艺术形象的典型化提供了有益的经验。唐传奇中各种不同题材的小说对后世的各类小说也产生了直接的影响，如以婚姻爱情为题材的小说对后代的才子佳人小说，豪侠小说对后来的侠义小说，显然都有明显的影响，唐传奇中关于狐鬼仙妖的小说对后世的神怪奇幻小说、蒲松龄的《聊斋志异》等的影响也是显而易见的。

同时，唐传奇的题材也为后来的小说戏曲提供了丰富的题材来源。宋以后，根据唐传奇的题材进行改编再创作的小说、戏曲大约有一百多种，小说如宋元话本《李亚仙》《陈巡检梅岭失妻记》《黄粱梦》，明拟话本如《杜子春三入长安》《李公佐巧解梦中言，谢小娥智擒船上盗》《吴保安弃家赎友》《白娘子永镇雷峰塔》等等。戏曲如《西厢记》《曲江池》《南柯记》《邯郸记》《紫钗记》《倩女离魂》《长生殿》等等，都改编自同题材的唐传奇小说。这种题材的袭用，有的增添了新内容，有的有所发展和创新，成为一代佳作，如《西厢记》《长生殿》等。这些都说明了唐人传奇承上启下、继往开来的重要地位和深远影响。

二、宋元明传奇小说

（一）宋元传奇

宋代传奇是直接承袭唐传奇而来的，其成就不如唐传奇，如鲁迅先生所言:"宋一代文人之为志怪,既平实而乏文彩,其传奇,又多托往事而避近闻,拟古且远不逮,更无独创之可言矣。"①但也有它的特色,主要是进一步的市民化和通俗化。

唐末五代,传奇小说衰落,宋初逐步恢复,到北宋中后期比较繁荣,数量明显增多,到南宋又落入低谷。

宋传奇写得较好的主要有以下两类作品:

一类是侧重描写历史上帝王后妃的事迹,揭露了封建统治者的荒淫腐朽、昏庸误国,劝讽之意较明显,具有一定的认识价值。这类作品主要是以隋炀帝和唐玄宗这两个帝王为描写对象。写隋炀帝的有无名氏的《隋炀帝海山记》《迷楼记》《开河记》等②,这些作品大部分是记述隋炀帝开运河,游江都,造迷楼,修西苑等奢侈淫乐的生活,揭露了隋炀帝的荒淫专断和奸官佞臣们的助淫助虐、残忍贪婪,也反映了广大宫女和开河民夫倍受蹂躏,劳身伤命的悲苦命运。写唐玄宗的有乐史的《杨太真外传》、秦醇的《骊山记》《温泉记》等。乐史(930—1007),字子正,抚州宜黄(今江西抚州市宜黄县)人。他曾在南唐为官,入宋后任著作郎等职,直史馆,是著名的学者,除传奇小说《杨太真外传》《绿珠传》外,还著有《太平寰宇记》这部重要的地理书。秦醇,字子复,谯郡亳州(今安徽亳州)人,生平不详。这些作品或写唐玄宗与杨贵妃豪华奢侈的宫廷生活,或写杨贵妃与梅妃之间的嫉妒争宠,在一定程度上揭露了唐玄宗荒淫误国以至酿成天下大乱的史实。但作者在批判的同时,对唐玄宗与杨贵妃的爱情悲剧却抱以同情,使作品的主题复杂化了。这类作品在艺术上成就不高,多数只是一般的客观叙述,内容芜杂,结构松散,缺乏组织剪裁,有堆砌之嫌。倒是无名氏所作的,以虚构为主的《梅妃传》成就较高。它叙莆田医家女江采蘋被高力士选入宫中,得到明皇的宠幸,有过一段幸福而甜蜜的爱情生活。可是杨太真入宫后,梅妃的命运出现了根本性的变化,因杨氏进谗,梅妃被打入冷宫,受到玄宗冷落。作者通过对比的手法刻画了梅妃与杨妃不同的性格,一个嫉妒而狡黠,一个善良而柔弱。作者塑造梅妃这一形象,反映出宫廷女性凄凉、苦闷的生活状态和悲惨的命运。

---

① 《中国小说史略》,第110页。
② 此三记或为唐末五代人作。参看李剑国、陈洪《中国小说通史·唐宋元卷》,高等教育出版社2007年版,第622页。

作者在小说结尾发表长篇议论,有力地批判了唐玄宗穷极奢侈、荒淫享乐的生活,他认为,唐玄宗是给国家带来灾祸的根源,批驳了"女色是祸水"的论调:"报复之理,毫发不差,是岂特两女子之罪哉?"

《梅妃传》对后世文学产生一定的影响,明清戏曲《惊鸿记》传奇、《长生殿》传奇亦多受其影响。

宋传奇另一类作品是取材现实,主要描写男女恋情和妓女生活的。写得较好的有张实的《流红记》和柳师尹的《王幼玉传》、秦醇的《谭意哥传》、无名氏《李师师外传》等。张实,字子京,事迹未详。他的《流红记》是根据唐人笔记中的《红叶题诗》的故事改写而成的,作品较真实地反映了被禁锢在深宫中宫女的精神苦闷,以及对自由、爱情的渴望,有一定的现实意义。柳师尹,生平不详。他的《王幼玉传》写的是妓女王幼玉的爱情悲剧,作品表现了一个被侮辱、被损害的少女不甘心卖笑的屈辱生活和争取获得做人的尊严的强烈愿望,深刻揭露了封建社会对下层妇女的残害。《谭意哥传》写妓女谭意哥与小官吏张正爱情离合的故事,情节仿袭《霍小玉传》,由于作者从陈腐的封建观念出发,着意把谭意哥塑造成一个恪守封建礼教的妇女形象,"言理多于言情",因而大大削弱了作品的现实意义。《李师师外传》是写北宋末名妓李师师与宋徽宗赵佶的风流韵事。小说批判了宋徽宗穷奢极欲和荒淫无度,以及奸臣、阉宦们的祸国灾民。末尾处写李师师在异族入侵、国难当头之时,慷慨捐钱助饷,敢于痛斥卖国求荣的奸佞,不惜仗义捐生,表现了民族气节。

宋代是市民小说繁荣发展的时代,它对传奇小说有很大影响。首先是作家服务对象和创作目的的变化,从以上层文人为读者对象,转向为普通百姓的娱乐服务。其次,受市人小说影响,语言通俗化;诗文相间,骈散杂糅,散文用以叙事,骈体用以描写,与市人小说的特点一致。当然,影响是双向的,传奇小说也促进了市人小说的繁荣。

元代传奇继宋传奇后更趋衰微,但《娇红记》的出现,石破天惊,成为文言小说史上的奇迹。

《娇红记》作者宋远,字梅洞,祖籍涂川(今江西清江)。宋末元初人。《娇红记》说北宋宣和年间,申纯虽有文名但科场不遇,到母舅王通判家遇到表妹王娇,两情相悦。从传诗递简到幽会盟誓,二人终于未婚私通。但申家遣媒求婚,王父以法律不许表兄妹结婚为由拒绝。后有王通判的侍妾飞红拨弄其间,使二人不得不暂时分别。申生去后科场得意,回来却不能见面。王娇不得已屈事飞红,使之感动并促成二人婚姻。但此时帅府之子前来求婚,威逼利诱,王通判不得已许之。王娇坚守与申生之盟誓,哀伤愤恨而死;申生亦忠于爱情,得娇娘噩耗,痛不欲生,自缢身亡。双方父母得知真相,追悔莫及,将他们合葬在濯锦江边。第二年亲人在祭祀时看见一对鸳鸯交颈飞翔,因此人称其坟为"鸳鸯冢"。

娇娘与申纯的爱情虽然也是一见倾心,但经过更多的波折和考验。作者真实、细致地描写他们互相试探,追求的过程,他们的感情建立在互相了解,互相信任的基础上。他们的悲剧不是由于男子薄幸,而是因为父母包办造成的,其批判封建婚姻的立场也更鲜明。作品中王娇娘、申纯、飞红形象较之崔莺莺、张生、红娘性格都更突出;故事情节曲折,跌宕多变;用大量诗词穿插其间,以细致描写才子佳人间的情感交流;篇幅长达近两万字,这在传奇小说中是绝无仅见的。

《娇红记》对明清传奇小说有很大影响。它首开中篇传奇小说的先河,《贾云华还魂记》、《钟情丽集》等相继出现,形成中篇传奇小说体系。更有趣的是在清代中期还出现了长篇文言小说《蟫史》和骈体中篇《燕山外史》。《娇红记》代表了言情小说从短篇向长篇发展的方向,在创作精神、叙事模式乃至细节上对《金瓶梅》、才子佳人小说、《红楼梦》都有影响。叙事空间集中在闺阁、庭院;借诗叙事的模式;用人物名字作为小说篇名;甚至在细节方面也为《金瓶梅》所袭用,如申纯偷娇娘鞋、飞红拾鞋引起的风波等。据它改编的杂剧、传奇有七、八部之多,最出色的是孟称舜《节义鸳鸯冢娇红记》传奇。①

(二)明前期传奇

明前期即从洪武至成化(1368—1487),共一百十五年。传奇小说经过宋元两代的衰微冷落,到了明初出现了新的转机,主要标志是瞿佑的《剪灯新话》、李祯的《剪灯余话》的出现。

瞿佑,字宗吉(1341—1427),号存斋,钱塘人,早年便享有文名,但一生怀才不遇,只做过训导、教谕、长史一类小官,永乐间,因诗蒙祸,谪戍保安十年。《剪灯新话》成书于洪武十一年(1378)前后。这部文言小说集四卷二十篇,附录二篇。

---

① 参看程毅中《宋元小说研究》、陈益源《从〈娇红记〉到〈红楼梦〉》(辽宁古籍出版社1996年版)有关章节。

在《剪灯新话》中以描写爱情婚姻为题材的约占一半。以元末明初大动乱为背景,描写战乱造成的爱情婚姻悲剧,是这类题材作品的重要特色。《翠翠传》描写元末淮安刘翠翠与金定同窗读书,私订终身。后虽经波折,但终成夫妇,生活美满幸福。但好景不长,张士诚起兵高邮,翠翠为其部将李将军所掳。金定寻到军中,以兄妹相称,咫尺天涯,难得一见,最后他们在难以忍受的精神折磨中先后死去,翠翠埋在金定坟侧。洪武初年,刘家有旧仆经商路过,见"翠翠与金定方凭肩而立"。翠翠托仆人捎信,刘父见信后同旧仆来,只见荒烟野草,两座孤坟。刘父晚上睡在坟侧,梦中与翠翠、金定相见。

这篇作品把这一对青年男女的爱情与社会动乱紧紧地连在一起来写,刻画了战前爱情婚姻的美满和战乱给他们带来的悲剧,反映了人民久乱思安的迫切心情。小说通过战乱的考验,也歌颂了这对青年男女忠于爱情的高贵品格。

《爱卿传》写嘉兴名妓罗爱爱与同郡赵子恋爱,结为夫妻。后赵子应父亲的朋友某尚书之约,到元朝京城大都求官,但到了京城,某尚书已故,无所投托,久不能归。赵母病重,爱爱尽心侍奉。赵母死,爱爱加以厚葬。后战乱起,刘万户强占了赵子的房子,"见爱卿姿色,欲逼纳之"。爱爱不屈,自缢而死。战乱过后,赵子归里,寻至母亲及爱爱坟地,痛哭祭拜。后爱爱鬼魂出现与赵子相聚。这篇故事同样反映了战乱给人民带来的苦难,歌颂了爱爱在恶势力面前坚贞不屈的品质。

此外,《绿衣人传》写了封建官僚权贵对青年爱情的摧残和草营人命的罪恶。《联芳楼记》写了一个富有市民气息的爱情婚姻喜剧。《金凤钗记》写的人鬼恋爱的故事,虽受《离魂记》的影响,但作品思想艺术水平超过了《离魂记》。

《剪灯新话》中一些作品反映了文人的牢骚与不平。

《水宫庆会录》写潮州文士余善文白昼闲坐,被南海龙王邀到龙宫,为修建的灵德殿作"上梁文",受到隆重的接待。龙王以珍宝相酬,善文遂成富翁。他"不以功名为意,弃家修道,遍游名山,不知所终"。小说反映了在乱世中文人幻想发挥才华、得到重用的心态。《修文舍人传》写"博学多闻,性气英迈"的夏颜,"命分甚薄,日不暇给"。但死后在冥间却得到重用,任修文舍人。他通过冥府与人世的对比,认识到冥府任人唯贤,"黜陟必明,赏罚必公",而"非若人间可以贿赂而通,可以门第而进,可以外貌而滥充,可以虚名而躐取也"。明

第一章 文言小说

代以武力得天下，明初不甚重视文人，所以文人难免失望，无可奈何，就寄希望于龙宫、冥府，在幻想中得到满足。

《剪灯新话》还在作品中揭露社会的黑暗与道德的沦丧。

《三山福地志》写一个"不通诗书"而"家殖颇丰"的老实人元自实，他的邻居缪君去福建当官，缺少路费，自实借给他二百两银子，且不要借据。后在战乱中，元自实"为群盗所劫，家计一空"。到福州投奔缪君，但缪君竟负义不顾，使自实全家冻饿几死。小说描写了当时的社会世态，谴责了道德沦丧、忘恩负义的行径。

瞿佑《剪灯新话》在艺术上有意追踪唐人传奇的作风，在讲述一个奇异故事的同时，较注意对人物形象和社会生活的刻画描摹，故事情节比较委婉曲折，描写也比较细腻，语言华艳典雅。但喜用诗词骈语，形成一种韵散相间、骈散相间的格局，影响了小说的精练集中。

《剪灯新话》出现后，深受时人的欢迎，一时仿作纷起，《剪灯余话》便是一部较有代表性的模仿之作。

《剪灯余话》，作者李祯，字昌祺（1376—1452），庐陵（今江西吉安县）人，曾任礼部郎中和广西、河南布政使等官职。《剪灯余话》成书于永乐十七年（1419），四卷二十篇，又附《贾云华还魂记》，共二十一篇。

《剪灯余话》中描写的爱情婚姻故事，和《剪灯新话》一样，都是在元末明初大动乱的背景中展开的，所以大都染上一层悲剧色彩。如《鸾鸾传》《琼奴传》《秋千会记》等。《鸾鸾传》写赵鸾鸾才貌双全，与才子柳颖相爱。几经波折，终成眷属。但好景不长，遇元末战乱，赵鸾鸾被军阀掠去。柳颖艰苦跋涉，找到妻子，两人又得团圆，为避战乱，乃隐于徂徕山。后柳颖因出城负米，被乱军杀于途中。"邻舍奔告鸾，鸾走哭，负其尸以归，亲舐其血而手殓之，积薪焚颖，焰既炽，鸾亦投火中死焉"。后邻里"拾其遗骸葬之，伐石表其冢曰'双节之墓'"。

《秋千会记》写宣徽院使孛罗众女在院中荡秋千，拜住往窥。后拜住求婚，宣徽使许以爱女速哥失里。未几，拜住之父蒙罪系狱，家道顿变，"阖室染疾，尽为一空"，独存拜住。于是宣徽使夫人悔婚；速哥失里却不因拜住贫贱而易志，反对母亲悔婚；在被逼改嫁的途中，自缢于花轿中。后拜住悄悄去停放速哥失里灵柩的寺中哭灵时，速哥失里竟起死回生，相携私奔，得以团聚。拜住与速哥失里虽然团聚，但生下的三个儿子，两个早亡，只有小儿子黑厮做了枢

107

密院使,后"天兵至燕",元顺帝逃走,"黑厮随入沙漠,不知所终"。以亡国之祸给这个传奇故事留下了悲剧的结尾。这篇作品描写了少数民族青年男女的爱情故事,在中国古代小说中是不多见的。

《芙蓉屏记》则是一篇优秀的公案小说。

《芙蓉屏记》写崔英携妻王氏赴任途中,船夫贪财谋害崔生及婢仆,独留王氏,欲霸占王氏为儿媳。王氏佯为应允,乘机将船夫灌醉,逃到一尼庵中为尼。后船夫到庵中布施芙蓉屏一轴,王氏认出乃其夫所作,遂题诗于屏上。此屏后为郭庆春买走,献给退隐于姑苏的御史大夫高纳麟。崔英被船夫推落水中,因识水性而得生,寄居民家,以卖字度日。一日卖字入府,高纳麟留崔英为塾师,后崔英见芙蓉屏,上有其妻题诗,知妻尚在人间。高纳麟多方为之探寻,在尼庵找到王氏,遂邀王氏入府为夫人诵经。又历半年,高公旧吏为御史,高公将崔英夫妇遇盗事告之,使捕船夫,审结此案,崔英夫妇亦因此而团聚。故事以芙蓉屏为线索,情节合理,发展自然,未依仗任何神鬼之助,使案件终于水落石出,夫妻重会,这是其他文言小说中罕见的。

明前期受《剪灯新话》影响,起而仿效者,除《剪灯余话》外,还有赵弼的《效颦集》。此书共三卷二十五篇,作者在《后序》中说因仿洪迈、瞿佑故题其书名为《效颦集》。

赵弼,生卒年不详,字辅之,号雪航,重庆南平(今巴县)人。永乐初,以明经授翰林院儒学教谕,约于宣德初年任汉阳县教谕。撰《效颦集》大约在宣德年间,多写幽冥鬼神、阴德报应,意在劝诫,宣扬忠节孝义。文字艰拙,偏于议论,艺术水平不高。但《效颦集》中《钟离叟妪传》《续东窗事犯传》《木绵庵记》三篇,为《拗相公饮恨半山堂》《游酆都胡母迪吟诗》、《木绵庵郑虎臣报冤》三篇话本小说提供了改编的蓝本,由此亦可见《效颦集》在小说史上自有其存在的价值。

《花影集》,四卷二十篇,陶辅撰。陶辅(1441—?)字廷弼。袭应天亲卫昭勇之爵,因不苟合于时,乞休致。此集乃陶辅四、五十岁时作,至八十三岁时始作序付刊。

《花影集》称,此书系继《剪灯新话》《剪灯余话》和《效颦集》后,"较三家得失之端,约繁补略"而作。集中多史传实录,小说意味不强。但《心坚金石传》《刘方三义传》是较出色的作品,曾被《燕居笔记》《绣谷春容》等转载。《刘方三义传》又被冯梦龙改写为《刘小官雌雄兄弟》,收入《醒世恒言》。

《心坚金石传》叙元至正年间松江书生李彦直与邻女张丽容的恋爱悲剧。李彦直和张丽容由诗词唱和而相恋,因张丽容出身娼家,李父不允其婚姻。后李彦直相思成疾,张丽容为之憔悴。李父不得已而遣媒娶之。时适本路参政阿鲁台任满赴京,因无万两白金献给右丞相伯颜,遂选才色官妓二名以献,丽容恰居其一。彦直父子百般设法,家产荡尽,亦不能免。一日,拘张母女登舟启行,彦直徒步相随。后彦直气死,丽容自缢舟中。阿鲁台怒而焚之。火毕,其心宛然无改,舟夫以足踏之,忽出小人如指大,金色而坚如石,脱然一李彦直。又焚李彦直尸,其心亦不灰,所出小人宛然是一张丽容。阿鲁台视为珍宝,函以香木之匣,题曰"心坚金石之宝",以献右相。右相开启时,乃败血一团,臭秽不可近。右相大怒,遂杀阿鲁台。小说想象丰富,浪漫气息浓厚。明人将其改编为传奇《霞笺记》,改悲剧为喜剧。清人小说《情楼迷史》即据传奇改写。此类作品在《花影集》中实属凤毛麟角。

(三)明中叶至清初的传奇小说

明嘉靖以后,商业、手工业的发展,城市经济的繁荣,市民阶层的扩大,使思想文化领域也发生了重大的变化,出现了反对封建礼教、追求个性解放的新思潮,这种新思潮直接刺激了文学的发展,首先在通俗文学领域、长短篇白话小说、戏剧文学都取得了丰硕的成果。而在传奇小说领域,也出现了复兴的局面,一大批具有相当文学造诣的作家,自觉地、积极地从事传奇小说的创作,写出了一大批具有一定思想深度和艺术力度的好作品。这种风气一直延续到清初,有如鲁迅先生在《中国小说史略》中指出的那样:"盖传奇风韵,明末实弥漫天下,至易代不改也。"①

明中叶至清初从事传奇小说创作的重要作家有:马中锡、董玘、蔡羽、宋懋澄、邵景瞻、戈戈居士、徐芳、王猷定、魏禧、李清、王晫、黄周星、陆次云、陈鼎、钮琇、王士禛等,他们都写出了为人传诵的佳作,这些作品有的被收进了明冯梦龙编辑的《情史类略》、明王世贞辑的《正续艳异编》、清康熙年间张潮辑的《虞初新志》、嘉庆年间郑澍若辑的《虞初续志》等传奇集子中,有的散见于各自的文集中。这些作品从各个不同的侧面,为我们展示了明代中叶以后社会种种微妙的变化,反映了当时社会人们的道德行为、性格、心灵之间的矛盾斗争和冲突,富有鲜明的时代特色。

---

① 《中国小说史略》,第208页。

这时期传奇作品的时代特色表现在以下几个方面：

首先，有关爱情婚姻的作品，在一定程度上抨击了封建制度对妇女的压迫，描写了被压迫妇女追求人格平等的斗争，鲜明地体现了那个时代市民阶层的新的婚姻观和道德观。宋懋澄的《负情侬传》和《珍珠衫》、戈戈居士的《小青传》、黄周星的《补张灵崔莹合传》等等，都是传诵一时的名篇。其中尤以宋懋澄两篇作品为佳。《负情侬传》写的是杜十娘怒沉百宝箱的故事。它表面上是写传统性质的士子与妓女恋爱的故事，实际上是在封建社会后期要求个性解放和男女平等呼声日见增强的情况下，表现妓女阶层争取人权与婚姻幸福的悲剧。杜十娘在封建礼教和市侩势力的双重压迫下，面对负义的李生，不乞求，不苟且，而是毅然投江，以一死来表示对这个罪恶社会的最后决裂和抗争，展现了明代中后期下层市民在进步思潮激发下所产生的崇高的精神境界，无疑具有高度的历史真实性。《珍珠衫》写的是蒋兴哥重会珍珠衫的故事，这个故事通过楚人夫妇悲欢离合的奇特命运，鲜明地体现了那个时代市民阶层的家庭婚姻、思想感情和道德观念。楚人休妻后又对原妻藕断丝连的爱情以及最后又重修旧好、不嫌弃她二度失身于人，这反映了封建贞节观念在市民阶层中已经逐渐淡薄。作品写楚人妻一方面因无法忍受分居的痛苦而犯下失贞的错误，另一方面在内心又不失对丈夫的爱情，这揭示了生活中人的性格的复杂性，同时也是作者对人的自然要求的矫枉过正的肯定，体现了一种与封建传统观念相对立的生活原则。

第二，这时期的优秀作品，敢于把批判的矛头直接指向封建统治集团，揭露了封建社会末期政治的腐败黑暗，具有强烈的政治倾向性。如钮琇的《张羽军》写皇帝亲自制造文字狱，作者敢于直斥皇帝的"不法"，对受害者明确地表示了同情和赞扬。董玘的《东游记异》是用隐喻手法写成的政治小说，作者把宦官比为狐狸，把支持他们的人比作老虎，指出由于这些"兽类"盘踞在宫廷近侧，使得京城"雾塞昼冥"。这篇小说是影射明正德年间大奸臣、大权宦刘瑾的，作者的政治勇气是值得钦佩的。陈鼎的《义牛传》也是用寓言的形式，描写土豪劣绅与官府勾结起来，欺压贫苦人民，比猛虎更凶狠残暴。最后作者写义牛冲进官府，为受害者报仇雪恨，表现了人民对压迫者、剥削者的痛恨和反抗。邵景瞻《觅灯因话》中有一篇《贞烈墓记》，则揭露了封建社会的军官衙役为霸占民妻而为非作歹，草菅人命，描写了下层人民的生命财产、妻子儿女毫无保障的悲惨境遇，可以帮助人们认识封建社会的黑暗腐朽。宋懋澄《葛道人传》

形象地描述了发生在万历二十二年苏州市民反抗矿使税监的大暴动,塑造了葛道人的光辉形象,展现了市民起义的壮烈场面,为我国早期市民阶层的斗争留下了可贵的历史剪影。

第三,反映了商品经济的发展以及对人们意识的影响。由于明中叶商品经济的发展,金钱在社会生活中的作用愈来愈明显,以至成为社会生活的杠杆和某些人思想行动的支配力量。蔡羽的《辽阳海神传》和邵景瞻的《桂迁梦感录》便是此类作品中最出色的两篇。《辽阳海神传》通过描写徽商程士贤与海神的爱情故事,反映了当时商人的商业活动和他们的思想意识。作者在作品中揭示了金钱对传统道德观念的巨大冲击:"徽俗,商者率数岁一归。其妻孥宗党,全视所获多少为贤不肖而爱憎焉"。金钱的多寡决定了对一个人的品德"贤"或"不肖"的评价,它说明金钱已经成了支配人的思想感情的主要力量。特别是程士宰得海神之助而获巨利的情节,表明了商人利用商业信息和市场预测而获利的愿望,虽是幻想,却是商人心理和生活经验的真实写照。《桂迁梦感录》写桂迁落难时得同学施君救济,后掘财致富后,以怨报德,因梦恶报,迷途知悔,改恶从善。这个故事写现实生活中的人情世态,揭露了金钱是怎样腐蚀人的灵魂,支配着人与人之间的关系,具有一定的认识价值。

第四,这时期的传奇作品,还塑造了一些不为名教所羁绊,具有自由解放色彩的"狂士"形象,表现了明中叶以后,在思想解放的思潮影响下,知识分子的苦闷、追求和生活态度。如宋懋澄的《顾思思传》中的顾思思,黄周星《补张灵崔莹合传》中的张灵,都是狂士典型。他们愤世嫉俗,鄙弃仕进,性情豪放,狂荡不羁,但在他们狂颠的后面,却包藏着深深的忧愤和感伤,他们有崇高的政治理想或爱情追求,但腐败的社会使他们怀才不遇,一筹莫展,他们只能借酒浇愁,借发疯作狂,自暴自弃来抗议那个黑暗的社会。作者塑造这些"狂士"的形象,与明代中后期追求"人"的解放的新思潮是一致的。他们的"狂"不但表现在他们的日常行为、待人接物的狂怪不同流俗,更重要的是表现在他们思想上的反正统的异端性质。通过这些形象,我们可以了解到当时一部分知识分子的思想状况。

明中叶至清初的传奇小说在我国志怪传奇小说发展史上具有承前启后的历史意义。在特定的社会环境和新思潮的冲击下,经过一大批作家的努力,传奇小说才真正呈现出复兴之势。这时期作品取材现实人生和反映时代精神这两点,就远不是宋、元、明初的传奇作品所能比肩的,而在反映现实的深度和广度上,与唐传奇比较也是一种站在巨人肩膀上的超越。特别是他们以下层人民为主要描写对象以及敢于涉笔国事政治的胆识,都不是唐传奇作家所能企及的,这种大胆干预政治、干预生活的精神,对蒲松龄《聊斋志异》无疑具有很深的影响。

在艺术上,这时期的传奇作品也取得了新的进步。首先,它更注重人物形象的刻画,塑造了一些生动的富有典型意义的正反人物形象,如杜十娘、楚人夫妇、冯小青、顾思思、张灵、桂迁、贾似道等,而且都富有鲜明的时代特色。在手法上十分注意细节描写和心理描写,在情节结构上也更为严整曲折。在表现形式上,已基本上抛弃了散漫拖沓的韵散相间的格局,代之而起的是朴素平实的散文形式,这种形式一直持续到传奇小说的历史终结为止。总之,明末清初传奇小说为《聊斋志异》的出现奠定了基础。

此外,明末清初传奇小说对白话小说和戏剧文学还产生了积极的影响。为拟话本和戏剧提供了丰富的素材和人物形象。如白话小说《杜十娘怒沉百宝箱》《蒋兴哥重会珍珠衫》《转运汉巧遇洞庭红》《叠居奇程客得助》《桂员外穷途忏悔》,戏剧作品《因缘梦》《百宝箱》《合香衫》《疗妒羹》《巧联缘》等等,都从这时期的传奇中汲取了有益的营养。

第五节 《聊斋志异》

一、作者的生平和创作

《聊斋志异》的作者蒲松龄(1640—1715),字留仙,别号柳泉居士,山东淄川(今淄博市)蒲家庄人。他出生于一个渐趋没落的书香之家,父亲蒲槃只是个童生,因家贫而弃儒从商。蒲松龄从小热衷功名,十九岁参加科举考试,在县、府、道考了三个第一,名扬乡里,但乡试却屡试不中,到五十多岁还未考取功名。直到七十二岁才援例出贡,补了个岁贡生,四年后便去世了。蒲松龄一生穷愁潦倒,在他三十一岁那年,曾应朋友孙蕙之请,到江苏省宝应县作了一年的幕僚,使他亲身体验到了官场的生活,次年便辞回乡里。他一生大部分时间都居住在淄博和济南,"五十年以舌耕度日",直到七十岁才撤帐归家。

蒲松龄坎坷的一生和特殊的生活经历,使他有可能广泛接触社会各阶层人物,上至官僚缙绅、举子名士,下至农夫村妇、婢妾娼妓、赌徒恶棍、僧道术士等。这种丰富的生活阅历对他写作《聊斋志异》无疑有重大的影响,而科场的失意和生活的贫困,更使他在思想上对科举制度的腐朽、封建政治黑暗有深刻的认识和体会。在《与韩刺史樾依书》中,他慨然长叹:"仕途黑暗,公道不彰,非袖金输璧,不能自达于圣明,真令人愤气填膺,欲望望然哭向南山而去。"同时,蒲松龄生活上的困境使他和广大农民的命运有共同之处,因此农民的灾难和痛苦能激起他广泛的共鸣,他敢于把批判的笔触指向封建官吏,"雨不落,秋无禾;无禾犹可,征输奈何?吏到门,怒且呵。宁鬻子,无风波"(《官民谣》);"公庭亦有严明宰,短缏惟将曳饿人"(《离乱》)与他常"感于民情,则怆恻欲泣,利与害非所计及也"(《与韩刺史樾依书》)。这种憎恶社会黑暗,同情下层人民的思想感情,反映了蒲松龄世界观中进步的一面。

蒲松龄一生著述颇多,除《聊斋志异》外,还有诗、文、词、赋、戏曲、俚曲和一些杂著。中华书局出版的《蒲松龄集》收集较为完备。而《聊斋志异》则是他的代表作。作者大约从二十岁左右开始创作,到四十岁左右完成,以后又几经修改、增补,可以说是他毕生心血的结晶。《聊斋志异》是在广泛采集民间传说、野史佚闻的基础上,又经过艺术加工再创造而成。作者在《聊斋志异》自序中说:"才非干宝,雅爱搜神,情类黄州,喜人谈鬼。闻则命笔,遂以成编。久之,四方同人又以邮筒相寄,因而物以好聚,所积益夥。"又说:"集腋为裘,妄续幽明之录;浮白载笔,仅成孤愤之书,寄托如此,亦足悲矣!"这说明作者的创作态度是十分严肃的,它抒发了作者的孤愤,寄托了作者对生活的理想。

《聊斋志异》现存的版本主要有:手稿本,仅存上半部;有铸雪斋抄本等多种抄本流传;乾隆三十一年(1766)赵起杲、鲍廷博据抄本编成16卷本刊刻行世,世称青柯亭本;1962年张友鹤整理的会校会注会评本采录最为完备,共收作品四百九十一篇。

近五百篇作品的《聊斋志异》,在体裁上并不一致。一类近于笔记小说,篇幅短小,记述简要;一类近似杂录,写作者亲身见闻的一些奇闻异事,具有素描、特写的性质。大部分作品则是具有完整的故事、曲折的情节、鲜明的人物形象的短篇小说。鲁迅先生赞誉的"用传奇法而以志怪"指的就是这一类小说。

二、歌颂自由幸福的爱情婚姻

描写爱情主题的作品,在全书中数量最多。作者出于对遭受封建礼教压迫的青年男女的同情,在作品中赞颂了青年男女对婚姻幸福生活的热烈追求,抨击了封建婚姻制度,体现了强烈的反封建礼教的精神。

首先,作者在作品中肯定了为封建礼教所不容的"情"的力量。作者有意识地把"情"作为"礼"的对立面来加以颂扬,把这种属于"人欲"的"情",写成是争取婚姻幸福的巨大力量。它可以超越时空的限制,可以不受生死荣辱的束缚,只要有这种至情,就能金石为开,就能冲决一切阻碍而获得婚姻幸福。比如,《连城》中的连城与乔生互相倾爱,两意缠绵,他们为了爱情,不惜割却心头肉,不惜以死来反抗封建恶势力的阻挠破坏,他们爱情的力量又可以战胜死神,死而复生,终于在人间获得美满的婚姻。《阿宝》中的孙子楚,为了获得富商女阿宝的爱情,先是仅为阿宝一句戏言而砍断自己的枝指,虽痛楚欲死也决不犹豫后悔。后又相思成疾,于奄奄一息之际,魂附鹦鹉,飞向阿宝身边,左右不离,终以痴情感动了原不属意于他的阿宝,并结为生死夫妻。《竹青》中的男子鱼容,与曾经患难相爱的神女竹青南北分离之后,每一思念竹青,只要披上竹青送给他的黑衣,就能举翅蓝天,飞越千山万水来到竹青身旁。这类富有浪漫色彩的描写,以丰富的想象、诗意的夸张,突出了情的巨大力量,充分肯定了情在男女婚姻中的合理性,批判和否定了"存天理,灭人欲"的理学教条。

在颂扬爱情的巨大力量和它的合理性的同时,作者还从"人生所重者知己"的观点出发,强调了爱情应以双方的志趣相投、互相尊重、患难相扶为基础。如《瑞云》《乔女》《白秋练》《连琐》《晚霞》等,都表达了作者的这种进步的爱情观。瑞云身为名妓,不以贺生贫穷为念,两人心心相照,彼此倾慕,而当瑞云由美变丑,沦为贱奴时,贺生毫不改变初衷,坦然与她结为夫妇。乔女为报孟生知己之爱,以寡妇之身,不顾世俗非议,不避嫌疑,于孟生死后,尽心竭力为孟生抚养遗孤,对孟家财产一毫莫取。白秋练窃听慕生吟诵的诗篇后,摇情动性,想念至于废眠绝食,并通过母亲,主动向慕生求婚。对诗歌的共同爱好,使他们获得理想的爱情。连琐和杨生都喜欢吟诗、下棋、弹琵琶,共同的爱好把他们吸引到一起,"剪烛西窗,如得良友",并逐渐由友谊生发出爱情。晚霞和阿端之恋,也是以共同的志趣和各自娴熟的舞蹈艺术作为爱情的基础。这些痴情的青年男女,都把真挚的爱情建立在共同的志趣、爱好和彼此敬慕、相互了解的基础上,并不惜为追求或维护这种爱情而拼死斗争。这是在爱情婚姻问题上新思想的体现,它更多地反映了被压迫阶级和市民阶层的婚姻观念和婚姻理想,它与传统的"郎才女貌"的爱情描写相比,无疑是一个重大的进步。

在描写爱情婚姻题材的作品中,作者还塑造了许多聪明美丽、热情纯真、不为封建礼教所束缚的女子形象,她们爱憎分明,对美好的事物有着热烈的向往和追求。《婴宁》中的婴宁,天真浪漫,憨直坦率,无视"不苟言笑"的闺训,嗜花爱笑,不论是在家长或陌生男子面前,乃至在庄重的婚礼上,她也笑个不停。她虽娇憨天真,但在爱情问题上却是严肃认真的,当西邻子对她心怀不善时,她就给他以严厉的惩处。《小翠》中的小翠,憨跳贪玩,不顾长幼尊卑的名分,把丈夫的脸涂成花面,把球踢到公公的头上,甚至还把痴呆的丈夫打扮成皇帝模样。《狐谐》中的狐娘子,风趣诙谐,经常在男宾席上高谈雅谑,并善于在谈笑中揶揄那些心术不正的轻薄者。作者对这些女性天真纯洁、自由奔放性格的热情赞美,无疑是对束约妇女心性行为的封建礼教的鄙弃。

历来封建闺范崇尚女子无才便是德,蒲松龄却反其道而行之。在他笔下,出现了许多才华横溢、有胆有识的女性。这些女子,不仅在追求婚姻幸福的过程中大胆主动,在婚后也具有自立精神,而绝不成为夫权统治的奴隶。如《黄英》中的黄英,独自经家理业,使得家道兴旺,资财丰盈。《蕙芳》中的蕙芳,《云萝公主》中的云萝公主,不仅在择婚过程中是主动的,婚后也不依赖于丈夫生活,倒是丈夫靠她们的同情帮助,才过上好日子。《仇大娘》中的仇大娘,在家道败落、恶人相欺的逆境中,以惊人的谋略和魄力重振门户。她对外不怕豪强,遇事挺身而出;对内"养母教弟",持家井然有序,处理问题又周到精细,通情达理。对这些有品德、有才能、有作为的女性,作者总是极力赞扬。这一切都说明了蒲松龄在这个问题上所表现出来的婚姻观、妇女观是进步的,它在某种程度上反映了市民阶层妇女的个性解放的要求。

蒲松龄在爱情婚姻问题上反封建的民主思想是值得我们充分肯定的,但由于在当时的历史条件下,蒲松龄的思想不可能完全超越封建思想体系的范畴,这就决定了他对封建婚姻制度的批判是不可能彻底的,他在婚姻观和妇女观上存在一定的局限。首先,他在部分作品中,肯定和美化了封建的一夫多妻制。比如《莲香》中的桑生与李氏、莲香;《陈云栖》中的真毓生与云栖、云眠;《小谢》中的陶望之与秋容、小谢,都是一夫二妻。作者对这种现象绘声绘色、津津乐道,甚至情不自禁地赞叹:"绝世佳人,求一而难得之,何遽得两哉?"(《小谢》)而对一夫多妻所造成的妻妾间的矛盾,作者十分强调做妾的要对正妻俯首帖耳,逆来顺受,在《妾击贼》中,他把一个武艺超群、才干非凡,而任从正妻打骂的女子作为正面典型而大加赞扬,就是一个突出的例子。其次,在部分作品中,用宿命论的观点来解释婚姻现象,蒲松龄虽然看到了封建婚姻给青年男女带来万千不幸,但到底如何才能使他们解除痛苦和获得幸福,他有时又感到茫然,因此思想上常常会陷入婚姻命定的泥坑,从而影响了他的小说创作。像《柳生》《钟生》《伍秋月》等作品都表露了作者这种落后的思想。第三,在少数作品中,作者还在一定程度上宣扬了封建的片面的贞操观点,如在《耿十八》中,作者主张无论怎样穷,寡妇都应守节;《金生色》中则写一个新寡的妇女因不贞而遭到可悲的下场;另外,在《土偶》中,作者则肯定了王氏在丈夫死后矢不复嫁的行动。当然这类作品为数较少,但毕竟反映了作者婚姻观中的消极面。

三、暴露科举制度的弊端

蒲松龄一生失意于科场,本身就是一个科举制度的牺牲者,因此他对科举制度的腐朽性有极其深刻的切身感受。在《聊斋志异》中,他以沉痛犀利的笔触,通过对知识分子精神面貌的剖析和对考试弊端的揭露,批判和暴露了科举制度埋没人才和摧残人才的罪恶。

首先,作者饱含感情塑造了一批有真才实学而屡试不中、"困于名场"的知识分子形象,通过他们在沦落中挣扎的苦难生涯,揭示了科举制度压抑和摧残人才的本质。《叶生》中的叶生,《素秋》中的俞恂九,《褚生》中的褚生,《于去恶》中的方子晋,皆属于此类。他们贫而好学,才华出众,然而作为科举制度的牺牲品,他们科场失意的命运几乎是一致的。以叶生为例,他"文章辞赋,冠绝当时",可连个秀才都未考中,屡试不中,困顿而死。死后,他托身鬼魂,把自己的学问转授给知己的后代,发愿要通过学生的中举,显露自己的才学,为文章吐气,"使天下人知半生沦落,非战之罪也"。褚生也是郁郁而终,他的才华只能在死后通过好友显灵,为之代笔的折光中得以显现。很显然,在这些落拓士子身上,饱含着作者对自己一生沦落的悲愤。

作者认为,科举制度之所以埋没人才,主要是由于考官营私舞弊、不学无术。《考弊司》《神女》《素秋》等篇都暗示了科举考试的贿赂公行。在《考弊司》中,作者把管辖秀才的考弊司隐喻为肮脏的妓院,司主名叫"虚肚鬼王",秀才初见,必须割下髀肉一块,作为"例见钱",这显然是用阴间的野蛮来嘲讽人间主考官的贪婪。而《贾奉雉》《司文郎》《于去恶》《三生》等篇,则鞭挞了考官的不学无术,"黜佳才而进凡庸"。《贾奉雉》中"才名冠一时"的贾奉雉,屡试不第,后来听人劝告,将一些差劣之句连缀成章,以应试卷,竟得考官赏识,高中经魁。《司文郎》写一个盲和尚能用鼻子嗅出文章的好坏,但考试结果正好与他所嗅相反。和尚闻知后,叹息说:"仆虽盲于目,而不盲于鼻;帘中人并鼻盲矣。"嘲讽尤为激烈。《三生》写数以千万计的落第士子在阴司聚众告状,要挖掉试官的双眼,表现了作者对有眼无珠的考官的深恶痛绝。

蒲松龄对那些利欲熏心、热衷功名、精神空虚的名利之徒也进行了辛辣的嘲讽。如《王子安》《续黄粱》《苗生》等篇。《王子安》写屡试不中的王子安,盼中举心切,一日醉梦中出现了报马临门的盛况,不仅连中进士,而且殿试翰林。他"自念不可不出耀乡里",便大呼长班,长班稍稍来迟,就要进行惩罚,醒来始知是受了狐狸的戏弄。《续黄粱》也是写曾孝廉在梦中作了宰相,便即刻倒行逆施,荒淫无度……醒来竟是南柯一梦。作者通过王子安、曾孝廉这类士子形象,深刻地批判了在科举制度下培养出来的封建士子的丑恶灵魂。

在《聊斋志异》中,作者还揭示了促成封建士子神魂颠倒、热衷功名的社会因素,即科举制度所造成的恶浊的社会风气。《胡四娘》篇写胡四娘嫁给穷书生程孝思,程生应试不第,寄人篱下时,四娘备受家中姐妹的奚落和冷遇。而当程生一日"高捷南宫",四娘顿时也身价百倍,"申贺者,捉坐者,寒暄者,喧杂满屋。耳有听,听四娘;目有视,视四娘;口有道,道四娘也。"中举前后两种完全相反的人情世态,形象地说明了科举制度是怎样毒化了社会风气。作者在另一篇小说《罗刹海市》中,把这种庸俗的世风斥为"花面逢迎,人情如鬼",表示了作者对世态炎凉的极大愤慨。

四、揭露封建社会的黑暗和腐败

揭露、谴责贪官污吏、恶霸豪绅的罪行,抨击黑暗的封建官僚政治,是《聊斋志异》又一重要主题。在这类作品中,作者根据自己的亲身见闻和深切感受,以犀利的笔锋,触及封建政治的各个方面,从而深刻地反映了封建社会的根本矛盾,表达了对人民疾苦的深深同情。在《席方平》里,作者通过描写席方平魂赴阴司代父伸冤而惨遭非人折磨的故事,影射了现实社会中整个官僚机构的腐败与黑暗。阴司的官吏,从城隍、郡司到冥王,都是贪赃枉法之徒,他们接受了羊某的贿赂,强力压制席方平诉讼告状,对席方平滥施酷刑,笞打、火床、锯解,无所不至。目的就是为了维护富人的恶行,使席方平的冤屈不得昭雪。很明显,这个阴曹地府正是人间封建衙门的写照。作者借小说中的判词写道:"金光盖地,因使阎摩殿上尽是阴霾;铜臭熏天,遂教枉死城中全无日月。"这正是对现实社会中"有理无钱莫进来"的封建衙门的辛辣讽刺。

而《梦狼》一篇,则借助超现实的梦幻世界,更直接、更形象地写出封建社会衙门里的官吏都是吃人的虎狼。白翁在梦中来到其长子白甲的衙门，只见"堂上、堂下、坐者、卧者，皆狼也，又视墀中，白骨如山"。白甲不仅以死人为饭食招待父亲，而且"扑地化为虎，牙齿巉巉"。这幅阴森的吃人景象，尖锐地揭示了封建官府残政害民的本质。又比如《潞令》中的潞令"贪暴不仁，催科尤酷"，到任不到百天，便杖杀五十八人。《梅女》中的典史为了三百钱的贿赂，便诬人为奸，逼出人命。这一切说明贪官酷吏在封建社会里并不是个别现象，而是普遍存在的社会问题。有如作者在《梦狼》的结尾所指出的那样："窃叹天下之官虎而吏狼者，比比也。"

  在作品中，作者还把批判的矛头，直接指向封建最高统治者。《促织》就是写由于皇帝喜欢斗蟋蟀，每年都到民间征收，而引起成名一家人亡家败的故事。作者沉痛地揭露了"天子偶用一物"，而造成民间"每责一头，辄倾数家之产"，甚至断送人命的令人触目惊心的严酷现实。作者不但写了因进贡蟋蟀而引起的悲剧，同时还写了因此而引发的喜剧，成名儿子的生魂化为一只轻捷善斗的蟋蟀，才挽救了一家被毁灭的命运，不仅献蟋蟀的大小官吏个个得赏，人人高升，成名也因此进了学，发了财。小小百姓的存毁系于一只蟋蟀，这里所揭示的悲剧与喜剧的矛盾，是皇帝一人与百姓万家的矛盾，是一人欢乐与万家遭殃的严重对立，它十分深刻地揭露了封建统治者荒淫娱乐、不恤民命的罪恶本质。

  封建官僚机构的黑暗腐败，也直接导致了地主豪绅们更为肆无忌惮地为非作歹，荼毒善良。《聊斋志异》中的许多作品鞭挞了他们令人发指的罪行。《崔猛》篇写一个豪绅王监生"家豪富，四方无赖不仁之辈，出入其门。邑中殷实者，多被劫掠，或忤之，辄遣盗杀诸途。子亦淫暴。王有寡婶，父子俱烝之。妻仇氏，屡沮王，王缢杀之。仇兄弟质诸官，王赇嘱以告者坐诬"。《红玉》篇写冯生因妻卫氏貌美，被地方豪绅宋氏在青天白日下抢劫了去，自己被打，他父亲也被殴吐血而死，妻子不屈自尽，他抱着幼子四处告状，从地方到督抚，也无人为他伸冤。《窦氏》篇中，地主南三复，骗奸农女窦氏，始乱终弃，逼死两条人命，窦父告状，南行贿官府，免罪不问。蒲松龄就是这样通过一幅幅令人发指的图画，揭露了地主豪绅们在官府的庇护下横行霸道，为所欲为的罪行。

  在无情地抨击黑暗现实的同时，作者怀着对人民苦难的同情，也热情地歌颂了被压迫者的反抗斗争，塑造了一系列富有反抗性的人物形象。比如《商三官》中的女子商三官，在父惨遭杀害，兄讼无门，举家悲愤无奈的情况下，竟女扮男装,学做优伶,深入仇家,终于杀了仇人,又自刎而死。对她壮烈的复仇,作者由衷地钦服:"然三官之为人,即萧萧易水,亦将羞而不流,况碌碌与世浮沉者耶!"《向杲》篇写向杲在其兄被杀,而仇人"广行贿赂,使其理不得伸"的情况下,竟化为猛虎,咬死仇人。作者在小说的结尾指出:"然天下事足发指者多矣,使怨者常为人,恨不令暂作虎。"宣泄了自己对官绅相互勾结残害人民的深恶痛绝的感情。

《席方平》是这类作品中出类拔萃的名篇。为了替父伸冤,他在地府里身受毒打、炮烙、锯解等种种酷刑,但决不屈服;冥王许诺"予以千金之产,期颐之寿",以期换得他的屈服,结果又以失败告终。他一直坚持斗争到冤屈昭雪为止。席方平这种不畏强暴、百折不挠的斗争精神,是当时人民反抗意志的体现,也是现实生活中人民群众与封建官府矛盾尖锐化的艺术再现。

五、优美动人、色彩特异的人物形象

《聊斋志异》之所以能成为不朽的传世之作,除了它丰富深刻的思想内容外,与它精湛独到的艺术造诣也是分不开的。

《聊斋志异》最重要的艺术成就,是塑造了一大批性格鲜明、色彩特异的人物形象,而在那千姿百态的人物画廊里,最令人难忘的是那些由花妖狐魅幻化的女子形象。在这些女子身上,饱含着作者深沉的挚爱之情,体现了作者美好的理想和愿望。作者运用想象和拟人化手法,托物写人,使这些由花妖狐魅幻化的女子既有作为动物的自然属性、精怪的神性,又具有人的思想感情和性格特征。它们不受生活环境的限制,不受时空的束缚,拥有超凡入圣的神力,他们往往是人性、物性以及超现实的神性、妖性的嵌合体。如《黄英》中的菊精黄英,是马子才的妻子,爱菊、种菊、贩菊,一如常人,直到她弟弟陶生因醉酒化为菊花,才露出原形。《辛十四娘》中狐女辛十四娘,言谈话语,显示出人间女子的人情练达、聪明智慧。当冯生的鬼舅祖母为她做媒时,她要冯生明媒正娶,以示诚意:"郡君之命,父母不敢违。然此草草,婢子即死,不敢奉命。"表现了冰清玉洁、不可夺志的凛然正气。但作者并没有忘记她的狐仙身份,当冯生遇难后,她为了替夫伸冤,遣婢至京华,又旋即到大同,伪作流妓,以其狐媚妖态,迷惑天子,终于解救了丈夫。辛十四娘神通广大,人间、仙境、冥府,她可以自由奔驰,不论平民还是皇帝,她都可上下斡旋,显示了她的特异力量。《绿衣女》中由绿蜂幻化的女子,"绿衣长裙,腰细殆不盈掬",唱起曲来"婉转滑烈","声细如丝";《花姑子》中香獐精"气息肌肤,无处不香";《白秋练》中的鱼精,离开家乡洞庭湖的水就要生病。其他如《婴宁》《青凤》《阿纤》《阿英》等等,也都具有现实性和超现实性紧密结合的特点,它们都是人性和物性、神性的有机统一体。

　　作者多写花妖狐魅,最终的目的当然还是为了写人。因此,作者在这些鬼狐形象人性、物性和神性的处理上,着重突出人性,使物性、神性统一到人性中。比如《苗生》篇,老虎的矫健有力,粗犷豪壮而又急躁凶猛的特性,不是依附于虎的形象,而是化入了苗生这一人物的性格和灵魂。苗生最后的化虎伤人,乃是他粗犷豪壮、急躁凶猛的性格发展所致。白秋练离不开洞庭湖水,这是她作为鱼的物性,而化为女子,料事如神,这又体现了她的神性。但这一切又有机地统一在她热情风雅的人性中,她对诗歌的酷爱和对爱情的执著追求,表现了一个少女高雅的爱好和纯真的感情。又比如绿衣女的绿蜂特点,也是作为人的语言、衣饰、歌声的特点出现的,最后虽化为蜂,"徐登砚池,自以身投墨汁,出伏几上,走作'谢'字"。表现出来的仍然是人的思想感情。总之,作者在这些花妖狐魅身上,并不突出其物的属性特征,而是把这些幻化的形象,置身于人类社会错综复杂的关系中,寓意深远地摹写各种人物的人性和人情。它们不仅具有普通人的形体、外貌和生活经历,而且还具有人的七情六欲、人的思想感情。

　　《聊斋志异》在人物形象的塑造上,还能做到充分个性化,作者笔下的众多人物,大都具有自己独特鲜明的个性特征。仅以年轻的女性形象来说,有感情缠绵、拘于叔父严训而行动谨慎的青凤,也有天真烂漫、无拘无束的婴宁;有爱诗善歌、却心境凄苦的林四娘,也有顽皮憨跳、乐不知愁的小谢;还有红玉、娇娜、聂小倩、白秋练、晚霞、阿宝、连城、黄英、细侯等等。作者不仅能写出不同题材作品中不同人物的性格特征,即使是在一些题材相同或相近的作品中,作者也能从种种相同、相近或相类的因素中,写出人物性格的差异来。比如《婴宁》和《小翠》,都寄托着作者对"新人"的理想,作为天真烂漫的少女,她们都聪明智慧,都不受封建礼教"三从四德"的束缚,但婴宁的憨直和质朴,小翠的坦荡和伶俐,却又决不会混淆。《侠女》《商三官》《庚娘》三篇,都是通过复仇的情节表现了对强暴的反抗,但侠女不同凡俗的义气,商三官超人的胆识,庚娘临难不惊、警变非常的特点,又各具姿彩。又比如《青凤》中的耿去病、《章阿端》中的戚生、《小谢》中的陶望三,三人都不怕鬼魅,狂放倜傥,而且都为炫耀自己"有气敢任"而居于多生怪异的废第之中,他们的性格极其类似,但耿去病的狂放中流露出一种目中无人的富贵公子气,戚生的胆气中表现出幽默风趣的特点,陶望三的倜傥之外又显得庄重不苟,同中之异还是很明显的。

人物形象的充分个性化,与作者调动多种艺术手段来刻画人物是分不开的。首先,作者在塑造人物形象时,有时善于抓住人物性格的主导方面,突出地加以描绘,给人以鲜明深刻的印象。像孙子楚的迂讷,乔生的痴情,邢云飞的爱石,马子才的喜菊,张幼量的好鸽,郎玉柱的书痴等。在塑造这类至狂至痴的形象时,作者并没有简单地把人物作为"某种孤立性格特征的寓言式的抽象品"①,而是从生活中选取最生动、最富生活气息、最有表现力的情节和细节来表现人物性格特征,使得这些人物虽痴狂稚气,却生动可爱。

在《聊斋志异》中,人物形象的刻画更多的是既突出人物的重要性格特征,又兼顾性格的丰富性。通过人物次要性格的描写,来丰富和补充主要性格特征,从而使人物性格层次分明、生动饱满,既具有独特的风貌,又不至于"乖戾反常"。以婴宁为例,喜笑爱花、天真烂漫,构成了婴宁憨痴活泼的性格基调,为了突出这个性格的主体性特征,作者传神入化地反复描绘了她的各种明媚多姿的笑态。但是,作家也以深沉的艺术构思、灵活精巧的笔法,展示了与她这一性格"主体性"浑然一体的其他丰富多彩的侧面。比如她到王家后,"昧爽即来省视(姨母)","操女红精巧绝伦";与王子服成婚后,"生以其憨痴,恐漏泄房中秘事,而女殊秘密,不肯道一语";特别是她一反常态,哭诉身世,请求王生将父母合葬的那段话,更是真挚感人。这一切都从不同的侧面表现出婴宁聪明、勤劳知礼、虑事缜密、感情深沉等复杂的性格特征,显示了婴宁性格的丰富性,也使这个形象更富有真实感。

善于运用对照、烘托的手法,也是《聊斋志异》人物创造的一个重要特点。比如《香玉》里的香玉和绛雪,两人都是温柔多情、美丽迷人的花精树妖,他们多年相处,情同骨肉,她们一起爱着黄生,但作者在她们的共同美中通过对比,又写出了她们细微的性格差异,一个热情风流,一个冷静持重,一个与黄生结为眷属,一个却始终与黄生保持好朋友的关系。在《葛巾》中,作者除了重点刻画葛巾外,又插入了另一女子玉版,玉版的出现,不仅使葛巾与常大用的爱情故事增加了波澜,而且对葛巾有着明显的映衬作用。她强邀葛巾到她处下棋时,言语间所表现出来悠闲心境和淡雅风采,把葛巾此时"辞以困顿"、"坚坐

---

① 黑格尔《美学》第一卷,商务印书馆1982年版,第303页。

不行"所表现出来的焦灼心情映衬得更加鲜明,也更突出了葛巾含而不露、温柔蕴藉的性格特点。在《阿绣》中,假阿绣的容颜更衬托了真阿绣的美丽,而在对真阿绣及其情人的救助中,也更好地展示了假阿绣的多情的侠义性格。上述均是正面的对比映衬,使正面人物在互相对比和映衬中,既相得益彰,又同中见异。《聊斋志异》中还有些作品是通过正反对比来突出人物性格的。比如在《鸦头》中,正是姐姐妮子的冷酷、薄幸、麻木不仁、甘于堕落,使妹妹鸦头感情纯洁、渴望自由、意志坚强、勇于反抗的性格,显得更加鲜明突出,难能可贵。其他像《姐妹易嫁》《司文郎》《胭脂》等篇,也都是通过正反高低的对比,来充分显示不同人物的不同性格特点。

《聊斋志异》的作者还十分善于提炼和组织真实而富于艺术表现力的生活细节,来刻画有血有肉的人物形象。比如《王桂庵》中王桂庵和榜人女的爱慕之情,是在以下几个极为生活化的细节中表现的:先是王对女久久窥视,而"女若不觉";接着王吟诗挑逗,"女似解其为己者",抬头"斜瞬之";当王把金锭投入女怀时,"女拾而弃之";最后王"又以金钏掷之,堕足下,女操业不顾",正值榜人回归,王焦灼万分时,"女从容以双钩覆蔽之"。这四个细节,不仅突出了王桂庵痴心而略显轻浮的性格,也精微地刻画出榜人女思想感情的细微变化,生动地展现了她外冷内热、沉着机敏的性格特点。《花姑子》也有类似的细节描写。花姑正在煨酒,而安生却粗鲁地向她求爱。女厉声呵斥,颤声痴呼,使安生张皇失措,殊切愧惧。但当她父亲匆匆赶入,诘问何故时,女却从容对父曰:"酒复涌沸,非郎君来,壶子融化矣。"这一别有情趣的细节,把花姑子这样一个矜持、庄重而又多情的少女的心理活动,惟妙惟肖地表现出来了。《聊斋志异》中类似这样精彩的细节描写,可以说俯拾皆是。总之《聊斋志异》中生动感人的人物形象,很大程度上也得力于作者丰富生动的细节描写。

六、离奇曲折、起伏多变的故事情节

情节是一切叙事文学的重要构成因素,是"某种性格、典型成长和构成的历史"①。人物性格的发展,决定情节的发展。相反地,离开情节,也就谈不到人物形象的塑造。《聊斋志异》中写了那么多栩栩如生、呼之欲出的人物,同情节的丰富性是分不开的。

首先,作者能够充分注意到短篇小说的特点,通过曲折多变、腾挪跌宕的

---

① 高尔基《和青年作家谈话》,见《论文学》,广西人民出版社1980年版,第9页。

情节,来迅速展开矛盾,逐步深化主题。以《石清虚》为例,这篇小说不过一千一百字左右,作者以一块佳石的得失为主要线索展开故事情节,写出了主人公忽喜忽忧,忽惊忽怒的几番情绪变化。石头得而复失,失而复得,五起五落。但每次起伏又都不是简单的重复,而是推波助澜,一浪推一浪地向前发展。到第四个起伏,故事情节发展到高潮,主人公邢云飞虽更加珍惜这块石头,但也难以保住。贪婪成性的某尚书,先以百金为诱,遭邢拒绝后,又将邢投入监狱,并典质田产,迫其就范,"邢愿以死殉石"。情节发展到这里,掀起了轩然大波,出现了不是人死,就是石亡的局面。随即邢妻与子商量,献出石头,救邢出狱。邢回家得知真相,便骂妻殴子,屡欲自经。石亡人逝的局面仍然没有改变,情节发展至此似乎山穷水尽了。然而紧接着,作者荡开一笔,写邢云飞梦一自称"石清虚"的男子,"戒邢勿戚",并告诉邢不久就可赎回佳石。届时,果如其言,邢云飞又得到了他心爱的石头。情节的发展,时而风起云涌,时而豁然开朗,可谓曲尽虚幻变化之能事,而在这曲折的情节发展中,邢云飞石痴的性格,也得到了最充分的体现。再比如《促织》,也是在短短的篇幅里,以蟋蟀得失为主要线索,围绕成名一家的不幸遭遇,写出了主人公的由悲到喜,由喜复悲,悲极复喜的多次反复,深刻地展示了作品的主题。

《聊斋志异》的情节,还具有神奇、虚幻的特点,充满着丰富想象。《阿宝》篇写孙子楚爱慕阿宝,既可以魂随阿宝去,又能变成鹦鹉,"遽飞而去,直达宝所"。《窦氏》篇写窦氏女要报始乱终弃之仇,阴魂有灵,使新妇自缢而死,又能搬尸扮新娘而来,直到南三复得到应有的惩罚。《向杲》篇写向杲欲为兄报仇,"则毛革顿生,身化为虎",一口咬下仇人的脑袋。类似这样富有浓重神奇色彩的情节,在《聊斋志异》中不胜枚举。这些看似不现实,甚至近乎荒诞的情节,凝聚着作者鲜明的爱憎与进步的美学理想,它实际上是曲折地反映了社会的现实生活。

《聊斋志异》的故事情节,还富有很强的戏剧性。比如《胭脂》就是一篇情节曲折而很富有戏剧性的小说。这篇小说的人物关系十分复杂。戏剧性的冲突首先是由王氏引起的。她是少女胭脂的谈友,为人品行不端,长期与宿介私通,又是毛大垂涎的对象,而且认识胭脂一见钟情的鄂秀才。宿介从王氏处得知胭脂情况,就冒名顶替,纠缠胭脂,并强夺绣鞋而去,情节发展到这里,使人产生了一个悬念:宿介持鞋意欲何为?然而紧接着,宿介却无意间丢失绣鞋,这是个偶然的情节,也是个戏剧性很强的关键情节。这个偶然的情节又促使了整个故事情节更复杂地发展。毛大偶然拾得绣鞋,又偶然听到绣鞋的来龙去脉,这又是一个富有戏剧性的情节。随着毛大夜入胭脂家,因误入门户而造成杀人命案,这一偶然事件促使戏剧冲突进入高潮。紧接着便是审案。按照胭脂的交代,邑宰拘捕鄂生,惑于表相,判鄂死刑。吴太守重审此案,使情节又生波澜,他认为鄂生不会杀人,翻了这起冤案,但由于主观武断,又造成新的冤案。正当宿介延颈待决的绝望时刻,情节又再次"突转",施愚山通过细致周密的调查推理,终于使隐藏很深的真正杀人犯落入法网。整个故事情节的发展每每出人意外,一个又一个的悬念又使读者始终被故事情节的发展深深吸引,从而使小说产生了很强烈的戏剧效果,因而这篇小说曾被改编为戏剧和电影。《聊斋志异》中还有不少名篇如《画皮》《宦娘》《姐妹易嫁》等也被改编成戏剧或电影等。这些都说明《聊斋志异》的故事里"有戏",情节的戏剧性,为改编者提供了很好的基础。

七、简洁精练、丰富多彩的语言

《聊斋志异》虽然是使用文言来写作,但就其发挥文学语言艺术的特色来说,无疑是达到了很高的境界。它继承了我国文言文的精练、简洁、准确、生动等优良传统,而又克服了一般文言文板滞晦涩的毛病,同时又从口语中提炼出大量清新隽永、诙谐活泼的富有表现力的语言,给渐趋僵化的文言小说注进了新的血液。

首先,作者善于用简洁精练的语言文字,表现丰富、深湛的内容。如《红玉》篇开头有这样一段:"一夜,相如坐月下,忽见东邻女自墙上来窥。视之,美。近之,微笑。招以手,不来,亦不去。"寥寥三十二字,就把冯相如和红玉月夜初逢,一见钟情,以及彼此默默无言却又心心相印的内心活动描绘得恰到好处。性格化的语言也是《聊斋志异》语言特色之一。如《婴宁》写婴宁和王子服对话,"我不惯与生人睡","大哥欲我共寝",不仅突出了婴宁天真活泼、憨直纯洁的性格,而且在艺术上也收到了因痴成巧,憨话变成妙语的美学效果。又如《辛十四娘》中楚银台公子应提学试第一,沾沾自喜,并出试卷夸示冯生说:"谚云'场中莫论文',此言今知其谬。小生所以忝出君上者,以起处数语,略高一筹耳。"寥寥数语,就写出了那种"狂妄自负"、恬不知耻的卑劣性格。同时,《聊斋志异》的语言还富有形象性和感染力。如描写叶生从考场再一次失败而归来的落魄情景:"生嗒丧而归,愧负知己,形销骨立,痴如木偶。"不仅生动勾画出叶生科场失意的形象,而且揭示出叶生此时此刻的心绪,能使读者产生丰富的联想和会心的共鸣。此外,《聊斋志异》还大量吸收生动活泼的口语进行艺术加工,如《聂小倩》中的一段对话,除个别词汇外,几乎都是与口语接近的语言:

  媪笑曰:"背地不言人,我两个正谈道,小妖婢悄来无迹响,幸不訾着短处。"又曰:"小娘子端好是画中人,遮莫老身是男子,也被摄魂去。"女曰:"姥姥不相誉,更阿谁道好?"

其他如《镜听》中二妇"侬也凉凉去"的愤激不平的语言,多么爽快淋漓;《翩翩》中花城"翩翩小鬼头快活死,薛姑子好梦,几时做得?"等幽默机智,风趣横生的语言,都是经过艺术加工,表现力极强的口语,它们就像生活本身那样真实自然。

八、继承和创新

  《聊斋志异》是我国文言小说发展的高峰,它继承并发展了我国志怪、传奇小说的艺术传统,创作出了完美的文言短篇小说,在我国文言小说发展史上可以说是空前绝后的。从继承和创新的角度上,《聊斋志异》具有以下的几个特点:

  首先,从创作方法看,它继承和发展了六朝志怪运用浪漫手法来反映现实的传统。六朝志怪对《聊斋志异》的影响是最直接的,作者自己也曾明言"才非干宝,雅爱搜神",事实上,《聊斋志异》的优秀篇章从内容到形式都可看出明显的传统痕迹。六朝志怪以谈鬼神灵怪为中心,但这种想象和幻想是建立在现实的基础上的,例如《干将莫邪》《韩凭夫妇》《李寄斩蛇》等等,都是运用积极浪漫手法,表现了强烈的现实内容。当然,从艺术角度看,它们仅仅是初具小说规模。唐传奇无论在内容或艺术上都比六朝志怪进了一大步,但在一些以志怪为题材的传奇中,仍然是发扬了志怪的传统,如《任氏传》《离魂记》《枕中记》等。《聊斋志异》在运用志怪题材反映现实方面,无论在内容的深度和广度上,都超过了以往的志怪、传奇,达到了新的高度。以《续黄粱》为例,这个题材最早见于《搜神记》中《杨林》篇,梦者是一商人,故事简单,意义平平。到了唐传奇《枕中记》,主人公改成书生,糅进了作者个人的坎坷遭遇和对官场的批判,但重点是宣扬"人生如梦"的消极思想。而蒲松龄在《续黄粱》中,则把书生改为官僚,通过曾氏梦中拜相、谪官被杀、冥中受罪、转世遭难等情节,揭露了封建官僚制度的罪恶,表现了作者对现实的"忧愤深广"的态度,艺术上也更为纯熟。

从艺术表现手法上看,《聊斋志异》兼有志怪、传奇的特点,即鲁迅先生所说的"用传奇法而以志怪"。纵观文言小说的发展,唐代小说已具备志怪、传奇二种体裁,明初瞿佑、李祯等人在写法上极力模仿唐传奇,但内容却大多写奇异灵怪之事,它们基本上已是以志怪为题材的传奇小说,可以说开了《聊斋志异》之先河。《聊斋志异》中的志怪内容,多是一些神仙狐鬼精魅的故事,它似乎与六朝志怪相似,但蒲松龄的志怪,目的却不在志怪本身,而在于通过志怪抒发自己的孤愤和理想。它绝不是"粗陈梗概"的艺术手段所能完成的,这就决定了它必然要吸收和发展传奇写法。《聊斋志异》之所以能"独于详尽之外,示以平常,使花妖狐魅,多具人情,和易可亲,忘为异类,而又偶见鹘突,知复非人"①。正是由于作者在艺术手法上善于用传奇法来写志怪题材。

更加注重人物形象的刻画,也是《聊斋志异》在艺术上的重大进步。当然,《聊斋志异》并非没有生动的故事和丰富的情节,而是在完整的故事的基础上,更注重精心塑造人物形象,刻画人物的个性和本质,使人物形象异常鲜明、生动、深刻。即以"离魂型"的作品为例,《幽明录·庞阿》写石氏女子对庞阿一见钟情,精诚所感,魂魄竟幻形去寻庞阿,故事的主题固然进步,但艺术描写却简略粗疏,几乎见不到人物的思想、性格和心理活动。唐传奇《离魂记》,思想内涵和艺术手法上都有很大的进步,但《离魂记》仍然是故事型的作品,情节大于人物描写,就主人公倩娘形象来说,缺乏个性。到了《聊斋志异》的《阿宝》,在人物描写上发生了质的飞跃,不仅刻画出鲜明生动的人物形象,而且还写出了人物复杂的性格特征。孙子楚的断指和魂化鹦鹉,都能在他"痴情"的性格中得到解释,而这种性格又带有异常鲜明的个性色彩。

《聊斋志异》在学习古代语言上,显示了它的兼收并蓄、博大精深、宏中肆外的特点。在提炼口语中,体现了它把民间语言作为文学语言源泉的正确道路。正是因为作者大胆地把新鲜活泼的口语融合进精练典雅的文言中,使中国古文在叙事言情上,朝准确、生动、形象、更有表现力的方向大大跨进了一步。蒲松龄的这种语言风格,对清中叶以后的文言小说有着较大的影响,直到清末的林纾,还以《聊斋志异》的笔法来翻译西洋小说,收到了

---

① 《中国小说史略》,第209页。

一定的成效。

九、《聊斋志异》的仿作

《聊斋志异》问世后,在当时产生了很大的影响,模仿之作纷纷出现,虽然这些仿作的成就都不及《聊斋志异》,但也各自有其特色,这些作品大多产生于乾隆年间和同治、光绪年间。乾隆年间的作品主要有沈起凤的《谐铎》、和邦额的《夜谭随录》、浩歌子的《萤窗异草》;嘉庆、道光年间主要有冯起凤《昔柳摭谈》、管世灏《影谈》等;同治、光绪年间主要有宣鼎的《夜雨秋灯录》、吴芗厈的《客窗闲话》、王韬的《遁窟谰言》、《淞隐漫录》等。其中较著名的是沈起凤的《谐铎》、浩歌子的《萤窗异草》。

沈起凤(1741—1802)字桐威,号宾渔、红心词客,江苏吴县人。沈起凤多才多艺,以小说戏曲知名于时。《谐铎》成书于乾隆五十六年(1791),十二卷一百二十二篇,故事多写神鬼精怪,作者借题发挥,着意劝惩,鞭挞和嘲讽了封建社会种种丑恶的现象。如《森罗殿点鬼》《棺中鬼手》《桃夭村》揭露和讥笑了官吏的贪婪无耻;《考牌逐腐鬼》《读书贻笑》《苏三》讽刺了腐朽的科举制度;《鲛奴》则批判了以金钱为基础的封建婚姻观和虚伪奸诈的世风;《蜣螂城》抨击了金钱的罪恶,对爱钱如命的剥削者嘲以"蜣螂抱粪",表示了作者的鄙夷的态度。总之,《谐铎》一书对社会病态的解剖,对人情世态的揭露是广泛而较为深刻的,反映了作者在人生坎坷中的真实感受。艺术上主要特点是讽刺,寄讽喻于离奇之中,可谓嬉笑怒骂,皆成文章,但有时过分追求诙谐,也在一定程度上削弱了讽刺力量。

《萤窗异草》作者长白浩歌子。有人认为是乾隆时官至大学士的尹继善的第六子尹庆兰的化名,但不可靠。全书十二卷一百五十四篇。该书无论是题材、情节、构思,还是人物、语言、风格,都刻意模仿《聊斋志异》,有些篇章模仿到几乎乱真的地步。但在思想内容上却不及《聊斋志异》寓意深刻、批判尖锐,艺术上也略输一筹,不过在《聊斋志异》流派的小说中,还是属于较好的。书中的一些优秀篇章,有的真实地反映了在明清鼎革的动乱年代里人民所遭受的苦难折磨,如《银筝》《假鬼》;有的鞭挞了统治者的残酷无情,封建官吏的龌龊无耻,如《陆水部》《黄灏》;有的赞扬了青年男女为追求自由爱情、自主婚姻而进行的斗争,如《田凤翘》《宜织》《青眉》等。在艺术上也有可取之处,如情节曲折,语言畅达,善于写景状物,注意人物形象的刻画,着力表现人物的内心美等。当然,《萤窗异草》也有些不少故事美化了封建道德,宣扬因果报应,这反映了作者世界观中落后的一面。

第六节 《阅微草堂笔记》

《阅微草堂笔记》是在《聊斋志异》风行一时之后,能自创特色的志怪体笔记小说集。作者纪昀(1724—1805),字晓岚,河北献县人。他三十一岁中进士,官至礼部尚书,曾主持纂修《四库全书》,是乾、嘉时期"位高望重"的学者。《阅微草堂笔记》是纪昀晚年的作品,大约从乾隆五十四年到嘉庆三年之间陆续写成,前后历时十年,全书共二十四卷,计一千一百九十六则,包括《滦阳消夏录》六卷、《如是我闻》四卷、《槐西杂志》四卷、《姑妄听之》四卷、《滦阳续录》六卷。

《阅微草堂笔记》在体制上属笔记小说一系,大都篇幅短小,记事简要。作者有意追摹魏晋六朝志怪小说质朴简淡的文风,而对《聊斋志异》用传奇法而以志怪的创作方法却不以为然,认为"《聊斋志异》,盛行一时,然才子之笔,非著书者之笔也……小说既述见闻,即属叙事,不比戏场关目,随意装点……今燕昵之词,媟狎之态,细微曲折,摹绘如生,使出自言,似无此理,使出作者代言,则何从而闻见之?又所未解也"[①]。作者这种欲使小说回到古代笔记小说水平上去的观点,显然是保守和落后的,这也说明他对文学创作需要丰富的想象虚构和集中概括的艺术手段缺乏起码的认识。而他那种实录而少铺陈、质朴而少文饰的写法,则导致了他的作品存在议论说教过多、人物形象不够丰满、生动等弱点。因此,他的作品的艺术成就是不及《聊斋志异》的。

从作品内容方面看,作者还是从儒家正统观念出发,欲通过作品以达到"不乖于风教"、"有益于劝惩"的目的,对黑暗现实的批判就显得温和而有所保留。这与蒲松龄寄托孤愤、志在鞭挞的《聊斋志异》相比,还是有很大距离的。但是,作为一个比较正直的文人,他毕竟透过那封建"盛世"的帷幕,看到了某些社会矛盾,而在叙述故事时,作者又采用了写实的手法,真实地记录和揭露了当时社会的一些丑恶现象。因此,仍有一定的进步意义和认识价值。

---

① 盛时彦《姑妄听之·跋》,纪昀著《阅微草堂笔记》卷十八,天津古籍书店影印文明书局石印本,1980年版。

鲁迅先生就曾公正地指出:"他很有可以佩服的地方:他生在乾隆间法纪最严的时代,竟敢借文章以攻击社会上不通的礼法,荒谬的习俗,以当时的眼光看去,真算得很有魄力的一个人。"①

抨击"存理灭欲"的宋明理学,揭露道学家的迂腐虚伪,这是《阅微草堂笔记》重要内容之一。鲁迅先生曾在《中国小说史略》中指出,纪昀"处事贵宽,论人欲恕,故于宋儒之苛察,特有违言,书中有触即发……且于不情之论,世间习而不察者,亦每设疑难,揭其拘迂,此先后诸作家所未有者也"②。确实,纪昀对道学的抨击和讽刺是不留情面的。卷二十三有一则写某公以气节严正自许,曾以小奴配小婢,一日,因为奴婢偶然相遇笑语,即斥为"淫奔","杖则几殆",致使这对情窦初开的少男少女,"日不聊生,渐郁悒成疾,不半载内先后死"。卷十五中记载一对青梅竹马、痴情相恋的表兄妹,被斥以"悖理乱伦",使这对男女一死一狂。卷十中写一医生固执一理,两次拒绝一个女子买堕胎药的要求,致使那女子自杀。这些故事都尖锐地抨击"禁欲存理"的理学家以理杀人的罪恶。与此同时,纪昀还以犀利的笔触揭示了"外貌麟鸾,中韬鬼蜮"的理学家的卑劣灵魂,如卷二中一则写一个以道学自诩的塾师,却贪图游方僧人的钱财,结果被蜂群螫得头面尽肿,狼狈不堪。卷四有一则故事揭露两个道学家在学生面前"辩论性天,剖析理欲",严词正色,道貌岸然,背地里却合谋密商夺取一个寡妇的田产,阴谋被当场揭穿,弄得丑态百出。在卷七中,作者更以"心镜"透视出道学家的种种真实心态:"有黑如漆者,有曲如钩者,有拉杂如粪壤者,有混浊如泥滓者,有城府险阻千重万掩者……有如蜂虿者,有如狼虎者,有现冠盖影者,有现金银气者,甚有隐隐跃跃,观秘戏图者;而回顾其形,则皆岸然道貌也。"这些毕妙毕肖的描画,表现了作者对道学家的深恶痛绝。

对社会的黑暗腐朽的现实和劳动人民悲惨的遭遇,纪昀在作品中亦时时有所揭露和反映。如卷二的一则就记载了明末河南、山东等省的大灾荒,饥民吃尽了草根树皮后,终至"以人为粮,官吏弗能禁,妇女幼孩,反接鬻于市,谓之菜人"。一些肉铺饭店,公然将活生生的人如屠牲畜一般肢解出售,为我们展示了一幅惨绝人寰的社会图景。卷九有一则记一富家女,被人拐卖为婢,五六

---

① 《中国小说的历史的变迁》,《鲁迅全集》第九卷,第334页。
② 《中国小说史略》,第214—215页。

年后找回来时,"视其肌肤,鞭痕、杖痕、剪痕、锥痕、烙痕、烫痕、爪痕、齿痕遍体如刻画"。卷二十五一则记某侍郎夫人"凡买女奴,成券入门后,必引使长跪,先告诫数百语,谓之教导,教导后即褫衣反接,挞百鞭,谓之试刑。或转侧,或呼号,挞弥甚。挞至不言不动,格格然如击木石,始谓之知畏,然后驱使"。作者揭露这些,目的虽是为了"劝惩",但客观上却暴露了封建官僚地主的残暴,有助于我们更清楚地认识封建社会的本质。

《阅微草堂笔记》还广泛描摹了人情世态,对当时社会生活中的丑恶现象作了讽刺和揭露。如卷九的一则写一个聚赌的猾吏,与同伙勾结,暗中作弊,"取人财犹探物于囊",作者斥之为不持武器的强盗。卷三的一则写一个老儒为了贱价买人房宅,竟唆使强盗暗中闹鬼,搞得人家不敢住,他便乘机"以贱价得之",可谓狡诈之极。其他如装神弄鬼、骗人钱财的巫婆术士,假公济私、颠倒是非的贪官猾吏,忘恩负义、卖友求荣的无耻小人等封建社会中的恶俗人事,书中也有所揭露和鞭挞。

涉及狐妖鬼怪的作品在《阅微草堂笔记》中也占有相当的数量。作者谈狐说鬼,不仅仅是因为好奇,而是借狐鬼来反映人生,寄托感情。作者笔下的狐鬼大致可分为正反两种类型。以正面形象出现的狐鬼,大多正直善良,珍视友谊,笃于爱情,资助弱者,严惩恶人,具有美好的心灵。如卷十二的一则写"家贫佣作"的张四喜发现妻子为狐,竟用箭射伤她,狐女被迫痛哭离去,却不忘旧情。后张病死,她携银来哭葬,并主动担负起赡养公婆的责任。作者在篇末称赞狐女不仅形化为人,而且"心亦化人矣"。很显然,作者是肯定狐女这种忠于爱情、以德报怨的行为的。同卷中另一则写一狐与柳某交友,常以衣食周济柳某,后柳某贪图富室百金之赏,企图毒死此狐,狐已知之,当众揭露了柳某的阴谋,表示自己不忍与柳某反目为仇,又以布一匹、棉一束自檐掷下,说:"昨日尔幼儿号寒苦,许为作被,不可失信于孺子也。"然后叹息而去。作者在这里通过鲜明的对比,极写狐的厚道热诚,更显得柳某忘恩负义、卖友求荣的可耻可恶。通过这些故事,可以深深感到作者对正直善良、助人为乐的赞颂和对世情险恶的喟叹。

另一方面,《阅微草堂笔记》也记叙了不少狐鬼兴妖作祟、扰世害民的故事。但作者又认为,狐鬼作祟,皆因人的心怀鬼胎,即"妖由人兴"。因而只要人的"气盛",鬼怪即无所施其术而自行消亡。基于这种思想,作者写下了一些含意深刻、给人启迪的不怕鬼的故事,如卷二十三有一则写某人租住在一所久无人居的空房里,并"厉声"宣布不怕鬼,鬼闻知极为愤怒,入夜前来作种种凶丑之状,某人毫不畏惧,鬼无奈只得退让乞求:"汝但言一畏字,吾即去矣。"某人更为愤怒地说:"实不畏汝,岂可诈言畏?任汝所为可矣!"鬼最后只好认输,奄然而灭。这个故事寓意深刻,作者实际是在总结一种人生经验,告诉人们如何对待社会上邪恶的东西。又比如卷六中有一则写一个有胆量的许南金先生,某夜与一友共榻,半夜见一妖怪的脸从墙壁上出现,双目明如火炬,那个朋友吓得"股栗欲死",而许却借着妖怪的目光从容读书。妖怪无计可施,只好退去。这个故事,情节奇特,生动有趣,它告诉人们,在邪恶势力面前,害怕逃避是不行的,只要敢于斗争,就能战胜它。像这一类故事,在作品中为数不少。

《阅微草堂笔记》在艺术上的成就主要表现在它的语言上。作者记言叙事,简洁流畅,平易自然,却能于平淡中暗藏机锋,饱涵情致。如卷十一有一则写一位"须发皓然,时咯咯作嗽"的老翁打虎的经过:"老翁手一短柄斧,纵八九寸,横半之,奋臂屹立。虎扑至,侧首让之。虎自顶上跃过,已血流仆地。视之,自颔下至尾闾,皆触斧裂矣。"简洁老练、平淡冷静的语言中饱含着作者对打虎老翁惊人的勇敢和技艺的钦服和赞颂之情。又如卷十二中一则记承德避暑山庄的景色:

> 每泛舟至文津阁,山容水意,皆出天然,树色泉声,都非尘境;阴晴朝暮,千态万状,虽一鸟一花,亦皆入画。其尤异者,细草沿坡带谷,皆茸茸如绿罽,高不数寸,齐如裁剪,无一茎参差长短者。

这段描写,淡雅清新,细致入微,飘荡着纯净隽秀之美,充分体现了纪昀炉火纯青的语言功力。

《阅微草堂笔记》还具有议论精当,鞭辟入里的特点,当然,作者的不少议论确属于迂腐说教的封建糟粕。但是,由于纪昀有意识地把议论与作品的内容融为一体,加之他经历丰富,阅世较深,知识渊博,论事又每每注意入情入理,因而许多议论亦能深入浅出,不仅能起到开掘题材、加深主题的作用,而且也能给人以哲理的启迪。

应该指出,《阅微草堂笔记》的这些优点,与《聊斋志异》相比,更显示出它杂记散文的优势,从小说文体的角度看,特别是把它放在明清时代小说大盛的背景下来考察,《阅微草堂笔记》实际上是一种文体的复古退化。至于在纪昀之后,仿《阅微草堂笔记》的作品,如许仲元的《三异笔谈》,俞鸿渐的《印雪轩随笔》、俞樾的《右台仙馆笔记》等。而既仿《聊斋志异》,又拟《阅微草堂笔记》的如乐钧的《耳食录》、许秋垞的《闻见异辞》等,"貌如志怪者流而盛陈祸福,专主劝惩,已不足以称小说"①。这里就不一一介绍了。

――――――――
① 《中国小说史略》,第217页。

第二章　白话短篇小说

第一节　概述

我国古代小说发展到宋元时代，又出现了新的飞跃。随着社会政治、经济的发展变化和"说话"艺术的兴盛，出现了一种新型的小说——"话本小说"，这也是我国古代最早的白话小说。它的产生，使中国小说从内容到形式都更加面向社会，面向大众；同时又是中国小说走向艺术高峰的一道桥梁。它为中国古代小说的发展开辟了一个崭新的天地，它标志着中国古代小说的发展进入了一个新的阶段。正如鲁迅先生在《中国小说的历史的变迁》中所说："至于创作一方面，则宋之士大夫实在并没有什么贡献。但其时社会上却另有一种平民底小说，代之而兴了。这类作品，不但体裁不同，文章上也起了改革，用的是白话，所以实在是小说史上的一大变迁。"[①]

话本产生于宋代，这是当时社会生活的艺术反映，也是文学自身发展的必然结果，是蕴蓄涵泳已久的一种历史产物，它也有一个较长时间的发生发展的过程。唐宋以来在民间广泛流传一种叫做"说话"的表演技艺，"说话"就是讲说故事的意思。话本就是"说话"艺人讲唱故事时所依据的底本。话本的产生与"说话"艺术的发展兴盛有着直接的关系。"说话"起源于我国古代的说唱艺术，我国古代很早就有了说故事和说书的传统。在近年出土的文物中，发现有东汉时代的"说书俑"，歪头吐舌，缩肩耸臀，极为生动地显示出说书艺人讲到紧要关头时手舞足蹈的神态。三国时，曹植能"诵俳优小说数千言"，"俳优小说"可能是一种口头演说的文艺形式。到了隋代，在侯白的《启颜录》里已用"说话"来专指讲故事了。真正把"说话"当作一种专门的表演艺术，则是唐代的事情。郭湜《高力士外传》记载："每日上皇与高公亲看扫除庭院，芟薙草

---

① 《中国小说的历史的变迁》，《鲁迅全集》第九卷，第319页。

木,或讲经、论议、转变、说话,虽不近文律,终冀悦圣情。"①这表明唐肃宗时,"说话"已从民间进入宫廷。稍后,诗人元稹在《酬翰林白学士代书一百韵》里有"翰墨题名尽,光阴听话移"的诗句,这里的"听话",就是指听说书人讲唱故事。元稹自己也作了注解说:"尝于新昌宅(听)说《一枝花》话,自寅至巳,犹未毕词也"②。《一枝花》话,就是当时民间传说的李娃的故事,从中可知这个故事在当时已是定型的"说话"名目了。《一枝花》的话本今已失传,我们只能从唐传奇《李娃传》中了解大概。但从现存的《庐山远公话》《韩擒虎话本》《叶净能话》等几篇唐话本看,可知唐代的说话技艺已发展得相当成熟了。

与此同时,唐代还盛行着一种由当时寺院僧侣向民众进行佛教宣传的"俗讲"。这种"俗讲",开始时只是单纯演说经文和佛经故事,后来逐渐演变,也讲唱一些民间传说和历史故事,如《汉将王陵变》《秋胡变文》《伍子胥变文》《昭君变》等。"俗讲"与"说话"关系极为密切,唐代"说话"在发展中不仅吸收了"俗讲"的某些形式和技巧,而且在题材内容上也深受影响。

到了宋代,"说话"出现了空前繁盛的局面。这当然有着政治、经济、文化等多方面的原因,但主要是宋代工商业的发达和城市经济的繁荣促成的。宋朝统一中国后,生产力逐渐得到恢复和发展。随着农业的发展,手工业、商业也逐步发展到更高的水平,带来城市经济的繁荣。孟元老在《东京梦华录·序》中,就曾经描绘过当时的首都汴京的繁华:"辇毂之下,太平日久,人物繁阜。垂髫之童,但习鼓舞,班白之老,不识干戈""举目则青楼画阁,绣户珠帘,雕车竞驻于天街,宝马争驰于御路,金翠耀目,罗绮飘香。新声巧笑于柳陌花衢,按管调弦于茶坊酒肆。八荒争凑,万国咸通。集四海之珍奇,皆归市易;会寰区之异味,悉在庖厨"③。伴随着城市经济的繁荣,以手工业工人、商人和小业主为主的市民阶层也逐渐壮大起来。他们物质生活的水平有了显著的提高,相应地对适合他们文化程度和生活情趣的文化娱乐的要求也不断提高。于是各种民间技艺应运而生,一时繁盛起来。当时的城市中还出现了许多专门表演各种民间技艺的瓦舍勾栏。瓦舍又叫瓦肆、瓦子,是当时规模很大的综合游艺场所,其中的勾栏是专门供各种民间技艺演出的地方。在这里上演的

---

① 郭湜《高力士外传》,春风文艺出版社1987年版,第120页。
② 元稹《酬翰林白学士代书一百韵》,见《元稹集校注》,上海古籍出版社2011年版,第303页。
③ 孟元老撰、邓之诚注《东京梦华录注》,中华书局2004年版,第4页。

除"说话"外,还有杂剧、傀儡戏、诸宫调等。据《东京梦华录》记载,当时的瓦舍勾栏,十分繁闹,游者如云,"不以风雨寒暑,诸棚看人,日日如是"①。

在诸种技艺中,"说话"是一种重要的技艺,深受市民的喜爱。说话艺人的人数也相当多,据《武林旧事》记载,仅南宋临安城就有说话艺人约一百人。同时,说话艺人之间的分工也愈来愈细,当时因内容和形式以及艺人们各自的专长不同,已分成四大家:一、小说,二、说铁骑儿,三、说经,四、讲史②。在四大家中,以小说、讲史的影响最大,尤以小说家最有势力。因为小说基本上是取材于城市平民各阶层的生活,它对现实的反映最为直接及时,故事的内容是市民听众熟悉的,又能真切地反映市民们的思想感情、理想追求,因此在当时最受欢迎。在艺术技巧上,它也有超越其他家的优点。耐得翁《都城纪胜》就曾指出,讲史书的"最畏小说人,盖小说者,能以一朝一代故事,顷刻间提破"。"顷刻间提破"就是当场把结局点破,一次讲完。《梦粱录》里也指出小说具有"捏合"的特点,所谓"捏合",一是指小说可以把当时的社会新闻同说话的内容融合在一起,二是指虚构编造。这就说出了小说在艺术上具有短小精悍和可以自由虚构的特点。而这一点,也正是它可能演变为白话短篇小说的一个关键的因素。

随着说话技艺的日趋繁盛发达,说话艺人渐渐有了自己的职业性行会组织,如杭州的小说家团体就称为"雄辩社"③。在社里,说话艺人可以自由地切磋技艺,交流经验,传递信息,以改进和提高自己的演说水平。这样的行会组织,对从整体上提高宋代说话的水平,无疑是大有裨益的。同时,还出现了专门编写话本和戏剧脚本的文人组织"书会"。书会的成员都是一些富有才情、文学功底较深的落魄文人,他们在当时被尊称为"书会才人"。正是这些书会才人的辛勤劳动,才使话本能从原来简略粗陋的单纯的说话底本,发展为可供阅读的书面文学作品。至此,话本实际上已具备了双重的功能:既是传统的说话的底本,又是艺术上相当成熟的白话小说。

话本一般又可分为两类:说话四家中讲史的底本为讲史话本,自元代开始叫做"平话"。"平话"讲述长篇历史故事,取材于历史,后来发展为章回体的

---

① 《东京梦华录注》,中华书局2004年版,第133页。
② "说话"分四家,其中三家为小说、讲史、说经,学界的看法比较一致,还有一家或参请、或合生、或铁骑儿等,意见不一。
③ 周密《武林旧事》卷三"社会"条,西湖书社1981年版,第40页。

长篇小说;另一类就是本章所要介绍的篇幅短小的小说话本,常常被称为小说,又称为"短书"。它对我国古代白话短篇小说的发展,有着直接而深远的影响。

白话短篇小说的发展,从宋元小说话本开始,主要经历了三个阶段,即宋元小说话本——明末的"三言""二拍"——以李渔为代表的明末及清代的其他白话短篇小说。

宋元小说话本虽处于白话短篇小说的初期,但由于有"说话"艺术的长期哺育和书会才人的润色加工,因此它一开始就显示出不凡的风貌。它不仅给文学的发展注入了新的生命,而且带来了整个社会审美情趣的历史性变化。从文学史的角度看,宋以前的文学是以传统诗文为主流的,它侧重作者的自我表现,表现作者本人的精神、思辨、襟怀和意趣。而作为异军突起的小说话本,则是以再现为主要特征的文学,它所要展示的是世俗人情。它犹如那个时代社会生活的万花筒,它提供给我们的,是以社会各阶层人物为中心的历史画卷。从小说史的角度看,宋以前的志怪传奇小说以文人士大夫为读者对象,而宋元小说话本则主要是提供给市民欣赏的艺术。因此它的取材,主要是市民所熟悉、所感兴趣的城市现实生活,即使有些篇章以上层社会的生活为题材,但它对故事的叙述和评价,也依然是从市民的审美观点出发的。宋元小说话本的这一变化,使我国古代小说的发展深深植根于现实生活的土壤里。另一方面,与作品的内容相适应,小说话本在艺术上也有新的创造。首先是小说语言的白话化、通俗化,风格上显得粗犷、明快、爽朗、泼辣。这种用语的变化,使中国小说走向群众成为可能。在人物塑造上,小说话本主要以城市平民为描写对象,作者从不神化他们笔下的人物,而是以自然平实之笔,写他们的七情六欲,并通过他们在现实社会中不同的命运遭际来展示他们性格发展的历史,从而构成作品真实的社会内容。在情节描写上,作者并不刻意求奇,而是把笔触深入到普通的家庭生活领域,从日常生活中发掘艺术的宝藏。所有这一切,不仅奠定了我国古代白话短篇小说的基础,而且也确立了宋元小说话本在中国小说史上具有划时代意义的历史地位。

由元入明,白话短篇小说曾一度衰落。明代前中期,作品较少,而且多以单篇流传,在文坛上影响不大。直到明中叶以后,由于城市经济的繁荣发展,我国封建社会内部逐渐孕育了某些资本主义因素。与此相适应,在思想文化领域,出现了以李贽为代表的提倡人性解放、提倡通俗文学的新思潮。白话短篇小说作为当时最为通俗的文学形式,又迎来了一个新的高潮。一些文人一方面对宋元以来单篇流传的小说话本进行搜集整理、编辑出版,另一方面,他们也怀着极大的兴趣开始模拟小说话本这种形式进行创作,于是一种新型的更为成熟的白话短篇小说——拟话本,便应运而生了。拟话本虽然仍保持着话本的体制,但在精神内核上已发生了很大的改变,最显著的是由诉之听觉而转为诉之视觉,艺术描写更为细腻,语言更为规范纯熟,它真正成为严格意义上的短篇小说了。拟话本的产生,使古代白话短篇小说进入了一个辉煌的时期。

代表明代拟话本最高成就的是冯梦龙的"三言"和凌濛初的"二拍"。冯梦龙和凌濛初在思想上都不同程度地受到李贽个性解放新思潮的影响,冯梦龙就曾大声疾呼,要"借男女之真情,发名教之伪药"①。冯、凌二氏都十分热衷于拟话本的创作,他们都力求在自己的作品中,"极摹人情世态之歧,备写悲欢离合之致"。读他们的作品,犹如在欣赏一幅幅五光十色、多彩多姿的世俗生活画卷,展现在我们面前的,有献身爱情的青年男女,有专制昏愦的封建家长;有始乱终弃的负心汉子,有挣扎煎熬的勾栏妓女;有贪婪残暴的权贵官吏,有正直高尚的忠臣义士;有奸邪淫荡的恶棍僧尼,有迂腐可笑的儒士酸丁;有气焰熏天的豪绅富商,有沉沦堕落的妒妇美妾;有卑鄙猥琐的走狗帮闲,有善良安分的商人市民……总之,三教九流,形形色色,各类人物齐备。他们多是活跃于当时生活舞台上现实的人物,他们的身上散发着浓郁的时代气息。我们从中能够感受到生命的充实和"人欲"的诱惑力,感受到与传统迥异甚至尖锐对立的思想道德观念和价值观念,感受到新兴的市民阶层对"人"的尊重和人格平等的历史要求,感受到作者对现实社会种种丑恶现象的无情批判;同时,我们也能感受到那个时代小市民的种种庸俗、浅薄、低级、无聊的趣味和感情,感受到作者勉为其难的封建说教和无力的道德训诫。这一切就构成了"三言""二拍"进步但又不无微瑕的思想倾向。

"三言""二拍"的突出成就,引起了世人尤其是下层人民对白话短篇小说的浓厚兴趣,直接刺激了明末清初的创作热潮。一时间,仿效之作纷起,数量之多,蔚为大观,而且余波不息,一直延续到清中叶。不过,从总体上看,这些后起之作的成就却无法与"三言""二拍"相比肩。其间一些较好的作品,如李

---

① 冯梦龙《序山歌》,刘瑞明注解《冯梦龙民歌集三种注解》,中华书局2005年版,第317页。

渔的小说,虽能在一定程度上继承"三言""二拍"的传统并在艺术上有所创新,但由于作者过于追求情节的新颖奇巧,过于追求小说的喜剧效果和娱乐功能,因此在内容上有时不免伤于纤弱,与冯、凌二氏的优秀之作相比,缺乏一种震撼人心的力量。

明末和清代其他白话短篇小说与李渔的小说相比,又等而下之。成就不高的一个重要原因,是这些作品虽一意仿效"三言""二拍",却往往得其皮毛而失其精髓。过分强调小说惩恶扬善的教化功能,而在具体描写中,又往往无视现实生活的真实和小说创作的艺术规律,以至于一些作品训谕满纸、告诫连篇,大大削弱了作品的形象性和主题的开拓,不再有宋元话本的尖锐新鲜和"三言""二拍"的富于现实的气息。故鲁迅先生在《中国小说史略》中谓其"形式仅存而精神与宋迥异"。当然,这只是就总体而言,并不排除其中也出现了一些值得肯定的好作品,这些好作品,往往散落在各个集子中。作为新的历史时期的产物,这些作品反映了"三言""二拍"所没有接触到的社会生活,开拓了小说的题材,它同样是中国小说史不可或缺的一部分。

古代白话短篇小说大约发展到清康熙、乾隆年间,便呈现出难以为继的衰势。虽然最后一部拟话本集子《跻春台》产生于清末的光绪年间,但它却是沉寂近百年之后的一声微弱的回响。与此同时,中国历史在鸦片战争的隆隆炮声中进入了近代社会,随着社会政治、经济的急剧变化,随着中国资产阶级民主革命高潮的到来,我国的白话短篇小说又发生了一次新的飞跃。但这时,小说史已翻开了另外的一页。

第二节 宋元小说话本

一、小说话本的体制和概况

宋元小说话本的体制结构一般由四个部分组成,即:题目、入话、正话和篇尾。题目是根据正话的故事来确定的,是故事内容的主要标记。入话,也叫"得胜头回"、"笑耍头回",就是在正文之前,先写几首与正文意思相关的诗词或几个小故事,把它作为开篇,以引入正话。"入话"具有肃静听众、启发听众和聚集听众的作用。正话,即故事的正文,是小说话本的主要部分。正话在叙述故事时,也不时穿插一些诗词,用来写景、状物,或描写人物的肖像、服饰,它具有渲染气氛、增强效果的作用。小说话本一般都有篇尾,往往用四句或八句诗句为全篇作结,有时也用词或整齐的韵语作结。篇尾一般游离于情节结局之外,具有相对的独立性,它是由说话人(或作者)自己出场,总结全篇主旨,或对听众加以劝诫,或对人物、事件进行评论。小说话本这种体制的形成和定型,是"说话"艺术长期发展的结果,它标志着小说话本的成熟。

小说话本在宋元时代,数量很多,据《醉翁谈录》《也是园书目》《宝文堂书目》等书记载的篇题,约有一百四十多种。但由于在封建社会里,这种民间文学始终受到统治阶级和正统文学家的歧视和排斥,再加上开始时小说话本多以单篇抄录的形式存在,无人编辑整理,因此在流传与保存方面,都受到很大的影响,大部分作品都已散佚。保存至今的大约只有四十余种,主要散见于明代的《清平山堂话本》《京本通俗小说》[①]《熊龙峰四种小说》和冯梦龙编撰的《喻世明言》《警世通言》《醒世恒言》等书中。

小说话本题材广泛,内容丰富,有的取材于现实生活,有的从《太平广记》《夷坚志》等书中选取题材,并结合当时的社会生活,融入作者自己丰富的生活经验,加工创作成富有时代气息的小说。现存的作品主要包括了爱情婚姻、诉讼案件、历史故事、英雄传奇、神仙鬼怪等方面的内容。讲述历史故事的作品写得较好的有《张子房慕道记》《老冯唐直谏汉文帝》《汉李广世号飞将军》等,这些故事多写英雄贤士的怀才不遇和统治者的昏庸残暴,在一定程度上反映了封建专制制度的腐朽反动。以英雄传奇故事为题材写得较好的有《史弘肇龙虎君臣会》《郑节使立功神臂弓》等,这些作品多描写英雄人物的发迹变泰,寄托了下层人民渴望翻身解放的幻想,宣扬了"王侯将相本无种"的思想。一些讲述神仙鬼怪的作品则反映了小说话本落后消极的一面,如《西山一窟鬼》《西湖三塔记》《定州三怪》等,都着力于描述精灵鬼怪,散布恐怖气氛。小说话本中还有一些宣扬因果报应和佛教戒律的作品,如《菩萨蛮》《五戒禅师私红莲记》《花灯轿莲女成佛记》等。这些作品的出现,有其深刻的时代社会原因,也反映了小说话本思想内容上的复杂性。

从总的来看,宋元小说话本中数量较多、质量较好的当属以爱情婚姻和诉讼案件为题材的作品,这两类作品代表了当时小说话本的最高成就。

二、执著追求自由的爱情婚姻

在漫长的封建社会里,封建的婚姻制度剥夺了男女之间表达爱情、自由结

[①] 有学者认为它不是宋元旧本,而是根据"三言""伪造的"。

合的权利,造成了许许多多爱情和婚姻的悲剧。与此同时,千百年来青年男女为争取爱的权利而进行的不屈不挠的斗争,也从来没有停息。这种社会现实反映到文学中,就形成了中国文学的反封建的积极主题。宋元小说话本继承了这一文学的永恒主题,并以更广泛的反映来展开和深化这一主题,从而在中国小说史上留下了不少独放异彩的佳作,如《碾玉观音》《闹樊楼多情周胜仙》《志诚张主管》《快嘴李翠莲记》等,都是其中脍炙人口的名篇。

《碾玉观音》写一个发生在咸安王府中的女奴璩秀秀与工匠崔宁的婚姻悲剧。作品赞颂了女奴秀秀为争取人身的自由、争取独立自主的婚姻而顽强斗争的精神,鞭挞了制造悲剧的咸安郡王的野蛮残暴,从而揭示了下层人民与封建统治者之间不可调和的矛盾,具有较深刻、较积极的思想意义。

在作品中,作者成功地塑造了璩秀秀这个女奴的形象,这是以往的文学作品中未曾出现过的一个崭新的女性形象。她美丽聪明,大胆泼辣,桀骜不驯,没有一点矜持和忸怩之态,更没有封建道德的负担。她爱上玉匠崔宁后,就敢于大胆追求,当王府失火、偶遇崔宁时,她首先主动提出:"比似只管等待,何不今夜我和你先做夫妻?"而当崔宁尚犹豫不决时,她更进一步小用心计,促使崔宁下决心与她做成夫妻,然后双双逃亡,去过自由独立的生活。在那个时代,秀秀的言行确实达到了惊世骇俗的地步,她的行动具有双重叛逆的性质:一是对封建人身依附关系的蔑视和反抗,一是对封建婚姻制度、伦理道德的背叛。由于封建势力的强大,他们最终无法逃脱咸安郡王的魔掌,在残酷的迫害面前,在幸福被毁灭的时刻,我们看到了秀秀又一次的挣扎和反抗。恶势力夺走了她的生命,而她的鬼魂却仍怀着强烈的生活欲望和执著的爱,去苦苦追求自己的理想。秀秀鬼魂的出现,当然只是一种主观幻想的产物,作者正是用这种浪漫手法,来进一步揭示秀秀美好的灵魂和执著反抗的性格,进一步控诉封建社会吃人的本质,从而使这篇优秀的爱情小说具有更强烈的社会批判性。

《闹樊楼多情周胜仙》和《志诚张主管》写的也是青年女子对自由爱情、自主婚姻执著追求的故事。前一篇写商人的女儿周胜仙与范二郎相爱,却因父亲的反对而难遂心愿,相思成疾,郁闷而死;死后复苏,再去寻找范二郎,却被范误认为鬼,失手将她打死;死后鬼魂仍去找范二郎,并在梦中结为夫妻。后一篇也是写一个老员外的小夫人爱上青年主管张胜,却因对方的软弱而终致身亡,死后鬼魂继续追求张胜。这两个故事的主题与《碾玉观音》是一致的,它们都表现了青年女子大胆反抗封建礼教、热烈追求婚姻幸福的主动精神。

《快嘴李翠莲记》则是从另一个角度反映了那个时代青年女子的婚姻悲剧。作品侧重描写李翠莲对封建礼教的大胆反抗。她性格刚直,心灵嘴快,蔑视一切封建礼法,不论是在家作女儿,还是出嫁作媳妇,都锋芒毕露,毫不妥协,与封建礼教格格不入。作者用富有喜剧性的夸张笔墨,着力渲染了她这种不屈不挠的叛逆性格。比如燕尔新婚,她便无法忍受夫家的礼俗规矩,"打先生,骂媒婆,触夫主,毁公婆",她的行为被封建家长视为大逆不道,被休弃回娘家。回家后,又受到父母兄长的责备和嫌弃,现实社会无处容身,她最终只得投身佛门,去寻求超脱世俗的自由。这个富有喜剧色彩的故事实际上是一个相当深刻的悲剧,它在诙谐中饱含着深沉的悲愤。李翠莲仅仅因心直口快便不能见容于那个社会,不仅失去了婚姻家庭,甚至连父母兄弟也不能原谅她,以至于陷入孤苦无告的窘境,这就相当深刻地揭示了封建礼教束缚妇女的残酷性;而李翠莲对封建礼教始终如一、宁折不弯的抵制和反抗,也明显地表现出那个时代的下层妇女对男女平等和个性自由的强烈要求,表现了广大妇女民主意识的初步觉醒。

上述作品都成功地塑造了富有反抗精神的下层妇女的形象,她们都是过去文学作品中未曾有过的闪耀着民主性思想光芒的全新形象。她们的出现,表明宋元小说话本已从更深的层次上开拓了中国文学反封建的传统主题。

三、抨击封建吏治的黑暗腐朽

以狱讼事件为题材的公案小说,在话本小说中也占有相当大的比重。这类作品涉及的社会生活面极为广阔,它直接反映了当时复杂的社会矛盾,比较深刻地揭露和批判了黑暗腐朽的封建吏治,对没有人权保障的下层人民所遭受的苦难寄予了深切的同情,同时也热情赞颂了那些能为人民出气的绿林好汉。《错斩崔宁》《简帖和尚》《宋四公大闹禁魂张》等,都是这类小说的代表作。

《错斩崔宁》叙写的是一对青年男女因十五贯钱而引起的冤案。这个案件看似复杂,其中有不少偶然巧合的因素,但主要的原因还是府尹的"率意断狱,任情用刑"。正如作者指出的那样:"这段冤枉,仔细可以推详出来,谁想问官糊涂,只图了事,不想捶楚之下,何求不得。"遗憾的是,像这样的糊涂问官,在封建社会里,却比比皆是!作品告诉我们,如此错误的审问和判决,居然是"部复申详,倒下圣旨",指令"行刑示众",这就进一步揭示出了封建吏治的昏庸腐朽,草菅人命。同时作品通过一句戏言竟酿成大祸的描述,也反映了当时人民生命财产没有保障，随时可能就会有横祸飞来的悲惨命运。

《简帖和尚》写皇甫松中了恶棍和尚设下的简帖毒计，认定妻子杨氏与人有私，送官拷问，官府偏听一面之词，威逼杨氏招供，并在没有任何证据的情况下，判定离异，杨氏终落和尚之手，后来由于和尚阴谋暴露，她又被官府判归夫家。这个故事通过一个善良妇女无端被暗算、被冤屈、被损害的遭遇，揭露了封建社会中邪恶势力的横行、官吏的昏愦冷酷和妇女任人摆布的悲剧命运。皇甫松的凶暴审妻，是封建夫权观念膨胀的结果，而开封府在没有任何证据的情况下，就判定皇甫松可以休妻，这对毫无经济保障的杨氏来说，无疑是要把她逼往死路，这实际上是助纣为虐，为简帖和尚阴谋得逞开了绿灯。从这个故事中，我们亦可看到封建官僚机构的腐朽和可恶。

《宋四公大闹禁魂张》是一篇带有浓厚传奇色彩的侠义公案小说。它描写侠盗宋四公、赵正等路见不平、拔刀相助，凭着自身的本事，惩治了一些为富不仁的财主和昏庸糊涂的官僚，闹得禁卫森严的东京城一片混乱，不得安宁。这个故事带有官逼民反的思想倾向。作者着意渲染侠盗们的轻财尚义和机智灵巧，嘲笑了封建官吏的愚蠢无能，从另一个角度反映了封建官府色厉内荏的本质和腐败黑暗的政治。

公案小说写得较好的还有《错认尸》《错勘赃》《汪信之一死救全家》等，这些作品都把批判的矛头指向腐朽的封建官府，反映了广大人民的悲惨命运，具有积极意义。

四、独具风采的艺术特色

由于小说话本是由"说话"这一民间技艺演化而来，主要又是在市民生活的土壤上生长发展起来的，它们的作者又大多与下层人民声息相通，因此在人物形象、情节结构以及语言风格等方面，必然会形成自己独具风采的特色。

首先，小说话本塑造了一系列栩栩如生、富有时代气息和鲜明个性特征的人物形象。如《碾玉观音》中的璩秀秀，《闹樊楼多情周胜仙》中的周胜仙，《志诚张主管》中的小夫人，《快嘴李翠莲记》中的李翠莲等，这些都是个性化很强的人物形象，她们身上无不闪耀着时代的光辉。作者们在塑造这些人物形象时，一是能够注意结合人物的社会环境和个人经历来刻画人物的性格。比如秀秀和小夫人，她们都是被压迫的下层妇女，都不顾一切地追求爱情和婚姻的自由，并都为此丢掉了性命。但由于她们生活环境和个人经历不同，因此她们的性格也有差异。小夫人出身虽不高贵，但毕竟得到过王招宣的宠幸，又二度为人侍妾，因此性格较温顺软弱，在追求爱情幸福的过程中，她往往乞灵于金钱财物，而且缺乏眼力，把自己的爱情理想一厢情愿地寄托在胆小无情的张主管身上，因此直至死后变为鬼魂也未能如愿。而市井平民的女儿秀秀，则显得大胆泼辣，王府失火，她公然"提着一帕子金珠富贵"逃走，遇到心上人崔宁，就直截了当地提出结婚的要求，并软硬兼施说服崔宁，双双远走高飞，去做长久夫妻。在秀秀的性格中，我们几乎看不到女性的娇羞，有的只是直爽、坦率、敢于讲求实际，这正是她长期的市井生活和女奴的身份所决定的。

小说话本还善于通过人物的内心活动和言行等的细致刻画来表现人物的性格。如《错斩崔宁》写刘贵驮钱带醉回家，与陈二姐的一段对话，以及刘贵睡着后陈二姐的内心活动和离家前后的行动，就十分真实地表现了陈二姐的思想性格。刘贵醉后戏言，说已将陈二姐典卖他人，陈二姐信以为真，对这飞来的横祸，她没有任何怨恨和反抗，想的只是："不知他卖我与甚色人家？我须先去爹娘家说知。就是他明日有人来要我，寻到我家，也须有个下落。"离家前，她把十五贯钱分文不动地堆在刘贵脚后跟，拽上房门，并交代邻居转告刘贵自己的去向。陈二姐这些看似平淡无奇的言行和内心活动，实际上极为真切地揭示了她逆来顺受、任人支配和细心善良的性格特征。

小说话本还善于用夸张的手法，来突出人物的性格特征。如《宋四公大闹禁魂张》，作者就是用夸张的手法，来刻画宋四公、赵正等人的侠盗性格。作者写他们神出鬼没，武艺非凡，以致闹得东京城草木皆兵，王爷大尹们魂飞魄散，这样就突出了侠盗们的勇敢和机智。对一些反面人物，作者也常用夸张的手法来刻画他们的性格特性。如《碾玉观音》中咸安郡王的凶狠残暴，《万秀娘仇报山亭儿》中万员外的吝啬刻薄，都是通过夸张的描述，给人留下深刻的印象。

情节曲折、故事性强，也是小说话本鲜明的特色。小说话本保留了诉诸听觉的说书艺术的特点，十分注重故事情节的安排，讲究结构完整，线索清楚，剪裁得当。一般说来，小说话本在展叙故事时，都有开端的概括介绍，都有故事情节的发展、高潮和结局，并随时注意情节发展的前后照应，同时也善于使用伏笔、制造悬念，增加情节的曲折性，以取得引人入胜的艺术效果。比如《简帖和尚》，在情节的安排上就十分成功。故事从奸僧出场行骗写起，到阴谋败露、奸僧伏法结束。作者并没有一开始就把奸僧的人品、意图介绍给读者，而是采用层层剥笋式的写法,通过娓娓叙述曲折离奇的故事情节,来吸引读者的注意力。故事的开始写一个来历不明的官人托僧儿送简帖到皇甫松家去,既要当面交给杨氏,又要让其丈夫知晓。简帖的暧昧使皇甫松认定妻子有私,便送官拷问,杨氏的申诉使人相信她是清白的,但那位"官人"恶意中伤的目的何在?这官人又是何许人?作者却避而不谈,只是一路说下去,写到杨氏被休改嫁,在大相国寺重遇故夫,而"官人"被大相国寺一个"打香油钱的行者"撞见后,读者才知晓,原来简帖事件是一连串精心绾结的连环套,那位若隐若现的"官人"也才彻底暴露了他的庐山真面目,而随着读者疑团的消释,故事也就结束了。这样的结构情节,虽然曲折离奇,但作者却没有故弄玄虚,而是自然、平顺地写来,显得简练、谨严、引人入胜。

小说话本在情节安排上还十分讲究"巧合",通过偶然性的巧合,来加强故事情节的曲折性。当然这种巧合绝不是荒诞离奇,偶然性是由必然性决定的。作品中的"巧",来源于生活,又经过作者的艺术提炼,因此它能反映生活的真实,体现客观的规律。如《错斩崔宁》,作者在情节安排中,处处抓住一个"错"字,在"错"的背后,又处处强调一个"巧"字。刘贵戏言,二姐出走是"巧";二姐走后刘贵被杀,又是"巧";二姐偶遇崔宁,结伴同行也是"巧";而刘贵丢失的钱与崔宁身上的钱又同是十五贯,更是巧到令人瞠目结舌的地步。于是这种种巧合,就直接导致了邻里的"错"和官府的"错",以至于使他们被错判死刑。当然,这些偶然的巧合中,又包含着必然性的因素。二姐对一句"典身"的玩笑信以为真,这是因为现实生活中存在着买卖妻妾的现象,而"男女同行,非奸即盗"的社会舆论和封建官府的黑暗腐朽、草菅人命,又直接导致他们含冤被杀。正因为这种种巧合是以生活的真实为基础,所以才"巧"得可信,"巧"得动人,既扣人心弦,又合情合理。

小说话本在语言上的重要特色,一是运用生动活泼的白话语言来叙事状物。这种白话语言和唐传奇所使用的那种典雅的文言大不相同,它是在民间口语、谚语和修辞技巧的基础上,吸收了一些文言的成分而提炼出来的一种新的文学语言,无论叙事写景、抒情状物,还是刻画人物性格,都显得简洁明快、通俗生动。小说话本中许多优秀的篇章,如《碾玉观音》《错斩崔宁》等等,都成功地做到了用白话来描写社会日常生活,叙述骇人听闻的奇闻逸事,并抒发作者自己的思想感情。二是小说话本的人物语言具有个性化的特点。如《碾玉观音》中王府失火后,秀秀与崔宁的一段对话:

秀秀道:"当日众人都替你喝采:'好对夫妻!'你怎地倒忘了?"崔宁又则应得喏。秀秀道:"比似只管等待,何不今夜我和你先做夫妻?不知你意下如何?"崔宁道:"岂敢!"秀秀道:"你知道不敢,我叫将起来,教坏了你。你却如何将我到家中?我明日府里去说!"崔宁道:"告小娘子:要和崔宁做夫妻不妨;只一件,这里住不得了。要好趁这个遗漏,人乱时,今夜就走开去,方才使得。"秀秀道:"我既和你做夫妻,凭你行。"当夜做了夫妻。

寥寥几句对话,就把秀秀大胆泼辣和崔宁随和懦怯而又谨慎细心的性格活脱脱地写出来了。类似的人物语言,在小说话本中处处可见,这也是小说话本塑造人物形象取得成功的一个重要原因。

小说话本还大量运用了概括力极强的俗语、谚语。这些语言充满泥土气息,凝聚着劳动人民的智慧,具有极强的生命力。例如,说人面临危机时是:"猪羊走入屠宰家,一脚脚来寻死路。"说人脱离困境时是:"鳌鱼脱却金钩去,摆尾摇头不再回。"说求人的难处是:"将身投虎易,开口告人难。"说金钱万能是:"火到猪头烂,钱到公事办。"还有"着意栽花花不发,等闲插柳柳成荫"、"画龙画虎难画骨,知人知面不知心"等等。这些带有特别规定性涵义的谚语,具有一针见血、言简意赅的作用,它既节省了文字,适合短篇小说短小精悍的要求,又能给读者以鲜明深刻的印象和生活经验的启示,这些语言长期以来一直活在人们的口头上,有的流传到今天也仍具有生命力。

五、开创中国小说的新纪元

宋元小说话本在小说史上的变革意义,首先表现在它第一次全面突破了以文言为主的小说用语的范畴,采用了广大人民群众都能接受的白话来进行写作,开始了我国文学语言上的一个新的阶段。我们知道,随着宋代工商业的逐渐发展和城市经济的繁荣,市民阶层也日益壮大,他们的文化程度、思想意识和生活情趣都要求有适合于他们口味的文学。而从汉唐以来就已经流行的传统诗文,以其艰深高雅而使他们无法接受,即使是故事性较强又有一定趣味性的魏晋志怪和唐人传奇,也由于所反映的社会生活面的狭窄和语言上的障碍,不能充分地适应他们的需要,于是小说话本便应运而生了。小说话本起初是以口头创作的方式出现的,它尤其要求通俗性和故事性,以适应群众的文化水平和审美情趣,这就使得话本的语言必须是当时通行的口语。从口头创作转为书面文学时,这种通俗的口语经过市民作家的加工改造,便形成了一种特殊的语言风格。它既保存了口头创作的灵活性、通俗性,又具有书面文学的精练性。这一变化,不仅使文学语言本身得到了丰富,而且艺术手段也更加多样化,从而使作品产生更强烈的艺术感染力。正如郑振铎所说的那样:"宋人的短篇话本,就今所传者观之,其运用国语文的技术,似已臻精美纯熟之境。他们捉住了当前的人物,当前的故事,当前的物态,而以恳恳切切的若对着面的亲谈的口气出之,那末样的穷形尽相,袅袅动听,间或寓以劝诫,杂以诙谐,至今似乎还使我们感到他们的可爱。难怪当时这些说话人是如何的门庭如市了。"①这说明,宋元小说话本语言的白话化,使得这种文学样式有可能成为多数人民的共同财富,使人民有可能从小说作品中受到更多的鼓舞和教育。

当然,仅仅语言上突破是不够的,与之相适应的是宋元小说话本在题材内容上的更新,而这一点则在更深的层次上决定了小说话本在小说史上的重要地位。宋以前的小说,主要指魏晋小说和唐代传奇,基本上是反映当时社会中上层所发生的事,虽然一些优秀的作品,也表现了进步的思想倾向,但作品的题材内容和审美情趣仍然停留在封建知识阶层的圈子里,与下层人民的需要有相当的距离。而小说话本则是在下层社会中产生,它不仅直接取材于市民的日常生活,反映市民的情感和意识,而且是站在市民的立场上来反映的。从思想内容上看,小说话本的反封建意识更为强烈,市民作家们往往无视封建道德的威权,大胆地描写市民们的爱和恨,与他们的反抗和追求;从作品所塑造的人物形象看,小说话本完全突破了六朝小说和唐传奇局限于社会中上层的框子,塑造了一系列栩栩如生的下层市民的艺术形象,使下层人民特别是市民的形象第一次作为主角登上了小说作品的席位。当然,并不是所有小说话本的题材都取材于现实生活,有些则是取材于志怪小说或传奇作品,例如《闹樊楼多情周胜仙》素材就是取自《夷坚志》。但小说话本在处理旧题材时,却是从当代市民的道德观点和美学观点出发,对旧题材作了脱胎换骨的创造性的艺术改造,对人物性格也能做新的处理,从而使其具有鲜明的时代感。

宋元小说话本对后世的长短篇白话小说和戏曲也产生了深远的影响。明清长篇白话小说从体制上看虽然更多地承袭了宋元讲史、说经话本的传统,但

---

① 《宋元明小说的演进》,《郑振铎古典文学论文集》,上海古籍出版社1984年版,第373页。

在人物形象的鲜明、细节描写的真实、情节结构的巧妙、语言风格的简洁明快以及题材的多样化等方面,却更多受益于小说话本。从题材的角度看,宋元小说话本中的爱情题材对明清人情小说、狱讼小说对公案侠义小说、英雄传奇故事对历史演义和英雄传奇小说、神仙鬼怪故事对宗教奇幻小说都产生了相当的影响。明清的短篇白话小说更是直接从小说话本发展而来,明清白话短篇小说又称"拟话本",就说明了它们之间亲密的承继关系。可以说,宋元小说话本开辟了中国短篇小说的一条新路。甚至于在小说史上自成一系的明清文言小说,在创作精神和艺术方法上也从小说话本中汲取了有益的养分,这恐怕也是明清文言小说能重放光彩的一个重要原因。

宋元小说话本也为同时代和后世的戏曲提供了丰富的题材。宋元戏曲有《志诚主管鬼情集》《洪和尚错下书》《柳耆卿诗酒玩江楼》《曹伯明错勘赃》等。明清戏曲中取材小说话本的也很多,最著名的是清初戏曲家朱素臣采用《错斩崔宁》的情节,写成《十五贯》传奇(又名《双熊梦》),几百年来盛演不衰,至今仍被视为昆曲的经典剧目,深受观众的欢迎。

第三节 "三言"和"二拍"

一、白话短篇小说的繁荣

宋元小说话本在宋元至明代初期,都是以单篇的形式流传,到了明中叶以后,在李贽等人的倡导下,一些进步的文人渐渐开始重视通俗文学,于是便有文人、书商对流传于民间的宋元小说话本进行收集整理、加工出版。现存的宋元话本的主要集子,如《清平山堂话本》《熊龙峰四种小说》等,都出在这一时期。同时,一些文人还开始模拟小说话本的体制进行创作,这就出现了主要供案头阅读的文人模拟话本,鲁迅先生称之为"拟话本"。"拟话本"的出现,使古代白话短篇小说的创作又进入了一个繁盛的时期。而成就最高、影响最大的是冯梦龙的"三言"和凌濛初的"二拍"。"三言"是短篇小说集《喻世明言》(原名《古今小说》,1622年刊行)、《警世通言》(1624年刊行)、《醒世恒言》(1627年刊行)的总称,每集收短篇小说四十篇,共一百二十篇。其中多数是经过作者润色的宋元明话本和明代文人的拟话本,而作者自己创作的作品较少。"二拍"指《初刻拍案惊奇》(1628年刊行)、《二刻拍案惊奇》(1632年刊行)。《初刻拍案惊奇》共四十卷四十篇短篇小说,《二刻拍案惊奇》也是四十卷,但其中卷二十三《大姊魂游完夙愿》①与《初刻拍案惊奇》的卷二十三重复,卷四十《宋公明闹元宵》则系杂剧,故两集实有小说七十八篇。"二拍"所有的作品都是作者自己创作的。"三言""二拍"今均存明刊本。"三言""二拍"的出现,是明代白话短篇小说繁荣的标志。

在白话短篇小说的整理、创作方面功绩最显著的是冯梦龙。冯梦龙(1574—1646),字犹龙,又字子犹、耳犹,别号墨憨子,长州(今江苏吴县)人。他少有才气,与哥哥梦桂、弟弟梦熊在当时文坛上同被誉为"吴下三冯"。青壮年时,多次应举赴考,但总不得志,同时,他也曾"逍遥艳冶场,游戏烟花里"②,过着放荡不羁的风流才子的生活。五十七岁时补了一名贡生,六十一岁出任福建寿宁知县,在任期间,"政简刑清,首尚文学,遇民以恩,待士有礼"③。六十五岁离任回苏州,卒年七十三岁。冯梦龙在思想上深受王艮、李贽为代表的"王学左派"的影响,反对伪道学,肯定"人欲",尊重个性。在文学观上,他也接受李贽的观点,大力推崇通俗文学和民间文学,并有许多独到的见识。首先,他十分重视文学的社会意义和教育作用,认为好的小说应该能够使"怯者勇,淫者贞,薄者敦,顽钝者汗下。虽日诵《孝经》《论语》,其感人未必如是之捷且深"④。他在《醒世恒言》序中指出,"三言"题名,其意是:"明者,取其可以导愚也。通者,取其可以适俗也。恒则习之而不厌,传之而可久。三刻殊名,其义一耳。"很显然,作者编辑"三言"的目的,在于劝谕、警诫、唤醒世人,有其明确的社会教育作用。在生活与艺术的关系问题上,冯梦龙也有其新鲜独到的见解。他认为小说创作,可以"人不必有其事,事不必丽其人"⑤,也就是说小说创作可以不必拘泥于生活中的真人真事,而应该有较多的艺术概括和虚构的自由。同时,他又指出小说创作应该做到"事真而理不赝,即事赝而理亦真"⑥。也就是小说的题材无论是真人真事,还是虚构,都要符合生活的情理。这也是他对艺术虚构的总体要求。这些无疑都体现了冯梦龙进步的文学观。

冯梦龙毕生从事戏曲、民歌和白话小说等通俗文学的搜集、整理、创作和

---

① 为节省文字,本文所论及的小说,凡题目为对句的,均取首句代之。
② 王挺《挽冯梦龙》,《冯梦龙集笺注》,天津古籍出版社2006年版,第11页。
③ 《〈乾隆〉福宁府志》卷十七《循吏传》,清李拔纂修,清光绪六年重刊本。
④ 《古今小说》序,江苏古籍出版社1991年版,第647页。
⑤ 《警世通言》叙,人民文学出版社1981年版,第1页。
⑥ 《警世通言》叙。

编辑工作，著作丰富，就目前较明确的就有五六十种，而且范围很广，涉及当时通俗文学的各个方面。在小说方面，除"三言"外，还增补和改编了长篇小说《平妖传》《新列国志》等，选编了以男女之情的故事为主要内容的文言笔记小说集《情史类略》。戏曲作品有《双雄记》《万事足》两种，还改编别人剧本八种，合称《墨憨斋新曲十种》。刊行的民歌集有《挂枝儿》、《山歌》二种，还编印有《笑府》、《古今谭概》等。在众多的著作中，以"三言"影响最大，它不仅对小说话本的传播起了重要的作用，而且直接推动了拟话本的创作。

"三言"之后，模仿"三言"创作的拟话本集子相继问世，凌濛初的"二拍"就是当时影响较大的拟话本集子。凌濛初（1580—1644），字玄房，号初成，别号即空观主人，浙江乌程（今浙江吴兴）人。青壮年时期过着风流才士、浪荡文人的生活，五十五岁时出任上海县丞，六十三岁升任徐州通判并分署房村。崇祯十六年正月，李自成部进迫徐州，他抵抗不降，最后呕血而死。凌濛初一生也十分爱好通俗文学，他的作品除"二拍"外，还著有杂剧《虬髯翁》，编有戏曲、散曲集《南音三籁》等，共约二十多种。"二拍"是凌濛初最好的作品，主要是根据"古今来杂碎事"加工创作而成，故事大都有来源，但在原书中仅是旧闻片断，而凌濛初则对这些素材进行生发改造，写成富有时代气息的生动的故事。正如近人孙楷第所说的那样，凌氏的拟话本小说，"要其得力处在于选择话题，借一事而构设意象；往往本事在原书中不过数十百字，记叙琐闻，了无意趣，在小说则清谈娓娓，文逾数千，抒情写景，如在耳目；化神奇于臭腐，易阴惨为阳舒，其功力实亦等于造作"①。

冯梦龙与凌濛初生活在同一时代，他们的文学观都受到李贽为代表的进步思潮的影响。因此，从总体上看，他们的作品所反映的社会内容和达到的思想高度大致相同。他们的作品从多方面反映了明代的社会生活，特别是对城市市民阶层的生活，有着更多的精彩的描绘。其中有的表现了市民阶层的商业活动和商人的思想意识；有的颂扬了青年男女为争取爱情自由和人权而进行的不屈不挠的斗争；有的作品把批判的笔触指向腐朽黑暗的封建官府，揭露官僚地主的罪恶；有的作品则讴歌朋友间的信义任侠的精神，充满温馨的人情味。总之，"三言""二拍"展示了明中叶以后封建社会渐趋没落、资本主义因素正在萌生这一历史交叉点上特殊的社会风貌，具有鲜明的时代感和很高的

---

① 孙楷第《三言二拍源流考》，见《沧州集》，中华书局2009年版，第130页。

历史认识价值。

当然,由于时代和阶级的局限,"三言""二拍"也存在着一些消极落后的东西,而"二拍"尤为突出。一些作品充满了陈腐的封建说教,如"三言"中的《陈多寿生死夫妻》、"二拍"中的《行孝子到底不简尸》等,突出地颂扬"孝子节妇",用因果报应、宿命论的思想来遮掩封建礼教残酷的本质;有的作品专意于露骨的色情描写,如"二拍"中的《乔兑换胡子宣淫》《夺风情村妇捐躯》等,这类小说,虽对官僚地主、僧尼道士的糜烂堕落有所暴露,但由于作者在具体描写时,津津乐道于奸淫行为的描述,因此,它对读者也具有一定的腐蚀作用;还有个别作品,流露了作者仇恨农民起义的政治倾向,最典型的就是"二拍"中的《何道士因术成奸》,它把明代农民起义的女领袖唐赛儿丑化成淫乱不堪的妖妇,最后因奸被杀。上述这些都体现了"三言"、"二拍"思想内容方面的复杂性。

最后需要提及的是,由于"三言""二拍""卷帙浩繁、观览难周"①,所以在"三言""二拍"出版后不久,便有姑苏抱瓮老人②从"三言"中选出二十九篇,又从"二拍"中选出十一篇,共计四十篇,编成一部选集《今古奇观》。由于它篇幅较少,选择较精,因此出版后,深受欢迎,流行极广。清代"三言""二拍"原著曾一度失传,《今古奇观》就成了主要的传播媒介,因此它的流传甚至比"三言""二拍"更广泛,影响更大。

二、商人生活的生动画卷

在中国封建社会里,历代统治者都实行"重农抑商"的政策,因此商人的社会地位极低,被视为贱流,甚至他们的财富也被视为不义之财,商人在文学作品中历来也都是被批判的角色。明中叶后,手工业、商业的进一步发展,商业资本开始突破自然经济的樊笼,金钱在社会中显示了它的巨大诱惑力,传统的轻商思想开始淡化。特别是以李贽为代表的进步思潮的出现,更在理论上肯定了商人经商活动的合理性和积极意义。李贽认为"好货""好色"都是人类的自然要求,应该充分肯定,所谓"好货",就是要求兴工商以图利。在《又与焦弱侯书》中他也曾说过:"且商贾亦何可鄙之有?挟数万之资,经风涛之险,受辱于关吏,忍诟于市易,辛勤万状。所挟者重,所得者末。"李贽这种对商人

---

① 姑苏笑花主人《今古奇观》序,见《今古奇观》,人民文学出版社1957年版,第1页。
② 抱瓮老人,真实姓名不详。但原刻本题页上有"墨憨斋手定"等字样,故推测其可能是冯梦龙的朋友。

肯定和同情的态度，是当时进步的社会思潮的典型反映，它深刻地影响了当时的文学创作，在一些文学作品尤其是小说中，商人已作为正面形象出现，经商活动也被视为正当行业而受到赞颂。这在文学创作上是一个新的可喜的变化。这种变化在"三言""二拍"中表现得尤为显著。

"三言"中一些作品细致地描写了商人的行商生活，商品交换和流通过程，以及与之相关的城市丝织等手工业生产情况。如《杨八老越国奇逢》从主人公杨复"凑些资本，买办货物，往漳州商贩，图几分利息，以为赡家之资"写起，描述了他行商过程中曲折艰险的经历及其家庭悲欢离合的故事。《施润泽滩阙遇友》《沈小官一鸟害七命》《新桥市韩五卖春情》中反映了机户的生活和丝织铺的情况。《蒋兴哥重会珍珠衫》写湖广襄阳府枣阳县商人蒋兴哥专走广东做买卖，贩运珍珠、玳瑁、苏木、沉香等商品，徽州新安商人陈大郎来襄阳贩籴米豆等。《徐老仆义愤成家》也详细叙述了老仆阿寄从事长途贩运的全过程，有头有尾，有声有色。

"二拍"中有关商人题材的作品，在数量上比"三言"要多，而且推崇商人的主题更为鲜明，一些作品还细腻地反映了商人的思想感情。如《乌将军一饭必酬》，正文是写一个开杂货铺的小店主受报致富的故事，反映了一种希冀飞来横财的商人心理。它的"入话"写苏州商贾子弟王生两次贩卖遇盗，心中害怕；而"甚是爱惜"他的婶母杨氏则"又凑起银子，催他出去"，鼓励他继续行商，"不可因此两番，堕了家传行业"，王生在杨氏的激励下，重整旗鼓，终于发了大财。作品盛赞杨氏，说她是有眼光有远见的人。在《赠芝麻识破假形》中，蒋生说自己"是经商之人，不习儒业，只恐有玷门风"；马少卿当即指出："经商亦是善业，不是贱流。"而在《叠居奇程客得助》中，作者还写到当时徽州地区的百姓"因是专重那做商的，所以凡是商人归来，外而宗族朋友，内而妻妾家属，只看你所得归来的利息多少为重轻。得利多的，尽皆爱敬趋奉；得利少的，尽皆轻薄鄙笑，犹如读书求名中与不中归来的光景一般"。这些作品都反映了作者对商人的推崇，也反映了当时社会"重商"的风气。

在"二拍"中，对商人经商活动写得最成功的当推《转运汉巧遇洞庭红》和《叠居奇程客得助》两篇。前一篇是写一个破产商人文若虚随商船出海，意外致富的故事。作品真实地描述了海外经商的客船往返贸易的情况，以及福建沿海波斯商人的商业活动，反映了明代海外贸易的规模。作品还成功地刻画了文若虚这个商人的典型形象。从他身上可以看到商人们那种渴求一本万利、横财暴富的心理，以及为此而不惜投机冒险的性格特征。作品对经商过程的描写也非常生动，如买卖双方的讨价还价等，都能使人产生如临其境的感觉，从而加深对当时商业活动的了解。《叠居奇程客得助》是写破产后为人管账的商人程宰因得到海神指点，采取囤积居奇的手段，四五年间就由十几两银暴发为四五十万两银子的巨商。值得注意的是，作者写海神不是给程宰现成的财富，而是给他传递商业信息，教他经商之道，要他"自去经营"。在作者看来，这样取得财富是正当的，是值得称赞的。程宰的致富之路，正是当时多数商人的理想之路。可以说这个故事真实地表现了当时商人思想的特点，反映了商人活动本质的东西。如果说《转运汉巧遇洞庭红》中文若虚的发财还是天赐机缘的话，那么，《叠居奇程客得助》就是自觉地利用商业信息和囤积居奇的手段而发财致富了。

"三言"、"二拍"不仅以赞赏的笔调，正面描写商人的行商活动，而且还一反长期以来形成的"无商不奸"的偏见，热情褒扬了商人们在商业活动和人际交往中所表现出来的忠厚、正直、互相帮助、恪守信义的优良品德。如《吕大郎还金完骨肉》，写布商吕玉偶然拾得二百两银子，他首先想到的是"倘或失主追寻不见，好大一场气闷"，后来遇着失主，还一路陪送他回家，将银子归还。作者肯定了吕玉这种拾金不昧、忠厚善良的高尚品德。《刘小官雌雄兄弟》写小店主刘德，自己家境并不宽裕，却"平昔好善，极肯周济人的缓急"，两次援救落难之人，不仅慷慨解囊，而且悉心照料，善始善终。作者表彰了刘德助人为乐的精神和慷慨任侠的气度。《施润泽滩阙遇友》写主人公施复在生意上锱铢必较，而当他拾到六两银子时，虽也想借此发家致富，但又想到失主失银后的悲惨境况，经过一番复杂的思想斗争，最后还是把银子还给失主朱恩。六年后，施复为买桑叶，途经滩阙时巧遇朱恩，朱恩以同样豪爽的态度帮助了困境中的施复。这个故事赞扬了小商人拾金不昧、富有同情心的高尚情操，表现出下层人民对以互助为基础的友谊的追求。

"三言""二拍"对商人和他们经商活动的肯定，在当时的历史条件下，具有进步的意义。我们知道，商人是"一个不从事生产而只从事产品交换的阶级"[1]。在商品流通领域，"他成了每两个生产者之间不可缺少的中间人"[2]。商业活动对生产的发展有着极其重要的作用。在封建时代，商业资本在国家

---

[1][2] 恩格斯《家庭私有制和国家的起源》，《马克思恩格斯选集》第四卷，人民出版社1972年版，第162页。

经济的发展中具有破坏封闭的封建自然经济基础的重要作用。而在长期以小农经济为主的中国封建社会里,商业的发展就更显得重要了。正是基于这样的认识,所以我们说"三言""二拍"对商人的肯定,具有进步的历史意义。

三、惊世骇俗的市民爱情观

以李贽为代表的进步思潮,作为对正统的、专制主义的、禁欲主义的思想叛逆,首先是以要求"人"的解放为其思想的主要特点的。李贽公开肯定人的"好货""好色"的欲望,这实际上是代表了市民阶层对物质和精神的要求。所谓"好色",其主要内容是要求爱情和婚姻的自由自主,这是"人"的解放的一个重要内容,是个性自由的一个重要方面。封建的婚姻,是以男尊女卑为条件的,鼓吹爱情自由,就不能不抨击男尊女卑而主张男女平等。因此李贽认为,只有以男女平等为条件的爱情婚姻,才是真正自由的爱情婚姻。这种代表市民意识的新的爱情婚姻观念,具有近代人文主义的色彩。"三言""二拍"中一些优秀的以爱情婚姻为题材的作品,就反映了这种以个性解放和平等自由为核心的市民爱情婚姻观念。

首先,"三言""二拍"中不少作品突出表现了市民们敢于冲破封建礼教所规定的门第、等级观念,冲破"父母之命,媒妁之言"等封建成规,大胆而热烈地追求爱情和婚姻的自由与幸福。比如"三言"中的《卖油郎独占花魁》,写名噪一时而久有"从良"之志的名妓莘瑶琴,第一次与卖油郎秦重接触,便为他的忠厚老实、体贴入微所感动,感到"千百个中难遇此一人"。但此时她内心深处的门第等级观念,又使她不肯以秦重为从良对象:"可惜是市井之辈,若是衣冠子弟,情愿委身于他。"直到她被衣冠子弟百般凌辱后,她才从切身的体验中清醒过来,才认识到那些衣冠子弟"都是豪华之辈,酒色之徒,只知买笑追欢的乐意,那有怜香惜玉的真心";而只有秦重这样的市井小民,才是真正"知心知意"的"志诚君子",于是主动提出嫁给秦重,并表示"布衣蔬食,死而无怨"。花魁娘子在婚姻问题上对门第观念的摒弃,是秦重对她敬重关心、真诚相爱的结果。正是这种建立在互相尊重、平等基础上的爱情,使得王孙公子的高贵门第和泼天富贵相形见绌。这个故事形象地表达了市民阶层在婚姻恋爱问题上对金钱和门第的蔑视。类似的作品,在"三言"中还有不少,如《玉堂春落难逢夫》《宋小官团圆破毡笠》《宿香亭张浩遇莺莺》等。其中《宿香亭张浩遇莺莺》一篇很有新意。这篇小说写少女莺莺与张浩私定盟约,后来张浩为父母所迫,欲另娶他人,莺莺闻知后,一不哭泣,二不自尽,而是向父亲说明她与张浩的关系,并向官府告了张浩一状,指控他"忽背前约",要求法律能"礼顺人情"。莺莺的举动真是达到了惊世骇俗的地步!私定盟约,这已不容于封建礼法,而她竟敢为之诉之法庭,这在现实生活中是不可想象的。这个故事最后以喜剧告终,它鲜明地体现了作者对莺莺行动的支持和肯定的态度。

"二拍"中也有不少作品表现了同样的主题。如《通闺闼坚心灯火》,写少女罗惜惜与张幼谦少年同窗,情投意合而私订终身,但她父母嫌张家境贫寒,执意要把她嫁与豪门子弟。罗惜惜得知后,就夜夜与张私会,并立意殉情,要"欢娱而死,无所遗恨"。真是情无反顾,显得何等的真挚、决绝!其他如《李将军错认舅》《莽儿郎惊散新莺燕》也都是写女主人公私订终身,遭父母反对,她们都要以死来反对父母之命,她们只要情真,视荣华富贵如草芥。在她们面前,"父母之命""门当户对"等封建婚姻成规显得何等的苍白无力,而当事人的个人意愿则在她们的婚姻选择中被强调到高于一切的地步。"二拍"中另一篇《张溜儿熟布迷魂局》也很值得重视。故事写陆惠娘原与骗子丈夫张溜儿一起行骗,用"仙人跳"诈骗钱财,后来她在行骗中爱上了陷入骗局的沈灿若,便毅然抛掉张溜儿,与沈灿若一起逃走,并结为夫妻。作者对她的举动评价甚高,夸她"能从萍水识檀郎"。作者通过这个故事所要说的是:不但未婚女子应该有恋爱婚姻的自由,就是已婚的有夫之妇,也应该有抛弃不好的丈夫而重新恋爱、结婚的自由。这对封建的婚姻观念实在是一种大胆的背叛。

"三言""二拍"中一些爱情小说,还敢于大胆冲破封建礼教的樊篱,表现出一种有悖于封建贞节观的新的贞操观念。如"三言"中的《蒋兴哥重会珍珠衫》就是较出色的一篇。故事写蒋兴哥外出经商,经年不归,妻子王三巧在家寂寞无欢,被坏人勾引失足。蒋兴哥发现妻子奸情后,"如针刺肚",内心十分痛苦,但他并没有严惩妻子,反是责怪自己"贪着蝇头微利,撇她少年守寡,弄出这场丑来"。他一方面不动声色地把妻子休回娘家,一方面却又"念夫妻之情不忍明言"。在妻子改嫁时,他还把十六只箱笼送给她作陪嫁。最后几经周折,蒋兴哥与王三巧又破镜重圆,并不嫌弃她二度失身于他人。这个故事鲜明地体现了那个时代市民的婚姻关系和道德观念,它说明封建的贞操观念在市民的婚姻生活中已逐渐失去其支配作用。又如"二拍"中的《酒下酒赵尼媪迷花》,写贾秀才的妻子巫娘子遭到流氓奸骗,痛不欲生,贾秀才不但没责备她,反劝道:"不要寻短见!此非娘子自肯失身,这是所遭不幸。"然后夫妻又合伙设计,杀了仇人。失身一事不但没有造成夫妻间的隔阂,反而"那巫娘子见贾秀才干事决断,贾秀才见巫娘子立志坚贞,越相敬重",两人情投意合,白头偕老。封建的贞操观告诫妇女"饿死事小,失节事大",失节与夫妻感情似乎是无法调和的矛盾,但作者却把这二者和谐地统一起来了,而谅解的基础是夫妻间的信任和真情。这在封建社会里确实是很难达到的思想境界,与明中叶以前的小说比较,可以看到在妇女观上的巨大的变化和进步。相似的描写在"二拍"中还有不少,如《姚滴珠避羞惹羞》《两错认莫大姐私奔》《陶家翁大雨留宾》《赵司户千里遗音》《顾阿秀喜舍檀那物》等,也都程度不同地反映了同样的思想倾向。

"三言""二拍"中还有一些作品反映了作者要求男女平等的主张,表现了下层妇女为争取人格的尊严而进行的不屈不挠的斗争。这类作品在"三言""二拍"中成就最高。如《杜十娘怒沉百宝箱》,写青楼名妓杜十娘,长期苦心经营,"韫藏百宝",以作从良之资。爱上李甲后,仍一再试探李甲的忠诚和勇气,并为他做出了一个女性所能做的一切。但杜十娘的"从良",并不仅仅是为了嫁一个男人,而是有着更高的追求。她追求的是以人格的平等和互相尊重为基础的爱情。因而当李甲在金钱诱惑和个人利益考虑下,"负心薄幸"地出卖她时,她没有用温情的泪水去求得李甲的哀怜,也没有用财富去换取李甲的回心转意,更没有包羞忍耻屈从于孙富,而是在面斥李甲、孙富之后,怀揣百宝箱,毅然投江,用生命来维护自己的爱情理想和人格的尊严,以一死来表示对那个黑暗社会的最后抗议。杜十娘的爱情悲剧,带有鲜明的时代特征,在她"宁为玉碎,不为瓦全"的刚烈性格中,我们可以感受到明中叶以后新兴起来的争取人权的思想潮流正成为文学作品创作的主潮。

"二拍"中的一些作品也表现了一定程度的平等思想,比如在《满少卿饥附饱飏》中,作者就对封建婚姻中男女关系的不平等,提出异议:

> 天下事有好些不平的所在!假如男子死了,女人再嫁,便道是失了节、玷了名、污了身子,是个行不得的事,万口訾议;及至男人家丧了妻子,却又凭他续弦再娶,置妾买婢,做出若干的勾当,把死的丢在脑后不提起了,并没有人道他薄幸负心,做一场说话。就是生前房室之中,女人少有外情,便是老大的丑事,人世羞言;及至男人家撇了妻子,贪淫好色,宿娼养妓,无所不为,总有议论不是的,不为十分大害。所以女子愈加可怜,男子愈加放肆。这些也是伏不得女娘们心里的所在。

在当时，作者能有这样的认识是极其难能可贵的。这正如恩格斯所说："凡在妇女方面被认为是犯罪并且要引起严重的法律后果和社会后果的一切，对于男子却被认为是一种光荣，至多也不过被当作可以欣然接受的道德上的小污点。"①作者的这种思想也体现在他作品的具体描写中，在他笔下的许多妇女形象，都是以一种新的、与男子平起平坐甚至以胆识超过男子的面目出现。如《同窗友认假作真》中女扮男装、文武双全的闻俊卿，《李公佐巧解梦中言》中女扮男装、以才智报杀父杀夫之仇的谢小娥，《顾阿秀喜舍檀那物》中才智过人、忠于爱情的王氏，《程元玉客店代偿钱》中身怀绝技、除暴安良的巾帼英雄韦十一娘，还有《破勘案大儒争闲气》中光明磊落、不畏官刑的妓女严蕊，这些都是才智胆识不让须眉的新女性。作者从品德和能力上肯定她们，实际上就是对男女不平等、压迫妇女现象的严重抗议。它同样表现了新兴的市民阶层进步的思想意识。

四、揭露黑暗的社会现实

这一类作品在"三言""二拍"中占有相当的数量，作者把批判的笔触指向封建社会的各个方面，或揭露奸臣弄权、陷害忠良，反映统治阶级内部政治斗争的残酷；或鞭挞封建官吏的贪赃枉法，残害无辜；或控诉土豪劣绅仗势欺人，横行乡里；或描述流氓恶棍的种种坑蒙拐骗的恶行，反映了当时恶浊的社会风气。这一切，对我们充分认识封建社会腐朽的本质，具有十分重要的意义。

《沈小霞相会出师表》是反映明代统治阶级内部政治斗争的杰作。它写的是明代奸相严嵩父子专权时，打击异己，进行政治迫害的无数冤案中的一件。故事所依据的材料绝大部分是真人真事，《明史·沈錬传》有比较详细的记载。作品主要是写忠正耿直的沈錬不满于奸臣严嵩父子的倒行逆施，置生死于度外，直接与严嵩父子展开斗争，并由此引起家破人亡的一连串悲惨事件。斗争的性质虽属于统治集团内部的忠奸之争，但由于作品深刻揭露了严嵩父子及爪牙们祸国殃民的罪行；又写了一些下层人民对沈錬父子的同情和支持，说明在客观上沈錬的斗争与人民的利益是一致的，因此就使得这个故事具有较普遍的社会意义。《卢太学诗酒傲王侯》写"贪酷无比"的浚县知县汪岑因当地士绅卢柟冒犯了自己，便利用卢柟家人的罪名，陷害卢柟，罗织成死罪，又怕事

---

① 《马克思恩格斯选集》第四卷，人民出版社1972年版，第71页。

情败露,企图在狱中以私刑拷死卢柟。汪岑致人于死地的动机,仅仅是因为卢柟对他态度傲慢,而作品中有关汪岑"必置之死地,才泄吾恨"的描写,入木三分地揭示了封建官僚贪酷无耻、阴险毒辣的本相。《木棉庵郑虎臣报冤》也是这类作品中写得较好的。小说对南宋奸相贾似道肮脏的一生作了艺术的再现。贾似道原是斗鸡走狗、饮酒宿娼、一身恶习的无赖,依靠身为贵妃的堂姐的势力一步登天,爬上宰相的高位。他陷害忠良、独揽朝政、杜绝贤路、结党营私,干尽了伤天害理、奸邪误国的勾当,最终落得个可悲的下场。小说通过对这个人物卑鄙、阴险、凶残而又无能的面目的刻画,表达了人民对权臣酷吏的愤恨和鄙视。

揭露贪官污吏贪赃枉法、残害无辜的作品写得较好的有"二拍"中的《恶船家计赚假尸银》《进香客莽看金刚经》《王渔翁舍镜崇三宝》《青楼市探人踪》《钱多处白丁横带》等。作者对晚明官场的腐败之风是痛心疾首的,因此对此的揭露也尤其深刻,令人触目惊心。作者在《恶船家计赚假尸银》中谴责那些"如今为官作吏的人,贪爱的是钱财,奉承的是富贵,把那'正直公平'四字抛却东海大洋"。《进香客莽看金刚经》中的柳太守,就是一个贪官的典型,他有"极贪的性子",听说某寺珍藏的白居易手书的《金刚经》价值千金,便一心要弄到手,不惜串通劫盗,构设罪名,诬陷该寺住持,直到索到这部《金刚经》才罢手。《王渔翁舍镜崇三宝》也是写一个身为提刑官的"大贪之人"浑耀,为了抢夺一面宝镜,反复勒索法轮和尚,竟至将和尚打死。《青楼市探人踪》写一个又贪又狠、"除了银子再无药医"的杨巡道,为官时贪财纳贿,被撤职回乡后,"所为愈横","终日在家设谋运局,为非作歹",干尽伤天害理的事情。《钱多处白丁横带》则揭露了官场里卖官鬻爵的现象。郭七郎用钱买了个刺史,张多保告诉他,做官"有的钱赚,越做越高,随你去剥削小民,贪污无耻,只要有使用,有人情,便是万年无事"。这一切都充分暴露了封建官场的腐败黑暗和封建官吏鱼肉百姓的本质。

对土豪劣绅仗势欺人、横行霸道的罪恶,"三言""二拍"也进行了无情地揭露和鞭挞。如《灌园叟晚逢仙女》写恶少张委看上了爱花如命的秋先老人的花园,竟强迫秋公把园子卖给他,甚至提出要把秋公一同买下,并威胁说如果不卖,"就写帖儿送到县里去"!遭到秋公反对后,他果然诬告秋公为妖人,打入牢狱。活活是一副恶霸的嘴脸。小说最后写张委受到了严惩,这表现了人民惩恶扬善的愿望。但在封建社会中,像张委这样的恶霸是很难受到实质性的惩罚的,因为在他的后面,有一个庞大的专制政权在支持着。对现实生活中的各色骗子拐子、流氓恶棍,作者也一一予以曝光:有的专以炼丹烧银诈骗钱财,如《丹客半黍九还》中的"丹客";有的丧心病狂、专以自己的妻子为诱饵行骗,如《张溜儿熟布迷魂局》中的张溜儿;有的专以拐卖良家妇女为职业,如《姚滴珠避羞惹羞》中的汪锡和王婆;有的教唆词讼,进行讹诈,如《赵五虎合计挑家衅》中的牛三、周丙等;还有结伙设局行骗的职业盗骗集团,如《沈将仕三千买笑钱》中的王朝议、李三、郑十等。这些形形色色的骗子恶棍,公然在光天化日之下,横行霸道,为所欲为,而且屡屡得逞。这正深刻地暴露了现实社会的黑暗和当时世风的恶浊。

五、卓越的人物塑造艺术

"三言""二拍"是由宋元小说话本直接发展而来,因此在艺术上仍保持了不少小说话本的特色,如叙述方式、结构体制、语言的运用和提炼等,都继承了小说话本的优良传统。但"三言""二拍"多是文人创作,因此它在艺术上又有很多新的发展,更趋于成熟和定型化。比起话本来,它的篇幅大大加长了,主题思想更为集中鲜明,作品结构更为谨严,故事情节更为曲折动人。尤其在人物形象的塑造上,取得了更为突出的成就。"三言""二拍"的作者在吸收前人艺术经验的基础上,运用多样化的艺术手段,塑造了众多性格鲜明富有典型意义的艺术形象,有如一幅幅千姿百态、栩栩如生的人物画卷,展现了明代社会中的各类人物,特别是城市市民的思想性格和精神风貌,具有很高的历史认识价值和审美价值。

首先,作者善于把人物置身于真实的社会生活环境中,扣紧人物的身份、经历和遭遇来刻画他们的性格特征。比如《王娇鸾百年长恨》中的王娇鸾和《杜十娘怒沉百宝箱》中的杜十娘,她们都向往和追求自由幸福的爱情和婚姻,都同样在爱情上经历了从希望、追求到幻灭、绝望的悲剧历程,最后都为维护自己的爱情理想献出了年轻的生命。但由于她们各自的身份、生活环境的不同,因此在同样的遭遇中表现出了不同的性格特征。王娇鸾是"深闺养育"的"名门爱女",她选择周廷章,是因为他"才情美貌"和"门户相同",当周一去三年,杳无音信,负心背盟后,她先是不死心,频频寄书传简,希望他回心转意,而当这一希望破灭时,她一方面下了必死的决心,另一方面又想到"我娇鸾名门爱女,美貌多才。若嘿嘿而死,却便宜了薄情之人"。于是利用父亲的关系,将周负心的丑行诉诸官府,通过官府严惩了周廷章。杜十娘则是一个青楼名妓,深谙世道,在爱情选择上,更注重对方的品德。她虽与李甲"朝欢暮乐"、"如夫妇一般",但在下决心之前,仍多次考验李甲,表现出稳重和心计。而当她一旦发现李甲的负心忘义后,她不乞求,也不想用金钱去换取李甲的回心转意,而是勇敢地在众人面前指控李甲的不义和孙富的不仁,最后与百宝箱一起葬身大江。相形之下,王娇鸾更显出千金小姐的软弱、轻信,缺乏生活经验,但又恩怨分明;杜十娘则显得机智、刚烈、老练,"宁为玉碎,不为瓦全"。她们性格上的差异,显然与她们的身份、生活环境的不同有很大的关系。

"三言""二拍"还善于透过人物的言行,去揭示人物的性格特征,使人物更富于形象的生动性和可感性。如《蒋兴哥重会珍珠衫》里的王三巧,从"目不窥户"、安分守己到引狼入室、失身于人,其间她性格发展的整个复杂过程,以及她思想感情、内心深处的极其细微的变化,就完全是通过她自身言行的动态描绘,而层次分明地展现出来的。作品写她因买珠宝首饰,不知不觉坠入薛婆的圈套,先是与薛婆一般性交谈,竟产生好感,接着便是"一日不见她来,便觉寂寞,叫老家人认了薛婆家,早晚常去请她"。最后干脆邀薛婆来家歇宿,两人饮酒耍笑,抵足而眠。对薛婆淫词秽语的挑逗,她先是制止,接着既不制止也不插言,最后竟插言逗趣,津津乐道。王三巧言行上的这种变化,正是她内心世界变化的具体表现。在薛婆的引诱下,我们看到她性格中轻浮、软弱、贪求枕席之欢的一面得到了恶性的发展,这也是她失足的思想基础。同样,小说中薛婆老谋深算、随机应变、巧舌如簧的性格,也是通过她引诱王三巧的言行中显露出来的。又如"二拍"中的《韩秀才乘乱聘娇妻》,写韩秀才参加岁考后,"甚是得意",以为这下县前许秀才的女儿便可嫁给他了。"出场来将考卷誊写出来,请教了几个先达、几个朋友,无不叹赏。又自己玩了几遍,拍着桌子道:'果然有些老婆香!'"这里,正是通过韩秀才的言行,把他那种踌躇满志和天真穷酸的性格描摹得淋漓尽致。

"三言""二拍"还善于通过富有特征性的细节来塑造人物性格。在《卖油郎独占花魁》中,作者写秦重辛苦一年,攒足与花魁娘子"相处一宵"的花柳之资,又诚心诚意地等了几个月,才得以见到带醉归来的美娘,而美娘却对他表示了冷淡,在这种情况下,作品紧接着便有一个对揭示秦重的性格十分重要的细节描写:

> 秦重看美娘时,面对里床,睡得正熟,把锦被压于身下。秦重想酒醉

之人，必然怕冷，又不敢惊醒她。忽见阑干上又放着一床大红紵丝的棉被。轻轻地取下，盖在美娘身上，把银灯挑的亮亮的，取了这壶热茶，脱鞋上床，捱在美娘身边，左手抱着茶壶在怀，右手搭在美娘身上，眼也不敢闭一闭……美娘放开喉咙便吐，秦重怕污了被窝，把自己的道袍袖子张开，罩在她嘴上。美娘不知所以，尽情一呕。呕毕，还闭着眼，讨茶嗽口。秦重下床，将道袍轻轻脱下……斟上一瓯香喷喷的浓茶，递与美娘……

秦重在这里不是把美娘看作花钱玩弄的宠物，而把她当作一个需要关怀、需要帮助的人，他的"知情知趣"，充满了对美娘的真心的爱和尊重。这一细节，正淋漓尽致地表现出秦重"志诚忠厚"、善良细心的性格。又如"二拍"中《占家财狠婿妒侄》有一细节，写员外要到庄上收割，临行，"员外叫张郎取过那远年近岁欠他钱钞的文书，都搬出来，便叫小梅点过灯，一把火烧了。张郎伸手火里去接，被火一逼，烧坏了指头叫痛。员外笑道：'钱这般好使！'"这一细节，入木三分地把张郎"贪小好刻薄"、"苦苦盘算别人"的性格刻画出来了，具有很强的讽刺性。这类出色的细节描写，在"三言""二拍"中举不胜举，这也正是它艺术上成熟的标志。

抓住人物的主要性格特征，反复加以渲染，使之清晰完整、突出鲜明，也是"三言""二拍"塑造人物的一个重要方法。比如《卢太学诗酒傲王侯》中卢柟豪放不羁、傲视权贵的性格，就是在他与贪酷阴险的县令汪岑的矛盾冲突中反复渲染、层层加深而突显出来的。当卢柟的傲慢激怒了汪知县，汪某派公差来拘捕他时，他正在暖阁上与宾客饮酒。众公差明火执仗打入房帷，乘机抢劫，众宾客惊恐万状，卢柟却全不在意地说："由他自抢，我们且白吃酒，莫要败兴，快斟热酒来"；待他被绳索套住拿到公堂上时，他仍是"挺然居中而立"，当面责斥汪岑；及被打得血肉淋漓，由家人扶往监狱时，他仍然"一路大笑走出仪门"，并吩咐家人送酒到狱中来；直到最后，他被囚禁十年，新任知县冒着丢官的风险，斗胆为他平反，他去见救命恩人时，仍是"轻身而往"，"长揖不拜"，不愿傍坐，并当面唐突道："老父母，但有死罪的卢柟，没有傍坐的卢柟。"在生死攸关的激烈冲突中，经过这样反复的层层渲染，卢柟傲视权贵、狂放不羁而又带有贵公子不谙世情的性格愈益显得鲜明耀眼，给人留下难忘的印象。

"三言""二拍"还善于通过勾魂摄魄的心理描写，细致入微地刻画出人物复杂的内心世界。如《蒋兴哥重会珍珠衫》写蒋兴哥在外经商，得知家中妻子失节后,"如针刺肚",急急赶回家去。"望见了自家门首,不觉堕下泪来。想起:'当初夫妻何等恩爱,只为我贪着蝇头微利,撇她少年守寡,弄出这场丑来,如今悔之何及!'在路上性急,巴不的赶回。及至到了,心中又苦又恨,行一步,懒一步……"这段心理描写充分地表现出了蒋兴哥的性格特征和思想斗争的过程。他此刻的情感是十分复杂的,气恼苦恨,伤心流泪,开始时还恼恨妻子,到后来反而责怪自己,这是善良厚道、富于情感的小商人特有的心理活动,作者写来贴切真实,生动感人。《金玉奴棒打薄情郎》则通过刻画负心汉莫稽在不同处境不同地位时内心世界的变化,来展现他那种顽劣卑微、趋炎附势的性格特征。其他如"二拍"中的《转运汉巧遇洞庭红》《丹客半黍九还》等篇,也都有十分精彩的细致入微的心理描写。这种勾魂摄魄的描写手段,不仅使小说摆脱了一般人物描写的俗套,而且使人物形象更富有立体的质感。

第四节　李渔的白话短篇小说

一、李渔的生平和创作

在"三言""二拍"的影响下,明末清初出现了一个白话短篇小说创作的高潮,作家作品大量涌现,其中成就最突出的是清初的李渔,他的《无声戏》《十二楼》是继"三言""二拍"之后,两部质量较佳、影响较大的白话短篇小说专集。他的小说成就仅次于"三言""二拍",在清代的白话短篇小说中占有很重要的地位。

李渔(1611—1680),字笠鸿,号笠翁、随庵主人、新亭樵客、觉道人等,原籍浙江兰溪,但他自幼跟从父辈生长在江苏如皋。他的父亲、伯父都是经营医药的商人,因此李渔少时家境富裕,受到良好的教育。李渔十九岁那年,他的父亲逝世。不久,他便回到家乡兰溪,读书著文,准备应考。二十五岁应童子试,以五经见拔,此后虽参加过几次乡试,但均落第。其间,由于如皋方面财源断竭,加上明末清初的易代战乱,他的家境便逐渐衰落下去了。顺治八年(1651)左右,李渔移居杭州,以卖文刻画为生,并开始了通俗小说和戏曲的创作,《无声戏》《十二楼》中的大部分作品,《怜香伴》《凤筝误》《蜃中楼》《意中缘》等多种传奇都写于这一时期。康熙元年(1662)李渔又移家南京,继续以刻文卖书度日,此后在南京住了将近二十年。他的南京住所取名为芥子园,他所开的书铺也名芥子园,著名的《芥子园画谱》就是此时刻印的。李渔在南京期间,还组织家庭剧团,自编、自导、自演,到处献演,足迹遍及苏、皖、浙、赣、闽、粤、鄂、豫、陕、甘、晋等地,有如他自己所说:"二十年来负笈四方,三分天下,几遍其二。"①李渔这样风尘仆仆地奔走,一方面是为了谋生,养家糊口,另一方面,也与他倾心戏曲的志趣有关。康熙十六年(1677),六十七岁的李渔又由南京移家杭州,隐居湖山,安贫乐道,过着清闲的生活,康熙十九年(1680)正月在杭州逝世,终年七十岁。

　　李渔一生著作甚富,除《无声戏》《十二楼》外,主要有诗文杂著合集《李笠翁一家言全集》,其中卷一至卷四为序跋铭赞记书信等,称《笠翁文集》;卷五至卷七为诗,称《笠翁诗集》;卷八为词,称《笠翁诗余》;卷九至卷十为读史论古之文,称《笠翁别集》。外有《闲情偶寄》六卷;戏曲十六种左右,已确认的有《笠翁十种曲》;长篇小说有《合锦回文传》《肉蒲团》②。

　　李渔在文学史上的突出成就,主要表现在戏曲小说两方面。他创作的剧作在清初剧坛上影响很大。"笠翁词曲有盛名于清初,十曲初出,纸贵一时。"③有人甚至推崇他"所制词曲,为本朝第一"④。他的《闲情偶寄》中的《词曲部》和《演习部》,是我国第一部把戏曲作为综合艺术来研究的具有很高学术价值的戏曲理论著作,在中国戏剧理论发展史上占有重要的地位。小说创作成就主要体现在白话短篇小说集《无声戏》《十二楼》上。《无声戏》现存四种本子:(一)《无声戏》,十二回,每回演一故事,卷首有伪斋主人序。清初精刊本,藏日本尊经阁。(二)《无声戏合集》,原有一集和二集,二集今不存,此合集为顺治原刊本,惜只残存二篇,此书现归北京大学图书馆。(三)《无声戏合选》,原目十二回,今残存九回,为开封孔宪易私藏。(四)别本《连城璧》,日本抄本,为大连图书馆收藏,此抄本有全集十二回,外编原是六卷,现残存四卷。共计十六篇,是现知《无声戏》诸版本中保存李渔小说最多的一种。《十二楼》又名《觉世名言第一种》,此书十二个故事中都有一座楼,因此后出刊本书名均改为《觉世名言十二楼》,简称《十二楼》。现有消闲居精刊本、会成堂

---

① 李渔《上都门故人述旧状书》,见《李渔全集》第一卷《笠翁一家言文集》,浙江古籍出版社1991年版,第224页。
② 此二书是否李渔著,有争论。
③ 李仙根撰《毗梨耶室杂记》。蒋瑞藻《小说考证》,上海古籍出版社1984年版,第461页。
④ 支丰宜《曲目新编·题词》,见中国戏曲研究院编《中国古典戏曲论著集成》(九),中国戏剧出版社1959年版,第133页。

重刊本,坊刊巾箱本以及民国年间上海亚东图书馆汪原放点校本。

二、现实社会的生动写照

《无声戏》和《十二楼》共收有李渔白话短篇三十篇(现存二十八篇),这些作品从不同的角度反映了当时的社会风貌,具有一定的进步意义和认识作用。

首先,作者善于通过描写男女青年在爱情上的悲欢离合,表现他们追求婚姻自由的强烈愿望,在一定程度上体现了作者在婚姻爱情问题上的民主意识。在这类作品中,《谭楚玉戏里传情》和《合影楼》写得最好。《谭楚玉戏里传情》写的是江湖戏班女伶刘藐姑与落魄书生谭楚玉的爱情故事。谭楚玉为了接近心上人刘藐姑,不惜投身戏班,借同台演戏之机,向藐姑表达挚爱之情。这在当时是难得的,因为在封建社会里,戏子的地位极低,甚至不如乞丐。谭楚玉虽然落魄,但毕竟是"旧家子弟",他的行动表现了对封建等级观念的蔑视。刘藐姑的性格在作品中更为突出。她虽为倡优,但心地纯洁无瑕,为了追求理想的伴侣,她不畏恶势力胁迫,不受金钱的诱惑。她对谭生的爱情表现得十分真诚,当重利忘义的母亲要将她卖给富翁为妾时,她先是公开反抗母命,声称已自许谭生,宁死不嫁他人。迎娶之日,她又借戏发挥,痛斥富翁的恃财不义,最后与谭生双双投江,以死殉情。这是一个为追求爱情婚姻自由而勇敢向封建礼教和封建势力挑战的女性形象,作者在这个人物身上寄寓了全部的同情,肯定并赞颂了这种为爱情献身的悲壮之举。小说后半部写两人双双获救,谭生金榜题名,皆大欢喜,表现了作者"愿有情人终成眷属"的善良愿望,但在艺术构思上却冲淡了作品悲剧性的主题。这也是由作者"娱心""劝善"的创作目的所决定的。

《合影楼》是一出轻松的爱情喜剧,作者以清新优美的笔调,描写了珍生与玉娟这一对才子佳人的爱情故事。他们的恋爱方式奇特而又富于诗意。囿于封建礼法,他俩虽一水之隔,却无由见面,只好在各自的水阁上,与对方的影子谈心,或以言语、或用手势、或借流水荷叶传递情书,互诉爱慕相思之情。尽管玉娟之父"古板执拗","家法森严",极力反对他们结合,但经过不懈的努力和众人的帮助,他们最终还是结成了美满的姻缘。这个故事形象地告诉人们,爱情的产生是自然的,是任何力量都无法改变的,正如李渔在小说入话中所说的那样:"天地间越礼犯分之事,件件可以消除,独有男女相慕之情、枕席交欢之谊……莫道家法无所施,官威不能摄,就使玉皇大帝下了诛夷之诏,阎罗天子出了缉获的牌,山川草木尽作刀兵,日月星辰皆为矢石,他总是拼了一死,定要去遂了心愿。"作者在这里强调了爱情的巨大力量,体现了作者肯定人欲、反对道学、追求个性解放和爱情自由的思想。李渔的这种思想,与李贽、冯梦龙的新思想是一脉相承的。

李渔的一些小说还暴露了封建统治者的荒淫昏庸,揭露了封建官场的黑暗、吏治的腐败和社会风气的恶浊,具有批判现实的积极意义。《鹤归楼》写宋徽宗在国家危亡之际,仍下诏选妃,追求淫乐,后因故罢选。但当他闻得两位预选的绝色佳人竟为两个新进士所娶,竟然"吃臣子之醋",滥用皇权,接二连三地迫害两位无辜的进士。作品尖锐地嘲讽了这个一国之君的小人行径,暴露了封建统治者荒淫误国的本质。《萃雅楼》则刻画了一个朝廷恶棍的形象,身为朝官的严世蕃,竟是一个人面兽心、残忍凶狠的家伙,他酷好男色,为了长期霸占美貌少年权汝修,竟串通太监阉割了他。作者对这种惨无人道的暴行,表现了极大的愤慨和谴责。

《老星家戏改八字》则暴露了官场的黑暗和吏治的腐败。故事写一个刑厅皂隶蒋成,因心慈手软,不会欺心钻营,结果在衙门二十多年,眼见同事个个白手起家,家境富足,自己却食不果腹。后来得到新任刑厅的照顾,也渐渐发达起来,做满两任官,宦囊竟以万计。一个老实本分的人,由吏而官,数年之内,竟积起万金家资,更不用提那些如狼似虎的贪官污吏了。在作品中,作者还借衙役的自白,一针见血地道出了封建官府的本质:"要进衙门,先要吃一副洗心汤,把良心洗去。要烧一分告天纸,把天理告辞。然后吃得这碗饭。"在《清官不受扒灰谤》中,作者谴责了昏官的滥用刑罚和率意断案。小说中的太守是以正人君子的面目出现,他极重"纲常伦理",凡告奸情的,"原告没有一个不赢,被告没有一个不输到底的"。他审理奸情的唯一法宝,就是先看妇人容貌如何,凡是长得标致的,就认定会勾引男人,案子也不审自明了。正是他这种酸腐的偏见和主观武断,致使穷书生蒋瑜与邻妇何氏蒙受不白之冤。对官府的滥用刑罚,严刑逼供,作者在小说中也表现了极大的愤慨:"夹棍上逼出来的总非实据,从古来这两块无情之木,不知屈死了多少良民!"这可以说是对封建官府任情断狱的有力控诉。

李渔小说还为我们描绘了一幅幅生动的市民生活图景,歌颂了下层市民讲信义、重友情、富有同情心和正义感的美好品德。如《乞丐行好事》歌颂了一个见义勇为、助人为乐的乞丐"穷不怕",这个"穷不怕"常把讨来的东西拿去周济穷人,当高阳县寡妇受人欺侮、无钱赎女时,"穷不怕"路见不平,慷慨解囊相助,并代寡妇向全县财主求助,结果"一县财主,抵不得一个叫化子",竟无一人肯资助分文。作者借"穷不怕"的口,十分感慨地说:"如今世上有哪个财主肯替人出银子,贵人肯替人讲公道的?若要出银子,讲公道,除非是贫穷下贱之人里面或者还有几个。"在这里,作者通过穷人和富人之间的鲜明对比,突出了下层人民的高尚品德,表现了自己对现实清醒的认识和鲜明的爱憎感情。在《妻妾败纲常》中,作者塑造了一个善良、朴实、言而有信、富有同情心的奴婢碧莲的形象,作者也是把她放在与口是心非、虚伪薄幸的主人妻妾的对比中,来勾画她的美好心灵的。其他如《重义奔丧奴仆好》中重义轻财的奴仆百顺,《生我楼》中尊重和孝敬老人的小商人姚继等,作者都给予颂扬和肯定。这些都表现了作者对世态人情的清醒的洞察力和进步的平民意识。

李渔小说的思想内容总体上的进步意义是明显的,但同时也应指出,由于时代的局限和他本人某些庸俗落后思想的影响,他的作品也常常混杂着一些落后低下的东西。在他的作品里,民主性的精华和封建性的糟粕并存,现实与理想、理智与感情、局部与整体又常常矛盾着。他的一些作品,在歌颂自由爱情和婚姻的同时,又往往以肯定和赞赏的态度描写一夫多妻制,鼓吹封建主义的伦理道德。因此作者笔下的一些理想人物,往往是披上风流倜傥外衣的正人君子。作者在他的戏曲作品《慎鸾交》中就曾这样说过:"据我看来,名教之中,不无乐地;闲情之内,也尽有天机。毕竟要使道学、风流合而为一,方才算的个学士文人。"小说《寡妇设计赘新郎》的主人公吕哉生就是这样的一个风流才子,他在妻子死后,经常嫖妓,并先后占据五位佳人,随后他又发愤读书,连中二榜。这样,他既升官发财,又妻妾满堂。这正是"道学、风流合而为一"的作者心目中的理想人物。在吕哉生的身上,我们也可以看到作者自己放荡生活的痕迹。李渔在这些地方实际上是混淆了情和欲的界限,突出地表现了他庸俗的思想意识和生活情趣。

还应当指出的是,李渔为了宣扬封建伦理道德,为了发挥小说的劝善惩恶的教化作用,也为了片面追求小说的喜剧效果,在作品中,常常有意无意地调和生活中本来不可调和的矛盾,把真与假、美与丑、善和恶这些本来对立的东西统一起来,这就影响了他小说反映生活的广度和深度,这也是他一些批判现实的作品尖锐性和深刻性比较薄弱的原因。另外在有的作品中,作者也鼓吹封建的贞操观念,无原则地肯定妇女的守节行为,并把这种贞操观念同爱情的忠诚混为一谈。这一切都影响了李渔小说的思想成就。

三、戏剧化的小说艺术特色

李渔是一位小说戏曲兼擅的作家,对戏曲艺术尤为精通。在小说与戏曲的关系上,他认为戏曲是有声的小说,小说则是无声的戏曲。因而在进行小说创作时,他也有意识地吸收引进了戏曲艺术的一些特点,从而使他的小说形成自己鲜明的艺术特色,在明末清初的白话短篇小说中独树一帜,令人耳目一新。

李渔的小说创作特别注重故事的新鲜奇特,这和他的戏曲创作一样。李渔在戏曲题材的选择上,非常强调新奇,认为"有奇事方有奇文",当然这种新奇又要做到真实自然,不露痕迹。因此,他的小说题材大部分取自现实生活,就像鲁迅评价《红楼梦》似的,"正因写实,转成新鲜"。在题材的处理上,又往往能标新立异,伐隐攻微,从平凡的人与事中发现前人"摹写未尽之情,刻画不全之态"。比如爱情婚姻在古典文学作品中可谓是一个烂熟的题材,要想出奇创新确是很难,但李渔却能另辟蹊径。在《合影楼》中,作者让男女主人公对着水中的人影倾诉恋情,借流水荷叶来传递情书,后来又用误会法,使男女主人公在大怨中获得大喜。这样的构思是别出心裁的,它摆脱了才子佳人小说"私订终身后花园,落难公子中状元"的俗套,给人新鲜之感。在《谭楚玉戏里传情》中,作者则让男女主人公在众目睽睽的戏台上谈情说爱,假戏真作,上演了一出绝妙的戏中戏。在《生我楼》中,作者写的是在战乱中一家人离合悲欢的故事,这个题材也是常见的,但作者却把它写得格外的奇巧新颖。尹小楼插标卖身欲为人父,偏偏又有一个愿买人为父的姚继。姚继从乱兵手中买回两个妇人,竟然一是生母,一是未婚妻,而买来的父亲又是生身父亲。这个故事可谓奇极巧极,由于作者把故事放在兵荒马乱的背景下来叙写,因此读来并无造作之感。这篇小说浓厚的传奇色彩,体现了作者极力追求新奇的良苦用心。李渔在小说创作中,力求情节发展的曲折多变、变幻莫测。这也与他的戏曲创作有着密切的联系。李渔在戏曲创作上十分重视戏剧情节的生动性和复杂性。李渔曾说:"戏法无真假,戏文无工拙,只是使人想不到,猜不着,便是好戏法,好戏文。"因此,他的小说创作也遵循了这些规律。如《闻过楼》写呆叟归隐山林,朋友苦劝不止,移家后竟祸难迭起,频遭变故,而且愈演愈烈,搞得呆叟惶惶不可终日,令读者亦为之不平叫屈。最后真相大白,原来是他好友殷太守等舍不得他远离而玩弄的几个令他回头的圈套。为了增加情节的生动性、曲折性,李渔还特别注意利用悬念来吸引读者的注意力。如《遭风遇盗致奇赢》写秦世良三次借银外出经商,却三次丢失,或被抢,或被偷,或被冒认,而且都丢得蹊跷,其中缘由,作者都未做交代,留下悬念。到了小说后半部分,作者才有条不紊、合情合理地将这些悬念一一加以解决,世良的失银也一一得到加倍偿还。情节的发展可谓跌宕多姿,令人大惊大喜。

为了使故事情节的发展更能吸引读者,李渔还借鉴了戏曲结构"立主脑,减头绪,密针线"的创作经验,使他的大部分小说都能做到结构单纯,主线明确,前后照应。如《谭楚玉戏里传情》,作者紧紧围绕谭刘二人爱情的发展来展开情节,决无"旁见侧出之情",使作品的主要人物和主要事件分外鲜明,很好地突现出作品的主旨。《闻过楼》也是沿着呆叟移家后的种种遭遇,来推动情节发展的。这种戏曲式的小说结构,与较复杂的结构形式相比,显得通俗直接,没有枝蔓芜杂之累,也便于文化水平较低的市民们阅读,有雅俗共赏之妙。

李渔小说的语言与他的戏曲语言一样,具有浅显通俗、生动风趣的特点。李渔在语言上力主"贵浅显",他认为作家要向各方面学习语言,既要"话则本之街谈巷议,事则取其直说明言"[1],又要博采"经传子史以及诗赋古文"乃至"道家佛氏九流百工之书"[2],这样兼收并蓄、融会贯通,才能真正提高语言的艺术表现力。李渔小说的语言也体现了作者的这种主张。如在《谭楚玉戏里传情》中,有一段描写刘藐姑高超技艺的文字:

> 他在场上搬演的时节,不但使千人叫绝,万人赞奇,还能把一座无恙的乾坤,忽然变做风魔世界,使满场的人,个个把持不定,都要死要活起来。为什么原故?只因看到那消魂之处,忽而目定口呆,竟像把活人看死了。忽而手舞足蹈,又像把死人看活了。所以人都赞叹他道:"何物女子,竟操生杀之权!"

作者在这里就是把经过加工提炼的口语和少量的文言词语有机地糅合在一起,既明白如话,又精练干净,使人读后对刘藐姑的表演技艺有一个形象鲜明的印象。

李渔小说语言还具有喜剧性特色。我们知道,李渔的审美意识是以喜剧为主导的,他在戏曲《风筝误》中曾说过:"惟我填词不卖愁,一夫不笑是吾

---

[1] 李渔《闲情偶寄·词曲部上》,"贵显浅"条,浙江古籍出版社1985年版,第16页。
[2] 《闲情偶寄·词曲部上》,"贵显浅"条,浙江古籍出版社985年版,第17页。

忧。"李渔小说的喜剧性当然是由各种因素组成的,但语言的喜剧性是其中重要一环。他的小说语言具有插科打诨的成分,富有调侃性意味,同时大量运用方言、俗语,增加语言的谐谑色彩。比如在《仗佛力求男得女》中,作者写一个财主年老无子,菩萨告诉他只要慷慨施舍就会有子,他遵嘱而行,果然通房怀了孕,这时他又不想再花钱财了,作者在这里有一段惟妙惟肖的心理描写:"菩萨也是通情达理的,既送个儿子与我,难道教他呷风不成。况且我的家私,也散去十分之二。譬如官府用刑,说打一百,打到二三十上,也有饶了的。菩萨以慈悲为本,决不求全责备,我如今也要收兵了。"这一段勾魂摄魄的心理描写,具有很强的喜剧性,作者以漫画式的笔调,探及人物的灵魂深处,在读者会意的笑声中,一个极其吝啬而又愚蠢的土财主形象就活脱脱地跃然纸上了。这种带有戏谑、调侃意味的语言,确实有助于加强小说整体的喜剧感。

当然,李渔小说在艺术上也存在着明显的缺点。比如由于他刻意求新,有时就会出现为情节而情节,造成矫揉造作、过于巧合和牵强的弊病;有时为了追求风趣、诙谐,把握不当,就会失之油滑、轻佻;有的由于作品内容的荒唐、庸俗,一些语言也会带有低级趣味。总之,李渔小说的艺术表现,也往往会带上作者审美意识中庸俗低下的印记,这无疑也影响了他小说的成就。

第五节 明清其他白话短篇小说

在"三言""二拍"的影响下,明末清初白话短篇小说的创作出现了繁盛的局面,一时作者纷起,专集频出。这种局面一直持续到清中叶才渐趋衰歇。据胡士莹先生《话本小说概论》一书统计,除"三言""二拍"和李渔小说外,明清其他白话短篇小说专集亦在五十种上下,实际可能还不止这些。下面我们就分别对明末和清代白话短篇小说专集的基本情况作一些简单的介绍。

一、明末白话短篇小说

明末白话短篇小说主要集子有《型世言》《鼓掌绝尘》《石点头》《西湖二集》《鸳鸯针》《欢喜冤家》《笔㹠豸》《十二笑》《壶中天》《一片情》等,其中写得较好的有以下几部:

《型世言》,佚失了三百余年,1987年在韩国汉城大学发现。1992年11月由台湾中央研究院中国文哲研究所影印出版后,大陆几家出版社也相继点校出版。《型世言》的发现,使治小说史的专家获得了宝贵的资料,具有很高的学术价值。它解开了《幻影》《三刻拍案惊奇》《别本二刻拍案惊奇》的疑案,这三者的祖本都是《型世言》。也因《型世言》的面世,发现了陆人龙这位明末重要的作家。《型世言》十卷四十回,作者题署或作"钱塘陆人龙",或作"钱塘陆君翼",或作"钱塘君翼陆人龙"。每卷首页首行题"峥霄馆评定通俗演义型世言卷之×"。每回前均有翠娱阁主人写的叙、序、小序、小引、题词等。每回均有"雨侯"、"木强人"、"草莽臣"等写的回末总批和眉批,间或有双行夹批。《型世言》刻印时间应与《拍案惊奇》相近,大概不早于崇祯二年(1629)。《型世言》书名与《喻世明言》等属同一类型,显然是受到冯梦龙"三言"的影响,欲以小说"树型今世",起到匡正世风的作用。

陆人龙是明末著名选家、作家和出版家陆云龙的弟弟,字君翼,别署平原孤愤生。钱塘(今杭州)人。生平不详。除《型世言》外,还著有《辽海丹忠录》。

与荟萃古今故事的"三言""二拍"相比,《型世言》的最大特点便是完全写明代本朝故事。其中不少是时事小说,即反映当代历史事件的小说。当时兴起了一股时事小说的创作热潮,陆氏兄弟是其中最重要的作家,他们十分关心国家大事,集中表现当代时事政治,用小说形式抨击朝政,揭露社会矛盾。陆云龙创作了长篇小说《魏忠贤小说斥奸书》,抨击魏忠贤阉党专权。陆人龙的《辽海丹忠录》是反映后金政权与明王朝在辽东对抗的重要作品。《型世言》中的《烈士不背君,贞女不辱父》《胡总制巧用华棣卿,王翠翘死报徐明山》《矢智终成智,盟忠自得忠》《逃阴山运智南还,破古城抒忠靖贼》等等,都是以本朝时事入小说,反映了燕王朱棣夺取建文皇位、胡宗宪招抚徐海、魏忠贤阉党专政等重大事件。由于作者是所叙事件的同代甚至同时人,所以小说具有很高的认识价值和史料价值。但是另一方面,由于时间间隔较短,对事件的深刻反思和艺术锤炼都还不够,又显得比较简略粗糙。这些小说有着不同于历史演义的特点,即作者把历史重大事件与普通日常生活相联系,少了些历史的威严,而多了些世俗之趣。如《胡总制巧用华棣卿,王翠翘死报徐明山》,在表现胡宗宪招抚徐海这一重大历史事件时,小说以大部分笔墨表现普通女子王翠翘的坎坷人生和对徐海的情意。特别在《矢智终成智,盟忠自得忠》中,作者描写建文皇帝的仓皇出逃与流离辗转,就像在叙述一位普通人的苦难历程。这是一种"野史"笔法,表现了作者对人生命运的关注及超越于历史局限的人文精神。

《型世言》中更多的是直接表现明代市井生活、风土人情的小说，犹如一本风俗册，一本揭示社会腐败黑暗但笔法粗糙的画册。

《型世言》的主题可概括为：表彰忠孝节义，批判奸凶贪淫。如第一回宣扬烈士之忠、贞女之节、才子之义；第二、三回说孝；第四回说孝兼及贞淫；第五回说义；第六回说节烈……每一篇小说都是围绕着创作之前即已确定的题旨，先写一首诗或词作引，然后切近题旨展开议论，举古今之例加以说明，而后讲一个"我朝"的典型事例。在这里，故事只是主题的正反例证，人物形象都戴着标明忠孝节义、奸凶贪淫等属性的面具，像化妆晚会上符号化的角色。人物与故事都是附属于主题的。为了论证主题，作为例证的故事情节有时不免牵强，人物言行也觉生硬，如第四回《寸心远格神明，片肝顿苏祖母》等，为了演绎观念，胡编硬凑。但也有一些篇章写得较好，在表现奸凶贪淫主题时，对人物、细节的描写较为细腻、生动，如第五回《淫妇背夫遭诛，侠士蒙恩得宥》，董文的体贴、妇人的无情、耿埴的义气、老白妻子的哀怨，运用对话、白描，细致刻划人物的语言、行动、表情、心理，颇能传神，真实地表现了一群普通市民的生活百态。虽然这一篇是对"二拍"故事的改写，但也表现了陆人龙的功力。又如《贪花郎累及慈亲，利财奴祸贻至戚》，其中钱公布的奸巧，陈公子的贪愚和懦弱，也都写得很生动细致。

应该说，《型世言》在写作上还有不少文章家笔法。这大概是文人创作常不能忘怀科举考试的缘故，写小说也像做八股，起承转合地进行论证。《型世言》总耽于叙述一件完整的事和说明一个传统伦理。作为说理文，例证太繁琐；作为故事，又经常忽略描写。在有限的篇幅内，既要叙事又要说理，很难兼顾。也许正是因为要集中说明某个道理，作者只能把丰富立体的现实浓缩为正反两维的事例。与"二拍"相比，《型世言》中作者议论更多，因而成就也就差些。

《鼓掌绝尘》，题"古吴金木散人编"，刊于明崇祯四年（1631），分风、花、雪、月四集，每集十回，写一个完整的故事，实为中篇结集。该作继承了《金瓶梅》的传统，着重表现当时社会的人情世态。其中风、雪两集主要写才子佳人爱情故事，从题材、构思上看，对清初才子佳人小说有一定影响。花、月两集则写官场的腐败和人情的冷暖，表现了作者对现实的批判态度。

《石点头》，题"天然痴叟著"，冯梦龙为该书写了序言，作了评点（"墨憨主人评"),从中可看出作者可能是冯的朋友席浪仙。书刊于崇祯年间。书名取义于"生公说法,顽石点头""推因及果,劝人作善"之义。全书收白话短篇小说十四篇,创作素材多来自前人的笔记野史,或摘取于文言小说。写进小说时,都经过了作者脱胎换骨的加工改造。作品的内容有的反映了明末资本主义萌芽时期市民的生活,有的反映下层妇女的遭遇,有的鞭挞了科举的弊端,具有一定的现实意义。当然,由于作者意在劝惩,因此一些作品也染有迷信、因果报应、宿命的落后色彩。艺术方面,如情节、人物刻画、语言等都达到了较高的水平。在明末拟话本中亦属佳作。

《西湖二集》,此书为《西湖一集》续书,《一集》已佚。作者周清源,名楫,明末杭州人。该书约刊于崇祯年间。全书共三十四卷,每卷写一故事,每篇故事主人公的活动都与杭州西湖有关。素材很大部分取自前代或同时代人的野史笔记或文言小说。内容涉及面较广,而对官场和科场的揭露,尤为深刻,饱含作者的愤恨和讥讽之意。一些作品还生动地描述了当时杭州的风俗习惯,对我们了解当时的社会生活很有帮助。艺术上的优点,主要是情节生动引人,讽刺辛辣得体,语言优雅流畅,具有较高的阅读欣赏价值。

《鸳鸯针》,题"华阳散人编辑"、"蚓天居士批阅"。卷首有序,后署"独醒道人漫识于蚓天斋"。有人认为作者就是明末人吴拱宸,待考。全书四卷,每卷四回,写一个故事。四篇小说有三篇都是写科场之事,所刻画的儒林众生相,栩栩如生。作者在针砭儒林败类时所用的外庄内谐的笔法,独具特色,可视为一部短篇《儒林外史》。孙楷第评该书说:"除第四卷外,文皆流利。其事或虚或实,要皆寄其不平之思。虽伤蕴藉,较之清代诸腐庸短篇小说犹为胜之。"[1]是为的论。

《欢喜冤家》,正集十二回,续集十二回。二十四回演二十四篇独立故事。不题撰人,卷首有叙,末署"重九日西湖渔隐题于山水邻",则其编撰者当为"西湖渔隐"。回末有总评,间有眉批,正续集前各有插图三叶,图分上、下两栏,共二十四幅,每回一幅。此书又名《欢喜奇观》《贪欢报》《艳镜》《三续今古奇观》等。此书未署刊印时间,论者一般认为刊于崇祯末年。

---

[1] 孙楷第《大连图书馆所见中国小说书目》,《中国通俗小说书目》(外二种),中华书局2012年版,第319页。

《欢喜冤家》作者显然受到冯梦龙的影响。此书回目奇偶整饬对仗，第五回与第六回还互相映衬。第六回《伴花楼一时痴笑耍》开场说："……樽前有酒休辞醉，心上无忧慢赏花。为何道'慢赏花'三个字？只因前一回，因赏花惹起天样大的愁烦来，这一回也有些不妙，故此说此三个字。"与《古今小说》第七、第八回的联系相似。在小说中还提到冯梦龙的戏剧《万事足》与小说《蒋兴哥重会珍珠衫》中的王三巧，并说《木知日真托妻寄子》与《蒋兴哥重会珍珠衫》的故事结构、人物结局相似。

《欢喜冤家》在题材上也受到旧作的影响。如第四回出自《廉明公案》，第七回出自《百家公案》，第十一回、续第二回、续第十回出自《僧尼孽海》。另外，第十二回美人局类似"二拍"中的《张溜儿熟布迷魂局》，续第一回似《乔兑换胡子宣淫》，续第十二回与《神偷寄必一枝梅》题材相关。但从总体上看《欢喜冤家》还是自创之作。

《欢喜冤家》对于社会现实有着较为广泛的反映，揭露了一些权要欺人、官吏坏治、官府贪酷的黑暗现象。但此书的主要内容还是对人的色欲和残酷一面的大量描写和细致刻画。此书篇篇涉及"风月"，即使像第一回谋财害命的故事也不忘插入张二舅与小二妻的偷情；续十二回一枝梅神偷侠盗，也以女色设局。小说序中虽然也说"使慧者读之，可资谈柄，愚者读之，可涤腐肠，迟者读之，可知世情，壮者读之，可知变态"；书中也常以善恶报应"唤醒大梦"，但正如郑振铎所说："二十四篇话本中没有一篇不是讲男女风情的，而且写得很淫秽。"所以孙楷第《中国通俗小说书目》把此书列入"专演猥亵事"类。作者对猥亵之事津津乐道，刻画细致。这是明末不良世风的反映。

从小说形式上说，《欢喜冤家》基本上没有头回，已部分冲破了话本体制，而表现出话本案头化、文人化的特征。

二、清代白话短篇小说

清代白话短篇小说数量较多，主要是清初和清中叶前的作品，专集有《清夜钟》《醉醒石》《豆棚闲话》《照世杯》《西湖佳话》《二刻醒世恒言》《娱目醒心编》《雨花香》《珍珠舶》《通天乐》《八洞天》《五色石》《警悟钟》《跻春台》等。较好的有以下几部：

《清夜钟》，题"薇园主人述"，刊于清顺治初年。有人考证作者是钱塘陆云龙。原书十六回，每回写一个故事，现存残本两部共十回。内容的新颖之处是反映了明清鼎革之际动乱的社会现实，对李自成农民军的节节胜利和明王朝的腐败昏乱也有直接或间接的反映,这在清初的拟话本中是较突出的。

《醉醒石》,题"东鲁古狂生编辑",作品写于明末清初,刊于清初。全书共有短篇小说十五篇。作者以醉醒之石为书名,意在劝世训诫。但由于作品题材多数取材于当时现实生活,对官吏的贪污腐化、僧人术士的虚伪奸诈以及科举之弊端都有所揭露,在一定程度上反映了当时现实生活的真实,因此仍具有批判现实的积极意义。该书文笔简洁,叙事写人都较细致生动,反映了作者较高的文学修养。不过故事情节较简略,诗词穿插太多,影响了小说的成就。

《豆棚闲话》,题"圣水艾衲居士编"。有人认为作者就是清初钱塘人范希哲,惜无实据,难以定论。此书刊本较多,最早的为康熙时写刻本。全书共有十二则十二个故事。作品对明末吏治的腐败、世风日下、人情浇薄的现象,无赖帮闲的丑恶嘴脸,以及投清的士大夫文人的心态都有所揭露,具有一定的积极意义。写作上一个重要的特色,就是全书皆以豆棚下的闲话为线索,将十二个故事贯穿起来,又往往从有关豆的谈话内容生发开去,引出一个个耐人寻味的故事,与西方小说《一千零一夜》《十日谈》的写法相近。这种写法在明清白话短篇小说中是绝无仅有的。

《西湖佳话》,全名为《西湖佳话古今遗踪》,题"古吴墨浪子搜辑",刊于康熙年间。全书共十六篇小说。作品大都根据史传、杂记和民间传说写成。作者采用名人和胜迹交融的写法,既塑造了诸如莺莺、白居易、苏东坡、岳飞、苏小小、白娘子等流传甚广、又为群众喜闻乐见的人物形象,又叙述了西湖名胜古迹的来龙去脉,描绘西湖山水的美丽多姿,使读者加深对西湖的了解和向往。全书说教的意味较淡,文笔淳朴清新。

《五色石》,题"笔炼阁编述",书前有作者自序,序署"笔炼阁主人题于白云深处"。有人认为作者即清乾隆江苏举人徐述夔,但无实证。作者在书首序中说:"《五色石》何为而作也?学女娲氏之补天而作也。"可见写作动机也是为了劝善惩恶,以警醒世人。不过作品在具体描写中,对封建官场、科场作了暴露性的描写,在有关爱情婚姻的作品中主张以才貌取人,这些方面也体现了作品进步的思想倾向。该书在艺术上达到了较高的水平,故事情节曲折复杂,新鲜奇特,语言丰富多彩,富有表现力。《五色石》在清代的拟话本集子中实属上乘之作。

三、明清其他白话短篇小说综述

明清其他白话短篇小说从总体上看,无论在思想性或艺术性方面都不如"三言""二拍",也逊于李渔的小说。内容上封建说教的气味较浓,劝诫警世之意过于突出。我们从《石点头》《清夜钟》《醉醒石》《五色石》等书名上,便可望知作者的用心。有的作品几乎可以说是训谕满纸、告诫连篇,像杜纲编的《娱目醒心编》,凡十六卷,除了空泛的说教,几与现实无涉,充满酸腐之气。在艺术上,这一时期的多数作品模仿抄袭的痕迹较明显,一些作品的情节也显得简单粗糙,小说中议论较多,诗词较多,小说的语言也远不如"三言""二拍"那样鲜明生动。当然,指出这些缺点,并不是说这些小说一无是处,应当说,其间也出现了一些较好的篇什,它们分散在众多的集子中,值得我们认真筛选。即使是一些艺术性、思想性较弱的作品,它们既是新的历史时期的产物,也总有它们自己的面貌,有其值得注意和肯定的地方。

从题材上看,这一时期的白话短篇小说可谓包罗万象,作家们的笔触几乎涉及明清时代社会生活的各个方面,不少作品反映了"三言""二拍"所没有接触到的社会生活。如《豆棚闲话》第七则《首阳山叔齐变节》,作者借用历史题材,用翻案文章来讥笑现实中的假清高人物,入木三分地刻画出明清易代之后,部分知识分子的心态。《鸳鸯针》卷三《真文章从来波折》揭露了明末一些无行文人利用文社来招摇撞骗的丑行,作者真实地描述了晚明一些假名士以文社为"终南捷径",猎取功名的现象。这种题材,在短篇小说中极少反映,它具有一定的史料价值。又如《跻春台》中的《审烟枪》一篇,通过对一起人命案的特殊审理,反映了鸦片输入后,对国人身心的摧残,从一个侧面控诉了帝国主义的罪行,具有鲜明的时代感和现实的教育意义。

爱情婚姻题材的小说,相对于"三言""二拍"来说,也有新的发展,出现了一些描写才子佳人爱情故事的小说,这类作品都歌颂了青年男女以才貌为基础的爱情和婚姻,同时对封建婚姻的"门当户对""父母之命、媒妁之言"等观念表示了极大的轻视,反映了作者们在爱情婚姻问题上的民主意识。这类作品写得较出色的有《鼓掌绝尘》中的风集和雪集,《五色石》中的《二桥春》《选琴瑟》《凤鸾飞》等。这些作品都有一些共同的特点,它们都非常强调男女双方的才貌相当,情投意合,追求所谓"才子佳人,天然配合";他们的结局都是喜剧性的大团圆,当然这种结局都是经过长期的追求和遭受种种挫折之后,才实现的理想的结合;男女双方,特别是女方的父母都很开明,都很赞成和支持女儿有个理想的配偶,并且还很尊重女儿本人的意见。这些特点与同时期风行一时的中篇才子佳人小说,如《好逑传》《玉娇梨》《平山冷燕》等有共同之处,它们都表现出共同的进步思想倾向。

明末和清代的一些白话短篇小说集子中,还出现了一些以儒林众生为主要描写对象的作品,这些作品真实地再现了当时下层儒生们心灵的美和丑、道路的正与邪、生活的贫困与追求,成功地塑造了一批儒林中正反人物形象,从而较深刻地揭露了封建科举的弊端。这类题材在"三言""二拍"中也是较少见的。虽然这类小说的思想高度和艺术成就与吴敬梓的《儒林外史》尚有一定的距离,但在暴露性的描写方面,却也有十分出色之处,具有一定的认识价值。如《鸳鸯针》卷一《打关节生死结冤家》,写杭州秀才徐鹏子,满腹文章,参加乡试,考卷优异,却被同学丁全用三千两银子买通考官,偷换顶替,徐落选后要求查考卷,却被诬陷入狱。《鼓掌绝尘》月集写一个富公子陈珍胸无点墨,却仗着家里有钱,也要去考秀才,他先是买来考卷,塾师帮着做还不行,最后干脆请塾师作枪手入场代考。后来府试、院试代考不得,就花了三百两银子买通考官,"两次卷子,单单只写得一行题目",公然也榜上有名。陈珍后来还爬上袁州府判的地位,作威作福,敲剥百姓。这两个故事充分说明,封建科举制度已失去了选拔人才的作用,而沦为赤裸裸的金钱交易,其结果必然是贪官和蠹官遍地,形成恶性循环。

在《醉醒石》第六回《高才生傲世失原形》中,作者刻画了另一类型的儒生形象。作品写一才子李徽,妄自尊大,猖狂放肆,最后竟不由自主地变成老虎伤人。这个故事狠狠讽刺了那些"恃才傲物,眼底无人"的儒林狂生,表现出作者对那些"侥幸一第,便尔凌轹同侪,暴虐士庶,上藐千古,下轻来世"的读书人的鄙夷和不满。在《跻春台》中,作者对一些蒙馆骗钱的伪学儒也有所揭露。《假先生》篇写杨学儒设馆招生,完全是出于市侩的打算:"学钱虽短,一年二十余人,当喂两槽肥猪,在家又免却一人吃费,还是有利。"《审烟枪》《双血衣》等篇,作者也淋漓尽致地描叙了那些教书的先生打牌烧烟、带徒打鸭、觊觎美色的丑恶行径,这样的先生岂不误人子弟?作者不无感慨地叹息道:"上智则误功名,下愚多成鄙陋。"这也是儒林败类日益增多的重要原因。

明末和清代其他白话短篇小说的艺术成就都不高,其中各个集子的艺术水平也参差不齐,难以一概而论。不过,有些作品在艺术上表现出一些新的特点,亦值得我们注意。首先是一些短篇作品,篇幅增长,并开始分回目,表现出向中篇小说演进的趋势,如《鼓掌绝尘》《鸳鸯针》,每篇小说中都有对仗工整的回目,这种分回的写法,显然是受了明代长篇章回小说的影响,同时又在形式上奠定了清代中篇小说的基础。第二是一些小说融入说唱文学的写法。如《跻春台》中《双金钏》《十年鸡》《螺旋诗》《比目鱼》等篇,在正文中插入人物的唱词,这些唱词都属第一人称,中间有第二人称的夹白。唱词前并无曲牌,但都俚俗上口,有点类似快板、顺口溜或打油诗。这类小说颇类似宋元话本中的《快嘴李翠莲记》。第三是诗词大量在正文中出现,有的几乎隔几行就插一首诗。这些诗多带有评点说教的性质,穿插在情节中,多为累赘。上述的特点实际上都不能表现短篇小说的优势,有的虽然也能给人耳目一新之感,但从白话短篇小说的发展来看,实际上是一种退化,似乎表现出古代白话短篇小说难以为继的倾向。

第三章 历史演义小说

第一节 概述

我国是历史悠久、历史典籍极为丰富的国家。不但每个朝代都有官修的正史,而且还有大量的野史、笔记。史学的成就为历史演义小说的创作提供了坚实的基础。首先是史学的实录精神。这种实录原则,表现在历史学家要尽可能忠实地再现历史的真实面貌;要"秉笔直书","不虚美,不隐恶";要实事求是,不以感情用事,"苟爱而知其丑,憎而知其善"。实录精神演化成古代写实的文学理论,对古代小说作家的创作产生了重要影响。其次,浩如烟海的历史著作为历史演义小说提供了取之不尽的创作素材。第三,志传体、编年体、记事本末体,这"三大史体"为历史演义小说家处理、安排创作素材,构建小说的叙事结构提供了现成的范例。他们只要根据内容,选择一种或综合几种模式,就可以不太费力地形成一部长篇小说的结构规模。第四,《左传》《战国策》《史记》等优秀的历史著作为历史演义小说叙事写人提供了丰富的经验。

除历史著作外,文言小说如《燕丹子》《西京杂记》《世说新语》以及描述汉武帝、隋炀帝、唐明皇、杨贵妃等人故事的小说都为历史演义小说提供了丰富的素材和创作经验。

史传和文言小说,都是文人的作品,都是用文言文写成的。而历史演义小说是俗文学,它更直接的源头是说话中的讲史。

我国的说话伎艺起源于唐代,繁盛于宋元。在和尚宣传宗教教义时,为吸引听众,还讲些历史故事。敦煌藏经洞发现的大批文书中,除宗教典籍及儒家经史子集之外,还有一些俗文学写本,统称为"变文"。这种有说有唱的"变文"已开始说唱王昭君、王陵、季布、伍子胥等历史故事。这些历史题材的"变文",对小说戏曲都有较大影响。《全汉志传》《西汉通俗演义》等都保存了其中的一些故事。

宋元时代，说话艺术勃兴。在说话四家中，最为发达的是小说和讲史两家。孟元老的《东京梦华录》说，北宋时有专说"三分"的专家霍四究，专说五代史的专家尹常卖等。周密的《武林旧事》记载，仅南宋临安有名的讲史艺人就有乔万卷、许贡士等二十三人。可见当时讲史的兴盛和分工的细密。

目前流传下来的讲史话本有：

（一）《新编五代史平话》，无作者姓名，宋刊本。它是说五代史的底本，梁、唐、晋、汉、周各分上下二卷，其中梁史、汉史的下卷已佚。全书主要依据史实，历叙五代兴替始末。在它的基础上，经文人艺术加工，在元末或明初产生了长篇历史演义小说《残唐五代史演义传》。

（二）元刊《全相平话五种》，包括《武王伐纣平话》《七国春秋平话》（后集）《秦并六国平话》《前汉书平话》《三国志平话》，均不署作者姓名。

《武王伐纣平话》，别题《吕望兴周》，分上中下三卷。从纣王行香、苏妲己被魅开场，再叙纣王荒淫暴虐，直至武王、姜尚起兵伐纣，纣子殷郊斧斩纣王。《封神演义》就是以它为蓝本创作而成的。

《乐毅图齐七国春秋平话》（后集），亦分上中下三卷。本书以孙膑、乐毅为主要人物，描述燕齐两国之间的矛盾斗争。它的《前集》已失传，但从《后集》的入话可以推出，《前集》必为"孙庞斗智"，明吴门啸客编的《孙庞演义》可能就是根据《前集》改编的①。

《秦并六国平话》，别题《秦始皇传》，亦分上中下三卷。从秦并六国，始皇统一天下，一直写到始皇病死沙丘，赵高拥立二世，天下大乱，秦帝国覆亡，又牵入刘邦战胜项羽，建立西汉王朝，基本与史实相同。

《前汉书平话》续集，别题《吕后斩韩信》，亦分上中下三卷。主要写刘邦做皇帝后，统治阶级内部的矛盾和残杀；以及刘邦死后，诸吕作乱，群臣不服，最后吕后病死，刘泽等起兵，在陈平、周勃接应下，攻入长安，尽诛吕后三千口家属，迎薄姬所生的北大王入宫即位，就是汉文帝。此话本大体于史有据。明甄伟《西汉演义》八十四节至一〇一节是依据此书上卷、中卷内容进行改写的。

《三国志平话》，这是《全相平话五种》中最重要的一种，已初具《三国演义》的规模。

从现存的讲史话本可以看到，它是历史演义小说的雏形。它对历史演义

---

① 参看谭正璧《古本稀见小说汇考》，浙江文艺出版社1984年版，第185页。

小说的影响表现在：首先是渗入市民阶层的思想情感，如对"发迹变泰"的羡慕，歌颂江湖义气等；其次从题材上看，在史书基础上大量吸收民间的故事、传说；第三，从体制上看，讲史话本，有头回，分节叙述，开头有诗词，节末亦有诗词，叙述中间"且说"、"却说"之类提示段落，这些特点形成了历史演义小说体制上的特点，发展为章回小说，成为我国古代长篇小说的唯一形式；第四，创造了历史演义小说的语体，从语言上看，讲史创造了一种半文半白的语体，也成为历史演义小说的语体，其成熟形态就是"文不甚深，言不甚俗"的语言风格。

在宋元讲史繁荣的同时，我国戏曲也发展成熟了。在元代戏曲舞台上出现了数量众多的历史剧和历史故事剧。这些戏曲作品与讲史互相吸收，互相促进，从更加深广的角度开掘历史题材，为历史演义小说的创作注入生机勃勃的民间艺术的生命，提供了更多可借鉴的丰富生动的故事情节和光彩夺目的人物形象。

元末明初，《三国志通俗演义》创作成功，这种"言不甚深，文不甚俗"的历史演义，既不像历史著作那样深奥难懂，又不像讲史平话那样"言辞鄙谬"；既能使读者了解历史，又具有很高的文学价值，使之得到艺术享受，雅俗共赏，受到各阶层人们的普遍欢迎。因而从明代中叶起，文人们竞相创作，书贾大量印行，造成了历史演义创作出版的热潮。以汉末三国的历史为中心，向两头扩展，上自盘古开天地，下迄清宫演义。每个朝代都有演义，有的一个朝代有几部演义，到了清中叶，就有六十多部。正如可观道人在《新列国志叙》中所说："自罗贯中氏《三国志》一书，以国史演为通俗，汪洋百余回，为世所尚。嗣是效颦日众，因而有《夏书》《商书》《列国》《两汉》《唐书》《残唐》《南北宋》诸刻，其浩瀚几与正史分签并架。"

究竟什么是历史演义？它与历史的关系如何？是否允许艺术虚构？虚构到何种程度？这是我国小说美学领域中的重大课题。

我国古代小说理论家对这个问题大致有两种见解：

一是正史派。他们认为历史演义小说应忠实于史实，只是把历史通俗化。庸愚子（即明弘治间人蒋大器）在《三国志通俗演义序》中提出历史演义要"事纪其实，亦庶几乎史"，只是语言要雅俗共赏，做到"言不甚深，文不甚俗"。修髯子（即明嘉靖时人张尚德）提出要"羽翼信史而不违"（《三国志通俗演义引》）。到了清代的蔡元放则更为彻底，他谈到《新列国志》改编时说："有一件说一件，有一句说一句，连记事实也记不了，那里还有功夫去添造。故读《列国志》,全要把作正史看,莫作小说一例看了。"

他们认为历史演义要忠实于历史,那么,历史演义与历史有何区别?为什么还要创作历史演义呢?他们认为历史演义之所以需要,是因为:1. 把历史通俗化。陈继儒给历史演义下的定义是:"演义,以通俗为义也者"(《唐书演义序》)。2. "亦足补经史之所未赅"(陈继儒《叙列国传》)。就是正史叙述比较概括简要,通俗演义使之更详细、更丰富,对正史起演绎补充作用。3. 把历史条理化。因为史书记载的史实比较分散、杂乱,历史演义则"条之以理,演之以文,编之以序"(余象斗《题列国序》)。4. 在忠实史实的基础上,可以在文字上增添润色,增加它的生动性、可读性。

这一派的主张,基本上是混淆了历史与小说之间的区别,把历史演义看作正史的普及本,忽视了小说的审美特征,必然给历史演义小说的创作带来不良的影响。

另一派是创作派。他们从文学创作角度看待历史演义小说,反对照搬历史,允许艺术虚构,强调历史小说的审美特性。明代著名的通俗小说家熊大木指出:"至于小说与本传互有同异者,两存以备参考"①。明代酉阳野史也认为历史演义"宜作小说而览,毋执正史而观"②,肯定了史书与历史演义小说性质不同的特点,不能互相替代。

明万历间著名文学家谢肇淛进一步肯定小说的艺术虚构,提出"虚实相半"的重要论点:"凡为小说及杂剧戏文,须是虚实相半,方为游戏三昧之笔。亦要情景造极而止,不必问其有无也。"③谢肇淛肯定了艺术虚构在历史小说创作中的重要地位,而且着眼艺术的审美意象,只要"情景造极",达到审美要求就可以了,"不必问其有无"。这是对正史派的一针见血的批评,划清了文学作品与历史的区别,无疑是正确的。但是,从谢肇淛所举的作品,如《飞燕外传》《天宝遗事》,以至《琵琶》《西厢》之类的戏曲作品来看,他在这里是泛论文学作品与史传的区别,而不是专指历史演义小说,混淆了历史演义小说与其他文学品种的区别,因而也不够全面,不够有说服力。

---

① 熊大木《大宋武穆王演义序》,见丁锡根编著《中国历代小说序跋集》,人民文学出版社1996年版,第981页。
② 《新刻续编三国志后传·引》,《古本小说集成》影印本《三国志后传》,上海古籍出版社1991年版。
③ 谢肇淛《五杂组》卷十五,北京大学出版社1959年版,第447页。

明崇祯年间的文学家袁于令,在《隋史遗文序》中说:"正史以纪事:纪事者何,传信也。遗史以搜逸:搜逸者何,传奇也。传信者贵真:为子死孝,为臣死忠,摹圣贤心事,如道子写生,面面逼肖。传奇者贵幻:忽焉怒发,忽焉嘻笑,英雄本色,如阳羡书生,恍惚不可方物。"①袁于令这段话,比前人前进了一大步,明确地区分了历史著作和历史演义小说的区别:"正史"是"传信",要"贵真";而历史演义是"传奇",要"贵幻"。这里的"幻",包括了艺术创作中的虚构、夸张、想象等。他还指出,历史演义小说的创作,主要不是依据史实,"什之七皆史所未备",主要是"凭己",凭借作者的艺术创造。袁于令在他的论述中指出艺术虚构对历史小说创作的重要性,但没有涉及一个问题,即历史小说的艺术虚构是否有限度、如何区别历史小说与其他小说? 所以,他的论述还不能有力地说明历史演义小说特有的艺术特征。清康熙年间,金丰对历史演义小说的论述更为精辟:"从来创说者,不宜尽出于虚,而亦不必尽出于实,苟事事皆虚则过于诞妄,而无以服考古之心;事事皆实则失于平庸,而无以动一时之听。"②他针对"贵实"与"贵幻"两种相反见解,提出"不宜尽出于虚","亦不必尽由于实"。因为"尽出于虚",则抹杀了历史演义作为历史小说的特征,与一般文学作品没有区别,使人感到缺乏历史的真实感,"无以服考古之心";"尽由于实",则排斥了艺术虚构,失去了历史演义作为文学作品的艺术特征,与历史著作没有区别,缺乏艺术魅力,"无以动一时之听"。金丰进一步探讨历史演义小说"虚实"之间的界限应如何掌握的问题。他认为主要历史事实与历史人物性格应"实",故事情节则可以"虚"。"如宋徽宗朝有岳武穆之忠,秦桧之奸,兀术之横,其事固实而详焉",其他情节则可以允许虚构。虚实相生,就会产生巨大的艺术魅力。

吸收前人对历史演义小说的有益见解,我们认为对历史演义小说与历史的关系可以归结为以下几点:1. 历史著作与历史演义小说之间的根本区别是,前者是科学,后者是艺术;科学要求高度的真实性和科学性,而艺术则应遵循艺术创作的规律,包括艺术虚构、人物典型化原则等等。2. 历史与历史演义小说之间的关系是生活与艺术的关系。历史演义小说因为它取材于历史,所以叫历史小说,以区别于取材于现实生活的世情小说,取材于神话传说的神怪小

---

① 袁于令《隋史遗文序》,见丁锡根《中国历代小说序跋集》(中),人民文学出版社 1996 年版,第 956 页。
② 金丰《说岳全传序》,转引自丁锡根《中国历代小说序跋集》(中),人民文学出版社 1996 年版,第 987 页。

说等等。3. 历史演义小说与其他小说的区别在于，历史演义小说的主要历史事实与历史人物面貌要符合历史真实，虚构要有一定的限度，否则就不是历史演义小说，而是一般小说。4. 在主要故事内容不违背历史事实的前提下，不拘泥史实，作家遵循艺术创作规律，大胆进行艺术虚构。正如黑格尔所说："从这方面来看，我们固然应该要求大体上的正确，但是不应剥夺艺术家徘徊于虚构与真实之间的权利。"①

总之，我们把敷演史传、偏重叙述朝代兴废争战之事，而又故事性强、通俗易懂的小说称为历史演义小说。

孙楷第在《中国通俗小说书目·分类说明》中说："通俗小说中讲史一派，流品至杂……以体例言之，有演一代史事而近于断代为史者；有以一人一家事为主而近于外传、别传及家人传者；有以一事为主而近于纪事本末者；亦有通演古今事与通史同者。"②具体说有以下几种类型：1. 基本上是演绎史书的历史演义小说，如《东周列国志》《西汉演义》等。2. 向英雄传奇转化，比较典型的是隋唐系统小说中的《隋史遗文》《说唐演义全传》等。3. 从朝代史转向人物传，如《英烈传》《于少保萃忠全传》等。4. 从历史故事转向当代时事新闻，取材于当时邸报、朝野传闻，反映当时重大政治事件的时事小说，如《樵史通俗演义》等。5. 体例从单一变为杂揉、融合，最成功的是《南北史演义》，把历史演义和婚恋小说融合。至于虽然取材于历史但主要是写神仙妖魔、灵怪变幻故事的，如《封神演义》《女仙外史》等，我们则把它归入神怪奇幻小说一章；虽然有些历史的影子，但主要采自民间传说，以叙述英雄人物故事为主体的，则归入英雄传奇一章，如《水浒传》《杨家将》等。当然，同一题材小说在发展演变过程中，有的则发展为按史演义的历史演义小说；有的则博采民间传说，成为英雄传奇小说。为了叙述的方便，我们把同一题材的小说集中在一起，在叙述其演变过程时，加以分析与区别。

第二节 《三国演义》

《三国演义》是在长期群众创作基础上由文人作家加工而成的第一部长篇

---

① 黑格尔《美学》第一卷，商务印书馆1979年版，第353—354页。
② 孙楷第《中国通俗小说书目·分类说明》，见《中国通俗小说书目》（外二种），中华书局2012年版，第11页。

章回小说,是我国历史演义小说的典范性作品。

一、《三国演义》的成书过程和作者

《三国演义》的成书过程,一方面是"俯仰史册",以史料为创作素材;另一方面大量吸收了宋元讲史话本的成果,有丰厚的民间文学的创作积累。利用史书提供的史料和讲史的成果,罗贯中灌注入鲜明的时代精神,进行再创造,写成了这部历史演义的典范性作品。

《三国演义》早期的版本都题"晋平阳侯陈寿史传、后学罗本贯中编次"。这说明罗贯中创作《三国演义》主要的依据是陈寿的《三国志》,《三国志》为《三国演义》的创作提供了基本史料。南朝宋范晔著的《后汉书》中的人物传记,如《董卓传》《刘表传》《吕布传》的史料比《三国志》丰富,《孔融传》《祢衡传》《左慈传》为《三国志》所无,因此,也为罗贯中提供了必要的参考。《三国志》《后汉书》都是纪传体,而北宋司马光撰《资治通鉴》是编年体史书,它将汉末到西晋统一之间的大事逐年排比,使三国历史更加条理分明、轮廓清晰,这种编年体史书对《三国演义》成书也产生了重要影响。《资治通鉴》叙三国史事,据曹魏年号编年,客观上承认了曹魏的正统地位。南宋朱熹的《通鉴纲目》改用蜀汉编年,承认蜀汉为正统。由于南宋到元明间的特定历史条件和朱熹的特殊地位,此书流传甚广,影响颇大。书中"尊刘贬曹"的倾向对《三国演义》创作思想的形成无疑起了重要作用。所以《三国志传》的多种版本均以"按鉴"相标榜,这里所谓的"按鉴"就是按朱熹的《通鉴纲目》而非司马光的《资治通鉴》。除此之外,《三国演义》还采用了《搜神记》中管辂教赵颜献酒脯于南斗、北斗以求延年等神话,从《语林》《世说新语》中吸取了《曹操诈称梦中杀人》《曹娥碑辞》《邓艾"凤兮凤兮"之对》《望梅止渴》《曹植七步作诗》等故事,加以生发开掘,大大丰富了《三国演义》的内容。

三国故事在隋代就已广泛流传,并成为艺术表现的内容。据《大业拾遗记》载,隋炀帝观水上杂戏,就有"神龟负八卦出河……曹瞒浴谯水,击水蛟;魏文帝兴师,临河不济;……吴大帝临钓台望葛玄;刘备乘马渡檀溪。……若此等总七十二势,皆刻木为之。"在唐代三国故事已喧腾众口。李商隐《骄儿诗》描写儿童"或谑张飞胡,或笑邓艾吃"可资证明。到宋代,民间说书中已有专说"三分"的专门科目和专业艺人。苏轼《志林》记载:"王彭尝云:涂巷中小儿薄劣,其家所厌苦,辄与钱,令聚坐听说古话,至说三国事,闻刘玄德败,颦蹙有出涕者;闻曹操败,即喜唱快。"说明当时说三国故事不仅艺术效果好,而且"拥刘反曹"的倾向已很鲜明。

在戏曲舞台上,金元时期出现了大量的三国戏。陶宗仪《南村辍耕录》记载的金院本中有《赤壁鏖兵》等剧目。据《录鬼簿》、《太和正音谱》等记载,可知元杂剧中大约有六十种三国戏,现存有《关大王单刀会》等二十一种。

三国故事的讲史话本,目前保留下来的有两种。一种是人们熟知的元至治年间(1321—1323)新安虞氏刊印的《三国志平话》,全书约八万字,分上中下三卷。全书开端叙司马仲相断刘邦、吕后屈斩韩信、英布、彭越一案,命他们投生为刘备、曹操、孙权三人,三分汉室天下以报宿仇。接着叙黄巾起义,刘、关、张桃园三结义,以后的故事轮廓与《三国演义》大体相同。第二种是近年在日本天理图书馆发现的《至元新刊全相三分事略》。它在扉页上又标明"甲午新刊",当为元世祖前至元三十一年(1294)①。它与《三国志平话》内容大致相同,但更简略粗糙。

罗贯中的生平材料很少。据贾仲明(1342—1423)所著《录鬼簿续编》、蒋大器《三国志通俗演义序》等记载,他名本,字贯中,号湖海散人。祖籍或说太原,或说东原(今山东东平),流寓杭州。贾仲明说他"与人寡合。乐府隐语,极为清新。与余为忘年交,遭时多故,天各一方。至正甲辰复会,别来又六十余年,竟不知其所终"。贾仲明至正甲辰(1364)与罗贯中见面时是22岁,而且是忘年交,因而把罗贯中的生卒年定为1315—1385年之间。近来发现四明丛刊本《赵宝峰先生文集·附录》载有《门人祭宝峰先生文》中有署罗本者,罗本即罗贯中②。目前学术界对此虽有不同看法,但从明郎瑛《七修类稿》、田汝成《西湖游览志余》等书记载,以及明嘉靖本等几种明刻本《三国志通俗演义》的题署来看,认为罗本即罗贯中是有根据的。赵宝峰是元代浙东理学家,卒于元至正二十六年(1366),从祭文所列门人名单提供的线索,也为我们对罗贯中生卒年的推断提供了有力的佐证③。

王圻《稗史汇编》云:"如宗秀罗贯中、国初葛可久,皆有志图王者,乃遇真

---

① 《三分事略》刊刻时间有不同说法。此据刘世德《谈〈三分事略〉:它和〈三国志平话〉的异同和先后》一文,见《文学遗产》1984年第4期。
② 王利器《罗贯中、高则诚两位大文学家是同学》,《社会科学战线》1983年第1期。
③ 《门人祭宝峰先生文》的名单是按照"序齿"排列先后的,在名单中占第十一位的罗本恰处在向寿(1310年生)、乌斯通(1314年生)和王桓(1319年以前生)之间,因此推断罗本约生于1315—1318年间。参看欧阳健《试论〈三国志通俗演义〉的成书年代》一文,载《三国演义研究集》,四川省社会科学院出版社1983版。

主,而葛寄神医工,罗传神稗史"。清顾苓《塔影园集》卷四《跋水浒图》、徐渭仁《徐钶所绘水浒一百单八将图题跋》等,都说罗贯中与元末农民起义领袖张士诚有交往。罗贯中是有多方面艺术才能的作家,今署罗贯中写的小说,除《三国志通俗演义》外,还有《隋唐两朝志传》《残唐五代史演义传》《平妖传》,疑为后人伪托。《录鬼簿续编》著录他所作杂剧三种,今仅存《宋太祖龙虎风云会》一种。

《三国志演义》目前存世最早、较为完整的有两种版本。一是明嘉靖壬午(1522)刊本《三国志传通俗演义》二十四卷,二百四十则,题"晋平阳侯陈寿史传,后学罗本贯中编次"。有弘治甲寅(1494)庸愚子"序",嘉靖壬午关中修髯子"引"。二是嘉靖二十七年(1548)叶逢春刊本《新刊通俗演义三国志史传》十卷,"首尾共计二百四十段",缺卷三、卷十。此本卷端题"东原罗本贯中编次,书林苍溪叶逢春彩像"。刊刻者叶逢春,生卒年不详,福建建阳书坊人。这两个嘉靖本代表着"演义"和"志传"两个版本系列。两书字数相差不多,情节、文字虽有差别,但都没有关索或花关索的故事。它们之后新刊本大量涌现,至明末约35种,其中建本就有24种之多,如《新刻全像大字通俗演义三国志传》《新刻按鉴全像批评三国志传》等都值得我们重视。它与其他版本不同之处,主要是有关羽之子关索或花关索的故事。由于在《三国志平话》和《三分事略》里诸葛亮南征时,只有"关索诈败"一句,没有完整的故事。而在嘉靖本里也没有关索故事,在毛宗岗评改本中,有一段没头没尾的关索事迹。因此,不少学者如柳存仁等认为万历本《三国志传》与嘉靖本不是同一底本,其底本有可能早于嘉靖本①。但是由于近年叶逢春本的发现,说明在嘉靖时"志传"系列本也没有关索或花关索的故事。《明成化刊本说唱词话》中有《花关索传》四集,包括花关索出身传、认父传、下四川传、贬云南传,完整叙述关索的生平际遇。可见其故事早在民间流传。万历时建阳书坊以《花关索传》或流传民间的故事为蓝本,"插增"了关索或花关索的故事②。

万历间吴观明刊《李卓吾先生批评三国志》本,目录中将240则合并为120回,回目也由单句变为双句。中有托名李卓吾评语,实系明万历、天启年间无

---

① 柳存仁《罗贯中讲史小说之真伪性质》,见刘世德编《中国古代小说研究》,上海古籍出版社1983年版,第80页。
② 齐裕焜《明代建阳坊刻通俗小说评析》,《福建师范大学学报》2006年第1期。

锡人叶昼(字文通)所为。

清康熙年间,毛宗岗与其父毛纶以李卓吾评本为底本,参考了《三国志传》本,对回目和正文进行了较大修改和增删,并作了详细评点。从此,毛氏父子的评改本成为最流行的本子。毛宗岗的修改加工,是精雕细琢,粗看无大变化,细看却有不同,艺术描写有较大提高,封建正统思想大为加强,尤其对曹操,删削赞赏性评价,增加诋毁文字,使全书贬曹倾向加重。他的评点是中国古代小说理论的一个重要组成部分,对《三国演义》的研究也有着重要的参考价值。

二、乱世英雄的颂歌

生活在大动乱年代的罗贯中,选择了汉末三国这个大动乱的时代作为自己历史小说创作的题材,他面对三国的历史,进行深刻的反思。为什么会出现大动乱、大分裂;什么人才能图王称霸,统一天下？这是罗贯中反思的中心点。他通过《三国演义》的创作,探索汉末三国盛衰隆替的历史,总结经验教训,从而表现在汉末三国各个政治集团的角逐中,究竟什么样的人物,采取什么样的策略才能在群雄逐鹿的时代里取得胜利。从这个意义上说,《三国演义》是一曲乱世英雄的颂歌。它通过图王称霸者的失败与成功、悲剧与喜剧,探索封建时代的政治哲学,寄托自己的政治理想,客观上反映了人民要求统一、反对分裂的美好愿望。

作者认为皇帝昏庸、奸臣作乱是导致汉末大动乱的原因,人心、人才、战略、策略是谁能成为霸主的决定因素。作者正是围绕着这几个基本点,利用史料和民间传说,进行巨大的艺术创造,为我们绘制了一幅三国时代政治风云的彩色画卷,塑造了历史人物栩栩如生的艺术形象。

《三国演义》描写了汉灵帝中平元年(184)至晋武帝太康元年(280)共九十七年的历史。全书一百二十回,可分为三大部分。第一部分从第一回至三十三回,主要写汉末的动乱和群雄并峙,曹操集团的崛起和壮大;第二部分从三十四回至八十五回,写刘备集团的崛起和壮大,三国鼎立,互相争雄的局面;第三部分从八十六回到一百二十回,写三国的衰落,最终为司马氏所统一,建立西晋王朝。

作者在第一部分里,深刻揭示了汉献帝的昏庸和十常侍作乱,造成了汉朝的衰亡和人民的灾难,形象地描写了各个军阀集团的失败与灭亡。凭借武力而篡夺了大权的董卓,暴戾凶残、人心丧尽,虽然建了郿坞,盖了宫殿,囤积了足够吃二十年的粮食,自以为长治久安。可是"谁知天意无私曲,郿坞方成已灭亡"。作者还写了袁术与孙坚争夺传国玉玺的闹剧。孙坚以为窃得传国玉玺就可以得天下,结果死于刀箭之下;袁术以为夺得传国玉玺,就应了天意,竟不顾一切地做起皇帝来。"强暴枉夸传国玺","骄奢妄说应天祥",结果都身败名裂。作者塑造了一个有着非凡武艺,几乎打遍天下无敌手的吕布形象,但他武艺虽好,却没有政治远见,只是自恃勇力,一味杀伐,见利忘义,反复无常,最终在白门楼殒命,成为有勇无谋、见利忘义的典型人物,受到历史的惩罚。作者还塑造了一个出身高贵、实力雄厚的军阀袁绍,也因为优柔寡断,不善用人而惨败,使自己的事业付诸流水,说明虚有其表的贵族世家也是成不了气候的。作者还写了统治阶级中的一些无用的"好人",如老实无用的陶谦,缺乏大志的刘表,懦弱无能的刘璋,他们也都逐步被吞并、被消灭。

作者写凶残暴虐者、胸无大志者、好谋无断者、见利忘义者、昏庸懦弱者都不能举大事;那些坚固的堡垒,高超的武艺,"四世三公"的名贵出身,帝王的符瑞都不足倚仗,都无济于事;只有具有雄才大略,有着争人心、惜人才的品格和正确的战略、策略的人,才能成为中原的霸主。

作者的着眼点在于人心、人才、战略,凡是这三方面有杰出表现的历史人物,作者就充分利用史料加以开掘和渲染,而不管他是"仁义之君",还是"奸雄"的霸主,是人中俊杰还是有严重过失的人物。相反,谁违背了争取人心、珍惜人才的原则,不能实行正确的战略、策略,作者就加以批评,也不管他是英雄豪杰还是凡夫俗子。这就是历史学家以历史为鉴戒,所谓"秉笔直书"的态度。正像刘知几在《史通·惑经》里所说的:"盖明镜之照物也,妍媸必露,不以毛嫱之面或有疵瑕,而寝其鉴也;虚空之传响也,清浊必闻,不以绵驹之歌时有误曲,而辍其应也。夫史官执简,宜类于斯。苟爱而知其丑,憎而知其善,斯为实录。""所谓直笔者,不掩恶,不虚美"①。罗贯中正是以这样严肃的态度来写三国的历史!

刘备新野惨败,带着十万百姓一起向江陵转移,日行十余里,眼看曹操追兵就要赶上。诸葛亮劝他"不如暂弃百姓,先行为上"。但刘备说:"若济大事,必以人为本。今人归吾,何以弃之?"

对曹操,作者也写他重视人心、爱惜百姓的事迹。曹操入冀州后,有父老

---

① 刘知几《史通·惑经》,中华书局《四部备要》本,第 51 册第 150 页。

数人,须发尽白,皆拜于地,谴责袁绍"重敛于民,民皆生怨",而歌颂曹操"官渡一战,破袁绍百万之众",使百姓"可望太平矣"。曹操听了很高兴,并号令三军:"如有下乡杀人家鸡犬者,如杀人罪。"于是,军民震服,深得人心。作者还写到曹操为争取人心,虽然知道刘备胸怀大志、久必为患,但是他认为"方今用英雄之时,杀一人而失天下之心"是不可取的,还是热情地接纳刘备。关羽挂印封金,曹操认为"彼各为其主,勿追也"。作者引用裴松之的话赞扬曹操:"曹公知公而心嘉其志,去不遣追以成其义,自非有王霸之度,孰能至此事?斯实曹氏之休美。"又引一诗赞曰:"不追关将令归主,便有中原霸主心。"嘉靖本小字注还说:"此言曹公平生好处,为不杀玄德,不追关公也。因此,可见曹操有宽仁德大之心,可作中原之主。"①这些文字,在《三国演义》里都被毛宗岗砍掉了。曹操在官渡之战胜利后,在缴获的文件中,发现部下与袁绍勾结的书信。荀攸建议"可逐一点对姓名,收而杀之",可是曹操却焚书不问。作者引用"史官"的诗歌颂曹操:"尽把私书火内焚,宽洪大度播恩深。曹公原有高光志,赢得山河付子孙。"嘉靖本小字注云:"此言曹公能捞笼天下之人,因此得天下也。"

  作者十分注意人才问题。认为珍惜人才、鉴别人才和不拘一格使用人才是图王霸业的基本条件。作者满腔热情地写出曹、刘、孙三个集团在这方面许多令人赞叹的事迹,也写到其中的挫折和教训。

  作者把史书中简单的几句话,发展成精彩的"刘备三顾茅庐",表现刘备思贤若渴、珍惜人才的英雄风度。同时,诸葛亮出山,给刘备事业带来转机,开创了三分天下的局面,也证明了人才的重要。对曹操重用人才,也给予颂扬。官渡之战时,一方面是袁绍好谋无断,不能重用人才。在决定是否进行这次战略决战时,不听田丰的意见,贸然发动战争;在决定作战方针时,沮授建议坚守不出,待曹军粮尽自退,袁绍又不采纳;在作战时,不听审配、许攸的意见,调走审配,逼走许攸;用人不当,用醉鬼淳于琼守乌巢,以致粮草被烧;在危急之时,又不听张郃的意见,迫使张郃、高览两员虎将投降曹操,这就导致了袁绍的惨败。"河北栋梁皆折断,本初焉不丧家邦!"而曹操在战略决策时,虚心听取荀攸、荀彧的意见;听说许攸来降,"操大喜,不及穿履,跣足出迎之";对许攸烧乌巢的

---

① 嘉靖本《三国志通俗演义》小字注,究为何人所作,有争论。我们认为不是罗贯中本人的手笔,但值得重视,因为它是《三国演义》最早的评注。

建议深信不疑,亲自率军奇袭乌巢;张郃、高览来降,立即用为先锋,追击袁军,取得胜利。整个官渡之战,围绕人才问题来写,写出这场战争胜负的原因在于人才的得失。官渡之战结束了,作者还加了极为精彩的一笔:一边是袁绍杀了坚持正确意见的田丰,摧残人才;一边是曹操焚书不问,宽大为怀。

鉴别人才也极为重要。"青梅煮酒论英雄",除表现刘备的机智外,还表现曹操慧眼识英雄。另外,作者还写了鉴别人才的困难。如料事如神的诸葛亮,把"言过其实"的马谡当作人才加以重用,导致街亭失守;精明的曹操也因张松其貌不扬而怠慢他,使他把四川地图献给了刘备;思贤若渴的孙权,因庞统的傲慢而不肯重用,却被刘备聘去做了军师等等。

要不拘一格地使用人才,在这方面,作者也写了许多意味深长的故事。"温酒斩华雄",说明不应以出身贵贱作为划分人才的标准。"火烧连营八百里",老谋深算的刘备被"黄口孺子"陆逊打败,说明"但当论其才与不才,不当论其少与不少"(毛批)。张辽、许攸、庞德等人被重用,说明不以个人恩怨作为衡量人才的标准。总之,一城一地的得失,决定不了事业的成败,而人才的得失是事业成败的关键。"不喜得荆州,喜得异度(蒯越,字异度也)","奸雄"曹操又一次道出千古不破的真理!

《三国演义》里出色的战争描写是人们交口赞誉的。那些层出不穷的奇谋胜算,吸引了多少读者!但是,作者最可贵之处,还不在于写出战役中的各种计谋,而在于着重写战略决策,从宏观角度写战争,把政治决策与战略决策结合起来,因为这是关乎全局、决定成败的。曹操的战略是"挟天子以令诸侯",高举统一旗帜,取得政治主动权。曹操始终坚持这个战略,就是到了力量十分强大时,孙权劝他即帝位,他一针见血地指出:"是儿欲使吾居炉火上耶!"他正确估量形势,以天子名义进行讨伐战争,吞并各个军阀集团,统一了北中国。刘备实行"联吴抗曹"的战略方针,执行这个战略方针,取得了赤壁之战的胜利;违背这个方针,关羽失荆州;刘备给关、张报仇,感情用事,伐吴抗曹,"两个拳头打人",结果一败涂地。

《三国演义》卓越的史识,认真的反思,深刻的哲理,使它远远高出同类历史演义小说,具有巨大而永久的思想价值。

三、震撼人心的道德悲剧

如果说《三国演义》对封建政治哲学的探索给后代读者以极大的教益,是它具有强大艺术魅力的原因之一;那么,它所表现的道德悲剧,就是它具有永久生命力的另一重要原因。

罗贯中在艺术地表现三国历史的时候,不仅有政治、历史的标准,而且还有着伦理道德的标准。"天下者,非一人之天下,乃天下人之天下,惟有德者居之。"这就是作者的政治伦理思想。他面对浩瀚的史料,按照自己的伦理标准作出了选择和判断。

从历史记载看,刘备与曹操虽然都是雄踞一方的军阀,但刘备比较仁厚,曹操比较奸诈。刘备有意识地高举"仁义"的旗帜与曹操抗衡,他对庞统说:"今与吾为水火者,曹操也。操以急,吾以宽;操以暴,吾以仁;操以谲,吾以忠;每与操反,事乃可成耳。"[①]从《三国志》和裴松之注来看,的确刘备的劣迹不多,而且还留下了携民渡江、三顾草庐等历史佳话;而相反,曹操却有不少恶行,如"宁可我负天下人,不可天下人负我"的自白;"割发代首"、"借头压军心"、"梦中杀人"等诡计,正如许劭所评定的,是"乱世之奸雄"。

《三国演义》里拥刘反曹,主要不是作者的正统思想作怪。作者把刘备集团作为仁义之师,寄托自己的"仁君贤相"的政治理想;把曹操集团作为恶德的渊薮,加以鞭挞。这是罗贯中充分研究史料和民间传说之后,按照自己的道德观和审美观所作的选择和判断。

作者常常在事业与道德之间发生矛盾时,展开道德悲剧的描写。关羽在华容道截击曹操,一方面为了刘备集团的事业,应该杀掉曹操,另一方面关羽又想报曹操的恩义,不忍杀他。激烈的内心冲突,使关羽处在两难的境地。最终还是"义重如山",宁可自己违背军令,甘受军法惩处,"义释曹操",道德的原则胜利了。刘备在关羽、张飞被杀后,要起兵伐吴为兄弟报仇,诸葛亮、赵云都从蜀汉的事业出发,劝他适可而止,不要因此而破坏了联吴抗曹的战略。刘备说:"不为兄弟报仇,虽有万里江山,何足为贵?"不顾一切地起兵伐吴,遭到惨败,葬送了蜀汉的事业。作者一方面清醒地批评刘备的严重失策,另一方面又热情地歌颂为兄弟之情而不顾事业成败的义。正是在图王称霸的雄心与实现"仁义"的道德理想的矛盾中展示了刘备的悲剧性格。

作者还写到命运与道德原则的矛盾而造成的悲剧。毛宗岗云:"孔明既云曹操不可与争锋,而又曰中原可图,其故何哉?盖汉贼不两立,虽知天时,必尽人事,所以明大义于天下耳。"诸葛亮出山之前已知天命不可违,但为了申明大

[①] 《三国志·蜀书·庞统传》裴松之注引《九州春秋》,中华书局1982年版,第955页。

义于天下,为报刘备的知遇之恩,还是毅然出山,为蜀汉的事业,殚精竭虑,耗尽了毕生的精力。当他将要离开人世时,"强支病体,令左右扶上小车,出寨遍视各营,自觉秋风吹面,彻骨生凉。孔明泪流满面,长叹曰:'吾再不能临阵讨贼矣!悠悠苍天,曷我其极!'"这是多么震撼人心的悲剧场面!读了之后,我们不禁想起伟大诗人杜甫的名句:"出师未捷身先死,常使英雄泪满襟!"知其不可而为之,为了事业和崇高的道德原则,与命运抗争,虽然失败了,却体现出雄健刚劲的阳刚之美,是古代"精卫填海""夸父追日"那种史诗式英雄精神的延续与发展!

作者还在展示人物品质缺陷中,表现人物的道德悲剧。关羽是作者全力颂扬的英雄人物,作者在歌颂他蔑视敌人、气吞山河的气概的同时,也写他骄傲自大,刚愎自用,轻视甚至侮辱自己的战友等个人英雄主义的缺点。这种品德缺陷,导致了悲剧的下场。但是正因为这种品德上的缺点,造成"缺陷美",反而引起人们对悲剧人物的同情与崇敬,反而比赵云这样完美人物更具有追魂摄魄的艺术力量。

作者塑造了曹操这个"奸雄"的典型。一方面,有雄才大略,另一方面,又阴险、狡诈。作者把他作为恶德的化身,作为与刘备、诸葛亮对立的人格系统予以严厉的谴责,表现出作者的道德原则。

有着美好品格而又有雄才大略的刘备、诸葛亮、关羽失败了,而虽有雄才大略却充满恶德的曹操却胜利了。这是一个历史的大悲剧。造成悲剧的原因何在?作者无法回答这个问题,只能归之于天命,发出"谋事在人,成事在天"的感叹。

罗贯中有两个天平。一是政治历史的天平,一是道德伦理的天平。用政治历史的天平来衡量时,对曹、刘、孙的英雄业绩大加肯定和赞扬,谱写了乱世英雄的颂歌;用伦理道德的天平来衡量时,歌颂刘备集团的仁义,而贬斥曹操的奸诈。仁义之师失败了,"奸雄"的事业却成功了,作者哀叹这道德沦丧的悲剧。这两个标准,有时还出现从政治历史上予以肯定、在道德上予以谴责,理智上予以肯定、感情上又予以贬斥的矛盾现象。

罗贯中在《三国演义》里宣扬的道德原则,包括"仁义"思想,"鞠躬尽瘁,死而后已","富贵不能淫,威武不能屈"等等,是我们民族以儒家思想为基础的传统伦理道德观念。同时,又有时代的特色,如刘备与关、张,既是君臣,又是兄弟的关系,反映了市民阶层的平等观念。

《三国演义》所歌颂的道德原则,体现这些道德原则的人物故事,成为我们民族的道德风范而千古传诵。刘备、诸葛亮等人的道德悲剧具有震撼人心的艺术力量,这就使《三国演义》成为我国最早的一部具有悲剧色彩的长篇小说。

四、军事文学的开山之作

出色的战争描写是《三国演义》具有永久艺术魅力的又一重要原因。

《三国演义》写了大小四十多场战争,其中有官渡之战、赤壁之战、猇亭之战等重大战役,又有濮阳之战、街亭之战等激烈的中小战役,还有许褚裸衣战马超这样的搏斗场面。可以说,整部《三国演义》就是一部三国时期的战争史,堪称我国军事文学的开山祖与典范性作品。

《三国演义》的战争描写,有以下几个特点:

1. 以斗智为主,智勇结合的战争描写。

一般的描写战争的作品,大都沉湎于战场上武力的较量,刀光剑影,蛮勇拼杀,而《三国演义》则以斗智为主,展开战争描写。这主要表现在把战略决策与战术运用、斗智与斗勇结合起来,而以斗智为主,着重写战略战术的运用。

战略决策的正确与否是关系战争全局的,战术运用是否得当是局部性的。《三国演义》把战略决策与战术运用、全局与局部结合起来;把战争描写得绚丽多彩、丰富深刻,而不是单纯的胜负记录、单调乏味。赤壁之战是最出色的例子。作者用九回篇幅写赤壁之战,其中头三回集中写战略决策。在曹操强大力量的威胁下,诸葛亮为争取与东吴结盟,奔走于夏口、柴桑之间,分析形势,利用矛盾,争取了同盟军;孙权集团内部,展开战略决策的激烈辩论,主战主和各执己见,决战求和犹豫难决,孙权在周瑜、鲁肃的支持下,从狐疑不决到誓死抗战。整个战略决策过程写得跌宕起伏,变化多端。在战争进程中,又充分展开孙、刘之间既联合又斗争的关系;孙权内部主战派主和派的矛盾;主战派内部周瑜、鲁肃对待同盟军不同策略的矛盾,把政治斗争与军事斗争结合起来,使战略决策的描写具有更深刻的内涵。

作者把斗智与斗勇结合起来,写出由于孙、刘联军的战术运用正确,从劣势转化为优势,写出战争胜负的原因。作者紧紧抓住曹军不善水战这个线索,写出孙、刘联军如何利用自己的长处和敌人的弱点,变劣势为优势;而曹军又如何千方百计克服弱点,终于因无法克服而导致失败。周瑜利用蒋干行反间计,除掉深谙水战的蔡瑁、张允;庞统献连环计,貌似为不善水战的曹军排忧解难,而实际为孙、刘联军的火攻巧作安排;黄盖献苦肉计,使在隔江水战这样困难条件下,有了火攻的可能性。在决战的前夜,作者又写了周瑜的谨慎周密与曹操的骄横大意,使曹军的失败成为无可挽回的定局。

正因为把斗智与斗勇结合起来,既写出谋士运筹帷幄、决胜千里,又写出武将披坚执锐,斩将搴旗。在我国小说史上还没有一部作品能把战争写得如此丰满有力,既饶有趣味又发人深思。

2. 全景性的战争描写。

《三国演义》的战争描写特色,还在于它的全景性。第一,它描写了这个历史时期的一切重大战役和著名战斗。描写了规模宏大的战役,又写了具体的战斗;既有战役的全景鸟瞰图,又有战斗场面的特写镜头;既有火攻又有水淹;既有设伏劫营,又有围城打援;既有战船交战,又有陆地交锋;既有车战又写马战,以至徒手搏斗,可以说具备了古代战争的一切形式。描写战争规模之大,次数之多,形式之完备,都是世界文学史上所少见的。第二,它很有魄力地直接描写战争的总司令部,写了曹操、孙权、刘备等最高统帅,写了诸葛亮、周瑜等前线总指挥,更写了关、张、赵、马、黄、张辽、徐晃、甘宁、周泰等数十名大将,描写了数以百计的将校和士兵,写出了古代战争的复杂和丰富。特别是最高统帅部的描写,使读者对战争全局、战略决策、战术运用、胜负原因等都一目了然,从中受到智慧的启迪和美的享受。表现战争全景,描写最高统帅部的雄伟气魄是《三国演义》战争描写的宝贵经验,这正是我国当代军事文学所极需借鉴的。第三,它的全景性还表现在既写战争又写政治;既写战争生活又写政治生活,使《三国演义》能通过战争描写,气势磅礴地描绘出三国时代的历史画卷。

3. 富有个性的战争描写。

《三国演义》描写了几十场战争但没有雷同之感。每场战争都有自己独特的风采。究其原因,是因为:第一,把写战争与写人物结合起来,特别是着重写统帅的不同性格。赤壁之战与猇亭之战有许多相似之处,但正如毛宗岗指出的:"曹操赤壁之战,骄兵也;先主猇亭之战,愤兵也。骄兵败,愤亦必败。"由于曹操与刘备的不同处境与性格,曹操因骄傲而麻痹大意,导致惨败;刘备因愤怒而失去理智,全军覆没,这就使两次战争各具特色。第二,从实际出发,不把战争简单化、模式化。作者不是从概念和模式出发,而是从史实、生活出发,写出战争的复杂性。不像某些古代小说那样,有所谓第一条好汉,有无敌的法宝,只要第一条好汉出来,只要祭起无敌法宝,对手都只能束手就擒。《三国演义》写出战争的复杂性,料事如神的诸葛亮也有街亭之失,无敌的关羽却被偏将马忠活捉。在整个战役中,不回避胜利一方的某些失误,所以胜利一方常常是大处得胜,小处失败;而失败的一方却是局部取胜,全局惨败。第三,把紧张激烈的战斗与轻松闲适的场面结合起来。作品里既有庞德抬棺决战、夏侯惇拔矢啖睛那样激昂慷慨,也有诸葛亮弹琴退仲达、观鱼平五路那样悠闲自得的场面。在激烈的大战中,也有像蒋干中计的喜剧、庞统夜读的安谧。这种有张有弛的描写,把战争写得丰富多彩,神趣各异。

五、类型化艺术典型的范本

在历史小说创作中,是以叙述历史事件为主,还是以人物塑造为中心,这是历史演义小说成功与否的关键。《三国演义》把塑造历史人物形象放在重要地位,在故事情节的演进中塑造人物形象,这是《三国演义》具有永久艺术魅力的又一重要原因。

《三国演义》塑造人物形象有以下的特点:

1. 浓墨重彩,用夸张和渲染的手法突出人物的主要性格特征,给读者以强烈、鲜明的印象。人物主要性格特征,得到多方面的表现和反复的强调,足以支撑整个形象,虽然比较单纯,但却像雕塑一样,达到高度的和谐统一。诸葛亮的贤能,关羽的义勇,曹操的奸诈、张飞的鲁莽都是经过反复强调,多次渲染给人永难忘却的印象。

2. 善于用传奇性的细节和情节来塑造人物。《三国演义》里生活的细节比较缺乏,但却有不少惊险生动的细节,我们称之为传奇性的细节。曹操献刀、梦中杀人、借头压军心、查检董承衣带诏,都非常深刻地表现曹操奸诈的性格。

3. 善于用对比、烘托的手法塑造人物形象。作者在重要人物登场时,总是通过对比、烘托的手法,渲染他的重要作用。一出场就给他一个亮相的机会,在某些关键时刻起重要作用,他们的不同凡响就烘托出来了。诸葛亮出山之前,通过司马徽、徐庶等人的称赞;通过刘备的"三顾",把孔明的地位写得非常突出。然后,一登场就是精彩的"隆中对",对天下形势作了透辟的分析,提出了刘备集团的战略方针,他作为军师的形象就勾勒出来了。街亭之战前,对司马懿的出场,作者也作了精心布置:曹丕托孤,司马懿得到重用,诸葛亮视为心腹大患;然后诸葛亮用反间计,司马懿被削职回乡,诸葛亮"大喜";到孔明第一次兵出祁山,所向无敌时,曹魏又起用司马懿,诸葛亮闻之"大惊"。通过孔明的心情变化衬托出司马懿的杰出才能,造成先声夺人的气势。然后他一登场,用迅雷不及掩耳之势镇压了孟达的叛乱,使诸葛亮措手不及。经过这样的烘托,司马懿这个人物就在读者心目中站立起来了。

4. 善于通过特定的情势和氛围表现人物内心的精神状态,达到传神的地步。关羽温酒斩华雄,首先通过前面几员大将被华雄所斩,把优势让给华雄,造成特定的形势;其次通过袁绍、曹操对关羽的不同态度,造成特殊的恶劣条件,使关羽处在不利的地位,有巨大的环境压力,关羽能否取胜,成为读者心中的悬念;第三,一切从听觉中来,战场情况完全是虚写,最后关羽提华雄之头掷于地下,"其酒尚温"。用这传神之笔,把关羽的英雄神采突出地表现出来。

《三国演义》在人物塑造方面也有不少缺点,主要是人物性格单一而且缺少变化;只有人物的横断面而没有性格发展史;作家没有揭示人物与环境的关系,人物性格形成缺少依据。写上层人物、帝王将相比较成功,写下层人民、写老百姓的日常生活苍白无力;叙述语言半文半白,既不深奥又不粗俗,比较成功,但人物语言个性化不够,缺少生活气息。造成这些缺点的原因,主要因为《三国演义》取材于历史,历史人物登上政治舞台时已经成熟,对他们性格的发展史,材料不够,知之甚少;由于取材于历史记载,缺乏生活气息。更重要的是,我国传统文化观念,重伦理道德,重文艺的教化作用,作家的审美意识与伦理道德观念结合在一起,强调人物要体现善恶观念,这样就不可能多元化地展开人物复杂性格和内心矛盾的描写。

对《三国演义》人物塑造的成就与不足,应进行科学的实事求是的分析。应该承认《三国演义》塑造的人物是典型人物,在我国小说史乃至世界文学史上,像曹操、关羽、诸葛亮、张飞等人物能给人那样鲜明的印象,产生重大的影响,达到家喻户晓的地步是不多见的。这些典型人物体现了古代审美意识的特点:单纯、崇高、和谐,适应了中国古代读者的欣赏水平,在现代也"仍然给我们以艺术享受,而且就某些方面说还是一种规范和不可企及的范本"①。不能用西方小说个性化的典型模式来衡量,否定它的类型化典型性。当然,另一方面又要清醒看到它的不足之处。《三国演义》是我国长篇小说的开山之作,有不足之处是必然的,人物塑造还有待于进一步完善。傅继馥认为:"《三国志通

---

① 马克思《〈政治经济学批判〉导言》,见《马克思恩格斯选集》第二卷,人民出版社1972年版,第114页。

俗演义》中的重要人物形象,是古代文学中类型化艺术典型的光辉高峰和不朽的范本。""证明由类型化典型到性格化典型是普遍的规律,中国小说的发展历史并没有例外"①。从文学发展史的角度来看,《三国演义》所塑造的类型化典型还有待发展提高,逐步完善,向性格化典型过渡。

六、虚实结合的辩证艺术

正确处理历史真实与艺术虚构的辩证关系,是《三国演义》具有不朽的艺术魅力的又一重要原因。在《三国演义》以后产生的历史小说,或太实,成为通俗化的历史;或太虚,演为英雄传奇、宗教奇幻小说,失去历史小说的特质。"全实则死,全虚则诞",把史实与虚构对立起来,对历史小说创作来说,都是行不通的。《三国演义》正确处理历史真实与艺术虚构之间的辩证关系,它的主要经验是在掌握分析大量史料的基础上,对历史进行总体的审美把握,把作者的理想、感情熔铸在历史事实之中;按照艺术创作的规律对人物进行典型化的概括;对历史材料重新进行组织,使之符合艺术结构严整性的要求。

罗贯中在创作《三国演义》时,用《三国志平话》作框架,大量利用陈寿《三国志》及裴松之注、司马光《资治通鉴》及胡三省注,并采用大量民间传说。因此,《三国演义》主要情节符合历史发展的基本线索,人物性格基本符合历史人物的面貌,历史事件的时间、地点、结局大体符合史实。因此,它虽有不少虚构的情节穿插其间,但就事件的总体说,基本符合历史,或是历史上可能发生的,因此,使人不易觉察出是虚构的,达到乱真的地步。鲁迅在《中国小说的历史的变迁》中说:"如王渔洋是有名的诗人,也是学者,而他有一个诗的题目名《落凤坡吊庞士元》,这'落凤坡'只有《三国演义》上有,别无根据,王渔洋被他闹昏了。"②

罗贯中在史实的基础上进行艺术虚构,大体上采用了以下几种办法:

1. 张冠李戴,移花接木。如"怒鞭督邮"本是刘备,移为张飞,以突出张飞鲁莽的性格;斩华雄本是孙坚,改为关羽,以衬其神武等等。

2. 妙手生发,善于铺叙。根据《吕布传》中"布与卓婢私通,恐事发觉,心不自安"几句话,生发出王允"巧使连环计",虚构出貂蝉故事;根据《诸葛亮

---

① 傅继馥《类型化艺术典型的光辉范本》,见《三国演义研究集》,四川省社会科学院出版社1983年版,第101页。
② 《鲁迅全集》第九卷,第323页。

传》里"于是先主遂诣亮,凡三往,乃见"这样简单的叙述,铺叙成"三顾草庐"这脍炙人口的故事。

3. 于史无征,采用民间故事。桃园三结义、华容道放曹操等没有历史依据,主要采用《三国志平话》,加以加工改编,使之描写符合情理,不觉其伪。

4. 本末倒置,改变史实。张辽主动投降曹操,改为张辽被俘后拒不投降,刘备、关羽说情,曹操义释;鲁肃与关羽都是"单刀赴会",鲁肃义正辞严,逼使关羽"无以答",变为关羽单刀赴会,鲁肃在关羽的神威面前,惊慌失措。

5. 善于穿插,巧于构思。"失街亭"和"斩马谡"正史都有记载,但"空城计"只见于裴松之注所引的《郭冲三事》,而且与"失街亭"、"斩马谡"并无必然联系。作者巧妙地把"空城计"插在"失街亭"与"斩马谡"之间,这样一来,可以说明街亭之战的重要意义,街亭一失,诸葛亮几乎被俘,马谡罪过严重,非斩不可。诸葛亮的空城计不是故意弄险,故作惊奇,而是万不得已,不得不走这一步险棋。这也突出诸葛亮临机应变,化险为夷的本领。"空城计"插入后,更好地塑造了诸葛亮与司马懿这两位主帅的性格,他们都充分估计对手的才智,极为谨慎,但孔明在谨慎中表现出临危不惧,果敢机智;司马懿在谨慎中却显出多疑诡谲,犹豫不定。诸葛亮没能料事如神,犯了用人不当的严重错误,但有了"空城计"这神奇的一笔,使诸葛亮的失败被淡化了,神机妙算更突出了。正因为"空城计"插在"失街亭"、"斩马谡"之间,独具匠心,描写孔明失败的"失、空、斩"却成为表现古代英雄杰出才智的赞歌,在我国戏曲舞台上久唱不衰。

七、历史地位与影响

《三国演义》是我国章回小说的开山之作。它在思想艺术上都取得巨大成就,成为我国历史小说创作的楷模,在文艺和社会生活方面产生了巨大的影响。

《三国演义》为历史演义小说创作积累了丰富的经验,在它的影响下,先后出现了五、六十部历史演义小说。它创作的成功,使章回小说成为长篇小说的唯一形式,促进了长篇小说的繁荣发展,奠定了长篇小说在我国文学史上不可动摇的历史地位。它为后代其他小说创作提供了丰富的经验,它的创作思想、人物形象、艺术风格、艺术手法都对后代各种题材小说的创作产生重大影响,可以毫不夸张地说,在英雄传奇、宗教奇幻、公案侠义等小说中都可以看到《三国演义》的影子。

《三国演义》对戏曲和说唱文学也产生重大影响。在清代就有杂剧三国戏四种、传奇十三种，包括《鼎峙春秋》这样有二百四十出的宫廷大戏。仅京剧这一个剧种，从清末流传至今的三国戏就有一百五十多出。几乎所有的地方戏都有三国戏。直接或间接取材于《三国演义》的说唱文学作品遍布全国各地的主要曲种，广东木鱼书《三国志全书》，弹词《三国志玉玺传》以及扬州评话《三国》等是较有影响的作品。

　　《三国演义》的续书，有万历年间酉阳野史编写的《续编三国志后传》，十卷一百三十九回。它叙述的故事自"后主降英雄避乱"起，至"三大帅平定苏峻"止，以北地王刘谌幼子刘曜为主角，他得到梁王刘理的次子刘渊、张苞之子张宾、关兴之子关防、关谨、赵云之孙赵概、赵染等人的辅佐，起兵兴汉。故事纯属虚构，作者自序称"因感蜀汉衰微，刘备虽有关、张、诸葛等人辅佐，亦不能恢复汉业，故记其后裔以泄愤一时，取快千载"①。另有《后三国石珠演义》，三十回，亦名《后三国传》，清梅溪遇安氏著。叙仙女石珠故事，因时代与《三国演义》相续，故名《后三国传》。然而人物情节各不相同，不能算作续书。《三国演义》续书和《水浒传》《西游记》《红楼梦》相比是最少的，因为它是历史小说，毕竟受到历史题材的限制，不能任意虚构，随心所欲地续作。

　　《三国演义》对社会生活的影响在中国古代小说中是首屈一指的。《三国演义》的成功，使三国历史得到普及。它的故事脍炙人口，它的艺术形象深入人心，一方面统治阶级利用它的忠义思想在人民中进行封建道德的灌输；利用它所阐发的图王称霸的谋略，作为统治术加以应用和传授。清王嵩儒《掌固零拾》云："本朝未入关之先，以翻译《三国演义》为兵略，故其崇拜关羽，其后有托为关神显圣卫驾之说，屡加封号，庙祀遂遍天下。"②另一方面，广大人民群众也从《三国演义》里吸取与统治阶级作斗争的智慧与力量。黄人在《小说小话》中说："张献忠、李自成、及近世张格尔、洪秀全等，初起众皆乌合，羌无纪律。其后攻城略地，伏险设防，渐有机智……闻其皆以《三国演义》中战案为帐内唯一之秘本。"③

　　《三国演义》也为世界人民所热爱。其外文译文"有近二十个语种"。俄、

---

① 参见丁锡根《中国历代小说序跋集》（中），人民文学出版社1996年版，第934—936页。
② 见朱一玄《三国演义资料汇编》，南开大学出版社2012年版，第615页。
③ 见朱一玄《三国演义资料汇编》，南开大学出版社2012年版，第649页。

日、朝等国早已有全译本,英文、爱沙尼亚文、马来文、爪哇文等外文全译本也已面世,而各种节译本、片断译文更不在少数。① 随着翻译本的出现,各国对《三国演义》的研究也不断深入,并取得了相当数量的研究成果。

第三节 列国志系统的历史演义小说

一、《列国志传》的演化

最早讲述列国故事的当推宋元讲史话本,如《七国春秋平话》《秦并六国平话》等。到了明中叶,余邵鱼编《列国志传》一书。余邵鱼,字畏斋,福建建阳人,是著名出版家余象斗的族叔,明嘉靖、隆庆间人。

《列国志传》,共八卷二百三十四则,现存最早的是万历丙午三十四年(1606)三台馆余象斗重刊本。另有一种十二卷本,系万历乙卯四十三年(1615)刊本。前有陈继儒序。八卷本与十二卷本基本相同。

《列国志传》所叙故事起自武王伐纣,下迄秦并六国。它主要依据《国语》、《左传》、《史记》等史籍,同时吸收了不少民间传说,以及宋元以来的话本和戏曲故事。西周部分共三十四则,约占全书七分之一。作者在第一卷卷首标明"按先儒史鉴列传",实际上主要参考了讲史话本《武王伐纣平话》。东周故事占大部分,作者在卷三至卷六卷首标明"按鲁瑕丘伯《左丘明春秋传》",因《左传》记事简略,《列国志传》有较多的发挥和虚构。《左传》记事的下限是公元前479年,到秦并六国还有二百年左右的历史,作者在第七卷至第八卷卷首标明"按先儒史记列传"。《史记》描写细致,《列国志传》大多照抄,有的更为简略。还吸收了"妲己驿堂被诛""穆王西游昆仑山""秋胡戏妻""卞庄刺虎""伍子胥临潼斗宝""孙膑下山服袁达"等民间传说。作者在编写时,在史实和民间传说材料的基础上,进行艺术虚构,但想象力贫乏,多是承袭《三国演义》等当时流行小说的情节。如"管仲天柱峰灭戎"一则,管仲夜间劫寨,用草人借箭,完全是"草船借箭"的翻版;"管夷吾气死斗伯比",则是模仿诸葛亮骂死王朗;"晋郤縠火攻曹河"一则,又是抄袭了王濬破吴,烧断横江铁索的情节;"郤縠遗计斩舟之侨"一则中,先轸按郤縠遗下的锦囊妙计,"斩舟之侨首级于马下",与"武侯遗计斩魏延"雷同。这些情节均不见《左传》,是作者仿照《三

---

① 王丽娜、杜维沫《〈三国演义〉的外文译文》,《明清小说研究》2006年第4期。

国演义》编撰的。

《列国志传》描写简略,文字粗率,缺乏动人的艺术力量,因而影响不大,流传不广。但从中国古代小说演变的角度来考察,却有着不容忽视的重要地位。首先,它以时间为经,以国别为纬,叙述了从商纣灭亡到秦并六国长达八百年的历史,是较早把历史形象化、通俗化的尝试,为冯梦龙编写《新列国志》奠定了基础。其次,它是《武王伐纣平话》到《封神演义》《七国春秋平话》(前集)到《孙庞演义》的过渡性作品。《列国志传》中有关武王伐纣和孙庞演义部分是由宋元讲史话本中蜕变而来的,而《封神演义》《孙庞演义》的有关章节又是由《列国志传》演化而成的,我们在谈《封神演义》《孙庞演义》的章节中还将涉及这个问题,在此不赘述。

冯梦龙把余邵鱼的《列国志传》改编成《新列国志》,全书由二十八万字扩展到一百零八回,七十余万字。在改编中,首先,他砍掉了从武王伐纣到西周衰亡这段历史,集中写春秋、战国时代,成为东周列国的历史演义。其次,以《国语》《左传》《史记》等为主,参考二十多种史书,考订史实,对人名、年代、地点错讹者多加订正,删掉与史实不符、任意虚构的情节,如"临潼斗宝"、孙膑故事中荒诞不经的传说等等,使《新列国志》更符合史实。当然,它也保留了一些民间故事,对史实也作一些小的调整。第三,艺术上有长足的进步。叙述描写细致逼真,笔墨酣畅,有一定的艺术感染力。

清乾隆年间,秣陵蔡元放(名昊,别号七都梦夫、野云主人)把《新列国志》略作删改润色,再加了一些夹注及评语,易名《东周列国志》,共二十三卷,一百零八回。它实际上是《新列国志》的评点本。现在最流行的就是这个本子。下面我们论述《新列国志》《东周列国志》时,一律用《东周列国志》这个书名。

二、《东周列国志》

从《列国志传》演化为《东周列国志》的过程,是不断向史实靠拢的过程。这与作者在历史小说创作中持"恪守正史"的指导思想有关。可观道人在《新列国志叙》中说:"本诸《左》、《史》,旁及诸书,考核甚详,搜罗极富,虽敷衍不无增添,形容不无润色,而大要不敢尽违其实。凡国家之兴废存亡,行事之是非成毁,人品之好丑贞淫,一一胪列,如指诸掌。"蔡元放明确宣称:"全要把作正史看,莫作小说一例看了。"这就是说,《东周列国志》一方面比较严格地忠实于历史;另一方面,进行适度艺术加工,在细节上有所"增添",在文字上加以"润色"。《东周列国志》只是把正史加以通俗化和艺术化罢了。由于冯梦龙是一个才华横溢的作家,又有宋元讲史话本和余邵鱼的《列国志传》作基础,因此,《东周列国志》与其他"恪守正史"的通俗演义相比,思想艺术水平高出一筹,成为将历史通俗化的范本,是除《三国演义》外,较有影响的历史演义小说。

1. 春秋战国时代是我国历史上的大变革、大动乱年代,政治、军事、外交、思想等方面的斗争空前激烈和活跃。在诸侯之间争夺霸权、施行兼并的过程中,涌现出大批杰出的政治家、军事家、思想家,他们在斗争中表现出来的胆识谋略、思想情趣、道德风貌都给后代留下宝贵的精神财富。《东周列国志》把它艺术地、形象地表现出来,在广大群众中普及了历史知识,为人民提供了丰富的历史经验,具有很高的认识价值,这是它的主要贡献。

作者在反映历史时,抓住重点,对反映时代特征的典型事件则加以详尽铺叙;对一般史实只作简略交代。在描写历史事件中,熔铸了自己的政治理想与爱憎感情,对贤明君主选贤任能、改革政治,给予热情歌颂;对暴虐的君王荒淫无耻、残害人民,则给予无情的批判。例如,作者用整整七回的篇幅写齐桓公开创霸业的故事。齐桓公不记一箭之仇,重用管仲,表现了政治家的博大胸怀;采用管仲的建议,大胆革新,推行一套富民强国的政策,成为春秋的霸主。但是,后来偷安宴乐,重用奸佞,结果被害而死,三日无人收尸。这说明选贤任能,创立霸业;亲近奸佞,丧失天下。作者还写了"卫灵公筑台纳媳""卫懿公好鹤亡国""齐襄公兄妹淫乱""杀三兄楚王即位"等精彩的历史故事,对荒淫昏庸的君主进行了讽刺和批判。

作者还描写了不少舍己为人、抗暴除强的故事,如"信陵君窃符救赵""围下宫程婴匿孤""蔺相如两屈秦王"等,都表现了我国人民传统的美德。

作者还写了许多出色的战例,如秦晋韩原之战、秦晋殽之战、晋楚城濮之战等重大战役,表现军事家杰出的军事指挥才能;描写"郑庄公掘地见母"、"烛之武退秦师"、"苏秦合纵相六国"、"死范雎计逃秦国"等生动有趣的故事,表现历史人物在政治、外交活动中的胆识与智慧。特别是对谋士说客的活动作了大量描写,反映了东周列国时期的人情世态、神采风貌。

2.《东周列国志》在艺术上取得一定成就。全书脉络分明,有详有略。用五分之四的篇幅,叙述春秋时代五霸竞起、互相争雄的动乱局面。用五分之一的篇幅,写战国时代七国争霸,此长彼消,最终为秦所吞并。以时间为序,以五霸七雄为重点,穿插其他小国的历史,比较全面地概括了东周列国时期的历史。

在史实的基础上,加以艺术概括,在情节上进行"增添",文字上加以"润色",使故事更生动,描写更细致,人物形象更鲜明。以宋楚泓之战为例,《左传》对此有记载,但比较简略。《列国志传》则叙事简陋,只增加一些战争场面的描写,结尾是宋襄公表示悔恨,"叹曰:吾早听子鱼之言,不致今日之祸"。《东周列国志》描写就精彩生动得多了。它增加了宋襄公"命建大旗一面于辂车,旗上写'仁义'二字"这个细节,然后围绕"仁义"大旗,写开战前公孙固的忧虑;战争进行中公孙固的两次劝告,宋襄公都指着大旗,口口声声骂公孙固不知"仁义",只知行诡计;到宋襄公惨败,"仁义"大旗被楚兵夺去时,宋襄公仍不悔悟,还在声言"寡人将以仁人行师"。作者增加了"仁义"大旗这个细节,突出批判了宋襄公蠢猪式的"仁义道德",使宋襄公迂腐可笑的形象更为鲜明,讽刺力量大大加强。从这个例子就可以看到,《东周列国志》是在对历史事实不伤筋动骨的前提下,进行"美容术",增添细节描写,进行文字润色,使它既忠于史实又较生动形象。这就是它对历史加以通俗化、形象化描写的主要经验。正因为如此,《东周列国志》也具有一定的文学鉴赏价值。

当然,《东周列国志》也有过分拘泥史实的问题,采撷史料过于琐屑,有些章节头绪纷繁,人物典型化不够,总之,史学气味太浓,文学性不足。这说明历史演义的创作还是要走《三国演义》"虚实结合"的道路,完全依傍正史,成为通俗化的历史教科书是不符合创作规律的,也是难以写出出色的历史小说的。《东周列国志》有一定的民间文学基础,又有冯梦龙这样大手笔编撰,尚且只能达到这种水平,难怪那些"恪守正史"的其他历史演义,大多湮没无闻了。

三、《孙庞演义》、《乐田演义》

叙述东周列国故事的作品还有《孙庞演义》和《乐田演义》比较重要。

《孙庞演义》二十回,署"吴门啸客述"。吴门啸客,生平不详,现存明崇祯九年(1636)刊本。《乐田演义》十八回,成书稍晚,作者是清初著名小说家徐震。徐震字秋涛,别号烟水散人,浙江嘉兴人。"大约生于顺治、康熙年间,到康熙末年还在世"[①],著有《珍珠舶》,《女才子书》等中短篇小说九种。清康熙五年(1666),书坊把《孙庞演义》与《乐田演义》合刻,称为《前后七国志》。

《孙庞演义》,写孙膑、庞涓朱仙镇结义,同上云梦山从鬼谷仙师学兵法战策。庞涓下山仕魏,拜为大元帅,并招为驸马。他狂妄自大,立"大言牌",要列

---

① 对徐震的生卒年有不同看法,此据胡士莹《话本小说概论》,中华书局 1980 年版,第 622 页。

国进贡。王敖斧劈"大言牌",警告庞涓,孙膑已学成高超本领,可制服他。庞涓为了陷害孙膑,强迫魏国使臣徐甲三次骗孙膑下山。孙膑为救徐甲一家百余口性命,只身来魏都。庞涓诬其"谋叛",将其刖足。孙膑受刑后装疯,流落为乞丐。孙膑得到齐国使臣帮助,随他们的茶车混出魏国国境,到齐国做了军师。后孙膑用减灶佯败之计,将庞涓诱至马陵道上,伏兵四起,活捉庞涓。五国诸侯会审,将庞涓剁成七块分给七国。

《孙庞演义》用史实作点缀,多采民间传说,杂以神魔灵怪,与史实距离甚远。如把孙武的后代孙膑说成是孙武的孙子,又给他造出一个在燕国当驸马的父亲孙操;把与孙膑不同时代的子夏、白起、廉颇、冯驩等拉在一起,所以,它实在很难说是一部历史演义小说。它的故事可能有两个来源。一是元代讲史话本《七国春秋平话前集》,《孙庞演义》可能就是根据这个《前集》而改编的①。二是余邵鱼的《列国志传》。《列国志传》第七卷从第五则《魏征庞涓下云梦》,至第十六则《马陵道万弩射庞涓》,其中《王敖破大言牌》《孙子下山三服袁达》《孙子被刖诈风魔》以及第八卷提到庞涓是魏国驸马等等,在《孙庞演义》中都有,说明《孙庞演义》编写时可能还参考了《列国志传》。

《孙庞演义》爱憎分明,讴歌孙膑,贬斥庞涓。把孙膑足智多谋、襟怀坦荡和庞涓阴险奸诈、嫉贤妒能的性格作了强烈的对比。作品语言简洁、朴实,保留了市井说书的特色和民间文学的风格。

《乐田演义》出自文人之手,风格与《孙庞演义》迥异。

小说依据史实,叙述燕王哙昏庸愚蠢,竟效法尧舜将王位禅让给奸臣子之。子之专权后,残酷暴戾。太子平在郭隗帮助下逃到无终山。齐国乘燕内乱之机,占领燕国,子之被俘,燕王哙自缢。百姓拥立太子,赶走齐兵。燕昭王即位后,由韩隗辅佐,励精图治,革新政治,设立黄金台招揽人才。赵人乐毅,怀抱异才,在赵、齐、魏都不得重用,投奔燕国。燕昭王封为丞相,君臣相得,国家振兴。适值齐湣王昏暴,枉杀忠臣,穷兵黩武,不断侵犯列国。乐毅联合四国诸侯,兴兵伐齐,连下七十二城,齐湣王弃都逃亡,卫、鲁、邹等国均不纳。湣王闻莒州、即墨尚未失守,一面逃往莒州栖身,一面向楚国求救。楚将淖齿,暗通乐毅,反诛齐王。淖齿骄淫狂妄较湣王尤甚,民难以堪。王孙贾领莒州百姓杀淖齿,立田法章为襄王,并重用田单。燕昭王暴卒,惠王继位,惠王愚暗多

---

① 参看孙楷第《中国通俗小说书目》和《王古鲁日本访书记》。

疑,中田单反间计,用奸臣骑劫代替乐毅。田单诈降,后用火牛阵杀败燕兵,刺死骑劫,收复失地。乐毅伐齐之功,毁于一旦。燕惠王悔恨,复召乐毅,乐毅不归。

颇有才华而一生坎坷的徐震在《乐田演义》中借乐毅故事,抒发了自己的感情和理想。"奇才有奇用,大志成大功。但恨尘埃里,无人识英雄",要求识别人才、重用人才是作者写作的主旨。

《乐田演义》基本依据史实,无离奇夸张的情节,也没有荒诞不经的神怪故事,却能以乐毅、田单两人为中心,写出众多历史人物的鲜明形象;情节较生动,能引人入胜,在同类历史演义小说中,尚属上乘之作。

第四节 隋唐系统的历史演义小说

以隋唐历史为题材的小说,数量很多,约有十二部,其中一部分是由历史演义演化而来的英雄传奇小说。为了叙述的方便,我们一并在本节加以简要的评述。

一、隋唐系统小说的递嬗

隋唐故事在民间广泛流传,在戏曲、小说和说唱文学中均有不少作品是以它为题材的。在元杂剧中,现存《单鞭夺槊》《老君堂》等作品;在说唱文学方面,有《大唐秦王词话》;长篇小说数量更多。

《隋唐两朝志传》,十二卷一百二十二回,题为"东原贯中罗本编辑","西蜀升庵杨慎批评",有杨慎、林瀚序,刊于明万历四十七年(1619)。此书从隋末写到唐末僖宗时代。前面九十一回写隋亡唐兴的历史,后面二十多回,却概述了唐贞观以后的二百多年历史。虎头蛇尾,十分潦草。

林瀚作于明正德三年(1508)的序称:"《三国志》罗贯中所编,《水浒传》则钱塘施耐庵集成。二书并行世远矣,逸士无不观之。唯唐一代阙焉,未有以传。予每憾焉,前岁偶寓京师,访有此作,求而阅之,始知实亦罗氏原本。因于暇日遍阅隋唐所书之载英君名将忠臣义士,凡有关于风化者悉编为一十二卷,名曰《隋唐志传通俗演义》。"[①]林瀚(1434—1519),字亨大,号泉山,闽县(今福

---

① 丁锡根《中国历代小说序跋集》(中),人民文学出版社1996年版,第949页。有人认为此序是伪托的。

建省福州市)人,成化进士,授编修,官至吏部尚书。从他的序里透露出一个消息,即现存的《隋唐两朝志传》是他据罗氏原本改编的,罗氏原本现已不存。

《唐书志传通俗演义》,八卷八十九节,题"金陵薛居士的本,鳌峰熊钟谷编集",卷首有李大年明嘉靖三十二年(1553)序,现存嘉靖三十二年建阳杨氏清江堂刊本。此书从隋炀帝大业十三年写起,至唐太宗贞观十九年止。主要演述隋朝灭亡和唐王朝建立的过程,末尾叙述唐太宗征高丽,加入薛仁贵征东事迹。

熊钟谷,就是熊大木,钟谷是他的字,福建建阳人,明嘉靖时书坊主人,也是通俗小说作家,亲自编写了《全汉志传》、《大宋中兴通俗演义》、《南北宋志传》等长篇小说。

《隋唐两朝志传》与《唐书志传通俗演义》前八十九回大体相同,它比《唐书志传通俗演义》多了后面三十多回,即从贞观到唐末的故事。《唐书志传通俗演义》刊行时间比《隋唐两朝志传》早66年,但李大年序比林瀚序却晚45年,究竟哪本书成书早?似难判定。孙楷第在重刊本的《日本东京所见小说书目》中说:"而细观全书(指《隋唐两朝志传》),则似与熊书(指《唐书志传通俗演义》)同出于罗贯中《小秦王词话》(今有明诸圣邻重订本),熊据史书补,故文平而近实。此多仍罗氏旧文,故语浅而可喜。"这就是说,两书同出于《小秦王词话》,而《隋唐两朝志传》保留罗氏旧文更多些。

《大唐秦王词话》,八卷六十四回,题"澹圃主人编次",大约刊行于明万历、天启年间。"澹圃主人"是明万历年间人诸圣邻的别号。卷首有四明(即宁波府)陆世科的序。陆世科为丁未(即万历三十五年)进士,诸圣邻时代大体可见①。序云:"吾友诸圣邻氏,以风流命世,狎剑术纵横,雅意投戈,游情讲艺,羡秦封之雄烈,挥霍遗编,汇成巨丽。毋以稗官混视,则弘文振藻,犹恍接其精英;文皇帝灵采景曜,几不泯哉!"从这段话来看,诸圣邻是个命运坎坷的文人,他以民间说唱鼓词为底本,"挥霍遗编,汇成巨丽",所以全书目录标明是"重订唐秦王词话"。可见在诸圣邻重订本之前,还有一个旧本词话。但孙楷第把"旧本"派定为罗贯中所作,根据似不足。

《大唐秦王词话》从隋炀帝大业十三年颁诏李渊为太原留守写起,以隋末群雄并起为背景,李世民反隋统一天下为主线展开故事,直写到李世民登极,

---

① 柳存仁《伦敦所见中国小说书目提要》,书目文献出版社1982年版,第115页。

与突厥订立渭水之盟。全书叙述故事大部分用散文体,唱词只作提纲挈领和铺叙场面之用,虽未完全脱离说唱文学形式,但已不是说唱文学的底本,而是接近散文体的小说了。

《大唐秦王词话》《隋唐两朝志传》《唐书志传通俗演义》三书都比较简单粗糙,艺术水准不高。它们都以李世民为中心展开故事,写出众多英雄人物。其中尉迟恭的故事已很完整,形象也最为生动鲜明,秦琼、程咬金、单雄信也有了较多的描写,但秦琼出身经历的传奇性故事还没有出现,程咬金喜剧性格尚不突出。《大唐秦王词话》虽有罗成被射死于淤泥河等情节,但其身世没有交代,而《唐书志传通俗演义》《隋唐两朝志传》则还没有罗成的故事。单雄信的故事三书皆有,但在《大唐秦王词话》里,他还是个反面人物,被王世充用酒灌醉,招为驸马,不讲义气,背叛朋友。《隋唐两朝志传》《唐书志传通俗演义》对单雄信的同情增加了,艺术描写的进步也是明显的。

综上所述,《大唐秦王词话》等三书,是说唐小说中较早的三部作品,都可能保留罗贯中原著的部分文字,它们虽然吸收了不少民间传说,但大体依据史实,属历史演义小说。

属于历史演义小说的还有《隋炀帝艳史》。八卷四十回,题"齐东野人编演,不经先生批评"。作者究为何人,未详。存明崇祯四年(1631)人瑞堂刊本。小说"始于炀帝生而终于炀帝死",写了这位风流天子的一生。"单表那风流天子,将一座锦绣江山,只为着两堤杨柳丧尽;把一所金汤社稷,都因那几只龙舟看完。一十三年富贵,换了百千万载臭名。"目的是为了"使读者一览知酒色所以丧身,土木所以亡国,则兹编之为殷鉴"。

《隋炀帝艳史》依据宋人所撰的《迷楼记》《海山记》和《开河记》等小说,并参照正史和其他史料编写而成。重大事件都有出处;主要人物性格,符合历史人物原型。此书充分利用史实,加以敷演铺叙,既近史实又富文学色彩,是利用历史素材改编为历史演义小说中比较成功的作品。

书中对隋炀帝淫荡生活有较多描写,但爱憎分明,非自然主义的展览,而是作了较为充分的批判;对隋炀帝的揭露也不仅局限于他的淫乱生活,还着重批判他为满足私欲而劳民伤财,大兴土木,给人民带来巨大灾难的暴行:"从来土木伤民命,不似隋家伤更多。道上死尸填作路,沟中流血漾成河。"

《隋炀帝艳史》艺术水平较高。虽史料纷繁,但结构谨严,有条不紊,没有杂乱之感。把古代帝王奢侈生活,宏丽的皇家建筑生动逼真地再现出来,如对炀帝西苑十六院的风景描写,全面展现出大型宫苑的风貌;人物描写,特别是心理描写比较细致,在它之前的小说中还不多见。如炀帝调戏宣华夫人一段,生动地描写了宣华夫人前后复杂的心理变化,而且对她的命运和处境充满了同情。整部小说的语言清新典雅,显示作者渊博的学识和深厚的文学修养。当然,此书对隋炀帝腐朽生活表现得过直过露,并流露出天命观和因果报应思想,这是此书的局限。

《隋炀帝艳史》虽然没有多写李世民建立唐王朝的事迹,但它对隋炀帝的批判深刻地揭示了隋亡唐兴的历史原因,而艺术水平又高出当时其他隋唐系统的历史小说,因此,被清代的《隋唐演义》大量吸收。它是隋唐系统小说中承前启后的一部重要作品。

《隋史遗文》的出现,标志着隋唐系统小说发展到一个新阶段。《隋史遗文》,十二卷六十回,明袁于令撰,存明崇祯刊本,卷首有崇祯六年(1633)作者自序。袁于令(1592—1674),又名韫玉,字令昭。江苏吴县人。明末生员,入清,官至荆州知府。他是著名的戏曲家,著有《吟啸阁传奇》五种及《长生乐》《瑞玉记》。

《隋史遗文》改变了以秦王李世民夺取天下为主要线索,按照《通鉴纲目》的编年顺序来敷演隋末唐初历史的写法,而以瓦岗寨诸英雄,尤其是以秦琼为中心人物,把小说写成了秦琼和瓦岗寨的英雄史,使隋唐系统小说发生了根本性变化,从历史演义转化为英雄传奇小说。

《隋史遗文》吸收了前面几部隋唐系统小说的成果。其中隋炀帝开运河、残害百姓事,主要取材于《隋炀帝艳史》;尉迟恭故事,主要是吸收了《大唐秦王词话》的有关部分。

《隋史遗文》前面四十七回写秦琼出身经历,初为衙役,后参加瓦岗起义。从四十八回起,转入李渊起义,破王世充、窦建德。秦琼也投奔李世民,成为唐朝开国功臣。有关秦琼的故事,大部分在本书中第一次出现。秦琼小店落魄,当锏卖马,受尽店小二的凌辱,写出英雄失意的窘况;结识单雄信,幽州见姑娘,校场比武,以及烛焰烧捕批等,写出秦琼、单雄信、罗成、程咬金等英雄的忠肝义胆,光彩照人。秦琼形象得到细致的描绘,单雄信、罗成、程咬金、王伯当、尉迟恭、徐茂公等英雄人物形象也较前鲜明突出。全书情节生动,引人入胜。虽然整部小说还有剪裁不当、不够精练的缺点,但是,它为隋唐系统小说的发展开拓了一条新路,《说唐前传》等作品就是沿着这条英雄传奇小说的路子,发展得更加成熟了。

隋唐系统小说中影响最大的是《隋唐演义》。

《隋唐演义》，二十卷一百回，清褚人获著，卷首有作者康熙五十八年（1719）自序。褚人获，字稼轩，号石农，长洲（今江苏苏州市）人。他有多方面的才能，著作甚丰。主要有《坚瓠集》《读史随笔》《退佳琐录》等。他交游广泛，与尤侗、洪昇、顾贞观、毛宗岗等著名的作家过从尤密。

《隋唐演义》的特点是"杂"。从内容方面看，它以隋炀帝与朱贵儿、唐玄宗与杨贵妃的两世姻缘为中心，从隋文帝即位伐陈写起，到唐明皇从四川返回长安为止。以史为经，以人物事件为纬，把隋唐两朝历史故事组织在一起，它着重写了三部分内容：（1）秦琼、单雄信等英雄故事。（2）隋炀帝故事。（3）唐明皇、杨贵妃故事。秦琼、单雄信等英雄故事，主要是从《隋史遗文》中移植过来，加以适当改写。隋炀帝部分，主要根据甚至可以说是抄袭《隋炀帝艳史》。《隋唐演义》第三部分唐明皇等故事，主要依据野史笔记，如郑处晦的《明皇实录》，曹邺的《梅妃传》，柳珵的《常侍言旨》，郑荣的《开天传信记》，王仁裕的《开元天宝遗事》，乐史的《太真外传》，陈鸿的《长恨歌传》等等，加以组织编写。褚人获把正史看作"古今大账簿"，把历史演义视为"小账簿"①，所以把正史、野史笔记以至历史演义中隋唐故事都搜罗在一起，写成了这么一本"小账簿"式的历史演义。它的大部分内容是从《隋炀帝艳史》《隋史遗文》中承袭而来，只是少量的加工改编；而自己创造的部分，则把武则天、韦后、杨贵妃的故事用因果报应和"女人是祸水"的观点贯穿起来，思想平庸、落后。

《隋唐演义》从体例上看，也是"杂"。它基本上是历史演义体，但因为承接了《隋史遗文》中有关秦琼、单雄信的英雄故事，有英雄传奇小说的成分。它又受明末清初才子佳人小说的影响，也杂以才子佳人小说的笔法，写窦线娘、花又兰和罗成的恋爱婚姻故事，按才子佳人小说的公式进行，即窦线娘与罗成私订终身，因波折引起误会，花又兰好心代为传信，最后一夫二妻团圆。所以说，《隋唐演义》是以历史演义为主，杂以英雄传奇和才子佳人小说的体例。

《隋唐演义》所写的时间跨度很长，头绪复杂，作者组织穿插比较巧妙，可

---

① 褚人获《隋唐演义序》，清康熙四雪草堂本《隋唐演义》。

见作者写作功力。但"惟其文笔,乃纯如明季时风,浮艳在肤,沉著不足,罗氏轨范,殆已荡然"①,而且每回前有一段封建说教,令人生厌。

比《隋唐演义》稍晚出现的《说唐演义全传》,是隋唐题材小说发展与演进的成果,具有划时代的意义。它的出现,一方面,标志着隋唐系统小说完全从历史演义的格套中摆脱出来,成了比较地道的英雄传奇小说,使它之前的几部作品黯然失色,逐渐为它所代替;另一方面,它动人的故事又为隋唐题材小说的发展开辟了新路,据之而兴的续书纷至沓来,形成新的高潮。

《说唐演义全传》,它的前半部分又称为《说唐前传》,六十八回。它的后半部分《说唐后传》,包括两部分,即《说唐小英雄传》(又名《罗通扫北》)十六回;《说唐薛家府传》四十二回。书约成于清雍正年间,署鸳湖渔叟校订,卷首有如莲居士写于乾隆元年(1736)的序。作者究为何人,不详。《说唐前传》是全书的精华,《说唐后传》的两部小说,则是《说唐前传》的续书。

《说唐前传》从秦彝托孤、隋文帝平陈写起,一直叙述到李世民削平群雄,登极做皇帝为止。除大的历史轮廓符合史实外,大部分利用民间故事编写而成。它的突出成就在于以瓦岗寨好汉为中心,塑造了隋末乱世英雄的群像。第一回至十三回写秦琼的传奇故事;第十四回至二十回写因父亲惨遭杀害而造反求生的伍云召;第二十一回至四十回重点写憨厚粗鲁的程咬金;第四十四回至五十三回重点写勇猛无比的尉迟恭;第五十三回至六十一回重点写英姿焕发的少年英雄罗成。

《说唐前传》继承了隋唐系统小说的优秀成果并有创造性的发展。如果说尉迟恭的形象主要是《大唐秦王词话》创造的;秦琼、单雄信形象主要完成于《隋史遗文》;那么,所谓隋唐十八条好汉的说法是第一次在此书出现(可惜十八条好汉竟没有写全),其中伍云召、雄阔海、裴元庆、李元霸等几条好汉是首次出台。罗成、程咬金的形象在此书得到很大的发展和完善。

《说唐前传》的特点是:情节曲折,语言通畅,大笔描写,粗线条勾勒,体现了民间文学朴素而刚健的风格。

《说唐后传》中的《说唐小英雄传》是演说唐太宗御驾征北番,被围困在木杨城。程咬金杀出番营到长安求救,罗成之子罗通挂帅扫平北番的故事,中间穿插罗通与杀父仇人苏定方的斗争。故事无史实依据,全属杜撰虚构之词,描

---

① 《中国小说史略》,第133页。

写粗略，价值不大。

《说唐后传》中的《说唐薛家府传》是写薛仁贵一生的经历。它从薛仁贵诞生写起，描写他少年时代的苦难生活，从军后屡遭迫害，征辽时战功卓著但被张士贵冒认，不得重用。尉迟恭鞭打张士贵，审出实情，仁贵始得重用，救驾平辽，被唐太宗封为平辽王。

薛仁贵故事在民间有悠久的历史。元明杂剧中有《薛仁贵荣归故里》《摩利支飞刀对箭》《贤达妇龙门隐秀》等作品；在《永乐大典》中收有《薛仁贵平辽事略》；在1967年发现的《明成化刊本说唱词话》中有《薛仁贵跨海征辽》；《唐书志传通俗演义》和《隋唐两朝志传》也有薛仁贵故事。这些作品已大体具备薛仁贵故事的骨架。到了《说唐后传》中的《说唐薛家府传》则是集大成者，内容更加丰富，结构更加严密，描写更加细致。薛仁贵出身贫寒，经历坎坷，虽有杰出才能和卓著功勋，但受奸臣张士贵（史有其人，并不像小说里所写的那么坏）压制迫害，长期不受重用，这种人才被摧残的悲剧是能引起人们同情和共鸣的，这正是薛仁贵故事得以广泛流传的重要原因。

《说唐演义全传》之后，出现了不少隋唐系统小说的续书。《混唐后传》，一名《绣像混唐平西传》，作者佚名，署"竟陵钟惺伯敬编次"，"温陵李贽卓吾参订"，三十七回。但考其内容，除开头插入薛仁贵征西故事五回外，几乎全抄《隋唐演义》六十八回以后的内容，主要是武则天、韦后、杨贵妃"淫乱宫闱"的故事，集中表现"唐朝亡于女祸"的观点，内容无甚可取。它抄袭《隋唐演义》，此书当为清康熙以后的作品，钟惺、李卓吾"编次"、"参订"云云，无疑是清人伪托了。

《征西说唐三传》，又名《异说后唐三集薛丁山征西樊梨花全传》，题"中都逸叟编次"，首有"如莲居士题于似山居中"之序。如莲居士有《说唐演义全传序》，写于乾隆元年，此书当亦写于乾隆年间。这部小说是接续《说唐后传》的《说唐薛家府传》之后而叙写薛家将的始末的。从薛仁贵挂帅征西起到薛刚辅佐中宗复位止。全书十卷八十八回，可分三部分：第一部分，即薛仁贵征西传，第二部分为樊梨花全传；第三部分是薛刚反唐传。

这部小说除承袭薛仁贵、罗通等人故事外，还创造了薛丁山、樊梨花、薛刚等人物形象。把神怪奇幻小说和英雄传奇结合起来，虽然多是照搬古代这两类小说的俗套，但薛刚与绿林好汉结义、反抗唐朝的故事，薛丁山三休三请樊梨花的故事给读者留下颇深的印象，因而在民间很有影响。戏曲中有许多剧目取材于此,其中有的剧目至今在舞台上盛演不衰。

《粉妆楼全传》,十卷八十回。前有竹溪山人序称:"前过广陵,闻世俗有《粉妆楼》旧集,取而阅之,始知亦罗氏纂辑,而什袭藏之。未见示诸人者也……余故谱而叙之,抄录成帙,又恐流传既久,难免鲁亥之讹,爰重加厘正,芟繁薙芜,付之剞劂,以为劝善一征云。"①从书的内容看,不大可能是据罗贯中旧本而改写的②。作者大概就是这位竹溪山人。

此书叙唐乾德年间(实际上唐朝并无此年号)奸相沈谦专权,迫害罗成的后代罗增。罗增之子罗灿、罗焜被逼上山入伙,与草莽英雄一起为国除奸。沈谦以此为借口,进而陷害其他忠臣。经过曲折复杂的斗争,沈谦阴谋败露,出逃投敌,被抓斩首,罗增父子得到旌表和敕封。

全书于史无征,多为虚构,情节曲折生动,文字也简朴通畅,但多因袭《水浒传》等小说,无甚新意。

二、隋唐系统小说演化的启示

隋唐系统十多部小说的递嬗是个复杂的过程,其中演变的规律,成功与失败的经验教训,引人深思,富有启示意义。

1. 以隋唐故事为题材的小说可分为历史演义和英雄传奇两大系统。从写作内容上来看,历史演义系统主要叙述隋亡唐兴改朝换代的历史,着重表现隋炀帝穷奢极欲,造成隋朝灭亡。李世民是真命天子,有雄才大略,他东征西伐建立了唐王朝。而英雄传奇系统以秦琼等瓦岗英雄为中心,在隋末"十八家反王、六十四处烟尘"这种星火燎原的动荡形势下,着重描写英雄人物成长史。从写作手法上来看,历史演义系统基本上是按《资治通鉴》等史书的年代顺序,以史实为根据,采取编年体的写法,如《唐书志传通俗演义》等每卷都标明历史年代的起止时间。而英雄传奇系统,主要采取纪传体,着重写英雄人物传,如《说唐前传》就用大部分篇幅分别写秦琼、单雄信、伍云召、程咬金、尉迟恭、罗成的小传,然后汇集到隋亡唐兴这个历史主线中,与《水浒传》结构方式相似。

当然,两个系统小说有互相吸收、互相融合的情况。如《大唐秦王词话》集中写尉迟恭英雄业绩,为《隋史遗文》《说唐前传》等英雄传奇小说所吸收,成为众多英雄传记中的一种。而《隋唐演义》以历史演义为主,"复纬以'本纪'、

---

① 丁锡根《中国历代小说序跋集(中)》,人民文学出版社1996年版,第969页。
② 柳存仁《伦敦所见中国小说书目提要》,书目文献出版社1982年版,第130页。

'列传'而成"①,吸收了《隋史遗文》中秦琼、程咬金等英雄传记。

2. 明中叶以后由于商品经济的发展,在小说、戏曲作品中,市民阶层的意识增强,反映在隋唐系统小说中,封建伦理思想如忠君思想、贞节观念逐渐淡化,而反映市民意识的思想逐渐加强,表现在:

(1)强调朋友信义,甚至把"义"放在"忠"之上。单雄信形象的演变就是典型的例子。前面已经说到从《大唐秦王词话》到《唐书志传通俗演义》单雄信形象有了变化,即从反面人物到正面人物,徐茂公义气感人。但在《唐书志传通俗演义》里,单雄信还是怕死求饶,希望徐茂公替他说情免死。到了《隋史遗文》,单雄信虽然感到彷徨、苦闷,但并不求饶,秦叔宝、程咬金、徐茂公更重义气,向秦王提出"愿以三家家口保他",要求赦免单雄信,并据理力争。秦王被驳得哑口无言,终因过去的仇隙耿耿于怀,气量狭小,不肯赦免。在情节发展中,委婉地对李世民提出批评。最后秦琼等三人轮流把自己股肉都割下,在火上炙熟,给雄信吃,并说:"兄弟们誓同生死,今日不能相从,倘异日食言,不能照顾你的妻子,当如此肉为人炮炙屠割!"这样《隋史遗文》中的描写较之《唐书志传通俗演义》又进了一步,朋友之义得到充分展开,真实感人,体现了市民阶层的道德观念。到了《说唐前传》,故事情节又有重大变化,不仅强调义气,而且突出单雄信反唐到底的斗争精神,秦王多次劝单雄信投降,单雄信拒不投降,独踹唐营,拼死为兄长报仇。被俘后,誓死不降,程咬金不向秦王求情,也不劝单雄信投降,而要单雄信"来生做一个有本事的好汉,来报今日之仇"。作者歌颂单雄信誓死反唐的不屈精神,歌颂程咬金、秦琼等人的义气,把"义"放在"忠"之上。

(2)忠君思想观念淡化,对统治者有了更清醒的认识。隋唐系统小说在演化过程中,忠君观念逐渐淡化,在《说唐前传》《说唐后传》等作品中,对统治阶级的本质有了较清醒的认识。薛仁贵从军立功,但被奸臣陷害,反映了唐王朝建立之后,皇亲国戚倚势欺人,奸臣当道,残害忠臣;罗艺、罗成、罗通祖孙三代受奸臣陷害,也反映了李世民当政的唐初也并非清平世界,统治阶级内部充满了激烈的斗争。在罗成死后,秦王李世民、徐茂公等劝秦琼再度出山,为唐朝打天下。程咬金愤怒地说:"啊呀!我那罗兄弟!唐家是没良心的,平时不用我们,如今又不知那里杀来,又同牛鼻子道人在此'猫儿哭老鼠',假慈悲。

---

① 梁绍壬《两般秋雨庵随笔》,见孔另境《中国小说史料》,中华书局1961年版,第160页。

想来骗我们前去与他争天下、夺地方。"这说明对封建统治者利用农民起义军为他们打天下，有了相当清醒的认识。

(3) 随着"真命天子"观念的淡化，平等观念加强了。在说唐系统小说中《大唐秦王词话》《隋唐两朝志传》《唐书志传通俗演义》等都用不少编造的神话渲染李世民是"真命天子"，而在《说唐前传》等书里，逐渐淡化，"将相宁有种"的思想突出了。李密、程咬金都有符瑞，都曾被称为"真命天子"。程咬金在瓦岗寨当了一段时间的皇帝后，对众人说："我这皇帝做得辛苦，绝早要起来，夜深还不睡，何苦如此！如今不做皇帝了！"然后把头上金冠除下，身上龙袍脱落，走下来叫道："那个愿做的上去，我让他吧！"可见皇帝人人可做，也可互让，这是市民阶层朴素的平等观念，与"真命天子"的观点是对立的。

(4) 封建的贞节观念淡薄了，婚姻自主的思想抬头。在明末清初才子佳人小说的影响下，隋唐系统小说也逐渐改变过去历史演义、英雄传奇小说只写帝王将相、英雄豪杰征战武功，把不近"女色"作为英雄人物美好品质的格局，而转写英雄美人、恋爱婚姻。罗成与窦线娘"马上订盟"，缔结良缘；花木兰女扮男装，代父从军；花又兰也女扮男装，代窦线娘送信，为窦线娘与罗成的婚姻而奔波；薛仁贵在柳员外家中帮工谋生，柳员外之女金花私相爱慕，赠送衣物，被柳员外赶出家门，与薛仁贵在破窑成亲。这些故事未见十分精彩，但毕竟反映了历史演义、英雄传奇小说的变化，女子已不单纯是政治斗争的工具，而有独立的人格；英雄人物恋爱婚姻已不是英雄的缺陷，而成为他们一生中的"佳话"。

3. 在隋唐系统小说的演化过程中，英雄人物逐步从神到人，更加贴近生活，更富有个性色彩，因而更鲜明生动。在隋唐系统的小说中，李世民是中心人物，作者歌颂他的雄才大略，是"真命天子"，但李世民的形象总是站不起来，读者印象模糊，究其原因，就是过分神化。瓦岗英雄形象比较鲜明，就是因为少了神灵的光圈而贴近生活，他们不是神仙而是凡人，每个人都有着苦难的经历：尉迟恭为人牧羊；程咬金贩私盐，卖柴扒；薛仁贵为人帮工，住在破窑，饥寒交迫；秦琼落难时受店小二凌辱，当锏卖马。他们出身贫寒，都是普通老百姓，只是时代的潮流把他们卷入隋末的大动乱中，他们成为乱世英雄。在描写他们坎坷经历的同时，对社会动乱、人民苦难、人情冷暖都作了比较充分的描写，精确地描绘了英雄人物的社会环境，为他们性格的发展提供了合理的现实依据。

英雄人物从神到人，他们作为普通人的个性也显现出来。任侠好义的单雄信，粗鲁直率的尉迟恭，见义勇为又充满喜剧色彩的程咬金，孝义双全而性格深沉的秦琼，武艺超群但又不脱孩童稚气的少年英雄罗成都个性鲜明地活跃在历史舞台上。他们是普通人，有各自的缺点；他们英勇无畏，但又爱面子，好奉承；他们重义好贤，但又不免时有私心杂念。例如程咬金就好说大话，爱奉承，对他常用"激将法"。秦琼与罗成既是表兄弟，又是肝胆相照的朋友，但秦琼教罗成用锏时，不教"杀手锏"；罗成教秦琼用枪时，不教"回马枪"，各留一手，这正是手工艺人等小私有者心理的真实写照。

隋唐系统小说演化的过程，总的来说是情节不断丰富、描写更加细腻、艺术水平不断提高的过程。《大唐秦王词话》《隋唐两朝志传》《唐书志传通俗演义》艺术上都比较简陋，到了《隋炀帝艳史》《隋史遗文》《隋唐演义》《说唐前传》艺术上就比较成熟。这个过程既有继承又有发展，能表现人物性格的情节得到保留和发展。程咬金劫王杠时，通名报姓。在众人议论缉捕劫王杠的"盗贼"时，程咬金为了朋友义气，不顾个人安危，要说出来，尤俊达一面给他递眼色，一面在桌子下面捏他的大腿，程咬金却不理会，"叫将起来道：'尤大哥，你不要捏我，就捏我也少不得要说出来。'"这个情节表现程咬金的憨直，充满喜剧性。从《隋史遗文》出现这个情节之后，在《隋唐演义》《说唐前传》中都保留下来。许多情节逐步丰富，如前面提到的"单雄信之死"，在《大唐秦王词话》里不到百字，到《唐书志传通俗演义》里约有三百五十字，在《隋史遗文》里约有一千五百字，到《隋唐演义》竟长达三千四百字。情节更加丰富，人物内心的矛盾更加突出，人物性格更加丰满。

在《说唐前传》之后出现的续书，如《说唐后传》《征西说唐三传》《粉妆楼全传》等，由于没有长期的艺术积累，艺术水平又呈下降趋势。因此我们可以说，隋唐系统小说艺术发展是马鞍形的，《说唐前传》是高峰，两头比较低落。

4. 续书多，是中国小说史的特殊现象，而隋唐系统小说有十二部，应该说在中国古代小说中是名列前茅了。用什么办法写出这么多同一题材的小说和续书？主要有三种构成法：

（1）移植法：即从民间吸收一个故事，纳入隋唐小说中，成为小说的一部分或构成一部新小说。例如，把民间流传的薛仁贵故事吸收过来，成为《唐书志传通俗演义》《隋唐两朝志传》的部分内容；然后又演成《说唐后传》中的《说唐薛家府传》。《隋唐演义》则移植《隋炀帝艳史》和《隋史遗文》中的故事，加以改编,加上武则天、韦后、杨贵妃故事,则成了一本新书;又把《隋唐演义》中武则天、韦后、杨贵妃故事割裂出来,加上薛仁贵故事,成了另一本书《混唐后传》。移植过来的故事,经过不断加工、积累,有的成为艺术精品。

(2)遗传法:父传子继,演出另外的故事,成为一本续书。如《说唐后传》中的《说唐小英雄传》《征西说唐三传》等,就是由秦琼之子秦怀玉,尉迟恭之子尉迟宝林,罗成之子罗通,程咬金之子程铁牛,薛仁贵之子薛丁山等人组成,小英雄们驰骋边疆,杀敌报国。不但故事多有因袭,性格也由父辈遗传,小英雄们的性格与其父辈一模一样。这样编成的新书一般存在公式化、脸谱化的倾向,水平不高。

(3)融合法:就是不同体例的作品互相渗透,互相影响,产生新品种。如在历史演义中杂以英雄传奇、才子佳人小说的体例,就产生了《隋唐演义》。历史演义与神怪奇幻小说杂交,就产生了《征西说唐三传》中樊梨花传,它承袭薛仁贵这个历史故事的框架,采用神怪小说的模式和手法,如移山填海、上天入地、神箭飞刀、摄魂铃、捆仙绳等等,这种融合法产生的新书,一般只注意情节的新奇曲折,在人物形象塑造方面成就不大。

第五节 其他历史演义小说

除上面几节提到的列国、三国、隋唐等历史演义外,还有二十余部其他历史演义小说,它们大部分思想、艺术水平不高,因而社会影响不大,逐渐湮没无闻。本节只举其要,加以简单介绍并探讨其创作不甚成功的原因。

反映古史的有《盘古至唐虞传》,简称《盘古志传》,二卷七回[1],题"景陵钟惺伯敬父编辑,古吴冯梦龙犹龙父鉴定",明书贾余季岳刊。首有托名钟惺的序,序称:"今依鉴史,自盘古以迄唐虞,事迹可稽者,为之演义,总编为一传,以通时目。"《有夏志传》,四卷十九回,题署与《盘古志传》同,首亦有钟惺序,内容紧接《盘古志传》,"大禹受命治水"起,"成汤放桀南巢"止。《有商志传》,四卷十二回,题署亦同《盘古志传》。书从"汤王祷雨桑林野"写起,至"太公甲子

---

[1] 孙楷第《中国通俗小说书目》作十四则,但王古鲁指出:"虽未标明回数,但每回双句,与每则一句的小说并不相同……不过上下句虽同属七字,并不相对,易误认为十四则。"王古鲁的看法是正确的。见《王古鲁日本访书记》,海峡文艺出版社1986年版,第2页。

灭殷纣"止。这三本书，所谓钟惺著、冯梦龙鉴定云云，当系伪托。《盘古志传》书前列有《历代系统图》及《历代帝王歌》，说明余季岳当时有刻印全史演义的计划，这三本书相互连接，可能就是他的计划付诸实施的部分。还有一本《开辟演义》，六卷八十回，题"五岳山人周游仰止集，靖竹居士王黉子承释"，首有崇祯八年(1635)序。《开辟演义》自盘古开天地起至周武王吊民伐罪止，所叙的历史相当于《盘古志传》《有夏志传》《有商志传》三书的范围。据王古鲁先生考证，《开辟演义》是余象斗所编，后落入明书贾周游手中，改题为周游编①。

反映两汉历史的，主要有以下四本：(1)明熊大木编撰的《全汉志传》十二卷，明万历十六年(1588)刊本；(2)《两汉开国中兴志传》六卷，四十二则，作者不详，题"抚宜黄化宇校正"，明万历三十三年(1605)刊本；(3)《两汉通俗演义》八卷一百零一则，明甄伟著。首有甄伟序，明万历四十年(1612)金陵周氏大业堂刊本；(4)《东汉十二帝通俗演义》十卷一百四十六则，明谢诏撰，大业堂刊本，故事起于王莽建立新朝，终于汉桓帝。后来剑啸阁批评《东西汉通俗演义》将甄伟的《西汉通俗演义》改为一百则，将谢诏的《东汉十二帝通俗演义》删为一百廿五则，合刻刊行。

这几本演义小说中，成就最高的是甄伟的《西汉通俗演义》。它名为《西汉演义》，实际上只写从东周末年到西汉初年一百年左右的历史。从秦公子异人被掳入赵写起，用十则的篇幅交代了秦始皇的出身经历和秦王朝的兴亡；用主要篇幅写楚汉之争，以及刘邦得天下后，杀韩信等事，到汉高祖逝世、汉惠帝登极止。惠帝以后西汉近二百年历史并没有涉及。

《西汉通俗演义》参考《史记》《汉书》，虽吸收了民间传说，但大体与史实相符。它的后半部(从84则起)，还参考了元刊平话五种之一的《前汉书平话续集》(又名《吕后斩韩信》)的上中两卷②。由于有讲史话本和卓越的史籍《史记》《汉书》作参考，作者文字水平较高，所以，作品取得较大的成功。下面我们以项羽四面楚歌为例，看看《西汉通俗演义》是如何在《史记》的基础上改编的：

---

① 参看《王古鲁日本访书记》，海峡文艺出版社1986年版，第9页。
② 参看赵景深《中国小说丛考》中《〈前汉书平话续集〉与〈西汉演义〉》一文，齐鲁书社1980年版。

> 项王军壁垓下,兵少食尽,汉军及诸侯兵围之数重。夜闻汉军四面皆楚歌,项王乃大惊曰:"汉皆已得楚乎?是何楚人之多也。"——《史记·项羽本纪》

> 众人捱到黄昏之时,将近一更之初,偶闻秋风飒飒,木落有声,客思无聊,已动乡关之念;况四野干戈,绝粮遭困,难当愁苦之怀。只见众军三个成群,五个一起,正在纳闷之际,忽听高山之上,顺风吹下数声箫韵,一曲悲歌,清和哀切,如怨如诉,透入愁怀,感动离情,泪下千行,百计难解。一声高一声下,一声长一声短,五音不乱,六律和鸣,如露滴苍梧,如鹤唳九息,如声送玎玲,如漏滴铜壶,愈伤而愈感,愈闻而愈悲,虽铁石之肝肠,亦为之摧裂;虽冰霜之节操,亦为之改移。离散英雄之心,消磨壮烈之气。其歌曰:"九月深秋兮四野飞霜,天高水涸兮塞雁悲怆,最苦戍边兮日夜彷徨,披坚执锐兮骨立沙冈,离家十年兮父母生别,妻子何堪兮独宿孤房!虽有腴田兮孰与之守?邻家酒熟兮孰与之尝?白发倚门兮望穿秋水,稚子忆念兮泪断肝肠。胡马嘶风兮尚知恋土,人生客久兮宁忘故乡?"——《西汉通俗演义》第八十二则《张子房悲歌散楚》

从上面所举的例子,不难看出《西汉通俗演义》作者对史籍进行的"敷演""润色",表现了较高的文字水平。

反映晋代历史的,有明万历四十年(1612)周氏大业堂刊本《东西两晋志传》,十二卷,作者不详,首有雉衡山人序文。雉衡山人,即杨尔曾,字圣鲁,浙江钱塘人。另有《新镌东西晋演义》一书,十二卷五十回,题"武林夷白主人重修,泰和堂主人参订",首亦有雉衡山人序。东西晋不分叙,前是西晋,后八卷为东晋。此书是在大业堂刊本《东西两晋志传》基础上,适当扩充增补,修改而成。此两书按编年史的写法,取材正史、民间故事和传说,把100多年纷乱的历史叙述得条理分明,有条不紊;所叙之事可谓"字字皆有来历",只是把一些史实、传说加以敷衍铺张罢了,因而文学性不强。

叙述南北朝历史的小说有《南史演义》,三十二卷,刊于清乾隆六十年(1795);《北史演义》六十四卷,刊于清乾隆五十八年(1793)。作者杜纲,评点者许宝善。杜纲(约1740—约1800)字振三,号草亭,江苏昆山人,少补诸生,有声望,老不得志,著述甚丰,有《近是集》《娱目醒心编》等传世。许宝善,字敩虞,一字穆堂,号自怡轩主人,江苏青浦人,乾隆二十五年(1760)进士,累官监察御史,丁内艰归,不复出,《南史演义》《北史演义》之序评皆出其手。除《南史演义》《北史演义》之外,反映南北朝历史的还有《梁武帝全传》(又名《梁武帝西来演义》),十卷四十回,清初永庆堂刊本,题"天花藏主人新编",首有天花藏主人康熙十二年(1673)序。《南史演义》《北史演义》和《梁武帝全传》三书相比较,《北史演义》比较成功。杜纲吸收了人情小说的精华,在《北史演义》中显示了进步的妇女观,塑造了栩栩如生的女性形象,采用"英雄美人"的结构模式,给历史演义小说创作注入新的生命。

　　高欢与娄昭君邂逅结合的事,《北史·高欢本纪》只有"家贫,及聘武明皇后(娄昭君),始有马,得给镇为队主"这十几个字。《北史·后妃列传》虽有记载亦较简略:"齐武明后娄氏,讳昭君,赠司徒内干之女也。少明悟,强族多聘之,并不肯行。及见神武城上执役,惊曰:'此真吾夫也。'及使婢通音,又数致私财,使以聘己,父亲不得已而许焉。"而在《北史演义》中编写成一段富有戏剧性的故事,字数扩展到一万五千字左右。又如高欢娶郑娥为妾、高澄引诱郑娥这段故事,在《北史·后妃列传》中有简单的几句话,至于高欢怎样娶郑娥,高澄怎样引诱郑娥,高欢为何迁怒昭君等,史料并未提及,而作者抓住高欢家庭内部矛盾来刻画高欢、高澄、郑娥、昭君等人,从第三十四卷到第三十七卷,写出极富戏剧性的故事。

　　正确处理虚实关系,使历史演义小说和人情小说结合起来,是《北史演义》能超越许多历史演义小说,取得成功的主要经验。

　　反映五代史的,有《残唐五代演义传》,六十回,题"贯中罗本编辑",有八卷本、六卷本两种。八卷本题"卓吾李贽批评",六卷本题"玉茗堂批点"。此书可能是元明间人作,但所谓罗贯中编撰,并不可靠。至于李卓吾、汤显祖评点,当系伪托。在宋元时代五代史故事在民间广泛流传,现存讲史话本《五代史平话》。元杂剧中,直接取材五代史故事的剧目有十种,如《李克用箭射双雕》(白朴)、《邓夫人哭存孝》(关汉卿)、《十八骑误入长安》(陈以仁)等。在话本、元杂剧以及民间传说基础上编写而成的《残唐五代演义传》,其故事轮廓和主要人物依据史传,但兼采民间故事,虚构较多。全书保留了口头文学特点,风格粗犷雄浑,主要人物李存孝、王彦章等虎虎有生气,但前详后略,六分之五写梁,六分之一写唐晋汉周,虎头蛇尾,粗率潦草。

　　至于反映宋、明等朝代的历史演义,我们将在论述《杨家将》《说岳全传》《飞龙传》《英烈传》等小说时,加以介绍。

数量众多的历史演义小说,为什么逐渐被淘汰,湮没无闻呢?究其原因,主要是:

1. 商品化倾向的影响。

随着明代中叶城市商品经济日益发达,市民阶层不断壮大,印刷业有了长足的进步,以营利为目的的文艺作品大量出版,以供市民文化娱乐的需要,这就使文艺创作商品化倾向日益严重。"今书坊相传射利之徒伪为小说杂书,南人喜谈如汉小王(光武)、蔡伯喈(邕)、杨六使(文广),北人喜谈如继母大贤等事甚多。农工商贩,抄写绘画,家蓄而人有之;痴騃女妇,尤所酷好。"①

以牟利为目的,把历史演义等小说作为商品大量倾销市场,这一方面带来了出版业的繁荣,促进了通俗小说创作的发展;另一方面,文艺创作商品化的冲击,许多作者为了赚钱,粗制滥造,剽窃抄袭,制造了大量低劣的通俗历史演义。他们既无卓越的史识,又无炽热的感情;既无严谨认真的创作态度,又缺少深厚的文化修养,因此,他们创作的历史小说只能拼凑史料,模仿《三国演义》《水浒传》的情节,文字又粗糙低劣,当然无法创造出辉煌的巨著。

历史演义小说大量涌现,泥沙俱下,出现少数较好的作品,而大量作品质量低劣,被历史淘汰,这是不足为奇的。

2. 封建伦理思想的重压。

大多数历史演义的作者恪守正史,把历史通俗化,"以通俗喻人,名曰演义"。创作的目的是进行封建教化,宣扬封建思想。雉衡山人杨尔曾明白宣称写《东西晋演义》的宗旨是:"严华裔之防,尊君臣之分,标统系之正闰,声猾夏之罪愆,当与《三国演义》并传,非若《水浒传》之指摘朝纲,《金瓶梅》之借事含讽,《痴婆子》之痴里撒奸也。"所以,他们在作品中竭力宣扬封建道德,特别是忠君思想和因果报应观念。

由于封建伦理道德的重压,作品不可能多层次、多角度地展现丰富多彩的内心世界和复杂矛盾的性格,人物性格单一化,或是大忠或是大奸,成为封建道德的传声筒。

3. 创作模式的束缚。

自《三国演义》问世以来,历史演义形成一种模式,具有稳定的机制,它像一切文学形式一样,对内容有反作用,这种反作用"不仅表现在对内容强化或

---

① 叶盛撰、魏中平校点《水东日记》卷二十一,中华书局1980年版,第213—214页。

抑制，而且应该包括对内容的选择和同化"①。历史演义这种形式，在对生活的选择上，只容纳帝王将相，"历代兴废争战之事"，而较少容纳市井细民的生活，不能贴近日常生活；它在人物设置上，形成明君、贤相、良将与昏君、奸臣、武夫这样固定的矛盾对立面，人物性格脸谱化，人物类型单一化；在情节设置上，军事斗争与政治斗争交替出现，无非是双方交战，篡权夺位之类，没有展现生活的丰富性，情节单调；在语言上，多采用半文半白的浅显文言，缺乏生活气息。总之，形式僵化了，模式化了，不能突破创新，因此，互相抄袭，互相模仿，没有新意。《三国演义》之后的多数历史演义给人千篇一律的感觉。不少作者也想突破固定模式的束缚，他们在历史演义中或杂以神魔怪异之事，或穿插才子佳人的风流韵事，但仍不能从根本上创造出新的形式。

第六节 明末清初的时事小说

明中叶以后，政治腐败，奸相与宦官轮流把持朝政，阉党与东林党斗争激烈；民族矛盾尖锐，后金崛起壮大，构成对明王朝的严重威胁；阶级压迫加重，经济凋敝，农民起义不断发生，明王朝已无可挽回地走向衰亡。日益严重的社会政治经济危机，引起了不少有识之士的忧虑与愤懑，用文艺形式抨击朝政，揭露奸佞，已成为强大的潮流。这时出现了许多反映当时历史现实的戏曲和小说，这些戏曲、小说交相辉映，互相影响与促进，成为反映时代的晴雨表。在戏曲创作中，揭露权相严嵩专政的《鸣凤记》，是明代时事戏的开山作品。此后，时事戏蔚然成风，出现了反映郑和下西洋的《西洋记》（无名氏），反映辽东战事的《筹虏记》（徐应乾）、揭露客魏横暴统治的《磨忠记》（李闇甫）、《清忠谱》（李玉等）、《喜逢春》（清啸生）等戏曲作品。在短篇白话小说中，也出现了反对严嵩暴政的《沈小霞相会出师表》等作品。在长篇小说创作中，涌现了数量可观的时事小说，这是历史小说的新品种。在宋元讲史中，就有说"中兴"故事者，即讲当时抗金史实，这是时事小说的源头。从明末到清初，衍出了时事小说这一历史小说的分支，开拓了历史小说的新途径。康熙以后，一方面由于社会相对稳定，出现了"乾嘉盛世"；另一方面，清代统治者加强控制，文网甚密，使时事小说暂时销声匿迹。到晚清，由于时代的需要，又

---

① 孙绍振《文学创作论》，春风文艺出版社 1987 年版，第 333 页。

重新兴盛起来。

所谓时事小说,就是指反映当代历史事件的小说。作者是作品所叙事件的同代人,也就是说作者与作品所写事件的年代距离一般不超过一代人,即三十年左右。它的特点是及时、迅速地反映当代重大事件,大量记叙了当时的文献资料和传闻轶事,反映了同代人对事件的认识和情感,具有很高的认识价值和史料价值。但一般来说,由于时间间隔短,缺乏对事件的深沉反思和艺术锤炼,比较简略粗糙,艺术价值不高。

明天启、崇祯年间,社会矛盾集中在三大问题上:(1)朝廷内部客魏阉党专权,不但残酷压迫百姓,而且排除异己,无情地镇压东林党和正直的官吏,制造了骇人听闻的冤狱,引起阉党与东林党、复社之间长期激烈的斗争。(2)崛起于辽东地区的建州女真,在努尔哈赤领导下,统一了建州女真各部,在明万历四十四年(1616)正式建立后金政权,势力逐渐强盛。到天启初年就占领了沈阳、辽阳,占据了东北大部分地区,构成了对明王朝的重大威胁。(3)人民无法忍受明王朝的残酷压迫,终于爆发了李自成、张献忠等农民起义。这三大矛盾,是人民关心的焦点,因此,时事小说都从这三方面取材,涌现了不少作品,现分叙如下。

一、反映客魏阉党祸国殃民的小说

最早的是《警世阴阳梦》,十卷四十回,题"长安道人国清编次",崇祯元年(1628)刊本。首有序,署"戊辰六月砚山樵元九题于独醒轩"。戊辰六月,即崇祯元年六月。作者、序者生平不详。有人认为作者、序者当为一人,可能是福建建阳籍人①。明天启七年(1627)八月,熹宗去世,朱由检即皇帝位。十一月安置魏忠贤于凤阳,魏忠贤旋即缢死于途中。而《警世阴阳梦》创作于魏忠贤死后的第二年六月,时间相隔仅半年。序称:"长安道人知忠贤颠末,详志其可羞、可鄙、可畏、可恨、可痛、可怜情事,演作阴阳二梦。"全书分"阳梦""阴梦"两部分。"阳梦"八卷三十回,叙魏忠贤微时可羞、可鄙的经历和发迹后可畏、可恨的罪行;"阴梦"二卷十回,叙魏忠贤死后在地狱受审服刑的可痛、可怜之事。此书多据当时的传闻琐语,与史实相距较远。第一回至十一回,写魏忠贤这个流氓无赖的升沉荣辱,刻画出一副破落户的嘴脸,颇为生动形象。特别是抓住他善吹弹歌舞,会逢迎献媚的特点,用唱曲作线索,组织情节:因善唱

---

① 欧阳健《〈警世阴阳梦〉得失论》,见《明清小说论丛》第五辑。

曲,结识李贞(应是李永贞),得以入京;在赴京途中,因唱曲结识了何内相,有了做礼部长班的机会;在京又因善曲得妓女兰生的青睐,反被鸨儿诈去钱财,被迫离京;在流落涿州时,生了脓疮,索性净身,投花子太监入伙,又因善弹唱,得花子太监头儿的欢心;后又被殷内相请作教曲教师,名扬京城,得到何内相赏识,进宫当了太监,侍候熹宗皇帝,从此发迹变泰,成了权奸。在魏忠贤窃取大权之后,作品着重写他心怀叵测,又愚蠢无能,被崔呈秀等奸臣操纵,干尽坏事,甚至想杀害皇帝,图谋篡逆。由于作者从概念出发,人物失去了个性;故事情节只是为了图解魏忠贤的篡逆阴谋,缺少生活气息。"阴梦"部分,充满因果报应之说,虽然能表现作者爱憎情感,但只是作者主观情感的宣泄,缺乏艺术感染力,无艺术价值之可言。

比《警世阴阳梦》稍晚的是《魏忠贤小说斥奸书》,四十回,题"吴越草莽臣撰",峥霄馆刊本。作者究竟是谁?有人认为是冯梦龙,有人认为是陆云龙。现据新发现的《型世言》,从其回末总评的署名中可以看出"雨侯"与"草莽臣"当为一人,"雨侯"是陆云龙的字,作者当为陆云龙。陆云龙,字雨侯,号翠娱阁主人,钱塘(今杭州)人。峥霄馆是他的书肆。他一生主要活动在天启、崇祯年间。他少时家贫,刻苦好学。后屡试不中,专心著述,兼营刻书。曾师事李清,与几社、复社文人过往甚密。陆云龙著作甚丰,由他评选的有《皇明八大家》《皇明十六家》《袁小修先生小品》《翠娱阁评选钟伯敬先生合集》《翠娱阁评选行笈必携》等十四五种。他作序的小说有《辽海丹忠录》《禅真后史》《型世言》等。《魏忠贤小说斥奸书》未注明成书月份,但《凡例》之二曰:"是书自春徂秋,历三时而始成。"说明是写成于崇祯元年秋天,比《警世阴阳梦》要稍晚一点。《魏忠贤小说斥奸书》是收集当时的邸报、野史而编成的,忠于史实但缺少小说意味。作者在《凡例》里说明材料来源:"阅过邸报,自万历四十八年至崇祯元年,不下丈许。且朝野之史,如正续《清朝》《圣》《政》两集、《太平洪业》《三朝要典》《钦颁爱书》《玉镜新谭》,凡数十种,一本之见闻,非敢妄意点缀,以坠于绮语之戒。"并明白宣布,不是写小说,而是编历史,所以"是书动关政务,半系章疏,故不学《水浒》之组织世态,不效《西游》之布置幻景,不习《金瓶梅》之闺情,不祖《三国》诸志之机诈"(《凡例》之三)。全书是"纪自忠贤生长之时,而终于忠贤结案之日",每回回目标明系年,纪年准确,毫无差错。《魏忠贤小说斥奸书》虽有史料之价值,但成为正史之附庸,丧失了文艺作品的特点。

有关魏忠贤的第三本小说是《皇明中兴圣烈传》,五卷,不分回,明刊本,题"西湖义士述",卷首有"野臣乐舜日"的《小言》。作者可能就是乐舜日。这本书原刊于崇祯初,又有清光绪三十二年上海中新书局的排印本,改名《魏忠贤轶事》。《小言》云:"逆珰恶迹,罄竹难尽。特从邸抄中与一二旧闻演成小传,以通世俗。"书中多里巷琐语,与《警世阴阳梦》所走的路子相似。字句多半文半白,"仅具小说形式,而文理殊拙劣,事迹亦半为传说,可资考证者殊少"①,所以史料价值、文学价值都不高。

描写客魏阉党故事最成功的作品是《梼杌闲评》。《梼杌闲评》,又名《明珠缘》,五十回,未著撰者。邓之诚《骨董琐记》引缪荃孙《藕香簃别钞》,疑此书为曾在弘光朝任工部给事中的李清所撰。书写成于明崇祯十七年(1644),今存清康熙、雍正间刊本。

《梼杌闲评》以魏忠贤一生的罪恶史为中心,广泛深刻地揭露了明代后期社会的黑暗。揭露了当时政治的黑暗与残酷,特务横行,冤狱四起,左光斗、周顺昌等正直的官吏被陷害入狱,刑法之残酷令人发指;揭露了经济上的横征暴敛,肆意勒索,程宏谋、田吉等巧取豪夺,激起民变;揭露了官场上的黑暗和腐败,贪污行贿,卖官鬻爵。崔呈秀以两万银子的高价,出售广东总兵之职,而一些无耻之徒为了升官,谄媚魏阉,拜干爹,觅美女,造生祠,献符瑞,以至倪文焕献"投命状",李实上"害贤书",以诬告陷害求得升迁。作品还广泛触及妓院、赌场等黑暗角落,反映了腐朽衰败的社会风气。作品把明天启年间的腐败,归结为"梼杌"的专权。一个目不识丁的太监、一个毫无知识的保姆竟玩弄皇帝于股掌之上,把持朝政达六年之久。这种怪现象是封建专制制度特有的产物,彻底显示了封建制度的不合理性和必然灭亡的命运。由于作者世界观的局限,当然不可能彻底否定封建专制制度,所以把它归结为因果:朱衡治水时,烧了蛇穴,雌雄两蛇化为客魏两人,搅扰明朝天下。

《梼杌闲评》吸收了《三国演义》等历史小说和人情小说的成果,具有章回小说的完整形式,与其他时事小说相比,在艺术上高出一筹。

首先,此书正确地处理了历史真实与艺术虚构的关系。主要人物、重大事件都于史有据。杨涟、左光斗、周顺昌的冤狱;颜佩韦等苏州市民的反抗;妖书、梃击、红丸、移宫等大案的描述;魏忠贤庆生辰,各地建生祠等情节大体与

---

① 谭正璧、谭寻《古本稀见小说汇考》,浙江文艺出版社1984年版,第251页。

史实相符。在重大事件不违背史实的前提下，又有艺术虚构，使小说情节连贯，有利于人物形象塑造。如梃击一案，"东宫侍卫萧条"（《三朝野记》）使张差得以闯入宫中，是符合史实的。但擒拿张差的韩本用却换成了魏忠贤，给魏忠贤得以重用提供了依据，为小说增添了情节的戏剧性。扬州知府刘铎因在扇子上抄了欧阳晖悼熊廷弼的诗，被诬为东林余党，逮捕入狱，这在《国榷》《三朝野记》等书中有记载。作者把欧阳晖的诗改为刘铎自己所写，以突出刘铎的正义感和魏党迫害忠良的罪行。《明史》《利马窦日记》都记载陈奉以征税找矿为名，敲诈勒索，湖广佥事冯应京"以法裁之"，并上疏告状，但反被削职查办。小说中改陈奉为程士宏，把冯应京写成民变的指挥者，把群众的愤怒情绪借民变加以典型化。

其次，此书的艺术结构比较完整、精巧。作品以魏忠贤、客印月的姻缘为线索，把客、魏罪恶生涯贯串起来。客魏姻缘当然是虚构的，但亦非空穴来风。《纤言》："客氏者，熹宗乳媪也。宫中旧例：内监与宫女配为夫妇，宫女赖内监买办，内监借宫女补缝，盖藕相比也，无异民间伉俪焉。乃客氏姿色妖媚，心喜魏忠贤狡黠，熹宗于夜半特给忠贤为妻。"《国榷》亦记："上命归忠贤。"作者据此虚构出两人的故事。第六回写魏忠贤随母侯一娘逃出强盗窝，寄居石林庄，为客印月找回遗失的三颗明珠，魏忠贤与客印月青梅竹马，订下婚约。第十三回写十多年后魏忠贤到蓟州贩布，与婚姻不幸的客印月重会，重叙旧情，勾搭成奸，客印月赠明珠一颗作为表记。第十八回写魏忠贤流落涿州当乞丐，无法生活，忍痛把珠子送当铺典当。第二十二回当太监的魏忠贤与当皇帝乳母的客印月在宫中相会，在政治上勾结起来。第三十四回冯铨为魏忠贤赎回二十多年前当的明珠，越次拜相。明珠重会，客魏二人的权势也达到顶峰。用明珠做针线，把故事贯串起来，具备当时人情小说的格套。用虚构情节应阉党的重要党羽与客魏生平遭际这条主线挂钩，渐次出场，逐步显示他们的面目。如第六回，魏忠贤在石林庄与李永贞、刘若愚结拜兄弟；第九回魏忠贤为倪文焕向鲁太监求情，让他考上秀才；第十一回写魏忠贤与傅如玉成亲，带出傅家亲戚田尔耕；第十七回，侯七官聚赌被捉，魏忠贤为他求情引出崔呈秀。这些都组织得有条不紊、十分严密。

第三，人物描写比较成功。像魏忠贤、客氏这样大奸大恶，也不简单化、脸谱化。魏忠贤未发迹前，一方面品质恶劣，干了不少坏事；另一方面，又遭受许多苦难，反映了下层人民生活的悲惨。魏忠贤也并非一味奸恶，有时也受良心谴责。当他的钱财被妓院老鸨盗去时,"想道:'这也是我不听好人之言,至有今日。当日妻子原劝我安居乐业,我不听他,要出来。如今将千金资本都费尽了,只落得一身落泊,要回去有何面目见他?'"客印月所嫁非人,婚姻不幸,作者也颇有同情之感。倪文焕因无权势,不得进学,托魏忠贤求了鲁太监才当了秀才,当时并非坏人。到当了西城御史,见奉圣府奴仆横行,也大发雷霆,骂道:"况你主人不过是乳媪之子,尔等敢如此横暴放肆。"但是当客、魏震怒时,他又后悔自己做事鲁莽,得罪权贵;又想这口气无法忍受,"拼着不做官"罢了;但又转念"一生辛苦,半世青灯,才博得一第,做了几年冷局,才转得这个缺,何曾受用得一日?况家贫亲老,岂可轻易丢去,还是陪他个礼好"。到了刘若愚要他献"投名状",诬告忠臣,以求魏忠贤恕罪时,他虽然十分犹豫,最后还是为了保全自己,"没奈何也顾不得别人性命,昧着天良,点了四个人"。这就把倪文焕内心活动淋漓尽致地刻画出来。有的虚构的陪衬人物也写得十分活跃。如侯家丫头侯秋鸿,先是打情卖俏,与魏忠贤勾搭,并引诱客氏与忠贤成奸。到了客魏专权时,她却时时讽刺魏忠贤,多次劝客氏改恶从善,尽早退步;到客氏死于狱中,她又仗义赎尸,报答旧主。侯秋鸿性格活泼,语言锋利,未见其人,先闻其声,市井俗语,脱口而出,人物形象跃然纸上。

二、反映后金政权与明王朝在辽东对抗的小说

一是《近报丛谭平虏传》,二卷二十则,题"吟啸主人撰",作者真实姓名不详,明崇祯刊本。书叙崇祯初,皇太极(清太宗)领兵避开袁崇焕坚守的辽锦防线,从喜峰口突入关内,突袭京师,袁崇焕急忙率军进关应援。清太宗用反间计,崇祯信以为真,以通敌罪逮袁崇焕,故事到此为止。作者在序中说:"近报者,邸报;丛谭者,传闻语也。"此书是抄缀邸报,杂以传闻,艺术上粗糙,但有文献价值。

另一部作品是《辽海丹忠录》,八卷四十回,题"平原孤愤生戏草,铁崖热肠人偶评",首有翠娱阁主人序,崇祯时刊本。"孤愤生"、"热肠人"当然不是作者真名。翠娱阁主人序中有"此予弟丹忠所由录也"一句,据新发现的《型世言》,证明《辽海丹忠录》是翠娱阁主人陆云龙的弟弟,即《型世言》作者陆人龙。

《辽海丹忠录》是记明末辽东战事,以毛文龙故事为主,歌颂他忠心为国,被袁崇焕妒功而冤杀。每卷仿正史纪年,从万历四十七年起至崇祯三年止,相当全面地反映了当时辽东形势。从努尔哈赤出身,势力壮大叙起,其中写到李永芳被俘投降;萨尔浒战役,明军大败,杜松阵亡,杨镐丧师;熊廷弼经略辽东到他被诬入狱;袁应泰出任辽东经略,沈阳失守;毛文龙在皮岛建立根据地,逐步壮大,屡建战功,成为后金心腹之患;努尔哈赤招降,毛文龙拒降并报告朝廷;朝鲜国内的内乱;袁崇焕宁远大捷;毛文龙派兵骚扰后金后方,努尔哈赤病死,皇太极继位;袁崇焕杀毛文龙等重大事件。

此书歌颂毛文龙,批判袁崇焕冤杀毛文龙。毛文龙事件原是明末历史上一桩公案。毛文龙本李成梁部下,后投广宁巡抚王化贞,任游击之职。后金攻占辽东,他逃到沿海岛屿,以皮岛(今朝鲜湾之椴岛)为根据地,发展势力,骚扰后金,牵制它的西进,为明朝建立了大功,提升为左提督,挂将军印,赐尚方剑。毛文龙被杀,主要有三个原因:一是后金利用袁崇焕急于达成和议的心理,要袁崇焕杀掉毛文龙。二是与明王朝党争有关。毛文龙深得魏忠贤扶持,文龙对他也极力奉承。故魏忠贤倒台,文龙被视为党羽。三是毛文龙在海岛常冒军功,索要粮饷过多,"朝廷多疑而厌之"。崇祯二年六月初,袁崇焕以犒赏吏卒为名到双岛,诱骗毛文龙来,用尚方剑斩之。袁崇焕擅杀毛文龙是错误的,使亲者痛,仇者快,也给自己种下杀身之祸。明末史学家谈迁曾说:"袁氏身膺不当之罚,则擅杀岛帅,适所以自杀也。"后来崇祯中反间计,决心杀袁崇焕。毛文龙事也是引起崇祯怀疑袁崇焕通敌、促使他下决心的重要原因。当时人们并不知清太宗用反间计,都以为袁崇焕通敌,使清兵直逼京师。所以袁崇焕被凌迟处死,百姓争食其肉。到了清兵入关后,修太宗实录,其真相才大白于天下,袁崇焕冤情才得以昭雪。《辽海丹忠录》对袁崇焕所持态度是当时朝野的一致看法,虽并不正确,但事出有因,也无可厚非。

《辽海丹忠录》文笔生动细致,非草率之作。写毛文龙、袁崇焕等历史人物亦颇生动,故本书是诸多时事小说中值得重视的一部。

三、有关李自成起义的小说

一是《新编剿闯通俗小说》,十回,题"西吴懒道人口授",作者真实姓名不详,写于南明弘光时期,清兵下金陵之前。书叙李自成起义始末,由李岩聚众起事到吴三桂上表南京向弘光报捷。

二是《定鼎奇闻》,又称《新世弘勋》《盛世弘勋》《顺治皇帝过江传》等,二十二回,题"蓬蒿子编",首载顺治八年(1651)自序。第一回从阎罗王冥司勘狱写起,叙阎王勘狱发现许多罪大恶极的鬼魂应受惩罚,奏明玉帝,判在刀兵劫内勾销;同时派月孛、天狗等凶神恶煞(指李自成等)降生人世,搅乱天下。

从第二回起转入故事正文,从李自成出世,一直写到李自成攻下北京,内部互相残杀,清兵入关,统一全国。

这两部书之后,还有《铁冠图演义》一书,五十回,题"松滋山人编",它叙明初铁冠道人,给朱元璋献密封的铁冠图,预言李自成、张献忠起义导致明朝灭亡和清王朝的建立。

这三本有关李自成起义的小说,思想、艺术都很低劣。首先,这三本小说胡编乱造,语多诬蔑。如《定鼎奇闻》说李自成诞生在延安府米脂县财主李十戈家中;崇祯帝误开刘伯温所遗木柜;诸神将摄李自成的鬼魂等荒诞不经的情节。《明史》这样的官方史籍也承认李自成"不为酒色,脱粟粗粝,与其下共甘苦"。而《定鼎奇闻》则诬之为淫棍,觅春宫,寻春药,奸淫妇女,无恶不作。因此,这三部小说既无史料价值,更无思想认识价值。其次是艺术水平低下。《新编剿闯通俗小说》,把当时一些史籍文献,拼凑在一起,不相联缀,可以说还未构成小说。《定鼎奇闻》虽情节比较连贯,但描写粗糙,文字很差。

四、全面反映南明历史的小说

以上三类作品,或着重写统治阶级内部斗争,或侧重反映民族矛盾,或主要写农民起义,但都没有全面地描写晚明历史。只有《樵史通俗演义》,把晚明社会三种矛盾交织在一起,全面表现晚明历史,探索明朝灭亡的原因。

《樵史通俗演义》,八卷四十回,题"江左樵子编辑,钱塘拗生批点"。近人研究,该书实为明末清初上海青浦县人陆应旸所著[①]。他的生平,光绪本《青浦县志》中有记载。评点者"钱塘拗生",不知何许人,但评者与正文观点相同,口吻似著者自道,历史学家孟森认为,其与作者当为一人[②]。

《樵史通俗演义》从天启帝继位写起,到南明弘光小朝廷灭亡止。以客、魏阉党、阉党余孽与东林党、复社文人之间的斗争为主线,间或穿插李自成、张献忠起义和辽东战事,全面反映了天启、崇祯、弘光三朝的历史,"提笔谱来惭信史,且将珰祸入编年"。从第一至二十回,主要写客、魏阉党的兴衰,间叙辽东事件;第二十一回至三十回,主要叙李自成起义军的发展壮大,攻入北京,崇祯

---

① 王春瑜《李岩·〈西江月〉·〈商雏杂记〉——与姚雪垠同志商榷》,载《光明日报》1981年11月9日"史学"第241期。栾星《〈樵史通俗演义〉赘笔》,见《明清小说论丛》第四辑,亦持此观点,并进一步论证。但刘致中认为陆氏非此书作者。参见刘致中《〈樵史通俗演义〉作者非陆应旸考辨》,载《文献》1990年第1期。

② 孟森《重印〈樵史通俗演义〉序》,《樵史通俗演义》,中州古籍出版社1987年版,第366页。

缢死煤山，兼及辽东战事、明朝廷内部斗争；第三十一回至四十回，主要写弘光朝阉党余孽马士英、阮大铖专权，制造党祸，迫害复社，腐化堕落，四镇内争，清兵南下，弘光朝灭亡，李自成起义亦失败。作者的写作意图是通过对晚明历史的全面描写，说明"门户亡明"，罪魁祸首是魏（忠贤）、崔（呈秀）、马（士英）、阮（大铖）。"绅绎作者之为人及其时代，其人盖东林之传派，而与复社臭味甚密，且为吴中人而久宦于明季之京朝者。其时代入清未久，即作是书，无得罪新朝之意。于客、魏、马、阮，则抱肤受之痛者也。"孟森《重印〈樵史通俗演义〉序》中的这段话精辟地概括了作者对晚明历史所持的立场与态度。

《樵史通俗演义》在反映天启、崇祯、弘光三朝内部斗争和辽东满清政权与明王朝对抗等方面都比较符合史实，而在反映李自成起义方面则虚多实少，讹传较多。

《樵史通俗演义》有很高的历史文献价值，它"据事直书"，记载了当时历史事件的真实面貌，抄存了不少文献资料。如翰林院编修倪元璐连上三疏，要求为东林党人平反，废除《三朝要典》，《樵史通俗演义》都保留了下来。《樵史通俗演义》评语云："倪鸿宝太史三疏，真千古大经济、大文章。虽不敢埋没，一一备载，犹恨限于尺幅，稍为删十之三。然已亘千古不朽矣。"又如三十七回写到马士英检查阮大铖所荐武官，甚至有瞎子、跛子，大为恼怒，出布告要求选武官"略似人形，方可留用"。评语曰："余是年在金陵，无论各镇纷争得之听闻，马阁部'略似人形，方可留用'一示，实亲见张挂部前，不敢妄一语也。"由于《樵史通俗演义》的史料价值，对当时的史籍，如《明季北略》《明季南略》《平寇志》《怀陵流寇始终录》《南明野史》《小腆纪年》等书影响甚大，它们多从其中采录史料，《樵史通俗演义》因此为历史学家所激赏。但从文学创作角度看，它抄录了大量历史文献，甚至抄录了一篇很长的明朝在京死难文臣名单，这种文史相杂的情况，是历史演义小说形式上的倒退，严重影响了作品的艺术效果。

《樵史通俗演义》之后，可惜小说创作领域没有出现反映南明历史的优秀成果，而在戏曲方面，《桃花扇》却在《樵史通俗演义》的影响下，成为一部经典作品，彪炳于文学史册。《桃花扇》不但在卷首将《樵史通俗演义》列为参考书目，注明采用其二十四段史实，而且对历史的评价，尤其是对马士英、阮大铖及他们之间的关系，对左良玉南下"清君侧"，对复社文人的看法等等，都受《樵史通俗演义》的深刻影响。

第四章 英雄传奇小说

第一节 概述

英雄传奇和历史演义同属于历史小说的范围,两者既有共同点,又有区别。在文学史、小说史和许多专家的论著中,有的对历史演义与英雄传奇不作区分,有的虽有区分但无明确的界说。至于具体作品,更是意见纷纭,同一作品或归之历史演义,或称为英雄传奇。这说明要把讲史小说作比较明确的分类是相当困难的。我们想作些尝试。我们认为历史演义与英雄传奇主要有以下几方面的区别:

第一,历史演义是以描写历史事件的演变,记述一代兴废为主体,而英雄传奇则以塑造传奇式的英雄人物为重点。就是说前者"演一代史事而近于断代为史者"、"通演古今事与通史同者";而后者"以一人一家事为主而近于外传、别传及家人传者"。前者是编年体,而后者是纪传体。前者多称为"演义"、"志",如《三国演义》《东周列国志》;后者多称为"传",如《水浒传》《说唐全传》。历史演义力图反映历史上的重大事件,反映历史发展的概貌,吸取历史的经验教训;英雄传奇则力图通过英雄人物的性格发展史,反映特定历史时期的社会生活,寄托人民的理想和愿望。

第二,历史演义多从史书上撷取素材,它的主要事件和人物大体上要依据史实。"演义者,本有其事而添设敷演,非无中生有者比也。"[①]英雄传奇则多吸收民间传说故事,虚多实少,主要人物和事件多为虚构。历史演义如戏曲中的历史戏,英雄传奇则似戏曲中的历史故事剧。例如,《三国演义》《东周列国志》大体符合历史的面貌,而《水浒传》《杨家将》除了宋江、杨业在历史上还有点影子外,其他人物和事件大都子虚乌有。金圣叹曾论述《史记》与《水浒传》

---

① 刘廷玑撰,张守谦点校《在园杂志》,中华书局 2005 年版,第 83 页。

的区别,指出《史记》是"以文运事",《水浒传》是"因文生事"。实际上历史演义大多也是"以文运事",受历史事实的制约,"是先有事生成如此如此,却要算计出一篇文字来";而英雄传奇不受史实的约束,"因文生事","只是顺着笔性去,削高补低都由我"。

第三,历史演义是从"说话"中的"讲史"发展而来的,英雄传奇的源头却是"说话"中的"小说"。历史演义毫无疑问是从"讲史"发展而来的,英雄传奇情况就比较复杂,它的源头大多是"小说"。鲁迅先生认为"小说"包括银字儿,如烟粉、灵怪、传奇;说公案,"皆是朴刀、杆棒、及发迹变泰之事";说铁骑儿,"谓士马金鼓之事"。《醉翁谈录》记载的小说名目,也把"小说"分为灵怪、烟粉、传奇、公案、朴刀、杆棒、神仙、妖术等类。其中与英雄传奇关系最密切的是公案、朴刀、杆棒、说铁骑儿等。当然,明代以后,英雄传奇小说已没有宋元"小说"话本的基础,都是文人的创作,是从历史演义中分化出来的。总而言之,一部分英雄传奇小说是由"小说"发展而来的;另一部分,即后期的英雄传奇则是从历史小说中分化出来的。

第四,历史演义多从史书撷取素材,因而人物性格缺少发展变化;反映政治军事斗争多,反映人民日常生活少;反映帝王将相多,反映市井小民少;书面语言多,生活语言少。而英雄传奇主要吸收民间故事,多写草莽英雄,就是写帝王将相,也着重表现他们发迹变泰的故事;着重写英雄人物小传,因而较多表现人物性格的发展变化,除反映重大政治军事斗争外,也较多涉及市井小民的生活;语言的生活气息浓。

英雄传奇小说从总体上说,较历史演义成就高,更成功地体现了我国古代小说的民族风格和民族气派。

英雄传奇小说在明代日益兴盛,明清两代,作品约有三、四十部之多。大致可分为三类:一类是写官逼民反,人民反抗斗争,着重表现草莽英雄的,如《水浒传》《后水浒传》等。另一类是写保卫边疆、抗击侵略,着重表现民族英雄的,如《杨家将》《说岳全传》等。还有一类是写帝王发迹变泰故事,着重歌颂出身寒微的帝王奋斗成功的事迹,如《飞龙传》等。

因为历史演义与英雄传奇有着不可分割的血缘关系,因此,同一题材的作品有的是历史演义,有的发展为英雄传奇,我们为叙述方便,把同一题材的小说归在一起写,写朝代的放在历史演义一章,写个人或家族的放在英雄传奇一章。

英雄传奇从元末明初的《水浒传》产生以来,在明中叶到清中叶形成高潮,以后逐步衰落。它与才子佳人小说结合,产生了如《儿女英雄传》这样集儿女情和英雄气于一身的作品。它对公案侠义小说有着巨大的影响。正如鲁迅在评论《三侠五义》时所说:"其中所叙的侠客,大半粗豪,很像《水浒》中底人物,故其事实虽然来自《龙图公案》,而源流则仍出于《水浒》,不过《水浒》中人物在反抗政府,而这一类书中底人物,则帮助政府,这是作者思想的大不同处,大概也因为社会背景不同之故罢。"①

由于社会的变迁,作者思想的大不同,清中叶以来,英雄传奇小说中草莽英雄本色尽失,代之而兴的是辅佐清官的侠客和风流美貌的侠女,英雄传奇的生命也就终止了。但它的精神、艺术风格却影响深远,在现当代表现革命斗争的作品中,它的优良传统得到发扬光大。

第二节 《水浒传》

一、成书过程与作者

北宋徽宗宣和年间,以宋江等三十六人为首的农民起义是《水浒传》创作的历史依据。关于宋江起义,在史书上有零星记载。《宋史·徽宗本记》:"淮南盗宋江等犯淮阳军,遣将讨捕;又犯东京、河北,入楚海州界,命知州张叔夜招降之。"《宋史·张叔夜传》:"宋江起河朔,转略十郡,官兵莫敢撄其锋。声言将至,叔夜使间者觇所向:贼径趋海濒,劫巨舟十余,载掳获。于是叔夜募死士得千人,设伏近城,而出轻兵距海诱之战;先匿壮卒海旁,伺兵合,举火焚其舟。贼闻之,皆无斗志。伏兵乘之,擒其副贼,江乃降。"《宋史·侯蒙传》:"宋江寇京东,蒙上书言:'江以三十六人横行齐、魏,官军数万莫敢抗者,其才必过人。今青溪盗起,不若赦江,使讨方腊以自赎。'"宋范圭撰写的《折可存墓志铭》:"班师过国门,奉御笔:'捕草寇宋江'。不逾月,继获,迁武功大夫。"此外,宋王偁《东都事略》、李埴《十朝纲要》、徐梦莘《三朝北盟会编》等书,都有类似的记载。可见当时宋江起义声势颇大,其结局,或谓张叔夜招降,或谓折可存平定,或称降后征方腊②。

---

① 鲁迅《中国小说的历史的变迁》,《鲁迅全集》第九卷,第340页。
② 有关历史上宋江的争论,可参看齐裕焜《水浒传创作成功的历史原因》,《辽东学院学报》2009年第1期。

从南宋起,宋江故事即在北方(包括太行山地区、山东地区)和南方(包括安徽、江浙一带)广泛流传,成为"说话"艺人喜爱的题材。龚开《三十六人画赞》初次完整地记录了宋江等三十六人的姓名和绰号。罗烨《醉翁谈录》记载了以"水浒"故事为题材的"说话"名目,如《青面兽》《花和尚》《武行者》《石头孙立》等。它们是各自独立的英雄故事,属"小说"的范围。宋末元初的《大宋宣和遗事》为我们展现了《水浒传》的原始面貌,主要描写了杨志卖刀、智取生辰纲和宋江杀阎婆惜三件事,末尾还提到张叔夜招安,征方腊,宋江封节度使。这表明"水浒"故事从独立的短篇开始联缀成一体,从"小说"进入"讲史"的领域。元代出现了一批"水浒戏",包括元明之际的作品在内,存目有三十三种,其中有六种剧本保留下来了。在康进之《李逵负荆》、高文秀《双献功》等作品中,水浒英雄从三十六人发展到七十二人,又发展到一百零八人。对梁山泊这个起义根据地的描写也接近《水浒传》了。宋江、李逵的形象得到了比较集中的描写,更为生动、突出。

在宋元以来广泛流传的民间故事、话本、戏曲的基础上,经伟大作家的再创造,《水浒传》在元末明初诞生了。

《水浒传》的作者,众说纷纭,但大抵不出罗贯中、施耐庵二人。明高儒《百川书志》所录《水浒传》则题"施耐庵的本","罗贯中编次"。今所见明本,有题"施耐庵集撰","罗贯中纂修"者(郑振铎藏明嘉靖残本、天都外臣序本);有题"中原贯中罗道本名卿父编辑"者(明余氏双峰堂志传评林本)。由此可见,《水浒传》作者多为施罗并举,也有单署罗贯中,而到崇祯年间金圣叹的贯华堂本《水浒》,就把著作权完全归于施耐庵了。

罗贯中生平已见《三国演义》一节。施耐庵生平材料极少。明人记载多说他生活于元末明初,为钱塘人。从二十年代起,就有人提出施耐庵是苏北人。后陆续发现《施氏族谱》,淮安王道生撰《施耐庵墓志铭》等材料。近年来,江苏又进行大量调查,发现一批文物,主要有施家桥出土的《施让地券》,《施廷佐墓志铭》,《施氏家簿谱》(《施氏长门谱》)等。据此,有人对施氏生平作如下勾勒:施耐庵系元末明初人,名子安,又名肇端,字彦端,耐庵为其又字或别号。"鼻祖世居扬之兴化,后徙海陵白驹",至顺间"乡贡进士",流寓钱塘。曾入张士诚幕,张败后,隐居白驹著书,避朱元璋征而去淮安,卒。乃孙迁其骨归葬白驹乡间施家桥。但对上述材料的可靠性,仍有争议[①]。

[①] 有关施耐庵生平的资料和争论,详见《施耐庵研究》,江苏古籍出版社1984年版。

第四章　英雄传奇小说

在中国古代著名小说中，《水浒传》版本最为复杂，可分为繁本（或称文繁事简本）和简本（或称文简事繁本）两个系统。

繁本系统又可分为百回本，百廿回本和七十回本三种。现存百回繁本有：《京本忠义传》，残页，1975年发现，藏上海图书馆，明正德、嘉靖书坊所刻①。

《忠义水浒传》，残本，存八回，郑振铎藏本。当为嘉靖刊本。

《忠义水浒传》，首有天都外臣（汪道昆）序，明万历十七年（1589）刊本。

《李卓吾先生批评忠义水浒传》，明万历三十八年（1610）容与堂刊本。

以上四种百回繁本，有两个是残本，完整的只有天都外臣序本和容与堂本。天都外臣序本比容与堂本早，但现存的不是原刻本，而是清康熙年间的补刊本。所以容与堂本是现存最完整的百回繁本，而且它有李贽的评语，在《水浒传》版本中具有重要地位。除以上几种重要繁本外，明万历芥子园刊本《李卓吾评忠义水浒传》，首有大涤余人序，有李贽评语。李玄伯藏明刻本《忠义水浒传》，首亦有大涤余人序和李贽评语。芥子园本、李玄伯藏本的李贽评语是相同的，但与容与堂本不同。

百廿回繁本，主要有明袁无涯刊本，首有李贽序、杨定见小引。李贽评语与芥子园本同，与容与堂本不同。百廿回本是在百回本基础上，增加了据简本改写的征田虎、王庆故事而成的。

七十回繁本，系金圣叹用繁本作底本的修改删节本，将原书第一回改成"楔子"，并将"梁山泊英雄排座次"改写为"梁山泊英雄惊噩梦"结束全书。

最完整的简本是《京本增补校正全像忠义水浒志传评林》，明万历二十二年（1594）双峰堂刊本。还有些残本如《新刊京本全像插增田虎王庆忠义水浒传》，明刊本，巴黎国家图书馆藏。简本文字简略，但多了征田虎、王庆的故事。

长期以来，关于简本、繁本的关系，学术界一直存在着三种不同意见：简先繁后，繁本是在简本基础上加工而成的；繁先简后，简本是繁本的删节本；简本和繁本是两个系统，同时发展。现在学界多持繁先简后，简本是繁本的删节本的看法。

《水浒传》容与堂本的评点是叶昼所作，袁无涯刊本、芥子园本的评点是李贽的手笔，但也有相反的意见。《水浒传》李贽、叶昼的评点是中国古代小说评

---

① 关于这个残本的刊刻年代和它是简本还是繁本有争议。

点的发端,对中国古代小说理论的发展具有极为重要的意义。

金圣叹对《水浒传》的评点,使我国古代小说理论形成自己的理论体系,大大丰富了我国古代美学理论的宝库。

水浒故事从流传到《水浒传》成书,到各种版本的出现,前后经历了四百多年的时间。在这漫长的岁月里,民间艺人、专业作家都参与了创造,各种社会思潮、文艺思潮都在《水浒传》成书过程中留下了印记。分析《水浒传》的成书过程,对我们正确理解和评价《水浒传》具有重要的意义。

第一,《水浒传》是民间文学与作家创作相结合的产物,它的思想与艺术水平是一个逐步提高的过程。

《水浒传》中的一些人物和故事有深厚的民间文学的基础,从《醉翁谈录》的说话名目、水浒戏、《大宋宣和遗事》等材料看,可以肯定宋江、李逵、鲁智深、武松、杨志、燕青等人物,"智取生辰纲"、"三打祝家庄"等故事都是早在民间流传,有着深厚民间文学基础的,恰恰是这些人物和故事是《水浒传》中最精彩、最成功的部分,这绝不是偶然的巧合。优秀元杂剧《李逵负荆》几乎原封不动地被吸收进《水浒传》就是令人信服的证据。

施耐庵是一位伟大作家,他对水浒故事的加工创造作出了巨大的贡献。

首先,他不仅选择和保留了许多优秀的民间故事,而且对民间故事作了加工、提高,使英雄人物更光彩夺目。反霸斗争是元杂剧的共同主题,从现存的剧目看,多数只着眼于反对恶霸调戏妇女或与淫妇通奸,没有更深刻的思想涵义,有的则成为庸俗的社会道德剧。《水浒传》描写高衙内调戏林冲妻子,表面上看与元代某些水浒戏的情节相似,但是作者把这件事与残酷的政治迫害、与林冲性格的发展联系起来,创造了林冲这个具有深刻社会意义的典型。宋江杀惜在《大宋宣和遗事》里,是因为阎婆惜与吴伟通奸而杀了她;在水浒戏里宋江"因带酒杀了娼妓阎婆惜","只因误杀了阎婆惜";而《水浒传》把宋江杀惜与私放晁盖联系在一起,把争风吃醋的桃色事件变成了具有严肃政治斗争内容的故事。

其次,施耐庵把分散、零星的水浒故事改写成《水浒传》这部巨著时,在材料的选择、安排上表现了对封建社会生活的深刻理解。他把高俅发迹的故事放在全书开端来写,表明"乱自上作",揭示了农民起义的社会根源。把英雄人物个人反抗放在前面写,然后逐步联合,形成一支强大的梁山义军,客观上反映了农民起义"星火燎原"的历史进程;保持梁山义军的悲剧结局,客观上说明了投降是没有出路的。

第二,《水浒传》成书过程决定了它的复杂性和不平衡性。

首先是思想内容的复杂性。在它的漫长的成书过程中,既有说话艺人、戏曲作家的精心创造,又有封建文人染指其间;各种社会思潮和文艺思潮也给它打上不同的烙印,因而《水浒传》的思想倾向呈现多元、复杂的情况。

其次是思想艺术的不平衡性。《水浒传》是由小本水浒故事集合而成的,正像鲁迅指出的:"《水浒传》是集合许多口传,或小本《水浒》故事而成的,所以当然有不能一律处。"① 《水浒传》大体上由两类话本组成的。一类是以写人物为主的英雄小传,一类是以事件为中心的公案故事或战争故事。这些大多是经过千锤百炼而高度成熟的短篇话本,是非常成功的,可是有的章节由于原先的基础不好,比较平庸,尤其是各个人物小传或各个故事之间的过渡性章节就更差。如在鲁智深传和林冲传之间的《火烧瓦官寺》,就是为了把鲁智深送入东京,把鲁智深传和林冲传联缀起来,这种过渡性章节就有勉强凑合的毛病。

由于《水浒传》是由短篇话本联缀而成的,因而结构比较松散,一些情节安排不合理,如为了用宋江、李逵去把一些独立的故事连在一起,就让宋江、李逵下山接父亲或母亲上山,情节很不合理,因为梁山泊其他头领的家眷都是小喽啰接上山的,为什么宋江、李逵非要自己去接不可?情节多有重复,如李逵每次下山都要约三件事,这在作家独立完成的作品中不会如此拙劣。另外结构比较松弛,为后来文人或书店老板大开方便之门,采取"插增"的办法,使《水浒传》内容不断增加。插增征田虎、王庆各十回,就是确切的证据。这些插增部分,大多比较低劣。

二、《水浒传》主题的辨析

《水浒传》的主题思想,众说纷纭,但不外三种观点:一是农民起义说,有的认为《水浒传》是农民革命的颂歌;有的则认为是宣扬投降主义的作品。两种意见虽针锋相对,但都是肯定了《水浒传》是写农民起义的作品。二是市民说,认为《水浒传》是写市民阶层的生活,反映市民阶层的情绪与利益,为"市井细民写心"。三是忠奸斗争说,认为《水浒传》是写忠臣与奸臣的斗争,歌颂忠义思想。这三种观点都包含着合理的成分,都从某个侧面反映了《水浒传》的思

---

① 鲁迅《中国小说的历史的变迁》,《鲁迅全集》第九卷,第325页。

想内容。

我们分析《水浒传》的主题思想,离不开三个基本事实。一是《水浒传》确实是以农民革命为题材,广大人民群众参与了创作。二是它由市井说书艺人、戏曲艺人孕育而成。三是它由封建社会里进步的知识分子施耐庵等人加工创作而成的。我们应该从事实而不是从概念出发分析《水浒传》的主题思想。

在封建社会里,农民阶级与地主阶级的矛盾是主要矛盾。被压迫人民反抗地主阶级的封建统治,用武装斗争与封建的国家机器相对抗,不论其参加者的成分多么复杂,也不论其反对封建统治的自觉程度如何,都属于农民阶级革命斗争的范围。《水浒传》是以农民革命为题材,它所反映的宋江起义有历史事实为依据;它所描写的"官逼民反"的故事,深刻地反映了农民起义的社会根源;它所描写的梁山义军千军万马与封建统治者的军队作战,攻城掠地、杀官吏、分财物都是我国千百次农民起义的真实写照;它所描写的英雄人物要与"大宋皇帝作个对头",要"杀到东京去,夺了鸟位"等等,都是农民革命情绪的生动表现;它客观上反映了农民起义"星火燎原"的历史进程。总之,《水浒传》反映了农民革命的声势和情绪,它的某些部分也塑造了光彩夺目的革命英雄的形象,从这个意义上说,《水浒传》的确是一曲农民革命的颂歌。

在封建社会,尤其到了宋元时代,城市经济有了巨大的发展,市民阶层迅速壮大,但是这时的市民阶层仍然未成为新的生产关系的代表,即资本主义生产关系的代表,它还从属于封建的自然经济。但是,不可否认,市民阶层有着不同于农民的生活特点和思想感情。水浒故事是长期在城市中流传的,市民阶层参与了水浒故事的创造。因为市民阶层不熟悉农村生活,也不真正了解农民,因此,水浒故事是市井细民用自己的眼光观察、反映的农民起义,与真正的农民起义存在着某种距离。这在《水浒传》里主要表现为:书中所描写的梁山泊英雄大多出身于市民,并对市井生活作了色彩斑斓的描写,而描写农村生活却苍白无力;另外,书中渗透了市民阶层的道德观,主要是对"仗义疏财"和见义勇为的豪侠行为的歌颂。

施耐庵等人是封建社会里进步的文人,他们并不赞成也不理解农民起义,并没有把梁山泊起义理解为农民阶级反抗地主阶级的阶级斗争,而是看作"善与恶""义与不义""忠与奸"的斗争。因此,他们是用"忠奸斗争"这个线索把小本的水浒故事串连起来的。这体现在作者是用忠奸斗争贯串全书,在书中歌颂忠义思想,把《水浒传》写成忠义思想的颂歌。在以下三个问题上,表现尤为突出：

首先表现在他们对方腊起义的态度上。从客观上说，宋江的梁山泊起义与方腊起义是一样的"造反"行为。可是，作者在忠臣义士与乱臣贼子之间划了一条线，那就是对皇帝的态度。如果被奸臣逼迫，不得不反，但始终忠心不忘朝廷，那么虽然聚义水泊，抗拒官兵，攻城掠地，都是与奸臣作斗争，情有可原，不算乱臣贼子。如果南面称王，建元改制，要夺取天下，那就是大逆不道，"十恶不赦"。所以，方腊是"恶贯满盈"，宋江却是"一生忠义"、"并无半点异心"。

其次表现在他们对宋江受招安的态度上。作者把宋江受招安看作天经地义的行为。对宋江等人来说，因奸臣当道，"蒙蔽圣聪"，不得已"暂居水泊"，后来皇帝醒悟，重用义士，所以"义士今欣遇主"，接受招安以显示他们的"忠良"。对皇帝来说，招安宋江等人得到忠臣良将，是国家之大幸，"皇家始庆得人"，从此可以借以扫荡"外夷内寇"。因此，梁山泊全伙受招安是作为"普天同庆"的盛事来描写的。梁山义军以"顺天"、"护国"两面大旗为前导，在东京接受皇帝的检阅。他们接受招安，既是"顺天"，又为了"护国"，根本不是投降。作者没有把梁山泊起义看作是农民阶级反抗地主阶级的革命，也没有把受招安看作是农民义军对朝廷的投降，而是看作忠臣义士在不同政治环境中顺理成章的变化，看作是忠臣义士的高尚品德，是上合天意、下得民心的光荣行为。

再次表现在作者对梁山泊义军结局的处理上。作者对义军结局的处理是为了表现"自古权奸害忠良，不容忠义立家邦"的"奸臣误国"的观点。《水浒传》在结尾部分，弥漫着悲凉的气氛，痛恨奸臣误国，而又无可奈何的情绪表现得淋漓尽致。征辽途中，罗真人劝宋江："得意浓时，便当退步，切勿久恋富贵。"燕青用韩信等功臣被诛的史实，劝卢俊义要隐迹埋名，以终天年。但是，宋江、卢俊义因为要忠心报国，不肯急流勇退，终于被害。相反，李俊听从费保等人劝告，避难海外；燕青、戴宗、阮小七、柴进、李应等辞却功名，消极退隐，都得善终。李俊等人的命运和宋江的结局不是形成鲜明的对照吗？作者在结尾部分的诗词里，谴责奸臣误国，总结宋江悲剧的教训："太平本是将军定，不许将军见太平"；"时人苦把功名恋，只怕功名不到头"；"早知鸩毒埋黄壤，学取鸱夷范蠡船"。这里要表现的是功臣被害的悲剧，要宣扬的是功成名退的思想，要总结的是统治阶级内部斗争的教训，要表达的是对杀戮忠臣的愤慨。

作者一方面清醒地看到奸臣未除、忠臣义士仍然没有前途,写了悲剧结局;另一方面,又不违背忠君思想,宋江明知被毒害,却视死如归,忠心不改;而皇帝也不辜负忠臣,为宋江封侯建祠,"生当鼎食死封侯,男子平生志已酬",留下了一条虚幻的光明的尾巴。

鲁迅曾指出:"至于宋江服毒的一层,乃明初加入的,明太祖统一天下之后,疑忌功臣,横行杀戮,善终的很不多,人民为对于被害之功臣表同情起见,就加上宋江服毒成神之事去——这也就是事实上的缺陷者,小说使他团圆的老例。"①鲁迅认为《水浒传》的结局反映了作者同情功臣被害的思想,一语道破了《水浒传》表现忠奸斗争的实质。

小本水浒故事既有农民革命思想的闪光,又有市民阶层感情的渗透,最后加工者把它们联缀成长篇巨制时,又用忠奸斗争的思想对它进行了加工改造。因而,《水浒传》的主题思想呈现出多元融合的趋势。我们既要看到施耐庵们表现"忠奸斗争"的创作意图,又要看到作品实际展示了歌颂农民革命的客观意义;既要看到忠奸斗争的思想是把全书串连在一起的主线,又要看到串连在这一条主线上的英雄小传和相对独立的故事,是闪耀着农民革命思想和市民道德理想的珍珠。所以,我们在分析《水浒传》复杂的思想内容时,要把作者的主观意图与作品的客观意义区分开来,把《水浒传》的部分章节与贯串全书的主线、局部与整体区分开来,这样才能摆脱那种非此即彼的简单的逻辑判断,承认《水浒传》的思想内容是农民阶级、市民阶层和封建进步知识分子思想的多层次的融合,承认《水浒传》是既矛盾又统一的艺术整体,也许这样的认识更符合《水浒传》的实际。

三、传奇式英雄形象的塑造

英雄传奇就是塑造传奇式的英雄。《水浒传》是英雄传奇小说的典范作品,它成功地塑造了神态各异、光彩夺目的英雄群像。《水浒传》与《三国演义》是同时代的作品,但是,由于它是在以反映人物命运为主的"小说"话本基础上发展起来的;由于它的主要任务是塑造英雄人物,通过英雄人物的命运反映历史的面貌,因此,塑造英雄人物是作者的"兴奋点"而竭尽全力。从中国小说发展史来考察,《水浒传》在人物塑造方面和《三国演义》相比,有很大发展和提高,标志着中国古代小说人物塑造从类型化典型向个性化典型的过渡。

---

① 鲁迅《中国小说的历史的变迁》,《鲁迅全集》第九卷,第324—325页。

《水浒传》以"众虎同心归水泊"为轴线,描写英雄人物经历各自不同的人生道路,百川入海,汇集到梁山泊,展现了封建社会中"官逼民反"、"逼上梁山"的历史潮流。一百零八条好汉,他们上梁山的道路,大致可分为三种类型,即奔上梁山、逼上梁山和拖上梁山。

第一类是性格豪爽的草莽英雄,他们大多出身在社会底层,对黑暗社会早已满腔怒火,一触即发,只要遇到适当机会,或身受迫害,或目睹世间不平,因而某些突发事件就成为导火线点燃了他们心中的怒火,他们立即义无反顾、一往无前地奔上梁山。李逵、鲁智深、阮氏三雄、解珍、解宝都是这一类草莽英雄的代表。

第二类如宋江、林冲、杨志、武松、柴进等人,或有高贵出身,顾惜"清白"身世,不肯轻易落草;或有较好的地位,留恋小康生活,不愿铤而走险。他们对统治阶级有不满,与被压迫人民有较多联系,但对朝廷有较多的幻想,与封建统治者有不易割断的联系,因此非到被统治阶级逼得走投无路,非要经过一番严重的思想斗争,才会被逼上梁山。

第三类人物或是出身大地主、大富豪之家,或是身居要职,是统治阶级的得力干将,是镇压农民起义的骨干力量,他们以消灭农民起义军为己任,但是在与农民起义军的血与火的搏斗中,被打败,被俘虏,被客观形势逼得无路可走,只好"暂居水泊,专等招安"。他们是被农民革命的风暴卷进义军队伍的,是被拖上梁山的。如卢俊义、秦明、黄信、关胜、呼延灼等。

《水浒传》里的英雄人物是古代英雄人物与农民、市民阶层理想人物相结合的产物。在原始社会,人们主要是图腾崇拜,进入奴隶制社会以后,由图腾崇拜进入了英雄崇拜的时代。歌颂的英雄人物是勇和力的象征,是人类征服自然的理想化英雄。《水浒传》里的英雄人物,特别是草莽英雄,一方面继承了古代英雄勇和力的象征,但他们征服的对象主要不是自然界,而是人类社会的蟊贼。他们具有蔑视统治阶级的权威,蔑视敌人的武力,具有战胜一切敌人的豪迈气概。另一方面,又体现下层劳动人民的道德理想,性格直率、真诚,总是把自己的内心世界、自己的个性赤裸裸地和盘托出,不受敌人的威胁、利诱,不计较个人的利害得失;对统治阶级无所畏惧,甚至对皇帝也说些大不敬的言论;对自己的领袖也不曲意逢迎而敢于直率批评;从不隐瞒自己的观点,从不掩饰做作;性格豪爽,不为礼节所拘。他们是"透明"的人,他们"任天而行,率性而动",体现了与封建理学相对立的"童心",是下层人民特别是市民阶层道德思想的产物，与反对封建理学的时代思潮一致。因此，这些草莽英雄受到广大人民群众的热烈欢迎，也受到进步文人的赞赏。李卓吾、叶昼、金圣叹称他们是"活佛"、"上上人物"、"一片天真烂漫"、"凡言词修饰、礼数娴熟的，心肝倒是强盗，如李大哥虽是鲁莽，不知礼数，却是真情实意，生死可托"。李逵等草莽英雄成为雅俗共赏、人人喜爱的"妙人"、"趣人"。他们一方面继承了古代英雄的特征，作为"力"与"勇"的化身，具有类型化的倾向；另一方面，又寄寓了下层人民特别是市民阶层的道德理想与生活情趣，有较为突出的个性特征，具有个性化典型的倾向。

《水浒传》里的英雄人物，具有古代英雄勇和力的特征，充满了传奇性，同时，又具有深刻的现实性。作品精细地描写他们性格与周围环境的关系，他们性格的形成与出身、经历有着密切的关系；他们并非天生的英雄而有自身的弱点；他们的性格并非生来如此，而有一个发展变化的过程，他们是逐步战胜自身性格的弱点、缺点才逐步成长起来的。这正是《水浒传》由类型化典型向个性化典型过渡的主要特征。如林冲的性格发展就有着清晰的轨迹。他先是安分守己、软弱妥协，所以高衙内调戏他的妻子，他却怕得罪上司，"先自手软了"；发配到沧州，他仍抱有幻想，希望服刑以后还能"重见天日"，所以，还打算修理草料场的房子，以便过冬；只有当统治阶级把刀架到他的脖子上时，他才愤怒地杀掉放火烧草料场的陆谦等人，奔上了梁山。

《水浒传》一方面主要还是写传奇式的英雄，着重在火与血的拼搏中展现他们粗豪的性格，而对他们的日常生活、家庭关系等较少涉及，反映出塑造人物的类型化倾向；另一方面，《水浒传》对英雄人物的周围环境，对陪衬人物，对市井生活和风俗习惯也有了较为精细的描写。除了英雄人物的主色调外，还展现了市井小民生活的斑斓的色彩。如围绕武松这一传奇人物的经历，通过潘金莲勾引武松，王婆说风情，郓哥闹茶坊，武松告状、杀嫂等情节，展现当时的市井生活和王婆、何九叔、郓哥等"卑微人物"的精神面貌。围绕着林冲、鲁智深、杨志的遭际，描写了东京大相国寺的众泼皮，沧州开小饭馆的李小二，东京流氓无赖牛二等人物，展示了当时的风俗人情和"市井细民"的心态。与《三国演义》相比，应该说《水浒传》对人情世态、对社会众生相的描写有了长足的进展。这也是《水浒传》人物塑造由类型化典型向个性化典型过渡的重要标志。

《水浒传》人物性格个性特征更为鲜明，正如金圣叹所说："叙一百八人，人有其性情,人有其气质,人有其形状,人有其声口。"这是它从类型化走向个性化的重要特征。为什么能使"大半粗豪"的人物都个性鲜明？它在人物个性化方面的重要经验是:1. 传奇性与现实性、超人与凡人的结合。传奇性的英雄必然有"超人"、"传奇性"的一面,但又有凡人"现实性"的一面。《水浒传》写出了传奇式英雄的超人之处,又写了他们性格的弱点和成长过程,使他们具有凡人的品格,这就避免了过分夸张失实,避免了《三国演义》"欲显刘备之长厚而似伪,状写孔明之多智而近妖"的缺点。2. 惊奇与逼真的结合。意大利文艺复兴晚期的诗人塔索在论述英雄史诗时曾说过:"逼真与惊奇,这两者的性质是截然不同的,甚至可以说几乎是互相排斥的。尽管如此,逼真和惊奇却都是史诗必不可少的。优秀的诗人的本领在于把这两者和谐地结合起来……"①怎样做到惊奇与逼真的结合？就是整个故事情节高度夸张和生活细节严格真实相结合。没有高度夸张,故事情节就失去惊心动魄的传奇色彩；没有细节的严格真实,夸张就失去真实感。如武松打虎,整个故事情节是高度夸张的,但是武松打虎的细节描写却是严格真实的。作者用哨棒打折了这个细节,一方面表现武松打虎时的紧张神情,一方面更显示他徒手打虎的神勇；在打死老虎之后,写他精疲力竭,"那里提得动,原来使尽了力气,手脚都酥软了"。想到如再出只老虎,"却怎地斗得他过",所以,"一步步捱下冈子来"；遇见披着虎皮的猎人,以为又遇到老虎,不由得大惊失色道:"啊呀！我今番罢了！"这些描写都非常真实,既写出武松浴血奋战的艰辛,又使英雄人物亲切感人。没有这些细节的高度真实,就会削弱整个故事的真实性,就会因夸张而失实。3. 粗线条勾勒与工笔细描结合。也就是说,用说故事的办法,通过一连串惊心动魄的情节,勾勒出人物性格的轮廓,然后又用工笔细描的办法,描绘人物的音容笑貌,突出人物的个性特征。例如武松性格是通过一连串惊心动魄的故事展开的。而这一连串的故事是用叙述性的笔调作简洁的勾勒,但是对关键性情节,对人物音容笑貌又作工笔细描。武松醉打蒋门神,故事情节简单,如果作者只作粗线条勾勒,便会像金圣叹所说:"如以事而已矣,则施恩领却武松去打蒋门神,一路吃了三十五六碗酒,只依宋子京（宋祁）例,大书一行足矣。"但是,作者为了突出"醉打"特点,表现武松性格中"趣"的一面,却作了细腻的描写和尽情

---

① 塔索《论诗的艺术》,见《欧美古典作家论现实主义和浪漫主义》,中国社会科学出版社1980年版,第126页。

的渲染。作者细写武松一路喝酒,"无三不过望";写他装醉,在蒋门神的酒店里三次寻衅闹事,挑逗、激怒对方,寻找痛打蒋门神的借口;作者对酒店里的战斗及武松痛打蒋门神的"醉态"也作了淋漓尽致的描写。这就不但使武松和鲁智深、林冲、李逵等人的性格区别开来,也使武松性格的各个侧面展示出来。"看他打虎有打虎法,杀嫂有杀嫂法,杀西门庆有杀西门庆法,打蒋门神有打蒋门神法。"如果只用粗线条勾勒,这几个故事可能写得雷同,但作者在细节上却作了工笔细描,就把武松性格的勇、狠、细、趣的不同侧面生动地表现出来,人物不仅有了骨架,而且血肉丰满。这正是《水浒传》较之以后的英雄传奇小说,如《杨家将》《说唐》等作品,人物性格要鲜明得多的重要原因。

四、鲜明的民族特色

《水浒传》是在民间文学基础上写成的,它深深地扎根在我们民族生活的土壤中,因而具有鲜明的民族特色。《水浒传》是体现中国古代小说民族风格、民族气派的典范性作品。

《水浒传》的民族特色,主要表现在它塑造的人物具有鲜明的民族性格;表现方法具有典型的民族风格;语言是高度纯熟的民族文学语言。

《水浒传》描写了英雄人物生活的典型环境。它展示了中国宋元时代真实的历史图景,它不但精确描写了当时逼使英雄豪杰铤而走险的恶劣的社会环境,而且逼真地再现了宋元时代城市经济的发展和市民阶层不断壮大的时代特点,描绘了封建时代城市和市民生活的风俗画。汴京的大相国寺,清河县王婆的茶坊,快活林蒋门神的酒店,白秀英卖唱的勾栏,无不散发着民族生活的浓郁气息,具有极为鲜明的民族生活特色。

在宋元都市生活的土壤中成长起来的英雄人物具有突出的民族性格,体现了我国下层人民特别是市民的审美观念、道德观念和价值取向。

水浒英雄大多身体魁梧、虎背熊腰、粗豪爽朗、质朴纯真,体现了古代英雄的力和勇,体现了以古拙淳朴为美的审美观。"鲁达自然是上上人物,写得心地厚实,体格阔大";"李逵是上上人物,写得另是一样气色。一百八人中,真要算做第一快人,心快口快,使人对之,龌龊都销尽"。金圣叹这些评论,精辟地道出了梁山好汉所体现出来的我们民族的审美观,也是千千万万读者共同的审美判断。

水浒英雄体现了强烈的群体意识。"八方共域,异姓一家","千里面朝夕相见,一寸心死生可同。相貌语言,南北东西虽各别;心情肝胆,忠诚信义并无差。其人则有帝子神孙,富豪将吏,并三教九流,乃至猎户渔人,屠儿剑子,都一般儿哥弟称呼,不分贵贱;且又有同胞手足,捉对夫妻,与叔侄郎舅,以及跟随主仆,争斗冤仇皆一样的酒筵欢乐,无问亲疏。或精灵,或粗鲁,或村朴,或风流,何尝相碍,果然认性同居;或笔舌,或刀枪,或奔驰,或偷骗,各有偏长,真是随才器使"。每个人物都是英雄,但任何个体又离不开英雄的群体。每个人都有不同的性格和特长,但在集体中都能和谐相处,各显所长。各个人的出身经历不同,但在集体中都能平等相待,和睦相处。这种强烈的群体性意识,正是中国古代人民在长期的封建重压下,在与自然、与社会的斗争中形成的道德观念,与西方小说中所体现的个人意识和个人英雄主义有很大的不同。

"义"是连结梁山一百零八条好汉的纽带,是他们的道德准则。扶困济危,为人出力是他们的美德。"写鲁达为人处,一片热血直喷出来,令人读之深愧虚生在世上,不曾为人出力"。为了朋友之义,赴汤蹈火在所不辞,这是人生的信条,这是我们民族的价值取向,这种崇高壮烈的情感使读者心灵升华到更高的境界。

乐观幽默的人生态度,是水浒英雄的又一特色。他们不是盲目乐观,他们对社会的险恶有着严峻冷静的判断,但是任何艰难险阻都可以战胜,在刀光剑影中,在生死的厮杀里,他们保持着乐观幽默的情调。鲁智深拳打镇关西,吴用智取生辰纲,武松醉打蒋门神,李逵江州劫法场等等,都是那么自信、乐观、风趣,这正是中国人民的民族性格。

在民间文学基础上产生的《水浒传》,经历了从短篇到长篇,从民间说唱文学到文人创作,从听觉艺术到视觉艺术的发展过程,典型地体现了中国古代长篇白话小说的发展道路,因而《水浒传》形成的艺术特色,体现了中国古代小说的民族风格。它最突出的特点是情节的曲折性与人物刻画的统一。鲁智深的性格是在"拳打镇关西"、"大闹五台山"、"倒拔垂杨柳"、"大闹野猪林"等一系列紧张曲折的情节中展开的。林冲的性格是在"误入白虎堂"、"刺配沧州道"、"棒打洪教头"、"风雪山神庙"等惊心动魄的故事中完成的。小说中的一切情节都是为了表现人物性格,因而人物的外貌、性情、内心活动以至生活环境都是结合着情节展开的,没有离开人物的情节,也没有离开情节的人物描写、环境描写。正如胡士莹所说:"人物描写已达到生活环境的描写和人物心理的刻画紧密结合的程度;而且刻画人物心理又是把对话、行动、内心活动三者结合起来,使听众和读者如临其境,如见其人。"①

《水浒传》是在民间文学基础上加工而成的,先天就有口语化的特点,又经过施耐庵等文人作家的加工创造,成为纯熟、优秀的文学语言。《水浒传》的语言和《三国演义》比较,更为生动、活泼、生活气息强,人物语言个性化成就高。《水浒传》和《红楼梦》代表了我国古代小说语言的最高成就,而又有着不同的特色。前者更多吸收民间说唱文学的语言成就,带有更浓烈的民间文学色彩,更生动泼辣,酣畅淋漓。后者更多吸收了传统诗歌、散文的成就,带有更鲜明的文人创作的语言风格,更清新自然、典雅秀丽。

《水浒传》的叙述语言通俗易懂,形象传神,富有表现力,无论是叙述事件还是刻画人物都能达到绘声绘色、形神毕肖的地步。写人物,如见其人,如闻其声,在"汴京城杨志卖刀"一节里对泼皮牛二醉态的描写,在"鲁智深大闹野猪林"一节里对鲁智深勇猛形象的描写,都是非常出色的例子。写景色,则简练传神,使人如临其境,使景物描写与人物性格和谐地结合在一起,"林冲雪夜上梁山"中对雪景的描写,就深受鲁迅的赞赏,是古代小说中景物描写的范例。

《水浒传》人物语言达到个性化的高度。李逵初见宋江一节,林冲妻子被高衙内调戏,鲁达带众泼皮赶来相助一节,都是通过人物对话,表现了各自不同的身份和性格。此外,像泼皮牛二的流氓无赖口吻,差拨语言的两面三刀,王婆语言的圆滑刁钻,阎婆惜语言的泼辣锋利等等,都是十分精彩的、高度个性化的。

五、地位与影响

《水浒传》深受我国人民的喜爱,广泛流传,产生了重大的社会影响。首先,《水浒传》里的革命精神和理想化的英雄形象,成为鼓舞后代人民革命斗争的火炬,指引和激励着人民奋起反抗黑暗统治。明清两代的农民起义,有的打起"替天行道"的大旗;有的从《水浒传》里学习政治、军事斗争的经验;有的则借用水浒英雄的绰号,以梁山好汉自居。只要翻阅一下徐鸿儒白莲教起义,太平天国、天地会、小刀会起义、义和团斗争这一些农民革命斗争的史料,就可以看到《水浒传》的影响。其次,具有进步思想的文人如李贽、金圣叹等,他们强调水浒的忠义思想,用以批判社会的黑暗和不平;他们歌颂梁山英雄的纯真朴

---

① 胡士莹《话本小说概论》(上),中华书局1980年版,第327页。

实,批判封建礼教的虚伪和残酷,控诉假道学的"可恶、可恨、可杀、可剐"①。当然,他们并不赞成对朝廷"造反",而强调宋江等人的"忠义"。再次,《水浒传》的重大影响,还可从反面看出。统治阶级对它极端仇视,视为洪水猛兽。说它是一本"贼书","此书盛行,遂为世害","贻害人心,岂不可恨"②?因此屡加禁毁。但是,《水浒传》是禁毁不了的,而且越禁越发传播得快。于是统治阶级就用《荡寇志》这样的作品来"破他伪言",抵消它的革命影响,"使天下后世深明盗贼、忠义之辨,丝毫不容假借"③。

《水浒传》在文学艺术领域也产生了巨大影响。

首先,它是英雄传奇小说的典范作品,它所创造的这种英雄传奇的体式,对后代小说创作产生了重大影响。《说唐》、《杨家将》、《说岳全传》等作品都是沿着它所开辟的创作道路发展的。同时,它对侠义小说又有直接而重大的影响。《三侠五义》等一系列公案侠义小说"而源流则仍出于水浒"(鲁迅)。它还孳生出《金瓶梅》,从而开启了婚恋家庭小说、社会讽喻小说之门,对《儒林外史》《红楼梦》也有影响。

其次,《水浒传》对其他艺术形式如戏曲、曲艺、电影、电视、绘画等都有很大影响。以水浒为题材的明清传奇作品,有李开先的《宝剑记》、陈与郊的《灵宝刀》、许自昌的《水浒记》、沈璟的《义侠记》等三十余种。京剧、昆曲和各种地方戏都有大量的水浒戏。扬州评话中的《鲁十回》《林十回》《武十回》《宋十回》《卢十回》《石十回》,王少堂的《武松打虎》都是曲艺中的著名作品。近年来,又出现了不少以水浒为题材的电影、电视,使它得到更广泛的传播。以水浒为题材的绘画更是不可胜数,明《陈老莲水浒叶子》就是绘画方面的杰出代表。

《水浒传》不但在中国家喻户晓,而且也深受世界人民的喜爱。1759年,日本就有了《水浒传》的节译本;1933年,美国赛珍珠译的名为《四海之内皆兄弟》的水浒译本,产生了很大影响。现在《水浒传》已有十多种文字的数十种译本,风行世界,成为世界文学宝库中的一颗明珠,放射着璀璨的光彩。

---

① 施耐庵、罗贯中著,凌赓、恒鹤、刁宁校点《容与堂本〈水浒传〉》,上海古籍出版社1988年版,第96页。
② 参看《明清史料乙编》,商务印书馆1936年印本。
③ 俞万春《荡寇志》,人民文学出版社1981年版,第1页。

第三节 《水浒传》的续书

《水浒传》的巨大影响还表现在它的续书方面。《水浒传》的续书最主要的有三部，即《水浒后传》《后水浒传》和《结水浒传》(《荡寇志》)①。在中国古代小说浩如烟海的续书里，《水浒传》的续书最有特色、最有价值。

一、《水浒传》续书简介

《水浒后传》四十回，署"古宋遗民著"、"雁宕山樵评"。作者陈忱，字遐心，一字敬夫，号雁宕山樵，浙江乌程(今吴兴县)人。生于明万历四十一年(1613)，卒年不详。但从《水浒后传》清康熙甲辰(康熙三年)原刻本考察，陈忱在付刻前还作了序，可见康熙甲辰(1664)他还活着。陈忱生活在明末清初"天崩地解"的时代，明亡时，他绝意仕进，与顾炎武、归庄等人组织惊隐诗社。《水浒后传》大约是他五十岁时的作品。晚年住在南浔，"身名俱隐"，"卖卜自给"，"穷饿以终"。除《水浒后传》外，还著有《雁宕诗集》二卷、《痴世界乐府》、《续廿一史弹词》等，可惜大多散佚。

《水浒后传》紧接百回本《水浒传》，描写梁山泊英雄征方腊后，死伤过半，剩下李俊、阮小七、燕青等三十多人，分散各地，大多隐居不仕，想过太平日子。但是，蔡京、童贯等奸臣却不放过他们，务要斩尽杀绝。他们被迫重新集结，再度起义。阮小七等在登云山聚义，李应等在饮马川举兵，李俊等则以太湖为根据地，抗击恶霸巴山蛇，后与乐和、花逢春(花荣之子)一起飘然扬帆出海，占据金鳌岛，开辟水浒英雄的海外基地。由于金兵大举入侵，中原失守，徽、钦二宗当了俘虏。在这历史转折的关头，阮小七、李应、燕青等水浒英雄和他们的后裔，肩负起打击金国入侵者和汉奸卖国贼的双重任务。他们惩办了蔡京、高俅等奸臣，又探视当了俘虏的宋徽宗。在中原大势已去的情况下，幸存的水浒英雄云集，撤离登云山，到海外与李俊会师。小说最后写水浒英雄会集海外，征服暹逻诸岛，李俊做了暹逻国王。他们解救了被金兵围困在牡蛎滩的宋高宗赵构，又派燕青等"护驾"到杭州，为宋朝"中兴"做出了贡献。全书以"中外一家、君臣同庆"的大团圆结局。

《后水浒传》四十五回，作者青莲室主人，生平不详。卷首有天花藏主人

---

① 本书论述范围到1900年，因此，1900年之后的《水浒传》续书不计在内。

序。此书可能写于清顺治或康熙初年。

《后水浒传》是用水浒续书的形式写杨幺起义。它紧接百廿回本《水浒传》，描写南宋初年宋江托生为杨幺，卢俊义托生为王摩重新起义的故事。金兵入寇，徽、钦二帝被虏，高宗偏安江南，杨幺集何能（吴用转世）、马隆（李逵转世）、花茂（花荣转世）、贺云龙（公孙胜转世）等人分别在天雄山、焦山、白云山、峨嵋岭等地重举义旗，反抗官府压迫。他们惩办了蔡京、童贯、高俅等转世的贺省、董索、夏霖等奸臣恶霸。杨幺又亲到临安，劝高宗振兴朝政。在杨幺领导下，各地英雄齐集，以洞庭湖为根据地，屡次打败"进剿"的官军，声威大振。朝廷震惊，派岳飞率军镇压。杨幺等战败，从地道遁去，直往龙虎山，重归伏魔殿石窟，天罡地煞相逢于穴中，化成黑气，"凝结成团，不复出矣"。

《结水浒传》（《荡寇志》）七十回，另附结子一回。作者俞万春（1794—1849），字仲华，号忽来道人，浙江山阴（今绍兴）人。他一生没有正式任官，但在青壮年时代先跟随其父镇压广东珠崖城的黎族起义，后又随父在桂阳镇压了梁得宽为首的农民起义，又参加"围剿"赵金龙为首的瑶族人民起义。这些"征剿"农民起义的活动，为他创作《荡寇志》提供了丰富的"生活经验"。

《荡寇志》草创于道光六年（1826），写成于道光二十七年（1847），前后三易其稿，历时二十二年。但俞万春"未遑修饰而殁"，又经其子龙光代为"修润"，于道光二十九年（1849）刻板问世。

《荡寇志》紧接金圣叹七十回本《水浒传》，叙述宋江等在梁山泊英雄排座次之后，又发展至几十万人，力量不断壮大。提辖陈希真因好道教修炼，"绝意功名"，抱病在家。他的独生女陈丽卿容貌美丽，武艺绝伦，被高衙内看中，要娶其为妻。陈希真父女严惩了高衙内，离家逃走，"权作绿林豪客"，创猿臂寨，与梁山泊对立。他们跟云天彪、徐槐率领的官军合作，同心协力，"围剿"梁山泊，结果把梁山好汉一百零八人"尽数擒拿，诛尽杀光"，把他们的灵魂也永远镇压在石碣之下，永世不得翻身。

除以上三部《水浒传》续书外，还有1933年中西书局出版的梅氏藏本《古本水浒传》一百廿回，前七十回是金批本《水浒传》，第七十一回起紧接卢俊义惊梦，从石碣天文顺叙而下，写宋江出奇破敌，官军大败，梁山泊庆功大宴，忽然霹雳一声，雷轰石碣，结束全书。《古本水浒传》表现农民义军的反抗精神和英雄业绩是有一定成就的，但所谓"施耐庵古本"显系伪托，所以实际上只是一部水浒续书。续书时间不但在金圣叹之后，也当在《荡寇志》之后，因为它不仅前七十回用了金批本《水浒传》，而且从七十一回续起的办法也显然是从《荡寇志》学来的。我们甚至怀疑它是在民国以后续作的。20世纪二十年代起，文坛上有一股续写《水浒传》的热潮，出现了程善之的《残水浒》、姜鸿飞的《水浒中传》、张青山的《水浒拾遗》、张恨水的《水浒新传》、谷斯范的《新水浒传》、刘盛亚的《水浒外传》等等。不同之处不过在于他们标明是"新作"、"续作"，而梅氏却伪托为"古本"而已。

二、各抒胸臆，续成新篇

《水浒传》三部续书都不是为牟利而粗制滥造的作品，都不是抄袭前传、模仿原著的平庸之作，它们都是饱含着作者的感情，经过长期酝酿的呕心沥血之作，这正是《水浒传》续书较之那些千篇一律的公案、侠义小说的续书高出一筹的根本原因。

三部续书都不满意《水浒传》宋江受招安、被奸臣所害的结局，围绕着梁山泊英雄的结局各抒胸臆，续成新篇，体现了作者各不相同、乃至完全对立的思想情感，表现了大相径庭的水浒观。因而，三部续书是研究《水浒传》研究史和明清时代文化思想史的宝贵材料。

下面我们分别剖析一下各书的具体情况：

首先我们看一下《水浒后传》。《水浒后传》的作者陈忱是明代遗民，面对山河破碎、舆图变色的现实，"穷愁潦倒，满眼牢骚，胸中块磊，无酒可浇，故借此残局而著成之"①。他明确宣布"《后传》为泄愤之书"②。他要泄的愤就是亡国之痛。

《水浒后传》全书弥漫着亡国悲痛的气氛。当柴进、燕青立马吴山，看到杭州秀丽河山时，感叹地说："可惜锦绣江山，只剩得东南半壁！家乡何处，祖宗坟墓远隔风烟。如今看起来，赵家的宗室，比柴家的子孙也差不多了，对此茫茫，只多得今日一番叹息！"在这里，不是寄托了作者深沉的亡国之痛吗？

《水浒后传》里的忠君思想是引起人们非议之处。其实，作者的忠君是有两重性的，作者对现实中的宋徽宗、宋高宗是把他们作为亡国之君来批判的。他说："那道君皇帝闻着蔡京的屁也是香的"，"康王新立，尽有中兴之望，不料原用汪伯彦、黄潜善一班奸佞之臣，以致宗留守气愤而亡，李纲、张所贬责不

---

① 陈忱《水浒后传序》，参见黄霖、韩同文《中国历代小说论著选》(上)，第307页。
② 陈忱《水浒后传论略》，参见黄霖、韩同文《中国历代小说论著选》(上)，第312页。

用,眼见容不得正人君子,朝廷无路可归了"!但是,当作者把宋徽宗、宋高宗作为国家的代表时,却怀着同情和崇敬之心,写李俊在海外建国还要"原奉宋朝正朔,一切文移俱用绍兴年号";燕青等去金营探视宋徽宗;李俊在牡蛎滩"救驾",这并非作者要人们忠于宋徽宗这些昏君,而是表现作者怀念旧朝的遗民心情,寄托作者爱国之心。

《水浒后传》继承了前传"奸臣误国"的观点,并注入新的内容。蔡京、高俅等奸臣不仅误国而且卖国,他们不仅是迫害百姓,把人民"逼上梁山"的罪魁,而且是使国家沦亡,葬送大好河山的祸首。李应、樊瑞斥责蔡京等人说:"这四个奸贼,不要说把我一百单八个兄弟弄得四星五散,你只看那锦绣般江山,都被他弄坏,遍山豺狼,满地尸骸,二百年相传的大宋,瓦败冰消,成了什么世界!"作者愤怒地控诉了奸臣是国家沦亡的千古罪人。作者不仅充分揭露他们贪赃枉法的罪行,而且着重揭示他们卖国求荣的卑劣灵魂。王黼对杨戬、梁师成说:"实不瞒二位先生,我已使小儿王朝恩到金营与元帅粘罕没喝说了,道不日攻破汴京,掳二帝北去,立异姓之人为中国之主","安知我二人不在议立之中。不消几日,便有好音……"深刻揭露了王黼一伙奸臣卖国求荣的无耻嘴脸。

《水浒后传》充分肯定了前传水浒英雄斗争的正义性,在新的形势下,又让他们肩负起打击恶霸奸臣和抗击侵略,保家卫国的双重任务。作者在"三军恸哭王业销,万事忽然如解瓦"的形势下,把希望寄托在草莽英雄身上,"抱膝长吟环堵中,草泽自有真英雄"①。

作者描写梁山英雄和他们的后代为抗击金兵入侵浴血奋战。二十四回描写燕青深入敌营,向当了阶下囚的宋徽宗献青果、黄柑,取苦尽甘来之意。宋徽宗悔悟道:"可见天下贤才杰士,原不在近臣勋戚。"宋高宗被金兵赶下海,包围在牡蛎滩,只有李俊等人赶来"救驾",才得脱险。这象征着真正能挽救国家危亡的只有这些草泽英雄。

《水浒后传》不满意前传宋江等人被奸臣杀害的结局,所以李俊等人在海外建国,作为抗金复国的基地,具有理想主义色彩。从书里描写的李俊海外基地的地理位置来看,与古代暹逻国(今泰国)的方位不合,倒像是在闽浙附近。

---

① 陈忱《九歌——壬寅(1662)夏作》,见郑公盾《水浒传论文集》(上),宁夏人民出版社1983年版,第357页。

因此，我们有理由认为，作者写李俊海外建国，虽然是受唐传奇《虬髯客传》的影响，但更重要的是借此寄托作者对郑成功在台湾抗清斗争的期望，表现了强烈的抗清复明的斗争精神。

其次，我们再来看《后水浒传》。

《后水浒传》用"天道循环"、"气运劫数"的先验循环论，把宋江起义与杨幺起义联系在一起，但是，揭开这层历史唯心论的面纱，就可以看到《后水浒传》包含着体现历史本质的合理的内核。作者继续展示了封建社会"官逼民反"的客观现实，热情歌颂农民前仆后继的革命精神和报仇雪恨的坚强决心。

《后水浒传》对前传结局不满，对宋江受招安持批判态度。廿七回众好汉大闹开封府，救出杨幺，王摩问杨幺："方才哥哥说出梁山泊好汉劫救宋江。只这宋江，哥哥可学他么？"杨幺回答："宋江的仗义疏财，结识兄弟，便可学得；宋江懦弱没主见，带累弟兄遭人谋害，便不可学他。"王摩听得大快，说道："俺王摩向来笑宋江没用……他们俱被宋江害得零落，自己也被人谋死……你若学了宋江，将你做了寨主，岂不是俺弟兄也要被你害得零落，岂不又是一场笑话？故此急要问你。你今主意与王摩一样心肠，心同貌同，必能与众弟兄共得生死，做得事业。"

杨幺像许多农民义军领袖一样，不能彻底否定封建制度，他仍然存在着忠君思想，特别在金兵入侵时，把希望寄托在宋高宗"中兴"上。杨幺认为南渡的宋高宗"外有谋臣良将，内有忠良，不复徽、钦之昏暗。若不昏暗，必尽改前人之非，天下事正未可料"。但是，他前往建康，目睹赵构无恢复之心，沉湎于酒色之中，"知其无能为矣"。于是潜入宫中直谏君非，劝他"远谗去佞，近贤用能，恢复宋室"。同时提出了有条件投降的主张，"今奸佞满庭，此身未敢轻许，陛下若能诛秦桧等，幺必愿为良臣，再有人以力屈服杨幺者，亦愿为良臣。如其不然，非所愿也"。但是，杨幺的愿望没有实现，朝廷奸佞未除，杨幺却因王佐的叛变而失败，重演了起义被镇压的悲剧。不过，这种历史的重演不是简单的重复，而是告诉人们，农民起义除了因投降而被镇压外，内部出现奸细，堡垒从内部被攻破，也是农民起义军失败的另一种历史教训。

《后水浒传》是在金兵南侵的大背景下展开故事的。作者虽然没有写杨幺义军直接与金兵作战，但是，作者着重批判了秦桧、黄潜善两个卖国贼；揭露了由蔡京、童贯、高俅转世的贺省、董索、夏霖与金人勾结，出卖国家的罪行；歌颂了杨幺等与奸臣卖国贼的斗争。

在金兵入侵的形势下，作者一方面不敢对岳飞这样的民族英雄不敬，所以写杨幺对岳飞的崇敬，表示愿向岳飞投降；另一方面，又避免写岳飞对杨幺义军的镇压；避免出现"水擒杨幺"的悲惨局面，而是让杨幺等从轩辕井逃走，天罡地煞化成黑气，"不复出矣"。这样既保护岳飞的英名，避免成为镇压杨幺这些英雄豪杰的刽子手，又可使杨幺等人免去被擒捉杀戮的悲惨结局，作者的处理是煞费苦心的。

最后我们再分析《荡寇志》一书。

《荡寇志》（《结水浒传》）作者在农民革命的大风暴即将来临之际，以他的政治敏锐性觉察到《水浒传》对农民起义的巨大鼓舞作用，因此他写出这部《荡寇志》，配合满清王朝的军事镇压，对人民进行"攻心战"。"盖以尊王灭寇为主，而使天下后世，晓然于盗贼之终无不败，忠义之不容假借蒙混，庶几尊君亲上之心，油然而生矣"[①]。

为了抵消《水浒传》的影响，作者编造出蔡京、童贯、高俅等奸臣与宋江义军互相勾结的故事，妄图把人民对贪官污吏、恶霸奸臣的仇恨，转移到梁山义军身上去。

为了抵消《水浒传》的影响，他树立陈希真父女为榜样，即无论受到如何深重的压迫也都不能反抗朝廷，而要积极去镇压农民义军，以此来换取朝廷的信任与赏识。就像徐虎林教训卢俊义时所说的："即使偶有微冤，希图逃避，也不过深入穷谷，敛迹埋名，何敢啸聚匪徒？"作者借仙人之口斥责宋江："贪官污吏干你甚事？刑赏黜陟，天子之职也；弹劾奏闻，台臣之职也；廉访纠察，司道之职也。义士现居何职，乃思越俎而谋？"这就是要求人民，不管贪官污吏、恶霸奸臣如何横行，都只能俯首帖耳，听任宰割，而不能"越俎而谋"，起来除奸戮佞。

为了抵消《水浒传》的影响，对水浒英雄竭尽污蔑歪曲之能事。说他们奸诈强横，残害百姓；说他们勾结奸臣，搅乱朝纲。还编造出王进把林冲骂倒，群众咒骂宋江等情节，把水浒英雄写成十恶不赦的"强盗"，要把他们"千刀万剐，方泄吾恨"，表现了对农民起义军的刻骨仇恨。

《荡寇志》也对《水浒传》的结局不满，认为梁山泊受招安，建功立业这样的结局是歌颂了"强盗"。因此，作者就要写水浒英雄被斩尽杀绝，以此来表示

---

① 徐佩珂《荡寇志序》，《荡寇志》（下），人民文学出版社1985年版，第1042页。

对朝廷招安义军的抗议,警告人们不能再走梁山义军的道路。

《荡寇志》极为鲜明的反对革命,维护封建王朝的鲜明立场又是披着华丽的艺术外衣出现的,具有极大的欺骗性和迷惑性。在中国古代小说史上像《荡寇志》一样为反动统治张目的作品可以找到,但像它这样又颇有艺术性的作品是找不出第二部的。《荡寇志》是中国古代小说史上很值得深入研究的一部作品。

三、打破窠臼,别开生面

《水浒传》三部续书都能在艺术上有所创新,展开一个艺术的新天地,而不是模仿前传的狗尾续貂之作。

在三部续书中,《水浒后传》艺术上最为成功。它在人物形象塑造方面取得较高成就,正如作者在《水浒后传论略》中所说:"《后传》有难于《前传》处。《前传》镂空画影,增减自如;《后传》按谱填词,高下不得;《前传》写第一流人物,分外出色,《后传》为中材以下,苦心表微。"换句话说,就是《水浒后传》在人物描写上和《水浒传》相比,在两个方面有所发展:一是对前传人物性格既有衔接又有发展,如乐和、燕青、阮小七、李俊等人物既保留了前传人物的性格,又在新条件下写得更丰富多彩;二是将前传的次要人物乐和、燕青、李俊等,在他们重新开创水浒基业的故事中,写得栩栩如生,分外增色,成为令人信服的领袖人物。另外《水浒后传》还增写了两类人物,一是补充前传没有交代的所谓"神龙见首不见尾"的人物,如王进、栾廷玉、扈成等,根据前传描写,按人物性格发展的逻辑,将他们补写成《后传》里的英雄,加入了水浒英雄的行列;二是写梁山泊英雄的后代如花逢春、呼延钰、徐晟、宋安平等继承父志,成了《后传》中的小英雄。将这两类人物补充写进《后传》,壮大李俊为首的英雄集体,是非常自然贴切的,但可惜性格都不够鲜明。

《水浒后传》在艺术结构上,克服了前传不够统一的缺点,布局更为匀称、紧凑,全书前后呼应成为有机的整体。

《水浒后传》描写情节场面,力透纸背,深刻传达出作者的情感。正如胡适在评论《水浒后传》时指出,燕青向宋徽宗献黄柑、青果"这一大段文章真是当得'哀艳'二字的评语!古来多少历史小说,无此好文章;古来写亡国之痛的,无此好文章;古来写皇帝末路的,无此好文章"[①]。在描写风景时,虽是淡淡几

---

① 胡适《水浒传续集两种序》,《中国章回小说考证》,上海书店1979年版,第174页。

笔却情景相生，清丽动人。如李俊等出海时的海景描写；戴宗、安道全登泰山观日出的描写；燕青探望宋徽宗后对东京城郊"风景凄惨"的描写等等，都能通过景物描写，准确生动地传达出人物的情感。

《水浒后传》受明末才子佳人小说的影响，在书中生硬拼凑了几对才子佳人，与全书游离，令人生厌。

《后水浒传》写南宋杨幺起义但又要通过轮回转世的说法与前传保持血缘关系，因此，作品中的人物既是作者塑造的新人物，但又与前传有所照应，使人们有似曾相识之感。读者不难从杨幺、马窿、贺云龙、袁武等人物联想到他们是宋江、李逵、公孙胜、朱武转世而来的，因为他们身上还保持着前传这些人物的某些特征。这是《后水浒传》作者在创作时别出新意的巧妙构思。

《后水浒传》里杨幺从外貌上改变了宋江"面黑身矮"的特点，而是身材魁梧、英俊非凡。他既具有宋江仗义疏财、重贤任能的特点，又扬弃了宋江性格中懦弱妥协的弱点，使杨幺比宋江更具有农民革命领袖的精神风采，是塑造得比较成功的典型人物。但是，《水浒传》塑造了众多典型形象，他们以义气为纽带，以梁山泊为根据地，形成了一个互相衬托、互相补充的英雄集体。而《后水浒传》除杨幺外，没有能展示更多人物被"逼上梁山"的独特命运，没能塑造出众多的成功典型。同时，各地英雄长期分散在各个山头，到了全书快结束时才聚集在洞庭湖君山根据地，因而不能形成典型的群体，减弱了《后水浒传》的艺术效果和社会影响。在结构上《后水浒传》模仿《水浒传》，用杨幺的活动将众多好汉串连在一起，最后以洞庭湖为据点与梁山泊相呼应，使《后水浒传》的书名得到坐实，这也是作者的精心构思。但由于群体久久不能形成，君山没有能像梁山泊那样，成为组织千军万马与朝廷官府作战的根据地，因而在展现农民革命的宏伟气势上受到了影响，削弱了《后水浒传》所描写的杨幺起义的声势。此外《后水浒传》文字水平较低，艺术描写粗糙，这也影响了这本书的流传。

《荡寇志》作者为了抵消《水浒传》的影响，在人物描写上的确下了很大的工夫。首先，他知道像高俅、蔡京这样的奸臣，已被《水浒传》揭露无遗，为读者所深恶痛绝。因此，他不去故意违背《水浒传》的正义性，不干为高俅等人翻案的蠢事，而且继续把他们作为反面人物，让高衙内死在林冲手下，让蔡京、高俅都死于非命，造成《荡寇志》也是反对奸臣、伸张正义的假像，以迷惑读者。其次，歪曲水浒人物，夸大他们性格中缺点的一面，达到丑化他们的目的。这样的写法增加可信性，使读者感到比较自然、贴切。如抓住卢俊义富豪出身，对参加义军不很坚定的弱点,特意写卢俊义的两次"反省",通过他内心的矛盾和痛苦达到污蔑梁山英雄的目的。第三,作者挖空心思地制造了与《水浒传》相对照的系列人物,让他们技高一筹,把梁山泊好汉打败。像陈希真对公孙胜,刘慧娘对吴用,陈丽卿对花荣等等。尤其是还制造一些与水浒英雄有相似遭遇、经历的人物与水浒英雄相对照,如王进、闻达与林冲、杨志对照,强烈对比出两种不同的人生道路,证明林冲等人走上造反道路是错误的、有罪的。第四,塑造了陈希真、云天彪等"正面英雄",他们全忠全孝,智勇双全,用这些"完美无缺"的"英雄"来批判梁山泊好汉。第五,把神怪迷信与现代科学结合起来,陈希真的"九阳真钟"与白瓦尔罕的沉螺舟结合,军阀的武力与洋人的科技结合,达到"围剿"梁山的目的,说明梁山英雄虽然武艺高强但也抵御不了神明的惩罚和洋枪利器的进攻,失败是必然的。第六,作者对人们心爱的水浒英雄下手特别慎重,一方面继续保持他们的英雄气概,另一方面又要让他们不可避免地灭亡。因此,神武的武松无人可胜,但用"车轮战"把他累死;鲁智深无人可降服,让他精神上受创伤以至发疯而死。应该说,俞万春费尽心机,充分施展他的艺术才能来丑化水浒英雄,树立了反水浒的"英雄"们的形象。但是,水浒英雄形象已永久矗立在中国人民心中,俞万春只能是枉费心机罢了。当然,应该承认《荡寇志》一些人物描写还是比较好的,如陈丽卿既写她武艺超群,又写出她教养不足,粗鲁矫憨,给读者留下较深印象。

《荡寇志》描写技巧高明,不少场面写得精彩、生动,有意与《水浒传》抗衡。如"唐猛捉豹"、"莺歌巷孙婆诱奸"等,要与武松打虎、王婆说风情等场面比个高低。正如鲁迅所说的:"书中造事行文,有时几欲摩'前传'之垒,采录景象,亦颇有施罗所未试者,在纠缠旧作之同类小说中,盖差为佼佼者矣。"[①]不指出《荡寇志》的错误倾向或不承认它具有较高的艺术性都不是实事求是的态度。

第四节 杨家将系统的小说

杨家将系统的小说,包括《杨家府演义》《说呼全传》《五虎平西前传》《五虎平南后传》《万花楼杨包狄演义》等。因为这些小说都从杨家将故事派生演绎出来,都以北宋时期的边境战争为题材,小说的故事和人物也相互联系,相

---

① 《中国小说史略》,第148页。

互交叉。因此,可以看作是一个系统的小说,放在一起论述。

　　杨家将故事在南宋就广泛流传。据《醉翁谈录》记载,南宋小说话本中有《杨令公》《五郎为僧》。元杂剧中有《谢天吾诈拆清风府》《昊天塔孟良盗骨》;元明杂剧中有《八大王开诏救忠》《杨六郎调兵破天阵》《焦光赞活捉萧天佑》。到了明代出现了描写杨家将故事的长篇小说《新编全像杨家府世代忠勇演义志传》,即《杨家府演义》。明万历丙午三十四年(1606)刊本,八卷五十八则,有"万历丙午长至日秦淮墨客"序,每卷卷首则题"秦淮墨客校阅,烟波钓叟参订"。秦淮墨客为纪振伦,字春华,生平不详,也不能确定他是否为书的作者。除本书外,尚有《全像按鉴演义南北两宋志传》中的《北宋志传》,又称《北宋通俗演义题评》《新刊玉茗堂批点绣像南北宋志传》,五十回。或谓明熊大木作,但无确证。《北宋志传》与《杨家府演义》差别相当大。《北宋志传》前十五回写呼延赞的故事,《杨家府演义》没有;《北宋志传》十六回至四十五回与《杨家府演义》第六则至四十则,故事轮廓虽相同,但具体情节与文字亦不相同;《北宋志传》没有杨文广征南蛮故事,只写到杨宗保被围,十二寡妇征西,其时杨令婆(佘太君)、穆桂英均健在,而《杨家府演义》则是杨文广被围,十二寡妇征西,其时穆桂英已死,由杨宣娘挂帅。《北宋志传》只写到杨宗保平西夏为止,《杨家府演义》却写到"杨怀玉举家上太行"。这两部书,哪一部成书更早些?我们以为《杨家府演义》先出现。这是因为:《杨家府演义》不分回只分则,题目是单句,《北宋志传》分回,回目是双句,对仗基本工整,显示演进之迹。《北宋志传·叙述》中说:"兹后集起宋太祖再下河东,至仁宗止,收集杨家府等传。"可见它是吸收了《杨家府传》后改编的。当然,它所指的《杨家府传》未必是现在我们所见的《杨家府演义》。但是,即使有一本更早的《杨家府传》,它是现存的《杨家府演义》的祖本的可能性更大。

　　《杨家府演义》反映的时间跨度很长,从宋太祖赵匡胤登极写起,直至神宗赵顼为止,约有一百多年的历史。主要讲述杨业、杨景、杨宗保、杨文广、杨怀玉祖孙五代对辽和西夏作战的故事,包括杨令公撞死李陵碑,杨六郎镇守三关,杨宗保大破天门阵,十二寡妇征西等,最后以杨怀玉率领全家赴太行山隐居作结。小说中的人物与故事只有少量于史有据,如杨业与其妻折氏(戏曲小说中作佘太君),儿子杨延昭(戏曲小说中作杨景或杨六郎),孙子杨文广(戏曲小说中化为杨宗保和杨文广两代),部将焦赞、王贵等,但大部分人物和故事,特别是杨门女将,都属子虚乌有,整部小说"七虚三实",是一部英雄传奇小说而不是一部历史小说。①

作品热情歌颂杨继业子孙五代为保卫边疆,前仆后继,英勇杀敌的爱国精神,特别是比较突出地描绘了杨门女将佘太君、穆桂英、杨宣娘(杨文广之姐)等女英雄群像,在中国古代小说中是不可多得的。

小说的思想内容是复杂的,忠君思想、"华尊夷卑"的大汉族主义与爱国主义思想、"权奸祸国"的思想混杂在一起。这里可以作三个层次的分析,首先是封建文人传统的忠君思想,强调对"圣上"要"誓以死报",为君而死是死得其所。但是,这种忠君思想又是与反对侵略、保卫祖国的爱国主义思想结合在一起的,因为作者把皇帝视为国家、民族的象征,忠于皇帝也就是忠于国家。第二,作者把一切坏事归于"四夷",甚至把他们都说成是妖魔幻化的,无疑是鄙视少数民族的大汉族主义的偏见。但是作者对辽和西夏统治者觊觎中原,残忍暴戾的罪行的揭露又说明了战争的正义性,而且提倡兴仁义之师;对少数民族地区的人民,也倍加爱护,"不许骚扰良民"。这也表明作者的矛头主要是针对着辽和西夏的上层统治者,而不是不分青红皂白地反对少数民族。第三,作者一方面强调要忠君,另一方面又相当清醒地揭露封建帝王的昏庸和奸臣的祸国。小说里描写七王(即真宗皇帝)与王钦(即历史上的王钦若)合谋,欲毒死八王阴谋夺取帝位,把真宗的罪恶面目揭露无遗;杨家将几代人都受到奸臣的迫害,杨业因潘仁美的陷害而陷于狼牙谷,杨景因王钦的诬陷而几被杀害,杨文广又受到奸臣张茂的迫害,杨府差点被全家抄斩。杨六郎说:"朝廷养我,譬如一马,出则乘我,以舒跋涉之劳;及至暇日,宰充庖厨。"道出了封建政治的残酷。所以,小说最后以赞许的态度,写杨怀玉不愿再为皇帝卖命,"举家上太行","耕田种地,自食其力"的行为。

从艺术方面说,小说也呈现出比较复杂的情况。总体水平不高,个别人物和故事比较精彩;整部小说比较粗糙,但它的人物和故事却是较好的毛坯,为进一步加工提供了良好基础,因此,就造成了小说水平不高但影响却十分深远这样一种矛盾现象。

小说部分情节描写比较曲折生动,如杨业之死,从历史记载看,是"业坠马

---

① 杨家将的有关史料,可参看《余嘉锡论学杂著》中《杨家将考信录》篇,中华书局1977年版;常征《杨家将史事考》,天津人民出版社1980年版。

被擒","乃不食三日"而死①。小说改写为杨业陷入绝境,撞李陵碑自尽,更为壮烈。七郎为求救兵,被潘仁美设计乱箭射死,也不见于史书记载,而是根据民间传说加工写成的,充满悲剧气氛。有些人物也写得相当生动传神,如孟良与焦赞性格相近而不雷同。孟良豪放爽朗但又机智灵活,在入辽求发,盗骕骦宝马以及到红羊谷取归令公骸骨等故事中都有比较充分的描写。焦赞快人快语,鲁莽粗犷,在夜杀谢金吾后,恐连累街坊,竟在壁上题诗,道出自己的真名真姓,表现出好汉做事好汉当的英雄气概。

但从整部小说看,艺术水平较低,基本上是把流传的民间故事杂凑在一起连缀而成。全书内容庞杂而不合情理。如吕洞宾化名吕客为辽邦摆下七十二天门阵,钟离化名钟汉辅宋助阵,构思不合情理;不少人物有始无终,故事有头无尾,而且前后情节多有雷同。如穆桂英自招杨宗保为婿,后又写窦锦姑、杜月英、鲍飞云招赘杨文广,而所用的办法,竟一模一样。小说中充斥着神魔斗法等荒唐可笑的情节,完全背离了生活的真实性,毫无艺术价值。

《杨家府演义》思想艺术水平都不高,但影响却极深远。这是因为从宋元时代起,中国封建社会已逐步进入后期,大多数王朝都是国势衰微、外患频繁,中国人民长期受到外族的侵略与压迫,歌颂抗击侵略、保家卫国的《杨家府演义》适应了社会需要,给备受侵略蹂躏的老百姓一点心理的安慰,有了一个扬眉吐气的机会,因而获得了广泛的读者。更为重要的是,《杨家府演义》提供的素材,为戏曲创作开辟了新天地,戏曲艺术家们利用这些素材,进行再度加工,创造出光彩夺目的艺术珍品。因而使杨家将的故事家喻户晓,妇孺皆知。我们只要把小说中的杨门女将与戏曲舞台上的杨门女将加以比较,就可以看到它们之间的巨大差别:前者故事只是粗陈梗概,而后者却细腻生动;前者人物形象粗糙干瘪,而后者却血肉丰满。小说和戏曲互相交流,相互促进,使原来比较粗糙的作品日臻完美,成为艺术的珍品,这是《杨家府演义》在民间产生深远影响的主要原因。

《杨家府演义》虽然思想艺术价值并不高,但它把分散的杨家将故事集中在一起,为后来小说和戏曲的创作开辟了再创造的广阔天地,它所塑造的人物形象具有长久的生命力,因而在中国古代小说发展史上,《杨家府演义》也具有一定的历史价值。

---

① 《宋史·杨业传》,《续资治通鉴·卷第十三》(雍熙三年),中华书局1957年版,第318页。

在"杨家将"的影响下,清代中叶产生了几部小说,分叙如下:
《呼家将》,又名《说呼全传》,十二卷四十回,作者不详。现存最早的是清乾隆四十四年(1779)书业堂刊本,卷首有乾隆四十四年滋林老人序。滋林老人即张溶,字默虞,生平不详。

《呼家将》写大将呼延赞随杨业征辽立功,加封忠孝王。其子呼延必显袭父职,娶杨业之女为妻,生子守勇、守信。呼延赞父子为搭救落难的弱女和执行朝廷法制,得罪了丞相庞集,庞集串通了他女儿、仁宗宠妃庞多花,唆使皇帝下令抄斩呼氏全家,建铁丘坟,将呼延必显夫妻倒葬在坟内。守勇、守信从地穴中逃出,历尽艰险,幸得包拯、八贤王和佘太君、杨五郎等人救助,从西番借来援兵,打败前来追捕的庞家兵将,杀死了庞多花的叔父庞琦和庞家四虎,呼延全家大团圆。

小说艺术水平较低,缺乏创造力,多是模仿或杂凑了当时民间传说的故事,如把当时流行的真宗时刘后陷害李宸妃,设计换太子,后来仁宗认母的故事,改为仁宗时庞妃陷害刘妃,换了太子;把杨家将中十二寡妇征西、杨五郎削发为僧等故事也照搬进来;神魔斗法等情节也没有脱离旧的窠臼,书中宣扬因果报应,一夫多妻等观念,封建思想的糟粕较多。但此书中的许多故事,如"呼延庆打擂"、"铁丘坟"等在说唱文学和戏曲舞台上得到广泛流传,影响也很大。

《万花楼杨包狄演义》,又名《大宋杨家将文武曲星包公狄青演义传》,清李雨堂(西湖散人)撰,十四卷六十八回,卷首有李雨堂写于"戊辰之春"的自叙。这里的"戊辰年"当为清嘉庆十三年(1808)。

杨家将故事已见上述,包公故事将在公案侠义小说一章中详细叙述。狄青是北宋名将,抵御西夏入侵,颇立战功,《宋史》有传。他的故事在民间广泛流传,元杂剧中有吴昌龄《狄青扑马》以及《复夺衣袄车》等剧目。《万花楼杨包狄演义》是把狄青平西、包公断案和杨家将故事糅合在一起,而以狄青故事为主的一部英雄传奇小说。前面二十回是狄青出身传,叙述狄青九岁时遇洪水与母失散,被峨眉山仙师王禅老祖收为徒弟。七年后赴汴京寻母,与绿林好汉张忠、李义结为兄弟。他们在万花楼饮酒时,遇到奸臣胡坤之子胡伦,引起争斗,狄青将胡伦摔死。国丈庞洪之婿、兵部尚书孙秀,与胡坤交情很深,逮捕狄青三人,幸被包公开释。正值西夏大举进犯,杨宗保元帅告急,狄青在校场粉壁题诗述志,又被孙秀引为口实,下令斩首,幸为汝南王郑印所救,始免于一死。后遇狄太后之子潞花王赵璧,又与其姑母狄太后相认,从此狄青成了国戚。在御前比武,斩了庞洪心腹大将王天化,取代王天化一品之职,因此与庞洪、孙秀等结下深仇。从三十一回起至六十一回,叙述狄青与石玉送征衣到西部边关,在杨宗保元帅指挥下,屡立战功,又多次被庞集、孙秀等陷害,幸得包公主持正义,才免于难。小说插入包公在陈州遇李宸妃,仁宗认母的故事,至此,奸党人人丧胆,庞洪、孙秀方有所收敛。六十二回至六十八回,叙述西夏又兴进犯之师,杨宗保被敌帅混元锤打中丧身,形势危急。狄青被加封为天下招讨元帅,与石玉、张忠、李义、刘庆合称五虎将,领兵西征,打败西夏。番军中百花小姐在阵前爱上杨宗保之子杨文广,归降宋朝。西夏主称臣请和。仁宗降旨,狄青与范仲淹之女完婚,杨文广与百花小姐结合,全书在喜庆气氛中结束。

小说的特点是将杨、包、狄故事糅合在一起,成为这些民间故事的集大成者。小说情节比较曲折生动,虽头绪纷繁,却能整而不乱,人物形象也比较丰满,包公、狄青、石玉、焦廷贵等都能给读者留下较深印象,在杨家将系统小说中还算是较为可读的作品。当然,从整个中国古代小说史来看,它是英雄传奇的后期作品,已是强弩之末,无法与《水浒传》、《水浒后传》、《说唐全传》等相提并论了。

《五虎平西前传》,十四卷一百一十二回,清嘉庆六年(1801)坊刻本,作者不详,卷首有嘉庆六年序。写的是奸臣庞洪借刀杀人,要仁宗派狄青去征服西辽,索取西辽国宝珍珠烈火旗。狄青为首的五虎将领兵征辽,因焦廷贵领错了路,误入单单国。狄青被赛花公主活捉,被迫成亲。消息传入中原,狄母被囚。狄青逃离单单国,攻入西辽,一路过关斩将,杀了西辽大将黑利,但被辽将星星罗海打败。刘庆往单单国求救,赛花公主领兵打败西辽,西辽献出假珍珠烈火旗,狄青未加详察,班师回朝,黑利之妻飞龙公主潜入中原,投靠庞洪,庞洪将其作为户部尚书韩滔之女嫁给狄青。新婚之夜,飞龙公主欲刺杀狄青,被狄青所杀。包公审出真情,但仁宗宠爱庞妃,偏袒庞洪,未加治罪。庞洪告发狄青所收的是假珍珠烈火旗。狄青被发配游龙驿,幸得仙人指点,诈死,免遭庞洪的谋害。西辽国大举进攻,包公请出狄青。狄青等五虎将再度西征,又得赛花公主协助,西辽降服,献出真珍珠烈火旗。包公审问奸臣,斩了庞洪、孙秀,绞死庞妃。赛花公主来中原与狄青团聚,杨家府佘太君大宴宾客。狄青还乡祭祖,五虎将俱得荣升。

《五虎平西前传》上与《万花楼杨包狄演义》衔接,下启《五虎平南后传》。

《五虎平南后传》,六卷四十二回,现存清道光二年(1822)刊本,卷首序同

《五虎平西前传》。故事的梗概是：南蛮王侬智高叛乱，狄青为首的五虎将征南，被蒙云关守将段云之女段红玉用妖术困于深山之中。张忠、刘庆回朝求救，被孙秀之侄孙振（边关守将）灌醉。孙振与其丈人冯太尉勾结，陷害狄青。杨文广揭露其阴谋，仁宗皇帝派杨令公之媳王怀女挂帅南征，狄青之子狄龙、狄虎随行。段红玉与芦台关守将王凡之女王兰英看上狄龙、狄虎，私下与他们结亲，救出狄青，破了蒙云关、芦台关。侬智高又派妖人达摩领兵，穆桂英、狄青俱中毒几死。狄青向朝廷求救，包公到杨家府宣召，杨令公之孙女杨金花挂帅出征，杨府烧厨灶丫头姹龙女为先锋，领兵征服了南蛮。五虎班师回朝，孙振被斩首，众将得到封赏。

《五虎平西前传》《五虎平南后传》这两部小说思想艺术水平都比较低劣。

从清乾隆四十四年到道光二年，这将近五十年的时间里，先后出现了《呼家将》《万花楼杨包狄演义》《五虎平西前传》《五虎平南后传》四部小说，都是以杨、包、狄、呼等人的故事为题材，直接承继《杨家府演义》的创作道路发展，具有许多共同点。第一，边境战争与朝廷内的忠奸斗争结合，外御强敌与内除奸佞并重，在反对外族侵略者的同时，着重揭露皇帝昏庸，奸臣当道，朝政腐败，政治黑暗。第二，小说情节互相模仿，公式化倾向严重。从《杨家府演义》里穆桂英与杨宗保在战场上私结良缘开始，每一部小说中都是青年将帅出征，被女将降服，私结姻缘，得女将帮助取得胜利。这是过去古代小说、戏曲中"公子落难，小姐养汉，状元一点，百事消散"的公式的翻版。不过把百花争艳的花园变成刀光剑影的战场，闺阁中的才女换成了战场上的巾帼英雄，文弱书生变成了青年将帅，金榜题名改成了杀敌立功。第三，英雄传奇小说和公案小说、神魔小说的杂糅，清官断案、神魔斗法与英雄豪杰济困扶危的故事结合，说明英雄传奇小说已经衰落，再也无法在原有的格局里开辟出新路，创造出具有高度思想、艺术价值的作品来了。

第五节 《说岳全传》等民族英雄传记小说

《杨家府演义》《呼家将》《五虎平西前传》《五虎平南后传》等是以英雄家族为题材的小说，《说岳全传》《于少保萃忠全传》则是民族英雄的传记体小说。如果从史实与虚构的关系来考察，《水浒传》及其续书，《杨家将》系统的小说，则是虚多实少，只借一点史实，加以发挥，是比较典型的英雄传奇小说，而《说岳全传》《于少保萃忠全传》则虚实相半，甚至实多虚少，接近于历史演义小说。但我们在分类时，把"演一代史事而近于断代为史者"归于历史演义小说，而把"以一人一家事为主而近于外传、别传、家人传者"则划入英雄传奇小说的范围。因此，《说岳全传》、《于少保萃忠全传》虽不是典型的英雄传奇小说，本书也将它们放在英雄传奇小说一章中叙述。

　　岳飞抗击金兵的英雄业绩，在民间喧腾众口，在南宋就是说话艺人喜欢讲述的故事。《梦粱录》卷二十一有一段记载："又有王六大夫，元系御前供话，为幕士请给，讲诸史俱通，于咸淳年间，敷演《复（福）华篇》及《中兴名将传》，听者纷纷，盖讲得字真不俗，记问渊源甚广。"①这里的《中兴名将传》，就是《醉翁谈录》中的"新话说张（浚）韩（世忠）刘（琦）岳（飞）"。元明两代，岳飞故事被搬上戏曲舞台。元杂剧有金仁杰的《秦太师东窗记》、无名氏的《宋大将岳飞精忠》等。明代传奇有无名氏的《精忠记》、陈衷脉的《金牌记》、汤子垂的《续精忠》、吴玉虹的《翻精忠》等。明代中叶以后则出现了几部以岳飞为题材的小说。最早的是熊大木的《新刊大宋中兴通俗演义》，又名《大宋演义英烈传》《岳武穆精忠传》，八卷八十则，附李春芳编的《精忠录》后集三卷，刊于明嘉靖三十一年（1552）。从第一则《斡离不举兵南寇》，到末一则《冥司中报应秦桧》。熊大木在序中说："以王本传行状之实迹，按《通鉴纲目》而取义。"但也吸收了不少民间传说，所以，"至于小说与本传互有异同者，两存以备参考"。第二本是《岳武穆精忠传》，六卷六十八回，题"邹元标编订"，存明刊本。该书是熊大木本的删节改编本。第三本是《岳武穆精忠报国传》，又名《重订按鉴通俗演义精忠传》，七卷二十八则，明于华玉撰，明崇祯十五年（1642）刊本。于华玉字辉山，江苏金坛人，曾官浙江衢州府西安县知县。于华玉认为熊大木的《大宋中兴通俗演义》"荒诞"故事太多，所以，"痛加剪剔，务期简雅"，"正厥体制，芟其繁芜，一与正史相符"。这样删削的结果，减弱了小说的生动性、传奇性，变成了正史的复述，失去了小说作为艺术品的审美价值。第四本是《说岳全传》，八十回，题"钱彩编次，金丰增订"，成书于清乾隆九年（1744）。钱彩，字锦文，浙江仁和（今杭州市）人；金丰，字大有，福建永福（今永泰县）人。这本《说岳全传》是岳飞故事的集大成者。它对《大宋中兴通俗演义》进行了根本改造，对原有的故事情节大加删改，突出了岳飞，去掉一切与岳飞无关的情

---

① 吴自牧《梦粱录》，浙江人民出版社，1980年版，第196页。

节,把韩世忠等人降到比较次要的地位,即使承袭的部分情节,也进行了重新创作。它还广泛吸收了戏曲、民间说唱文学中的精华,加强了小说的传奇色彩,使小说有"令人听之而忘倦"的艺术效果,很快就取代了其他说岳题材的小说,广泛流传。在它以后产生的岳飞题材的戏曲作品、说唱作品多是从《说岳全传》中取材,加以改编的。

《说岳全传》是以岳飞一生为主要线索的英雄传记体小说。全书可分三大部分:1—14回为第一部分,写岳飞的青少年时代,叙述了岳飞神奇的出生故事和少年时代的坎坷经历,在艰苦的磨炼中,经过名师的指点,岳飞逐渐成长为国家的栋梁之材。这部分虚构成分很多,构成传奇式的开篇,揭示了岳飞性格的基础。15—60回为全书的中心部分,写岳飞在金兵入侵、国土沦丧的危急关头,担当起拯救国家的重任。着重写他抗击金兵的显赫战功,一直到大功垂成而惨遭杀害。其中也写到他征讨农民起义军的情节。这四十多回基本框架是符合史实的,依据历史发展的顺序展开故事,但许多故事情节却是经过艺术加工的,如岳飞抗击金兵的多次战斗,被集中成爱华山、牛头山、朱仙镇三大战役,就是根据小说创作的需要加以概括虚构的。这一部分可以说是虚实相伴。61—80回,为小说第三部分,写岳飞死后,岳家军将及后代小英雄在岳雷率领下一直杀到黄龙府,平定金国。岳飞的冤狱得到平反,秦桧等卖国贼受到惩罚。这部分故事基本上是虚构的。

小说较好地处理了历史真实与艺术虚构的关系。作者尊重历史,小说写到的人物基本上在历史上都实有其人;岳飞一生故事的框架,也大体符合史实。同时,又渗透着作者的饱满感情、作者对历史和生活独特的认识感受,对历史事实的精心选择和集中概括,加之吸收了许多民间传说,艺术地创造了许多精彩的故事情节,如"岳飞枪挑小梁王","岳母刺字","高宠挑滑车","牛皋扯旨"等,使英雄人物血肉丰满,闪耀着理想的光辉、神奇的色彩,使整部作品具有较高的审美价值。

忠与奸、爱国与卖国、抗战与投降是贯穿全书的主线,这样就使全书爱憎强烈,营垒分明,突出了"岳武穆之忠,秦桧之奸,兀术之横"。歌颂爱国、抗战的民族英雄,鞭挞卖国求荣的汉奸卖国贼,揭露了侵略者的横暴残酷,使作品具有较高的思想价值。作为作品中心人物岳飞,作者从多方面展示了他的性格,人物形象比较丰满。作者写岳飞的青少年时代,尤为出色。岳飞出生才三天,就遭到水灾,母亲抱着他坐在水缸里,飘到河北大名府内黄县,为王员外收留。他少年时代家境贫寒,却刻苦学习,买不起纸笔就用树枝当笔在沙地上练字。后来得到名师周侗的培养,武艺出众,又得到蟒蛇怪献出的神枪,更是英雄无敌。他与众兄弟一起应武举,在校场枪挑小梁王,显露了他的英雄本色。到了金兵入侵之后,他经过许多波折,终于成为抗金统帅。作者着重写他精忠报国的优秀品质、大智大勇的统帅才能和艰苦朴素、清正廉洁的作风,出色地写出这位抗金名将的大将风度。作者还围绕精忠报国这条主线,描写岳飞对母亲的孝、对妻子的爱、对部下士兵的体贴,展示了人物丰富的精神世界。最后,岳飞受秦桧陷害,屈死于风波亭,结束了悲壮的一生。作者写得慷慨悲凉,催人泪下。

岳飞的英雄形象基本上是成功的。但是,作者头脑中根深蒂固的忠君思想,影响了岳飞形象的描写。作者写岳飞精忠报国,主要方面应予肯定,但是,岳飞的忠,有时达到"愚忠"的地步。在朱仙镇大败金兵之后,正是乘胜追击、收复河山的大好时机,可是,秦桧矫旨发十二道金牌命他班师,他却不敢抗旨,收兵回朝,致使抗金事业半途而废。如果说,作者这样处理是为了真实反映历史事实,还是可以理解的话,那么,作者写岳飞死后,还"显圣"不许施全、牛皋反抗,就很难为之辩解了。作者在作品中揭露了宋高宗赵构的昏庸颟顸、妥协苟安,秦桧等奸臣投降卖国、陷害忠良;作者用赞赏的态度,写出了牛皋对"瘟皇帝"的蔑视,作者也客观地写出了由于岳飞的愚忠而造成的悲剧,这些都说明作者对现实生活有着冷峻清醒的认识。但是,"君要臣死,臣不得不死"的封建思想又像魔影一样控制着作者,传统的心理定势使他无法完全按自己对现实的观察如实地去描写,最终只能用"天命"、"气数"的因果报应之说,为岳飞因"愚忠"而造成的悲剧寻求解脱了。

《说岳全传》还成功地塑造了一员"福将"牛皋的形象,他是李逵、程咬金式的人物,贯串全书的始终。通过"乱草岗牛皋剪径"、"牛皋醉破番兵"、"藕塘关招亲"、"牛皋扯旨"、"牛皋气死金兀术",许多精彩生动的情节,把这个粗豪、爽朗、率直、幽默的人物形象写得栩栩如生,生龙活虎。特别是他在滑稽可笑的语言中,一语道破了皇帝昏庸腐朽的本质,表现了彻底的反抗精神。在岳飞枪挑小梁王,将被判死刑时,牛皋大声喊道:"今岳飞武艺高强,挑死了梁王,不能够做状元,反要将他斩首,我等实是不服!不如先杀了这瘟试官,再去与皇帝老子算账罢!"当高宗因苗傅、刘正彦叛乱,处在危急之中时,牛皋奉岳飞之命,平定了叛乱,皇帝要给他封官加爵,他愤怒地斥责道:"你这个皇帝老儿,不听我大哥之言,致有此祸!本不该来救你,因奉了哥哥之令,故此才来。今二贼已诛,俺们两个要去回复大哥缴令,那个要做什么官!","那个瘟皇帝,太平无事不用我们;动起刀兵来,就来寻着我们替他去厮杀,他却在宫中快活!"当岳飞被害之后,他到太行山重新聚义。金兵大举进攻,形势危急,孝宗又去招安牛皋,牛皋说:"大凡做了皇帝,尽是无情无义的。我牛皋不受皇帝的骗,不受招安!"这些锋利的语言,撕开了昏君的外衣,一针见血地道出了封建统治者的本质。

《说岳全传》对反面人物的处理并没有简单化。写秦桧、张邦昌、刘豫等奸臣,都是放在民族战争的背景中来刻画的。写出他们既是奸臣,又是卖国贼的双重罪恶。书中写到金兵统帅"兀术之横",但又写他敬重忠义之士,憎恶奸佞之徒,人物性格比较复杂。

《说岳全传》以《水浒传》的续书自居。它写水浒英雄呼延灼又驰骋在抗金的战场上;岳飞的师父周侗也是林冲、卢俊义的师父,说明岳飞与林冲、卢俊义是同堂学艺的师兄弟;水浒英雄的后代如阮小二之子阮良,董平之子董芳,张清之子张国祥,关胜之子关铃,也都参加了岳家军,为抗击金兵浴血奋战;岳飞大破连环马,又是使用徐宁传下的钩镰枪。这些都说明作者对水浒英雄的敬仰。小说在描写到岳飞征讨各地农民义军时,并非一味斩杀,而是尽力劝说他们共同抵御外侮。在岳家军将领中有一半以上是绿林好汉。历史上的岳飞曾镇压过农民起义,我们不能要求作者违背史实,"隐恶扬善",回避这个问题。值得赞赏的是,作者在处理这个问题时,注意强调民族大义,主张联合对敌,共同打击异族入侵者,这与全书的爱国主义主题是相一致的。

《说岳全传》是以《水浒传》为范本进行创作的,它走的是英雄传奇创作的路子。这主要表现在以英雄人物为中心,通过写英雄人物小传,表现作品的主题,反映社会现实;用浓墨重彩的粗线条勾勒与曲折委婉的工笔细描相结合的办法塑造人物形象;人物形象既有真实性又有传奇性;作品语言生动酣畅,运用大量"市语",通俗易懂,在明清两代同类小说中,语言成就是比较突出的。

"国破家亡欲何之?西子湖头有我师。日月双悬于氏墓,乾坤半壁岳家祠。"[①]这是抗清英雄张煌言行将就义时写下的著名诗篇,歌颂埋葬在杭州西湖的岳飞与于谦这两位民族英雄。他们的功业与日月同辉,为西湖增色。"赖有

---

① 张煌言《甲辰八月辞故里》之一,《张苍水集》,上海古籍出版社1985年版,第176页。

岳、于双少保,人间才觉重西湖"①。岳飞的故事多见于文艺作品,流传甚广,而于谦的功绩,知道的人不多,古代小说中仅存《于少保萃忠全传》一书。

《于少保萃忠全传》,又名《大明忠肃于公太保演义传》十卷四十回,明孙高亮著,首有林从吾序。明万历刊本,未见。今所见均为清代翻刻本。林从吾序,当写于万历辛丑,即万历二十九(1601)年,该书即此时写成②。

于谦(1398—1457),字廷益,浙江钱塘(今杭州市)人。永乐十九年进士,历任河南、山西、江西等地巡抚,为政清廉,不畏强暴,是明代有名的刚正廉洁的清官。同时,他又是杰出的民族英雄。明英宗时代,宦官王振专权,政治腐败,边防废弛,正统十四年(1449),蒙古瓦剌部族的军队在土木堡(今北京市怀柔区境)消灭了明军主力五十万人,俘虏了英宗朱祁镇,进逼北京。在这危急存亡之秋,于谦任兵部尚书,拥立景帝,反对南迁,并亲自督战,击败瓦剌的军队,使千百万人民免遭涂炭。但英宗复辟后,却以"大逆不道,迎立外藩"的罪名将他杀害。

《于少保萃忠全传》所叙述的人物、事件基本上与史实相符。它是围绕着于谦一个人的命运和遭遇来描写的。小说从他出生写起,直到他含冤而死以及死后冤案的平反昭雪。它是一部传记体小说,所以我们把它放在本章中叙述。

多数历史题材的作品是根据史书加以演绎而成。《于少保萃忠全传》写于于谦遇难后的一百五十年左右,是产生在《明史》之前的著作,基本上可以算是当代人所写的人物传记小说。

小说作者怀着崇敬的心情,以饱含感情的笔触,塑造了一个爱国恤民、胆识超群的英雄人物。刚正不阿是他性格的突出特点。他在青少年时代就不是传统礼教所要求的那种谦谦君子,而是才华横溢、锋芒毕露的人物;进入仕途之后,他又是清廉正直、敢作敢为的官吏。正因为这样,在土木之变的关键时刻,他"以社稷为重",冒着"另立新君"的罪名,敢于承担起挽救国家的重任。也正是因为他刚正不阿,敢于坚持原则,不取圆滑敷衍的处世态度,所以就必然为封建统治者所不容,必然在官场的倾轧、陷害中被吞没。作者不仅通过于

---

① 《谒岳王墓作十五绝句》之十五,见袁枚著、王英志主编《袁枚全集》(第一集)《小仓山房诗集》,江苏古籍出版社1993年版,第547页。
② 参看孙一珍《〈于少保萃忠全传〉校点后记》,人民文学出版社1988年版。还有作于万历辛巳(1581)、万历三十九年(1611)、万历四十一年(1613)诸说。

谦在土木之变等重大事件中的表现来刻画人物，而且通过他救济灾民，公正断案，安抚僮（壮）、瑶同胞以及清苦的生活，多方面地展示他的性格，人物形象比较丰满。

小说中有些反面人物也写得比较深刻，没有简单化、脸谱化的毛病。徐珵博学多才，治水有功，是于谦青年时代的好友；石亨仪表堂堂，武艺出众，屡立战功，受到于谦的器重。但是，他们一旦身居要津，就利欲熏心，心狠手辣，出卖朋友，置于谦于死地而后快。这两个人物正是封建政治培育出的毒果，深刻地反映了封建政治的罪恶，具有一定的典型意义。作品写到景泰帝即位后，不愿迎回英宗；急忙废掉英宗的太子，另立自己的儿子为太子；英宗回都之后，阴谋发动"夺门之变"，实行复辟。这对暴露帝王为争夺帝位而骨肉相残的丑恶面目是有意义的。可惜的是，作者既要尊重景帝，又要忠于英宗，不能深入展开描写，失之简略草率。

《于少保萃忠全传》是文人的作品，它没有民间文学的色彩；作品语言板滞，不够酣畅；过于拘泥史实，情节不够集中，从这个角度说，它不是英雄传奇小说的体式，而近于正史中的人物传记。小说还杂有公案小说、神魔小说的写法，如"于公断冬青树叶案"，则与明代《包公案》等小说相似；桂树精现形、乌全真、老和尚的算命卜卦等，显受当时流行的神魔小说的影响。总之，从选材角度来看，为英雄立传，具有英雄传奇小说的性质；从表现手法的角度来考察，这部小说融合了公案小说、神魔小说和传记文学的特点，是具有新的特点的长篇传记体小说。

《戚南塘平倭全传》。残本三卷，分回但不标回次。无原作者或序作者署名。当为万历末期闽刻本，作者也许就是建阳书坊主人。

小说虽名为《戚南塘平倭全传》，但不是戚继光的传记，而比较全面地反映了明代中叶东南沿海的倭寇侵扰问题。小说基本按照史实，写出了倭寇的入侵造成的极大危害，朝廷招募或调动客兵（外省的兵）前来抵抗，但客兵比倭寇有过之而无不及，给百姓带来更大的灾难；由于朝廷的海禁，阻碍了正常的通商活动，迫使沿海的商人和百姓冒险从事走私活动，甚至与倭寇相勾结，壮大了倭寇的声势，使之难以清除。作者歌颂了戚继光等人抗击倭寇，十战十捷，为民除害的英雄业绩，着力鞭挞严嵩、赵文华及其爪牙阮鹗等人腐化堕落、搜刮民脂民膏、残害百姓、勾结倭寇的罪行；以同情的笔墨写出当时福建等地百姓受倭寇、贪官、客兵（如同土匪）的残害，生活在水深火热之中的悲惨境遇。

这部小说从东南沿海抗倭这个角度,比较全面、真实地反映了明中叶的社会政治、经济、军事等各方面的情况,其选材的角度比较独特,因而在小说史上应有其一席之地。

第六节 以帝王发迹变泰为题材的小说

在中国古代小说中,有一些是以帝王发迹变泰故事为题材的历史演义小说或英雄传奇小说,我们集中在本节中论述。

在社会大动乱的年代里,一些出身比较寒微,但具有雄才大略、非凡本领的人物,在军阀割据、群雄角逐中,经过艰辛的奋斗,终于称霸天下,成为开国的君主。他们发迹变泰的故事,自然能引起广大群众的兴趣与羡慕。所以,以他们为主人公的小说就应运而生了。《英烈传》和《飞龙全传》就是这类题材中较有影响的小说。

《英烈传》,又名《皇明开运英武传》《云合奇踪》等,八十回。此书存数种明刊本,版本比较复杂。最早的是明万历十九年(1591)书林杨明峰刊本[①]。它的作者,明沈德符《野获编》谓郭英之孙郭勋所作,因为射死陈友谅究竟是谁,在明代已有争论,郭勋为宣扬乃祖射死陈友谅的功绩而作此书。另外,有的版本题为"稽山徐渭文长甫编",又把著作权归之于徐渭,这两说均不可靠。

《英烈传》是写朱元璋和其他"开明武烈"反抗元朝统治,建立明王朝的故事。从朱元璋幼年时代写起,到建立明王朝,"定山河庆贺唐虞"为止。这本书反映了元末社会的动乱,朱元璋发迹变泰,从一个流浪青年变为开国君主的过程,比较完整地写出明朝开国史,塑造了朱元璋和"开国元勋"徐达、常遇春、刘基等人的形象,在小说史上有一定意义。

但这部小说,所叙故事大都本于史传及杂著、野史,过于受史实束缚,缺乏艺术想象与虚构,"结果成了与新闻纪事差不多的东西"[②]。因此,人物形象不够鲜明,可读性较差。书中对朱元璋的青少年时代描写简略,着重写他当了统

[①] 有关《英烈传》版本,参看孙楷第《中国通俗小说书目》、柳存仁《伦敦所见中国小说书目提要》。
[②] 赵景深《中国小说丛考》,齐鲁书社1983年版,第175页。

帅之后的战争生涯，只出现了一个一本正经、发号施令的朱元璋，而没有表现出市井豪杰的心灵世界，没有表现他作为"普通人"的个性。

这本小说虽以朱元璋为中心人物，但它的写法却不是走英雄传奇小说的路子，没有集中于个人命运的描写，而偏重于历史事件的叙述。因而，这本书虽然是"叙一时故事而特置重于一人或数人者"，却没有完成塑造传奇式英雄的任务，而像一本历史的"小账簿"。

《英烈传》虽然艺术成就不高，但对戏曲、曲艺创作都有较大影响。评书有专说《英烈传》的，京剧和地方戏从中取材的有二、三十种之多，经过戏曲艺术家的再创造，徐达、常遇春、胡大海等人物，形象鲜明、血肉丰满地活跃在戏曲舞台上。

《英烈传》问世后，又出现《续英烈传》一书，五卷三十四回，题"空谷老人编次"，首有"秦淮墨客"序。《续英烈传》是以明代历史上的重大事件，即"燕王靖难"为题材。故事从明太祖确立皇太孙朱允炆为继承人开始，至燕王朱棣夺取政权，登皇帝位，改元永乐，建文帝流亡为止。小说中所写基本上合乎史实，唯有第五卷（即28回以后）建文帝削发为僧，云游各地过流亡生活，以及后来又"归国"的故事，是根据传说加以附会的。

"燕王靖难"是明代历史上的重大事件，在明清两代思想家、历史学家、文学家中都有不同的看法，甚至完全对立的立场。在众多反映这一事件的文艺作品里，大多数站在建文帝一边，讨伐燕王的篡逆，歌颂方孝孺等人忠贞不屈；有的则在建文帝失去皇位这件事上，寄托亡国的哀思，如李玉的《千钟禄》。《续英烈传》也比较同情建文帝，但在作品中还是客观地反映了这场明代初年王室争夺最高统治权的斗争。一方面是"仁慈之王"的建文帝，一方面是"英雄之主"的燕王，两人为争夺帝位而进行了极为残酷的斗争。作者并没有美化一方，丑化另一方，而是客观公允地写出这种斗争的残酷无情，撕开了统治阶级所谓纲纪伦常的虚伪面纱，揭示了斗争的本来面目。燕王为了从侄儿手里夺取皇位，费尽心机，在政治上、军事上采取各种谋略，充满了杀机，到夺取帝位之后，又屠戮建文旧臣，追捕建文，使当时的南京成了血雨腥风的世界；而以"仁慈治天下"标榜的建文帝，虽然口头宣扬仁义道德，但他为了保住皇冠，必欲置诸叔于死地而后快，继位不上一年，周王、齐王、湘王、岷王、代王尽皆废削；又派人监视燕王，剥夺他的军权，甚至使反间计，策动燕王世子叛父等等，手段也十分毒辣，哪有什么骨肉之情、仁爱孝慈之心？作者客观地、真实地写出这种封建最高统治集团内部你死我活的夺权之争,是很有意义的。

《续英烈传》虽有过于拘泥史实,想象虚构不够,叙述多于描写的缺点,但与《英烈传》相比,艺术上还略胜一筹。特别是建文和燕王两个人物写得比较成功。建文长在深宫,缺乏才智,仁柔懦弱;燕王则是久经沙场,老谋深算,智勇兼备。通过众多场面的描写,把两人的不同性格鲜明地写出。例如,第一回《明太祖面试皇孙》,朱元璋写下"风吹马尾千条线"一句,让允炆做对子。允炆马上对了一句:"雨洒羊毛一片毡",而燕王则对了"日照龙鳞万点金"一句。通过简单的属对一事,就对比地写出、建文与燕王的不同气象。

《续英烈传》写战争继承了《三国演义》的优良传统,视角集中于战争双方的统帅部,比较细致地描写双方统帅部的决策过程,双方"斗智"的情景,从而较好地展示了双方统帅的精神面貌与性格特征,这也是建文和燕王形象能比较丰满的重要原因。

和《续英烈传》同一题材的还有《承运传》,四卷三十九回,不题撰人,万历建阳刊本。此书写明太祖在太子死后,命黄子澄、练子宁、铁铉、景德辅佐皇孙。太祖死后,皇孙即位,为建文帝。黄子澄等四人专权,贪贿嗜酒,紊乱朝纲。于是燕王"清君侧",攻入南京,夺取了皇位。因为此书完全站在朱棣的立场,没有客观反映历史,多被否定。如清昭梿《啸亭杂录》卷十"稗史"谓"今有《承运传》,载朱棣篡逆事,乃以铁、景二公为奸佞。……此皆以忠为奸,使人竖发。"① 孙楷第批评:"此书极陋,于本朝事尚不能知其梗概。至以黄子澄、练子宁、铁铉、景德为奸党,贪贿赂,嗜酒乱政,则尤颠倒是非之甚者。"②

在描写帝王发迹变泰故事最典型、成就最高的是写宋太祖赵匡胤的《飞龙传》。

宋太祖赵匡胤出身官僚家庭,青年时代浪迹江湖、走南闯北,经历种种磨难,终于夺取天下。他的这种经历本来就富有传奇性,在民间流传中更增加了神异的色彩。他的故事在宋代已经广泛流传,在宋人笔记里就可以看到不少有关的材料。如宋人叶梦得《石林燕语》记载:"太祖皇帝微时,尝被酒入南京高辛庙,香案有竹杯筊,因取以占己之名位。俗以一俯一仰为圣筊。自小校而上至节度使,一一掷之,皆不应。忽曰:'过是,则为天子乎?'一掷而得圣筊。

---

① 昭梿《啸亭杂录》,中华书局1991年版,第十卷第310页。
② 孙楷第《日本东京所见小说书目》,人民文学出版社1990年版,第94页。

天命岂不素定矣哉！"①赵匡胤的故事很快成为说书艺人的热门话题。长篇讲史话本《新编五代史平话》中，就简要叙述了他从降生到陈桥兵变的故事。罗烨《醉翁谈录》也记载了南宋有《飞龙记》的话本。金、元、明代赵匡胤的故事进入小说、戏曲和说唱艺术的领域。《朴通事谚解》中《西游记》条引有元末平话《赵太祖飞龙记》一目，现虽亡佚，但可证明元末存在过一本写赵匡胤故事的平话。明代也有关于赵匡胤故事的说书。如郎瑛《七修类稿》中记载："元美（王世贞）家有厮养名胡忠者，善说平话。元美酒酣，辄命说解客颐。忠每说明皇、宋太祖、我朝武宗。"②在小说方面，流传下来的作品有《赵太祖千里送京娘》（见《警世通言》）和长篇历史演义小说《南北宋志传》。其中《南宋志传》的主要人物和基本情节大多为《飞龙传》所吸收，可以说是《飞龙全传》的蓝本。《北宋志传》和《杨家府演义》虽是演杨家将故事，但开头部分也写到赵匡胤的故事。在戏曲方面，作品更为丰富。作品已佚而剧目尚存者有：金院本无名氏作《陈桥兵变》；元杂剧关汉卿的《甲马营降生赵太祖》、王仲元的《赵太祖夜斩石守信》、赵熊的《太祖夜斩石守信》、武汉臣的《赵太祖天子班》、李好古的《赵太祖镇凶宅》；明传奇有无名氏的《风云会》等七个剧目。完整保留下来的有元明间杂剧：无名氏的《赵匡胤打董达》、无名氏的《穆陵关三打韩通》、罗贯中的《赵太祖龙虎风云会》。以上这些作品，都对《飞龙全传》的成书有影响，不少故事为《飞龙全传》所吸收。

现在我们可以见到的《飞龙全传》是清乾隆二十三年（1768），吴璿根据旧本修改编撰而成的，全书共六十回。吴璿，字衡章，别署东隅逸士。他在《飞龙全传》序中说，自己早年热衷于"举子业"，然而"屡困场屋，终不得志"，所以到了中年，"不得已，弃名就利，时或与贾竖辈逐锱铢之利"。到了晚年，弃商闲居，改写《飞龙传》，"借稗官野史"，抒发"郁结之思"。

吴璿在序中说，他在己巳年，即清乾隆十四年（1749）得到友人赠送的旧本《飞龙传》，而隔了二十年又捡出旧作加以修改，"删其繁文，汰其俚句，布以雅训之格，间以清隽之辞"，写成新本的《飞龙全传》。他所依据的旧本，究竟什么样子，现已无从知道，但我们以为很可能是一本长篇说唱词话体小说。因为在吴璿改写后的《飞龙全传》里还保留着说唱词话的痕迹。例如，十七回赵匡

---

① 《宋元笔记大观》第3册，上海古籍出版社2012年版，第2471页。
② 徐复祚《花当阁丛谈》，中华书局1991年版，第116页。

胤与陈抟下棋,双方布局着子全用韵语描写;三十回史肇祖被诬陷,押往刑场斩首,临刑前还念了一段类似快板的韵语;四十四回赵匡胤奉命上潼关剿除高行周,其父哭别,竟也念了一段快板。在临行前,在父子生离死别之际,唱了起来,这在一般散文体小说中是不会有的,显然是说唱词话体小说留下的印记。

《飞龙全传》从赵匡胤的青年时代写起,到陈桥兵变、黄袍加身,当了皇帝为止。作品描写了这样一个从"潜龙"到"飞龙"的发迹变泰过程。作品以赵匡胤为英雄传奇故事的中心,以郑恩和柴荣为陪衬,交织进众多的历史人物和故事。全书"七虚三实",主要人物、重大史迹大体上有史实依据,但具体的故事情节又多虚构。它是一本赵匡胤发迹变泰的传记体小说,是典型的英雄传奇小说。

小说所描写的英雄人物赵匡胤,是个市民阶层的理想人物,把皇帝市民化了;同时,又在这个市民理想人物的头上加上了"天授神权"的灵圣光圈,把他神圣化了。小说一方面多次强调:"'皇帝轮流做,明年到我家。'自从盘古至今,何曾见这皇帝是一家做的?";"即如当今朝代去世的皇帝,他是养马的火头军出身,怎么后来立了许多事业,建立了许多功绩,一朝发迹,便做起皇帝来?"这表现了日益壮大的市民阶层的自信心和进取心,他们不甘于卑微的地位而追求政治上的权力,要求发迹变泰。另一方面,作品又反复强调赵匡胤是"真命天子",是天上赤须龙降世。每当他遇到危难时,不是"真龙出窍"加以保护,就是城隍、土地赶来"护驾",使他"逢凶化吉"。这正反映了当时市民阶层的脆弱性,反映了他们不能完全掌握自己命运的心理状态,反映了他们要掌握统治权的欲望还停留在幻想的阶段,还不能变为实际的行动。小说正是在这样矛盾的心态中展开的。

作品的可贵之处在于,它虽然给赵匡胤套上了"真命天子"的神圣光圈,但它主要的却是展示了一个市井豪侠的有血有肉的形象。赵匡胤也和其他市井豪侠一样,对黑暗势力具有大胆的反抗精神。当他因骑泥马被诬陷,发配充军时,"只气得三尸暴跳,七窍烟腾",骂道:"无道昏君!我又不谋反叛逆,又不作歹为非,怎么把我充军起来?我断断不去,怕他怎的?"当他听到其父赵弘殷因进谏而受责时,就想:"如今想将起来,一不做二不休,等待夜静更深,再到勾栏院走一遭,天幸撞着昏君,一齐了命。撞不着时,先把这班女乐结果了他,且与我父亲出气。"后来果然潜入御花园,奔上玩花楼,杀了女乐后逃走。

重信义,也是赵匡胤的性格特点。作品里写赵匡胤结义有三次,就是第六回的"赤须龙山庄结义",第九回"黄土坡义结芝兰",第三十八回的"龙虎聚禅州结义"。作品着重描写他与郑恩、柴荣、张光远、罗彦威等人患难与共、生死相依的友情。

抱打不平,也是市井豪侠的重要特点。作品虚构出"三打韩通"的故事,突出地体现了赵匡胤诛强扶弱、抱打不平的性格。大名府一打韩通,是因为韩通肆意凌辱妓院中的弱女子;平阳镇二打韩通,是因为韩通霸占民宅,欺凌百姓;百铃关三打韩通,是因为韩通依恃官势,为非作歹。赵匡胤对太行山"抹谷大王",则在惩罚的同时,劝他改过从新,"替天行道"。"抹谷大王"在他的感召下,"将平日号令改换一新,凡过往客商,秋毫无犯,贤良方正,资助盘缠;若遇污吏贪官、土豪势要,劫上山去,尽行诛戮。"这些写法,表明赵匡胤的豪侠行为与水浒英雄的精神是一脉相承的。赵匡胤千里送京娘,更体现了他"救人须救彻"的豪侠行为。当京娘感激之余,要以身相许时,赵匡胤正色道:"今日若有私情,与那两个强人何异?把从前一片真情,化为假意,岂不惹天下的豪杰耻笑?"这种扶危救困、临义不苟的精神正是市井豪侠的本色。

作者在写赵匡胤的豪侠行为的同时,展开了对市井生活的描写,富有生活气息。如柴荣推车贩伞,寻些薄利,权为糊口。他路过销金桥,坐地虎董达设立关卡,重税盘剥,写出当时小商人经商的艰难;连年灾荒,民不聊生,一些人被迫铤而走险,偷贩私盐,写出平民百姓生活之惨状;禄哥为养活母亲,市井博鱼,寻些钱钞,也写出市井小民的生活情景,描绘了一幅宋代市井酒楼的风俗画。

作者并没有因为赵匡胤是"潜龙",就把他写得高大无比,而是在描写他的豪侠行为的同时,还写出了他的"劣迹"。他上妓院,下赌场,争风殴打,输钱赖账,一副无赖相。所以汴梁城百姓说:"三年不见赵大舍,地方恁般无事;今日回来,只怕又要不宁了。"

围绕着赵匡胤,还塑造了柴荣、郑恩、陶三春几个人物的鲜明形象。小说中的柴荣虽与历史上的柴荣性格不一致,但真实地表现了小商人胆小怕事、吝啬小气的特点,以衬托赵匡胤的雄才大略。郑恩是个李逵式的人物,流浪江湖,卖油度日,性格粗鲁爽直,与赵匡胤的恢弘气度形成鲜明对照,相得益彰。陶三春相貌奇丑,力大无穷,豪爽奔放,一改过去小说中闺秀淑女的形象,反映了下层市民的审美观,成为《飞龙全传》中对后世戏曲舞台影响最大的人物。

《飞龙全传》从总体上说写得通俗生动,较有可读性,当然,艺术上比较粗糙,全书前后部分不够统一,神灵怪异描写过多等,也是明显的缺点。

《飞龙全传》问世之后,对后代的小说、戏曲有较大影响。在《飞龙全传》里就提到赵太祖三下南唐的故事:"后来赵太祖三下南唐,在于寿州被困,陶三春挂印为帅,领兵下江南解围救驾。在双锁山收了刘金定,二龙山活擒元帅宋继秩,刀劈泗水王豹,有许多功劳。"可见当时已有"赵太祖三下南唐"的故事,到了清代由"好古主人"编成《赵太祖三下南唐》(又名《侠义奇女传》)一书,五十三回,存清同治四年(1864)刊本,可以看作是《飞龙全传》的续书。但故事荒诞无稽、神魔鬼怪描写过多,价值不大。取材于《飞龙全传》的京剧和地方戏剧目,多达数十种,如《飞龙传》《童家桥》《送京娘》《输华山》《龙凤缘》《打瓜园》《斩黄袍》等,有的至今仍在演出。从赵匡胤故事流传演变中,也表明《飞龙全传》在中国小说史上承前启后的历史地位,是一部值得重视的作品。

第七节 其他英雄传奇小说

除本章各节叙述的英雄传奇小说外,还应提及的英雄传奇小说有《禅真逸史》和《禅真后史》两书。

《禅真逸史》(坊间刻本改题为《妙相寺全传》或《大梁野史》),八集四十回;《禅真后史》,十卷六十回。二书均题"清溪道人编次",存明刊本。清溪道人,即方汝浩,系明崇祯年间人,生平不详。除以上二书外,他还著有《扫魅敦伦东度记》一书,将在本书《神怪奇幻小说》一章介绍。

《禅真逸史》原书前面有徐良辅题词和《凡例》八则。书以南梁和东魏为背景,叙述东魏镇南大将军林时茂,因得罪权臣高欢之子高澄,惧祸出亡,在泽州向月庵出家,名太空,号澹然。后入梁,被荐为建康府妙相寺副主持。正主持钟守净不守清规,与破落户沈全之妻黎赛玉通奸,澹然劝戒不从,钟守净反在梁武帝面前诬其勾结东魏,澹然惧祸潜逃。过张太公庄,其子为狐精所惑,澹然为之除妖,又得《天枢》《地衡》《人权》三册天书,能呼风唤雨,召神驱怪,自此在张家隐居修真。十余年后,澹然收杜伏威、薛举及张太公之孙善相为徒,传授武艺法术。三人后在孟门山与缪一麟、查讷共同起兵,夺城陷府,声威大振。及齐篡位,齐都督大将军段韶出兵征讨,杜伏威、薛举、张善相等受招安,皆封侯,镇守西蜀。澹然随三人至蜀,在峨眉山修炼。朝代数易,至唐灭隋,澹然九十余岁,在山坐化,杜伏威等各传位与其子,弃家访师,后皆登仙界,全书以"禅师坐化证菩提,三主云游成大道"作结。

《禅真后史》卷首有翠娱阁主人(陆云龙)写于崇祯己巳年的(1629)序和《源流》一篇。《禅真后史》是《禅真逸史》的续集,与《禅真逸史》源流相接。前二十回写儒生瞿天民为耿寡妇家塾师,品德高尚,与耿家、刘浣家结下深厚友情。他学儒、从医、经商,几经波折,家境逐渐富裕。二子先后娶亲。其时正当唐太宗末年至武后以周代唐前后,天下动乱,人民饥馑流离,盗贼蜂起。上帝为挽救苍生,派林澹然高徒之一的薛举,降生人世。瞿天民之妾阿媚忽然怀胎,生下一子,就是薛举转世,取名为琰。瞿琰自幼得林澹然传授仙术,抱济困扶危之志,平暴灭妖,斩除奸佞,为国立功,深受武则天赏识,但他看到朝政日非,见机而退,弃名避世,归隐飞升,重返天界。

作者自视甚高,认为《禅真逸史》"当与《水浒传》、《三国演义》并垂不朽"(《凡例》之六)。主观意图是把歌颂英雄豪杰替天行道的《水浒传》与匡扶汉室的《三国演义》糅合起来,创造出与二书并驾齐驱的新作。但是,作者的思想境界、艺术才能远不及施耐庵、罗贯中,作者的雄心未能实现,《禅真逸史》《禅真后史》在中国小说史上只是一般的作品。

首先,作者歌颂的英雄人物林澹然、瞿琰虽然武艺高强,法力非凡,也有扶困济危之壮举,但是,从根本上说,徒具英雄之躯壳,缺少英雄之灵魂,就是缺乏对黑暗邪恶势力的反叛精神,而是趋时避害,明哲保身,以至消极退隐。林澹然在东魏得罪高澄,"削发为僧,逃灾躲难";在南梁又因劝戒恶僧钟守净,知其不改,怕他报复,又"云游方外,免使祸及"。当他逃离妙相寺,遇到韩回春、李秀等人,劝他"先开除了这贼,然后逃避不迟"。他却说:"这厮乃圣上所宠,若杀了他,即是欺君逆主,反为不忠。"林澹然形象的塑造,无疑受水浒英雄鲁智深的影响,但二者之间的差距,何啻十万八千里!《禅真后史》中的瞿琰遵从其师祖林澹然的教诲,不敢"恃血气之勇","以取殒身灭族之祸",因而到武后改唐为周,他见朝政紊乱,却不能像《三国演义》里的英雄那样匡扶汉室,至死靡他,而是说:"小弟若仕于朝,必有奇祸。自古道:急流勇退,谓之知机。故辞疾归闲,脱离罗网。"

其次,从艺术上说,由于作者思想境界不高,对创作素材缺乏提炼和选择,因而平铺直叙,主次不分,甚至繁枝弱干,喧宾夺主。作为《禅真逸史》中心人物的林澹然,在书的后半部只是作为杜伏威等人的"顾问",忽隐忽现;《禅真后史》里的瞿琰恰恰相反,在书的前半部还未出世,当然没能露面,只到后半部才有较多描写。而且对主要人物缺乏性格化的细节描写,人物性格不够鲜明。作为英雄传奇小说的主人公,其英雄人物的形象却树立不起来,从这个角度说,作者的创作意图无疑是失败了。

《禅真逸史》和《禅真后史》想把历史演义、英雄传奇糅合为一体,同时,杂以神魔、人情小说的笔法,反映了明代末年各类小说发展之后,互相影响、互相融合的趋势,在其它小说中也常出现这种情况。这两部小说比较可取之处,倒在于对世情的描写。

作者生活在晚明,这是社会极为黑暗的时代。他对官府的黑暗、世风的颓败,深恶痛绝,借小说创作,抒发其愤懑之情。

他同情人民起义,认为是"官逼民反"的结果。当瞿琰听到羊雷等人造反时说:"草莽之中,岂无豪杰之士?可恨州县官吏恃才傲物,任性妄贪,不能抚恤英雄,必凌逼以致叛乱。"

作品反映了上自权豪势要,下及市井小民的生活,对吏治的窳败和世风的颓丧作了充分的揭露。县官简仁,号五泉,老百姓叫他"五全":"一曰全征:凡本年一应钱粮等项,尽行征收,其兑扣足加三……如迟延不纳者,不拘老幼,酷刑监禁,决致鬻身变产赔补,才得完局;二曰全刑:凡用刑杖,亲较筹目……一下不饶,用刑时还有那吊打拶夹一套,不拘罪之轻重,一例施行;三曰全情:凡词讼必听人情……不拘是非曲直,人情到即胜,那受屈含冤的何止千万;四曰全收:凡馈送之礼无有不收……;五曰全听:凡词讼差拨之事……如人情钱物两不到手时,满堂人役,俱可发言,不知兀谁的话好,造化的彼此干净,出了衙门,晦气的都受一顿竹片,那书吏、门皂俱获大利,故有'五全'之号。"(《禅真后史》)这把当时衙门的弊端揭露无遗。作品描写钟守净、华如刚等和尚骄奢淫逸,敲诈勒索,暴露了道观佛门藏污纳垢,使披着宗教外衣、作恶多端的和尚道士原形毕露。作品描写瞿天民学儒、从医、经商的种种波折,反映了当时细民百姓生活之艰难;瞿天民家中两个媳妇合谋,预备害死小叔,独吞家产;瞿天民托人寻找坟地,地痞帮闲敲诈勒索,从中渔利等等,都活脱脱地表现了当时社会的风俗人情。为和尚奸淫牵线搭桥的尼姑赵蜜嘴、地棍无赖龚敬南、瞿天民之媳泼妇张氏、江湖医生全伯通等人物都绘声绘色地活跃在书中,尽收在作家笔底。从总的方面说,《禅真逸史》与《禅真后史》比较,前者写英雄豪气为胜,后者以描写世情见长。

《禅真逸史》和《禅真后史》语言简洁明畅,自由活泼,铺事状物,绘声绘形,尤其是使用方言俚语,时曲新声,收到图貌传神的艺术效果。使用方言俚语,如"这叫做竹管煨鳅——直死";"人争一口气,佛争一炉香";"早死早托生,依然做后生";"只图个醉饱,那管猪拖狗咬";"懦夫生中寻死,好汉死里求活"等等,都表现了作者的生活阅历和语言的功底。作者使用诗、词、曲、赋以及明代民歌《挂枝儿》等,用以描情状物,刻画人物性格,显示了高超的语言艺术。如《禅真逸史》第五回,尼姑赵蜜嘴出场:

妙,妙,妙!老来卖着三般俏:眼儿垂,腰儿驼,脚儿跷。见人抚掌呵呵笑,龙钟巧扮娇容貌,无言袖手暗思量,两行珠泪腮边落,斋僧漫目追年少,如今谁把前情道。

本,本,本!眉描青黛颜铺粉。嘴儿尖,舌儿快,心儿狠。捕风捉影机关紧,点头解尾天资敏,烟花队里神帮衬,迷魂阵内雌光棍。争钱撒赖老狸精,就地翻身一个滚。

这里把赵蜜嘴的身份行径,写得鲜明突出,并暗示了她在故事情节中的作用。

又如《禅真后史》十三回,一首嘲帮闲的短歌:

白面郎君,学帮了介闹,勿图行止只图钱,脸如笋壳,心如介靛;口似饴糖,腰似介棉。话着嫖,拍拍手掌,赞扬高兴;讲着酒,搭搭屁股,便把头钻。兜公事,指张介话李;打官司,说赵介投燕。做中作保是渠个熟径,说诨打科倒也自新鲜。相聚时,卖弄介万千公道交易处,勿让子半个铜钱。话介谎,似捕风捉影;行介事,常记后忘前。害的人虎肠鼠刺,哄的人绵里针尖。奉承财主们,呵卵脬、捧粗腿,虚心介下气;交结大叔们,称兄弟,呼表号,挽臂介捱肩,个样人勿如介沿门乞丐,讨得个无拘束的自在清闲。

这首用吴语方言写成的短歌,把帮闲的欺诈瞒骗、口甜心狠的鬼蜮伎俩揭露得淋漓尽致。

《禅真逸史》还保存了一些音乐史料,如三十三回述张善相与段琳瑛私订终身,写出了《秋鸿》等古琴曲的标题,对研究音乐史有一定的价值①。

---

① 参看蔡国梁《明清小说探幽》,浙江文艺出版社1985年版,第11—12页。

第五章 神怪奇幻小说

第一节 概述

何谓神怪奇幻小说？鲁迅在《中国小说史略》中说："且历来三教之争，都无解决，互相容受，乃曰'同源'，所谓义利邪正善恶是非真妄诸端，皆混而又析之，统于二元，虽无专名，谓之神魔，盖可赅括矣。"①在这里鲁迅先生侧重分析当时对小说创作产生显著影响的宗教思想状况。在《中国小说的历史的变迁》中，鲁迅又进一步指出："当时的思想，是极模糊的。在小说中所写的邪正，并非儒和佛，或道和佛，或儒释道和白莲教，单不过是含胡的彼此之争，我就总括起来给他们一个名目，叫做神魔小说。"②鲁迅在中国小说史上首次提出了"神魔小说"的概念。

在鲁迅论述的启发下，根据这类小说所呈现的基本特征，我们将其命名为神怪奇幻小说，就是指明清时代在儒道释"三教同源"的思想影响下所产生的、以神怪奇幻为题材的白话章回小说。这类小说除了鲁迅在《中国小说史略》中提到的《平妖传》《四游记》《西游记》《后西游记》《续西游记》《封神传》《三宝太监西洋记》《西游补》八种外，据孙楷第的《中国通俗小说书目》、谭正璧的《古本稀见小说汇考》等书所录，尚有三十种左右。

神怪奇幻小说在明代极为兴盛，这是有其社会文化原因的。

首先是统治阶级对宗教的提倡，特别是大力宣扬"三教合一"的思想。明王朝为了巩固其统治地位，在使用暴力统治的同时，也利用各种思想工具。先是利用正统的儒家思想，开国之初，朱元璋就对他的臣下说："天下甫定，朕愿与诸儒讲明治道。"③然后，就是利用道佛树立政治威信，梦想长生不老。还在

---

① 《中国小说史略》，第154页。
② 《中国小说史略》，第327页。
③ 《明史·太祖本纪》，中华书局1974年版，第21页。

创业的时候，朱元璋就利用道人为他编造神话，进行宣扬。此后，又有世宗皇帝等狂热地求神拜佛，访仙问道，或封赏道士，或官办佛事，遂使三教合一的思想深入人心，妖妄之说到处蔓延。尤其在嘉靖、万历年间，随意杂取三教的民间宗教兴起，与统治者的宗教狂热上下呼应，这为神怪奇幻小说的创作提供了观念的准备和丰富的素材。于是，三教合流思想影响着神怪奇幻小说的创作，神怪奇幻小说的创作又对三教合一的思想进行传扬。如《西游记》第四十六回，孙悟空曾对车迟国王说："望你把三教归一，也敬僧，也敬道，也养育人才，我保你江山永固。"《封神演义》中也曾说："红花白藕青莲叶，三教原来总一般。"

其次是明代思想解放运动的影响。古今中外一切思想解放运动在文学方面往往都有一定的浪漫主义与其呼应配合，相辅相成。明中叶，腐朽的封建制肌体内萌发出资本主义的幼芽，市民阶层登上了历史舞台，社会风气随之一变，冰封的学术园地也出现了解冻的迹象。反射在传统文艺领域内，表现为一种合规律的浪漫文艺思潮：高雅矫饰的贵族文艺让位于自由地表达愿望、抒发情感的世俗文学；民间文艺得到了重视，新生意识充满了活力。特别是对神怪的广泛兴趣，对奇幻夸张、狂放不羁的创作方法的肯定，更是有力地冲击了封建王国"不语怪力乱神"的正统艺术思想。于是，佛道的盛行，文学的浪漫思潮，市民对神话怪异的兴趣，共同孕育出一大批以神怪奇幻为题材的小说作品。

再次是明代商业出版机制的刺激。明中叶印刷技术突飞猛进，印刷业空前繁荣，全国几乎所有省区都有刻书行业。许多书商在利益的驱动下，除了刊刻经史子集、佛道经典和程朱墨卷外，开始把心思放在编撰、策划、出版小说方面，通俗小说开始从"手抄本"变为刊行本，从文化产品变成文化商品，这对章回小说，包括神怪奇幻小说发展的推动作用是很大的。据初步统计，现存在万历年间刊刻的神怪奇幻小说有十八种之多，使神怪奇幻小说在短时间内成为与历史演义小说分庭抗礼的一个小说种类。

神怪奇幻小说虽然是时代的产物，然而，作为一种与宗教思想结合、用浪漫方法创作的幻奇型小说，并不是到明代一下子突兀在人们面前的，它也走过弯弯曲曲的道路，有着源远流长的历史。

来源之一，神话与原始宗教。首先，原始宗教的种种观念与形态深深地渗入神话之中，成为神话创作的心理基础，反过来，神话的流传也推动了宗教的宣传和发展。第二,神话中的神及其行事,都囊括着十分丰富的历史内涵。因为在那时,历史被置于世俗生活之上的神祇世界,人们与其说是住在现实世界中,还不如说是住在虚构的世界里,于是,神话便折光地陈述这样一段历史。第三,原始宗教的幻想作为人类幻想的一部分出现在神话之中,大大地丰富了神话的幻想和想象。各种纷繁复杂、彼此对立的事件之间,只具幻想的因果联系,总是带着浓厚的主观幻想性。它可以神化自然现象,也可以把动物人格化;可以幻化人的灵魂,也可以用魔术沟通神人。这里,宗教观念对文学的渗透,神话与历史的关系,以及幻想艺术,都为神怪奇幻小说的创作提供了题材及丰富的艺术表现形式。

来源之二,仙话与道教思维。仙话,是秦汉时在道教思想提供的温床上产生的神仙故事传说。尤其在汉代,神仙故事弥漫整个朝野,或记仙言,或写仙境,或写仙人,从而构成了奇幻多彩的神仙画廊,造成了一个空前富丽的神仙故事时代。仙话中的道教思维有四个方面的特点:第一,神仙绝大部分是理想化了的真实的人。他们有姓有名,有情有欲,并有一部得道成仙的生活史;第二,道教创造的神仙系统,等级森严,层次繁多,分工细密,实际上是典型化了的人世间;第三,道教的天界具有无限的广阔性,永远不会以仙满为患,随时欢迎一切得道者飞升而来。因而人们就可以根据需要不断地创造神仙,源源不断地把活人输往天国。仙话与神话不同,神话中只有帝王或有特殊贡献的祖先才能擢升到"神"的行列,而仙话是但凡修仙之人皆可成仙;第四,道教的仙话是以长生不死为主要内容,从人类社会的发展看,它说明个人意识的觉醒,认为只有人才是唯一美好的东西。因此,仙话创作打破了以凶猛古怪为美的原始观念,而尽量集中人的外貌美来塑造神仙形象,然后赋予奇妙的法术变化和瑰丽的生活方式,从而达到引人向往的创作目的。所有这些道教创造仙话的思维特点,都给神怪奇幻小说的作者进行创造性的想象以充分的启示,并且提供了丰富的材料。

来源之三,志怪与宋、元说话。关于神怪奇幻小说的来源与特点的问题,曾经有人认为,这类小说既系从历史小说分化,因此所有的神怪奇幻小说都借一点历史事件作缘由。这话说对了一半。神怪奇幻小说确实都有一定的历史根据,但并不都是从历史小说分化出来,有的则是继承了志怪小说的传统。上古神话中,人的历史往往是以一种幻想的形式凝聚、停留在某些神祇的活动之中,神话总是独特地伴随着历史,折光地陈述历史,人们在编神话的同时,也不自觉地在编着历史，即上古时代人的历史就是神的活动史。另外，被胡应麟称为"古今纪异之祖"的《汲冢琐语》，虽然也是记春秋时事，但绝不是信史，因为其内容大部分是记叙有关卜筮、梦验之类的迷信传说，虽然也有历史故事，但也是虚幻的成分往往大于历史的成分，有的根本不见史传。因此，只能说这是"虚幻化了的历史故事或历史化了的虚幻故事"①。可见，志怪与历史也有着亲密的关系。所以，尽管后来的志怪在其发展过程中逐步扩大其题材来源，但取材于历史人物事件的志怪仍占相当大的比重，把历史幻想化或借历史人物敷衍神怪故事，便成为志怪小说的一种传统。由于明清神怪奇幻小说与上古神话、魏晋南北朝志怪小说有着直接的继承关系，因此，对其神话历史化和历史幻想化的传统必然有所继承，这应该说是神怪奇幻小说都借历史为原由的根本原因。倘若化用鲁迅对《聊斋志异》的评语，把"以传奇法志怪"改为"以志怪法演史"，或许能够概括神怪奇幻小说在传承上的基本特点。

至于神怪奇幻小说的题材类型，则是近承宋元说话而来。特别是受"说经"、"小说"中的灵怪类以及"讲史"的影响。

第一类是由说经故事演化而来，即"说经"故事与"小说"的神仙灵怪共同作用下的神怪奇幻小说，像《西游记》。它的主要故事骨干唐僧取经及如来、罗汉、菩萨和玉帝、老君、龙王等佛道两大神祇系统，都来自佛教故事、道教传说。但是，这些故事走出寺院在民间流传的过程中，又增加了许多人民群众幻想的故事，最后经吴承恩的想象和创造，使之成为一个隐含针砭现实人世又神奇超越尘世的完整故事。这种再创造，无论在故事内容和表现手法上，都脱离了宗教说唱文学（"说经"）的范围。另外像《西游记》的续书、《东度记》等，虽然艺术成就不如《西游记》，但其题材类型、创作精神基本是一致的。尽管作品中还有浓厚的宗教色彩，但同样是用宗教的外壳装上非宗教的内容，是变宗教之奇幻为艺术之奇幻，从而成为神怪奇幻小说最有代表性的一类作品。

第二类是由讲史故事分化而来，即历史幻想化的神怪奇幻小说。这类小说本身又有两个发展阶段：首先是历史故事幻想化的阶段，如《平妖传》《封神演义》《女仙外史》等，其基本情节、主要人物与正史所载大致相似，或贯以想象幻想之情，或衬以奇幻瑰丽之景，或糅以野史佚闻之事，从而使历史故事幻想化。因此，人们就逐渐不把这类作品当成历史，而是作为小说来读。随着接

---

① 李剑国《唐前志怪小说史》，南开大学出版社1984年版，第95页。

受阶层审美观的变化,就出现了幻想成分增多、历史成分减少的创作趋势,即幻想故事历史化的阶段,如《希夷梦》《归莲梦》等。它们不是演化某个具体的历史事件,而是借虚构之事来写历史、现实及理想,使幻想故事历史化,有较强的艺术概括性。总之,这类讲史演化的神怪奇幻小说,虽然艺术比较粗糙,但是作者能巧妙地作神话式的演化、传奇式的幻想,幻域与人间、神人与凡人,互相交通,无穷变化,从而构成一个奇妙的艺术世界。于是,历史只留下影子,成为虚幻化的历史故事。

第三类是由民间故事演化而来,即民间文学化的神怪奇幻小说,包括宗教故事的演化与民间故事的改编两种形态。宗教故事指那些宣扬宗教教义、神化仙佛行事的故事。由于这些故事具有从民间来、又在民间中盛传的特点,因此,民间文学化的神怪奇幻小说很大一部分是对这类故事的演化。像《八仙出处东游记》《北游记玄帝出身志传》《南海观音出身传》等,其中或沉淀着古代民俗信仰的文化精神,或塑造着人民心目中的英雄形象,或敬仰某种非凡之壮举,或寄托某种理想之愿望。这类交织着歌颂理想正义与崇佛道灭妖魔的故事题材,在民间流传的过程中就有很强的神异性,经过文人有意识的再创作,从而折射出时代之光。另外,民间文学化的神怪奇幻小说还有一部分是根据民间幻想故事改编而成的。像朱名世的《牛郎织女传》、玉山主人的《雷峰塔奇传》,就是根据民间长期流传的四大传说中的两个传说改编的。改编后的小说,虽然也反映一定的现实,也具有神奇的幻想,但从总体来看是失大于得:第一,把已经脱离宗教的民间故事又涂上宗教的色彩;第二,在本以娱心为主的民间故事里加重说教的分量;第三,对民间幻想故事的基本模式虽有突破,但又局限到神怪奇幻小说的框框里面。

神怪奇幻小说虽然在题材类型方面呈现出多种表现形态,但在艺术方面则是以浪漫奇幻为共同特色的。我国古代浪漫主义文学以上古神话为源头,以先秦"庄"、"骚"为支流,共同哺育着我国浪漫主义文学的成长。明清神怪奇幻小说正是沿着它们的道路,从现实出发向古代人物、向神话世界、向幻想世界开拓,从而在小说中展现出广阔的描写空间,具有非凡的形象体系,充满了丰富的象征意味。

首先,是丰富的幻想、极度的夸张。《庄子》、《离骚》往往以丰富的想象、大胆的夸张去改造、融合神话传说,使作品具有一种奇诡变幻的特色,正如《庄子·天下篇》里所概括的那样:"以谬悠之说,荒唐之言,无端崖之辞,时恣纵而不傥,不以觭见之也。"这种艺术传统流经志怪、传奇小说,到了神怪奇幻小说,则是以突破时空、突破生死、突破神人界限的手法去描写奇人奇事奇境:其形象多是神魔妖怪,他们都有奇特的外貌、奇特的武器,有着变幻莫测的神通、超越自然的生命。即使是人,也多是被神话仙话化的"神人"、"真人";其事件,多是除妖灭怪、伐恶扬善、战天斗地、显扬忠烈;其环境,则多是幻域,其中有天庭、地府、龙宫,也有海市蜃楼般的仙庄、佛境、孤岛,把现实与幻想、天上与人间皆笼于笔底,从而向人们展现出广阔的描写空间、奇丽的幻想天地。

其次,是奇妙的变形、丰富的象征意味。屈原在《离骚》中通过"善鸟香草以配忠贞;恶禽臭物以比谗佞;灵修美人以媲于君;宓妃佚女以譬贤臣;虬龙鸾凤以托君子;飘风云霓以为小人"①的象征体系,来表现他的理想愿望;庄子也往往用被他理性滤化的神话形象、被人格化的动、植物形象及被改造变形的历史人物形象,来说明他的哲学思想。像这样的象征形象也经常出入于神怪奇幻小说之中,作者设立这些象征形象是为了表达某一信念而采用的手段,具有假定性和象征性。具体说有两种表现方式:一是整体性的象征方式,像《西游记》的整体形象并不仅仅在于折射现实,同时也在象征着一种从追求到痛苦到实现的人生哲理;一是局部性的象征方式,就是镶嵌在整体性象征体系中的一些有哲理意味的故事或与整体象征无关的一些哲理性语言。当然,有的象征并不是作者的主观意图,但是客观上由于象征意象的启示,则激发了读者对人生哲理的思考,从而扩大了作品的内涵。

第二节 《西游记》

一、成书与作者

历史上有玄奘取经故事的记载。据《旧唐书·方伎传》及其他野史记载,玄奘是河南洛阳人,姓陈名祎,大业末年出家,玄奘是他的法名。他那聪悟不群的天资和积极探求的精神,曾为他获得佛教"千里驹"的赞誉。为了追求佛法的究竟,青年的玄奘不满足于遍阅佛教译品,决心远游西域,寻取真经。他不顾不许国人出境的禁令,于唐太宗贞观三年(629)只身离开长安,混入商队,偷越国境,开始远征:出玉门关,经新疆北道,越葱岭,出热海,又经二十四国,

---

① 王逸《楚辞章句》,《楚辞补注》卷一,中华书局1957年版,第3页。

跋涉五万多里,终于到达了印度。在印度十三年,到了贞观十九年,玄奘载誉而归,并且带回了六百五十七部梵文经论。

玄奘取经的壮举,首先经历的是宗教神话化阶段。从《大唐西域记》到《慈恩三藏法师传》,从《独异记》到《太平广记》中的《异僧·玄奘》,我们可以看见这个宗教故事是怎样走向神话化的。

《大唐西域记》是玄奘奉唐太宗之旨口述,由门徒辩机辑录而成的。书中记述了他亲身经历一百多个国家和地区的见闻,虽然一再声明"皆存实录,匪敢雕华",使其具有较高的学术价值,但是,它的文学价值却是作者自己主观上没有意料到的。作为一个万里西行、取经求法的僧人,他一方面以宗教家的虔诚心理去采录有关佛家的种种灵异故事,从而把7世纪和7世纪之前在西域广泛流传的许多想象丰富、情节动人的故事传说保存下来;另一方面,对自己飘然一身、赴印度取经所遇到的艰难困苦及各种自然现象,如沙漠幻影及鬼火之类,也多用宗教的心理去解释,从而使许多事实在作者自己和别的信徒眼里自然都成为灵异和神迹。可见,取经故事在玄奘口述的时候,就已经染上了神异的色彩。

到了玄奘弟子慧立、彦悰的《慈恩三藏法师传》,他们为了颂赞师父非凡的事迹,弘扬佛法,所以在口传或笔录玄奘取经事迹的时候,必然常用离奇的想象、精彩的文笔加以夸张神化,从而使之成为一部带有浪漫色彩的大型文学传记。于是,两部叙说宗教故事、宗教人物的著作,无意中却搭起了通往文学创作的桥梁。虽然在故事间架及形象塑造方面没能对《西游记》的创作产生直接的影响,但是,其中丰富的幻想故事和离奇的想象,却为后代的创作提供了多样的艺术表现手法,如变形术的自觉运用、动物的拟人化等。

神奇的取经故事,越传越神。于是,在唐朝末年就出现了像《独异志》、《大唐新语》等敷衍玄奘取经神奇故事的笔记小说,后被收入到《太平广记》卷九二《异僧·玄奘》条中:"沙门玄奘俗姓陈,偃师县人也。幼聪慧,有操行。唐武德初,往西域取经,行至罽宾国,道险,虎豹不可过。奘不知为计,乃锁房门而坐。至夕开门,见一老僧,头面疮痍,身体脓血,床上独坐,莫知来由。奘乃礼拜勤求。僧口授《多心经》一卷,令奘诵之。遂得山川平易,道路开辟,虎豹藏形,魔鬼潜迹。遂至佛国,取经六百余部而归。其《多心经》至今诵之。初奘将往西域,于灵岩寺见有松一树,奘立于庭。以手摩其枝曰:'吾西去求佛教,汝可西长;若吾归,即却东廻。使吾弟子知之。'及去,其枝年年西指,约长数丈。一年忽东廻,门人弟子曰:'教主归矣!'乃西迎之。奘果还。至今众谓此松为摩顶松。"然而,这些虽然说是一种创作,但也仅仅是在传取经故事之奇,其中看不出作者所要表现的是哪种思想、感情和愿望,因此,它还是属于宗教神话化阶段。

真正完成玄奘取经由历史故事向文学故事转变的,则是得力于唐代寺院"俗讲"的盛行。正是在僧人的讲唱中,使取经故事的内容摆脱历史事实的束缚,变成一个怪诞不经但又结构完整的神话故事。刊印于南宋的《大唐三藏取经诗话》,就是唐五代寺院俗讲的底本①,末有"中瓦子张家印"六字。据王国维考证,"中瓦子"是南宋临安的一条街名,也是上演各种技艺的娱乐场所。可见,至迟到南宋末年,玄奘求经的故事已经编成有诗有话、完全虚构的文学故事。虽然全书的情节和所经诸国、所历危险与后来的《西游记》很少相同,但却是西游故事发展的一个转折点。比如在第二节中,叙说玄奘路遇猴行者,自称是"花果山紫云洞八万四千铜头铁额猕猴王",来助和尚取经。后来果然全赖猴行者的法力,方才渡过危险,达到目的。显然,这里的猴行者已经成为取经的重要角色,而真实的取经主角却退为配角,真实的取经故事只作为作品的筋骨,历史人物让位给虚构人物,宗教故事演向魔幻故事。从此,取经故事的演变,便走上了更为广阔的道路。

玄奘取经故事在戏曲里也得到充分表现。与《三国演义》之有三国戏、《水浒传》之有水浒戏一样,《西游记》之前也有丰富多彩的西游戏,有的串演取经故事的始末,有的搬演取经故事的片断,元代吴昌龄的《唐三藏西天取经》(残存二出)、无名氏的《二郎神醉射锁魔镜》、明代杨景贤的《西游记杂剧》、无名氏的《二郎神锁齐天大圣》等,就是流传下来的重要剧本。这些剧本除了吴昌龄的杂剧还是以三藏求经为主之外,其他多承《取经诗话》,即把描写的重点,从取经移到神魔之争,故事的主角也完全被孙行者取而代之。这时的孙行者已经有了"齐天大圣"的光荣称号,表现了他蔑视权威的叛逆精神。同时,犹如宗教神话化阶段摆脱历史的束缚一样,杂剧也冲破了宗教文学的束缚,表现出市民文学的思想和风格,像《西游记杂剧》中《女王逼婚》对两性纠葛的内容表现得过于直露,这是那个时代风尚的反映。另外,像孙悟空接经,在《金刚

---

① 《大唐三藏取经诗话》,日本高山寺旧藏。1916年罗振玉用日本所藏本影印,原本上、中卷有残缺。今存三卷十七节。

经》《心经》《莲花经》后面来了个"馒头粉汤经",这也表现了市民阶层对宗教的调侃,在一定程度上冲淡了宗教的主题。但是,杂剧中孙行者的形象描绘还存在着严重的缺陷:一是吃人抢亲,满身妖气,令人生畏;一是临阵退却,猥琐卑微,名实不符。

在话本创作方面,根据《永乐大典》《销释真空宝卷》和朝鲜汉语教科书《朴通事谚解》等材料,证明元末曾有一部《西游记平话》传世。从现存的片断材料看来,《西游记平话》的最大贡献是发展了西天取经的主体故事。我们看《朴通事谚解》有一条注云:"今按,法师往西天时,初到师陀国界,遇猛虎毒蛇之害;次遇黑熊精、黄风怪、地涌夫人、蜘蛛精、狮子怪、多目怪、红孩儿怪,几死仅免。又过棘钩洞、火焰山、薄屎洞、女人国及诸恶山险水,怪害患苦,不知其几,此所谓刁蹶也。详见《西游记》。"可见,《西游记平话》所历之难要比杂剧丰富曲折得多,吴著《西游记》中的许多重要情节就可以在《西游记平话》中找到根据。同时,随着破魔斗法情节的增加,孙行者表现机会的增多,其性格也比杂剧来得稳定,来得生动。因此可以说,《西游记平话》是西天取经故事发展到更高艺术阶段的标志。

至此,我们可以看出,取经故事的演变,犹如取经道路一样漫长曲折:先被僧徒们渲染成一个带有神秘色彩的宗教故事,后来民间把它改造成一个丰富多彩的神话故事,然后或搬上舞台,或作为"说话"演说,虽然还披着宗教的外衣,但其主要人物却由宗教人物演化为虚构人物,其主要倾向也由歌颂宗教的执着追求逐步转到歌颂人类的不畏艰险、不怕困难的精神,歌颂对理想的追求,其中有量的变化,也有质的飞跃,有人民的感情、愿望,也有作家的加工、演化。

同时,在这个取经故事的演变中,我们还可以看到,从猴行者到孙悟空,孙悟空的形象同样有一个从孕育、发展到定型、完成的复杂的形成过程。首先,孙悟空的形象孕育于道教猿猴故事的凝聚。在《大唐三藏取经诗话》《西游记杂剧》和《西游记平话》中,孙悟空的原型既有道教猿猴故事中猴精的神通,又有这类猴精喜吃人、好女色、偷仙品的恶行,而佛教猿猴故事中的猴精形象绝大多数是正面的。其次,发展于释道二教思想的争雄。在释道之争中,佛教往往以理论的雅俗共赏、代价的低廉可行等优点战胜了道教,于是佛法高于道法,就成为唐宋以来的普遍看法。孙悟空形象演化的思想轨迹便也"由道入释",并受制于释家的五行山和紧箍咒。这里渗入的是中国民间佛教思想的血液。第三,定型于个性解放思潮的崛起。在《西游记》中,作者给孙悟空形象注进了新鲜血液,把原来宗教传说中的恶魔脱胎为神话传说中的英雄。那强烈的自由发展的要求和自由平等的观念,那机智聪明、积极乐观以及个人奋斗的特征,那"心高气傲"的个性和天真活泼的"童心",都折射出新兴市民阶层的基本特征,都泛现出个性解放思想的微澜。第四,完成于伟大作家的综合创造。如果说前三个方面是孙悟空形象内在的思想渊源的话,那么,这个形象的外在特征,也有一个发展、融合的过程。它受我国丰富的神话宝库的启示,如夏启"石破而生"的故事,无支祁"形若猿猴"的外貌及蚩尤兄弟"铜头铁额"的特征等。于是,英雄的神话与民间的传说、外在的形象特征与内在的思想渊源,在作者主观创作意图的作用下,互相结合、融化,共同孕育出孙悟空这个具有中国民族文化渊源的艺术形象①。

吴承恩(1510—1582),字汝忠,号射阳山人,淮安府山阳(今江苏淮安)人。他出身于一个世代书香而败落为小商人的家庭。自幼聪慧,好搜奇闻,年轻时即以文名著于乡里。明代天启年间的《淮安府志·人物志》中有这样的记载:"吴承恩性敏而多慧,博极群书,为诗文下笔立成,清雅流丽,有秦少游之风。复善谐剧,所著杂记几种,名震一时。"他曾希望以科举进身,然而屡试不第,直到嘉靖二十九年(1550)才补为岁贡生,以后一直是南京国子监的太学生。到了嘉靖四十年,迫于家贫母老,不情愿地当了长兴县丞,不久因耻折腰遂拂袖而归。后来又一度任过品级与县丞相近而为闲职的荆府纪善,晚年归居乡里,贫老而终。所著诗文多亡佚,后人辑为《射阳先生存稿》四卷。坎坷的人生旅途,使他对现实有着深刻的认识;丰富的宗教知识,使他对人生有着哲理的观照;好奇的读书趣味,使他对艺术有着独特的追求;善谐的性格特征,使他对理想有着乐观的向往。这四者构成了吴承恩文学生涯的四重奏。于是,在唱出了《二郎搜山图歌》那愤世嫉俗的诗篇的同时,又创造了《西游记》这神奇浪漫的巨著②。

---

① 关于孙悟空形象的演化,目前有"外来影响"说、"民族传统"说和"综合典型"说,我们从孙悟空形象的思想渊源方面进行探讨,还是倾向于"民族传统"说,这个观点主要参考张锦池的《西游记考论》(黑龙江教育出版社2003年版)第五章《论孙悟空形象的演化》。

② 关于《西游记》的作者问题,在清代,一般认为是元长春真人邱处机的作品;到了近现代,胡适、鲁迅则力主吴承恩说,以后这一说法几乎成为定论。近年来学术界又出现了新的动向:在国外,日本学术界多从太田辰夫的否吴说;在国内,有章培恒等倡否吴论(详见《复旦学报》1986年第1期)。不过,在还没有确凿的证据推翻定论之前,我们仍坚持吴承恩著。

关于《西游记》的版本,现存最早的刊本是明万历二十年(1592)金陵唐氏世德堂《新刻出像官板大字西游记》,二十卷一百回。它离吴承恩逝世仅十年。署"华阳洞天主人校",没有署作者名字。这个刊本没有唐僧出身的故事。随后有万历三十一年(1603)书林杨闽斋刊本,明崇祯刊本《李卓吾先生批评西游记》等,均为一百回本。万历二十年前后,余象斗编辑的《四游记》中有杨致和编的《西游记》,分四卷,四十回,七万多字。简称"杨本",也没有唐僧出生故事。万历中叶以后有朱鼎臣编的《唐三藏西游释厄传》,十卷六十七则,约十三万字,有唐僧出身故事。清代又出现多种版本,都把唐僧出身故事编为第九回"陈光蕊赴任逢灾,江流僧复仇报本",把百回本九、十、十一回合并为两回。

二、奇诡变幻的神话世界

追溯中国小说的本源,我们可以看到古代神话传说"奇幻"的特点。晋人郭璞称《山海经》"闳诞迂夸,多奇怪俶傥之言"。清人王韬说:"不知《齐谐》志怪,多属寓言,《洞冥》述奇,半皆臆创;庄周昔日以荒唐之词鸣于楚。鲲鹏变化;椿灵老寿,此等皆是也。"①这种奇幻的艺术传统,随着小说文体的形成,便也成为小说的一大美学传统。汤显祖在《点校虞初志序》中指出,唐传奇"以奇僻荒诞,若灭若没,可喜可愕之事,读之使人心开神释,骨飞眉舞……其述飞仙盗贼,则曼倩之滑稽;志佳冶窈窕,则季长之绛纱;一切花妖木魅,牛鬼蛇神,则曼卿之野饮"。这种艺术传统发展到《西游记》,作者就在取经故事演变发展的基础上,以独特的艺术追求,在古代长篇中构筑了一个变幻奇诡而又真实生动的神话世界。

首先,这个神话世界向人们展现的是广阔的描写空间、奇丽的幻想环境。有对自然环境的美化,主要是对仙地佛境的描写。一翻开《西游记》,读者就进入了一个奇丽的境界:先是充满诗情画意的花果山,接着又是"一派白虹起,千寻雪浪飞"的水帘洞,其中描写众猴如何好奇,石猴如何探奇,俨然一篇优美的《桃花源记》。现实世界也许有这么一个水帘洞,但在作者的笔下,这块人间的净土却是一个理想的社会,其间虽有人间之烟火,却无尘世之纷扰。人们可以在此安居乐业,"霜雪全无惧,雷声永不闻";可以"称王称圣任纵横",自由自在,无拘无束。这种美化自然环境的描写,在《西游记》中随处可见,特

---

① 《新说西游记图像序》,朱一玄、刘毓忱《西游记资料汇编》,南开大学出版社2002年版,第365页。

别是与僧道有关的诸境的描绘,更是令人神往。

有对险山恶水的夸张,这主要是设置在取经路上。《西游记》虽然是吴承恩的再创造,但取经故事是取材于历史的,历史上的玄奘取经途中主要是同各种自然障碍进行斗争,因此,《西游记》中仍然保留这方面的特点,并且有所夸饰,从而表现了神话英雄征服自然的力和勇。这里,有鸟不敢飞度的险山,有舟不能举棹的恶水;有寸草不生的火焰山,有寸步难行的黄风岭等等。像这些曾在神话中出现过的奇异之境,随着正统文学的巩固和发展,人们对此已经带有些遥远感了。然而,到了明代,却在吴承恩的笔下得到更为奇丽、更有意义的再现。

还有天宫、地府、龙宫,以及取经途中出现的种种幻景。这些虽说是现实生活的某种投影,但实际上是人间不可能存在的,纯属空中楼阁的幻域。在天宫,有金碧辉煌、富丽壮观的灵霄殿,也有夭夭灼灼、神奇优美的蟠桃园;在地府,有"飘飘万叠彩霞堆,隐隐千条红雾现"的森罗殿,也有"荆棘丛丛藏鬼怪,石崖磷磷隐邪魔"的背阴山;另外,取经途中还有护法伽蓝点化的仙庄,它们往往出现于取经一行"山穷水尽疑无路"之际,但当他们梦醒之时,却失觉前之雕梁画栋、灯火人家,唯原来之绿莎茵、松柏林。奇幻如海市蜃楼,恍惚犹南柯一梦。这种光怪陆离、变幻奇诡的环境描写,以其独立的审美价值,使我国古代长篇小说展现出一个新的艺术境界。

第二,优秀的幻想作品,从来不是孤立地描绘什么幻想世界、未来世界,而是让环境描写服从于形象的塑造,努力使环境和人物达到和谐的统一。《西游记》的环境描写之所以能够清楚地留在读者的记忆中,除了其独特的美感效果之外,更主要的是因为有一大群神魔形象在这广阔的天地、奇幻的世界中活动着。于是,奇幻的环境孕育出奇幻的人物,奇幻的人物反过来又改造奇幻的环境,从而在奇幻的环境中演出奇幻的故事,这样就构成了一个和谐的艺术整体。

《西游记》中神魔形象的奇幻特点,主要表现在他们有着奇特的形貌、奇特武器,有着变幻莫测的神通、超越自然的生命。

孙悟空,是《西游记》的灵魂。首先,他的诞生便是一个奇迹:在那十洲之祖脉、三岛之来龙的花果山顶,有一块仙石,"四面更无树木遮阴,左右倒有芝兰相衬",何等高雅;"盖自开辟以来,每受天真地秀、日精月华,感之既久,遂有灵通之意",何等遥远;"内育仙胞,一日迸裂,产一石卵,似圆球样大。因见风,化作一个石猴。五官俱备,四肢皆全。便就学爬学走,拜了四方。目运两道金光,射冲斗府",何等神奇。这个奇幻环境中孕育出的奇幻人物,一出世便以非凡的气魄,惊动了高天神界;其后,他以勇敢的探险精神,找到了水帘洞,当上了美猴王,在仙山佛地过着"不伏麒麟辖,不伏凤凰管,又不伏人间王位所拘束、自由自在"的生活。然而,一种不足之感、无常之虑,促使他道心开发,继续追求。于是,漂洋过海,访仙求道,学到了七十二般变化、十万八千里的筋斗云、降龙伏虎的神通;大闹龙宫,求得大小由之、变化万端的金箍棒;打入冥界,勾了生死簿,躲过轮回,与天地山川同寿。在具备了这些外在的奇幻特征之后,便在闹天宫的一系列斗争中,全面展现他那机智、乐观、诙谐的内在性格特征。至此,孙悟空的形象基本形成。

同样,猪八戒也有一个奇特的出场:天蓬元帅下凡,却投错了猪胎,成了一个拙笨的黑猪精,这就规定了他的外形和性格的基本特征。他也有奇特的形貌:蒲扇耳、莲蓬嘴、蹒跚臃肿的体态;也有奇特的武器:又笨又重的九齿钉耙;有风来雨去的魔法、三十六般的变化,同样也不受生死的威胁。这些奇幻的特征与其拙笨可笑的性格相辅相成,很快,猪八戒的形象也基本形成。于是,在取经一行的形象初步亮相后,便开始了西行十万八千里的长征。

第三,神怪奇幻小说不同于写实小说,不是让人物服从于环境,人物性格随着环境的变化而变化,而是在性格特征基本定型之后,通过虚构的种种环境和事件,反复渲染人物的主要性格特征。简言之,不是环境改造人,而是人改造环境。因此,《西游记》取经途中幻设的种种险境和奇事,正是为了通过对取经人物改造环境、征服一切的反复描写,达到渲染性格的目的。像三调芭蕉扇,就比较集中、生动地表现了这种奇幻人物征服奇幻环境的斗争。首先,这座八百里火焰山就来得奇幻:这是五百年前孙悟空踢倒老君的丹炉,落下几块带有余火的砖头,到此处化为火焰山;其次,主管此山的牛魔王、罗刹女,同样也有奇特的经历、奇特的武器,也有幻化的神通,不死的本领。如此险恶的环境、高强的对手,使孙行者的勇与力、胆与识、奇与幻都得到了全面的展现。在这里,吴承恩发挥了浪漫主义的奇思幻想,把一个本来粗糙简单的故事,渲染得惊心动魄、变幻莫测。这不仅有较高的美学价值,更主要的是使神魔形象的奇幻特征在征服环境的斗争中得到充分的表现,并进而表现出内在的性格特征。于是,奇人、奇事、奇境,在幻想的基础上达到了和谐的统一,从而展现出一个前所未有、奇幻瑰丽的神话世界。

清康熙间评论家黄越在分析了包括《西游记》《牡丹亭》等作品在内的许多文艺名著之后指出:"且夫传奇之作也,骚人韵士以锦绣之心,风雷之笔,涵天地于掌中,舒造化于指下,无者造之而使有,有者化之而使无,不惟不必有其事,亦竟不必有其人,所谓空中之楼阁,海外之三山,倏有倏无,令阅者惊风云变态而已耳,安所规于或有或无而始措笔而摛词耶!"①明末清初的袁于令也在《西游记题辞》中指出:"文不幻不文,幻不极不幻。"②可见,小说评论家们都把高度的幻奇性作为浪漫作品的主要艺术形态,然而,这只是浪漫主义创作方法的外部风貌。英国著名小说家、文艺评论家爱·摩·福斯特在《小说面面观·幻想》中,曾谈到幻想小说家对读者的要求:"但有幻想倾向的小说家则说,'这里谈的事是不可能出现的。所以,我得要求你们首先将我的小说作为一个整体接受下来,然后才接受书中的某些事物。'"③因此,当我们浏览了《西游记》整体的艺术风貌之后,就可以具体看看作品成功的真正秘诀。

三、对立统一的辩证艺术

第一,以幻想的形式表现真实的内容。

在文学创作中,幻想并不是目的,也不仅仅是为了满足读者的好奇心,而是为了表现作家强烈的愿望和想象,为了表现写实所难表现的内容。前面说过,袁于令在对《西游记》进行评论时,一方面旗帜鲜明地倡导"文不幻不文,幻不极不幻",即要求充分驰骋作者的幻想,充分体现出幻奇的特色。然而,"言幻"必须是以"言真""言我"为前提的,故袁于令又指出:"天下极幻之事,乃极真之事;极幻之理,乃极真之理。"④因此我们说,正确处理奇幻与真实的关系,正是《西游记》取得成功的基本经验。

从环境描写看,是"出于幻域,顿入人间"。幻域之一的天宫,虽然描绘得富丽堂皇,至高无上,实际上是人间统治机构在天上的造影。一方面,神的世界的组织,是随着封建组织的严密而愈行严密。在封建组织中,分帝王、公、侯、伯、子、男的等级,在神的世界中,也分半神、神、较高、最高的神,他们互相形成权威的锁链,从而进行对世界的支配。这种神的等级组织,在中国上古、中古虽然有之,但还不十分严密,到吴著《西游记》,可以说是给神的世界作一

---

① 黄越《第九才子书平鬼传序》,丁锡根编著《中国历代小说序跋集》下,第1677页。
② 《西游记题辞》,黄霖、韩同文《中国历代小说论著选》(上),第271页。
③ 福斯特《小说面面观》,花城出版社1981年版,第85页。
④ 《西游记题辞》,黄霖、韩同文《中国历代小说论著选》(上),第271页。

次有系统的组织。而活动在神界的玉皇大帝、神将仙卿,其昏庸无能,奴颜媚骨,金玉其外,败絮其中,实际就是作者生活的弘治到万历年间那荒淫腐朽的世俗帝王及其文武群僚的折影。幻域之二的地府,徇私舞弊之风盛行。幻域之三的险境,凶险暴虐之妖魔霸道,同样是当时社会邪恶势力的幻化。而幻域之四的仙庄,其环境的僻静优雅,人事的恬淡悠闲,不正是与纷扰尘世相对而设的理想社会吗?它的描写是虚幻的,感情却是真实的。吴承恩曾经尖锐地揭露当时"行伍日凋,科役日增,机械日繁,奸诈之风日竞"①的社会现象,发出"近世之风,余不忍详言之也"②的沉痛感叹。联系作者这种愤慨之情,我们不难理解作者如此描写幻域的用心。

从形象塑造看,是"神魔皆有人情,精魅亦通世故"。《西游记》的神魔形象,多以动物的外貌、妖魔的神通构成其奇幻的特征,但是,倘若他们没有人类的感情,那么,他们的贡献仅仅在于形式上的,在于打破正常体态,打破均衡和平淡,制造变幻多端的审美趣味。而吴承恩的成功,就是在于他能够继承神话、志怪中人神妖兽混合一体的表现传统,完成了从神怪的自然性到人格化的神怪的艺术创造。

孙悟空,有猴的形貌、特征,有妖的魔法神通,但内核却是人的感情、人的个性。他深明师徒之情义,故经得起冤枉;他具有活泼的个性,故表现得调皮;他热爱自由的人生,故希望能长生;他也有凡人的弱点,故常常会失败。这一切,都是把他作为人的形象来描绘的。像第二十七回,在三打白骨精之后,被糊涂的唐僧贬逐时那"噙泪叩头辞长老,含悲留意嘱沙僧"的场面是很感人的。又如大闹天宫中的孙悟空,作为人格化的神怪,作者首先还是把他作为人来描写。他的反抗性并非一下子就表现得非常强烈,而是在争取人的合理生存的斗争中激发出来的。两次招安给他的弼马温和桃园看守的职务,开始他并没有嫌弃之意,干弼马温就是"欢欢喜喜"上任的。但是,当他得知"弼马温"是"没品"的、"未入流"的、"最低最小"的官时,这才意识到玉帝对他的藐视,于是,愤愤不平地反出南天门;还有蟠桃盛会居然也没请他,不是公平相待,不能享受同等权利,这才更清醒地意识到自己的上当受骗,于是,悄悄地搅乱了蟠桃会,招来了一场十万天兵的血腥镇压。然而,压力越大,对玉帝的本质认识

---

① 刘修业辑校、刘怀玉笺校《吴承恩诗文集笺校》,上海古籍出版社1991年版,第142页。
② 《送郡伯古愚邵公擢山东宪副序》,刘修业辑校、刘怀玉笺校《吴承恩诗文集笺校》,第133页。

得越深刻,反抗也就越强烈。不仅刀砍火烧未能伏,而且在"齐天"的基础上又进一步提出了"皇帝轮流做,明年到我家",从而对玉帝作了彻底的否定。可见,孙悟空的叛逆性格是在复杂的斗争中产生,并不断升华的。

至于取经路上众多的妖魔,虽然多是自然灾害和险恶势力的幻化,但也同样有人的欲望,人的感情。铁扇公主,和其他妖魔一样的狡猾狠毒,但她也有着追求幸福的欲望,有着被夫遗弃的苦衷。因此,人们对她并不感到狰狞可恶,反而有时会油然而生同情之意。

可见,吴承恩并非一味地幻想,因此他笔下的神魔形象虽然如天马行空,但落脚点却是在坚实的大地;许多描写虽然虚幻荒诞,然而表现的却是真实的人情世态。

第二,以具体的描绘象征抽象的哲理。

吴承恩创造了一个奇幻壮丽的神话世界,但不是说《西游记》是历史上的神话的延续。目前一种原型批评正在兴起,即用神话的眼光看文学。其代表者荣格认为:"原始意象即原型——无论是神怪,是人,还是一个过程——都总是在历史进程中反复出现的一个形象,在创造性幻想得到自由表现的地方,也会见到这种形象。因此,它基本上是神话的形象。"[①]是的,我们在《西游记》中看到这种"神话的形象"。然而,反复出现的意象并非简单的重复,而是有实质性的区别。如果说,古代的神话在幻想的背后充满的是动人的真诚、诗意的光辉,那么,所谓"现代神话"在那荒诞的背后更多的不是想象,而是理智,不是对自然的惊讶,而是对人生的探索。因此可以说,吴承恩创造的神话世界,其主观意图是在表现作家自己的愿望和想象,以达到折射现实的目的,而客观效果则启发了读者对人生哲理的思考。表现在作品中,就是出现了象征性、抽象性的艺术形态,从而扩大了作品的内涵,这是《西游记》成功的又一基本经验。表现在作品中主要有两种方式:

一是整体性的象征方式,即作品的整体寓意是经由一个象征性的形象体系而获得实现的。《西游记》是围绕着取真经、成正果的中心点来设计情节、展开想象的,虽然其情节、人物都有现实的影子,但整体形象却是假定的,是一个定向而不定量的象征实体。因此,作品的美学意义绝不仅仅在于西行取经,也

[①] 参见《外国现代文学批评方法论·诸神的复活》,亚当斯《自柏拉图以来的批评理论》,美国卓尼诺维克出版公司1971年版,第817页。

不仅仅在于折射现实,其意义远远超过题材的具体内容和作者的主观意图。如果说"真经"象征着真理,"正果"隐寓着理想,那么,西行取经则传达出人生进取的顽强品格与人类文明的探求精神,以及这种精神品格背后隐藏的艰辛与痛苦、希望与成功。

一是局部性的象征方式,就是镶嵌在整体性象征体系中的,并对整体性象征的描写意义的凸现起到点睛作用的象征方式。《西游记》中八十一难的描写,倘若仅仅是为了渲染人物性格,那自然会单调乏味。而当我们从象征的角度看时,情况就不一样了。我们把八十一难大致分为四类:一是表现自然力和象征自然力的难,一是反映社会上种种邪恶势力的难,一是直接来自最高统治者的难,一是取经人主观错误认识造成的难。既要扫除自然障碍,又要战胜社会邪恶;既要抵抗外来的压力,又要克服自身的弱点。可以看出,这里的描写,都是在为整体象征服务的。这里的成功,正是它能以局部性的象征价值,呼唤着"勇敢进取"这一整体象征体系的寓意的呈现。如果说,《西游记》的整体象征体系是一根线,那么,八十一难的描写就是穿在这根线上的珍珠。

然而,小说毕竟是小说,它不能没有故事与情节,也不能没有人物与性格,但从神话世界经由象征这座桥梁而向哲理王国延伸,的确是中国古代小说艺术的一大飞跃。

第三,以美丑的外形对应丑美的内质。

中国文学是以古典的和谐美作为美的理想的。但这是偏重内容的和谐美,所以我国美学历来讲言志、抒情,强调美善统一。古希腊文学也讲和谐美,它是偏重于形式的和谐,强调写实、肖物,追求真美统一。这两种不同的文学传统,是直接由各自的神话中总结出来的。像希腊神话,其中的神或英雄多突出地表现为外貌美;而中国神话中的神,虽然爱人类,具有精神美,但在外貌上并不美,多为人首蛇身或鸟身,或兽首人身,有的完全是动物形象。可见,中国上古文学是不重形神统一的。

随着美则益增其美、丑则益增其丑的审美心理的发展,后来的小说或戏曲作品便出现了脸谱化的现象:正面形象的外表一定是漂亮的、非凡的,反面人物如奸臣、小丑之类,则从内心到外形都是丑的。而吴承恩能够以客观事物和现象的复杂性为依据,超越神话传统,打破形神统一的框框,创造出外在的美或丑与内在的美或丑相矛盾的神魔形象。在《西游记》中,作者曾多次通过悟空、八戒的口道出他的美学观点。在第十八回,当高太公听说有两个和尚要来

帮捉妖怪时,赶忙整衣相迎,可是,一看到相貌凶丑的孙悟空,便就不敢与他作揖。于是,行者道:

> 老高,你空长了许大年纪,还不省事!若专以相貌取人,干净错了。我老孙丑自丑,却有些本事。替你家擒得妖精,捉得鬼魅,拿住你那女婿,还了你女儿,便是好事,何必谆谆以相貌为言!

在第二十回,当取经一行准备投宿一老者人家时——

> 那老者扯住三藏道:"师父,你倒不言语,你那个徒弟那般拐子脸、别颏腮,雷公嘴、红眼睛的一个痨病魔鬼,怎么反冲撞我这年老之人?"行者笑道:"你这个老儿,忒也没眼色!似那俊刮些儿的,叫做中看不中吃……"

这里,分明道出了美丑相反相成的辩证关系。同时,从高太公和老者的反应中可以看到,外部特征的丑很可能成为表现内心美的一种阻隔,一种心理排斥。然而,从距离美学来看,却可能引起读者对那种掩盖在外丑中的美的关注。孙悟空奇特的外表形象确实不会引起多大的美感,但是,当他那机警、灵活、敏捷的猴性特征,特别是当他那正直好义、积极乐观、勇敢奋斗、执著追求等美好品质一旦呈现在人们眼前的时候,便在人们心理上产生出胜于形神统一的美感。由于这种本质美是通过外貌丑体现出来,就使得艺术形象既有崇高美,又有滑稽美。这种滑稽正是由人物的外貌丑陋和内心高尚的不相称而构成,而他们由内心世界构成的本质特征却是崇高的。于是,滑稽美和崇高美既对立又和谐地统一在一起。

相反,外表美却不一定引起美感,当他们内心不美的时候。像唐僧,虽然仪表非凡,但给人的印象从来不及外表凶丑的孙悟空、猪八戒更可爱。还有取经途中那些幻化骗人的妖怪,也往往以美丽的形貌出现。像白骨精,那犹如"半放海棠笼晓日,才开芍药弄春晴"的花容月貌,非但没能淡化、而且更增其本质丑在人们心目中造成的心理恶感。这就是吴承恩笔下的神魔形象独特的审美价值。

第四,以诙谐的笔调寄寓严肃的讽刺。

前面谈的是《西游记》人物形象外形与内质的矛盾统一,这里主要谈其情节描写的诙谐与严肃的矛盾统一。

"寓庄于谐"是我国文学传统之一。到了吴承恩的《西游记》,则以他那玩世不恭的谐谑和愤世嫉俗的态度，进一步发展了寓庄于谐的讽刺艺术。

首先，从作品整体来看，便是宗教的题材包含着对宗教的嘲讽。西行取经，本来是一项伟大的宗教活动，按照佛教的教义，取经一行必须要做到持戒忍辱，或者依靠无边的佛法，方能达到目的。然而，从作品的全部艺术描绘看，却主要是孙悟空的一根金箍棒争取来的，即不忍辱、开杀戒、靠智勇争取来的。在作品中常常可以看到，每遇险处，三藏便虔诚地诵念《心经》，但妖魔鬼怪并未"发声皆散"，三藏默念《心经》时，一阵风将他摄进了魔窟，而最后多是得救于孙悟空的智和勇。这是对那"修真之总经"的莫大讽刺。这个诵念《心经》的故事，在宗教文学阶段，对驱邪除妖是很有效应的，可是到了吴承恩笔下，却极其轻松地揭露了教义与行为、行为和效果之间的矛盾，在令人发笑中，一针见血地戳穿了宗教的虚伪。同时，对仙宗佛祖，作者也常常给予揶揄和嘲弄。如第七回写孙悟空在如来手指边撒尿留名的场面；第二十五回写捉弄鹿力、虎力、羊力三仙喝尿的情节。于是，至高无上的形象在作者的利笔下、在读者的笑声中失去了尊严。

其次，在具体情节的安排中，作者的"讽刺揶揄则取当时世态"，就是说，作者并非通过神魔之争的故事去专意比喻或附会某一重大的社会现象或阶级矛盾，而只是在写作过程中，对现实生活中一些丑恶现象信手拈来，涉笔成趣，便把五花八门、形形色色的脸谱世相和那些可恨可耻可笑可怜的社会现象的本质，一下子撕裂开来，抖出活灵活现、妙趣横生的笑料，使人在笑声中去体会它的真实涵义。像第三回孙行者入龙宫要宝，四海龙王那种百般献媚和肉麻恭维；入幽冥界大打出手，一殿阎君那种脓包丑态，以及崔判官为唐太宗添了十年阳寿的描写等等，都是在幽默的调侃中表现出深刻的讽刺。还有比丘国，国丈要孙悟空的"黑心"作药引，悟空"把肚皮剖开，那里头就骨嘟嘟的滚出一堆心来"：

> 那些心，血淋淋的，一个个拣开与众观看，却都是些红心、白心、黄心、悭贪心、利名心、嫉妒心、计较心、好胜心、望高心、侮慢心、杀害心、狠毒心、恐怖心、谨慎心、邪妄心、无名隐喻之心，种种不善之心，更无一个黑心。

真是一幅幽默而又奇特的世态漫画。

吴承恩在讽刺、嘲弄虚伪的宗教、丑恶的世态的同时，也没有忘记对作品正面形象缺点的嘲弄和批评。如猪八戒,作者通过对他贪吃、贪睡、贪财、贪色的漫画式的描绘,善意地嘲笑他的贪婪;同时,还严肃地批评了他的自私,如三打白骨精时多次地说谎、进谗言、嫉妒、诬蔑孙悟空,怂恿唐僧把孙悟空赶走。既嘲笑了他的表面缺点,又挖出了缺点存在的根源。另外,对作者心目中的英雄形象孙悟空,同样也没把他简单化,如三调芭蕉扇时,由于急躁、骄傲,致使两次上当:先是调到假扇,结果火越煽越旺,连自己的毫毛都要烧光;第二次则没讨到缩扇的口诀,只好扛着丈二长扇而回,不料又被牛魔王轻易地骗走。这里,英雄并不是"完人",可笑却给人启迪。喜剧大师莫里哀说:"一本正经的教训,即使最尖锐,往往不及讽刺有力量;规劝大多数人,没有比描画他们的过失更见效的了;恶习变成人人笑柄,对恶习就是致命的打击。"①因此,当我们在嘲笑这些缺点的同时,便愉快地同它们告别了。

吴承恩以独特的想象力和生动的语言刻画、无限风趣的形象夸张和强烈渗透的说服力,巧妙地把艺术的虚构和客观真理结合起来,把诙谐的笔调和严肃的讽刺结合起来,把生活丑和艺术美结合起来。这样,由诙谐与严肃的不谐到艺术美与理想美的和谐,从而构成具有民族色彩的审美形态二重性,这是吴承恩对小说讽刺艺术的贡献,也是对古代小说美学的贡献。

四、地位与影响

首先,《西游记》在我国小说史上开拓了神怪奇幻小说的新领域。我国最初的长篇小说是宋、元说话艺术中的讲史,历史演义小说可以说是我国古典长篇小说创立阶段的唯一品种。虽然那些历史演义小说中也夹有神魔鬼怪的超人间现象的情节,但只是起穿插的、渲染性的作用。最早将神怪奇幻故事从历史演义故事中独立出来的是元人的《西游记平话》,即吴承恩百回本《西游记》的前身。然而,只有《西游记》才以完美的艺术、精湛的表现,使神魔小说这一品种臻于成熟,从而确立了神怪奇幻小说在长篇小说中的独立地位。

其次,《西游记》在我国长篇小说史上开拓了浪漫文学的新境界。我国早期古典长篇小说绝大多数是以历史生活为题材,揭示历史规律,总结历史经验,歌颂进步力量,揭露反动事物,有着强烈的爱憎和明确的是非感。而吴承恩以他那独特的艺术趣味,突破了这种基本上属于现实主义范畴的创作框框,

---

① 莫里哀著、李健吾译《关于喜剧·达尔杜弗的序言》,中国社会科学院文学研究所编《文艺理论译丛》(下),知识产权出版社2010年版,第813页。

大胆地发扬了我国传统文学中的浪漫精神,批判地运用了宗教故事中某些艺术形式和艺术思维,通过夸张、幻想、变形、象征等手法,开拓了一个变幻奇诡、光怪陆离的新的艺术境界,以此寄托理想,抒发愤懑,折射现实,从而成功地创造了伟大的浪漫文学篇章。

再次,《西游记》是我国文学宝库中最具幽默审美品质的艺术典范。幽默,是一种比较高级的喜剧形态。它的审美品质在于,它对于自己所寄托的理想实现充满着高度自信的乐观精神,深信否定性喜剧对象必将在笑声中被送进历史坟墓。它不像讽刺那样无情地鞭挞否定对象的无价值因素,而是轻轻地撩开否定性喜剧对象的面纱,给予委婉地嘲笑、揶揄,甚至是温和的打趣;它既有外在形式的滑稽俏皮,又有深层的居高临下、批判而又宽容的人生观照。《西游记》的艺术世界从形象塑造到叙事描写,无不充溢着作者蔑视权威的自信、俯视众生的智慧和敢于同神圣事物开玩笑的勇气、胆魄。可以说,《西游记》是我国文学宝库中最具幽默审美品质的艺术典范。

在《西游记》的启迪、影响下,明清两代的小说创作别开生面地出现了一大批神怪奇幻小说,给了广大读者以奇幻的艺术感受。虽然这些神怪奇幻小说的大多数没能汲取《西游记》创作的精粹,但像《封神演义》《西游补》《女仙外史》《牛郎织女传》《东度记》等,其基本创作精神还是与《西游记》相通的,并且在某些方面还有所发展。另外,《西游记》在戏曲舞台上也是一个常演不衰的节目。据《西游记》改编的戏曲,仅京剧就达 35 部①。在清代还出现了《升平宝筏》那样大型的连台本戏。它如鼓词、宝卷等更是丰富多彩。一直到现、当代,仍然活跃在舞台、银幕、屏幕上,并一再成为人们关注的影视热点。

《西游记》不仅是中国人民的文化瑰宝,随着世界文化的进一步交流,《西游记》由于它的浪漫文学精神,由于它的主人公反映了人类最基本的品质和特征,因此,被更多的外国朋友所喜爱。早在 20 世纪初的第一个年头,西方汉学研究先驱之一、英国剑桥大学文学教授 H·贾尔斯所著的《中国文学史》专辟一章,评介了《西游记》及其作者。一九一三年,蒂莫西·理查得出版了一本题为《赴天堂之使命》的书,是《西游记》最早的英译本。以后陆续有人把《西游记》译成俄文、捷克文节译、英文简译,到了一九八三年,由芝加哥大学的文学和宗教学教授余国藩翻译的《西游记》四卷本全部出版,终于使整个英语世界

---

① 陶君起《京剧剧目初探》,中国戏剧出版社 1980 年版。

的读者得以欣赏《西游记》全貌的风采,这是中华民族的光荣和骄傲。据王丽娜《西游记外文译本概述》统计,现在《西游记》已被译为英、法、德、俄、日等十多国语言,其中英译本有17种,而日译本多达30多种。因此说,《西游记》是中国的,也是属于世界的。

第三节 《西游记》的续书

对盛行于世的小说进行续补,是明清两代小说创作的一大特色。

《西游记》的出现,引起了明清两代各阶层人们的喜爱和关注。特别是一些小说作家,在《西游记》的思想、艺术的启发和感染下,按照各自的创作心理来"复制"这个西游故事,因而出现了天花才子评的《后西游记》、真复居士题的《续西游记》、董说的《西游补》、无名氏的《天女散花》等续书。我们可以把续书分为两个阶段,即以《后西游记》《续西游记》为代表的继承发展阶段和以《西游补》《天女散花》为代表的创新阶段,然后通过与原书的比较,分别从三个方面来看《西游记》续作的继承、发展和创造、拓新。

一、不粘不脱的延续生发

《西游记》既有史籍可稽又有民间文学的积累,而续书的故事原型几乎不见经传,又没有民间艺术的积累,续作者们只有靠艺术虚构、力求不粘不脱地延续生发原著。从这一点上说,续作比起《西游记》的创作要困难得多,它在更大程度上属于作家个人独创性的精神劳动产品。不过,如果细加比较,还是可以看出模拟阶段和创新阶段在题材来源方面的差别。

《后西游记》四十回,作者不详,大约刊行于清康熙年间。书叙唐僧取经返唐、佛经流布中国二百余年后的唐宪宗年间,寺院主事倚着宪宗皇帝崇佛的嗜好,"以祸福果报,聚敛施财,庄严外相,耸惑愚民"。当年曾经历尽劫难取得真经的唐僧师徒得知"世堕邪魔"的真情之后,禀报如来,佛祖立即敕命:"仍如求经故事,访一善信,叫他钦奏帝旨,苦历千山,劳经万水,复到我处求取真解,永传东土,以解真经。使邪魔外道,一归于正。"《后西游记》便由此铺衍成由唐半偈、小行者、猪一戒和沙弥四人重赴灵山求取真解的故事。这个故事的整体虽属乌有,但是书中有两件事还是于史有据的:一是写韩愈与大颠和尚的交往,韩集载有《与大颠师书》三封(《外集》卷三)、乾隆《潮州府志》卷三十的《大颠传略》、卷四十二周敦颐的《题大颠堂壁》诗等,都记载着他们贻书赠衣的亲密交往;一是写韩愈谏迎佛骨上《谏佛骨表》,确是历史上真实的有名事件,曾载于《资治通鉴》等史书。另外,书中关于韩愈贬至潮州及深州解围等行事,也与史实没有太大出入。

《续西游记》一百回,明人撰,作者失考,现存清同治戊辰渔古山房刊本。书写唐僧师徒在西天取到真经以后,保护经卷送回长安的经历。据说经卷能消灾释祸,增福延寿,所以妖魔都想得到"真经",这样,续书的主要矛盾就不是妖魔要吃唐僧,而是要抢经卷。为了保护经卷,佛祖特命灵虚子与比丘僧暗中护送。一路上,抢夺经卷的妖魔虽然没有《西游记》中登场的多,但作者也下了一番苦心,充分发挥了艺术的想象。这个故事的描绘当然也似空中楼阁,但是它也有一点事实根据。既是取经,有去必有还,来路即归路;有去时之艰危,必然也有还时之磨难:

　　……从钵罗耶伽国,经迦毕试境,越葱岭,渡波谜罗川归还,达于于阗。为所将大象溺死,经本众多,未得鞍乘,以是少停,不获奔驰……

从玄奘的《还至于阗国进表》这段简略描述中,从《三藏法师传》所写的"展转达于自境"的"展转"二字中,可以想见取经一行东还途中的风风雨雨。

可见,继承、发展阶段的《后西游记》《续西游记》,在题材构成上虽然比《西游记》的创作来得困难,来得虚幻,但是却较好地体现了作为神怪奇幻小说的续书这双重身份的特点:一方面同大多数神怪奇幻小说一样,多少都借一点历史事件作缘由,然后由此生发开去;另一方面从整体构思看,是与原书接榫之后又别开生面地去展现自己独特的故事。像《后西游记》的西行取解是在《西游记》西行取经无效的情况下发生的;《续西游记》正是得之于《西游记》第九十九回关于经卷被夺未成的一段暗示:"原来那风、雾、雷、闪乃是些阴魔作号,欲夺所取之经。"从具体情节看,像《后西游记》中的小行者出世、花果山水帘洞再起、大闹三界、玉皇大帝颁遣天兵围剿、太白金星求旨敕请孙悟空收服小行者,以及唐半偈、猪一戒与沙弥同去西天求解一路所遇的劫难等一系列虚构的情节,都与原书互相扣合而又不落窠臼,不粘不脱,可以说是名副其实的续书。

《西游补》十六回,作者董说(1620—1686),字若雨,明亡后为僧,更名南潜,号月函,浙江乌程(今吴兴县)人。他曾参加复社,是张溥的学生,也曾从黄道周学《易》。他一生没当过官,著述很多,有《董若雨诗文集》。《西游补》约作于崇祯十三年(1640)。现存明崇祯间刊本。主要叙述孙悟空化斋,被情妖鲭鱼精所迷,渐入梦境:或见古人世界,或堕未来世界;忽作美女迷项羽,忽作阎王审秦桧,经历了许多离奇古怪的事情,最后在虚空主人的呼唤下才醒悟过来。回到唐僧身边时,太阳还挂在半天上,不过才过了一个时辰,而鲭鱼精变的小和尚正在哄弄唐僧,孙悟空一棒下去,妖精就呜呼哀哉了。于是,师徒们收拾行李,准备继续西行。作者注明这是补入三调芭蕉扇之后,初看起来,似乎很像《西游记》中的一难,实际上是节外生枝,自成格局。全书十六回,有十四回半在写孙悟空的梦境,而梦中的行者与《西游记》中的行者并不合拍。这是作者肆意铺叙、精心构造的"鲭鱼世界"。

《天女散花》十二回,清无名氏著。书写唐僧取经归唐后还至西天,如来向诸佛宣谕:"据唐三藏所称,一路来有许多妖魔鬼怪,为非作歹,残害忠良,实在可恶之极。"决定请天女下凡。天女往甘露寺极乐花园采了十万八千朵仙花,偕四仙娥,"携带花篮,腾云向东",一路上"见妖魔剿灭警化,见善良散花消灾"。到宝林寺被和尚囚拿,如来遂命唐僧、孙悟空、猪悟能前往相救,然后步行随侍天女,前途又见"凡人许多迷性俗务",才抵长安,会唐太宗,建散花高台于天林寺,将"那十万八千朵仙花完全散出",终成善缘。

显然,属于创新阶段的《西游补》《天女散花》是借续补之名而生发新的境界。首先,二书的题材来源没有一点历史根据。一个是由深刻哲理构筑的梦幻世界,一个是由美好愿望幻化的理想世界,完全来自作者的艺术虚构,可以说是无中生有。它们已经突破了神怪奇幻小说多少要有历史根据的框框,开始趋向新的小说类型;其次,以整体构思看,二书的创作与原书没有必然的联系,续补只是一个幌子。一位不知名的作者在他写的《续西游补杂记》中,道出了此类续书的真情,他说:"……书中之事皆作者所历之境;书中之理,皆作者所悟之道;书中之语,皆作者欲吐之言:不可显著而隐约出之,不可直言而曲折见之,不可入于文集而借演义以达之。"[1]可见,这类续书的作者是有意借旧瓶装新酒,以旧的形式装上新的内容。当然,要借旧的形式也必须对它有所保留,所以二书的某些情节也或隐或现地照应到原书,比如《西游补》,作者巧妙地把扇之能灭火和铎之能驱山相互映衬,为续书和原书作个无形的过脉;《天女散花》中也有过流沙河、黑水河的回目,但是叙述的却是与原书完全没有关

---

[1] 《西游补》卷首,上海古籍出版社1981年版。

系的故事。因此,作为续书,《西游补》《天女散花》是不够标准的,但却为新的小说类型的出现开辟了道路。

二、有所创新的形象描写

既有浓郁的浪漫色彩,又有鲜明的现实个性,这是《西游记》形象塑造的总特点。续书的形象塑造艺术在继承原书的同时又加以发展,出现更多的是象征型、抽象型的神魔形象。

在《后西游记》《续西游记》中,作为继承、发展阶段的神魔形象,有模拟逼真的一面,也有自具特色的一面。

首先,如果是从《西游记》中直接移植过来的人物,像《续西游记》中的孙悟空、唐僧、猪八戒、沙僧,或者是与他们有血缘关系的人物,像《后西游记》中的唐半偈、小行者、猪一戒、沙弥,二书都基本上保留他们原来的性格特征。贪吃、呆气与稚气,是猪八戒这个喜剧性格中最突出的特点。《后西游记》第三十六回有一段关于猪一戒贪吃的夸张描写,自然使人联想起《西游记》第九十六回在寇员外家,那场童仆、庖丁像流星赶日一样为猪八戒上汤添饭的闹剧;另外,"我老实"三个字,是原书表现猪八戒耍赖装傻的一句很有个性化的语言,而《续西游记》中的猪一戒,也口口声声自称"我老实"、"我是没用的老实和尚"、"我一向只是老实",可谓傻得可爱。当然,在模拟的同时也是有所发展的。唐半偈既有玄奘的虔诚,又不像他那样懦弱和顽固;既有玄奘的慈善,又不像他那样人妖颠倒、是非混淆,处理徒弟的过错也不像玄奘那样不近人情。小行者既有孙悟空的智慧勇敢,又不那么骄傲自负。

其次,如果是作者自己创造的神魔形象,更多的是以假定性、象征性的形象与典型而存在,为表达作者某种思想感情而幻设。像《后西游记》第二十八回中的阴大王、阳大王。阳大王"为人甚是春风和气",阴大王"为人最是冷落无情",一个作热气烘人,一个作冷气刺人,作者借小行者的口说:"人生天地间,宜一团和气,岂容你一窍不通,擅作此炎凉之态。"这与其说是写形象,不如说是在写思想,写形象的思想。另外,这些自创的神魔形象大都没有具体的人名,其名称纯粹只是一种抽象的标志,如《后西游记》中的缺陷大王、解脱大王、文明大王、十恶大王,还有《续西游记》中的七情妖、六欲魔、阴沉魔、福缘君等神魔精魅形象,顾名思义,这些假定的形象是有一定的象征意义的。

作为创新阶段的《西游补》《天女散花》,虽然出现原书中的取经人物,但是,有的面目已非,变得扑朔迷离,有的已经不是故事的主角。在形象塑造上,二书基本脱离了原书真与幻统一的表现艺术,也开始超越了写实与浪漫相结合的创作方法,向着近似荒诞派的小说发展。具体说,这类续书的形象描绘有两个比较明显的特点:

一是与前阶段的自创形象一样,多用象征的表现手法,把作者的思想、观念、感情化为某种符号性质的形象,实际上是一种非性格化、非典型化的抽象。无名氏在《续西游补杂记》中说:"凡人著书,无非取古人以自寓。"[①]《西游补》确实是取古人以自寓,书中所叙也确实是作者所历的世界和所悟的道理。为了把这道理说得深入而浅出,婉曲而动人,便自然地用上了许多象征的手法。像杀青大将军陈玄奘,本来要灭情以向西天,但是终不能摆脱小月王的羁绊,以致殒身;他获得许多"杀青"的兵器,但却无一可以用来"杀青",可见"青"之难杀,"情之难灭"。"青"就是"情"的象征。另外,像绿玉殿的风华天子,绿珠楼的美人,古人世界的楚霸王,也都在说明,无论帝王、英雄、美人,都无法超出"情"外。这里,作品中是按照自我意识的流程,为了说明某种哲理、表现某种愿望而随意设计、驱遣人物。像《天女散花》中的天女、仙娥。她们散花以除恶扬善,不也正是作为作者美好愿望的象征而幻设的形象。她们虽然很美,但是根本谈不上有什么人物性格,更不用说是典型塑造。

二是以荒诞离奇的变形艺术来描绘神魔形象。这里的变形不同于《西游记》等书的法术变化,它没有宗教色彩,完全是一种艺术手段;它也不是为了表现人物性格,同样也是为了说明某种哲理、表现某种愿望而随意扭曲、驱遣人物。这种变形表现在两个方面,这两个方面在《西游补》中表现得较为突出:

首先,是西游人物的变形。玄奘,在《西游记》中是诚心求法、虔诚悟道、艰苦西行的"圣僧",到了《西游补》,却把取经一事置之高阁,安然地做起了杀青大将军,赴任前与翠娘告辞,只见他们哭作一团。这里分明是在表明唐僧被情所牵,哪有当年唐僧的影子;孙悟空,吴承恩尽管赋予他变幻莫测的神通,但是,万变不离其人,都是为了表现他智勇的基本性格特征。而《西游补》中孙悟空忽而变美人,忽而变阎王,忽而当上丞相,忽而有了夫人,人物面貌扑朔迷离,人物变化的因果关系非常突兀,读者很难把握形象的真实面貌。特别奇绝的是,第十回写孙悟空陷身于葛藟宫中,因为被象征情欲的红丝缠住而无法脱身,后被一个老者救了下来,可是,这位老者突然化为一道金光,飞入悟空眼中不见了,原来这位老者

[①] 《西游补》卷首,上海古籍出版社1981年版。

就是悟空自己。两个悟空,一个代表性,一个代表情,真心救了妄心,情复归于性,一分为二又合二为一,很像西方现代小说描写人物性格双重性的表现艺术。

其次,是历史人物的变形。比如秦桧与岳飞,作者通过特定的变形形象,以强烈的感情、生动的描绘构成有趣的艺术美,从而曲折而又真实地表达了带有普遍意义的社会问题和爱憎感情。当了半日阎罗天子的孙悟空在审秦桧时,先让他上刀山,然后把他变蚂蚁下油海;一会儿用霹雳把他打得无影无踪,一会儿又用锯把他锯成千片万片;当审问到陷害岳飞时,秦桧吓得变作一百个身子来回答。最后,孙悟空派鬼使上天借来李老君的葫芦,将秦桧装进去化为血水,倒出来做成血酒,恭恭敬敬地跪进岳飞,并称他为"第三个师父"。这里,形象随意夸张与变形,人物没有性格,想象漫无边际,这种创作方法仅仅用现实主义或浪漫主义是很难概括得了的。

三、续书讽喻的思想意义

吴承恩在《禹鼎志》序里说:"虽然吾书名为志怪,盖不专明鬼,时纪人间变异,亦微有鉴戒寓焉。"①《西游记》也确实曲折地反映了当时社会生活的一些本质方面,但也仅仅是"微有鉴戒寓焉"。无论是大闹天宫还是解除磨难,全部故事都在表现中国人民敢于反抗、勇于追求和蔑视一切困难的精神,客观上启发了人们去探索人生,追求真理,这就是《西游记》的主要思想意义。而《西游记》的续书,出自各人之手,跨越明清两代,其内容与意义自然并非单一,可以说是一幅由理想、讽刺、寓言、哲理杂糅组成的明清社会生活的画卷。概括起来有三个方面的思想意义:

第一,讽儒佛以醒世。当世人一味沉醉于信佛崇儒的时候,《西游记》续书的作者们却非常清醒,因此,他们在作品中通过讽儒佛来醒世人之耳目。

在《后西游记》中,儒佛都成了讥讽批判的对象。因为在作者看来,用儒佛之道济世,是"秦州牛吃草,益州马腹胀;天下觅医人,灸猪左臂上"②,荒唐愚蠢,无济于事的。儒家有识之士韩愈和佛门正派高僧大颠,共同反对装僧佞佛,自此引出取真解的故事,这就是对西游取经以济世思想的否定;那么,取真解能否济世? 作者通过如来的怀疑态度,又是一次否定。又如《天女散花》,作者不崇佛法,但请天女,认为"妖孽,不得不以激烈手段扫除",这也是反西游取

---

① 黄霖、韩同文《中国历代小说论著选》(上),第122页。
② 《后西游记》,春风文艺出版社1982年版,第298页。

经的本意。这样,就可能使人们惊醒:崇佛济世的道路是行不通的。

对于儒者的鞭笞,比如《后西游记》中的文明大王,自称是孔子之教的继承人,自认是春秋史笔的掌握者,可他只会用文笔压人,金钱捉将;以文明教主自居,骑乘的反而是不学书、不学剑、自夸"力拔山兮气盖世"的项羽的乌骓马,最后不得不在真正的文星面前逃之夭夭。可见,无论是弦歌村酸腐迂阔的儒生,还是这个无真学假文明的"天王",都不可能是济世的材料。还有如《西游补》第四回描写"天字第一号"镜里科举放榜时那又哭又笑、又骂又闹的丑态,可以说是一篇微型的《儒林外史》。用这类人当官,自然可以想见官场之所以黑暗、政局之所以腐败的原因。所有这些,都可以激发人们更加清醒地认识当时的社会。

第二,刺魔鬼以喻世。封建社会晚期的明末和清代,由于文字狱的恐怖,也由于神怪奇幻题材的特点所决定,《西游记》的续作者们往往通过刺魔鬼来喻世道之险恶、人心之不古。

《后西游记》中所描述的缺陷大王、阴阳大王、十恶大王、三尸六贼等,都是刺世嫉邪、寓意深刻的故事。第十七回解脱大王用来陷人的"三十六坑"、"七十二堑",正是封建社会腐朽没落的社会生活的真实写照。

董说在《西游补》第九回中肆意斥骂奸鬼的描写,可以说是一篇绝妙的骂世之文:

> (行者)又读下去:"绍兴元年除参知政事,桧包藏祸心,唯待宰相到身。"行者仰天大笑,道:"宰相到身,要待他怎么!"高总判禀:"爷,如今天下有两样待宰相的:一样是吃饭穿衣、娱妻弄子的臭人,他待宰相到身,以为华藻自身之地,以为惊耀乡里之地,以为奴仆诈人之地;一样是卖国倾朝,谨具平天冠,奉申白玉玺,他待宰相到身,以为揽政事之地,以为制天子之地,以为恣刑赏之地。"

联系作者疾恶如仇的性格和强烈的民族意识,自然可以想见这段描写所隐喻的,正是作者曾经控诉过的"庸人被华衮,奇士服斧钺"的明末现实。

第三,谈哲理以警世。吴承恩创作《西游记》,其主观意图是在表现作家自己的愿望和想象,但客观上由于象征意象的启示,则激发了读者对人生哲理的思考。续书的作者们也从原书的客观效果中得到启发,力图借续《西游记》之名,说出自己对社会、人生的认识。因此,性格刻画被忽略了,哲理意味则加浓了。

《西游补》描写孙悟空梦入鲭鱼世界,迷于古今,迷于东西,迷于虚实,不见真我;然后经过挣扎,经过奋斗归趋正道,打杀鲭鱼,终现真我。通过作者的《答问》可以知道,这些描写意在劝诫世人要"走出情外,认得道根之实",必先"走入情内,见得世界情根之虚"。虽然这是佛家情缘梦幻的玄理,但是,其中关于入内、出外的辩证理趣,对认识人生、对文学创作都有很大的启发。

《续西游记》第三十回的比丘僧说:"世法人心若于事来看易了,便生怠慢心;若看难了,便生兢业心。"《后西游记》第三十八回中的牧童,面对云渡山,也作了与此相类的论述。像这类精警的语言,正同现代的一些哲理语言一样,使人警觉,催人奋发。

严格说来,中国古代小说史上还没出现过真正的哲理小说。从这意义上看,《西游记》的续书是一组不可多得的哲理性的小说。

在《西游记》续书中,《西游补》最有特色,成就最高。鲁迅先生在《中国小说史略》中高度评价《西游补》的艺术成就:"惟其造事遣辞,则丰赡多姿,恍惚善幻,奇突之处,实足惊人,间以诽谐,亦常俊绝,殊非同时作手所敢望也。"①确实的,其他续书不仅在思想内容方面比较平庸,在艺术方面也无突出成就,主要表现在三个方面。第一,情节设计缺少丰富的幻想。如《后西游记》第十九回小行者大闹五庄观的斗法描写,虽然小有波澜,但腾挪变化不够曲折,缺少浪漫幻想的丰富内涵;又如《续西游记》中添出灵虚子、比丘僧两只"蛇足",使得情节"失于拘滞",难以充分展开想象。第二,形象塑造缺乏鲜明个性。续书作者在塑造形象时,往往从观念出发,以空泛的议论取代幻想形象的深入描绘,使不少形象仅仅作为思想观念的传声筒而存在。第三,模仿多于创造,特别是在《续西游记》《后西游记》中:首先是人物性格的模拟。二书主要人物的性格特征基本是承袭原著,像《续西游记》中猪八戒的一些语言,《后西游记》中猪一戒的贪吃等,其音容、行为近于抄袭,只是环境、名字不同而已。因而前人评说:"摹拟逼真,失于拘滞。"②先似肯定,实是否定;其次是情节框架的模拟。二书的作者在情节的设计上虽然也尽量发挥艺术的想象,力求做到不粘不脱,但是,由于整体框架模仿的痕迹太重,因此,给读者一种亦步亦趋之感。

另外值得一提的是明方汝浩撰的《新编扫魅敦伦东度记》,一名《续证道书东游记》,二十卷一百回。此书虽然不是《西游记》的续书,但从作品的别

---

① 《鲁迅全集》第九卷,第133页。
② 《西游补》卷首《续西游补杂记》,上海古籍出版社1981年版。

名、整体构思、艺术风格及具体表现手法看,可以说与《西游记》的续书是同类型的作品。书叙不如密多尊者在南印度、东印度"普度群迷"的故事,以及达摩老祖继不如密多尊者的普度之愿,接过法器,收徒弟道副等,由南印度国出发,自西而东,经东印度国,再往震旦国阐扬宗教、扫魅度世的故事。世裕堂主人在《续证道书东游记序》中说:"矢谈无稽者九,总皆描写人情,发明因果,以期砭世,勿谓设于牛鬼蛇神之诞,信为劝善之一助云。"①可见此书与其他神怪奇幻小说一样,大旨是在劝善,但它主要是想通过"描写人情"来达到"砭世"的目的,因此它的批判性与现实性强于其他神怪奇幻小说。可以说,《东度记》是首先从平凡的现实生活中广泛揭露当时社会和家庭的各种矛盾的神怪奇幻小说。它真实地描绘出一幅封建末世社会上家庭、道德、伦理崩溃的画面,从而对后代社会讽喻小说的创作产生较大的影响。

在艺术表现方面,《新编扫魅敦伦东度记》与《西游补》等续书较为相近而且较有特色的是象征艺术:一是形象象征,作品中塑造了一大批具有象征意义的妖魔形象,如不悌邪迷、不逊妖魔、欺心怪、懒妖等,是人的各种心理、道德的幻化;还有陶情、王阳、艾多、分心四魔是酒色财气的象征,他们的共性大于个性,是假定的、抽象的类型化形象;二是情节象征,如第六十六回道士为老叟的儿子驱魔,不是用金箍棒打杀,而是用攻心术,一番道理就把老叟的长子说得心服口服,"满面顿生光彩"。而正当懊悔之时,"只见一个火光灿烂,如星闪烁耀目,在屋滚出不见",道士笑着恭喜:"此上达星光惟愿先生黾勉励志,自然妖魔屏迹。"这实际上就是在演化"心生魔生,心灭魔灭"的道理。作者在第二回诗中说:"格心何用弓刀力,化善须知笔舌强。"这种创作思想一方面使妖魔斗法的描写大大减少,但另一方面由于强调"笔舌",因此作品的议论、说教成分就显得太多,这同时也是《西游记》续书的共同缺点。

第四节 《封神演义》

一、作者与成书

《封神演义》一百回,成书年代难以确考,一般认为在明穆宗隆庆至明神宗万历年间(1567—1619)。日本内阁文库藏有明万历年间的舒载阳刻本,估计

---

① 方汝浩《扫魅敦伦东度记》,上海古籍出版社1992年版。

是现存最早的版本,二十卷一百回,别题《武王伐纣外史》。至于作者,目前有两种说法:一是舒载阳刻本题作"钟山逸叟许仲琳编辑";一是《曲海总目提要》卷三十九"顺天时"条下所云:"《封神传》系元时道士陆长庚所作,未知的否。"长庚即陆西星的字。但这到底没有版本上的证据来得直接,因此,目前还是把作者定为许仲琳较为妥当。

　　和我国早期长篇小说一样,《封神演义》也是民间创作和文人加工相结合的产物。从《楚辞·天问》《诗·大雅·大明》《淮南子·览冥训》、汉贾谊的《新书·连语》、晋常璩的《华阳国志·巴志》、晋王嘉的《拾遗记》等的记载中,可以想见秦汉魏晋时关于"武王伐纣"的故事在民间流传的盛况。到了元代,说书艺人汇集了民间的传说、文人的记载,编成一部讲史话本——《武王伐纣平话》,第一次从小说的角度较完整地演述了妲己惑纣王、纣王暴虐、姜子牙佐武王伐纣、纣王妲己伏诛这段殷周斗争的历史故事。明代嘉靖、隆庆间人余邵鱼,又按照历史记载,对《武王伐纣平话》进行加工,把改写的内容编进了他的《列国志传》,其第一卷的内容,即始自"苏妲己驿堂被魅"至"太公灭纣兴国"止,十九则完全是在叙述武王伐纣的故事。不久,许仲琳就进而写成了《封神演义》。不过,虽然《列国志传》和《封神演义》的创作时间距离较近,但是,对《封神演义》起范本作用的,还是《武王伐纣平话》。这个《武王伐纣平话》之于《封神演义》,就像《三国志平话》之于《三国演义》,关系非常密切,因袭成分较多。赵景深先生曾在《〈武王伐纣平话〉与〈封神演义〉》中,把二书逐回比较,从中可以明显地看出二书互相吻合的痕迹:《封神演义》从开头直到第三十回,除了哪吒出世的第十二、十三、十四回外,几乎完全根据《武王伐纣平话》扩大改编;从第三十一回起便放弃《武王伐纣平话》,专写神怪,中间只是偶有穿插,直到第八十七回孟津会师,方才再用《武王伐纣平话》里的材料①。

　　然而,作为神怪奇幻小说的《封神演义》,顾名思义,既是"封神",又是"演义",因此,在题材构成方面与一般的历史演义小说有着明显的区别。作为讲史话本的《武王伐纣平话》和作为历史演义的《列国志传》《有商志传》,虽然有着历史演义小说"以理揆真,悬想事势"和"实者虚之,虚者实之"的虚构特点,但其中并没有过多的神异情节。而《封神演义》则发展了历史演义小说的想象和创造,化真为幻,化实为虚:一方面改写了《武王伐纣平话》的某些情节,如

---

① 见赵景深《中国小说丛考》,齐鲁书社1980年版。

《武王伐纣平话》写许文素进剑除妖,《封神演义》却说是云中子;《武王伐纣平话》写"胡嵩劫法场救太子",《封神演义》却说是仙人救去的等等;另一方面作者在殷周斗争中糅进了不见经传的阐截两大教派的斗争,大批的神话人物,包括曾经独立在民间流传的八臂哪吒、灌口二郎、托塔天王和作者自己创造的申公豹、土行孙等,都被组织在殷、截和周、阐两个阵营的斗争中。于是,政治集团的斗争与宗教门户的斗争混在一起,人间的战争变成了神魔斗法。虽然作者一方面勾勒了"武王伐纣"的历史轮廓,但另一方面又给历史涂上了一层浓厚的神奇怪诞的色彩,这就体现了神怪奇幻小说与历史演义小说汇合的特征,同时也体现了作者创作思想的复杂性。

二、探索历史与侈谈天命的捏合

"武王伐纣"是一个纷纭复杂的历史之谜,它吸引着各个朝代的文人史家。处在风云变幻、矛盾重重的明代社会的许仲琳,也竭力想揭开这个历史的谜底。

首先,由于阶级和时代的局限,作者确实很难正确理解和解释历史和现实中的种种复杂现象。于是,就借助宗教思想,捏造了一条荒唐的"斩将封神"的线索,一切都用"天命"来解释。在"天命"面前,无所谓兴衰变迁,"国家将兴,祯祥自现;国家将亡,妖孽频出";无所谓忠奸邪正,"几度看来悲往事,从前思省为谁仇。可怜羽化封神日,俱作南柯梦里游";亡国暴君纣王和被他剁为肉酱的伯邑考一样被封神,为纣王卖命的闻太师、余化龙和为伐纣捐躯的黄天化、杨任等一样被称为忠臣义士;即使是神通广大的神仙,在神圣而崇高的"天命"面前,也"个个在劫难逃"。在这里,看不到尖锐复杂的社会矛盾,看不到人类社会的发展规律。看到的只是一些笼罩着光圈的神仙和超人的宿命力量。于是,天命的必然性代替了历史的必然性,一场社会历史悲剧成了命运的悲剧。就像古希腊的史诗和悲剧,其中的成败得失都是奥林匹斯诸神决定的一样,任何挣扎、抗争都是徒劳的。可见,"天命"二字是作者有意用来贯穿全书的思想线索。

其次,作为半是神怪奇幻小说、半是历史演义小说的《封神演义》,除了幻想的线索,还有一条"武王伐纣"的历史线索。通过这条描写比较客观的线索,可以看出本书的思想价值。

作者一方面揭露了纣王的无道:设炮烙,置肉林,造虿盆,剖孕妇,敲胫骨;为政不仁,不恤臣民,宠信群小,杀戮大臣,沉湎在酒色之中,致使朝政日非,人心离散,民怨鼎沸,诸侯侧目,这是武王伐纣的原因。同时,作者还仔细地描写了武王及八百诸侯奋起反商的过程,并反复阐述了"天下者,非一人之天下,乃天下人之天下"的道理。可见,武王伐纣,是有道伐无道,是顺应历史发展潮流的,是合乎人心、顺于民意的正义之举。这就形象地反映了一个腐朽的统治集团和一个带有民主性力量的集团间的冲突和斗争的过程,揭示了腐朽必然灭亡和新生必然胜利的历史真理。文学作品的形象往往大于思想。作者也许没有想到,他的这些描写客观上已经推翻了"成汤气数已尽,周室天命当兴"等宿命观念,使人们看到这些斗争和它们的结果是生活本身的规律,并不是什么上天意志的表现。作者也曾几次说到:"纵然天意安排定,提起封神泪满襟。"可见,作者的思想和感情是矛盾的,他并不只是对那些宿命的信条发生兴趣,现实生活中善恶、忠奸等斗争同样也激动着他。正因为如此,使得作品不仅在整体上具有民主性的倾向,即使在一些次要的描写中,也时常能够透露出民主性的光辉,比如哪吒剔骨肉还父母的情节,何等激烈慷慨,表现了人要掌握自己命运的愿望;还有哪吒持枪与父亲厮杀、广成子劝殷郊帮助武王伐纣、黄飞虎叛纣等儿子敢抗父、臣子欲伐君的描写,在那"君要臣死,臣不死不忠;父要子亡,子不亡不孝"的封建宗法制度下,简直是冒天下之大不韪。虽然作者让代表上帝的教主们去主宰人世间的万事万物,但是腐朽的毕竟已经腐朽,而在腐朽的土壤中萌芽的新生的民主根苗,一定会成长、壮大,这是历史的必然。

三、浪漫类型和现实个性的结合

如果说浪漫类型主要是由神怪奇幻小说的特点所决定的话,那么其现实个性的刻画则更多是继承了历史演义小说的形象塑造艺术。可见,这种结合同样与《封神演义》题材构成的特点有关系。

高尔基说:"神话乃是一种虚构。所谓虚构,就是说从既定的现实的总体中抽出它基本的意义而且用形象体现出来,这样我们就有了现实主义。但是,如果从既定的现实中所抽出的意义再加上依据假想的逻辑加以想象——所愿望的和可能的东西,那么,我们就有了浪漫主义。这种浪漫主义就是神话的基础。"① 可见,神话里的形象是可以、而且事实上许多就是作为概念的化身和思想的象征。当然,这与一般作品的概念化不同,它不是作者的主观臆想,而是对现实的概括、现实的抽象、现实的幻化。由于现实生活中存在着背叛正义和弃暗投明的现象,因此,在神仙中就有申公豹的卑劣活动,也有长耳定光仙的

---

① 高尔基《苏联的文学》,人民文学出版社1978年版,第113页。

正义行为,作者通过这两个具体形象概括了现实中某类人的思想品质。另外,这些浪漫主义类型的外形描写,往往也是现实生活的幻化。如申公豹,作者赋予他以一个面朝脊背的形象,这种超现实的外在标志,正是他助纣为虐、倒行逆施的象征。总之,作为浪漫主义的类型形象,这些还是有典型意义的。

现实个性,是与浪漫主义的类型形象相对而言。它描写的不是为概念而想象设置的形象,而是具有一定个性的现实中的人。表现在作品中,就是作者既能写出一些人物的性格的复杂性,比如土行孙机智幽默中有贪痴的一面,闻太师愚忠中又有正直之气等等,他们的性格特征不是一个抽象名词能够概括得了的。同时,作者还能写出人物内心的复杂性,像第三十回对黄飞虎反叛前后的描写:当他听到夫人坠楼、妹妹被害的消息时,是"无语沉吟";当他看到身边四将持刃反商时,是迟疑"自思:'难道为一妇人,竟负国恩之理?将此反声扬出,难洗清白……'";当他想把四将叫回一起走时,转念又把他们大骂一场;而当周纪设计激将时,他便一气之下决定反出朝歌;以后,随着情绪的稳定,就清醒地认识到纣王的无道,终于变被动反商为主动归周。这里,写出了黄飞虎理智与感情的矛盾,以及这个矛盾的发展、转化,从而写出一个有血有肉、活生生的人,而不是"神"。遗憾的是,书中这种较有个性的描写并不很多,特别是一些宗教神话人物,形状怪异,法术离奇,根本看不出有什么性格特征。

四、程式描写和特征描绘的混合

《封神演义》的程式描写,包括抄掇韵语和神仙斗法两个部分。对于这些,我们不能只看一面,也不能简单否定。因为在抄掇韵语的同时,还混杂着一些较有意境的散文描绘;在神仙斗法的后面,还暗含着一些科学想象。如果把"珠玉"从"鱼目"中挑选出来,它们还是会闪光的。

首先,关于抄掇韵语和意境描绘的混合。自然对人类有着直接的关系,人类对自然也有深厚的感情。可是,在中国古代小说领域里,这种关系却很少被重视。虽然也有一些描写,但大都游离于人物性格、感情之外,而且都是套用现成的"有诗为证",几乎不用散文来描写。但在《封神演义》中却出现了奇怪的现象:凡是像古代其他小说中那样用韵语描写自然环境的,不是抄掇前人,就是文笔拙劣,千篇一律,毫无生气;但另一方面不同于古代其他小说的是使用了散文描写手法,并通过移情表现,写出人与景的关系,却是很有新意的。

关于韵语描写,书中多抄掇了《西游记》的文字而稍加改易。比如第十二回哪吒到天宫看天宫景色的韵语,与《西游记》第四回孙悟空乍到天宫所见之景的韵语描写大致相同;第三十九回冰冻岐山通过姜子牙眼睛看的雪景韵语,与《西游记》第四十八回通天河遇雪对雪景的描绘韵语,也有不少文字相同;第四十三回闻太师眼中所见的东海金鳌岛赞,与《西游记》第一回形容花果山的韵语几乎字字相同。这样的描写当然没有景物的个性,没有人物的感情,只能说是环境描写的一种程式。

关于散文描写,则是小说环境描写的一大进步。它突破了堆砌词藻的韵语程式,用清新流畅的散文笔调、富有感情的艺术眼光,写出了不可重复的自然环境,同时又交融着人物的感情。比如第二十三回写弃却朝歌、隐于磻溪、守时俟命的姜子牙,面对渭水,"只见滔滔流水,无尽无休,彻夜东行,熬尽人间万古。正是:唯有青山流水依然在,古往今来尽是空"。这里写流水,也是写"逝者如斯"的人生常情,更是他"何日逢真主,披云再见天"的怅惘期待之情的形象写照。又如写闻太师的出征,所见的景色都染上了怡人的感情色彩;而当败回之时,"但见山景凄凉",不禁"回首青山两泪垂"。因情生景,又触景生情,人情与物态往返交流,达到了情景交融的境界。同时,作者经常用富有特征的景物描写,为人物活动创造了和谐的环境气氛:当渭水文王聘子牙之时,是"三春景色繁华,万物发舒"之日;而妲己设计害比干,则是"彤云密布,凛冽朔风"的冷酷之景。总之,《封神演义》的写景状物虽然有抄袭的现象,也有拙劣的文笔,但比起其他神怪奇幻小说,也有不少富有意境的描写。

其次,关于神仙斗法和科学想象的融合。想象,是文学创作的翅膀,尤其是神怪奇幻小说的创作,倘若没有"神与物游"、超越时空的想象,那么,他的创造就会失去这类小说应有的魅力。许仲琳和其他神怪奇幻小说的作者一样,都具有异常丰富的想象力。但他的想象力不在创造一个系统完整的神话世界,也不在描绘一些奇形怪状的神魔形象,而是在作品里创造了几百种千变万化、无奇不有、令人叹服的"法宝"。例如那个随身法宝累累的赵公明,偏偏遇到了武夷山散人肖升、曹宝。他们只有一件"法宝",是一个长着翅膀的落宝金钱;赵公明每祭起一件"法宝",就被落宝金钱带落,入于二人之手;最后赵公明祭起双鞭,落宝金钱就失效了,肖升被打得脑浆迸裂而亡。又如号称玄都至宝的太极图,据说妙用无穷,可是一沾上姚天君所炼的红砂,也只能失陷在落魂阵里。又如张奎、土行孙的地行术,身子一扭就能钻进地里,并且跑得飞快,真可谓神妙;但瞿留孙有"指地成钢法",一道符箓烧化,他们在地下就寸步难行,只得束手就擒。像如此众多的斗法描写,确实会给人以奇异神妙、轻松愉快的艺术感受,而且对近代科学也有着启示作用。但是,任何事物都必须有个限度,太多的斗法描写,必然会出现千篇一律的程式化,最后导致失去新奇的艺术魅力。这是从艺术的角度来看斗法描写,其中有得也有失。

第五节　历史幻想化的神怪奇幻小说

这是一类由史变幻的神怪奇幻小说。这类小说虽然与历史都有关系,但在明清两代,还是有所侧重,有所变化的:或是以史实为主干,以神怪奇幻为枝叶,把历史故事幻想化,如《平妖传》《封神演义》《女仙外史》等;或是以虚幻人物为中心,以史实为点缀,建造空中楼阁,使幻想故事历史化,如《希夷梦》《归莲梦》等。然而,不同的题材所体现的主旨却经常是探索历史、表现忠奸、揭露现实三者结合在一起的;同时,在形象塑造方面也有共同特征,就是人性重于神性,活动多在人间。

下面我们分由历史故事而幻想化的神怪奇幻小说和由幻想故事而历史化的神怪奇幻小说这两类分别加以分析阐述。

一、历史故事的幻想化

罗贯中与冯梦龙的《平妖传》、吕熊的《女仙外史》和《封神演义》一样,都是把历史故事幻想化的神怪小说。

《平妖传》,全名《三遂平妖传》,二十回,元末明初罗贯中编。现存的钱塘王慎修校梓的四卷二十回本,即为通常所称的武林旧刻,是罗贯中原本的重刻本。冯梦龙于明末万历四十八年(1620)根据此本增补成四十回的《新平妖传》。一般认为现存泰昌元年张无咎序的《天许斋批点北宋三遂平妖传》是冯梦龙增补的原刻本①。从二书核对的情况看,冯本的改动很大②。但都是在演

---

① 陆树仑在《〈平妖传〉版本初探》中考述:现存的二十回本《平妖传》,不是王慎修重刻罗贯中原本的"武林旧刻本",而是一种复刻本配本;冯梦龙增补《平妖传》在泰昌元年以前,天许斋批点的本子不是冯梦龙手授,是天许斋擅自翻刻的本子。见《冯梦龙散论》,上海古籍出版社1993年版,第101—129页。

② 四十回本与二十回本《平妖传》核对的情况是:天许斋本第一回至第十五回,纯属新增;天许斋本第十六回至第二十五回,相当于二十回本第一回至第七回,增补了三回;天许斋本第二十六回至第三十回,相当于二十回本第八回至第十二回,不见增补;天许斋本第三十一、三十二回,相当于二十回本第十三、十四两回,增补了个别情节;天许斋本第三十三回至第四十回,相当于二十回本第十五回至第二十回,增补了两回。

化宋代贝州王则起义及被镇压之事。四十回本前十五回主要写蛋子和尚盗得九天秘籍"如意册",在圣姑姑的主持下,和左黜儿一道,炼成七十二般道术。十六回起和二十回本的第一回衔接起来,写胡媚儿托生到胡员外家,改名永儿,在其前世生母圣姑姑的秘密传授下,练就一套杀伐变幻的本领,并在圣姑姑的周密安排下,超度了卜吉、任迁等,收之为党羽;又把永儿嫁给王则为其内助,同时嘱托众妖人一齐做王则的辅佐。然后趁贝州军士哗变之机,以妖术挪运官库中钱米,买军倡乱,杀死州官,据城为王。朝廷遂派文彦博率师剿杀,因得诸葛遂智、马遂、李遂"三遂"之助,最后是"贝州城碎剐众妖人,文招讨平妖转东京"。

《女仙外史》一百回,约成书于康熙四十二年(1703)。作者吕熊,字文兆,号逸田叟。作品假托唐赛儿系嫦娥转世,燕王朱棣系天狼星被罚,他们为了天上的夙怨便在人间成了仇敌。燕王起兵谋反,攻入南京,建文皇帝逃走,而唐赛儿就起兵勤王,普济众生,经过前后二十多年的争斗,最后兵临北平城下,追斩朱棣于榆木川,功成升天。

关于王则起义和唐赛儿起义之事,正史都有记载。前者见于《宋史·明镐传》、《通鉴长篇纪事本末》等书;后者见于《明史·成祖纪》《明史纪事本末》等书。《平妖传》《女仙外史》虽然是以这两次起义为题材,但却是在作者主观创作意图指导下变形的描写。《平妖传》是歪曲起义的事实,把"官逼民反"的起义写成是道首圣姑姑的点化和授意,因而把起义领袖视作"妖人",把他们殊死的斗争称为妖术,使王则起义的本事退居次要地位,而神魔妖魅的活动反而成为故事的主体。《女仙外史》是改变起义的性质,作者在开篇就陈述题旨:"女仙,唐赛儿也,就是月殿嫦娥降世,当燕王兵下南都之日,赛儿起兵勤王,尊奉建文皇帝位号二十余年。而今叙他的事,有乖于正史,故曰《女仙外史》。"可见,作者为了表现"褒忠殄叛"的主题,有意地把唐赛儿起义和明王朝削藩与反削藩的斗争扯在一起,杜撰了许多情节,把农民起义写成统治阶级内部的斗争,从而改变了唐赛儿起义的基本性质。

《平妖传》和《女仙外史》虽然未能正确地反映起义的历史进程,但一些客观的描写和民间的传说,却在某种程度上反映了当时的社会历史风貌,具有一定的认识价值。

首先,在探索历史方面。作为历史故事的演化,二书的作者都能在作品中透露出较为进步的历史观。《平妖传》虽然把起义英雄视为"妖",但能在第三十七回借李长庚之口明确指出:"妖不自作,皆由人兴。"龚澹岩在评《女仙外史》第十七回时也总结道:"天定可以胜人,谓一时之败。人定可以胜天,乃百世之纲常。"从"妖由人兴"到"人定胜天",可以看出两部作品对历史探索的共同基调。

第二,在表现忠奸方面,主要是借历史影射现实。像《女仙外史》写唐赛儿起义勤王的耿耿忠心和铁、景二公的忠愤气概、英灵飒爽,写叛臣的凶残暴虐,都表现出鲜明的褒贬之意。然而,作者所表彰的不仅仅是忠于建文帝的"忠臣义士"、"烈媛贞姑",所诛伐的也不仅仅是燕王和助燕的"叛臣逆子",而是借写明初的史实来隐喻他对明清之际社会现实的看法,从而寄寓作者的故国之思、亡国之痛。

第三,在揭露现实方面。《平妖传》一方面揭露了统治阶级的腐朽和贪婪,客观上透露了"官逼民反"的真实消息;同时还描写了病态的封建社会的许多丑恶现象。《女仙外史》则在抨击封建社会末期的种种社会弊病的同时,还针对弊病提出了某些大胆的社会政治主张,如重订取士制度、颁行男女仪制、奏正刑书、请定赋役等,从而使处在水火之中的人们能够呼吸到一些希望的气息。

那么,作者是如何把这两个历史故事幻想化的?

第一,杂以神仙道士之术。道教之方术大致有三,即符箓祈禳禁劾诸术、守庚申、行跷变化。此类神怪奇幻小说一般用其行跷变化之术。《抱朴子内篇·遐览篇》云:"其法用药用符,乃能令人飞行上下,隐沦无方。含笑即为妇人,蹙面即为老翁,踞地即为小儿,执杖即成林木,种物即生瓜果可食,画地为河,撮壤成山,坐致行厨,兴云起火,无所不做也。其次有玉女隐微一卷,亦化形为飞禽走兽,及金木玉石,兴云致雨,方百里,雪亦如之。渡大水不用舟梁。分形为千人,因风高飞,出入无间。能吐气十色,坐见八极及地下之物。放光万丈,冥室自明。亦大术也。"[①]作者宣扬这些法术,在作品中构成一个光怪陆离的神魔世界。如《平妖传》中的"博平县张鸾祈雨,五龙坛左黜斗法","圣姑永儿私传法","八角镇永儿变异相"等;《女仙外史》中的"小猴变虎邪道侵真,两丝化龙灵雨济旱","黑气蔽天夜邀刹魔主,赤虹贯日昼降鬼母尊","剑仙师一叶访贞姑"等等。这些描写,虽然给作品增添了奇幻色彩,但却明显地堕入神怪奇

---

① 葛洪著,王明校释《抱朴子内篇校释》,中华书局1980年版,第309页。

幻小说的程式描写中，不仅文笔欠佳，同时，由于把人间的战争变成神仙异僧的法术之争，因此也失去其思想意义。

第二，贯以想象幻想之情。永儿的降世，是胡员外得仙女画，其妻焚之，因孕而生，然后由此再生出一串神奇变幻之事。唐赛儿的出世，则是由于嫦娥与天狼星的夙怨未结，玉帝敕其投胎人间，并由她来掌管人间的赏罚大权。用超现实的幻想力量来决定人间一切的故事，虽然同《封神演义》一样，不能导致人类对本身内在情感和社会生活的奥秘的深入了解，但是我们应当看到，《女仙外史》的作者已经不仅仅是从宗教迷信的角度来幻设情景，他在自跋中清楚地谈到，"以赏罚大权畀诸赛儿一女子"，"是空言也，漫言之耳"。"熊也何人，敢附于作史之列？故托诸空言以为《外史》"①。可见，作者并不想让人们相信他的幻想之情，而是有意借此化真为幻、化实为虚之笔法，在作品中造成一种迷离新奇的审美意趣，从而在虚幻的神秘性方面打动读者的情感。

同时，二书的作者还摭取了具有朴素意识的民间传说和有关仙真、山岳河渎的神话传说，把它们编进"起义阵线"，用它们反映社会风貌。

第三，衬以奇幻瑰丽之景。《平妖传》的环境描写，如第二十三回九州游仙枕所幻现的仙境，第二十八回蓦坡寺瘸师入佛肚所见的世外桃源等，不可谓不奇不幻；《女仙外史》中也不乏海市蜃楼式的描写，如第五十三回中莆田九峰的楼台亭榭的幻影、雷州岭畔蜈蚣哄牛的幻景等。但是这些都还没跳出一般神怪奇幻小说描写的框框。可喜的是，《女仙外史》的环境描写中还为我们展现出一个诗的境界。比如第十八回二金仙九洲游戏那移步题诗的笔法，第四十七回登日观诸君联韵，还有第七十六回唐月君梦错广寒宫那似梦非梦的描写：

说话间，早见翠微之际，双阙凌穿梭，是白玉琢成的华表，雕镂着素凤，盘旋欲舞，如活的一般。月君看阙上的榜，是"广寒新阙"四字，心中甚是怀疑。回顾二女鬟，已不见了。信步行去又见万仞崇台，在空明窅霭之中。乃飞身而上。有横额在檐，曰："一炁瑶台。"凭阑四眺，依稀银河滉漾，桂殿玲珑，大为奇诧。忽而清风徐来，天香一片，沁人肌骨。三足灵蟾，跳跃于前，玉兔举杵，回翔于左右。月君不觉失声曰："异哉此我广寒府耶？我今复归于月殿耶？"又想："我初然是梦岂其已经尸解耶？抑并肉

---

① 《女仙外史》卷首《古稀逸田叟吕熊文兆自叙》。

身而羽化耶？"又一想："我道行未足劫数未完,焉得遽返瑶台耶？适才二女,岂上所使召我者耶？何以双无玉旨,其仍然是梦耶？不然,何以羽衣霓裳之素女,又绝不见一人也？"

作者不是套用"有诗为证"的程式进行主观描写,而是"按头制帽",让作品的人物根据自己的心境、审美观来描绘。这是在《封神演义》基础上的一大进步,对后代的创作起着有益的借鉴作用。

除上述《三遂平妖传》和《女仙外史》二书外,还有一部值得一提的将历史故事幻想化的神怪奇幻小说,这就是《三宝太监西洋记通俗演义》,简称《西洋记》,二十卷一百回,现存最早刻本是明代三山道人刻本,首有二南里人序,正文题为《新刻全像三宝太监下西洋记通俗演义》。据考证,作者为罗懋登,字登之,号二南里人,主要活动在明万历年间。书叙明初郑和、王景弘等人下西洋通使三十余国之事,并穿插了许多神魔故事和奇事异闻,在历史故事幻想化的神怪奇幻小说中是颇有特色的一部。

发生于明初永乐年间的郑和下西洋,不仅《明史》有记载,而且还留下了许多史料和传说。史料方面有一批随郑和出使的人们的著作,如马欢的《瀛涯胜览》、费信的《星槎胜览》以及郑和本人所写的《通番记》等;传说则主要是大量的民间传闻,在郑和还活着或者死后不久的时候,他下西洋事迹已被神化,从而在渴望探求奇异的人们心中唤起了浪漫的幻想。罗懋登就是在这些史料和传说的基础上,创作了《西洋记》,其中真人和神人杂陈,佛教和道教混同,史实和幻想并列,在逞才炫学中表现作者崇佛抑道、不满现实、痛心国威不振、希望重现郑和下西洋的历史盛貌以实现重振国威的理想。但是,由于作品掺杂的神魔成分太多,因此与作者慷慨的本意不甚相符。在艺术表现方面。《西洋记》最突出的特点就是广收民间传说,使一些情节叙述起来比较生动感人;其次是诙谐,作者往往能在一些浅俗的插科打诨中寄寓较为深刻的意义。然而,《西洋记》艺术表现的缺点比优点更为明显。在形象描写上,往往是堆砌对话,极少细节描写和性格刻画;在战争描写上,多袭《三国演义》《西游记》《封神演义》,缺少独创性;另外,"文词不工",叙述枝蔓,也是此书不为后人称道的原因。

总之,这类以历史故事为主体、以幻想为枝叶的神怪奇幻小说,虽然其枝叶对人们认识主体有所妨碍,但从审美心理看,却造成一种艺术距离感。因此，当人们读这类作品时，逐渐不把它们当成历史，而是作为小说来读，颇受读者的欢迎。而当这些接受阶层的情况反馈到小说作者的笔下，就出现了幻想成分增多、历史成分减少的创作趋势。

二、幻想故事的历史化

在这一类奇幻小说中，《希夷梦》和《归莲梦》是其中有代表性的两部小说。

《希夷梦》四十卷四十回，清安徽徽州府汪寄撰，现存嘉庆十四年（1809）刊本。书叙陈桥兵变时，正在成都连横的周臣间邱仲卿，得悉李筠耻降自焚，乃悲愤欲绝，投涧殉国，恰逢道士度救。仲卿并未马上入山，却与韩都指挥之弟韩速暗谋复国，讨伐反贼。然"报恩复国兮独力艰"，二人只好暂投江南林仁肇谋事，奈唐主昏庸、众臣无能，遂潜逃出走，途中施法，躲过按图寻捕之关卡，后经道士指点，欲入名山。忽仲卿被风刮到一岛国，改名古璋，吹笛招食，食未得，却遇西大夫，遂为之治"春水河之干涸，玉砂冈之乱杂"及"文风之衰弱，武备之荒疏"，岛主佩服，却引起奸佞痛恨。于是，在岛国施展了平时无法施展的治世之才，也在岛国幻演了宋代三百年的兴亡史。最后，"功名何处梦回剩得须眉白，疆土实存国丧仍余篡夺评"，仲卿、子邮虽然能除"山中水内伤人之妖"，却不能诛"人间噬残生民之妖"，终骑鲲鹏远逝。

《归莲梦》十二回，清无名氏撰，题"苏庵主人新编"、"白香居士校正"，大约是雍正、乾隆年间的作品。书叙山东泰安县白氏女，父母早亡，流落至泰山涌莲庵，拜高僧真如为师，取名莲岸，十八岁时别师下山，立志要"做一成家创业之人"。路上遇到白猿仙翁，授她天书一卷，学得了神通法术，遂招集民众，创立白莲教。在灾荒遍地、官府横征之时，他们周济贫乏，争取民心，联络豪杰，壮大声势，为救穷苦百姓而高举义旗，官府派兵征剿，屡为所败。朝廷无奈，下旨招安。于是，白莲岸的英雄梦，却以其失败为归宿，降后几被杀害，幸得其师搭救，并点破前因后果，终入仙列。

从二书的题材构成看，都与历史有点关系，但却不同于《平妖传》《女仙外史》，它们不是演化某个具体的历史事件，把历史故事幻想化，而是借虚构之事写历史、现实及理想，使幻想故事历史化。《希夷梦》的故事主体是在作者幻设的岛国中展开的，其中的人物、情节大多于史无据，陈桥兵变之史实，只是作为引子而存于卷首；《归莲梦》并不是写哪一朝代哪一次白莲教起义之事，而是幻演元、明、清三代的白莲教武装斗争的片断，其中的人物、情节也大多于史无据,王森立教之史料只是作为点缀而已。同时,由于《归莲梦》中有不少言情的成分,因此可以说,它是历史演义、英雄传奇、神怪小说与才子佳人小说相结合的产物。这样,从《封神演义》历史演义与神怪奇幻的结合、到《女仙外史》历史演义、英雄传奇与神怪奇幻的结合,再到《归莲梦》,我们可以看出中国古代小说由单一题材到多种题材相融会的发展轨迹。

那么,作者借虚构之事来写什么样的历史、现实与理想?主要表现在两对矛盾的处理上。

首先,在探索历史方面,是强调天意与注重人事的矛盾。这与前面几部小说似有相同之处,但二书更注重对人事的剖析。《希夷梦》中的幼帝或乐观地认为"天命在周,赵氏自必残灭",或悲观地认为"赵氏之兴,实出天命",这里虽然把兴亡都归于天命,但这只是作为否定的靶子而树于作品中。因此,作者能够清醒地认识到:"奸诈是尚,仁义丧亡,四维既不能修,传国又何能久","承祧之用异姓,二王之不得其死,天纲何常疏漏哉?皆由废弃仁义、狙诈成风之所致也"。于是,作者就借幻设的岛国为舞台,演出了一场显扬忠烈、扶植纲常的历史剧。《归莲梦》中白莲岸义军的失败,作者认为是由于"天意",但作者又侧重表现了人事违背天意的思想。曾经授天书给白莲岸的白猿仙翁,在收回天书时对程景道说:"当年女大师出山时,我曾传他一卷天书,要他救世安民。不想他出山兴兵构怨,这还算天数。近闻他思恋一个书生,情欲日深,道行日减。上帝遣小游神察其善恶,见他多情好色,反责老夫托付非人,老夫故特来与他讨取天书,并唤他入山。"这可以说是总结了白莲岸起义失败的主要原因:由于她的"兴兵构怨"、"情欲日深",违背了"救世安民"的"天意"。可见二书是发展了《女仙外史》中"人定可以胜天,乃百世之纲常"的思想,从而在神魔小说中表现出比较冷静、理智的探索精神。

其次,在探索人生方面,是理想与现实、即追求功名与理想幻灭的矛盾。这种思想是前几部神怪奇幻小说较少表现的。不管是《希夷梦》中的子邮、仲卿,还是《归莲梦》中的白莲岸,他们都有建功立业的雄心壮志,子邮曾说:"大丈夫自应随时建德成名,流芳百世。若人人甘死牖下,天下事孰旨为之。"白莲岸也立志要"做一成家创业之人"。但是,几经曲折,几经苦乐,几经奋斗,理想无法实现,现实毕竟残酷。于是,最后都归一"梦"字:"功名何处梦回剩得须眉白","莲梦醒时方见三生觉路",沧海桑田,如同幻梦,冤仇恩爱,皆成空花,人生的意义和目标在这里找不到答案,虽然他们最后或立地成佛,或成仙远逝,然而却在人世间留下了问号与感叹号。

为什么清初这两部神怪奇幻小说会笼罩着这么一种人生空幻感?这与当时的时代思潮有着直接的关系。在清代初年,改朝换代的大规模血腥搏斗,老大帝国一旦灰飞烟灭引起的震惊,还有激烈的民族斗争等等,所有这一切,促使许多文人对明末清初的动荡历史进行反思。由于小说作家不可能完全跳出封建历史意识的循环观和道德观的樊笼,注定了他们只能堕入宿命论和虚无主义泥潭,于是在作品中就表现出从历史空幻感到人生空幻感的悲剧情怀。另外,由于清初推行的是保守的经济、政治、文化政策,便把正在成长的资本主义萌芽打了下去。于是,从社会氛围、思想状态、观念心理到文艺各个领域,都出现了倒退性的变易,使得正在发展的浪漫文学,也一变而为感伤文学,这在当时历史题材的作品中得到最迅速、最敏感的反映。在这种时代思潮的影响及文学情势的推动下,当神怪奇幻小说与历史演义内容结合时,就有可能出现这种无可奈何的人生空幻感。这样,从《西游记》及其续书到《希夷梦》、《归莲梦》,从喜剧色彩到悲剧氛围,从浪漫文学到感伤文学,我们可以看到时代思潮是如何地影响着一种小说题材的内在变化。

至于二书的艺术水平,从整体看是比较低拙的。但是在个别方面却能够提供出新的东西,从而显露出中国小说艺术发展的足迹。

首先,在《希夷梦》中创造了一个独特的天地,即由作者虚构出来的六十小时为一日的岛国世界。前面几部宗教奇幻小说,虽然突破了现实性的描写空间,构筑出奇幻瑰丽的神话世界,但这幻想性的描写过于荒诞,如孙悟空,一个筋斗云翻十万八千里,这固然使人感到新奇,同时也使人意识到这是幻想世界。而《希夷梦》中的岛国世界,虽然也是幻想,但由于其描写的合理性、现实性、精确性,使人们忘记这是一个假定的世界。而一旦意识到这个幻想的假定性,便如大梦初醒,从而对历史、现实进行反思,这就开阔了人们的思维空间,收到其他作品所难达到的艺术效果。

其次,《归莲梦》中白莲岸形象的塑造,表现出多种题材互相融合的特征。首先,她具有传奇式英雄那性格豪爽、蔑视一切、坦率真诚、讲究义气的特征,因此,她襟怀阔大,雄心壮伟,敢为救穷苦百姓而举义旗。然而,作为一个佳人,一个年轻貌美又有权势的女人,她又不能像传奇式英雄那样全心全意地为事业牺牲一切,因而为了个人的情恋而断送了千万人的正义事业,这是英雄与佳人的结合体。另外,白莲岸备知兵法以及神诡变幻之术,具有其他神怪奇幻小说形象的神通特征,但她又是一个普通的人:在战斗中,她也有失败的时候;在生活中,她也有人的情义。她迷恋着王昌年,但她又尊重王昌年对香雪的爱情。正因为白莲岸对王昌年的爱情是真诚的,所以她敬佩香雪对王昌年的忠贞。这又是仙人与凡人的结合体。可见,这个人物性格不是单一化的,这个英雄形象不是高、大、全的,而是一个活生生的、具有较强个性的起义首领形象。

第六节 民间故事演化的神怪奇幻小说

民间文学与作家书面文学,随着社会和文学本身的发展,逐渐成为各自相对独立的东西。可是,到了宋、元以后,由于市民阶层的通俗文学这一桥梁,在某种程度上又接通了民间文学与作家书面文学。于是,大量的民间故事流入文人的作品中,尤其在明清的神怪奇幻小说中,或成为作品的点缀,或成为枝叶,或成为主干,我们把这些作品归为民间故事演化的神怪奇幻小说,包括宗教故事的演化和民间故事的加工两部分。它们主要有三个共同的基本特征:第一,多是由流传在人民口头的一些民间故事结集而成;第二,与民俗生活的关系特别密切,因此,社会影响很大;第三,都是经过文人加工、演化的。

一、宗教故事的演化

宗教故事是指那些宣扬宗教教义、神化仙佛行事的民间故事。神怪奇幻小说有一部分是由这类故事演化的,如余象斗等编辑的《四游记》,即《八仙出处东游记》《华光天王传》(南游记)《玄帝出身志传》(北游记)《西游记传》(《西游记》之简本)雉衡山人的《韩湘子全传》朱鼎臣的《南海观音出身传》等。

《八仙出处东游记》,简称《东游记》,五十六则,明吴元泰编,余象斗刊刻。书叙上洞八仙铁拐李、汉钟离、蓝采和、张果老、何仙姑、吕洞宾、韩湘子、曹国舅得道成仙之事。中间插叙吕洞宾弈棋斗气、下凡助辽萧太后侵宋,与杨家将对阵;汉钟离亦下凡助宋破阵,召回洞宾;末叙八仙在赴蟠桃宴的归途中,各以法宝投海浮渡,惊动东海龙王,因太子劫取玉板及采和,七仙往索,与四海龙王大战,初败后胜,后经观音调解,方才停战言和,各回本处。

以八仙为题材的小说,还有稍晚于《东游记》的《韩湘子全传》,八卷三十回,题"钱塘雉衡山人编次"。雉衡山人,明万历时杭州人,即写《东西晋演义》的杨尔曾。此书现存最早的刻本是明天启三年(1623)的金陵九如堂刻本,正文书题《新镌批评出相韩湘子》。前八回叙韩湘子身世及学道经过,后二十二回讲述韩湘子超度韩愈等人的事迹。

《玄帝出身志传》二十四则,明代余象斗编。书叙隋炀帝时,上界玉帝在三十三天设宴,宣众真君赴会。忽见九重天外南方巽宫刘天君家琼花宝树,毫光灿灿,金花盛开。玉帝欲得此树,闻众神言,需为刘天君后代方可享用,因以自己三魂中之一魂前往投身为子,名长生,遂得朝夕供养赏玩。由于护树的七宝如来当不起玉帝后身的供养,遂化为道人劝说长生修行返真。长生醒悟,修行二十年,后又转世三次:先为哥阁国之太子,名玄明;再为西霞国王之子,名玄晃;三为净洛国之太子,名玄光。因感酒色财气之累,遇斗母元君点化,私往武当山修行,历四十年,仍归天界,封玉虚师相北方玄天上帝,重掌太阳宫。后又受封北方真武大将军,前往下界除邪灭妖,使得人民安宁,宇宙清肃,民感其恩,为立庙扬子江武当山,以奉香火。至明永乐时,又率众天将下凡,击退蒙古兵入侵。帝命广建庙宇,重塑金身,以昭其功。

《南海观音出身传》二十五则,明朱鼎臣编辑。朱鼎臣,明万历间人,曾有《唐三藏西游释厄传》名闻于世。书叙须弥山西林国妙庄王因往西岳求嗣,遂得妙清、妙音、妙善三女。妙善原是仙女转世,自幼即立志修道。由于不从父亲招赘之命,被囚禁后花园,后因王后说情,王许至白雀寺修行。寺尼受王命,百般折磨妙善,欲逼使回宫,由于众神相助,未成。王遂命火烧白雀寺,妙善刺血化作红雨灭之。后妙庄王又以彩楼诱之,以死刑吓之,皆未能改其修行之志。最后,妙庄王决然把她斩首,尸却为虎衔救。妙善魂游地府,普度众鬼;还魂后,受太白金星指点,至香山悬岸洞修道,九年修成,因名观世音。时玉皇为惩妙庄王杀人放火之罪,降疾其身,妙善化为凡身前往治病,并在妙庄王被魔受难之际,救得君臣返国。最后,妙庄王一家团聚,皆敬佛修行,终于同归净土。

八仙是传说中的道教八位神仙。关于他们得道成仙之事迹,不仅在民间广泛流传,也多见于唐宋元明文人的记载。不过在宋以前的著述中,如唐段成式的《酉阳杂俎》、宋刘斧的《青琐高议》等,多把他们作为宗教人物来记载。其中虽然不乏神异成分,但却没有作者的感情;到了元人杂剧,八仙才由散到合,逐渐走入文学领域。据王汉民《宋元八仙戏简论》统计,有关八仙的元杂剧剧目有11种,不过作品中八仙组合的名单不尽相同。吴元泰就是在这基础上,集合了民间传说、宗教材料以及前人的文学创作成果,如钟吕大破天门阵,有可能是节抄《杨家府演义》的,而八仙过海闹龙宫,则是根据元曲《争玉板八仙过沧海》改编的。同样,玄帝与观音,一个是道教大神,一个是佛教大神,二者在民间的影响最大,信仰最众,他们的传记曾经作为宗教故事收入《三教源流搜神大全》《历代神仙通鉴》等佛道的著作中。由于这些书是从宗教活动的实践需要出发,因此也不能算是文学。所有这些宗教人物故事,当他们进入文学领域、演化为小说时,作者就不是从宗教活动的需要出发,也不主要是表现自己的宗教意愿,而是基本上脱离了宣传教义的功利目的,从而对现实生活作折光的反映。

首先,表现了人间的感情和希望。《东游记》《玄帝出身志传》《南海观音出身传》,虽然书中也有"因果循环"、"善恶有报"、修行修道等佛、道教义的直接反映,但这些都是带有作者的感情色彩的。其中的描写并不是依据理性的客观逻辑,而是依据情感和愿望,即人间的情感和希望,采取了超人间的宗教幻想形式去表现。

妙善敢于违抗父亲要她招赘之命,同时还斥责妙庄王:"爹爹正觉昏迷,邪心炽盛。你为万民之主,不能齐家,焉能治国。"作为一个弱者,她执著地追求一种不依附于强者、不为他人意志左右的个性;作为一个善良的女人,她又真心地希望能"医得天下无万颣之相,无寒暑之时,无爱欲之情,无老病之苦,无高下之相,无贫富之辱,无你我之心"。在这里,为善的,妙善得到了好报;作恶的,二驸马得到了恶报。在《玄帝出身志传》《东游记》中,当我们撇开说教的成分,把它们作为文学作品来看时,同样可以感受到一种谴责丑恶、赞美意志、表现强烈的正义力量和英勇献身精神的美学力量。同时也可以看出,作者在书中把邪不敌正的思想表现得较为充分,从而曲折地反映出人们在征服自然、征服邪恶的斗争中力量的增长。

其次,反映了传统文化的民族特色。表现在以下几个方面:第一,进取性。每个民族的传统文化,似乎都有实际的、世俗的和想象的、神奇的两个系统。在中国长期的封建社会中,孔子的儒家学说支配着人们的世俗生活,而只要进入神秘幻想世界,则道家的影响无处不在。我们从八仙、观音的修道及真武大帝除害等的描述中,可以看到道教文化具有爱好和追求奇异事物的意向以及对人的潜在能力的乐观自信。作为万物之灵的人类,可以通过寻访名师,勤学苦练,就能掌握制御万物的"道",成为天地间的强者:"其不信天命,不信因果,力抗自然,勇猛何如耶"①。第二,融合性。佛教传入中国,给中国文学带来

---

① 许地山《道教史》,商务印书馆1934年版,第84页。

第五章 神怪奇幻小说

了新的题材、新的文体,同时也为神怪奇幻小说的创作提供了新的文学形象。《南海观音出身传》中的观音形象,本来是一个佛教大神,作者却让她去修道,并以丹药、甘露济人,使佛教之神道教化;同时,作品以一人得福、千人受禄的大团圆结尾,使得佛教天宇世界中的诸神力菩萨也完全汉化起来,从而表现了中国文化善于融合外来文化的特色。另外,在《东游记》、《玄帝出身志传》这些道教人物故事中,也掺和着大量的佛教故事,这同样表现出中国文化的融合性。

关于这类神怪奇幻小说的艺术特征,主要表现在与宗教的一个联结点与一个分离点上。

首先,宗教与艺术的想象是重叠的。在以自然崇拜为主的原始宗教时期,宗教发挥了自己的想象,并且总是用肉眼可见的具体形象去解释自然现象,这就使得宗教与以想象和形象为主要特征的艺术合二为一。随着人类社会的不断进步,科学技术的日益发达,宗教的想象和艺术的想象在掌握和解释世界这一点上逐渐分离,但又在追求人类的理想和希望这一点上重叠了。于是,在阶级社会中,大量的宗教故事幻现出的降魔除妖、伐恶从善、救苦救难、无所不能的完美人格解救了芸芸众生的苦难,使得被压迫者惨痛的心灵得到慰藉,向人们提供了虚幻的生存希望,从而成为文学艺术家们讴歌和赞美的对象。像《玄帝出身志传》中的真武大帝、《南海观音出身传》中的观音菩萨、《东游记》的八仙等,都是以宗教的虚幻,达到表现人间理想、寄托人间希望之目的的艺术形象。因此说,在这类小说中,宗教与艺术的想象是重叠的。

然而,宗教毕竟是宗教,艺术毕竟是艺术,二者虽然有想象重叠的特点,但在整个构思过程中,并非完全重叠。因为宗教想象最后都归结到一种信仰,一种狂热的、稳定持久的信仰。而艺术想象的归结点则是美感,是自由灵活的艺术创造。这种分离点表现在形象的描写上,宗教想象更侧重于通过渲染来美化形象的外形,而艺术想象则更侧重于通过行动来表现形象的内质。像宗教故事中描绘玄天大帝得道之时有一大段的夸张形容之词;写观音是慈爱典雅,俊秀飘逸,脚踏莲花,手持净瓶,一滴杨枝水,便化作人间雨露甘霖这样一个"神女"的形象。这很美,但虚幻飘渺,距离我们太远。而在小说中,这类描写减少了,插增的是大量能够表现内在形象的民间故事和佛、道典故。虽然这些故事的宗教意味很浓,但一经艺术想象的重新组织,便进入文学作品为创造形象服务,原来的宗教意味被冲淡了。然而,冲掉的是愚昧,沉淀下的是作为艺术形象所表现的人类的追求精神和英雄气概,因此,他们便具有了内在美的力量。

二、幻想故事的改编

民间文学演化的神怪奇幻小说也有一部分是根据民间故事传说加工而成的。像明朱名世的《牛郎织女传》,玉山主人的《雷峰塔奇传》,就是根据民间四大传说中的两个传说加工改编的。

《新刻全像牛郎织女传》四卷,题"儒林太仪朱名世编"。朱名世生平不详。有明万历间福建建阳书林刊本①。

牛郎织女,是从星座传说衍化而来的。在《诗·小雅·大东》中,织女、牵牛尚为天汉二星;到《古诗十九首·迢迢牵牛星》,虽然仍为天上二星,但人物形象已呼之欲出。到南朝梁殷芸《小说》则云:"天河之东有织女,天帝之女也。年年机杼劳役。织成云锦天衣,容貌不暇整。帝怜其独处,许嫁河西牵牛郎,嫁后遂废织纴。天帝怒,责令归河东,但使一年一度相会。"②这时,牛郎织女故事梗概已备,后来民间据此流传演化:织女为天帝孙女、王母娘娘外孙女;牛郎则是人间的贫苦孤儿,常受兄嫂虐待。其时天地相距未远,银河与凡间相连,牛郎遵老牛临死之嘱,去银河窃得织女天衣,二人遂为夫妻,男耕女织,生活幸福。不意天帝查明此事,立遣天神逮织女上天;牛郎与儿女因得老牛相助亦上天追寻织女,王母娘娘却用金簪在织女与牛郎之间划成一道天河,使得他们隔河相望,悲泣不已。后终感动天帝,许其一年一度于七月七日鹊桥相会。

到了朱名世的小说,织女是上界斗牛宫中第七位仙女,牛郎则是金童转世。书叙玉帝遣金童向斗牛圣母借温凉玉杯,金童遇织女一见留情,织女亦无心一笑。圣母怒,奏玉帝,罚织女居河东工织,金童则贬下凡尘受苦,投生于洛阳县牛员外家为次子,名金郎。父母亡故后,常受嫂马氏凌虐。金牛星受玉帝命下凡,化作黄牛与金郎作伴;分家时,金郎遵金牛暗嘱,仅索黄牛及衣食。金童被贬已十三年,太白金星奉命下凡点化,因悟前生,留书其兄,携金牛星随太

---

① 二十世纪三十年代国内还出现过一本写牛郎织女故事的小说,十二回,戴不凡认为此书应是出于古本而非近撰。
② 殷芸《小说》久已散佚,鲁迅1910年将之辑录成书,余嘉锡1942年撰成《殷芸小说辑证》,周楞伽在两者的基础上辑注而成《殷芸小说》,1984年由上海古籍出版社出版。以上三者均未辑录该条佚文。该条佚文见明冯应京《月令广记·七月令》另有白晓帆《殷芸〈小数〉佚文辑录及其文献传播略考》一文,发表于《求索》2011年第12期,亦辑录此佚文。

白金星回天，在天河边与织女重逢。于是，玉帝赐金童、织女在灵藻宫内成婚；因婚后疏朝觐，以致再次遭贬，各分东西。后因太白金星会同太上老君上本，请准玉帝，遂得每年七月七日相会一次。

《雷峰塔奇传》五卷十三节，内封书题《新本白蛇精记雷峰塔》。除卷之四署"爱莲室主人校订"外，余俱题"玉花堂主人校订"。卷首有嘉庆十一年（1806）芝山吴炳文序。这是继明代冯梦龙《白娘子永镇雷峰塔》拟话本之后，《白蛇传》在小说体裁演变过程中具有重要作用的一部小说，它吸收了同时代以宝卷、戏剧、说话等多种形式流传的《白蛇传》传说的情节，并使用了多重叙事视角对这些情节进行改编，虽然小说有意强化了因果报应思想，但另一方面却成功地将小说中的人物形象进行了转换，肯定了白娘子的"主人公"地位，从而完成了从女妖害人的主题向肯定与宣扬真爱至上的主题的转变。

从民间故事到神怪奇幻小说，我们可以从三个方面来看这种改编的得与失。

第一，把已经脱离宗教的民间故事又涂上宗教的色彩。牛郎织女的传说，在民间幻想故事阶段并没有宗教的色彩，也看不到对神的歌颂，有的只是对神的谴责与怨怒，是把他们作为人间悲剧的制造者而设立于作品中的。而到了神怪奇幻小说，奇幻往往与宗教有关系，于是，便把已经脱离宗教的民间故事又涂上了宗教的色彩。首先，把凡人牛郎变成仙人金童，把具有魔法的老牛变成金牛星的幻化；然后，把一个人间孤儿因受虐待而向往幸福的美丽幻想故事，变成一个天上仙人因心生"魔"而被罚受苦的神魔幻想故事。在这里，神的最高代表玉帝并不使人感到可恶，因为他还特命金牛星下凡化作黄牛与金郎作伴，也赐金童、织女成婚。金童、织女的结局，不是由于外在压迫的客观必然性，而是他们自己造成的。《雷峰塔奇传》中也有不少斗法的描写，还有"奉佛收妖"、"化道治病"等情节。这样一改，神则更神了，但人民性、人情味却淡化了。

第二，在本以娱心为主的民间故事里加重说教的分量。牛郎织女的民间传说，其中描写的人物及其行事，和我们日常经验隔得很远，但他们所含的感情又是那样的普遍、真挚、丰富，以致跨越时空，不论男女老幼，听了都很愉快，很感动，从而在娱乐中培养一种道德感。而作为神怪奇幻小说，由于涂上了宗教色彩，必然使作品笼罩一种严肃的气氛，首先就使人轻松不起来；再加上处罚、点化等情节的设置，它们的目的主要不是给人美感，给人娱乐，而是板着面孔的所谓道德说教。于是,一个带着悲剧色彩的美丽的幻想故事,便变成一个带着说教意味的严肃的神怪奇幻小说。同样,《雷峰塔奇传》的改编也有这样的特点,正如作者的朋友吴炳文在序中所说的:"是书也,岂特纪许仙、梦蛟之轶事已哉,盖将使后之人见之而知戒……其有功于世道人心也。"

第三,对民间幻想故事的基本模式既继承又有所变化。民间幻想故事的基本模式表现在形象构成方面,往往就是一正、一辅、一反三类人物形象。正,即故事主人公,农民、渔人,或樵夫、织妇之类的正面形象;辅,即主人公战胜获得幸福的障碍所不可缺少的朋友或工具;反,即故事中的反面力量,他们大多是人世间恶德的化身。牛郎织女的民间故事,三个阵营是比较清楚的:正——牛郎织女;辅——老牛;反——兄嫂、王母与天帝。而神怪奇幻小说中也基本上分为三个阵营:正——金童织女;辅——金牛星、太白金星;反——马氏、圣母、玉帝。但是,第一、二类人物的身份变了,与第三类的斗争也变得较为复杂:既有人间的善恶之争,也有天上仙家的内部之争。这样,由于形象的变化,也引起了情节结构的变化,即突破了民间幻想故事遇难、努力、获胜的三段结构法,显得较有层次,较为曲折。但是,部分情节的设置又走进这类神怪奇幻小说投生、点化、醒悟的框框。不过,在形象塑造上,《雷峰塔奇传》中的白娘子,作为追求婚姻自由和幸福的可爱形象,已经大大地减少了民间传说阶段的妖气;另外,与织女比起来,显得更有个性特征,因而更为人们同情和称道。

总之,民间文学演化的神怪奇幻小说在艺术上是粗糙的,最主要是结构松散,人物缺乏个性;同时,这类小说的思想意义也不是很大,但其所写或为民间熟悉的故事,或为民间信仰的人物,故多屡入里巷琐谈,且有一定的组织能力与幻想能力,因此,可以说,在历史学上、民俗学上、文学上都有一定的价值。我们不能仅以荒诞不经的小说目之,而要作为一种文学现象,放在更广阔的社会环境中去研究。

第七节 《绿野仙踪》

一、作者与成书

《绿野仙踪》又名《百鬼图》。此书创作于清乾隆十八年至二十七年(1753—1762)间,曾有抄本一百回传世。另有八十回本,有道光十年、二十年、二十五年三种刻本及其他翻刻本。百回抄本与八十回刻本的故事内容大体相同,但在每回内容的繁简、情节的先后方面,刻本都作了部分压缩和调整。概括地说,抄本在前,刻本在后;抄本是"原本",刻本是"节本"。

作者李百川(1719?—1771后),生平事迹不详。有幸的是抄本存有他的自序,我们根据这篇自序及其友人陶家鹤、侯定超的书序,可以大致勾勒出作者的生平思想和小说的创作过程。

据自序可知,作者虽然生于康乾"盛世",过的却是"叠遭变故"、颠沛流离的生活。先是做了赔本生意,致使"漂泊陌路";继而为病所困,"百药罔救","就医扬州,旅邸萧瑟";后来"授直隶辽州牧,专役相迓","从此风尘南北,日与朱门做马牛"。这就是他穷愁残喘、浪迹他乡的艰辛生活经历。然而,他毕竟还是一个颇有才气的知识分子,因此,他的精神生活还是比较丰富的。家居时有"最爱谈鬼"的嗜好,后来虽然"生计日戚",但也不失"广觅稗官野史"的兴趣,并对所读作品进行评价。文穷而后工,学积而成才,这些都为他的创作打下了坚实的基础。

至于创作经过,据自序可知,本书草创于清乾隆十八年(1753),接写于乾隆二十一年(1756)、二十六年(1761),于乾隆二十七年(1762)在河南完稿,历时九年。

另外,从自序中也可以看出作者不愿轻易下笔的创作态度。他认为,要写一部小说,需要有一个长期积累和构思的过程。虽然年轻时有独特的文学趣味、文学修养,以及丰富而又艰辛的生活经历,使他有较扎实的创作根基。然而,他还认为,要最后创作好一部"耐咀嚼"的小说,决不能"印板衣褶"、"千手雷同",而要"破空捣虚","攒簇渲染",加以艺术的创造。特别是对于人物形象的塑造,他认为要描写鬼,就要做到"描神画吻"、"鬼鬼相异",像施耐庵塑造许多不同的栩栩如生的人物形象一样。他创作《绿野仙踪》时,也正因为书中的人物经年累月地酝酿于心中,所以到后来,"书中若男若女已无时无刻不目有所见、不耳有所闻于饮食魂梦间矣"。

既有似神怪奇幻小说作家谈鬼搜神的文学爱好,又有如婚恋家庭小说作家善于写实的创作精神,这就是《绿野仙踪》在题材构成方面的两重性特征,即宗教神魔与人情世态相结合的主观条件。客观上,由于神怪奇幻小说发展到后来,逐渐从浪漫走向现实,于是就与明中叶以来盛行的婚恋家庭小说合流,《绿野仙踪》显然是这种结合的产物。作品虽然有大量人情世态的描写,比如描写封建家庭内部的倾轧,表现世家子弟的腐朽堕落,通过日常生活的描叙,表现人与人之间的矛盾等等,但却是以主人公冷于冰的修道与收徒为主要线索而贯串作品的始终。因此,它的基本倾向还是在神怪奇幻小说的界说之内,只不过是由于婚恋家庭小说的影响,使得作品更具现实感,更真实地展现人情世态。

二、现实与理想

在元明清的戏曲小说作家中,多为怀才不遇、发愤著书的文人。这些文人从小浸润着儒家典籍,其后投向社会,又受三教九流的影响,他们的人生哲理虽说是以儒家思想为主的大杂烩,但由于受社会市民阶层的影响,且都有一点文学创作的灵性,因此,他们的思想是会超出当时社会的一般水平的。由于他们穷而在下,有所不敢言又不忍不言,于是,就借婉笃诡谲之文以寄其志、泄其愤。"或设为仙佛导引诸术,以鸿冥蝉蜕于尘埃之外,见浊世之不可一日居……或描写社会之污秽、浊乱、贪酷、淫媟诸现状,而以刻毒之笔出之……"①在戏剧方面,有元代马致远的神仙道化剧,如《吕洞宾三醉岳阳楼》《马丹阳三度任风子》;明代有汤显祖的《南柯梦》《邯郸梦》等。在小说方面,如上节提到的一大批根据宗教故事加工的神怪奇幻小说,都鲜明地表现着这种倾向。而《绿野仙踪》的作者正是继承这种传统,把幻设仙佛导引与描写社会污秽结合起来,并使超现实的与现实的两条线索、极善的与极恶的两个极端统一在向往贤明政治这一理想上。

在《绿野仙踪》一书中,一方面表现为极恶的、现实的。在官场有荼毒百姓、杀害忠良、贪赃卖官、权倾中外的严嵩父子及其同党。他们可以随意使人科举落第、人头落地;他们还可以随意制造"叛案",从中勒索赃银;他们畏敌如虎、祸国殃民,居然"送银六十万两,买得倭寇退归海岛"等等。在社会有淫逸浪荡的纨绔子弟,如大财主周通之子周琏,玩世不恭,贪色成性,骗娶民女,逼死前妻,暴露了地主阶级骄奢淫逸的秽行;还有帮闲无赖的儒林群丑,像胡监生,虽然通过科举渠道当了官,却是一个"好奔走衙门,借此欺压善良"、一句文墨话都不晓得,满身散发着铜臭味的土豪劣绅;另外,还有许多欺诈奴媚的市井细民。正是这些上自朝廷、下及乡野的各种丑类,组成了一幅封建社会末期的腐朽、堕落、残酷、阴冷的"百鬼图"。

---

① 天僇生撰《中国历史小说论》;本文原发表于1907年《月月小说》第一卷十一期,见黄霖、韩同文《中国历代小说论著选》(下),第311页。

另一方面,此书又表现为极善的、超现实的。社会如此恶浊,现实如此残酷,人们在黑暗的现实中看不到微露的曙光,找不到真正的出路。于是,作者就借宗教幻想的形式,请出冷于冰这样无所不能的神仙来伐恶从善、来拯救吃人的人和被人吃的人,从而向人们提供了虚幻的希望和理想。冷于冰看破红尘弃家修道,火龙真人授其道法,嘱其"周行天下,广积阴功"。于是,冷于冰一方面凭借道术斩妖除魔,济困扶危:既斩自然界的妖魔鬼怪,如"伏仙剑柳社收厉鬼""斩妖鼋川江救客商"等;又惩人世间的"妖魔鬼怪",如"救难裔月夜杀解役,请仙女谈笑打权奸""冷于冰施法劫贪墨""借库银分散众饥民"等。另一方面,冷于冰更是致力于度人出家,其中有浪荡公子温如玉,有"大盗"连城璧,有农民金不换,还有兽类猿不邪等。鲁迅曾在《小说旧闻钞·杂说》"绿野仙踪"条中认为,作者"以大盗、市侩、浪子、猿狐为道器,其愤尤深"[1],这可以说是作者的知音。因为从作品的整体看来,作者这样设置有两层意思:一是企图从各个不同的生活侧面表现贪嗔爱欲的虚幻,而更深的一层是说恶浊的现实使这些人为恶,只有摆脱俗念、一心修道方能从善,最后,人世间的忠奸是非已清,善恶已各得其报。冷于冰广积阴骘,被上帝仙封为"靖魔太史兼修文院玉楼副史",冷于冰的弟子们也均成仙身。

这里,作者通过现实与超现实两条线索或继或续的互相勾连、忽明忽暗的互相映衬,叠现出人世和仙境两个世界,以及在其中活动的人神、妖魔。虽然作品用了很大篇幅写了冷于冰等人腾云驾雾、呼风唤雨、画符念咒、土遁缩地等仙术和法力,构思了不少除妖灭怪的情节,使作品落入神魔小说的旧套之中。但是,正如我国近代第一部文学史的作者黄人所说的,《绿野仙踪》内容"最宏富,理想亦奇特"[2]。确实的,作者鞭挞了那个社会该鞭挞的假、丑、恶,即奸、贪、淫、诈等,表现了那个社会所能表现的理想,即贤明的政治。于是,一个披着道袍、步履于云端、出入于仙境的神仙,却无时无刻不注视着人间社会;而他在人间的所作所为,正是作者向往贤明政治的理想的体现。可见,作者对假、丑、恶的揭露和抨击,并不是为了动摇其封建统治,而是为了出现贤明的政治;同样,作者对冷于冰的美化,主要也不是为了宣扬宗教教义,而是把他作为

---

[1] 鲁迅《小说旧闻钞》,上海古籍出版社1998年版,第87页。
[2] 黄人《中国文学史·明人章回小说》,本书原系黄人于东吴文学的讲稿,今仅存苏州大学图书馆两套(俱为残本,未发行至坊间),所引材料见黄霖、韩同文《中国历代小说论著选》(下),第256页。

实现自己政治理想的工具。如果说作者清醒地揭露现实的思想是超出当时社会的一般水平的话，那么，在理想的表现上则没有跳出儒家传统思想的框框，虽然其表现形式很奇特，但却没能像曹雪芹、吴敬梓那样表现出代表现实生活发展的必然趋势的新的生活理想，而是把理想建立在一种虚无缥缈的幻想的基础上。这虽然与双重题材的构成有关，但也不能不说是作者世界观方面的一大局限。这是作品总的思想倾向。

具体地说，《绿野仙踪》的思想意义还表现在对世态人情的描摹方面。通过精致的描摹，作品真切而多方面地表现了当时的社会生活。比如关于周琏婚姻纠葛的几回描写，作品围绕着周琏的喜新厌旧和妻室争宠，连带触及家庭上下内外诸关系，为我们提供了一幅封建社会的人情风俗图。然而作者对周琏、蕙娘是既有谴责又有同情的，而全面谴责的是他们幕后的纵容者。如八十三回庞氏捉奸教淫女，居然唆使女儿向奸夫索要财物、字据，并进一步教唆女儿："你只和他要金子。我再说与你：金子是黄的。"还有第八十七回何其仁丧心卖死女，为了钱，竟然在卖尸的凭据上将女儿描画得没有人味。在这些极有生活气息而又异常精致的描绘中，我们可以看到封建末世人们精神支柱的动摇和物质观念的变化：一方面随着封建制度本身的日益腐朽，人们传统的伦常观念日渐淡薄；另一方面，由于资本主义经济的萌芽所产生的新思想观念的冲击，人们对于金钱财产的崇拜的信念，已在市民阶层中普遍形成。既是风俗画，又是"百鬼图"；既是客观的写实，又是深刻的表现，因此具有一定的典型意义。

三、冷人与热人

宗教神魔与人情世态相结合的双重题材，不仅影响着作品内容既是描写现实、又是表现理想的双重性，同时也决定着作品主要人物形象的两重性，即仙与人、冷与热的结合体。张竹坡在批评《金瓶梅》曾讲："以冷热二字开讲，抑孰不知此二字为一部之金钥乎？"[①]这里"冷热"二字，也可以借来作为我们理解冷于冰这个形象及其他形象的一把钥匙。

《绿野仙踪》的开篇，作者便在"冷"字上大做文章。冷于冰的父亲因古朴鲠直、不徇私情而被同寅讥为"冷冰"，但是冷老先生却以此为荣，"甚是得意"。当他得一"颖慧绝伦"的儿子时便说：

[①] 张竹坡《冷热金针》，见王汝梅、李昭恂、于凤树校点《张竹坡评点第一奇书金瓶梅》，齐鲁书社1987年版。

此子将来不愁不是科甲中人。得一科甲，便是仕途中人。异日身涉宦海，能守正不阿，必为同寅上宪所忌，如我便是好结局了；若是趋时附势，不过有玷家声，其得祸更为速捷。我只愿他保守祖业，做一富而好礼之人，吾愿足矣！我当年在山东做知县时，人都叫我冷冰，这就是生前的好名誉，死后的好谥法。我今日就与儿子起个官名，叫做冷于冰。冷于冰三字，比冷冰更冷，他将来长大成人，自可顾名思义。且此三字刺目之至，断非仕途人所宜……

这里，冷老先生，也就是作者看透了仕途官场和功名富贵，因此对现实采取严峻而冷漠的态度，鞭挞攻伐毫不留情，当然不会令主人公涉足闹嚷嚷、热腾腾的官场，而希望其能成为不与世俗同流合污的"冷人"。于是，作品先是沿着这个主观意图，逐步地把冷于冰引上道途，送进仙列。然而，作者又时常把这位神仙拉到人间：归德平叛，他为了镇压师尚诏的农民起义，竟改换道装，充作幕僚，住进了怀德总兵府；平凉放赈，他用法术摄取赃银后，竟代替官府赈济灾民；他不屑于人间的功名利禄，却热衷于神仙的名位；他一边致力于度人成仙，一边又极力帮助林岱、朱文炜等人求取功名、建立不朽之功业。这些所作所为，既不同于《八仙出处东游记》中的八仙，也不同于《韩湘子全传》中的韩湘子，哪像一个超尘出世的神仙？实际上可以说是一个具有无边道术的、外冷内热的儒生形象。

然而，正是在这个仙与人、冷与热的结合体的深处，却体现着中国传统文化的儒道互补精神。在封建社会，那些具有抱负和才能之士，抱着儒家的政治信念，期望君臣遇合，得展其"济苍生"、"匡社稷"的怀抱，并且自己也能功名富贵兼得。可是，他们所奔走的仕途，并非是平坦的"长安大道"，或眼见别人，或自己经历仕途的挫折、官场的失意，他们的理想便由"热"转"冷"。于是，就在他们尊奉儒学的同时，便自觉不自觉地接受了看破红尘、弃浊求清的道家思想的影响，从而使之成为儒家思想的某种对立的补充。这对中国人，特别是士大夫阶层的人生观及文化心理结构产生了复杂的影响，不但"兼济天下"与"独善其身"经常是后世士大夫的互补人生路途，而且也成为中国历代知识分子的常规心理以及其艺术意念。在《绿野仙踪》中，作者的主观意图就是想通过冷于冰这个形象来表现这种常规心理以及其艺术意念。正如作者的朋友侯定超在序中所言："今观其赈灾黎、荡妖氛、藉林岱、文炜以平巨寇，假应龙林润以诛权奸，脱董炜沈襄于桎梏，摄金珠米粟于海舶，设幻境醒同人之梦，分丹药玉弟子之成，彼其于家于国于天下何如也？故曰天下之大冷人，即天下之大热人也。"①既是远离尘世的"大冷人"，又是关心社会的"大热人"，先热后冷、外冷内热，这就是冷于冰形象所体现的现实意义及文化精神。

至于温如玉，则是一个本性善良而又恶习难改的纨绔子弟的形象。他不同于冷于冰，他没有仕途的坎坷，也没有生命的慨叹；他"花柳情深，利名念重"，只求眼前的享受，不想来日之成仙。然而，作者却千方百计地想把这个凡人度进仙列，把这个"热人"变为"冷人"：先让他经历了凌欺被骗、倾家荡产到沦为乞丐的残酷现实，然后又让他神游了出将入相、夫妻恩爱、子孙富贵的南柯梦境。梦醒后虽然表示永结道中缘，但还是凡心未灭，淫性未改，不仅在幻境中娶孀妇，还在仙境中淫狐精，终被冷于冰乱杖打死于岩华洞内。既不是能超脱的"冷人"，又不是能济世的"热人"，最后落得个可悲的下场。可以说，温如玉是作者有意设立的与冷于冰相对立的形象，从而鲜明地表现出作者的爱憎感情。

可见，李百川已经有意无意地运用了人物形象塑造的辩证艺术，从而在性格的矛盾统一中揭示出人的灵魂的奥秘，表现出人的性格的复杂性。

四、勾勒与皴染

李百川与吴敬梓、曹雪芹同时生活于雍正、乾隆时期，虽然在他创作《绿野仙踪》的时候，还没有来得及看到《儒林外史》和《红楼梦》，但是，由于他那较深厚的生活根底和艺术造诣，以及他那对艺术严肃认真、精益求精的创作态度，使作品的形象描写既有《儒林外史》那漫画式的勾勒，又有《红楼梦》那圆雕式的皴染，虽然整体描写并未能达到二书的水平，但其勾勒的鲜明生动、皴染的细致入微，却不能不说是《绿野仙踪》的一大特色。

首先，在漫画式的勾勒方面。作者往往用很有特征的动作与极为简练的语言来绘人状物，并使之带有讽刺意味。如第二十六回在"请仙女谈笑打权奸"中，作者对兵部侍郎陈大经是这样描写的：第一处，当他在严世蕃府看冷于冰耍戏法把小孩按入地内时，便问冷于冰道："你是个秀才么？"于冰道："是。"又问道："你是北方人么？"于冰道："是。"大经问罢，伸出两个指头，朝着于冰脸上乱圈，道："你这秀才者，真古今来有一无二之秀才也！我们南方人再不敢

---

① 侯定超《绿野仙踪·序》，李百川著、侯忠义整理《绿野仙踪》，北京大学出版社，1986年版，第19页。

藐视北方人矣!"第二处,当太常寺正卿鄢懋卿引经据典来取笑吏部尚书夏邦谟赐酒于冰时,陈大经又伸两个指头乱圈道:"斯言也先得我心之所同然耳!"第三处,当夏邦谟请于冰同坐吃酒说"行乐不必相拘"时,陈大经伸着指头又圈道:"诚哉,是言也!"第四处,当于冰所变的仙女在那里袅袅婷婷地歌舞时,众官啧啧赞美,惟陈大经两个指头和转轮一般,歌舞久停,他还在那里乱圈不已。这里,作者只用了一个动作描写和几句文理不通的废话,就把一个既不学无术又假装斯文、既迂腐无能又故作盛气的所谓兵部侍郎勾勒得栩栩如生,令人忍俊不禁。又如第八十九回在"骂妖妇庞氏遭毒打"中有一段关于不同人物、不同身份的"笑"的描写,既勾勒出他们笑的形态,又刻画出他们笑的心理,真可以与《红楼梦》中描写笑的笔法比美。

其次,在圆雕式的皴染方面,中国古典小说重视在人物的行动中表现性格、形象特征,而形象、性格不是一次完成,它是多层次的逐步显示、"出落"。这在《水浒传》等小说中都得到较成功的运用。到了清中叶,随着小说表现艺术的成熟和丰富,这种传统的技法也得到进一步的发展,使之雕刻得更为细腻,表现得更有层次。《绿野仙踪》在这方面的艺术成就,可以说是较为突出的。

先看一个卖身投靠严府的走狗罗龙文,作者是怎样由弱到强、由远及近、有节奏有层次地让读者感受到他的性格特征的。首先,作者在人物一出场时就进入对形象和性格的描绘。初步显示出他那丑陋的外在形态及势利卑琐的内在性格:初见冷于冰这个穷书生,傲气十足,只收了晚生帖,回拜时也只问了几句话、吃了两口茶便走了。接着,作者在把握性格主调和描摹形象轮廓的基础上,通过一连串事件的渲染和充实,紧拉慢唱,迤逦写来;先是见冷于冰一挥而就的寿文,因不识货,也就淡然处之,遂以长者口吻应付几句就走了;过了两天,罗龙文满面笑容地入来,见了冷于冰又是作揖,又是下跪,又是拍手大笑,又是挪椅并坐,并向冷于冰耳边低声表白自己极力保举之意。这时,晚生帖被硬换了兄弟帖,先前的傲气变成了奴气;而冷于冰被严嵩接见回来,他更是丑态毕露,一幅市侩势利的小人相:"只见罗龙文张着口,没命的从相府跑出来,问道:'事体有成无成?'冷于冰将严嵩盼咐的话细说一遍,龙文将手一拍;'如何?人生在世,全要活动。我是常向尊总们说你家这老爷气魄举动断非等闲人,今日果然就扒到天上去了……请先行一步,明早即去道喜。"当他得知冷于冰与严嵩闹翻而忿然出府时,"只见龙文入来,也不作揖举手,满面怒容,拉过把椅子来坐下,手里拿着把扇子乱摇",坐了一会,把冷于冰训了一通,冷于冰被惹急眼了,就冷笑道:"有那没天良的太师,便有你这样丧天良的走狗!"这下罗龙文也跳了起来,气忿忿地要冷于冰他们滚出去,然后摇着扇子大踏步去了。从傲气到奴气、从晚生帖到兄弟帖、从"满面笑容"到"满面怒容",从"将手一拍"到"扇子乱摇",作者一层一层、入木三分地刻画出这个大官僚的帮闲和爪牙的奴才嘴脸和肮脏灵魂,犹如一个娴熟的圆雕艺术家,用一把犀利的雕刀,为我们刻削出一个完全立体的雕塑形象。

另外,像苗秃子和肖麻子这两个形象,作者同样也是用皴染的手法,先用几句话把两个赌棍及地头蛇的本质特征简练地勾勒出来,然后以生动的铺叙与描述,写他们怎么凑趣、怎么牵引、怎么打抽丰、怎么另帮衬、怎么激龟婆等,既夸饰了他们的外形,又深挖了他们那见钱眼开、随利而变的内心,从而使讽刺获得生动的效果,使形象获得深刻的意义。

陶家鹤在《绿野仙踪序》中指出此书在人物描写上能"因其事其人,斟酌身份下笔";在行文结构上"百法俱备"、"如天际神龙";"而立局命意,遣字措辞,无不曲尽情理,又非破空捣虚辈所能比拟万一";并把此书与《水浒传》《金瓶梅》并列为说部中之"大山水大奇书"①。这虽然有过誉之嫌,但应该承认《绿野仙踪》在明清小说中,其艺术水准是较高的。

---

① 参见黄霖、韩同文《中国历代小说论著选》(上),第479页、480页。

第六章 婚恋家庭小说

第一节 概述

婚恋家庭小说是指以恋爱婚姻、家庭生活为题材反映现实社会生活的中长篇小说。也有人把这类小说称之为"世情小说",但我们以为称婚恋家庭小说更为确切,突出了它是通过恋爱婚姻、家庭生活来描写人情世态这个特点,不仅可以与历史演义、英雄传奇、神怪奇幻、公案侠义等类小说明显地区分开来,而且也与同样描写人情世态的社会讽喻小说区别开来,因为社会讽喻小说是以社会官场为描写中心,而婚恋家庭小说则是以婚姻家庭为主要题材。

本章所介绍的婚恋家庭小说,是专指明清两代以婚恋家庭为题材的中长篇小说。中国古代小说中早有写婚恋家庭的传统,在魏晋小说中,虽然主体是"记怪异",但也不少故事"渐近于人性",表现恋爱婚姻的理想,如《吴王小女》《韩凭夫妇》《庞阿》《河间男女》等。到了基本上以"记人事"为主的唐传奇里,以恋爱婚姻为题材的小说代表了唐传奇的最高成就,《莺莺传》《霍小玉传》《李娃传》等是其杰出的代表。在这些小说里,才子佳人的恋情,悲欢离合的结构,爱情与世态描写的融合,都说明这些作品具有婚恋家庭小说的基本特征。但是,志怪传奇小说已在文言小说一章中叙述,因此本章不把这类作品列入,只是把它们看作是明清婚恋家庭小说的源头。基于同样的理由,宋元话本和明清拟话本中的婚恋家庭小说,也已在短篇白话小说一章中论及,这里不再赘述。但它们对市民形象的塑造,对家庭生活的描写与铺叙,以至某些人物形象如《计押番金鳗产祸》中的计庆奴对潘金莲形象的影响,则是应该予以充分重视的。另外,明代初年兴起的长篇小说,尤其是英雄传奇小说,在人物形象塑造、长篇小说的结构、市民阶层心态和生活的描摹等方面,为婚恋家庭小说的创作提供了丰富的经验,如《水浒传》中潘金莲、潘巧云的故事,就具有婚恋家庭小说的意味。明清婚恋家庭小说正是在唐传奇,尤其是宋元话本的基础上,吸收了历史演义、英雄传奇和神怪奇幻等小说的创作经验而发展起来的。

明清婚恋家庭小说的繁荣发展，有着深刻的政治经济和思想文化原因。中国古代小说的第一次大繁荣是宋元话本的出现，继之而来的明代初年，出现了《三国演义》和《水浒传》两部辉煌巨著，似乎标志着中国古代小说的又一次高潮。但《三国演义》与《水浒传》是经过民间长期积累而完成的，它们的基本轮廓在元代已经具备了，实际上它们是宋元小说繁荣的产物。因此，确切地说，中国古代小说的第一个高潮是宋元时代，而不包括明初。明代初年，朱元璋强化了君主专制制度，社会思想受到抑制和禁锢，商品经济受到摧残，这就使依靠商品经济的发达、市民阶层的强大而繁荣的市民文学——白话小说和戏曲的发展受到了严重的抑制，因而在明初到明中叶的一百年间，小说和戏曲出现了停滞、萧条的局面。到了明代中叶，天顺、成化以后，由于近百年的休养生息，农业有了很大发展，商品经济趋于活跃，专制严酷的政治局面开始缓解，市民阶层和市民意识重新抬头。这些客观条件促成了中国古代小说的第二次高潮的到来，神怪奇幻小说和婚恋家庭小说是这个高潮的标志。

商品经济的活跃、市民阶层的壮大，在思想文化领域有着明显的反映，兴起了一股人本启蒙思潮。以李贽、三袁、冯梦龙为代表的思想家、文学家怀疑程朱理学，要求尊重人的个性，肯定人情和人欲的合理性；要求在戏曲、小说和诗文里反对复古，反对模拟抄袭，要求表现"童心"，"独抒性灵"，歌颂真情；以描摹人情工拙作为文学批评的标准，这就推动了婚恋家庭小说创作的繁荣。具体表现有三：一是肯定人情，张扬人本，改变了小说家为圣贤作传的思想，而把婚姻家庭、人性人情作为描写的主要内容；二是由于肯定人的"私利"，《金瓶梅》等小说就直接描写因私利世风而加深的人与人之间复杂的家庭关系和社会关系；三是肯定人的情欲，引起了小说家道德观的变化。他们反对"三从四德"、"从一而终"、"婚姻包办"等观念，敢于描写男女真情，肯定人的正常情欲。就像西方文艺复兴运动给文学带来的冲击一样，时代思潮也冲击着明代小说家的心灵，使他们不得不面对现实人生，不得不关注个体生命的悲欢离合，不得不描摹婚姻家庭所折射出来的世态人情。

婚恋家庭小说是纵跨明清两代、具有近三百年历史的大流派，在它的内部拥有几种分明不同的风格。从《金瓶梅》到《青楼梦》，婚恋家庭小说大致包括以下几种类型：

1.《金瓶梅》《醒世姻缘传》《歧路灯》等，以家庭生活为题材，着重描写家庭内部的矛盾和纷争。它们大多不涉及恋爱问题,而是写家庭内部的问题,用以反映世态人情,暴露社会的黑暗和丑恶是作品的主要倾向。作者多为北方人,文风粗犷有力。

2. 以《玉娇梨》《平山冷燕》《定情人》《金云翘传》等为代表的才子佳人小说。这类作品中有的通过恋爱婚姻反映社会动乱,有的则通过恋爱婚姻歌颂爱情的美好理想。但它们大多以恋爱问题为题材,才子佳人不管经过多少磨难和波折,最终还是"有情人终成眷属"。故事也到此为止,他们结婚之后的家庭生活作者没有兴趣去关注和叙述了。这类作品,歌颂进步的爱情理想是其主要倾向。作者多是南方人,文字秀丽而典雅。

3. 以《红楼梦》为代表,把恋爱婚姻与家庭生活结合起来,把暴露丑恶和歌颂理想结合起来,是婚恋家庭小说的最高典范。

4. 以清末《品花宝鉴》《花月痕》《青楼梦》为代表,它们既没有描写正常的恋爱婚姻,也没有揭示家庭内部的矛盾,而是写才子与娼妓、优伶的所谓"恋爱",也就是写婚外恋或同性恋。它们多表现理想的幻灭,文笔空灵凄婉。

5. 受英雄传奇、侠义小说的影响,出现融合的趋势,产生了儿女英雄小说。它们虽然仍以恋爱婚姻为题材,但其主人公已不全是闺阁小姐与文弱书生,而是具有侠义心肠和高超武艺的英雄儿女;他们恋爱的方式也不是花前月下、琴瑟传情,而是刀光剑影、马上缔盟,如《儿女英雄传》等小说。

6. 猥亵小说,也被称为艳情小说、性爱小说,从明末一直绵延到清末约有五十余种①。以《肉蒲团》《绣榻野史》《灯草和尚》等为代表,发展了《金瓶梅》的猥亵成分,专写肉欲、色情,失去了婚恋家庭小说揭露社会黑暗,歌颂爱情理想的特色,成为婚恋家庭小说中的逆流。这类小说虽然有其文献价值和社会学价值,但没有多少艺术审美的价值,读者又不易看到,本书不准备介绍②。

第二节 《金瓶梅》

一、作者、版本和成书年代

关于《金瓶梅》的作者和成书年代,近年来学术界歧见甚多,而对版本的看

---

① 孙楷第《中国通俗小说书目》收入 42 种;陈庆浩、王秋桂主编的《思无邪汇宝》收入 56 种。
② 如读者需要了解,可参看齐裕焜著《明代小说史》,浙江古籍出版社 1997 年版,第 305—311 页。

法却比较简单,意见较为一致。

1. 成书年代

要确定《金瓶梅》的成书年代,首先要解决一个问题,即《金瓶梅》究竟是民间创作与文人创作相结合的产物,还是文人的独立创作?这个问题,学术界争论很多。早在六十多年前,冯沅君在《古剧说汇》中就举出十几处例证,说明这部书最早是有"词"有"话"的民间创作,"至少也是这种体例的遗迹"。五十年代有人提出《金瓶梅》是一部"世代积累的长篇小说"的观点①。这种观点近来影响很大,不少文章和著作对此作了深入的论证②。但我们仍坚持《金瓶梅》是个人创作的观点,其成书年代大约在明万历初年至万历二十年间。理由如下:

首先,《金瓶梅》除了"乃从《水浒传》潘金莲演出一支"③之外,在现存的宋元或明初的戏曲和话本中没能找到直接的资料可以证明《金瓶梅》是经过"世代积累"的,而《三国演义》《水浒传》《西游记》则有它们演化的确切证据。

其次,所谓"世代积累"的说法,还遇到一个很大的困难,就是《金瓶梅》是在《水浒传》之后写成的,是以《水浒传》百回繁本为蓝本,不但在人物、情节方面多有因袭,而且还抄了《水浒传》的大量韵文④。《金瓶梅》的万历本与崇祯本不同,所不同处就是万历本离《水浒传》近,而崇祯本离《水浒传》远。这正说明在《金瓶梅》本身版本演化中,有意识地摆脱《水浒传》而作的努力。《金瓶梅》是从百回繁本的《水浒传》演化出来的,那么百回繁本《水浒传》定型在嘉靖年间,《金瓶梅》抄本出现在何时呢?《金瓶梅》抄本出现在万历二十年前后。屠本畯《山林经济籍》云:"往年予过金坛,王太史宇泰出此,云以重赀购抄本二帙。予读之,语句宛似罗贯中笔。复从王徵君百谷家,又见抄本二帙,恨不得睹其全。"屠本畯见到抄本的时间,是在万历二十年至万历二十一年⑤。袁宏道在万历二十四年(1596)给董思白的信云:"《金瓶梅》从何得来?伏枕略观,云霞满纸,胜于枚生《七发》多矣。后段在何处,抄竟当于何处倒换?幸

---

① 潘开沛《〈金瓶梅〉的产生与作者》,《光明日报·文学遗产》18 期(1954 年 8 月 29 日)。
② 参看徐朔方《〈金瓶梅〉的成书以及对它的评价》(收入人民文学出版社《金瓶梅论集》)等文章。
③ 袁中道《游居柿录》,见《袁小修日记》,《中国文学珍本丛书》,上海杂志公司 1935 年版。
④ 黄霖《〈忠义水浒传〉与〈金瓶梅词话〉》,《水浒争鸣》第一辑。王利器《〈金瓶梅〉的蓝本为〈水浒传〉》,徐朔方、刘辉编《金瓶梅论集》,人民文学出版社 1986 年版。
⑤ 徐朔方、刘辉《金瓶梅版本考》,见《金瓶梅论集》,第 22 页。

一的示。"这两条材料,是《金瓶梅》抄本流传的最早记载。由此可见,到了万历二十年前后,《金瓶梅》抄本才开始流传。

从嘉靖年间到万历二十年其间只有六七十年,因此,《金瓶梅》没有"世代积累"的可能。

第三,《金瓶梅》情节虽有脱漏,语句亦有重复,但综观全书布局严密,文笔风格统一,是一个作家的手笔。至于书中存在的说唱文学的种种证据,都只能说明这是中国长篇小说发展过程中,其体例尚未完全摆脱说唱文学的影响而留下的"遗迹",还不足以说明它是"世代积累"型的作品。

第四,《金瓶梅》是一部假托宋朝,实写明事的长篇小说,打上了时代的鲜明印记。其中,有的还是明嘉靖年间才出现的史实(如"皇庄"、"马价银"等)和人物(如狄斯彬等)。这说明是明人写的小说,"非世代积累"而成。

2. 版本

《金瓶梅》的抄本已亡佚,现在可以见到的刻本,有两个系统三种重要版本。

《金瓶梅词话》一百回,万历刻本,卷首有欣欣子序。序云:"窃谓兰陵笑笑生作《金瓶梅传》,寄意于世俗,盖有谓也。"首次提出兰陵笑笑生是《金瓶梅》的作者。卷首还有万历丁巳(万历四十五年)东吴弄珠客序和廿公跋。

《新刻绣像金瓶梅》或《新刻绣像批评原本金瓶梅》,一百回,崇祯刻本,卷首有弄珠客序,但无欣欣子序。

这两个系统版本的不同点是:第一,万历本从武松打虎写起,而崇祯本从"西门庆热结十兄弟"写起。万历本八十四回有吴月娘被王矮虎所房、为宋江义释的情节,崇祯本无。第二,在体裁上,万历本称为"词话",题目后有"诗曰"或"词曰",有"且听下回分解"。崇祯本不称"词话",不用"下回分解",删去不少诗词。第三,崇祯本无欣欣子序。第四,万历本回目粗劣,不对仗,崇祯本回目对仗工整。

《张竹坡批评金瓶梅》一百回,清康熙三十四年(1695)刊。无欣欣子、东吴弄珠客序,却有谢颐序。属崇祯本系统。张竹坡(1670—1698)名道深,字竹坡,徐州人。他的评论,特别是《读法》一百零八条,包含了不少真知灼见,是研究《金瓶梅》的重要材料,对中国古代小说理论作出了新的贡献。

3. 作者

这是《金瓶梅》研究中意见最为分歧的问题。沈德符在《万历野获编》中说作者是"嘉靖间大名士";欣欣子序称作者是"兰陵笑笑生"。由此围绕着"嘉靖间大名士"和"兰陵"这两点,几乎把嘉靖、万历间的文人和山东峄县或江苏武进县的名人都猜遍了。明代提出了"嘉靖间大名士"、"绍兴老儒"、"金吾戚里的门客"等说法,清人提出了李渔、李开先、王世贞、赵南星、薛应旗、卢柟、李贽、徐渭、冯惟敏等人。而近年人们又怀着强烈的兴趣,提出了几种说法,影响较大的有五种说法:一是重申王世贞说——这方面的代表作是朱星的《金瓶梅考证》;二是李开先说——中国科学院文学所编的《中国文学史》,以及吴晓铃、徐朔方等都力主此说;三是贾三近说——近年张远芬发表系列文章,反复论证,其文章均收入他的著作《金瓶梅新证》一书中;四是屠隆说——黄霖连续在《复旦学报》上发表了《金瓶梅作者屠隆考》(1983年第3期)、《金瓶梅作者屠隆续考》(1984年第5期),作了具体论述;五是冯梦龙说——吴红、胡邦炜《金瓶梅的思想和艺术》等著作则持此观点。

比较这几种说法,我们认为屠隆说不仅提出了一些新的材料,作了精当扼要的考证,而且注意联系屠隆的思想、生活和文学创作观,论据比较充分,有说服力。当然,也还存在一些疑点,尚待进一步研究①。

二、市井社会的众生相

《金瓶梅》的故事是从《水浒传》"武松杀嫂"一节演化出来的。书中所写的故事从北宋徽宗政和二年(1112)至南宋建炎元年(1127)共十六年。但是,它不是一部历史小说,而是一部婚恋家庭小说,作品假托往事,反映的却是晚明社会的现实。

中国古老的封建社会经过一千多年的缓慢发展,到了明中叶已日薄西山,渐入衰境。一方面是统治阶级已经逐渐丧失了统治的力量,维持不了分崩离析的局面;另一方面,姗姗来迟的资本主义萌芽已在封建社会的母体内迅速生长。工商业的繁荣、市民阶层的崛起,金钱力量的冲击,使原来已经腐朽了的社会更加奢侈腐化,"礼崩乐坏"。《金瓶梅》的作者极其敏锐地觉察了社会的微妙变化,他的视角转向过去不为人们重视的市井社会,以亦官亦商的西门庆家庭为中心,一方面反映官场社会,一方面辐射市井社会,写出晚明社会的众生相,描绘市井社会五光十色的风俗画,彻底暴露了封建社会晚期的黑暗与腐朽,客观上表现了这个社会已经走向灭亡,已经无可挽救。《金瓶梅》是中国历

---

① 参看徐朔方《〈金瓶梅作者屠隆考〉质疑》,《杭州大学学报》1984年第3期。

史上第一部以商人家庭和市井生活为题材的长篇小说，具有开拓新路的历史意义。

西门庆是破落户出身，靠经商和交通官府起家。在中国特定的历史条件下，商人很难通过正常的商业利润积累或依靠先进的科学技术、兴办新兴的实业而发财致富，必然要靠官商勾结，巧取豪夺来聚敛财富，"富贵必因奸巧生，功名全仗邓通成"，西门庆走的正是这样一条中国式商人的道路。西门庆虽然胸无点墨，但头脑灵活，随机应变。他把搜括钱财和奸娶妇女一事紧密结合在一起，带有浓厚的地痞恶霸的色彩。当他和潘金莲毒死武大后，准备把潘金莲娶回家中，这时媒人给他介绍了富有的寡妇孟玉楼，为了财产，他把俏丽的潘金莲搁在一边，把孟玉楼连同她的财产都"娶"了过来，人财两得。接着又勾引朋友花子虚的妻子李瓶儿，谋夺了花家的大部分财产。女婿陈经济的父亲陈洪是杨戬的奸党，杨戬倒台，陈洪牵连在内，陈经济把家产转移到西门庆家里，西门庆又发了一笔横财。正因为杨戬倒台，西门庆也被列入"亲党"名单之内，但他依靠财富，买通关节，找到主事的宰相李邦彦，把"亲党"名单上的西门庆改为"贾庆"，得以免祸。接着西门庆给蔡京送上一份厚重的生辰担，换得了山东提刑所理刑千户的官职，成了蔡京的干儿子。于是金钱与权力互相依靠，利用金钱取得政治权力，又利用政治权力来发家致富。他贪赃枉法，放走杀人犯苗青，收了一千两的贿赂；勾结蔡御史，比一般商人早一个月掣取三万盐引，牟取了暴利；倚仗权势，偷漏关税，"十车货便少了许多税钱"。这样他的财富像滚雪球一样越滚越大，到临死时竟开了五六个店铺，不动产除外，资本达到十万两左右。

中国封建社会里的商人具有浓厚的封建色彩。他们始终缺乏欧洲资产阶级早期那种开拓精神和冒险精神。西门庆把他的财富，一部分用贿赂形式买通官府，谋取和巩固政治权力，以保护自己的利益；另一部分则大肆挥霍，用于荒淫无度的生活消费。他疯狂地追逐和占有女人，他的精神世界完全被兽欲淹没了，显示了极其丑恶和堕落的灵魂。

西门庆集商人、官僚和恶霸于一身，是个典型的封建市侩；同时，封建官僚在商品经济的冲击下，迅速市侩化。他们已不像传统的封建士大夫，自视清高，鄙视商人，而是与商贾称兄道弟，或靠商人的贿赂来维持奢华的生活，或靠与商人勾结，插手商业活动，以牟取高额利润。封建的门第、礼教在金钱的冲击下土崩瓦解，甚至出身贵族之家的王三官也拜西门庆为义父，其母林太太，在挂着"节义堂"匾额，挂着"传家节操同松竹，报国勋功并斗山"的对联的宅子里与西门庆通奸，贵族妇女竟也投向了市井流氓的怀抱，这是富有讽刺意义的。

《金瓶梅》的主角是西门庆，但它的书名却隐含着潘金莲、李瓶儿、庞春梅三个女性的名字。可见这三位女性在全书占有重要地位。作者通过西门庆的家庭生活，妻妾争风吃醋，恶棍吃喝嫖赌，画出了一幅市井社会的风俗画。

潘金莲出生在一个裁缝家庭，九岁就被卖到王招宣府里。她聪明、美丽，既会描鸾刺绣，又会品竹弹丝，王招宣死后被卖给张大户。这个六十多岁的老色鬼，把她占有了。因家主婆吵闹，又被许配给外貌丑陋的武大为妻。潘金莲的命运是值得同情的，她对不合理的婚姻的不满也是可以理解的。她用琵琶弹出了自己的不满与怨恨："不是奴自己夸奖，他乌鸦怎配鸾凰对。奴真金子埋在土里。他是块高号铜，怎与俺金色比。他本是块顽石，有甚福抱着我羊脂玉体。好似粪土上长出灵芝。奈何？随他怎样到底奴心不美。听知：奴是块金砖怎比泥土基。"自尊、自傲、自信，把自己看得比金子还高贵，应该说是妇女人性的觉醒。但是，在那样摧残人性的社会里，在那样金钱物欲横流的世风里，她的人性发生异化。她知道自己和吴月娘、李瓶儿、孟玉楼相比，是最没有地位、没有财富的。想要在这样的封建市侩家庭中立足，一方面，只有得到西门庆的欢心，才能保持她的地位。她凭借诱人的美貌，尽力满足西门庆的兽欲，取得西门庆的宠爱。另一方面，除掉有可能夺取她受宠地位的绊脚石，所以，狠毒地害死了官哥儿，气死李瓶儿，逼死宋蕙莲。她的自我意识完全异化为自私自利；她的自尊变成了嫉妒；她的聪明伶俐，变成了工于心计；她的泼辣变成了狠毒；她对爱情的追求变成了纵淫和放荡；她所受的侮辱，化成了复仇心理，也要去侮辱和玩弄别人。她彻底地堕落成一个坏女人，当然必不可免地遭到悲惨的结局，也失去了人们对她悲剧产生的同情。作品多层次地展示了她人性被扭曲的过程，为中国小说史增添了这样一个被扭曲了的市民妇女形象，反映了在寡廉鲜耻的社会里，市民阶层底层人物的堕落，反映了世风日下的悲哀。

李瓶儿是大名府梁中书的小妾，在梁山泊好汉攻打大名府时，带了一百颗西洋大珠、二两重一对鸦青宝石，随养娘逃到东京，被花太监纳为侄儿媳妇。花子虚是个纨绔子弟，撒漫使钱，宿娼嫖妓，"整三五夜不归家"。李瓶儿感到精神的空虚和痛苦。正在这个时候，西门庆这个"风流男子"闯入她的生活。

"朋友妻,不可欺",这是古代人们的道德准则,而在世风沦丧的封建社会后期,在西门庆这样的暴发户心目中,早已一钱不值了。西门庆利用与花子虚的朋友关系,勾引李瓶儿。当花子虚因财产纠纷吃官司时,他便乘虚而入。李瓶儿一面可怜花子虚,央求西门庆"千万只看奴之薄面,有人情,好歹寻一个儿,只休教他吃凌逼便了";另一面,她把人伦道德观念抛到九霄云外,与西门庆打得火热。作者极其真实地展示了李瓶儿性格的复杂性。花子虚被放出来后,因财产荡尽,不久就气病而死。西门庆正准备把李瓶儿娶过来时,又因杨戬倒台,他惶惶不可终日,无心顾及。李瓶儿忍耐不住,又嫁了蒋竹山。蒋竹山是个猥琐无能的人,无法填补李瓶儿空虚的灵魂。经过这次波折,李瓶儿更把西门庆看作理想的男子汉,死心塌地嫁给他。她痴情而幼稚,善良而软弱,对周围环境的险恶、人际关系的复杂都缺乏清醒的认识,只是一味地满足西门庆的兽欲,希望西门庆对她也能痴情;只是一味地讨好西门庆的妻妾,希望能在西门庆家里安稳度日。但是西门庆这个市侩家庭,内部斗争有着原始的野蛮性和残酷性。因此,李瓶儿虽然美貌温柔,虽然带来许多财产,而且还为西门庆生了个儿子,但是,这个温柔软弱的痴情女人,却被市井出身、有着丰富社会经验、狠毒泼辣的潘金莲击败了,被这个野蛮的暴发户家庭吞噬了。李瓶儿的死写得极其动人,在中国古代小说中还没有这样淋漓尽致地描写一个无辜妇女被凌逼而死去的篇章。李瓶儿临死前,梦见花子虚带着官哥儿来找她,说明她内心的负疚,还是有罪孽感的;同时,又对西门庆一片痴情,牵肠挂肚,怕花子虚报仇伤害西门庆;又要西门庆"还往衙门去,休要误了你公事要紧";又交代她死后不要花太多钱买棺材,"你往后还要过日子"。这个温柔善良而又因情欲而堕落的女人,在临死前灵魂受着煎熬,她的悲剧催人泪下。当然,作者并不认为这是社会造成的悲剧,却把它归罪于情欲。

庞春梅是潘金莲的贴身丫头,曾为西门庆所"收用",深得西门庆的宠爱。她与西门庆的女婿陈经济通奸,西门庆死后被卖给周守备作妾,因生了儿子,成了守备夫人。后又继续与陈经济通奸,陈经济死后,又与守备老家人的儿子周义通奸,纵欲身亡。

庞春梅生性高傲,正如张竹坡所说:"于春梅纯作傲笔。""于同作丫环时,必用几遍笔墨写春梅,心志高大,气象不同。"[①]她虽然地位低贱,却"心高气

---

① 侯忠义、王汝梅编《金瓶梅资料汇编》,北京大学出版社1985年版,第36页。

大"。应该承认这里面包含着自尊、自信的合理因素。有一次吴神仙相面说她有贵相。吴月娘不相信春梅将来有做夫人的福分,认为"端的咱家又没官,那讨珠冠来?就有珠冠,也轮不到她头上"。可是,春梅却很自信:"那道士平白说戴珠冠,教大娘说有珠冠也怕轮不到他头上。常言道:'凡人不可貌相,海水不可斗量。'从来旋的不圆砍的圆。各人裙带上衣食,怎么料得定?莫不长远只在你家做奴才罢!"如果庞春梅性格中的合理因素向着正确的方向发展,那么就会爆发出反抗压迫的火花,成为像晴雯那样"身居下贱,心比天高"的人,她的生命就会闪耀出动人的光彩。可是,庞春梅的自尊、自信却被扭曲了,向着恶的方向发展。她倚仗西门庆、潘金莲的宠爱,大施淫威,侮辱卖唱的瞎女申二姐,残害同房的丫头秋菊。当她有了权势之后,对孙雪娥进行报复,凌辱拷打,以致把她卖入妓院,其凶残狠毒不亚于潘金莲。

庞春梅当了守备夫人之后以贵夫人的身份重游旧家池馆,看到西门庆家的花园台榭,都已墙倒楼斜,昔日的繁华已冰消瓦解。"此回乃一部翻案之笔点睛处也。"①作者让庞春梅作为西门庆家兴衰的见证人,发出人世变迁、兴衰浮沉的叹息。

《金瓶梅》描写了市井出身的泼妇潘金莲、有贵妇人气度的李瓶儿和生性骄傲的丫头庞春梅,三个女人性格不同,但有一个共同的特点:好淫。作者以这三个淫妇的名字命名小说,他的创作意图是很明显的,即戒色欲。西门庆和三个淫妇都生活在情欲里,"走情欲驱策的路,最后都惨死在情欲之手"②,导致了家业的衰败。张竹坡评本第一回"色箴"云:"二八佳人体似酥,腰间仗剑斩愚夫;虽然不见人头落,暗里教君骨髓枯",这看似典型的封建主义女性观,实际上是作者向世人发出的劝诫和警告。

《金瓶梅》里的应伯爵写得活灵活现又很有深度,为中国古代小说的画廊增添了帮闲这种新的典型形象。

应伯爵是开绸绢铺的应员外的儿子,一份家财都嫖没了,只好投靠西门庆,充当帮闲的角色,混碗饭吃。他聪明机敏,有文化,见识广,但好吃懒做,既不肯"十年寒窗苦",在科举路上挣扎;也不愿经商做生意,为赚钱而辛苦奔波;更不可能去做工种田,自食其力。他只想过着松松垮垮、懒懒散散的寄生生

---

① 张竹坡《第一奇书金瓶梅》第 76 回回评。
② 孙述宇《金瓶梅的艺术》,收入《台港金瓶梅研究论文选》,江苏古籍出版社 1986 年版。

活,从主子那里乞讨些残羹冷炙,聊以度日。他洞悉西门庆这个暴发户的内心世界,是钻进他肚子里的"蛔虫"。他知道西门庆需要靠吹捧抬高身价,他就瞎吹,说西门庆官服上的腰带是什么水犀牛角做的,"夜间燃火照千里,火光通宵不灭","就是满京城拿着银子也寻不出来";他知道西门庆庸俗不堪,精神空虚,他就与妓女们插科打诨,为西门庆凑趣解闷,他跪在小妓女郑爱月面前讨酒喝,让妓女打他的耳光。李瓶儿死后,西门庆大为悲痛,甚至不肯吃饭,应伯爵知道这时西门庆既需要安慰,又需要搭个台阶,忘掉悲痛,去寻找新的刺激和欢乐。于是他就劝解一番,让西门庆既做到"有情有义",又能心安理得地再去寻欢作乐。他还时常为别人当"说客",向西门庆求情,为自己捞点好处。如帮妓女李桂姐修复与西门庆的关系,取得李桂姐的酬谢;帮商人黄四向西门庆借银子,也得了一笔"手续费"。

应伯爵早已不是中国古代的那些侠客义士,肯"士为知己者死",为认定的目标去赴汤蹈火;也不是封建官僚幕府中的幕僚高参,在政治风浪中,与主人共命运,为事业出谋献策。他只是个蝇营狗苟的小人,虽然与主人也称兄道弟,实际上只是金钱关系。他用奴颜媚骨,用那点可怜的机敏,为暴发户们装点门面,消愁解闷,填补精神的空虚。所以,西门庆死后,应伯爵又投靠了新的主子张二官,又为他出谋献计,帮他娶李娇儿到家中做了二房,又介绍潘金莲如何美貌多艺,怂恿把她娶到家里。

作者非常憎恶这种帮闲人物。他在书中用一大段文字批评他们"极是势利小人"。但是,作者又如实写出他们可悲的一面。应伯爵生个儿子,这本是个喜事,但衣食无着,不得不向西门庆借钱,在强颜欢笑中,隐含着辛酸。应伯爵这个卑琐的小人,在金钱社会里,扮演着小丑的角色,走完了可卑又可悲的一生。

陈经济也是小说里的主要人物。在前八十回里,作者只用几个特写镜头把他好色淫荡的性格勾勒出来,到了西门庆死后的二十回,他成了作品里的主角,有了较多的描写。

陈经济聪明伶俐,不但会双陆象棋,拆牌道字,诗词歌赋,而且精明能干,办事勤快,也是经商的一把好手。这是陈经济与一般作品中败家的纨绔子弟不同的特点。但是,好色淫荡的性格却是根深蒂固的。在刚到西门庆家时,还只是偷香窃玉,与潘金莲暗中勾搭,装出一副老实勤快的样子,博得西门庆的信任,临终前把家业托付给他。但是,西门庆死后,他就肆无忌惮地与潘金莲、庞春梅通奸,公开侮辱吴月娘,以致被吴月娘赶出家门。陈经济替西门庆经营家产,落魄时又得到父亲的朋友王杏庵的接济;后来又绝处逢生,遇到当了守备夫人的庞春梅。在人生的浮沉中,有这样三次机会,凭着他的精明能干,本可大显身手,成为另一个西门庆。可是他和西门庆不同,西门庆在色与财之间,首先是财,所以能够暴富,在一定程度上表现了商人的精明和魄力。而陈经济却根本不顾经济效果,把做生意的本钱都拿来吃喝嫖赌,结果一败涂地,成了典型的败家子。在晚明社会特定的环境下,商人也是一代不如一代,预示着中国的商人阶层不可能朝气蓬勃地去开拓事业,成为上升的阶级,而是在封建社会的末期,也随着封建王朝的没落而没落。作者用讽刺嘲弄的笔法刻画陈经济的形象,较之过去作品中的败家子形象有着更深刻的内涵。

除了以上几个重要人物外,《金瓶梅》还写了上自宰相、官吏,下至地痞、妓女等形形色色的人物,还写出了官场社会尤其是市井社会的诸色人等。

作品全面地描写了晚明社会的官僚政治、讼狱制度、商业活动、文化娱乐、风俗习惯,描绘出一幅五光十色的社会风习画。正如郑振铎所说:"表现中国社会的形形色色者,舍《金瓶梅》恐怕找不到更重要的一部小说了。"①

作者极其敏锐地觉察到由于商品经济的发展给晚明社会所带来的重要变化,感受到在金钱力量的冲击下,旧的社会体制和意识形态正在逐渐演变和瓦解。但是,作者并不理解这是历史的进步,因而不可能更多地更积极地去反映商人的进取心和开拓精神,而是惊呼物欲横流、道德沦丧,把这种"礼崩乐坏"的现象归之于人性恶,特别是色欲,所以《金瓶梅》作者的主观意图就是要戒淫欲。西门庆、潘金莲、李瓶儿、庞春梅、陈经济这几个主要人物最后都得报应,死于淫。作者用色空和因果报应的思想来解释人世的变迁、世态的炎凉。作品的客观意义大大超过了作者的主观思想。我们既要承认作品所描写的家庭生活与所反映的市井社会具有新的特点,但是,又要认识到作者的立场仍是保守的,他对这一切变化是抱着暴露批判态度的,他并不具有当时启蒙思想家如李贽等人的思想。《金瓶梅》的作者是个敏锐的作家,但不是哲学家、政治家,这是我们不能苛求的。

三、古代小说发展的里程碑

列宁说过:"判断历史的功绩,不是根据历史活动家有没有提供现代所要

---

① 《西谛书话·谈金瓶梅词话》,三联书店1983年版,第98页。

求的东西,而是根据比他们的前辈提供了新的东西。"①《金瓶梅》在艺术上并非完美无缺,但它是中国古代小说发展中的里程碑,显示了中国古代小说逐步摆脱说唱艺术的影响向近代小说转变的轨迹,为中国古代小说的发展作出了历史性的贡献。

1. 题材选择——从历史到现实生活

《金瓶梅》是长篇白话小说中婚恋家庭小说的开山之作,标志着中国古代长篇小说在题材方面的重大变化。

《金瓶梅》以前的长篇小说都取材于历史和神话故事,而《金瓶梅》作者在前人没有提供任何艺术借鉴的情况下,独辟蹊径,寻找了一个崭新的艺术视角,以新兴商人、恶霸、官僚三位一体的西门庆的家庭为中心,以西门庆发家史为轴线,上挂朝廷、官僚,中连大户豪绅、地痞流氓,下接市井细民,展示出明代中叶社会的横断面和纵剖面,刻画出各色人等的灵魂,反映出明代社会的新矛盾和新特点。家庭是组成社会的细胞,是人们赖以生存的社会基本单位。作者以解剖麻雀的方法来透视社会人生,这种以小见大的选材方法,确实是一种创造,为我国长篇小说的取材开辟了一个崭新的领域。

由于题材的变化带来艺术表现方法的巨大变化。在《金瓶梅》之前,中国古代小说着重写朝代兴衰、英雄争霸、神魔变幻,而《金瓶梅》却取材于一个家庭的兴衰,描写卑微不足道的市井人物和他们的日常生活。在艺术表现上过去是以大见大,通过军国大事、帝王将相来写朝廷的兴废、历史的盛衰;现在是以小见大,通过一个家庭的盛衰荣枯,一个普通人物的人生际遇来反映时代和社会的变迁。过去是站在高山之巅看大海的汹涌澎湃,现在是从一滴海水看大海的朝夕变化,万千气象。这就使作品与现实生活、与普通老百姓的心理更加贴近了,现实感和时代感更加鲜明了,标志着中国古代小说艺术的进一步成熟和深入发展。

另外,由于题材的变化,作品的立意也有很大变化。历史演义、英雄传奇关注国家的兴亡,着重总结历史经验,表现政治和道德理想,注视那些掌握百姓命运的帝王将相、英雄豪杰的升沉荣辱;而婚恋家庭小说则关注人生的悲欢、世态的炎凉,着重探究个人与社会的关系,思索人生的哲理,更多的关怀着普通人的命运。

---

① 列宁《评经济浪漫主义》,《列宁全集》第2卷,人民出版社1972年版,第350页。

2. 创作风格——从理想主义到暴露文学

《金瓶梅》之前的长篇小说，在批判社会黑暗现实的同时，着力表现美好的理想与愿望，歌颂明君贤相、忠臣义士、英雄豪杰，表现了相当浓厚的理想主义色彩；而《金瓶梅》却是彻底的暴露文学，它以西门庆这个亦官亦商的暴发户家庭为中心，写出官场社会的黑暗和市井社会的糜烂，极写"世情之恶"，精确地描绘出那鬼蜮世界，几乎见不到一点亮光和希望。作品从上到下几乎没有一个正面人物。正如张竹坡所说："西门是混账恶人，吴月娘是奸险好人，玉楼是乖人，金莲不是人，瓶儿是痴人，春梅是狂人，敬济是浮浪小人①，娇儿是死人，雪娥是蠢人，宋蕙莲是不识高低的人，如意儿是个顶缺的人。若王六儿与林太太等，直与李桂姐辈一流，总是不得叫做人。而伯爵、希大辈皆是没良心的人。兼之蔡太师、蔡状元、宋御史皆是枉为人也。"这样如实、彻底地暴露社会的黑暗，在中国小说史上是空前的，接近于批判现实主义的创作方法，对《儒林外史》和晚清谴责小说有着明显的影响。

为了适应暴露文学的需要，《金瓶梅》采用讽刺手法，具有讽刺文学的性质。它常用白描手法，如实地把人物言行之间的矛盾不动声色地描写出来，达到"感而能谐、婉而多讽"的效果。《金瓶梅》里写了个道貌岸然、而人品极坏的韩道国，他竟然为了钱，让妻子跟西门庆通奸的事也干得出来，可是又偏偏爱吹牛："那韩道国坐在凳上，把脸儿扬着，手中摇着扇儿，说道：'学生不才，仗赖列位余光，在我恩主西门庆大官人处做伙计，三七分钱，掌巨万之财，督数处之铺，甚蒙敬重，比他人不同。'"正当他扬扬得意之时，有个谢（揭）汝谎，当场刺了他一下："闻老兄在他门下，只做线铺生意？"可是韩道国并不因此而收敛，牛皮反而吹得更大了："二兄不知，线铺生意只是名而已，今他府上大小买卖，出入资本，那些儿不是学生算账，言听计从，祸福共之，通没我，一时儿也成不得……"正说得热闹，忽见一人慌慌张张来报告他的老婆与弟弟通奸被捉了去，韩道国慌了手脚，尴尬不堪。读了这一段描写，人们便不难看到这种讽刺手法在《儒林外史》和谴责小说创作中的影响了。

《金瓶梅》是以生活丑作为作品的题材的，作者对丑恶的现实怀着强烈憎恨的感情，因此，从总体上说，做到化丑为美，"描绘了丑，却创造了美"②。但

---

① 词话本作"经济"，崇祯本作"敬济"。
② 宁宗一《金瓶梅对小说美学的贡献》，《南开学报》1984年第2期。

是,无可否认,作品是有重大缺陷的。这表现在:第一,作者对社会的黑暗有强烈的憎恨,看到了"人性恶",但思想是保守的,他并不像有些论者所说是站在王学左派思想解放的立场上。他没有看到商品经济的发展具有瓦解封建制度的力量;没有看到市民阶层代表着前进的力量,挽救社会危机的希望正在他们身上;只看到商品经济带来的道德的沦丧,只看到一片黑暗,给人窒息的感受。第二,在艺术上是不成熟的,在描写"丑"时,分寸掌握得不好,尤其是对淫乱生活的描写,更暴露了它的弱点。《金瓶梅》中关于性关系的猥亵的描写,首先应该承认是受当时社会风气影响,正如鲁迅所说:"风气既变,并及文林,故自方士进用以来,方药盛,妖心兴,而小说亦多神魔之谈,且每叙床笫之事也。"[1]但是,不能因此为它辩解,甚至把它与要求个性解放的思潮联系在一起。其次,作品中对性生活和性行为的描写不是为了表现男女之间真挚的情感,互相爱悦和尊重,而是表现对女性的占有与虐待;不是为了表现爱情的美好而是展览丑恶,表现兽欲,作者不时流露出艳羡之情,暴露了作者庸俗低级的一面。第三,从艺术美学来看,作者不懂得艺术辩证法,没有认识到生活化为艺术,是不能自然主义地照搬,必须发生变异,"没有认识到变形和变质在这方面的伟大作用,不懂得在情感与情欲之间保持一种必要的错位","二者错位的程度越大,审美的价值越高"[2]。

3. 形象创造——从类型化典型到性格化典型

《金瓶梅》以前的小说,所写的人物大多是杰出人物,他们的性格或大善或大恶,属于类型化的典型。而《金瓶梅》则写普通人物,改变了人物的单色调,呈现出"杂色",出现了"美丑并举"的二元组合,"已经明显地表现出由类型化典型到性格化典型的转变轨迹"[3]。

上面谈到西门庆、李瓶儿等人物时已经谈到这一点了,在这里,我们再从宋蕙莲这个形象来看《金瓶梅》人物塑造的特色。

宋蕙莲是个穷人家的女儿,最初卖给人家当婢女,后来嫁给厨子蒋聪,又与西门庆的家人来旺勾搭上了。蒋聪与人斗殴被杀,她就嫁给了来旺。她俏丽聪明,但生性轻佻,自然很快就被西门庆勾引上了。她不以为耻,反而扬扬

---

[1] 鲁迅《中国小说史略》,第183页。
[2] 孙绍振《论变异》,花城出版社1987年版,第253—254页。
[3] 傅继馥《类型化艺术典型的光辉范本》,《三国演义研究集》,四川省社会科学院出版社1983年版,第115页。

得意，用西门庆给的衣服打扮得妖妖艳艳；用西门庆给的钱买零食，还分给别人吃。她把自己放在主子与奴才之间，指手画脚，指挥别的奴仆干活；她混在西门庆妻妾群中，和她们一起荡秋千，在他们打牌时在旁边插嘴；她与陈经济打情卖俏。但是，这个淫荡无耻的女人，却又有着仁爱之心，当西门庆受潘金莲挑拨、陷害来旺时，她多次向西门庆求情，西门庆也答应她会放出来。当她发现自己被欺骗和出卖时，她痛骂西门庆："爹，我好人儿，你瞒着我干的好勾当儿，还说什么孩子不孩子！你原来就是个弄人的刽子手，把人活埋惯了，害死人还要看出殡的。你成日间哄着我，今日也说放出来，明日也说放出来。只当好端端的放出来，你如今要递解他，也要和我说声儿；暗暗不透风，就解发远远地去了，你也要合凭个天理，你就信着人，干下这等绝户计，把圈套儿做给我，你还瞒着我。你就打发，两个人都打发了，如何留下我？做什么？"从此她拒绝与西门庆来往，把他送来的饭也给摔掉了，最后自缢而死。

　　作者在写出这样一个淫荡、下贱女人的同时，又写出她对丈夫的仁爱之心、怜惜之情，她被欺骗之后的觉醒与抗争。可以说这个形象已经不是过去小说中那种性格表层的不同特点，不是一个性格的不同侧面，而是性格内部的深层结构中，即人的内心世界中的矛盾斗争，以及这种斗争引起的不安、动荡、痛苦等复杂感情。

　　《金瓶梅》用生活场景和细节描写刻画人物性格；用白描手法描写人物神态；通过别人的议论介绍人物特征；透过室内陈设来衬托人物性格；用谶语隐括人物行径，暗示人物结局；用个性化的语言表现人物性格等等，都丰富了中国古代小说塑造人物形象的艺术手段，积累了艺术经验，为《红楼梦》《儒林外史》等巨著的出现奠定了基础。

　　《金瓶梅》在人物塑造方面虽然取得了巨大的成就，但是，它的人物相当一部分还是类型化的，不过不是善的化身，不是英雄豪杰，而是恶的化身，是淫妇恶棍；虽然全书出现了 800 个人物（其中有姓名的约为 477 人）[1]，但真正达到性格化的典型人物不足十人。所以，它与《红楼梦》还有相当的距离，只有到了《红楼梦》，中国古代小说才进入自觉的时代，才在一部作品中出现了性格丰富的优秀形象体系，进入一个新的审美价值层次的时代。

---

[1] 据朱一玄编《金瓶梅资料汇编》中的统计，男 553 人，女 247 人，共 800 人，石昌渝、尹恭弘著《金瓶梅人物谱》统计有姓名者为 477 人。

4. 情节结构——从线性结构到网状结构。

《金瓶梅》以前的长篇小说,都是从说话演变来的,受说话艺术的影响,重故事性,是一个个故事联结起来的,可以说是短篇加短篇的结构,是线性结构。而到了《金瓶梅》,虽然仍采用章回小说的形式,但它从生活的复杂性出发,发展成网状结构。它的特点不在于情节的曲折离奇,环环相扣,而在于严密细致,自然展开。

《金瓶梅》全书围绕西门庆家庭的盛衰史展开,前八十回以西门庆为中心反映官场社会的黑暗,以潘金莲为中心反映家庭内部的纠葛;后二十回以庞春梅、陈经济为中心,写西门庆家庭的衰败,交代全书主要人物的结局。全书形成一个网状结构,像生活本身那样繁复,千头万绪,各种生活情节和场面纷至沓来,大小事件接连而起。但作者把它组成一个意脉相连、情节相通、互为因果的生活之网,使全书结构严密细致,浑然一体。许多故事既是独立的,又是西门庆兴衰史中的一个环节,互相烘托,互相制约。它写一个故事,有多方面的作用,"草蛇灰线,伏脉千里",在故事发展中逐渐显现出它的作用,用某件事来连结故事或转换情节。如潘金莲丢了一只绣花鞋,围绕找鞋、拾鞋、送鞋、剁鞋等情节,把陈经济调戏潘金莲、西门庆怒打铁棍儿、以及秋菊被罚、来昭被撵等生活场面呈现出来。

《三国演义》、《水浒传》着重故事性,叙述一个故事或人物必须有头有尾,紧紧连接,如写林冲、武松要连续几回,从他们受迫害,直写到他们报仇雪恨,中间是不允许间断的。但《金瓶梅》则人物时隐时现,他们的故事或续或断。如十三至十六回比较集中写李瓶儿与西门庆勾搭成奸,西门庆准备娶李瓶儿;忽然在十七回以后又插入杨戬倒台,李瓶儿嫁蒋竹山的故事;到了十九回以后又接续西门庆娶李瓶儿,然后她在西门庆家中生活。书中写了潘金莲、宋蕙莲、李桂姐、王六儿等许多人物故事,在这些生活场景中,李瓶儿也时常出现,到了四十至四十一回写她生儿子,潘金莲等人的嫉妒;然后到了五十九回以后又集中写官哥儿和李瓶儿的死;七十一回还写她的托梦。这样李瓶儿的故事分散全书,与其他人物故事穿插进行;李瓶儿的性格是在这个大家庭中,与其他人物交叉呈现、互相影响和制约;性格是逐步完成的,这样小说就像生活那样自然、丰富,如行云流水一般舒卷自如。

5. 创作方法——从传奇到写实

《金瓶梅》改变过去小说用惊心动魄的故事和传奇性情节的创作方法,在

作品中更多对日常生活场景作细腻的描写,用生活细节来描写人物性格,用写实精神来表现生活的丰富性。其具体表现有三:

第一、《金瓶梅》的写实表现在对日常社会的描写中。《金瓶梅》中西门庆家发生的事,都不是惊天动地的大事,但是,作者的特殊才能就是写家常琐事,通过一般人乃至一般作家都不放在眼里的小事,写下一大段真实的人生:许多普普通通的人在家庭这个平平常常的舞台上,或者忙着吃,或者忙着喝;或者忙着嫁,或者忙着娶;或者忙着赚钱,或者忙着花钱;或者忙着活,或者忙着死。人的宝贵生命都在这琐琐碎碎的无聊小事中飞快地流逝了,这是真实的人生,也是无奈的人生。它启发有理性的读者思考:怎样的人生才是真正的人生?怎样的人生才是有意义的人生?

第二、《金瓶梅》的写实艺术表现在对性爱场面的描写中。如果说《牡丹亭》的性爱场面描写更多的是主观抒情、表现美感的话,那么,《金瓶梅》的性爱场面描写则主要是客观描述,展览丑恶。虽然谈不上善与美,但却真实地再现了当时社会现实的一个侧面。就像郑振铎在《谈金瓶梅词话》中说的,它"赤裸裸毫无忌惮地表现着中国社会的病态,表现着'世纪末'的最荒唐的一个堕落的社会的景象"[①]。

第三、《金瓶梅》的写实艺术表现在对人物形象的描写中。作者笔下有不少人物是细细写出来的,不但各有面目,而且各有生活,可以说很少是肤浅单调的概念化的人物。如西门庆家里的女人们,如西门庆家的帮闲们,哪怕是妓女也能够写实,没有偏见。作者在作品中不是片面地指责妓女的性本恶,也不是片面地断定妓女不必负道德责任,而是带着对人生的关注去看、去写,写她们在引诱与折磨下的堕落,像李桂姐,如果被写成一个"卖火柴的女孩"的模样,那就不真实了。

总之,《金瓶梅》的作者是用写实的创作方法去描绘一个家庭兴衰的真实过程,去描绘贪和欲如何害人害己以及人性怎样软弱、怎样堕落的真实情形。它虽然不能给读者更多的美感,但是能够唤起读者的理性思考与是非判断,这同样有它的艺术价值。当然,《金瓶梅》还处在转变之中,因此,生活场景和细节的描写提炼不够,流于琐碎、繁杂。

从小说文体发展的角度看,特定的文学形式只能在特定的时代才能产生。

---

① 郑振铎《西谛书话》,三联书店1985年版,第73页。

明清婚恋家庭小说总结了以往小说的艺术经验,推进了中国古代小说体制向近代小说转变,顺理成章地过渡到近代小说和现代小说。美国当代小说理论家瓦特在《小说的兴起》中,从确定"小说"这一文体概念出发,认为文学中的小说完全不同于以往散文虚构的传奇作品。就西方而论,这种真正的小说是到18世纪后期才得以充分确认,其主要标志就是英国的笛福、理查逊、菲尔丁作品的出现。就中国而论,就像西方小说首开风气的笛福、理查逊、菲尔丁的作品一样,《金瓶梅》的问世,标志着中国真正意义上的小说的开始。它使中国小说真正摆脱了历史和英雄的传奇模式,向着现实人生开疆拓土,从而揭开了中国古典小说向近现代小说转折的序幕。它的写实精神和精湛的艺术技巧,对当时和后代各种流派的小说都产生了巨大的影响。历史演义、英雄传奇、神怪奇幻小说大多能更大胆地摆脱史实的束缚,更放手地进行艺术虚构;大多能更多地描写日常生活,更紧密结合人情世态的描写;甚至在浴血的战斗中,也穿插爱情婚姻故事。历史演义小说《梼杌闲评》《隋唐演义》,英雄传奇小说《水浒后传》《说岳全传》,神怪奇幻小说《女仙外史》,侠义小说《绿牡丹》等,都可以明显地看到婚恋家庭小说的影响。另外,婚恋家庭小说对社会人情世态的描写,对讽刺手法的运用,直接影响了社会讽喻小说。到了近代乃至"五四"以后的现代小说,虽然接受了外来影响,但本民族的小说特别是婚恋家庭小说的影响,也是无可否认的事实。可以说婚恋家庭小说的艺术经验,直接哺育了"五四"以后的文学巨匠,如茅盾、巴金、老舍等等。

四、《金瓶梅》的续书

《金瓶梅》续书见于著录者有四种。一、《玉娇丽》,久佚。沈德符《野获编》作《玉娇李》,张无咎《新平妖传》初刻序及重刻改定序均作《玉娇丽》,谢肇淛《金瓶梅跋》云:"仿此者,有《玉娇丽》,然则乖彝败度,君子无取焉。"可见《野获编》误"丽"为"李"。二、《续金瓶梅》十二卷六十四回,顺治原刊本,清丁耀亢撰。三、《新镌古本批评三世报隔帘花影》四十八回,湖南大字刊本,首"四桥居士序"。它是《续金瓶梅》的删改本。四、《金屋梦》六十回,民国初年版,署"编辑者梦笔生"。它是《续金瓶梅》另一种删改本。《隔帘花影》改易书中人物名字,删改较多,情节也有变动。《金屋梦》改动较少,基本保持《续金瓶梅》原貌。

《玉娇丽》早佚,《隔帘花影》《金屋梦》是《续金瓶梅》的删改本,所以《金瓶梅》的续书实际上只存《续金瓶梅》一种。

丁耀亢,字西生,号野鹤,山东诸城人。生于明万历二十七年(1599),卒于清康熙八年(1669)①。他是明侍御丁少滨之子,弱冠为诸生,后为贡生。曾赴江南,游于大画家、《金瓶梅》收藏者之一的董其昌之门,与陈古白、赵凡夫等组织过文社。顺治九年,丁耀亢由顺天籍拔贡充当镶白旗教习。顺治十一年,任直隶容城教谕。十六年迁福建惠安知县,越年即以母老告退。他一生著述甚多,其诗词今存《丁野鹤遗稿》十二卷、《天史》十卷,传奇有《西湖扇》《化人游》《蚺蛇胆》《赤松游》四种。

《续金瓶梅》是丁耀亢在顺治十八年(1662)六十三岁时所作②。作品以宋金战争为背景,以吴月娘与孝哥母子从离散到团聚为中心线索,着重写金、瓶、梅三人的故事,即李瓶儿转世的李银瓶,在李师师、翟员外、郑玉卿、苗青等人的拐骗争夺下自缢而死的故事;潘金莲转生的黎金桂、庞春梅托生的孔梅玉,因婚姻不幸出家为尼的故事。小说结构松散而拉杂,没有形成艺术的统一体。

刘廷玑批评《续金瓶梅》"道学不成道学,稗官不成稗官",是有道理的。全书以因果报应、劝善惩恶为主导思想,说教议论很多,读来令人生厌。只有李银瓶的故事,较为生动可读。

《续金瓶梅》可贵之处在于它借《金瓶梅》以后的故事和人物,影射明末清初的现实,描绘了一幅乱世的图景,抒发了对满清入关后残暴统治的愤懑之情。作品有许多地方暗示宋即是明,金实指清,如第六、十九、四十六、五十九回出现的"厂卫"、"锦衣卫"、"锦衣卫旗牌官"等等,均是明代特置的官署名目,而非宋代之官制;二十八、三十五回提及"蓝旗营"、"旗下",都是清代特有的八旗制度而非金人的军事建制;五十三回描写扬州惨遭金人屠杀时,引述了一首《满江红》,词中写道:"清平三百载,典章人物,扫地俱休。"北宋只有167年,而明王朝统治了276年,这里的"三百载",显然是指明非指宋。

当我们明白了作者借宋喻明、以金指清的意图时,那么,作品中对金兵大屠杀,对抗金英雄岳飞、韩世忠、梁红玉的歌颂,对卖国的奸臣秦桧特别是蒋竹山、苗青引狼入室、叛国投敌、搜刮金钱美女的罪行的揭露,它们的含意就十分清楚。作者在这里所表达的激愤之情,矛头是直指满清统治者,他的胆识也不能不令人敬佩了。

---

① 丁耀亢生卒年有数种说法,此从谢巍《历代人物年谱考录》,中华书局1992年版,第351页。
② 据黄霖《丁耀亢及其续金瓶梅》,《复旦学报》1988年第4期。

作者揭露北宋皇帝的荒淫腐败，奸臣的贪赃枉法，北宋党祸造成天下的动乱等等，也包含着对明王朝灭亡的历史经验的总结，作者沉痛而愤慨的心情与同时代的作品《桃花扇》《樵史通俗演义》等相类似。

《续金瓶梅》有着如此强烈的反清情绪，在文网甚密的清初是难逃厄运的。康熙四年（1665）八月，丁耀亢因此书被邻人告发下狱。他的《归山草》中有诗记其事，诗的题目很长，其中云："己巳八月以续书被逮，待罪候旨，至季冬蒙赦得放还山，共计一百二十日。"后又有《焚书》一诗记述此事："帝命焚书未可存，堂前一炬代招魂。心花已化成焦土，口债全消净业根，奇字恐招山鬼哭，劫灰不灭圣王恩。人间腹笥多藏草，隔代安知悔立言。"后来康熙帝还是释放了他，但一百二十天的铁窗生活，使年近七十岁的老人受到摧残，从此两眼失明，自署木鸡道人。这部续书在清代多次遭到禁毁。

在宣扬因果报应之中，混杂着历史兴亡的血泪，是这本《续金瓶梅》屡遭厄运的原因，也是它的价值所在。

第三节 《醒世姻缘传》《歧路灯》等家庭小说

《金瓶梅》《醒世姻缘传》《歧路灯》都是以家庭生活作为小说的题材，是婚恋家庭小说这一流派的代表作。它们共同的特点是：以写实的手法通过家庭问题暴露社会黑暗，以北方生活为题材，笔力健旺而剽悍，语言流畅而泼辣。但是，它们反映生活的侧重点又有不同。《金瓶梅》通过西门庆的发家史，着重描写亦官亦商的暴发户，反映市井社会中上层的腐朽、堕落；《醒世姻缘传》以家庭内部反常的夫妻关系为中心，反映社会的黑暗，特别侧重于农村的破产和道德沦丧；《歧路灯》以谭绍闻的堕落与转变为主线，着重提出子女教育问题，更多地暴露市井社会中下层，特别是下层社会的黑幕。这三部小说从不同的角度，相当全面地反映了明中叶至清初社会生活的各个侧面。

在我们论述了《金瓶梅》之后，很自然地就会想起《醒世姻缘传》与《歧路灯》了。本节以这两部小说为主，兼及《林兰香》和《蜃楼志》。

一、《醒世姻缘传》

1. 作者

《醒世姻缘传》一百回，题"西周生辑著，燃藜子校定"。首有环碧主人写于辛丑年的《弁语》《凡例》八则和东岭学道人的《题记》。据《题记》称，该书原名《恶姻缘》,由东岭学道人改为今名。日本享保十三年(清雍正六年)《舶载书目》有《醒世姻缘》一书,所记序跋、凡例与今通行本全同,可见该书刊行当在雍正六年(1728)之前,扣除传入日本并引起注意和著录所需时间,至晚在康熙末年。环碧主人的《弁语》写于辛丑年,那么,刊刻时间可能就在这年,即清顺治十八年(1661)。

作者"西周生",显系化名,究竟是谁? 有蒲松龄、丁耀亢、章丘文人、贾凫西、陕西文人、河南文人诸说,但均难确证①。

2. 宿命论笼罩下的社会真实图景

《醒世姻缘传》也像其他婚恋家庭小说一样,假托往事,针对现实。它以明英宗正统年间至宪宗成化年间(1436—1487)为背景,实际上是反映17世纪中叶以后的现实生活。它叙述一个两世恶姻缘的故事,反映了封建社会反常的夫妻关系以及由此产生的家庭纠纷。作品前面廿二回为前世姻缘,写山东武城县的官僚地主子弟晁源,凭借父亲的权势,娶戏子珍哥为妾,纵妾虐妻,致使嫡妻计氏自缢而死。他还过着骄奢淫逸的生活,在一次围猎取乐的时候,射死了一只仙狐,这就造成冤孽相报的前因。第廿二回以后则为今世姻缘。晁源因奸被杀,托生在绣江县明水镇地主狄宗羽家为子,名为狄希陈;仙狐托生在薛家,名为薛素姐,与狄希陈结为夫妻。计氏托生为童寄姐,为狄希陈之妾。珍哥托生为童寄姐的婢女珍珠,这样狄希陈一家就成了前世冤仇相聚的地方,相互报冤。珍珠被寄姐逼死,而狄希陈备受素姐、寄姐的虐待。后来经高僧指点,狄希陈虔诚持诵《金刚经》一万卷,才"福至祸消,冤除根解"。

作品开头讲人生三件乐事,而基础是夫妻关系。"第一要紧再添一个贤德妻房,可才成就那三件乐事。"作者遵从儒家"夫妇乃人伦之始"的古训,宣扬丈夫乃"女人的天",要求建立夫权家庭的道德规范。作者通过这个冤冤相报的恶姻缘,揭露反常的夫妻关系和道德的沦丧,希望恢复儒家理想的西周的淳朴风尚,以此来达到"醒世"的目的,这就是作者化名"西周生"的寓意,也是作者的创作意图。

作品存在着严重的宿命论思想,作者认为世上的恶姻缘都是"大仇大怨,势不能报,今世皆配为夫妻"。这种生死轮回、因果报应的佛家思想与维护封

---

① 段江丽《〈醒世姻缘传〉研究》(岳麓书社2003年版)"作者考辨"一节对此有详细考辨,可参考。

建婚姻家庭制度的儒家理想结合在一起,通过因果报应以"醒世",这是作者思想的严重缺陷。

但是,和古代许多作家一样,作者忠于现实生活的创作态度突破了他的主观创作意图。当我们揭掉笼罩着的宿命论面纱,就可以看到作者为我们描绘的封建社会的真实图景,具有较高的认识价值和审美价值。

作者严厉抨击了当时的官吏选拔制度。晁思孝本是农村秀才,岁贡之后,进京会试,靠老师的提拔,竟当了华亭县知县。又通过胡旦、梁生牵线,用二千两银子贿通大宦官王振,谋到了通州知州的肥缺。狄希陈连普通文章都读不通,考秀才时请人代作答卷,考上秀才后又用钱纳监,买了个官。这样的制度,当然不能选拔人才,只能培养奴才。可是这些才智低下的人物当了官之后,虽然对治国安邦一窍不通,但对于当官的秘诀却十分机灵,一学就会。他们当官的诀窍是"一身的精神命脉,第一用在几家乡宦身上,其次又用在上司身上,待那秀才百姓,即如有宿世冤仇的一般"。他们用钱买了官,就从百姓身上加倍地榨取回来。晁思孝当华亭知县"不到十日内,家人有了数十名,银子有了数千两"。狄希陈在处置纳粟监生一案中,暗中得了两千两银子,一次外快就抵偿他援例干官一半的本钱。

作品充分揭露了讼狱制度的腐败。所谓打官司,实际上就是谁的贿赂多谁就赢。"天大的官司倒将来,使那磨大的银子罨将去。"即使下了监狱,有了钱也可以把监狱变成天堂。珍哥入狱之后,晁源买通典史,给她盖了单独的院落,派丫鬟仆妇服侍,大摆生日宴席,真是"囹圄中起盖福堂,死囚牢大开寿宴"。后来监狱中书办张凤瑞放火烧了牢房,用烧死的囚妇尸身顶替,把珍哥偷偷带走,做自己的小老婆。监狱中的黑暗与腐败,真是达到登峰造极的地步。

中国古代小说,很少反映农村生活,婚恋家庭小说多数也只是反映市井社会的人情世态。而《醒世姻缘传》的可贵之处在于,它把当时农村的凋敝和破产如实地描写出来;把农村社会的风俗人情,生动地表现出来,为我们提供了一幅17世纪中叶以后中国农村的风习画。在作品里,它为我们描写了农村灾荒的惨景。"小米先卖一两二钱一石……后来长到二两不已……后更长至六两七两……糠都卖到了二钱一斗。树皮草根都给掘得一些不剩。""莫说那老媪病媪,那丈夫弃了就跑;就是少妇娇娃,丈夫也只得顾他不着。小男碎女,丢弃了满路都是。起初不过把那死了的尸骸割了去吃,后来以强凌弱,以众暴寡,明目张胆地把那活人杀吃,起初也只互相吃那异姓,后来骨肉灭亲,即父子兄弟,夫妇亲戚,得空杀了就吃。"作者还写了几个人吃人的典型故事。可以毫不夸张地说,恐怕中国古代小说中还没有一部作品如此真实地描写农村荒年的悲惨图景。

作品多方面地描写了农村人的生存状态,如家族亲友之间争夺财产;欺负孤儿寡母,谋占遗产;地主对佃户妻子的蹂躏;农村尼姑道婆的诈骗行为;农村苛重的租税;农村卖买私盐的活动等等,把当时农村光怪陆离的生活情景详赡而突兀地表现出来。同时,作者对当时的风俗习惯也有生动而细致的描绘:婚丧嫁娶,礼仪往来,进香迎神,货物交易,乃至衣、食、住、行以及物价等等,都有翔实的记载和描写,提供了传统史书所忽略的可贵资料,提供了一幅相当精确的山东县城和农村的社会风俗画。

作者对农村知识分子的心态和命运有着深切的观察和体验。作品里写少数农村知识分子或有钱或有势,靠贿赂钻营走上了仕途,成为压迫人民的官吏,像晁思孝、狄希陈那样,更多的知识分子则苦闷、彷徨,潦倒一生。作品写出知识分子的苦闷与彷徨,他们生活之路极其狭窄,开个书铺吧,没有本钱,而且亲友都以借书为名,实则骗取,甚至官府也都要来勒索,只好白送;开个布铺、当铺吧,且不说没有这么雄厚的资本,"即使有了本钱,赚来的利息还不够与官府赔垫";去拾大粪吧,不仅官府离家里田很远,运不回去,而且还要纳税,花本钱;卖棺材吧,"看了惨人",是"害人不利市的买卖";结交官府,做做贺序、祭文之类,又"先要与衙役猫鼠同眠,你我兄弟",丧失了人格,而且还要花钱请酒应酬,打通关节。所以,"千回万转,总然只有一个教书,这便是秀才治生之本"。但是教书"又有许多苦恼,受着许多闲气,而且贫困终生",像程乐宇那样的先生,受尽学生的戏弄侮辱,真是"教这样的书的人比那忘八还是不如"! 试想,作者自己没有一番甘苦,怎能把农村穷秀才们的生活和灵魂作如此深刻的剖析和描述!

作者对在金钱冲击下,世风浇薄、道德沦丧痛心疾首。他以反常的夫妇关系为中心,描写了许多忤逆父母,侮辱师长,兄弟相残,出卖朋友,争夺遗产,敲诈勒索,以至铺张浪费、"暴殄天物"等社会上"不道德"的小故事,表现出作者对古代淳朴民风的憧憬,表现了作者的道德理想。

3. 真实细致和夸张讽刺的结合

以《金瓶梅》为代表的婚恋家庭小说,一方面在描写生活的真实与细致方面有了长足的进展,它们多层次多角度地展开社会生活的描写,为典型人物描绘了高度真实的典型环境;同时,又把作品人物的生活和情感纤毫毕露地镂刻出来,塑造了性格复杂而丰满的人物形象。另一方面在对社会的黑暗面进行揭露和抨击的时候,采取了夸张讽刺手法,使丑恶现象更加集中、强烈地展示出来,具有社会讽喻小说的特色。《醒世姻缘传》也是这样。一方面对生活的描绘极为精细,人物的音容笑貌,心灵的幽微隐秘,风俗习惯的细腻详赡都多姿多彩地展现开来。银匠童七拿太监陈公公的本钱开银铺,因为给陈太监打的首饰掺铜过多,银器变色,露出破绽,被陈太监送到东厂治罪,追赔本钱。童七的妻子童奶奶聪明机变,为了救丈夫到陈太监家花言巧语,逢迎谄媚,使陈太监不但没有治童七的罪,还免赔三百两银子。她又揣摩了陈太监的心理,买了佛手柑和橄榄去进献,花钱不多,又买到陈太监的欢心,把原先的六百两剩铜发还给她。童奶奶为了救丈夫,维持一家的生计,在卑媚的笑语中包含着辛酸的眼泪。这一段描写把童奶奶心灵的痛苦、险恶的社会环境、性格的果断机敏、富有情趣的生动语言以及当时社会的生活习俗都完美地结合在一起,塑造出这个市民妇女的丰满形象,描绘了当时市民生活的五光十色的画卷。作者描写笔法的细致达到了古代小说很高的水平。但是,当作品描写吴推官、狄希陈怕老婆的故事时,又另换一副笔墨。吴推官考察属下官员,叫怕老婆的站在东边,不怕老婆的站在西边。四五十个官员中,只有两个不怕老婆。一个是教官,八十七岁,断弦二十年,鳏居未续;一个是仓官,路远不曾带家眷。吴推官说:"据此看将起来,世上但是男子,没有不惧内的人。阳消阴长的世道,君子怕小人,活人怕死鬼,丈夫怎得不怕老婆?"作者用夸大、漫画化的手法,达到"骂世"的目的。当然,作者在某些描写中,也有夸张过分、失去分寸、给人不真实感的地方,这个缺点在晚清的社会讽喻小说中又发展得更加严重了。

　　《醒世姻缘传》和其他婚恋家庭小说一样,通过家庭写社会;通过家庭成员与社会的广泛接触,把家庭和社会联系在一起,织成生活之网。所不同的是通过两个冤冤相报的家庭,把社会生活多方面地反映出来。同时,它还写了好几个相对独立的故事,用以表现作者的道德观念。这些故事与家庭生活联系是不紧密的,比较牵强,有的人物"事与其俱起,亦与其俱讫",游离于作品的主线之外。这种结构方法,虽然能运用自如地安排各类人物和故事,达到比较广泛地反映生活的目的,但整部小说结构显得芜杂松散,反映了作者组织生活、结构作品的能力比较薄弱。这种结构的方法对晚清的社会讽喻小说也有影响。

不过,《醒世姻缘传》的语言艺术是很有特色的。作品或用民间常见的物象设喻,或用人们熟知的文学形象比附,或直接用村言俗语和歇后语俏皮话,使作品无论人物语言还是叙述语言都生动活泼,充满了生活气息和民间智慧,如"鸡屁股栓线——扯淡"、"八十岁妈妈嫁人家,图生图长"等。鲁迅在《门外文谈》中说过:"方言土语里,很有些意味深长的话。"确实的,底层民众有其特殊的语言交流方式和表情达意的特点,在不动声色中透出的幽默与诙谐,往往比高头讲章更生动有趣。孙楷第也在《戏曲小说书录题解》中云:"斯编虽以俚语演述,而要其实,上可抗踪《水浒》,下可媲美《红楼》。"对这位生活底子厚实且很有语言天赋的作家来说,这是很高但也是很恰如其分的评价。

二、《林兰香》

《林兰香》六十四回,题"随缘下士编辑","寄旅散人评点"。存清道光十八年(1838)刊本。作者真实姓名,无从查考。成书时代,在康熙末年至雍正初年。因为小说结尾以一出梨园、一曲弹词作为"余韵",显受《桃花扇》影响,因此,其上限不会早于康熙三十八年(1699)。书中描写的北京"灯市"、"金鱼池","泡子河"等处繁华景象,据记载至乾隆中叶已衰落或"久废",可见其下限不会晚于雍正初年①。

全书以明初开国功臣泗国公耿再成之支孙耿朗一家,自洪熙至嘉靖百余年的盛衰隆替为主线,相当全面地反映了当时的社会现实。故事写洪熙元年,正当耿朗考校得优等、准备授职时,其未婚妻燕梦卿之父副御史燕玉突遭诬陷,拟议充军。梦卿上书"乞将身没为官奴,以代父远窜之罪",即蒙允准。耿朗另娶林御史之女云屏为妻。不久,燕玉含冤病死后得到昭雪,梦卿随之获赦。梦卿坚持仍嫁耿朗,甘为侧室。宣爱娘之父宣节亦因科场行贿案的牵连而被革职,气病而死。爱娘无所依靠,下嫁耿朗为妾。任自立是个暴发奸商,因在洪熙皇帝归天的当晚失火,拟判重罪。为求耿家代为疏通关节,将其女香儿送到耿府为婢,香儿亦成耿朗之妾。平彩云本系宦家之女,父死势衰,被恶霸东方巽劫夺,为侠客所救,送往耿家,为耿朗之妾。至是,耿朗一妻四妾,家道兴旺。妻妾之中,梦卿最贤,但因常谏劝耿朗,又因任香儿中伤,以至夫妻反目,梦卿含冤饮恨而死,后任香儿、平彩云俱先耿朗而亡。耿朗立军功,授副御史,但突然病故。梦卿所生幼子耿顺,由侍妾春畹抚养成人,为国立功,袭泗国

---

① 参看陈洪《〈林兰香〉创作年代小考》,《明清小说研究》1988年第3期。

公爵位,家道有中兴之势。耿顺怀念生母,遂建一楼,贮存遗物,以期传留久远。不料一场大火,焚烧净尽。耿家旧事,仅借戏文与弹词演唱,旋即又遭禁演,耿家故事遂湮没无闻。

《林兰香》是一部流传不广却很重要的作品。它上承《金瓶梅》,下启《红楼梦》,亦为婚恋家庭小说的代表作。

《林兰香》上承《金瓶梅》,首先表现在它的取材上。如果说《金瓶梅》是以西门庆这个亦官亦商的家庭为题材,《醒世姻缘传》是以晁源、狄希陈这两个中小地主家庭为题材,那么,《林兰香》和《红楼梦》一样是以勋宦世家为题材。它们都是以一个家庭为中心,反映社会现实生活。其次,它的命名完全模仿《金瓶梅》。《金瓶梅》虽以西门庆这个男子为中心,但却以作品中三个女性的名字作书名。《林兰香》也以耿朗这个男子为主角,以林云屏、燕梦卿,任香儿的名字作书名。"林者何?林云屏也"。"兰者何?燕梦卿也,取燕姑梦兰之意"。"香者何?任香儿也"。而且,西门庆妻妾六人,耿朗原是妻妾五人,燕梦卿死后又将丫鬟春畹立为侧室,也凑足六人之数。林云屏与吴月娘,宣爱娘与孟玉楼,任香儿与潘金莲性格上也有对应关系。再次,《林兰香》继承《金瓶梅》注重描写生活场景和细节的传统。全书主要文字写儿女私情、家庭琐事、饮馔游宴,有不少场面写得色彩斑斓,富有生活气息。

《林兰香》下启《红楼梦》,主要表现在它的梦幻之感上。《林兰香》写耿朗这样的勋宦之家的兴衰荣枯,燕梦卿这样才德兼备女子的悲剧命运,耿顺建起小楼,珍藏旧物,要永世流传,却被一场大火烧得灰飞烟灭。作者的创作意图是很清楚的。他愤恨社会之不平,预感它的灭亡,但又看不到希望,因而表现出梦幻之感。作品以邯郸侯孟征上本起奏开头,寄旅散人评曰:"孟同梦,征同证,以梦为证,乃必无之事。封邑在邯郸,取梦之一字也。"故事收结时,耿顺在邯郸道吕公祠内祈梦。这一头一尾,就要表现耿朗一家的盛衰只是邯郸一梦而已。作品开头就写道:"天地逆旅,光阴过客,后之视今,今之视昔,不过一梨园,一弹词,一梦幻而已。林耶?兰耶?香耶?"全书结尾时又说:"总皆梨园中人,弹词中人,梦幻中人也!岂独林哉,兰哉,香哉!"寄旅散人指出:"第一回开端数语,及此回收结数语,合为一篇,以为此书之总论也可。"《林兰香》这种创作意图在《金瓶梅》《红楼梦》中亦有表现,不过有高低轩轾之分。《林兰香》对封建社会的暴露不如《金瓶梅》深广有力,也缺乏《红楼梦》那样的悲剧力量和诗意的光辉。

《林兰香》的承上启下还表现在人物描写上。《金瓶梅》出色地描写了几个女性,但她们的聪明才智都用于争强固宠,卖俏营奸,用以讨得西门庆的欢心,缺乏独立人格的追求。《林兰香》里的燕梦卿是作者全力塑造的人物。一方面,作者把她写成标准的"淑女"。她代父充军,甘心入宫为奴;她坚贞不二,矢志不改嫁,甘为侧室;甚至为丈夫割发、断指。她被皇帝旌表为"孝女节妇"。作者又极力赞扬她才貌双全。既有管家理财的能力,又有艺术才能,琴棋书画,无所不精,是标准的才女。另一方面,作者又写她是一个有独立性格的女性,她要求和丈夫建立起"名为夫妻,实为朋友"的平等关系,她不献媚邀宠,而是直言不讳,经常批评耿朗的过失。而耿朗这个世家子弟,只把女人当玩物和传宗接代的工具,不能允许妻妾干涉他的生活和思想,所以他说:"妇人最忌有名有才,有才未免自是,有名未免欺人。"于是,他对梦卿加以"裁抑",故意在感情上伤害她,以至梦卿含冤而死。燕梦卿的悲剧不是外在力量对爱情的破坏造成的,而是在于她的自身,即她所绝对接受的封建道学思想与她追求实现自我价值、追求独立人格的矛盾。梦卿的悲剧不是封建叛逆者的悲剧,而是封建殉道者的悲剧。作者既不愿意把自己的女主人公写成像《金瓶梅》中的李瓶儿那样的人物,只是一味痴情,甘心当西门庆的玩物,而要写她有自己的独立追求,但又不能像《红楼梦》那样,写出青年女子的叛逆与反抗,而又把她写成道学气味很浓的人物。另外,《林兰香》里有些人物也写得较为复杂,如耿朗,他正直却又多疑,多情而不专注;有抱负却才干平平,也是一个"说不得贤,说不得愚"的人物。

总之,《林兰香》无论思想或艺术成就都不如《金瓶梅》和《红楼梦》,但它是从《金瓶梅》到《红楼梦》发展过程中的一环,值得重视。

三、《歧路灯》

1. 作者

《歧路灯》作者李海观(1707—1790),字孔堂,号绿园,晚年别署碧圃老人,河南宝丰县人。他出身农村普通知识分子家庭,在三十岁时中举,后来科场并不顺利,去北京应过考,但始终没有中过进士。五十岁以后,宦游二十年,走遍半个中国,晚年在贵州印江县做过一任知县。乾隆十三年(1748)因父死在家守制,开始撰写长篇小说《歧路灯》,连续写了近十年,完成了全书的主要部分。至乾隆二十一年,以出仕的缘故,"辍笔者二十年",晚年辞官返抵家乡,又开始续写,至乾隆四十二年(1777)才脱稿,前后历时三十年。

第六章　婚恋家庭小说

　　《歧路灯》完稿后未付梓,以多种抄本流传。到了1924年才出现洛阳清义堂石印本,凡一百零五回,卷首杨懋生序及张青莲跋各一。1927年冯友兰、冯沅君兄妹把抄本与石印本对勘,分段标点,交北京朴社排印,只印行一册(二十六回),卷首有冯友兰序及董作宾《李绿园传略》。1980年中州书画社出版的栾星先生校注本,凡一百零八回,经过仔细的整理校勘,并加注释,是目前最完善的本子。

　　李海观的著述,除《歧路灯》外,还有《绿园文集》《绿园诗钞》《拾捃集》《家训谆言》等。《绿园文集》和《拾捃集》已佚,《绿园诗钞》存有残本,《家训谆言》被附抄于《歧路灯》卷首,得以保存。他所残存的这些诗文,现都收集在《李绿园诗文辑佚》里①。

　　2. 迂腐的说教与逼真的人生图景

　　《歧路灯》以书香门第公子谭绍闻的堕落和回头为中心,展示了市井社会的黑暗与官场的窳败,把当时社会的世态人情、风习流俗生动逼真地呈现在我们面前。

　　全书一百零八回,分为三大段,首尾呼应,大开大合,脉络贯通,层次分明,结构谨严。第一大段从第一回到十二回,写谭绍闻父亲孝移教子,临终前留下"用心读书,亲近正人"的遗言,点出全书主题,为后来谭绍闻的悔过伏笔。第二大段从十三回到八十二回,用七十回的篇幅真实细腻地描写了谭绍闻在外界诱惑下堕落的过程。第三大段从八十三回到一百零八回,写浪子回头,谭绍闻终于改过从新,中副车,立军功,蒙天子召见,选为知县。其子簀初钦点翰林庶吉士,在家道复兴的喜庆气氛中结束全书。

　　作者的主观意图是围绕封建家庭子女教育问题,宣扬封建的纲常名教,作为对日益腐败的世道人心的补救。作者认为青年能否走正路,关键在于父母的教育、师长的引导、妻妾的辅佐、朋友的帮助。因此,在书中设置了一系列对立的形象,描写他们对谭绍闻的不同影响。谭孝移的严格教育与王氏的娇惯纵容,娄潜斋的高风亮节与侯冠玉的无德无行,孔慧娘的贤惠规劝与巫翠姐的蛮横撒泼,程嵩淑等人的谆谆善诱与夏逢若等人的勾引诱骗。在这一场青年争夺战中,作者表现了浓厚的封建正统思想,时时流露出重视门第、轻视妇女、重农抑商、醉心仕途、提倡读经、鄙视市民文化等等传统观念,表现出落后的政

---

① 栾星编著《歧路灯研究资料》,中州书画社1982年版。

治思想与文化思想，与同时代的《儒林外史》《红楼梦》相比，思想境界是悬殊的。

作者落后保守的思想给作品带来了损害，使它不能像《儒林外史》《红楼梦》那样对封建社会制度及其意识形态进行深入的剖析与批判，不能表现出封建社会走向衰亡的必然趋势，而是出现了兴旺的征兆；不能敏锐地反映时代的变化，发出启蒙思想的闪光。但是，作者写实的创作方法，却使作品超出了他的主观意图而具有较高的认识价值和审美价值。

《歧路灯》令人信服地展示了谭绍闻堕落的过程，写出了他前后几次大反复的曲折经历。谭绍闻在父亲死后，也牢记了"用心读书，亲近正人"的教诲，循规蹈矩。但是，老师侯冠玉嗜赌成性，给他树立了坏榜样，在外界的诱惑下，他开始玩画眉，狎婢女，下赌场。刚开始时，还"心中发热，脸上起红"，但很快就习以为常，拿起赌具"也不脸红，也不手颤了"。正当他滑向邪路时，父辈及时进行教育，他还能听得进去，认为"三位先生说的是正经话"，决心改过；但是，又经不起夏逢若等人的诱骗，不久又下赌场，玩戏子，正是"冲年一入匪人党，心内明白不自由"。可是，当他输了二百两银子、赌徒们上门逼债时，自己又良心发现，觉得对不起母亲，在仆人王中的劝导下，发誓改过，有几天关在书房里念书，足不出户。可不久夏逢若又设圈套，用妓女红玉作诱饵，谭绍闻经不起女色的诱惑又迈向赌场，被戏班头子诬告，上了公堂。但回家后，妻妾的柔情蜜意又使他感化，悔恨自己不该去嫖妓赌博，下了很大决心改过，夏逢若、张绳祖来勾引他，被拒之门外。但好景不长，过了几天，夏逢若又以替尼姑庵抄募捐单子为由，把他引到尼姑庵，在小尼姑的勾引下又一次下水，赌输了五百两银子，只好到亳州躲债，路上吃尽苦头；回来后割产还债，又被夏逢若请去看戏，用女色勾引，把他卖产业的钱榨个精光，甚至还牵连到人命案子中。到了这样狼狈的境地，在义仆王中和父辈的教训下，请了品德端庄、学问渊博的智万周当老师，开始悔改，有几个月拒绝与坏人来往，认真读书。可是，夏逢若等人制造流言蜚语赶走老师，又一次把谭绍闻拉下水，从此变本加厉，因输钱卖掉祖坟上的树木，甚至把自己的院子拿来开赌场，一直发展到走上犯罪的道路。这时家产荡尽，奴仆走散，几乎活不下去，在族兄谭绍衣的引导下，在朋友、义仆的规劝下，才开始真正的转变。

谭绍闻的本质并不坏，他的堕落是社会造成的。作者把视线转向官府和市井社会，写出谭绍闻堕落的社会环境。

官场黑暗,贿赂成风。谭孝移被举荐为贤良方正,但为了申报文书,娄潜斋替他贿赂了五十两银子。这真是绝妙的讽刺,所谓"贤良方正"应该是清正廉洁的表率,但却不得不贿赂书办衙役。正像王中所说:"如今银子是会说话的。有了银子,陕西人说话,福建人也省得。"谭孝移进京,到了税亭检验,又送了十六两银子。因为"俗话道:'硬过船,软过关',一个软字,成了过关的条规。"没有贿赂"那衙役小班,再也是不验的"。戏班头目茅拔茹讹诈谭绍闻,他想请结拜兄弟夏逢若说句公道话,王中对他说:"如今世上结拜的朋友,官场上不过势利上讲究,民间不过在酒肉上取齐。"对当时世风的批判确是一针见血、入木三分。地痞恶霸之所以敢于盘赌窝娼,"一定要与官长结识。衙署中奸黠的经承书吏,得势的壮快头役,也要联络成莫逆厚交"。这就深刻指出官府是黑社会的靠山。当然,《歧路灯》对官府的揭露是很有限的,它的矛头主要指向书办衙役这些官府的爪牙,而作品里出现了谭绍衣、娄潜斋等一批清官;祥符县四任知县,三位都是清官,只有一个董知县是贪官,不久也被参革了,表现了作者认识上的局限性。

作品里描写得更深刻的是谭绍闻委身的市井社会。谭绍闻的堕落主要因为赌博,作者对赌场和赌徒的描写非常精彩。"从来开场窝赌之家,必养娼妓,必养打手,必养帮闲。娼妓是赌饵,帮闲是赌线,打手是赌卫。所以膏粱子弟一入其囮,定然弄的水尽鹅飞。"谭绍闻就是这样经夏逢若牵线,妓女红玉引诱,而下赌场;赌输之后,打手假李逵就凶神恶煞似的上门逼债,把他搞得倾家荡产。

作者还把视角转向社会的各个角落。高利贷盘剥,尼姑庵卖淫聚赌,途路上行骗抢劫,江湖上庸医草菅人命,风水先生、巫婆神汉迷信活动,道士烧丹银的诈骗行为,制造假钱的犯罪行径等等,都在作品中多色多姿地呈现出来,把所谓"乾隆盛世"光怪陆离的丑恶现象暴露在光天化日之下,使读者嗅出了花团锦簇下的霉变味。

作品用带有河南地方色彩的语言把18世纪中州的风习图淋漓尽致地描绘出来,我们可以看到当时的婚娶丧葬、宾客宴饮、官场仪注、科闱规程以及文化娱乐等方面的风俗习惯,具有较高的认识价值。

《歧路灯》的社会价值还在于它提出了教育青年这个重要课题。虽然时代不同了,但作品丰富的内涵,却值得今天的读者思索与玩味。一方面,作者竭力鼓吹的封建正统教育是一种失败的教育。作者写谭孝移教育子女很严格,不许看戏,不许逛庙会,不许看"杂书",完全封闭起来,正像王氏所说:"你再休要把一个孩子只想锁在箱子里,有一点缝丝儿,还要用纸条糊一糊。"这种封闭式教育的结果,使谭绍闻没有独立生活的能力,没有抵御坏影响的免疫力,当他一旦走上社会,就很快为黑社会的毒菌所感染,谭绍闻的堕落宣布了封建封闭式教育的失败,这对今天的教育工作仍有启发意义。另一方面,作者对谭绍闻堕落过程的描写,使我们看到青年堕落的原因和复杂的心理过程,这对今天的青年教育工作无疑也具有借鉴的意义。

3. 性格转变的描写与鞭辟入里的议论

中国古代小说的人物塑造,一般只注意两端,即好人与坏人,虽然在成功的作品中,也写出了人物性格的复杂性与性格的发展史,但是好人或坏人的基调是生来就定下的。例如,《金瓶梅》里的西门庆,虽然也有仗义疏财等性格,但本质上是恶人;《红楼梦》里的贾宝玉,性格虽有发展,但他的叛逆性却是从娘胎里带来的。《金瓶梅》和《红楼梦》中有些人物是"多色调"的,性格复杂,不易简单判断为好人或坏人,但是,他们只是性格复杂,却很少完成性格转变。《歧路灯》却描写了谭绍闻、盛希侨、王隆吉这三个出身不同青年的转变,尤其是极其细腻地描写了谭绍闻的转变过程,塑造了转变中的人物典型,这是对中国小说史的重大贡献。

谭绍闻书香门第出身,受着父亲严格的封闭式教育,父亲去世,他从密封舱走出来,接触到污浊的空气,很快受到污染。他的堕落主要因为性格软弱,抵抗力不强。盛希侨出身显宦之家,祖上是堂堂布政使,财势俱全,这位少年公子骄奢豪纵,挥霍无度,以至家产用尽,弟弟要和他分家,很有"孝悌"之心的盛希侨感到无比悔恨,开始转变。王隆吉是小商人出身,容易染上市井社会的恶习,但他有生意人的精明,稍涉泥潭,急忙抽身,所以陷得不深,容易转变。这三个青年都是转变中的人物,但性格各异,形象鲜明,为我国古代小说史留下了一组转变中的人物典型。

《歧路灯》对中国小说史的贡献,除了谭绍闻这个"中间人物"典型外,还为小说史的画廊增添了一个帮闲篾片典型夏逢若。夏逢若是江南微员的后代,把祖上的家产挥霍净尽,靠着头脑灵活,言词便捷,见了有钱公子像苍蝇一样逐嗅而来,挨进门去,拉他们下水,混些酒肉过活,觅些钱财养家。他是继《金瓶梅》应伯爵之后,写得最成功的帮闲形象。只是应伯爵投靠西门庆,更多帮闲色彩,用插科打诨等办法来讨好主子;而夏逢若勾引青年公子,更具无赖恶棍成分,用威胁利诱的手段拉人下水。

《歧路灯》写了二百多个社会各阶层的人物,给人留下较深印象的也有十多人。人物塑造的成功主要靠对比和白描。作者设置了一系列对立人物形象,在对照中黑白分明,贤愚立判,勾画出人物的基本性格。又用白描手法,不加烘托渲染,简练勾勒出人物的鲜明形象,使他们的神态口吻更加清晰地呈现出来。小说第十三回写谭孝移死后入棺一段:

> 抬起棺盖,猛可的盖上,钉口爷声震动,响得钻头,满堂轰然一哭。王氏昏倒在地,把头发都散了。端福只是抓住棺材,上下跳着叫唤。王中跪在地下,手拍着地大哭。娄、孔失却良友,心如刀刺,痛的连话也说不出来。

这寥寥数语,就把几个身份不同的人物的神态勾画出来,传神摹影,惟妙惟肖。

《歧路灯》是一本以青年教育问题为主题的小说,时常对社会问题进行评议。把评议与描写结合是它的重要特色。由于作者社会生活阅历丰富,议论深刻,对社会现象概括力强,这些评议与生动情节、人物性格结合在一起,所以,虽然说教颇多,但不令读者生厌。例如,第五回对秀才们的评议:"原来秀才们性情,老实的到官场不管闲事,乖觉的到官场不肯多言,那些平索肯说话的,纵私谈则排众议而伸己见,论官事则躲自身而推他人,这也是不约而同之概。"这把当时秀才们的心态高度概括出来,具有对科举制度的讽刺意义。三十九回对理学的评论,也鞭辟入里,发人深省。"偏是那肯讲理学的,做穷秀才时,偏偏的只一样儿不会治家;即令侥幸一个科目,偏偏的只一样儿单讲升官发财","这还是好的。更有一等:理学嘴银钱心,搦住印把时一心直是想钱,把书香变成铜臭。好不恨人。"

《歧路灯》作者社会经验丰富,语言功底深厚,熟悉群众语言,议论文字深刻,概括力强;描写文字精练,表现力强;人物对话都能符合人物身份,该雅则雅,宜俗则俗,达到个性化的程度。它的语言风格凝练集中,但略嫌木讷,因此,也有生硬枯燥的地方。

四、《蜃楼志》

在介绍了《醒世姻缘传》《林兰香》和《歧路灯》之后,附带介绍一下《蜃楼志》。

《蜃楼志》,又名《蜃楼志全传》,二十四回,题"庾岭劳人说"、"禺山老人编",卷首有罗浮居士序。作者真实姓名不详,但序云:"劳人生长粤东,熟悉琐事,所撰《蜃楼记》一书,不过本地风光,绝非空中楼阁也。"可见作者是粤东人或长期生活在广东。存嘉庆九年(1804)刊本。

　　小说假托明代,实写清代乾嘉时期粤东洋商与官场。作品以广东十三行商总苏万魁之子苏吉士为贯串全书的中心人物,从新任关差赫广大敲诈勒索洋商写起,引出苏吉士,然后一条线写苏吉士的恋爱婚姻和窃玉偷香的风流韵事,连带写出温素馨姐妹、施小霞、乌小乔、茹氏等几个妇女的命运;第二条线写赫广大的贪虐骄奢,为求子招来番僧摩剌,摩剌连结洋匪,袭了潮州,自号光大王;第三条线写义士姚霍武的兄长遭诬陷被处斩,自己又因打抱不平而遭监禁,因此与结义兄弟越狱起事,占领海陆丰。苏吉士因业师李匠山而结识姚霍武,持李信为朝廷招安了他,并利用他剿平摩剌。苏吉士之妹嫁李匠山之子,官商联姻,吉士送别,匠山飘然而去,全书在烟云漂缈中结束。作品比较全面地写出当时官场的黑暗与社会动乱,画出一幅"山雨欲来风满楼"的图画,预示着清王朝正在走向衰败,一场狂风骤雨即将来临。

　　这部小说的主要特色有三:

　　第一,题材新颖——以清代对外贸易的海关和洋商活动为题材。乾隆二十二年(1757)清政府限令外商只准在广州互市,接着又下令洋货交易须通过"公行"。由此,广东海关成为清代对外贸易的唯一关口,权力极大,趁机敲诈勒索。而贸易要通过"公行",洋商垄断了进出口贸易,借此大发横财。作品翔实地描写了赫广大贪赃枉法,敲诈勒索,到他势败抄家时,抄出了赤金四万二千两、白银五十二万两和大批洋货,真是富可敌国。由于关差的横行,激起地方政府与海关的矛盾,明争暗斗,互相倾轧。洋商虽然受到关差的敲诈,但它利用垄断贸易的官商地位,也大发其财,所以苏万魁家"花边番钱,整屋堆砌,取用时都以箩装袋捆"。作品以中国早期买办资产阶级——洋商和海关关员为描写对象,反映了时代的特色,这样的题材在中国小说史上还是首次出现,具有很高的认识价值。

　　第二,形象新鲜——把开明洋商苏吉士当做英雄来歌颂。作者似乎有意地把他写成贾宝玉式的人物,重情感而轻功名。他对温素馨说:"我也不想中,不想做官,只要守着姐姐过日子。"他又说:"我要功名做什么?若能安分守家,天天与姐妹们陶情诗酒,也就算万户侯不易之乐了。"但是作者极力渲染他的风流韵事,不但没有谴责他的淫乱行为,反而认为是温柔多情,是出于对不幸妇女的同情。作者把多情与淫乱混在一起,津津乐道苏吉士的放荡行为,露骨地描写性行为,这说明作者的艺术趣味不高,学《红楼梦》而仅拾其余唾,使苏吉士失去贾宝玉的叛逆性格。

其实,这个形象真正具有新鲜感的是苏吉士的乐善好施而薄敛财。因家被抢劫,父亲惊吓而死。他想:"我父亲一生原来都受了银钱之累。"于是他决心处置乡间银账及陈欠租项。择日唤齐债户,当众宣布:"穷苦的本利都不必还,其稍有余者还我本钱不必算利,这些抵押之物烦众位挨户给还,所有借券概行烧毁。""说毕即将许多借票烧个精光。众债户俱各合掌称颂,欢声如雷而去"。接着苏吉士又宣布减租:"将所欠陈租概行豁免,新租俱照前九折收纳。"这就写出了一个开明洋商的慷慨风度。

战乱和灾荒使粮价暴涨,苏吉士将积年剩粮十三万石平粜。其中八万石米还多卖了十二万八千银子。作者颂扬他的"积善行为",也指出这是他聚敛财富的手段,是"致富的根基",认为这是英雄行为,"吾愿普天下富翁都学着吉士才好"。

可见,作者已经感应到一种新的经商观念和生产方式,因而把洋商当英雄,把苏吉士写成聪明俊秀、风流倜傥的人物,歌颂他多情的风姿,赞扬他开明慷慨的风度。但过多渲染他的风流韵事,而没有写出他锐意进取的经商活动;过分强调他的"多财而不聚"的慷慨开明,而没能挖掘出他作为资本家聚敛财富的"雄心";只揭露关差对洋商的敲诈,而没有写出洋商垄断贸易的渔利行为。因此,苏吉士这个早期洋商的形象虽然新鲜但不够丰满、深刻,历史的力度不够。

另外,围绕苏吉士的几个女子,如出身盐商的温氏姐妹、海关小吏之女乌小乔、施小霞以及破落户之妻茹氏等等,都是多情而泼辣的,在她们的头脑里贞节观念已荡然无存,在两性关系上采取相当随便的态度,甚至"不羞自献",反映了在商业经济环境里生长起来的青年妇女与传统女性不同的道德观念。

第三、布局巧妙——罗浮居士序称此书"无甚结构而结构特妙"。作品以苏吉士为中心,一条线深入赫广大幽森府邸,把海关关差骄奢淫逸的生活勾勒出来,写出官场黑暗;一条线又触及社会下层,姚霍武等人被逼造反,占山为王,点出社会动荡;一条线则伸向闺房绣阁,把洋商的家庭生活、两性关系加以点染,写出世风的演变。这三条线围绕苏吉士这个轴心,互相勾连,互相影响,头绪多端而不散乱,层次分明而又自然舒展。一人为主,联缀诸事,曲折开阖,可伸可止,开晚清社会讽喻小说结构之先河。但赫广大与摩刺淫欲无度的生活描写过多过露,姚霍武一线则模仿《水浒传》,因袭之迹甚明,都是艺术上不足之处。

《蜃楼记》承上启下的地位。作品以苏吉士为中心,一面写他一妻四妾的家庭生活和风流韵事,一面写官场黑暗、社会动乱、世风浇薄,基本上仍是婚恋家庭小说的格局。它直接继承《金瓶梅》和《红楼梦》,苏笑官、温素馨的形象有西门庆、贾宝玉、李瓶儿的影子;在语言描写、情节设计方面也有明显的借鉴甚至模仿,如施小霞戏弄乌岱云就是套用了凤姐戏贾瑞的情节。

但是,《蜃楼志》又不是典型的婚恋家庭小说,因为不是通过一个家庭去写社会,重点不是恋爱婚姻和家庭问题,而侧重于官场的揭露。正如郑振铎先生所说:"因所叙多实事,多粤东官场与洋商的故事,所以写来极为真切、无意于讽刺,而官场之鬼蜮毕现;无心于谩骂,而人世之情伪皆显。在这一方面,他是开创了后来《官场现形记》、《二十年目睹之怪现状》诸书的先河。"同时,在布局结构上,"他又启示了后来《官场现形记》、《二十年目睹之怪现状》诸书之绝无布局,随处可止,随处可引申而长之的格式"①。总之,从承上看,应列入婚恋家庭小说;从启下看,应列入社会讽喻小说,是婚恋家庭小说向社会讽喻小说过渡的作品。

第四节 才子佳人小说

明末清初涌现出一批才子佳人小说,是婚恋家庭小说的一个分支,作为小说史上的一个流派,值得我们重视和研究。

一、才子佳人小说概况

在明末清初出现一大批小说,约有五六十部之多,其中主要是才子佳人小说,也还有少量其他类型小说。本节要介绍的是比较纯粹的才子佳人小说,因此,首先要界定它的范围。

什么是才子佳人小说?鲁迅对它题材上的特点作了准确的概括:"至所叙

---

① 郑振铎《巴黎国家图书馆中之中国小说与戏曲》,《中国文学研究》,作家出版社1957年版,第129页。

述,则大率才子佳人之事,而以文雅风流缀其间,功名遇合为之主,始或乖违,终多如意。"①从题材上说,是写才子佳人的恋爱故事;其情节构成,大多是郊游偶遇,题诗传情,梅香撮合,私订终身。其结局,或因命运乖违,或因小人拨弄,或出政事牵连,于是佳人逼嫁,才子遭难,但虽经波折,却坚贞如一;或由于才子金榜题名,或由于圣君贤吏主持正义,终于"有情人终成眷属"。从形式上说,这类小说也有共同特点,一是相当一部分作品书名模仿《金瓶梅》,用主人公的名字命名作品,如《玉娇梨》《平山冷燕》《金云翘传》《春柳莺》《宛如约》《雪月梅》等等。二是一般在十六回至二十回之间,约十万字左右,相当于现代一部中篇小说的篇幅。

有些作品,人们在谈论才子佳人小说时常常涉及,但我们没有把它列入本节。从内容方面看,如《世无匹》当属侠义类,《林兰香》属家庭小说,《双凤奇缘》属讲史类;从体裁看,《美人书》(又名《女才子书》)基本上是用文言写成,十二篇故事写了十七位才女,类似传奇小说;《鼓掌绝尘》《生绡剪》《五色石》《云仙啸》《珍珠舶》均为拟话本。这些作品在有关章节还会论及。

才子佳人小说,其源流可上溯到唐人传奇、宋元话本和明代拟话本,但这些都是短篇小说的体制。作为长篇小说中的一类,它主要受《金瓶梅》的影响,是以《金瓶梅》为嚆矢,而逐步繁荣兴盛的婚恋家庭小说的分支。

才子佳人小说的发展可以分为两个阶段。第一阶段是从明末至清初顺治、康熙年间,以顺、康年间为高峰,第二阶段是清雍正、乾隆年间,这时的才子佳人小说较之前一阶段有较大变化,主要是反映生活面有所拓宽,世情方面的描写有所增加;出现了与神魔、侠义、讲史合流的趋势;才子佳人由才美型向胆识型发展,有的还文武双全,不少作品把功成名就的美满结局改变为急流勇退,归隐成仙;篇幅也逐渐加长,有的至四五十回,二三十万字。乾隆以后是才子佳人小说的末流,一方面发展为狭邪小说,把佳人变为妓女、优伶,从花园闺阁移向妓院戏馆,青年正当的恋爱变为婚外恋或同性恋。当然,狭邪小说除继承才子佳人小说外,还有意识地向《红楼梦》学习,但由于作者思想、艺术境界不高,只学皮毛,不能得其精髓,终于使狭邪小说走向穷途末路。另一方面,与侠义小说结合,发展为儿女英雄小说,把佳人变为侠女,把花前月下私订终身变为在刀光剑影中结成良缘。当然,儿女英雄小说也受《红楼梦》影响,其立意

---

① 《中国小说史略》,《鲁迅全集》第九卷,第189页。

却与《红楼梦》相反，要把儿女情与英雄气结合起来，颇多封建说教，因此，儿女英雄小说也难以为继，逐渐衰落。

第一阶段才子佳人小说的代表作有《玉娇梨》《平山冷燕》《好逑传》《金云翘传》和《定情人》。

《玉娇梨》又名《双美奇缘》，二十回，题"荑荻散人编次"，成书于明末。荑荻散人究竟是谁？有人认为是秀水张匀，但证据不足，可能性较大的仍是天花藏主人[①]。它是我国较早传到欧洲的作品，1826年在巴黎出版了法译本，后又被译为德文和英文。

《玉娇梨》以明正统、景泰年间的政治斗争为背景，写金陵太常卿白太玄之女红玉貌美而有诗才，御史杨廷诏欲聘为媳，为白太玄所拒，白太玄因而被遣出使瓦剌，议迎英宗。白太玄惧祸，将红玉藏于妻弟吴珪家中，化名无娇。吴珪路遇秀才苏友白，见其题壁诗而爱其才，欲将红玉嫁之。苏友白误相新妇，竟拒婚离去。白太玄出使回国，红玉亦回白府。苏友白从张轨如处获红玉《新柳诗》，爱慕非常。张轨如却窃苏友白诗稿以自荐，竟成白太玄择婿对象，幸被丫鬟嫣素和红玉识破。友白按红玉指点，赴京求吴珪作伐，在山东遇见女扮男装的卢梦梨，互相倾慕，梦梨赠金许"妹"。友白进京后，中进士。杨廷诏欲择其为婿，为友白拒绝。友白惧祸弃官而逃，化名柳生，在会稽与化名皇甫员外之白太玄相遇。卢梦梨系太玄之甥女，此时避难白府。白太玄以二女许配"柳生"。最后，误会消除，红玉、梦梨均归友白，故又名《双美奇缘》。

《平山冷燕》，二十回，不署作者姓名，但清顺治十五年（1658）天花藏主人将它与《玉娇梨》编为《天花藏合刻第七才子书》，并作序。天花藏主人当为其作者，成书于顺治初年。天花藏主人是明末清初最重要的才子佳人小说作家。他的作品或与他有关的作品约有十五、六种，占明末至顺、康间才子佳人小说的半数左右。天花藏主人又称素政堂主人、荑荻散人等，大约生于明末至康熙十二年左右，是个不得志的文人。他的真实姓名尚不可考，有人认为是嘉兴的烟水散人徐震[②]，有的则认为是张匀或张邵。张匀，字宣衡，号鹊山，秀水诸生；张邵，字博山，号木威道人，嘉兴布衣[③]。还有人说是墨浪子[④]，但均无确证，目

---

① 林辰《〈玉娇梨〉的版本和作者》，《世界图书》1982年第6期。
② 戴不凡《小说闻见录》，浙江人民出版社1980年版，第230页。
③ 参看苏兴《张匀、张邵非同一人》，《明清小说论丛》第5辑。
④ 王青平《墨浪主人即天花藏主人》，《明清小说论丛》第2辑。

前还是存疑为妥。

《平山冷燕》叙述大学士山显仁献女儿山黛所作《白燕诗》,得皇帝赏识,召见山黛,赐玉尺以衡量天下文士,又赐金如意用御强暴。山显仁为女儿建玉尺楼,并聘扬州才女冷绛雪为助。绛雪路过山东汶上县闵子祠,于壁上题诗,有才子平如衡见而和之,互相倾慕。松江府才子燕白颔,寻访才子,与平如衡结为莫逆之交。后天子下诏求贤,为山黛、绛雪相婿。吏部尚书之子张寅,在帮闲文人宋信的支持下,为谋娶山黛,竟剽窃燕、平之诗作,被识破。燕白颔、平如衡为皇帝选中,一赐状元,一赐探花,一娶山黛,一娶绛雪,于是全书以两对夫妇于金殿各赋一首白燕诗而结束。此书1860年就有了法译本,也是较早传到西方的中国小说。

《玉娇梨》《平山冷燕》两书成为才子佳人小说的范本,以后各书多仿此而作,只是稍加变化而已。

《金云翘传》,二十回,题"青心才人编次",首有署"天花藏主人偶题"的序。可见此书系青心才人编撰,天花藏主人见后,有感而"偶题"之。青心才人,生平不详。成书约在顺治十五年至康熙初年间。

《金云翘传》与大多数才子佳人小说不同,它是依据史料加工编撰的,不是完全虚构的故事。徐海和王翠翘都是历史上实有的人物。明茅坤《纪剿徐海本末》及附记,较详细记载了徐海和王翠翘的事迹。王世贞辑《续艳异编》中有《王翘儿传》,粗具传奇形态。周揖的《西湖二集》中收有《胡少保平倭战功》一篇,也是专演其事的。《虞初新志》卷八,收有余怀《王翠翘传》,故事有了进一步发展。胡旷《拾遗录》残稿中亦有《王翠翘传》。在故事的演化过程中,徐海从面目可憎的强盗变为豪爽有志的侠义人物,王翠翘也演化为多才多情的薄命佳人。青心才人在这些成果的基础上进行再创作,写成了著名的《金云翘传》。

书叙嘉靖年间,北京良家女王翠翘与书生金重相恋,金重去辽阳奔丧,而翠翘父犯罪,翠翘卖身赎父,被人贩子骗到临淄卖入妓院。遇无锡书生束守,两人相恋,束生娶之为妾。后被其妻宦氏发觉,设计将翠翘劫回无锡,送入府中为奴。翠翘不堪虐待,逃至尼庵栖身。又受困扰,仍流落为娼,遇草莽英雄徐海。徐海系海盗头子,势大,屡挫官军,又为翠翘报仇,凡迫害过翠翘之仇人均受惩处。翠翘屡劝徐海反正,徐海向督府投降,被杀。翠翘被配给永顺军长,过钱塘江投水自杀。为尼姑觉缘救起,后仍与金重结为夫妇,其妹翠云已代姊嫁金重,姊妹共事一夫以终。此书描写王翠翘悲剧一生,本非才子佳人小说,但作者虚构了翠翘与金重的恋爱故事,把它套入了才子佳人小说的框架里。

《金云翘传》对越南文学影响甚大。越南大诗人阮攸(1765—1820)将它改编为长篇叙事诗《断肠新声》,成为越南文学的名著。

《定情人》,十六回,不署撰人,卷首有序,署"素政堂主人题于天花藏"。此题署与常见的"天花藏主人题于素政堂"不同,引人注目。素政堂主人与天花藏主人当为一人。书成于顺治末康熙初。

书叙成都府双流县故去的礼部侍郎之子双星不满于老母主婚,媒人提亲,以游学为名,出外寻找理想情人。至浙江山阴,投义父江章家,与其女蕊珠相恋。不久,双星回家赴省试。权门公子赫炎向蕊珠求婚不成,趁内宫点选民女之机,将她推荐入宫。船至天津,蕊珠投河以死殉情。幸遇救,投双星之母处。时双星入京,中状元,因拒屠驸马之女婚事,被派出使海外。及归,因功封太子太傅。至山阴成婚,江章按蕊珠行前所托,以婢女彩云为次女嫁之。双星归川省母,始知蕊珠尚在,一夫二妻大团圆。

《好逑传》,又名《侠义风月传》,十八回,题"名教中人编次"。清夏敬渠(1705—1787)《野叟曝言》三十一回曾引及此书,据此,作者当为清初人。

书叙大名府秀才铁中玉,美貌多智而且武艺高强。父铁英在朝为御史,因参大夬侯沙利抢夺民女事,以无佐证反被参下狱。中玉进京省亲,持锤闯入公侯府,救出民女。铁英得昭雪,升都察院,大夬侯沙利被罚。中玉名动京师,游学山东。

山东历城县兵部侍郎水居一因荐边将失机被削职充军。其弟水运谋夺兄产,逼侄女冰心嫁学士子过其祖。冰心沉着机智,多次摆脱过其祖的纠缠。某日,水运又伪造居一复职喜报,诱冰心出而劫之。适中玉来历城,路遇相救。中玉寓居长寿院,过其祖设计投毒。冰心遂迎中玉至家,为之疗治。二人虽互相敬慕,但却严守礼教。后水居一获释升尚书,与铁英为儿女订婚。过学士不甘失败,唆使万御史劾奏中玉曾在冰心家中养病,男女同居一室,先奸后娶,有伤名教。皇后验明冰心确系处女,中玉、冰心奉旨完婚。

《好逑传》也是较早传到西欧的中国小说,17世纪末18世纪初就被译成英、葡两种文字,后又有法、德、荷兰文译本出版。

除上述五部代表作外,题天花藏主人撰,或不题撰人而首有天花藏主人序

第六章 婚恋家庭小说

的还有《两交婚小传》(十八回)、《人间乐》(十八回)、《锦疑团》(十六回)、《飞花咏》(十六回)、《麟儿报》(十六回)、《画图缘小传》(十六回)、《赛红丝》(十六回)等。《玉支玑小传》(二十回)①、《赛花铃》(十六回)、《鸳鸯配》(十二回)、《合浦珠传》(十六回)均题"烟水散人编次"或"槜李烟水散人",作者当为徐震。徐震,字秋涛,嘉兴人,还著有《后七国乐田演义》。《凤凰池》(十六回)、《巧联珠》(十五回)、《飞花艳想》(十八回)题"樵云山人"或"烟霞散人"、"烟霞逸士"等,作者是写《斩鬼传》之刘璋②。此外还有题"蘅香草堂编著"的《吴江雪》(二十四回),不著撰人的《宛如约》(十六回)等,也是这个阶段较为重要的作品。

才子佳人小说创作的第二阶段,即雍正、乾隆以及以后的作品,主要有与步月主人有关的《蝴蝶媒》(十六回)、《五凤吟》(二十回)、《幻中游》(十八回),"歧山左臣编次"的《女开科传》(十二回),静恬主人作序的《金石缘》(二十四回),李春荣撰《水石缘》(三十则),与娥川主人有关的《生花梦》(十二回)、《炎凉岸》(八回),张士登撰的《三分梦全传》(十六回),惜阴堂主人编的《二度梅全传》(四十回),九容楼主人撰的《英云梦》(十六回),崔象川的《白圭志》(十六回)等等。可以作为这个阶段代表作的有《雪月梅传》、《驻春园小史》、《铁花仙史》。

《雪月梅传》,五十回,题"镜湖逸叟著"。作者陈朗,字晓山,生平不详。嘉兴平湖县有陈朗,字太晖,乾隆三十四年进士,授刑部主事,升郎中,后任抚州知府,有《青柯馆诗钞》。此人是否与《雪月梅传》作者是同一人,待考。《雪月梅传》乾隆三十九年(1774)成书,乾隆四十年付梓。

书叙嘉靖年间,金陵岑秀,天姿俊雅,熟习韬略。惧祸携家投山东沂水县母舅何式玉。式玉妻本一仙姑,生女小梅。仙姑离去,式玉郁闷而死。小梅被叔祖卖浙江王进士家为婢。故岑秀到沂水不遇。

江南六合老秀才许绣有女雪姐,美慧异常。一日与乳母林氏自舅家归,为大盗所掳,林氏遇害,雪姐被卖为妾,不甘受辱,自缢而死,得何仙姑赐仙丹还魂,与岑秀订婚。

刘电为父迁柩,途中遇勇士殷勇,结为兄弟。电兄刘云为山东某县令,丁

---

① 《玉支玑小传》亦有天花藏主人序。
② 参看王青平《刘璋及其才子佳人小说考》,《明清小说论丛》第1辑。

忧南归,为盗贼所困,幸为殷勇所救。经刘云保举,殷勇任把总之职,征倭有功,并与智勇双全的女子华秋英结为婚姻。

值乡试之期临近,岑秀母子乃返金陵。经湖州,赁王进士之屋暂居。王进士者,盖当初买小梅为婢者也。进士有女月娥,并收小梅为义女。王进士先后将月娥、小梅配岑秀。

岑秀中举并奉命征倭,分兵进剿,大获全胜。至是,许雪姐、王月娥、何小梅共事岑秀,各得封赠。

小说以抗倭斗争为故事背景,将历史演义、英雄传奇、神怪奇幻小说、婚恋家庭小说熔为一炉,变才子佳人吟诗作赋之才为经国济世之才,篇幅大大加长,从中篇发展到长篇,显示了才子佳人小说的重大变化。

《驻春园小史》,又名《绿云缘》,二十四回,题"吴航野客编次"、"水箬散人评阅"。卷首有乾隆壬寅即乾隆四十七年(1782)水箬散人序。存乾隆四十八年(1783)刊本。作者生平不详。

书叙明代浙江嘉兴曾青,曾官光禄大夫,年老病逝。夫人叶氏携女云娥、婢爱月投母舅叶渡家。旁有驻春园,为故兵部尚书之子黄玠读书处。尚书在日,黄玠与金陵吴翰林之女绿筠定亲。吴公逝后,夫人郭氏拟将绿筠另配。

一日,云娥、爱月登楼远眺,忽见黄玠,互相爱悦。黄生寄简,云娥投帕,私订终身。不料叶渡获罪,云娥母女往年伯吴翰林家避难。黄玠追至金陵,因怒郭夫人悔婚,不入其门,遂卖身吴邻周尚书家为书童。几经周折,方与云娥见面。

周尚书托媒求云娥为媳,叶氏应允。黄玠得侠士王慕荆之助,与云娥、爱月逃归嘉兴。适周府遇盗,疑黄玠所为,告官追捕得之。云娥奋不顾身,上堂鸣冤。黄生发配充军,云娥判归吴家。黄玠发配途中,为王慕荆所救,改名李之华,入京应试,钦点探花,与绿筠、云娥成婚,纳爱月为妾。后夫妇同居驻春园,白头偕老。此书基本保持《玉娇梨》《平山冷燕》风格,但亦杂入侠义小说情节。

《铁花仙史》,二十六回,题"云封山人编次"、"一啸居士评点",卷首有"三江钓叟"序。现存刊本均不著刊刻年月,但序中提及《玉娇梨》《平山冷燕》,可见晚于二书,而从内容、风格考察,当为后期作品。

故事大要是明代孝廉蔡其志,隐居埋剑园。此园系其宋代远祖埋剑之处,故名。蔡其志有女若兰,许配翰林王悦子儒珍。儒珍与陈秋麟友好,同在埋剑园读书。园中有玉芙蓉花为埋剑所化,已修炼成仙,化女媚秋麟,被花神贬往扬州。不久,儒珍父母双亡,家道衰落,其志悔婚。时秋麟中举,为儒珍不平,伪称向若兰求婚,其志允婚。值朝廷点秀女,其志急欲嫁女。若兰闻讯,与婢红蕖改男装出逃,途遇钱塘知县苏诚斋,为其女招若兰为婿,后被识破,认若兰为义女。

吏部侍郎夏英获罪而死,其继子元虚品行恶劣,竟将夏英之亲女瑶枝献入宫中,瑶枝进宫途中投水自杀,亦为苏诚斋所救,收为义女。苏诚斋携家到扬州赴任。秋麟私来扬州,留居苏家,诚斋以瑶枝相许。玉芙蓉花灵化作瑶枝与秋麟相会,相偕逃往京师。诚斋侄紫宸曾遇仙授异术,精武艺,出海平寇有功,却入山修道。

蔡其志失女后,悔过,招儒珍为嗣子,改姓蔡。苏诚斋将女馨如配儒珍,又以瑶枝许配秋麟。秋麟始知前之瑶枝为假。

儒珍、秋麟入京应试高中,告假还乡。若兰将实情告诚斋,若兰与儒珍仍结为夫妇。众人在埋剑园欢宴,紫宸前来祝贺,迫玉芙蓉花显形,先化为剑,后化为龙,紫宸乘之上天。此后,儒珍、秋麟升官得子、优游林下。后紫宸度儒珍、秋麟两家老夫妇飞升。

此书情节中多杂神怪、战争,功成归隐成仙,与早期才子佳人小说大团圆结局不同,显示了才子佳人小说的变化轨迹。

二、才子佳人小说的传奇模式

鲁迅在《中国小说史略》中对才子佳人小说作了这样的评说:

> 《金瓶梅》《玉娇李》等既为世所艳称,学步者纷起,而一面又生异流,人物事状皆不同,惟书名尚多蹈袭,如《玉娇梨》《平山冷燕》等皆是也。至所叙述,则大率才子佳人之事,而以文雅风流缀其间,功名遇合为之主,始或乖违,终多如意,故当时或亦称为"佳话"。察其意旨,每有与唐人传奇近似者,而又不相关,盖缘所述人物,多为才人,故时代虽殊,事迹辄类,因而偶合,非必出于仿效矣。①

这里,鲁迅先生着重指出了明清才子佳人小说与唐人传奇的近似"非必出于仿效",但实际上向唐人学习是明末清初小说的一种创作倾向,所以鲁迅先

---

① 《中国小说史略》,第189页。

生在同书的另一处又说:"盖传奇风韵,明末实弥漫天下,至易代不改也。"根据鲁迅先生的论述,我们可以这样理解,明清才子佳人小说虽然"非必出于仿效"唐人传奇,但它实际上具有一种传奇风韵,即一种受唐人传奇影响又不同于唐人传奇的创作模式。

1. 才子佳人小说的理想性

传奇表现的是不完全脱离实际生活、但与实际生活有一定距离的理想世界。这种理想性在才子佳人小说中表现得尤为突出,因为现实中的爱情是最经受不住摧残的,所以《金蔷薇·夜行的驿车》中的安徒生才为了想象中理想的爱而失落了现实中爱的可能。他说:"只有在想象中,爱情才能永世不灭、才能永远环绕着灿烂夺目的诗的光轮。看来,我幻想中的爱情比现实中所体验的要美得多。"①善于营筑精神世界的人类就是这样一而再、再而三地采用人们熟知的故事,营筑了一个想象和愿望中的情爱世界。

首先,才子佳人小说中的一见钟情,或"众里寻他千百度",或"之死靡它",表现的是爱情的至上性、自由性、神圣性,是人类所希望、所追求的一种爱情理想。

素政堂主人题《定情人》序言云:

> 试思情之为情,虽非心而仿佛似心,近乎性而又流动非性。触物而起,一往而深,系之不住,推之不移,柔如水,痴如蝇,热如火,冷如冰。当其有,不知何生;及其无,又不知何灭,夫岂易定者耶!……情有所驰者,情有所慕也。使其人之色香秀美,饱满其所慕,则又何驰?情有所移者,情有所贪也。使其人之姿态风华,餍饫其所贪,则又何移?不移不驰,则情在一人,而死生无二定也。情定则如铁之吸石,拆之不开;情定则如水之走下,阻之不隔。再欲其别生一念,另系一思,何可得也!……因知情不难于定,而难以得定情之人耳。此双星、江蕊珠所以称奇足贵也。②

这里,素政堂主人先向我们揭示的是爱情生活中的神秘体验———一见钟情。也许在你的幻觉中早已有了他或她,然而你在现实生活中却不知道他或她在何方,于是去寻找,在茫茫人海中寻找,仿佛完全在无意之中,在没有任何

---

① 康·巴夫斯托夫斯基《金蔷薇》,李时译,上海译文出版社1980年版,第184页。
② 丁锡根《中国历代小说序跋集》(下),人民文学出版社1996年版,第1258—1259页。

思想准备的情况下,"蓦然回首,那人却在灯火阑珊处"。于是,"触物而起,一往而深"而"不知何生"。当《定情人》中的双星带着寻找爱情的愿望,"由广及闽,走了一二千里的道路,并不遇一眉一目""堪作闺中之乐"时,无意遇到了江蕊珠,竟"惊得神魂酥荡,魄走心驰","虽在昏聩朦胧之际,却一心只系念在蕊珠小姐身边","耳朵中忽微微听见'蕊珠小姐'四个字,又听见'彩云在此'四个字,不觉四肢百骸飞越在外的真精神,一霎时俱聚到心窝。忙回过身来,睁眼一看,看见彩云果然坐在面前,不胜之喜。因问'不是梦么'?彩云忽看见双公子开口说话,也不胜之喜,忙答道'大相公快苏醒,是真,不是梦'"。在《玉娇梨》中,当孑然一身的苏友白忽遇才美双并的淑女愿以终身相许时,他谔然惊喜道:"莫非梦耶?"像这种如梦如幻的爱情体验,决不是"父母之命,媒妁之言"的封建婚姻所能感受到的。

然而,理想的爱情并不仅仅是那种如闪电撞击心灵般的"一见钟情",还有它的至上性、神圣性和永久性,一旦"情在一人",则"死生无二"。才子佳人小说中的主人公为了寻求、为了忠于自己理想的美好的爱情,可以抛掉世俗的一切,包括被封建知识分子视为贵如生命、终身梦寐以求的功名富贵。《定情人》中的双星为了寻找定情人,放弃科举奔走四方,及至找到江蕊珠之后才回乡应试。中状元之后,宁可舍着性命,远赴海外,拒绝了当朝驸马的为女求婚,信守盟约不为所动。《平山冷燕》中的平如衡自从在旅途中偶遇冷绛雪之后,即放弃功名四处奔走,寻找意中人冷绛雪;燕白颔为了忠于所追求的理想爱情和平如衡远奔京城。还有《玉娇梨》中的苏友白,宁可被革掉案首也不迁就吴翰林的招婿,宁可扔掉新任的推官也要游荡江湖寻找理想的爱人。就像《坎特伯雷故事》中的托巴斯先生,他"听了画眉的歌,说不出的相思满怀,他踢起马刺,狂奔起来,'……世上没有一个值得我爱的女子,我将爱一个仙后;我拒绝所有的凡女,我愿奔过山岭低谷去找仙后'"[①]。可见,中外爱情传奇的主人公是"同病相怜"的。他们心甘情愿地把自己的理想爱情放在一切现实利益乃至生命之上,把自己完全融进理想的爱情中,而这种融汇对他们来说并不是自由的丧失,而是获得最大的自由;也不是自我的丧失,而是获得最真的自我,即生命的自由与爱情的幸福。虽然它凭借了基本的人性冲动,但它也常常以不寻常的笔调记录了一个时期乃至整个人类的某种理想形式。

---

① 乔叟《坎特伯雷故事》,方重译,上海译文出版社1983年版,第266—267页。

其次,才子佳人小说中才子及第、奉旨成婚的模式,表现的也只是一种理想的可能性。才子,意味着人能够靠天资、智慧、发愤努力和与之俱来的才学,去获取现实人生利益,包括仕途成功和幸福性爱。将至高的社会理想与完美的人生追求融为一体,这无疑是一种最具理想、最有光彩的人生。然而,现实的无情常使他们空怀一腔壮志、满腹经纶却找不到施展才华的位置。我们可以通过科举情况,看看明清才子佳人小说中才子及第、奉旨成婚的模式同样也是一种理想的表现。

明清大盛科举时,殿试三年一试,一甲三名,第一名为状元,第二名为榜眼,第三名为探花。以清朝为例,清统治计267年,共举行112科,因顺治壬辰(1652)、乙未(1655)两科满汉分榜,有清一代,状元计114人。江苏状元最多,49名,浙江次之,20名,安徽第三,9名,其它各省或一两名,或连榜眼、探花都没有,难道说这些省的青年男女在近三百年中都不谈恋爱了么?若谈恋爱,未中状元,怎么奉旨成婚呢?看来,仅靠状元高中来奉旨成婚,其希望是多么的渺茫。如果再考虑状元的年龄与婚姻状况诸因素,就可以清楚地看出,才子佳人仅靠中状元后的"奉旨成婚"来压"父母之命,媒妁之言"的旧婚姻模式,这实际上也是一个难以实现的美梦。可以说,一见钟情、奉旨成婚的婚恋模式,不仅仅是被爱火燃烧着的男女们的梦幻,而且也表现了作家的"白日梦"。

当然,这并不是简单重复弗洛伊德的理论,一篇作品就像一场白日梦一样,"是受到抑制的愿望在无意识中得到的实现"①。但是,在中国古代文学作品中确实有一个传统:借他人之酒杯,浇自己之块垒。古代作家,不管是仕途上还是婚姻上受到挫折和压抑,都往往借爱情来表现理想和抱负。同样,明清时期的爱情传奇作者,也是感觉到了现实的缺陷而有意为之。天花藏主人的《平山冷燕》序就集中写了怀才不遇的失意作家借写传奇来表现自己的才能、自己的理想的创作心态:

> 欲人致其身,而既不能,欲自短其气,而又不忍,计无所之,不得已借乌有先生以发泄其黄粱事业。有时色香援引儿女相怜,有时针芥关投友朋爱敬,有时影动龙蛇而大臣变色,有时气冲斗牛而天子改容。凡纸上之

---

① 弗洛伊德《创作家与白日梦》,伍蠡甫主编《现代西方文论选》,第136页,上海译文出版社1983年版。

可喜可惊,皆胸中之欲歌欲哭。①

还有的作家干脆就说白:"从来传奇小说,往往托兴才子佳人。"②时命不论,怀才不遇,不得已只能将胸中之欲歌欲哭,借人生幻境之离合悲欢发泄于作品之中,使自己"落笔时惊风雨,开口秀夺山川"的才情得以留名后世。也许这些爱情传奇故事,都是作者未曾经历过的,甚至也未听说过的,但却是他们曾经向往的,在作品中描绘出来,从而使自己的生活理想通过传奇的形式在理想的世界中得到实现和满足。它不是一个完整的世界,它往往强化和夸张了人类行为中的某些特征,正如詹姆斯·福代斯在《对年轻妇女的布道集》中所说的:"在古老的传奇中,激情和它所有的热情一起出现。但在另一面,它是荣誉的热情;因为爱情和荣誉在这里是同样的。男人们都是真诚、宽容大量和高贵的;女人们都是忠贞、端庄、钟情的模范……他们描绘的人物,无疑,常常都是被拔高得超于自然;他们叙述的事件无疑通常也都是以荒谬夸张的手法混合在一起。"③

尽管这样,尽管这想象中的理想的东西,看上去不具有任何强力,但却是人类生活不可或缺的支柱。人们或在想象中苦恋单思某一特定实在的理想对象,或在想象中再创造了人类的形象。也只有这种形而上的慰藉,人们才会得到那种从现实忧伤中滋生出来的欢乐。

二、才子佳人小说的诗意表现性

勒内·韦勒克在《文学理论》中说:"传奇是诗的或叙事诗的。"我想,我们对这句话可以从两个方面去理解。一方面从传奇的内在精神看,由于传奇作者大多从理想生活中看取人生、看取世界,因此,他们着力刻画的必然是人性中单纯美好的一面,他们笔下摄取的必然是世界中诗情画意的一面;另一方面,从传奇的体裁来源看,在西方,人们普遍认为传奇源于史诗,传奇必然有"史"和"诗"的基因。在中国,唐人传奇主要源于历史传记,但由于诗的意识的渗透,传奇也必然成为"史"和"诗"融合的产物。宋赵彦卫在《云麓漫钞》中论《幽怪录》《传奇》时云:"盖此等文备众体,可以见史才,诗笔,议论。""史才"和"诗笔"相提并论。宋洪迈《容斋随笔》云:"大率唐人多工诗,虽小说戏剧,

---

① 丁锡根《中国历代小说序跋集》(下),人民文学出版社1996年版,第1245页。
② 天花才子《快心编·凡例》,人民文学出版社1999年版,第2页。
③ 见吉利恩·比尔《传奇》,邹孜彦、肖遥译,昆仑出版社1993年版,第81页。

鬼物假托，莫不婉转有思致。"指出传奇小说有诗之"婉转""思致"。因此，当我们看到西方传奇、唐人传奇及明清才子佳人小说中诗笔的运用和诗意化的创造，我们不能不承认勒内·韦勒克的论断是有根据的。

在源于史诗的西方传奇中，我们可以看到他们用韵文写作的传奇作品，如早期的宫廷传奇；也可以看到用富有诗意的散文写作的传奇作品，如法国叙事诗人克雷蒂安·德·特罗亚的《克里赛》接近结尾时那半闭的闺房、欢乐的殿宇和田园诗的世界；同时，在西方传奇中我们还可以看到具有象征意义的层次，如法国中世纪作家吉约姆·德洛里斯的《玫瑰传奇》，以"玫瑰"代表少女，叙述"情人"追求"玫瑰"而不得、后来"情人"经过种种努力终于获得了"玫瑰"的故事，整个用了隐喻，把对情节和主题的追求转化为诗意的酿造。还有克雷蒂安·德·特罗亚的《金银花》，作品中金银花的根从特里斯坦坟中蔓延到伊索尔德坟中并紧紧缠绕的意象，同样表现出诗的象征品格。

同样，在明清才子佳人小说中，我们也可以读出作为传奇的诗化特征，即利用诗词或富有意境的描写，把对情节和主题的追求转化为诗意的创造。

在明清才子佳人小说中，因为男女主人公多是才子和才女，他们对大自然、对人的感情有着独特的细腻的感受，并且因为爱情本身就是诗，诗又最能表现、最能引发神秘奇奥的人类心灵活动，所以作家往往通过人物的诗歌或意境的创造，来抒发品尝着爱情的甜蜜或痛苦的主人公的细致情绪。如《梦中缘》第三回，有朦胧的月色，有悲切的笛声，有才子月下吹竹自饮的情态描写，有佳人楼上闻笛动心的心理描写，既意韵悠长地渲染出这位失恋才子的寂寞凄情，也表现了多情佳人"凤凰台上忆吹箫"的复杂感觉，从而使作品染上了强烈的感情色彩，产生了一种哀感顽艳、迷离恍惚的诗意效果。

当然，"传奇是诗的或叙事诗的"，说的不仅仅是作品局部的抒情氛围的渲染，更主要的是作者能把小说的生活结构深化为情感结构，从而把对情节和主题的追求转化为诗意的酿造。《定情人》第一回中的双星这样说："吾之情，自有吾情之生灭浅深，君情若见桃花之红而动，得桃花之红而既定，则吾以桃红为海，而终身愿与偕老矣。吾情若见梨花之白而不动，即得梨花之白而亦不定，则吾以梨花为水，虽一时亦不愿与之同心矣。"这里，作者明显地把"桃花之红"和"梨花之白"作为两种象征意象。"桃红"乃定情人之象征，"梨花之白"则为无情人之象征；"桃红为海"，乃情海不枯竭，情意不褪色；"梨花为水"，则落花流水情去也。作品就是按照这样的情感结构来构思全书的。双星先是

"蒙众媒引见,诸女子虽尽是二八佳人,翠眉蝉鬓,然亲面相亲,奈吾情不动何"?此乃"情若见梨花之白而不动";至遇蕊珠,则"情若见桃花之红而动",然后"得桃花之红而既定";最后,"以桃红为海,而终身愿与偕老矣"。于是,在作品的描写中,作者经常把这种"情旨"化为诗意的场面,如第三回,作者敏锐地观察到少女江蕊珠遇到一位可心的少年之后那种微妙的、虽不热烈但已点燃了的爱情火苗,只轻描淡写几笔,便诗意地把少女的青春气息、浪漫情怀、多才善感表现出来;先虚写"未免默默动心",次则直揭矛盾,既有心"不敢久留",又无意"落了一片情丝",而且这情丝又"东西飘渺",有如《牡丹亭》"游园"中的"袅晴丝,摇漾春如线";再叙发展,写那无计可消除的"比往日无聊"的心绪。然后,用"无可奈何花落去,似曾相识燕归来"承上启下,以江蕊珠诗为引线,安排了一对"似曾相识"的有情人以诗传情,以"桃红为海"的爱情命运。同样,《飞花咏》也是以咏飞花诗作为贯串全书的一条象征性的感情线,最后是"飞花飞去又飞还,依旧枝头锦一团"。还有《玉支玑》中的祖传美玉"玉支玑",其温润无瑕的特征,也成为贯穿全书、象征感情和人格的意象。实际上,爱情传奇的书名及作品的人名,大多具有一种象征的意味,一种诗的意象。像这种传奇作品的意境创造,既有浪漫小说的意、情和思想,又有写实小说的境、景和形象,它体现了作家的主观情志和客观物境的交融,淡化了小说的情节主题,可以称这为"有情的写实"或"象征的写实"。这种感觉就像清人周克达在《唐人说荟序》中评说唐传奇一样,"其人皆意有所托,借他事以导其忧幽之怀,遣其慷慨郁伊无聊之况,语渊丽而情凄婉,一唱三叹有遗音者矣"。①

三、才子佳人小说的悲喜兼容性

作为介于理想与现实、浪漫与写实之间的才子佳人小说究竟是一种什么样的文学样式?是悲剧,抑或喜剧?如果是悲剧的话,为何又有大团圆的结局?如果是喜剧,为何又有悲剧性的磨难?吉利恩·比尔的论述可以回答我们的问题:

> 传奇引导我们通过一个复杂的冒险的迷宫,但他们并不激起令人不快的困惑焦虑。它们差不多总是有一个幸福的结局。幸福的结局在传奇中仍然是典型的。传奇是一个兼收并蓄的样式,它提供喜剧,它包括受

---

① 丁锡根《中国历代小说序跋集》(下),人民文学出版社1996年版,第1795—1796页。

苦。然而它没有喜剧的集中或悲剧的结局。通过它的艺术加工,同样通过个别的故事,它赞美生命活力,自由和幸存。①

这里有三层意思:第一,传奇是一个复杂冒险的迷宫,它包括受苦,但没有悲剧的结局,亦即受难与再生的模式;第二,传奇差不多都有一个幸福的结局,它提供喜剧,但不是纯粹的喜剧,亦即田园诗的大团圆的模式;第三,传奇通过个别的故事,它赞美生命活力,自由和幸存,亦即满足愿望的模式。显然,这三个模式是随意虚构的空中楼阁,然而正是在这一点上体现了传奇的内在特性。因此,当我们从传奇的角度去阅读才子佳人小说时,就会理解其模式存在的合理性及启示意义。

在爱情传奇中,几乎所有的才子佳人都要履艰涉险,都要经受严峻的考验。或颠沛流离,如《飞花咏》中的昌谷和端容姑,秀才昌谷因祖父有兵籍而被迫从军,使其倾家荡产,亲人离散,恋爱无望;同时地痞流氓宋脱天抢走了端容姑,又使端家骨肉分离,这是第一大难;以后昌谷在途中过继给唐希尧,容姑逃走被救,认凤仪为父,又使昌谷与容姑见面,就在这次见面中,两人才刚刚开始了纯真的恋爱生活,不想因唐希尧的侄子为谋夺家财,不但害了昌谷,也害了唐希尧,而凤仪也由于得罪了权臣宦官而被发配榆林驿,在发配途中父女失散,这是第二大难;最后由于昌全收养了端容姑,端居收养了昌谷,两人才开始了新的生活。或经受生死考验,如《定情人》中的江蕊珠受到赫炎的逼婚、东宫选配的折磨,最后投江殉情被救;《铁花仙史》中的夏瑶枝也被点选进宫,途中船被大风吹翻,夏瑶枝遇苏诚斋救活,收为义女;又如《玉支玑》中的管小姐,为了抵御卜成仁的抢亲,制造了一幕假自杀的惨剧;《梦中缘》中的翠娟被郑一恒投在荒山漫野的枯井中遇救等等,这些佳人们在象征意义上都死过一次,随着她们生命的复活,她们的爱情生命也得到了新生。正如天花藏主人在《飞花咏》序中所说的:"疑者曰'大道既欲同归,何不直行,乃纡回于旁蹊曲径,致令车殆马倾而后达。此何意也?无乃多事乎?'噫!非多事也,金不炼不知其坚,檀不焚不知其香,才子佳人不经一番磨折,何以知其才之愈出愈奇,而情之至死不变也。"才子佳人小说的作者就是通过这种受难与再生的模式强烈地表现出对爱情、对青春、对生命的珍惜和赞美,它的启示意义在于:爱的实现往往是与受苦和牺牲联系在一起的。

---

① 吉利恩・比尔《传奇》,邹孜彦、肖遥译,昆仑出版社1993年版,第44页。

"传奇总是关心着愿望和满足"①,同样,才子佳人小说也是通过具有喜剧意味的形式,获得愿望和理想的满足;甚至许多实际上是不可逆转的悲剧,也尽量缀上一个大团圆的田园诗般的结局。尽管人们对这种形式有各种各样的批评,但我们不能不承认这种模式体现了一种形式上的"和谐"和"优美",才子佳人小说的作者就是通过这样的模式,为人们营筑了一个具有人性的和谐的理想世界。这种叙述格局,也同样有着情感体验和审美指向的独特效果。就像西方文学批评家曾指出,莎士比亚通过中世纪传奇的叙事模式,包括受难和幸存的模式、再生模式、田园诗的模式、满足愿望的模式等,从而使充分的人性形式第一次得到表达的真实。②

总之,才子佳人小说中的理想世界决没有被现实完全破坏,它既为作品提供了叙述的形式,也提供给它相当大的想象的能量。它不同于写实主义的真实,因为它看取世界是片面的、诗意的;它不同于浪漫主义的奇幻,因为它传的是人生之奇。它是写实和象征的不稳定的混合,它是悲剧和喜剧的兼容的组合,它是一种具有内在美质的创作模式。

三、才子佳人小说的历史地位

才子佳人小说从单篇作品看,大多成就不高,但作为一个文学流派,从总体上考察,应该肯定它们在中国古代小说史上的地位,即它们是婚恋家庭小说的一个分支,是联结《金瓶梅》与《红楼梦》之间的链环。

才子佳人小说与《金瓶梅》风格迥异,但它却是脱胎于《金瓶梅》,沿着《金瓶梅》开辟的创作道路发展的。它是文人独创的小说,它以恋爱婚姻、家庭生活为题材,以普通人为主角,描写平凡的日常生活;它假托往事,针对现实,着重反映人情世态;它强调女子的才能,女性形象在书中占有重要地位,甚至连书名也大多模仿《金瓶梅》。

事物总是沿着辩证法的道路螺旋式发展,后代文学对前代文学总是有所否定又有所继承。才子佳人小说虽脱胎于《金瓶梅》,但又与《金瓶梅》大异其趣,其创作思想和作品风格大相径庭。

《金瓶梅》是暴露文学,通过西门庆与妻妾家庭生活,深刻暴露市侩家庭的糜烂和市井社会的黑暗。才子佳人小说却是理想文学,通过青年男女的恋爱

---

① 吉利恩·比尔《传奇》,邹孜彦、肖遥译,昆仑出版社1993年版,第14页。
② 吉利恩·比尔《传奇》,邹孜彦、肖遥译,昆仑出版社1993年版,第57页。

故事,抒写宣泄作家胸中的郁闷与理想,是作家强烈的自我表现、自我追求意识的产物。

明末清初是个社会大动荡的年代,在作家思想上引起了强烈的震动。一部分作家站在明代遗民立场上,坚决反对新朝,他们通过文学作品表现故国之思和抗清复明的强烈愿望。陈忱就把《水浒后传》当作"泄愤之书",发泄他那激愤的爱国情感。另一部分作家大多是失意文人,他们怀才不遇,厌恶权贵当道、世风浇薄,但对满清的笼络政策又抱幻想,希望科场得志,金榜题名;受明末启蒙思潮和文风影响较深,在爱情婚姻观中有进步成分,感叹佳人难得,热衷于才子佳人的悲欢离合,幻想着风流韵事,洞房花烛,但又受礼教束缚,又要维持名教。所以,他们在新旧之间彷徨,在风流与道学之中徘徊。他们把才子佳人小说当作诗词来创作,作为抒写自己理想与情感的工具。

天花藏主人说:"借乌有先生以发泄其黄粱事业",道出才子佳人小说创作的特点。"金榜题名,洞房花烛"是小说中"可喜可惊"之事,正是在现实生活中百般营求而不能得到的东西,所以,"皆胸中之欲歌欲哭"之事。

才子佳人小说所表现的理想是有一定进步意义的。它歌颂女子的才能,作品女主人公都是美貌而多才的。如《平山冷燕》中的山黛、冷绛雪的诗才压过群臣,《好逑传》中水冰心的胆识才能超过了男子。《平山冷燕》里燕白颔感叹地对平如衡说:"天地既以山川秀气尽付美人,却又生我辈男子何用?""如此闺秀,自是山川灵气所钟"。

才子佳人小说提出了色、才、情三者一致的爱情观。《玉娇梨》中苏友白说:"有才无色,算不得佳人;有色无才,算不得佳人;即有才有色,而与我苏友白无一段脉脉相关之情,亦算不得我苏友白的佳人。"他们特别强调"情",即共同的思想感情作为爱情的基础,强调情的专一和情可起死回生的巨大力量。"不移不驰,则情在一人,而死生无二定矣。情定则如铁之吸石,拆之不开;情定则如水之走下,阻之不隔。再欲其别生一念,另系一思,何可得也……因知情不难于定,而难于得定情之人耳。"这种爱情观与市民阶层的价值观、道德观相一致,具有近代色彩。作品为了表现美好的爱情,小说扭转了《金瓶梅》以来风靡一时的淫秽描写之风,表现出雅致秀丽的风格。当然,它们的"情"比较抽象,缺乏反封建制度的深刻内涵,他们只是在爱情上有进步性,但还不是叛逆者的爱情。在这些作品中无例外地把爱情的希望寄托在科举成名上,无例外地宣扬一夫多妻制,最终总是"双美奇缘",甚至"五美奇缘"。有的露骨鼓吹迂腐的封建道德，像《好逑传》中的铁中玉和水冰心重视名教风化，透出一股封建伦理的酸臭味。

　　才子佳人小说对社会的黑暗也有所揭露。才子佳人的恋爱总是几经披折，或是权臣恶霸对美好婚姻的干涉，或是地痞流氓、无行文人对才子佳人恋爱的挑拨破坏，或是家长嫌贫爱富、见利忘义造成了儿女婚姻的不幸，甚至是皇帝选妃拆散了民间的美好姻缘。但是，这些描写是作为理想的陪衬，作为实现理想过程中的障碍物而被轻而易举地扫除了。所以，一般来说，都比较肤浅，比较表面，缺乏对封建社会本质的深刻剖析，因而也缺乏悲剧力量。

　　由于才子佳人小说只是抒发作者的主观情感，表现自己的理想与追求，而他们的生活又极为贫乏，躲在个人构筑的栖息所中，凭着那一点可怜的生活经验来杜撰编造。因而，缺乏对人物典型环境的精确描写，削弱了人物性格的典型性，造成了人物缺乏个性化，"千人一面"。甚至有的作品只顾发泄作者内心情感而不顾生活逻辑和艺术规律而任意编造，这就造成了公式化和概念化，"千部一腔"。为了表现才子佳人就任意拔高、美化，如山黛七岁能诗而且她的诗还压倒群臣；为了写好事多磨，就任意编造不合情理的误会性情节。作家们对这一点，也直言不讳；为了表现才子的慕色和佳人的羡才故意制造"百折千磨"的曲折情节。他们也知道自己杜撰的故事漏洞百出，所以，《铁花仙史》的一则评语，作了很透彻的解释："秉笔者于子虚乌有之事，往往故留一破绽示人，非以滋疑，正以释疑，谓我不过借翰墨以消遣长昼。"当头几部才子佳人小说出现后，由于才子佳人悲欢离合故事颇合市民阶层的审美心理，而又文字通俗，篇幅适中，可以满足人们消愁破闷的需要，因此轰动一时。于是，仿作纷起，"寞曰固知难逃俗，凭空撰出乞真评"（《驻春园小史》）。为了"贾利争奇"，更助长了公式化倾向的发展。才子佳人小说的作者们也察觉到这一点，他们糅进神仙怪异、英雄战争故事，但无济于事，挽回不了逐渐衰落之势。

　　《金瓶梅》主要描写光怪陆离的市井生活，表现市井社会粗俗泼辣的审美情趣；才子佳人小说主要描写书房闺阁的文人生活，表现了知识分子优雅闲适的生活趣味。《金瓶梅》主要表现北方的社会生活和风俗习惯，表现山东一带的景物和方言，显示出粗犷泼辣的艺术风格；才子佳人小说绝大部分作者是南方人，书中男女主角几乎全是江浙一带的书生小姐，描写的人情风俗、地理景观全部是南方的色彩，显示出典雅秀丽的艺术风格，甚至可以说，《金瓶梅》《醒世姻缘传》等家庭小说是北方的文学，才子佳人小说是南方的文学。《金瓶梅》描写西门庆的暴亡和家庭的败落,渗透着一股浓重的悲伤和幻灭的情绪,可以说是地道的悲剧;而才子佳人小说总是大团圆结局,即使像《金云翘传》这样的悲剧作品,最后也要套入才子佳人大团圆的框架里,以喜剧告终。

《红楼梦》对才子佳人小说也是既有继承也有否定。才子佳人小说对青年男女爱情生活的细致描写,它所表现的才、色、情一致的爱情观,"山川秀气尽付美人"的进步妇女观,对女子吟诗作赋才能的描写,着重表现理想、抒写作家个人情感的创作特点,对南方秀丽风光和亭台楼阁的描写等等,都对《红楼梦》的创作产生了影响;甚至某些人物性格和情节,对《红楼梦》也有所启发。例如,《金云翘传》中十首断肠诗和画册的描写;束守妻宦氏满面春风又极为毒辣的性格;《玉娇梨》中红玉降生时,白太玄梦见神人赐他一块美玉的情节;《定情人》中若霞对双星的试探、双星因而发呆发傻的情节;甚至用谐音的办法给人物取名的方法等等,都可以在《红楼梦》中看到类似的描写。

同时,《红楼梦》对才子佳人小说又作了深刻的批判:"至若佳人才子等书,则又千部共出一套,且其中终不能不涉淫滥,以致满纸潘安、子建、西子、文君,不过作者要写出自己的那两首情诗艳赋来,故假拟出男女二人名姓,又必旁出一小人其间拨乱,亦如剧中之小丑然。"曹雪芹这段话,深刻指出才子佳人小说的要害,思想上的浅薄虚假和艺术上的公式化、概念化。

《红楼梦》吸收了《金瓶梅》等家庭小说和才子佳人小说的优点,又克服了它们的缺点,把揭露现实和描写理想有机地统一起来,把青年男女的恋爱和封建家庭内部的生活结合起来,把北方、南方的风俗人情、山川景物融合在一起,既粗犷泼辣又典雅秀丽。

总而言之,才子佳人小说对《金瓶梅》有所继承又有所否定,《红楼梦》对才子佳人小说也有所借鉴又有所扬弃,经过这样否定之否定的辩证发展,《红楼梦》就吸收了两者的优点,以更高级的形态出现在古代小说史上。当我们高度评价《红楼梦》的时候,也不应忽视才子佳人小说在中国古代小说发展上的历史作用。

第五节 《红楼梦》

一、作者与成书过程的推论

曹雪芹(1715?—1763或1764),名霑,字梦阮,雪芹是其号,又号芹圃、芹溪。祖籍辽阳,先世原是汉人,大约在明朝末年入了满洲籍,属满州正白旗。后来,由于祖上曹振彦随清兵入关,并以军功得到提拔,这就成了曹家发迹的起点。

在康熙的整个年代,是曹家富贵荣华的黄金时期。先是曹雪芹的曾祖母孙氏选入宫廷当康熙帝玄烨的保姆,从此加深了曹家与皇室的关系。康熙即位后,就派曹雪芹的曾祖曹玺为江宁织造。这是内务府的肥缺,它除了为宫廷置办各种御用物件外,还充当皇帝的耳目,是个官阶不高、却有钱有势的要职。祖父曹寅做过玄烨的伴读与御前侍卫,后又任江宁织造,兼任两淮巡盐监察御使,极受玄烨宠信。玄烨六下江南,其中四次由曹寅负责接驾,并住在曹家。曹寅病故,其子曹颙、曹頫先后继任江宁织造。他们祖孙三代四人担任此职达六十年之久,在这期间,与他们的亲戚——苏州的李煦、杭州的孙文成,"连络有亲,互相遮饰扶持",以皇帝亲信的身份成为江南政治、经济、文化的要员。曹雪芹幼时就是在这"烈火烹油,鲜花簇锦"的贵族生活中长大的。

然而,"喜荣华正好,恨无常又到"。随着康熙皇帝的寿终正寝、雍正皇帝的上台,由于封建统治阶级内部政治斗争的牵连,这个"钟鸣鼎食"之家遭到了一系列的打击,曹頫以"行为不端"、"骚扰驿站"和"亏空"罪名革职,家产抄没,并被"枷号"一年有余。十三岁的曹雪芹,从此结束了"锦衣纨绔,饫甘餍美"的富贵生活,全家于雍正六年离开金陵旧居,迁到北京居住,开始过着"茅椽蓬牖、绳床瓦灶"的贫困生活。

塞翁失马,焉知非福。曹家失去了皇恩浩荡的盛世,失去了秦淮风月的繁华,而曹雪芹却在京中石虎胡同的右翼宗学里得到了一份可贵的友情,就是与英亲王阿济格的五世孙敦敏、敦诚兄弟俩成了忘年交。敦诚赞扬曹雪芹的诗:"爱君诗笔有奇气,直追昌谷破篱樊";敦敏赏识曹雪芹的画:"傲骨如君世已奇,嶙峋更见此支离。醉余愤扫如椽笔,写出胸中块垒时"。正是这份知己之情,使曹雪芹潦倒的青年时代还能感受到一种温馨,一种激励。

晚年,曹雪芹移居北京西郊,生活更加穷苦,"满径蓬蒿","举家食粥"。他以坚忍不拔的毅力,专心致志地从事《红楼梦》的写作与修订。乾隆二十七年(1762),幼子夭亡,他陷于过度的忧伤和悲痛,卧床不起。到了这年除夕(1763年2月12日),终因贫病无医而离开人世[①]。遗留下来的,只有他的"新

---

① 曹雪芹卒年,另有乾隆二十八年除夕(1764年2月1日)之说。

妇"和八十回《石头记》遗稿。百年望族的曹家从毁灭之中孕育出这样一位与天地共存、与日月争辉的伟大作家,该是中华民族的骄傲与荣幸。

曹雪芹是一个性格傲岸、愤世嫉俗、豪放不羁、才气纵横的人。他取号梦阮,明显表现出对阮籍的追慕之意。阮籍好老庄,曹雪芹也得其精髓;阮籍嗜酒,曹雪芹也是"举家食粥酒常赊";阮籍能为青白眼,曹雪芹是"一醉酕醄白眼斜";阮籍"时人多谓之痴",曹雪芹被人称为"疯子"。这一点与吴敬梓有相似之处。如果说以狂狷者的形象作为审美观照,以荒诞的行为掩盖着清醒的锋芒,是封建社会中不甘随波逐流而以节操自励的文人的共性的话,那么,既是"狂"人,又是"情"人,既是中国18世纪一位最杰出的现实主义文学巨人,又是呼唤新时代到来的最初一位诗人,则非曹雪芹莫属。他的悲剧体验,他的诗化情感,他的探索精神,他的创新意识,成就了伟大的《红楼梦》,从而把中国古典小说创作推向高峰。

关于《红楼梦》成书过程,虽然不像《三国演义》《水浒传》《西游记》那样,从正史记载到民间传说再到文人创作,但它也有独具特色的三部曲,即从《风月宝鉴》到八十回《石头记》再到一百二十回《红楼梦》,其中有曹雪芹"披阅十载、增删五次"的心血,也有高鹗续补的功劳。

甲戌"重评"本第一回有一则评语说,"雪芹旧有《风月宝鉴》之书,乃其弟棠村序也。今棠村已逝,余睹新怀旧,故仍因之。"由此可知,曹雪芹是在《风月宝鉴》的基础上加工改写成《红楼梦》的。

那么,《风月宝鉴》是一部什么样的作品?我们虽然看不到原书,但甲戌"重评"本的《红楼梦旨义》说得很明白:"《风月宝鉴》,是戒妄动风月之情。"同时指出:"贾瑞病,跛道人持一镜来,上面即錾'风月宝鉴'四字,此则《风月宝鉴》之点睛。"联系《红楼梦》第十一回、十二回文字,可以推测"风月之情"乃《风月宝鉴》之主要线索,戒淫劝善乃《风月宝鉴》之基本思想,且作品格调不高,这也正是晚明以来不少言情小说的基本模式。

显然,这部《风月宝鉴》旧稿并未传世。随着生活环境的改变,曹雪芹的思想也起了很大的变化。他不仅看到贵族之家的乱伦生活导致丧身败家的丑恶现实,同时也看到贵族之家的内部产生了具有一定破坏作用的叛逆力量;他既悲愤现世人生,又强烈地追求人生的艺术化。于是,从生活的困扰到精神的超越,使得曹雪芹自觉地净化和升华《风月宝鉴》中的生活经验,删去旧稿中过分直接的现实生活描写,增以更多净化的材料。比如关于秦可卿事迹的删改,原作把她当作"败家之根本",经过修改,删去了"淫丧天香楼"一节,并提高了她的身份,净化了她的行为,使她成了贾府晚一辈媳妇中最得全府上下推许的人物;另外,以"红楼梦"这"古今之情"之线索,代替了"风月鉴"那"风月之情"之线索,使得因色戕生、贪色与贪生的矛盾,升华为"悲喜千般同幻渺"的人生悲剧的描写,并把原来"肉"的生活之描写转换为侧重"灵"的生活之描写,从而,使一部淫邀艳约的旧稿趋向于诗的境界。

当然,并不是说曹雪芹在创作《红楼梦》的时候已经完全脱离了《风月宝鉴》的思想,也许《风月宝鉴》中描写贵族家庭的乱伦生活,爬灰的爬灰,养小叔子的养小叔子,仍隐约保留在《红楼梦》里,尤其是前二十回,但不管怎么说,从《风月宝鉴》的旧作到《红楼梦》的新作,其思想和艺术都是一种质的飞跃。

曹雪芹是否只创作了《红楼梦》前八十回?我们从乾隆间满洲富察明义的《题红楼梦》诗中,从周春的《阅红楼梦随笔》中及脂批的提示中,可以肯定地说,曹雪芹创作《红楼梦》并不止于前八十回,他已经使《红楼梦》具备了大致的规模,只是没来得及全部整理、定本,便去世了,所以流行的抄本最早只是前八十回。在这种情况下,高鹗根据曹雪芹的佚稿或接近原作的传抄散稿修辑了后四十回。他在《引言》中说:"书中后四十回,系就历年所得,集腋成裘,更无他本可考。惟按其前后关照者,略为修辑,使其有应接而无矛盾。至其原文,未敢臆改。"这里的"集腋成裘",就是集曹雪芹的旧稿。

至于对后四十回的评价,虽然有思想和艺术上的不足,但总的方面应该是肯定的。首先,由于有了后四十回而使《红楼梦》成为一部完整的文学作品;第二,它写出了全书中心事件、主要人物的悲剧结局,如黛玉之死、贾家之败、宝玉出家等,从而保持原有矛盾的发展,基本上符合前八十回的意图和倾向;第三,具体情节的描写生动精彩,如潇湘惊梦、犟儿迷性、黛玉焚稿、魂归离恨等,令人不忍卒读。如果说,前八十回宝黛爱情的描写,往往令人在含英咀华中深味其优美娴雅和感伤凄艳的情致的话,那么,后四十回宝黛悲剧的描写,则使人在一掬同情之泪时,更痛切地激愤于封建社会制度对美的人物、美的情感、美的追求的摧残,它同样也有较高的美学价值。

从《风月宝鉴》到《石头记》,直至程、高本的排印本,经历了半个世纪的风雨,经历了从低级形态向高级形态的飞跃,经历了由缺到整的修辑,这就是这部伟大文学名著的整个成书过程。

关于《红楼梦》的版本。《红楼梦》早期流传的抄本带有"脂砚斋"等人批语,题名《脂砚斋重评石头记》。这种脂评本仅八十回,现存版本完整的很少,"甲戌本",存十六回,"己卯本",存四十三回又两个半回;"庚辰本",存七十八回。"戚序本",是经过整理加工的"脂评本"。另外还有舒元炜序本、梦觉主人序本、蒙古王府藏抄本、列宁格勒藏本、昆山于氏藏本、扬州靖氏藏本、杨继振《红楼梦稿本》、郑振铎藏本。这十二种脂本大致可分三种类型。第一类是甲戌本、己卯本、庚辰本和列宁格勒藏本,书内有大量脂批,而且过录时基本上保持了当初批写的原貌;第二类是戚序本、蒙府本和靖本,经过旁人加工整理,仍保持了大量的脂批,却把批语的署名和所记年时已全部删去,书名中"脂砚斋重评"字样也抹掉了,只题《石头记》,又混杂了一些不是脂批的别种批语;第三类是甲辰本、杨藏本、舒序本和郑藏本,因"评语过多"、"反扰正文",故整理者便将不少脂批删去。

乾隆五十六年(1791)由程伟元、高鹗活字排印《红楼梦》,题《新镌全部绣像〈红楼梦〉》,一百二十回,称"程甲本",第二年程伟元和高鹗对"程甲本"修订后的排印本称"程乙本",合称"程高本"。"程高本"的印行,迅速扩大了《红楼梦》的流传和社会影响,解放后出版的《红楼梦》就是根据程乙本重印的。1981年中国艺术研究院红楼梦研究所将前八十回以庚辰本后四十回以程甲本为底本校勘,整理了一部比较完善的《红楼梦》,并由人民文学出版社出版。

二、生命体验与悲剧创造

什么是悲剧?中外许多美学家在审美实践的过程中,曾不断地发现悲剧的许多重要特征,曾不断地给予阐述。比如亚里士多德说:"悲剧是从幸福到苦难的变迁";恩格斯说,悲剧是"历史的必然要求和这个要求的实际上不可能实现之间的悲剧性的冲突";鲁迅说,悲剧是"把人生有价值的东西毁灭给人看"等等。虽然各自的叙述不尽相同,但都道出了作为美学范畴的悲剧的基本特征:从幸福到苦难,从追求到幻灭,从有价值到毁灭,既标出了事物的两极,又标出了两极从有到无的变迁、冲突和毁灭过程。王国维之所以称《红楼梦》为"彻头彻尾之悲剧",正是在这一点上看到了《红楼梦》与传统悲剧不同,与世界著名悲剧相通的艺术形态。根据悲剧的这一基本特征,可以看出《红楼梦》的悲剧具有三重意义。第一,从题材的表层意义看,是通过贾府的兴衰过程及宝、黛、钗的爱情婚姻悲剧写时代悲剧;第二,从题材的深层意义看,是通过几个女子的毁灭过程写文化悲剧;第三,从题材的象征意义看,则是通过由好到了、由色到空的变迁过程写人生悲剧。它打破了传统的思想,使作品的内涵更为丰富、更为深刻,更具有典型意义。

在封建社会的历史长河中,盛与衰总是同时存在而又彼此包含的,由衰而盛,盛极衰来,是一种螺旋式的发展。清王朝也是这样,虽然当时出现过中国历史上著名的"康乾盛世",但其弊病和危机比起以往任何一个封建王朝来或许更为可怕。一方面,封建统治者为了加强精神统治,对思想文化采取了历史上少见的箝制与麻醉的政策;另一方面,在统治阶级内部,特别是占有大量庄田和享有种种特权的上层贵族,由于失去了开国之初一定程度的淳朴、节俭的作风,骄奢淫逸的风气日益蔓延,日臻腐败。这就加深了封建吏治的黑暗,加剧了封建社会固有的阶级矛盾和劳动人民的贫困化,也使不少贵族世家趋于破败。如果说,吴敬梓通过《儒林外史》的描写,从一个侧面反映了清王朝思想箝制造成的精神悲剧的话;那么,曹雪芹通过贵族盛衰的描写,则较全面地表现了清王朝腐朽没落造成的时代悲剧。这是作品题材呈现出来的表层意义。

《红楼梦》里的荣宁二府,系开国勋臣之后,"功名奕世,富贵传流",正是康乾时期贵族世家的典型与代表,但其光景气象则如第二回冷子兴所介绍的,"如今生齿日繁、事务日盛,主仆上下,安富尊荣者尽多,运筹谋划者无一;其日用排场费用,又不能将就省俭,如今外面的架子虽未甚倒,内囊却也尽上来了……更有一件大事:谁知这样钟鸣鼎食之家,翰墨诗书之族,如今的儿孙,竟一代不如一代了!"这里,作者借冷子兴的口,从荒淫、奢侈到后继无人,从物质基础到精神世界,全面而深刻地揭示了这个贵族世家必然衰败的悲剧命运。

荒淫,是这个贵族世家衰败的原因之一。老太爷贾敬死了,贾珍、贾蓉父子闻讯赶来,似乎不胜哀痛。可一听到尤氏姐妹来了,两个"孝子贤孙"便"喜得笑容满面",竟不管热孝在身,死缠着她们说下流话,做出种种无赖面孔。当丫鬟看不过出来阻止时,贾蓉竟厚颜无耻地当着众人说:"从古至今,连汉朝和唐朝,人还说'脏唐臭汉',何况咱们这宗人家?谁家没风流事?"荒淫,在这个贵族世家被视为平常之事。然而,荒淫不仅仅给贾府带来生活腐败、道德沦丧,由它引起的人事纠纷、甚至恶毒的残杀,更是不断地动摇着这座封建大厦。第四十回"变生不测凤姐泼醋",一件秽行搅乱了水陆纷陈、笙歌盈耳的生日盛会,终于逼出了人命;第四十六回"尴尬人难免尴尬事",引起了一系列的连锁反应;第六十五回"贾二舍偷娶尤二姨",其后果是王熙凤大闹宁国府,尤二姐被逼自杀。在这个贵族世家那重帘绣幕的背后,堆积着淫乱和罪恶,充塞着令人窒息的霉烂。虽然那些清白的女儿们努力地在这罪恶的泥潭里挣扎、反抗,但最终与这腐朽的贵族之家同归于尽。

奢侈,是这个贵族之家衰败的原因之二。且不说那些名目繁多的美器珍玩如何填满这个家庭的每个角落,也不说那些精心烹调的美味珍馐如何充塞这个家庭的每个盛筵,单说秦可卿之丧事与贾元春之省亲,那奢华靡费的程度就够惊人的了。可卿出殡,用的是一千两银子无法买到的棺材;还有一百零八位和尚拜忏,九十九位道士打醮,一百二十人打杂;又花了一千二百两银子买通内监为贾蓉捐了个"御前侍卫龙禁卫"的官衔。元妃省亲,一边是大兴土木地"堆山凿址,起楼竖阁",修建省亲别墅,一边是大量置办珍饰古玩,连元妃看了也默默叹息奢华过费。"月满则亏,水满则溢",乐极生悲,盛极衰来。奢侈糜烂的生活,当经济发生危机的时候,便不可避免地要走向腐败没落。虽然作者借秦可卿之魂给这个"赫赫扬扬"的百年望族敲了"树倒猢狲散"的警钟,虽然凤姐、探春等个别家庭成员已经感到了危机,并开始设想了"省俭之计",然而谁也无法挽狂澜于既倒,谁也无法挽回这个贵族之家"金银散尽"、一败涂地的悲剧结局。在内外交困之际,只得"眼看他起朱楼,眼看他宴宾客,眼看他楼塌了"。

"一代不如一代",更是这个贵族之家的致命伤。贾敬访道炼丹,希求长生,白送了性命;贾赦作威作福,恣意享乐,干尽肮脏下作的勾当;贾珍、贾琏、贾蓉等纨绔子弟,沉湎酒色,毫无廉耻;贾政,似乎是个"端方正直"、"谦恭厚道"的人物,但头脑古板,迂阔无能,除了板着面孔训斥宝玉甚至大加笞挞之外,对贾府江河日下的局面一筹莫展。

腐朽的已无可救药,那么,新生的命运又如何呢?唯一较有灵性的贾宝玉,是"行为偏僻性乖张"。他逃避封建教育,鄙视功名富贵,把当时知识分子所沉迷的科举考试讥讽为"钓名饵禄之阶",又把那些追求功名仕进的人痛骂为"国贼"、"禄蠹"。他痛恨那些"浊沫渣滓"的男人,他赞赏那些聪明灵秀的女子,他追求真正的爱情,他向往自由的生活;他痛苦地呼吸着令人窒息的悲凉之雾,他敏感地感应着正在萌芽的先进思想。然而,时代和社会并未为他提供进一步发展的轨道,甚至根本不允许这种叛逆者的存在,包括他所追求的一切。这突出表现在宝黛的爱情悲剧中。开始,宝玉并非把全部的热情倾注于黛玉,他对宝钗也有好感,时常"见了姐姐就把妹妹忘了"。那么是什么决定了宝玉在爱情上的取舍呢?是共同的思想基础和心心相印的感情基础,使宝玉选择了体弱多病、孤标傲世的黛玉而舍弃了有才有德、美丽温柔的宝钗。然而,这种以个人情爱为基础的婚姻必然会与封建家长权衡利害的婚姻产生矛盾,贾家所追求的,是在四大家族范围内裙带相连、亲上加亲,或者进一步高攀权贵、加固靠山,而无财无"德"、孑然一身的黛玉自然不符合贾家家长的择媳标准。这种矛盾必然导致叛逆者爱情的悲剧结局。退一步说,即使宝黛爱情能够取得封建家长的俯允而如愿结合,也仍然是一个悲剧。因为在那个时代,不仅找不到一块能够容纳自由恋爱、婚姻自主的乐园,也难以找到一块能够容纳这对叛逆者的生活理想和思想品格的净土。在这时代不容纳他们、他们也不屈从时代的悲剧冲突中,随着腐朽力量的由盛而衰,新生力量也落了个由萌芽到夭折的结局。

由此看来,"腐朽"有可能"萌发"新生,却不可能"催化"新生;相反,当腐朽势力相当强大时,还会扼杀"新生"。于是,家庭婚姻悲剧便从这一角度折射出时代的悲剧。观察清代康乾盛世由盛转衰的轨迹,可以这样说,正是在上层社会蔓延的腐败现象,抑制了资本主义萌芽的发展,阻碍了当时国家经济文化的发展和社会的进步,终于导致了衰亡。从这个意义上说,贾府的悲剧是时代悲剧的一面镜子。

悲剧的时代造成了时代的悲剧,腐朽的力量阻扼了新生的萌芽。然而,透过作品的表层意义,可以看到《红楼梦》中并非所有的悲剧都是恶人的作梗或对前途的迷惘。相反,造成许多"天下之至惨"的悲剧,却往往是"通常之道德,通常之人情,通常之境遇为之而已",是几千年积淀而凝固下来的正统文化的深层结构造成的性格悲剧。

作为伦理型的中国文化,将人推尊到很高的地位,所谓"人为万物之灵","人与天地参","天有四时,地有其材,人有其智",把人与天地等量齐观。然而,中国文化系统的"重人"意识,并非尊重个人价值和个人的自由发展,而是将个体与类,将人——自然——社会交融互摄,强调个人对宗族和国家的义务。因此,这是一种宗法集体主义的"人学",是缺乏个性意识的"人学",它造成了逆来顺受、自我压缩的人格,造成了不冷不热、不生不死的状态。可是,历代文学家一味歌颂这种善良、忍辱负重的传统美德,却很少看到"中国人从来没有争得人的价格"[①]这种文化意识造成的悲剧。曹雪芹的过人之处就在于他看到了,并把它写出来,从而引起人们深思,促使人们反省。

---

① 鲁迅《坟·灯下漫笔》,《鲁迅全集》第一卷,人民文学出版社,1981年版,第212页。

迎春,很善良,但也太懦弱了。"虎狼屯于阶陛,尚谈因果",其不被噬者几希。乳母为了赌钱,把她的一些簪环衣服借去当了,而且把她珍贵的累金凤也偷去。当聚赌事被发觉、邢夫人来责怪她时,她表现的是懦弱怕事:

> 迎春低着头弄衣带,半晌答道:"我说他两次,他不听,也没法。况因他是妈妈,只有他说我的,没有我说他的。"

当乳母的媳妇为她婆婆偷累金凤事与房里丫头绣橘、司棋争吵时,"迎春劝止不住,自拿了一本《太上感应篇》来看",恰巧宝钗、黛玉、探春等约着来安慰她,并请来平儿想为她清理左右。可当平儿问她的意见时,她却说:

> 问我,我也没什么法子。他们的不是,自作自受,我也不能讨情,我也不去苛责就是了。至于私自拿去的东西,送来我收下;不送来,我也不要了……你们若说我好性儿,没个决断,竟有好主意可以八面周全,不使太太们生气,任凭你们处治,我总不知道。

就是这种逆来顺受的性格,往往使自己让别人占便宜的容忍度增加,对受别人摆布、控制和欺负的敏感度降低。而且,还往往会纵容与姑息不合理的事情。因此,她下嫁中山狼孙绍祖,一年后就被折磨死了。固然孙绍祖是个"无情兽",但像迎春这样懦弱无能的人,生活在封建社会复杂的家庭组织里面,本来就不免要发生不幸。所以迎春的悲剧是必然的,即使嫁给别人,在那样的时代里,仍旧会发生不幸,环境的影响只是使其悲惨性有深浅之别而已。因此可以说,迎春之不幸,多由于性格。

如果说迎春的悲剧是由于她性格的过分庸弱,那么,率直坦荡、孤标傲世的黛玉的悲剧,难道完全是外力与环境造成的? 其实不尽然。人们往往看到她禀赋优秀传统文化而生的一面,却没有看到她深具传统文化性格而死的一面。由于传统文化个性意识的缺乏,在传统文化中往往表现为人的依附性,即一个弱者的主体性往往必须依附在家庭、父母或一个强者的身上。黛玉虽然在意识上要摆脱这种依附,但在灵魂深处,却已被这种依附性折腾得筋疲力尽。因此说,黛玉的死固然是由于不容于时代,然而性格的缺陷也是导致悲剧的原因之一。

黛玉父母双亡,自小寄居贾府,虽然贾母万般怜爱、宝玉体贴多情,但由于一种寄人篱下、失去依附的感觉,使她变得自卑、多愁、孤僻、多心。当她看到贾母自己捐资二十两银子为宝钗过生日的时候,当她看到宝钗在薛姨妈面前撒娇的时候,她便想到那失去了而永不会再回来的家,那有亲生父母怜爱她的温暖的家。当有人刺伤她的自尊心时,她便用尖酸的语言来表达不满,因为她没有一个可以躲避风雨阴晦的家,她只能用这种可怜的方式维护自己的尊严。有时一场误会,也会勾起她那最痛心的身世孤凄之感,她认真地思忖着:"虽说是舅母家如同自己家一样,到底是客边。如今父母双亡,无依无靠,现在他家依栖,若是认真怄气,也觉没趣。"她愈想愈伤感,竟"不顾苍苔露冷,花径风寒,独自一个立在墙角边,花荫下,悲悲切切,呜咽起来。"这一夜黛玉倚着床栏杆,两手抱着膝,眼睛含着泪,好似木雕泥塑的一般,直坐到二更多天,第二天就写了那裂人肺腑的《葬花吟》。当宝黛爱情发展到成熟的时候,我们看到的黛玉并没有因爱情的幸福而振作起来,反而越发憔悴了。她想到的还是"父母早逝,虽有铭心刻骨之言,无人为我主张",她时刻感到失去依附的痛苦、凄凉甚至绝望。于是,她的病更加沉重,内心更为痛苦,两者恶性循环,以致心力交瘁,在爱情尚未毁灭之前,她的生命却已走到了尽头。实在地说,黛玉爱情的毁灭,是无情世道的他毁,也是悲剧性格的自毁。

关于薛宝钗的悲剧,一般都认为一个努力迎合时代的人竟也不为社会所容,因此,这是社会的悲剧。但是,从文化角度看,她也是封建文化之树上一颗必然的苦果。她是一个封建社会的典范人物,同时也是一个失去自我的悲剧人物;她在婚姻上是胜利者,但她却"从来没有争得人的价格"。

封建文化要求每个"个体"去做的事,最好不要去符合心中的欲望。只有使心中欲望与实际行动这两个焦点最好不重叠的人,才会获得社会观众的好评。于是,在中国封建社会里,许多人都是自觉或不自觉地追求着这种做人的理想,薛宝钗就是其中的一个。在爱情上,她分明有爱情的追求与向往,对贾宝玉是情有所钟、爱有所专的,但她却将这种感情封闭到庄而不露、热而不显的地步。在才学上,她是大观园中唯一可以与黛玉抗衡的才女。才华的显露、知识的运用,是人的自我价值实现的方式。人的自我表现意识是人的本能之一。宝钗虽然不时欲掩还露地表现她那渊博的知识和超人的才华,但又时时处处以"女子无才便是德"约束自己,规范别人。在生活上,她也有爱美的天性和相当高的审美能力,可她却常常用封建意识去扼杀或压抑自身的爱好与情趣。这一切,从整体来说,宝钗已被封建文化磨去了自己应有的个性锋芒:对所爱的人与物不敢有太强烈的追求,而对自己不喜之人与事也不敢断然决裂；她的感觉处于不冷不热的中间地带，生命处于一种不生不死的混沌状态。这种自我压缩，使她的生命过早地萎缩了，而她却浑然不觉，尚自得地生活在那片腐败的土地上。我们从这一形象的毁灭过程，可以看到封建文化的深层意识是如何地在蚕食人的灵魂，如何地在消磨人的个性，从而发掘出这一形象的悲剧意义。这种历史沉郁中的文学的思索，是抛开了廉价、虚伪的乐观幻想之后的清醒，又是执著追求、顽强探索中的痛苦，是一种民族精神的觉醒。

当然，我们必须看到，性格是作为"社会关系的总和"的人在处世态度上的一种特殊表现形式，并非单纯是人的自然形式的个性显现。因此，性格的形成，除了天生的成分和文化意识的浸染外，还深深地打着家庭出身的烙印。迎春的逆来顺受、黛玉的孤标自矜、宝钗的自我压抑，都是与她们各自出身有关系。迎春出生在一个浪荡落魄的贵族老爷家里，耳闻目睹着没落家庭的丑恶行径，使她对生活失去了信心，于是"得过且过，无可无不可"便成了她主要的性格特征；黛玉出身于一个已衰微的封建家庭，且父亲又是科甲出身，因此，在她身上看到的更多的是不得志的封建知识分子的禀性；而宝钗出生在一个豪富的皇商家庭，这种商人与贵族结合的家庭，既有注重实利的市侩习气，又有崇奉礼教、维护封建统治的倾向，这自然使宝钗禀赋着与黛玉完全不同的性格特质。由此看来，性格悲剧也有着深刻的社会内涵。

时代悲剧侧重从横断面去解剖当时社会，文化悲剧侧重从纵深处去反思民族的文化，而人生悲剧则从哲学上去思考生命的本质。"尽管人生如梦、光阴似箭，尽管生存的漂浮感和人生的无尽之谜从四面八方向我们压来，但是，每个人并未对此作出持续不断和锲而不舍的哲学沉思，而只有少数极为例外的人才在这方面有所建树"[①]。曹雪芹就是这"极为例外的人"中的一个，因此，他"能就个人之事实，而发见人类全体之性质"[②]，从而打破了中国古代小说几乎从不思考有关个人存在等基本哲学问题的创作态度。这就是《红楼梦》能跨越时空的思想魅力。

"人之生也，与忧俱生"。生命的欢乐往往是在痛苦的追求之中。这种痛苦的程度是与知识同步增长的。由于曹雪芹和他所塑造的贾宝玉，是"非常之

---

① 叔本华《意欲与人生之间的痛苦》，上海三联书店1988年版，第44页。
② 王国维《红楼梦评论》，傅杰编校《王国维论学集》，中国社会科学出版社1997年版，第357页。

人,由非常之智力,而洞察宇宙人生之本质,始知生活与苦痛之不能分离"①。于是,具有灵性的贾宝玉便担荷着许多痛苦。其中除了家庭破败与个性压抑之痛苦外,在与黛玉的爱情上,那不断的试探、反复的折磨,那"我也为的是我的心。你难道就知道你的心,不知道我的心不成"的呼唤,不正展现出人性深处那爱的幸福是如何通过爱的痛苦而获得;在日常生活中,"爱博而心劳",那一份博爱,那一份同情心,会使他生出多少痛苦。例如第五十八回:宝玉病后去看望黛玉,见杏花全落,已结小杏——

> 因想到:"能病了几天,竟把杏花辜负了!不觉倒'绿叶成荫子满枝'了。"因此仰望杏子不舍。又想起邢岫烟已择了夫婿一事,虽说是男女大事,不可不行,但未免又少了一个好女儿。不过两年,便也要"绿叶成荫子满枝"了。再过几日,这杏树子落枝空,再几年,岫烟未免乌发如银,红颜似槁了,因此不免伤心,只管对杏流泪叹息。

又如第七十八回,宝玉听到宝钗已搬出大观园后:

> 怔了半天,因看着那院中的香藤异蔓,仍是翠翠青青,忽比昨日好似改作凄凉了一般……门外的一条翠樾埭上也半日无人来往,不似当日……心下因想:"天地间竟有这样无情的事!"悲感一番,忽又想到去了司棋、入画、芳官等五个,死了晴雯……大约园中之人不久都要散的了。

这里宝玉的痛苦已超越了一个家庭破败之痛苦和个性压抑之痛苦,这是属于众多人的痛苦,是个人在无穷无尽的自然生活和社会历史的不断发展面前,感到人生有限、天地无情的痛苦。在这种感觉的压迫下,开始宝玉并不惧怕生活,而是正视生活,对生活以及自身在生活中具体存在价值、存在目的抱着一种特殊态度。于是,他明知道总有一天,所有的悲欢都将离他而去,可他仍然竭力地追寻那些美丽的、纠缠着的、值得为她而活着的人生;于是,他希望人生能常聚不散,希望韶华永驻、青春常留,这虽然是天真的幻想,但也确实是普遍地在人人心头隐蔽地存在着的愿望。

然而,"天地不仁,以万物为刍狗"。不但事物无常,人生易老,就是感情也不能永久保存,于是,"彼之生活之欲,因不得其满足而愈烈,又因愈烈而愈不得其满足,如此循环,而陷于失望之境遇,遂悟宇宙人生之真相,遽而求其息肩

---

① 王国维《红楼梦评论》,第356—357页。

之所;彼全变其气质,而超出乎苦乐之外,举昔之所执著者,一旦而舍之;彼以生活为炉,苦痛为炭,而铸其解脱之鼎"①。这种"悟破",不是一般的"了悟",而是"悟宇宙人生之真相",是对生命的价值与人生的理想的沉思。人生就是这样,总是不美满,总是多所欠缺,而生命原是要不断地受伤和不断地复原,这是人人概不能外的悲剧。当这种悲剧与黑暗社会造成的灾难、封建文化造成的不幸相结合的时候,那么,作品也就显出错综的面貌和多义的性质,从而产生更加诱人的魅力。

　　以上是从宝玉的形象来看人生悲剧的意义。从整部作品看,也笼罩着一层由好到了、由色到空的感伤色彩,这侧重表现在许多曲、词的咏叹之中。对情来说,是"霁月难逢",是"多情公子空牵念"。对富贵荣华和天伦之乐来说,是"喜荣华正好,恨无常又到。眼睁睁,把万事全抛。荡悠悠,芳魂销耗。望家乡,路遥山高。故向爹娘梦里相寻告:儿命已入黄泉,天伦呵,须要退步抽身早"!是从追求功名到成荒冢、从聚集金银到眼闭了、从恩爱夫妻到妻随人去了、从痴心父母到"孝顺儿孙谁见了"的"好"与"了"的哀叹。从女儿命运来说,是"风流灵巧招人怨",是"可怜金玉质,终陷淖泥中",是可叹"金闺花柳质,一载赴黄粱",是美的毁灭。人生有如此多的缺陷,当我们超越题材的表层意义来体会时,便会感到这种缺陷的揭示能够激发人们更加珍惜时光、执著现世,能够激发生命更加积极地运转。当然,倘若消极对待的话,就会走向丧失意志、悲观厌世的另一端。

　　见者真故知者深。由于曹雪芹深刻体验到人世的痛苦和人生之"大哀",并具有超凡的智慧、清晰的认识。故能将在生活中体验到的痛苦和忧患提升到一种形而上的、人类痛苦的高度加以艺术表现。这种哀怨之声,这种悲剧之感,不同于儒家的忧患意识,儒家的忧患意识来源于群体意识中产生出来的责任心和义务感,而曹雪芹虽然有"无才补天"之叹,但更直接的是与庄子的思想相通的。因此,他对人生之忧胜于对家国之忧;因此,比屈原、杜甫的"离忧"具有更深沉、更普遍的人生内涵。

　　从《红楼梦》的三重悲剧中,可以看出曹雪芹对现实、文化、人生的批判、反思与探索精神。然而,他毕竟出身于封建大家庭,生活在封建社会中,虽然启蒙的思潮对他产生了较大的影响,虽然生活的困扰使他产生了精神的超越,但

---

① 王国维《红楼梦评论》,傅杰编校《王国维论学集》,中国社会科学出版社1997年版,第357页。

与旧的、传统的、落后的东西也还是会有丝丝缕缕的联系。于是，批判现实与希望中兴、意识中反传统与潜意识中维护传统、出世与入世，便是对应着三重悲剧的三对矛盾。

《红楼梦》出现在18世纪中叶，这个时代的特点是整个封建意识形态的弊端已经显露出来，但有名的康乾盛世，确实也使社会出现了某种程度的生机。这种时代的矛盾二重性，决定了人们心理观念的二重性，即在没落的危机感中怀有朦胧的希望。曹雪芹的世界观中也明显地渗透着这种时代意识的特点：他一方面控诉着腐朽贵族制造悲剧的种种罪行，同时又维护着世家望族的外表尊严，夸耀"天恩祖德"；他一方面愤怒地诅咒着社会现实的黑暗和腐败，揭示了必然衰亡的悲剧命运，同时又津津乐道地回味着元妃省亲、实为南巡接驾的盛况，把"中兴"的希望寄托在皇权上。这表现了作者批判的时代局限性。

在对封建文化的反思方面，潜意识理论为我们的剖视提供了新的角度，即人的意识层面与潜意识层面经常处于冲突之中。历代不少思想家对传统的反叛往往不彻底的原因之一，就是当他们在意识层面上起来反叛传统的时候，在潜意识层面上常常还停留在传统之内，常常会不自觉地或不自主地与传统认同。理解这一点，我们就会理解作者虽然对封建礼教的某些内容持深恶痛绝的批判态度，却也有"背父兄教育之恩，负师友规训之德"的"无才补天"之叹；就会理解作者虽然写出宝钗被封建文化蚕食的可悲可怜，却也常流露出某些赞叹之情，每每称她为"贤宝钗"、"山中高士"等等。

"热爱生活而又有梦幻之感"、入世与出世，这是曹雪芹在探索人生方面的矛盾。其实，曹雪芹并不是厌世主义者，他并不真正认为人间万事皆空，也并不真正看破红尘，真要劝人从所谓的尘梦中醒来，否则，他就不会那样痛苦地为尘世之悲洒辛酸之泪，就不会在感情上那样执著于现在之世界人生。他正是以一种深挚的感情，写出入世的沉溺和出世的向往，写出了沉溺痛苦的人生真相和希求解脱的共同向往，写出了矛盾的感情世界和真实的人生体验。

三、题材更新与叙事艺术的变化

《红楼梦》这座艺术高峰，当我们走近它时，顿生"曲径通幽处"的向往；当我们抬头仰望时，又有"不识庐山真面目，只缘身在此山中"之怅惘；而当我们把它推到一定的距离外进行观照时，又会发出"横看成岭侧成峰，远近高低各不同"的赞美。这，不能不归功于艺术之二重组合，即写实与诗化两极的充分发挥及完美融合。

"实录",原是中国历史著作的写作精神,但是,由于早期文史界限不清,许多文人都把文学与历史相混淆,往往把历史著作当作文学来看,并且学习史书的实录方法来进行文学创作。因此,"实录"的原则便被运用到文学创作中,成为古代写实文学的一种创作原则。然而,真正认识并实践这个创作原则的是曹雪芹,他在《红楼梦》第一回中就明确地宣布他所遵循的创作原则就是"实录"。他首先指责了那些公式化、概念化、违反现实的创作倾向,认为这种创作远不如"按自己的事体情理"所创作的作品"新鲜别致",那些"大不近情、自相矛盾"之作,"竟不如我半世亲睹亲闻的这几个女子","其间离合悲欢,兴衰际遇,俱是按迹循踪,不敢稍加穿凿,至失其真"。这里,曹雪芹所讲的"实录",显然不是史学之"实录",而是文学之实录,是艺术之真实。

取材,来自作家"半世亲睹亲闻"的几个女子的"离合悲欢"及其家族的"兴衰际遇"。从写神鬼怪异到写英雄传奇最后到写普通人的日常生活,这是中外文学史上一个共同规律。虽然今天看来是必然的发展,但在小说发展史上,每一次转折都不是那么容易的。在中国,从《三国演义》《水浒传》《西游记》等历史英雄传奇式的小说,并没有一下子转到《红楼梦》,其间还经历了《金瓶梅》等小说这许多座桥梁,到了曹雪芹,小说才真正在自己的旗帜上写上了"文学就是人学"这几个大字。

首先,没有一点因袭、模仿的痕迹,既不是借助于任何历史故事,也不以任何民间创作为基础,而是直接取材于现实的社会生活,尤其写的是"半世亲睹亲闻"的人物,是他自己"历尽离合悲欢炎凉世态的一段故事",是"字字看来皆是血"、"一把辛酸泪",渗透着作者个人的血泪感情的。唯见之真才知之深,这就是此书何以能突破旧小说传统的主要原因。

其次,《红楼梦》对于现实生活的描绘,经过了严格的艺术提炼,因此,它与《金瓶梅》的自然主义恰同泾渭:它写了日常生活的"家务事"、"儿女情",可是他却能汰尽浊臭、庸俗的杂质,而充分显示出隐藏在生活中的优美的诗意;它写了普通人的生活和命运、欢乐和痛苦,也写了普通人的高贵品格和理想追求,它在对社会丑恶现象作淋漓尽致的揭露的同时,也深刻地揭示了历史的规律和生活的真理。

小说题材的更新给小说的叙事艺术带来很大的变化。

首先是叙事人称的交叉运用。从叙事学的角度看,第一人称叙事与第三人称叙事的实质性区别,就在于二者与作品塑造的那个虚构的艺术世界的距离不同。第一人称叙述者就生活在这个艺术世界中,和这个世界中的其他人物一样,他也是这个世界里的一个人物,一个真切的、活生生的人物;而第三人称叙述者尽管也可以自称"我",但却是置身于这个虚构艺术世界之外的。另外,两种叙述者与艺术世界的不同距离给叙事活动带来的一个最重要的区别,就是叙述者的叙述动机不同。对第一人称叙述者来说,叙事动机是切身的,是植根于他的现实经验和情感需要的。而对于第三人称叙述者来说,他的叙事动机却不是导源于一种内在的生命冲动,更多的是出于审美的考虑。在《红楼梦》中,作者出于审美、避讳诸般考虑,主要采用的还是中国传统白话小说中说书人的口吻:"看官,你道此书从何而起……"与此同时,作者又穿插第一人称叙事,直接向读者阐述自己切身的创作动机。可以说,这是作者自我体验的完成和总结,自我经历的追忆和感念。于是,他就成了他所创造的艺术世界中一个真切的、活生生的人物。

其次是观察角度的灵活变化。观察角度是对故事中"虚构世界"的展示角度。一般来说,作者在开始叙述之前,总要先设定观察角度。观察角度设定后,对具体的叙述便有制约作用,形象地说,就是"看到什么"影响着"说些什么"。从观察者和"虚构的世界"的关系看,观察角度主要有两种:一是隔离观察,观察者与"虚构世界"保持一定的距离;二是楔入观察,观察者置身于"虚构世界"之中。在叙事文学作品中,观察角度变化越灵活,叙述就越显得真实生动、丰富多彩。《红楼梦》第二回"冷子兴演说荣国府",作者采用的是隔离观察的角度,让贾雨村和冷子兴作为隔离观察者,对贾府繁盛的过去和萧索的如今进行有距离的观察和叙述。然而作者深感对贾府这个庞然大物展开叙述确实不易,于是在第六回中云:"却说荣府中合算起来,从上至下,也有三百余口人,一天也有一二十件事,竟如乱麻一般,没个头绪可作纲领。"为了展示贾府这个现实世界内部的真实面貌,作者信手拈来刘姥姥,让她充当楔入观察者。待到这个楔入观察者在贾府中走过一遭,把周围环境和各色人等都打量过一遍,完成了作者赋予她的任务,观察角度又恢复为隔离观察。由隔离观察切换成楔入观察,是由大的、全面的观察进入具体的、局部的观察;由楔入观察切换成隔离观察则是由具体的、局部的观察进入大的、全面的观察。《红楼梦》通过多次切换观察角度,贾府由盛到衰的真实面貌也得以从叙述中全面而细致地展示出来。

再次是叙事结构的纵横交错。由于中国古典小说与历史著作、说话艺术的密切关系,由于中国人崇拜传奇英雄、追求有始有终的心理因素,所以小说的故事、情节往往是沿着一条线索纵向发展,且注重传奇性,忽视真实性。虽《儒林外史》有所突破,能够较为真实地表现出生活的横断面,但"实同短制"的特点使得作品的结构毕竟有些地方缺乏有机的联系。而《红楼梦》则以贾府的兴衰为圆心,以宝黛爱情为经线、女儿悲剧为纬线,织成了一个储藏非常丰富的网状结构,从上层贵族的灯红酒绿到普通人物的悲欢离合,从市民社会到农村景况,从历史风云到日常琐事,纵横交错,繁而不散,从而把生活的多面性、整体性以及它的内在联系性真实而又自然地表现出来。

第四是时间叙事的生命意识。高小康在《中国传统叙事中时间意识的演变》一文中认为,早期的历史叙事呈现的是历史规律在时间过程中的客观流变,唐以后的通俗小说叙事中,人物、情节在时间的展开中渗透了浓厚的道德与文化意识,而明清以后的长篇叙事的时间意识开始凸显了生命意识与自我意识的觉醒[①]。这个概括从宏观来说是合规律的,不过,明清长篇叙事的时间意识表现也是有一个发展演变过程的。应该说,早期长篇叙事的时间意识虽然在一定程度上表现了自我意识的觉醒,但同时也在时间过程中表现了天道循环和道德教化的意识,而到了《红楼梦》才是真正地从生命中去叙述时间、从时间里去把握生命。我们从作品的时间名词和时间副词以及所有时间相关语的分析中可以看出,《红楼梦》清晰而理性地揭示了时间的几个命题:从作者——过去时间和现在时间的叙事中,揭示的是时间销灭一切,但又保存(记忆)一切的命题;从石头——神话时间和世间时间的叙事中,揭示的是我从哪里来、要到哪里去的命题;从人物对时间的感叹与认识中,揭示的是生命历程作为时间过程的命题。可以说,曹雪芹的时间叙事不仅仅是一种形而上的感悟,同时更是一种生命体验和理性思索的过程,并且通过笔下的人物和故事去感觉生命的存在方式,去见证逝去的时间,去思索时间与生命的关系。

四、写实艺术与性格描写的进步

小说题材这一重大更新,除了给小说叙事艺术带来相应的变化,更突出地表现在描写真实的人方面。以前的小说大多把人写成某种道德、某种性格、某种情欲的化身,直到明初的《三国演义》也还是"叙好人完全是好,叙坏人完全是坏",以致写刘备之"长厚"而"似伪",写诸葛亮之"多智"而"近妖"。即使

---

① 高小康《中国传统叙事中时间意识的演变》,《吉首大学学报》2006年第1期。

是与曹雪芹同时代的吴敬梓，在《儒林外史》中描写的正面人物王冕、杜少卿等，性格也比较单纯，不过是狂傲清高、"不贪图人的富贵，又不侍候人的颜色"这样一种品格的化身。《红楼梦》的人物描写，可以说"强似前代所有书中之人"，因为它打破了"叙好人完全是好、坏人完全是坏"的写法，"所叙的人物，都是真的人物"。①

第一，作者写出了人物性格的独特性，即性格的外部对照。《红楼梦》中的形象体系，是世界文学史上罕见的复杂庞大的系统，这个大系统中各种人物的排列组合，又形成几个对照性质的子系统；十二钗正册中的人物性格为一系统，副册与又副册中的性格又是另外的系统。每一个对照系统又有若干对照层次，每个层次的性格又形成对照，从而形成一个不可重复的、立体交叉的多层次结构。为组成这样一个结构，作者往往采取两种写法。一是突出性格的主要特征，如贾宝玉的"爱博而心劳"，林黛玉由于对生活保持着清醒而产生的超负荷的悲哀，特征非常鲜明突出，以致成为一种"共名"。但这不是类型化的典型，不是某种道德品质的化身，而是"渗透于思维和感觉、意志和情感、记忆和向往、语言和行动各个方面的个人特点"②。"爱博而心劳"的贾宝玉，他的思维和感觉是那样的敏锐和细腻，他的意志和情感是那样的坚韧和丰富，他的记忆和向往是那样的执著，他的语言和行为又是那样的乖僻，难怪使脂砚斋叹为观止。他说："宝玉之发言，每每令人不解，宝玉之生性，件件令人可笑。不独于世上亲见这样的人不曾，即阅今古所有之小说传奇中，亦未见这样的文字。于颦儿处更为甚，其囫囵不解之中实可解，可解之中又说不出理路。合目思之，却如真见一宝玉，真闻此言者，移之第二人万不可，亦不成文字矣。"这种独特性就是贾宝玉这个形象具有永久艺术魅力之奥秘。

曹雪芹描写人物性格独特性的另一方法，就是能在差距很小的性格之间写出性格的独特性。因为在现实生活中，很多人性格诸因素的发展是比较均衡的，并没有哪个特征居于突出的地位，曹雪芹的"实录"则能够写出诸多人物性格在均衡发展中显出的独特性，也就是写出相似中的不似。同是具有温柔和气这一性格侧面的少女，紫鹃的温柔和气，在淡淡中给人以亲切，而袭人的

---

① 鲁迅《中国小说的历史的变迁》，《鲁迅全集》第九卷，第338页。
② 傅继馥《古代小说艺术形态的基本演变》，《明清小说的思想与艺术》，安徽人民出版社1984年版，第228页。

温柔和气则是一种令人腻烦的奴才习性。另外,同是豪爽,尤三姐与史湘云不同,一个是豪爽中见刚烈,一个是豪爽中见妩媚;同是孤标傲世,林黛玉与妙玉不同,一个"洁来还洁去",一个"云空未必空"。就像自然界没有任何两片相同的树叶一样,《红楼梦》中也没有任何两个性格完全相同的人物。

第二,作者写出了人物性格的丰富性,即表层性格的二重组合。托尔斯泰曾用河水的宽窄、急缓、清浊、冷暖变化多态来比喻人的性格,认为"人也是这样。每一个人身上都有一切人性的胚胎,有的时候表现这一些人性,有的时候表现那一些人性。他常常变得完全不像他自己,同时却又始终是他自己"①。那么,要写真实的人,那他就不是魔,也不是神,不是纯粹的坏蛋,也不是超绝的英雄,而是具备人性中两种相反的东西,即人性的优点与人性的缺点。曹雪芹在《红楼梦》中"美丑并举"、"美丑泯绝"的描写,是中国古代文学描写人物性格内部的美丑对照和组合的伟大开端。

"美丑并举",有如凤姐。她一方面是当权的奶奶、治家的干才,似乎是支撑这个钟鼎之家的一根梁柱;另一方面又是舞弊的班头、营私的里手,又实在是从内部蚀空贾府的一只大蛀虫。治家与败家,顶梁柱与大蛀虫,构成凤姐性格中的一对矛盾。另外,她一方面要尽情享受尘世的快活,常常为了金钱、权势而玩弄权术,置人死地;另一方面,她也要求在精神上满足优越感,她那灵巧的机智、诙谐的谈吐、快活的笑声,确实令人叹服。这是一个充满活力的、不仅使人觉得可憎可惧、有时却也可亲可敬的痛快人物。野鹤曾在《读红楼梦劄记》中发过这样的感想:"吾读《红楼梦》第一爱看凤姐儿。人畏其险,我赏其辣,人畏其荡,我赏其骚。读之开拓无限心胸,增长无数阅历。"②这就是真实的人物性格唤起读者的审美效应。

"美丑泯绝",有如宝、黛。宝玉在"痴""呆"可笑中表现了他的可爱;黛玉在尖酸刻薄中表现了她的一往情深。脂砚斋曾对宝玉评道:"说不得贤,说不得愚,说不得不肖,说不得善,说不得恶,说不得正大光明,说不得混账恶赖……说不得聪明才俊,说不得好色好淫,说不得情痴情种,恰恰只有一颦儿可对,令他人徒加评论,皆未摸着他二人是何等脱胎,何等骨肉。"所谓"说不得善,说不得恶"等,正是"正邪二气"、美丑两极互相渗透以致达到"美丑泯绝"

---

① 列夫·托尔斯泰著、汝龙译《复活》,人民文学出版社 1979 年版,第 262 页。
② 《古典文学研究资料彙编·红楼梦卷》第一册,中华书局 1963 年版,第 287 页。

的性格自然境界。我们虽然说不出其美丑之界限,却能感受到其真实的生命。

第三,作者写出了人物性格的复杂性,即心灵深处的矛盾冲突。1930年麦仲华在《小说丛话》中曾引西洋小说理论来批评中国小说:"英国大文豪佐治宾哈威云:'小说之程度愈高,则写内面之事情愈多,写外面之生活愈少,故观其书中两者分量之比例,而书之价值可得而定矣。'可谓知言,持此以料拣中国小说,则惟《红楼梦》得其一二耳,余皆不足语于是也①。"虽然我们的批评不能硬套西洋理论,但由此可以看出,内在描写对小说创作、尤其是写实小说创作的重要作用。而《红楼梦》恰恰在内在描写方面比中国古代其他小说要深刻得多。

首先,《红楼梦》写出人物心灵深处情感因素与理性因素的真实搏斗。宝钗一方面想把自己塑造成"完美"的封建淑女的形象,这是她真实的文化欲求,但是另一方面,她又是一个有生命的人,她不能摆脱生命赋予的本性。于是,两种欲求便在心灵深处发生冲突:一方面她无可奈何地任凭自然天性开拓爱的疆土,而另一方面则自觉地用理性原则掩埋着爱的心迹;她要爱,但对这种爱的代价感到恐惧;她心中有一种力量要掩埋爱、推开爱,而另一种力量又使她时时流露爱、关心爱。在探望宝玉时,她"点头叹道:'早听人一句话,也不至于今日,别说老太太、太太心疼,就是我们看着,心里也疼……'刚说了半句又忙咽住,自悔说的话急了,不觉的就红了脸,低下头来"。爱与不敢爱,感情与理性,两股潜流在奔涌、碰撞,使读者从中更深地发现自己心灵深处那些真实的东西,从而引起深思、共鸣,进而更加关注人物的命运。

其次,《红楼梦》写出人物情感内部的二极背逆。从情感逻辑看,一种情感的量度越强,往往会引起相反的情感量度的同步增长。这是人性世界中潜意识层次的情感内容,它在爱里,尤其在情爱里表现得最为淋漓尽致。宝、黛之间的爱情,可谓心心相印,刻骨铭心。然而,他们却爱得那样痛苦、那样哀怨:欲得真心,却瞒起真心,以假意试探。结果弄得求近之心,反成疏远之意;求爱之意,反成生怨之因。而疏远之意又生试探之念,怨更深,爱更切,如此往复循环,真实地写出与爱情同步增长的试探、痛苦、怀疑、嫉妒、痴迷、怨恨,以致互相伤害感情、自我戕害心灵的内在情感运动。这种真实的内心激动,在使人体验到蓬勃的生命力的同时,已不知不觉地缩短了与读者之间的距离,从而成为

---

① 陈平原《二十世纪中国小说理论资料》,北京大学出版社1989年版,第67页。

读者心灵的象征。

再次,《红楼梦》写出人物内心深处的无意识行为表现。为了探索心灵的奥秘,表现人物深层的心理活动,曹雪芹开始关注人物的无意识世界,虽然这种关注也许也是无意识的,但是,这种表现方式确实深化了心理分析,展现了心理奥秘,把中国古代小说艺术推到了一个新的高度,比如黛玉读《西厢记》之时和之后的情景:她抓住《西厢记》竟能一口气读完,其精神之专速度之快说明她非常喜欢这部作品!她喜欢什么呢?她既欣赏书的语言魅力,觉得"词藻警人,余香满口",她更喜欢书的人物和故事,所以看完了书还"只管出神",就是说,书虽看完了人还没有回到现实中来。那么,到底是什么把她迷成这样?她在想些什么?我们无从揣想,但可以肯定是无意识的本能因素使她到了不能自持的痴迷状态,倒是宝玉的忘情调笑使她突然醒来,就是说由无意识状态回复到清醒的意识状态,所以恼怒地斥骂起宝玉来。但这只是暂时现象,无意识因素还是顽强地左右着她,所以在宝玉认错之后,无意识又冲出来挤倒意识,她也说出了刚才被自己骂成是"淫词艳曲"的西厢语言,宝玉马上抓住时机反击,她又清醒过来而慌忙掩饰说:"你说你能过目不忘,难道我就不能一目十行么?"这里,黛玉心理结构中的意识和无意识几经变换,此隐彼现,但又自然无痕,可以看出曹雪芹对人的心理现象的把握和剖析确实达到了出神入化的境界。

真实的人,不只是受社会群体、文化意识制约的人,也是一个活生生的有生命的人。

五、艺术传统与小说诗化的创造

当我们沿着曲径认识了一群真实的人,看到了一个真实的世界之后,便拾阶而上,想去探寻新的境界。可那境界有如雾里微露的楼台,是那样的朦胧,又是那样的壮观,是那样的历历在目,又是那样的难以企及。这是因为《红楼梦》的作者自觉地创造一种诗的意境,自觉地运用了象征的形式,努力追求一种更高的艺术形态。

意境,原是属于诗的;象征,原也是属于诗的。然而,诗不仅仅是一种独立的文体,它同时也是一种普遍性的艺术。由于中国是诗的国度,因此,诗,是艺术,也是中国文人生活的一部分,是情感领域的艺术,也是展示客观世界的艺术,它统摄着中国的文学艺术。可以说,中国文学艺术走的就是一条不断诗化的道路:史,是史与诗的交融;画,是画中有诗;词,是以诗为词;散文,是由散体到诗化;戏曲,是从曲艺到诗剧。而唐后的小说,不管是民间艺术还是文人,都自觉不自觉地把诗的形式带进小说的领域,虽然开始只起穿插与介绍作用。到了《红楼梦》,作者则完全自觉地把握这一发展规律,通过意境的创造和象征的应用,给小说注入诗的魅力、诗的灵魂,使作品富有美感的意象和情趣,具有深刻的寓意和诗意,从而完成小说诗化的使命。

意境,在《红楼梦》中表现主要有三种方式。

其一,情以物兴,借景抒情。在慧紫鹃情辞试莽玉、致使宝玉大病之后,对黛玉越发痴情。当他看到山石后面那"狂风落尽深红色,绿叶成荫子满枝"的杏树,先是"仰望杏子不舍"。这里,有他对时光流逝的追恋,也有对良缘未遂的感怀。接着又对岫烟择夫之事反复推求,"不免伤心,只管对杏流泪叹息","正悲叹时,忽有一个雀儿飞来,落于枝上乱啼",于是,又触景生情,心下想道:"这雀儿必定是杏花正开时他曾来过,今见无花空有子叶,故也乱啼。这声韵必是啼哭之声……但不知明年再发时,这个雀儿可还记得飞到这里来与杏花一会了?"这里的景不过是一柳一杏一雀而已,却挑起了主人公多少情感活动,把潜伏在心底的东西也给唤醒了,从而使宝玉那"情不情"、即对一切无情的事物充满着怜爱之情的性格特征,得到了诗意的描绘。

借景抒情,主要表现在大量的诗、词、曲、赋中。如黛玉的《葬花吟》、《秋窗风雨夕》、《桃花行》,宝玉的《芙蓉女儿诔》,湘云、宝钗的《柳絮词》,宝琴的《咏红梅花》等等,都是情景交融、意境深远的绝唱。

其二,物以情观,移情于景。当黛玉无意中被关在怡红院外、独自在花荫下悲戚之时,那附近柳枝花朵上的宿鸟栖鸦一闻此声,俱忒愣愣飞起远避,不忍再听。真是"花魂默默无情绪,鸟梦痴痴何处惊"。花何曾有情绪,鸟如何有痴梦,看似无理,然而,这是经过艺术改造的形象,它已经成了人物感情外化的对象,于是,无情的花鸟便有了人的灵魂、人的感情。我们从这新的艺术形象中又可以想见黛玉那多少难以言传的苦情愁绪,可谓感时花溅泪,恨时鸟惊心。还有,同样是风声雨声,在黛玉高兴的时候,她会对李商隐"留得枯荷听雨声"的意境表示欣赏;但当她烦闷之时,却让凄凉之情渗透了风帘雨幕,感到"雨滴竹梢,更觉凄凉"。在作者笔下,摇摇落落的蓼花苇叶,会随着人物的忆故之情而有追忆故人之态;本无成见的月色,也会随着人物的衰落之感而从明朗变为惨淡。这一切人化的自然,都为我们留下了深情的回味、想象的天地。

其三,诗画一体,意境优美。《红楼梦》的作者有意识地把绘画的写意技法融进小说的创作中,其景物描写,并不着眼于现实的光色、明暗,而是想象与人物的精神面貌相互映发的山山水水、一草一木,在特定的氛围中塑造艺术形象,以唤起审美享受。第四十九回写宝玉因记挂赏雪作诗的事,一夜没得睡好,天亮掀开帐子一看,简直就是一幅"琉璃世界白雪红梅"的图画:

> 只见窗上光辉夺目,心内早踌躇起来,埋怨:"定是晴了,日光已出。"一面忙起来揭起窗屉,从玻璃窗内往外一看,原来不是日光,竟是一夜大雪,下将有一尺多厚,天上仍是搓绵扯絮一般。宝玉此时欢喜非常……忙忙的往芦雪庵来。出了院门,四顾一望,并无二色,远远的是青松翠竹,自己却如装在玻璃盒内一般。于是走至山坡之下,顺着山脚刚转过去,已闻得一股寒香拂鼻,回头一看,恰是妙玉门前栊翠庵中有十数株红梅如胭脂一般,映着雪色,分外显得精神,好不有趣!宝玉便立住,细细的赏玩一回方走……
>
> 宝玉来至芦雪庵……(只见)一带几间,茅檐土壁,槿篱竹牖,推窗便可垂钓,四面皆是芦苇掩覆,一条去径逶迤穿芦度苇过去,便是藕香榭的竹桥了。

曹雪芹通过不断变换空间位置和色彩感觉来描写视觉形象:从帐里看窗上是"光辉夺目",从玻璃窗内看窗外是"搓绵扯絮一般";出院门回顾一看,"远远的是青松翠竹,自己却如装在玻璃盒里一般";转过山脚回头一看,远处栊翠庵的红梅如胭脂一般;等到走近芦雪庵,窗外望去"四面皆是芦苇掩覆",又有"一条去径逶迤穿芦度苇而去",把空间伸向远方。其他如凹晶馆、艳雪图等等,每次都各有侧重,有意识地变换角度,散点透视,目光不集中在一个焦点上,而且人物与景物之间保持相当的空间距离,这种感知事物的方式,无论全景细部,远近纵深,四方上下,都虚实相生,层次分明,从而把整个景象组成一个气韵生动、节奏起伏的广阔空间。正如脂砚斋批点大观园所言:"诸钗所居之处,若稻香村(黄)、潇湘馆(绿)、秋爽斋(青)、蘅芜院(白)等都相隔不远,究竟只在一隅,然组织得巧妙,使人见其千丘万壑,恍然不知所穷。"将色彩感觉与空间感觉结合起来,将"只在一隅"的有限空间变为"不知所穷"的大千世界,正是曹雪芹具有画家独特艺术感知的表现。

还有黛玉葬花时飘絮衬着落花流水;宝、黛在沁芳闸同读《西厢》时的落红阵阵,衬着白瀑银练;还有湘云醉卧石凳时的红香散乱,衬着蝴蝶飞舞;宝琴折梅时的红梅衬着白雪；女儿联诗时的冷月衬着鹤影等等。诗境入画，画中有诗，从而使人物更添神采，景物更具气韵，作品也因此更具有一种空灵、高雅、优美的风格。

如果说，《红楼梦》意境的创造体现了诗的抒情特性的话，那么，其象征艺术的自觉运用，则在情景交融和情理渗透之间建立起一种互补结构，使得诗性在更高层次上得以发挥，从而在人们心中唤起双重感应：一方面激发美感的愉悦、情绪的振奋，一方面又领引读者伴随弦外之音，去参透现实人生的奥秘。

象征，在《红楼梦》中表现主要也有三种形态。

其一，观念象征。这是一种比较传统的象征手法，其象征的涵义往往可以用概念性的语言概括出来。像翠竹，象征黛玉孤标傲世的人格；花谢花飞、红消香断，则象征着少女的离情伤感和红颜薄命等，这种象征意象一般是由文化传统和文化氛围唤起的。还有另一种观念象征，则是来自作家个人的独创。如"木石前盟"是宝玉、黛玉自由恋爱的象征，"金玉良缘"是宝玉、宝钗包办婚姻的象征，"风月宝鉴"是戒淫的象征，宝玉出家披着大红猩猩毡斗篷则是他"赤子之心"的象征；还有红楼这一诗学意象是富贵繁华之地、温柔风流之乡及红尘世界的象征，大观园意象是文人士大夫避世的桃花源、女儿们失落的爱的伊甸园和世人幻灭的人性乐园的象征。这些象征意象往往是小说内容的有机组成部分，它将支撑着形象体系的演变历程。不过，观念的象征比较容易破译，而情感的或意绪的象征，那就较为曲折、复杂。

其二，情绪象征。这是较为高级的象征形态，它的象征意象不是通向某个观念的蕴涵，而是在于激起或唤醒某种情感或意绪。《红楼梦》中的许多梦，突出地表现了这种象征形态。

第三十六回"绣鸳鸯梦兆绛芸轩"。说一天中午，宝钗独自走来，顺路进了怡红院，意欲找宝玉闲聊，以解午倦。宝玉在床上睡着了，袭人坐在身旁做针线，旁边放着一柄白犀麈。她俩闲话了一阵，袭人笑道："好姑娘，你略坐一坐，我出去走走就来。"宝钗只顾看着活计，便不留心一蹲身，刚好也坐在袭人方才坐的位置上，由不得拿起针来……这时偏偏黛玉约湘云来给袭人道喜。二人来至院中从纱窗中看到宝钗坐在宝玉身边，旁边放着蝇刷子做针线的情景，忍着笑走开了——

这里宝钗只刚做了两三个花瓣，忽见宝玉在梦中喊骂，说："和尚道士的话如何信得;什么'金玉良缘',我偏说'木石姻缘'!"薛宝钗听了这话,不觉怔住了……

这里,谁能用话把其中的含义说尽? 这里,不仅表现出宝玉、宝钗、黛玉和湘云之间微妙的感情纠葛,而且预示了宝玉和宝钗因"父母之命"、"纵然是举案齐眉,到底意难平"的结局。宝玉的梦中"喊骂",正是他醒着时反复进行着的心理活动。倘若我们不追寻梦境与人物情绪史的隐秘关系,我们就无法破译这种象征涵义。

又如第八十二回,"病潇湘痴魂惊恶梦",梦中的宝玉虽然无限真情,不惜剖"心"相示,却发现"心"没有了。宝玉没有了"心"已预示"失玉"的奇祸,而失玉又象征失去"黛玉"的疯傻心境。如此曲折、深蕴的情绪象征,同样必须结合黛玉那忧虑、烦恼、爱而不得所爱的心灵历程来领悟。

其三,整体象征。即把象征性意象扩大为整个形象体系。也许可以说,小说中象征与写实的结合并非曹雪芹的发明,《水浒传》从洪太尉误放妖魔下凡写起,引出一群英雄豪杰,最后又归结到天上一百零八颗星宿在梁山排座次,这就是把现实的故事囊括在一个象征的框架里。然而《水浒传》的象征仅仅是一个空套子,而《红楼梦》的象征则是把作者的情绪、感受以至人物的遭际、命运等都浸透到象征中去,从而构成一个既有骨架、更有血肉的整体象征体系。

《红楼梦》又名《石头记》,可见石头是书中一个非常重要的象征。作者在第一回的神话中告诉我们:顽石在得到灵性后,开始有烦恼和欲求。灵性可以说是人的知性、思考能力或智识,人有了思考能力或智识后,烦恼和欲求便随之而来。刘姥姥像块顽石,安贫守愚,也颇自得;而灵性最高的贾宝玉似乎所受的痛苦也最深,最后不得不"以生活为炉,苦痛为碳,而铸其解脱之鼎",还原为一块无智无识的石头。记得雕塑巨匠米开朗基罗刻在他那个睡着的雕像底座上的自述:"只要世上还有苦难和羞辱,睡眠就是甜蜜的,要能成为顽石,那就更好。一无所见,一无所感,便是我的福气。因此别惊醒我。啊,说话轻些吧!"原来,"成为顽石"竟是古今中外多少灵性至高的人们的企盼。可见,这块石头并非自然性质的石头,它已作为一个象征意象而贯穿作品的始终,从而规范着作品形象的演进、结构的安排、悲剧的发展:

形象演进:

神界顽石——世俗幻象——神界顽石

结构安排：

石头下凡——变形历劫——石头回归

悲剧发展：

无材补天——入世享乐——超然出世

石头既是石、又是人的双重涵义，造成了小说双重层次的艺术世界：一是以人间故事所代表的写实的具象世界，一是以石头神话阐明的诗的世界，前者是形象性的，后者是意会性的，两者的复合与交织，便使作品所提供的美学启迪意义呈现出多义性，甚至是无限性。这就是象征的魅力。美国作家海明威曾说过："冰山在海里移动很是壮观，这是因为它只有八分之一露出水面，而有八分之七是在水面以下。"我们用此来评价《红楼梦》的象征艺术，确实是足以当得起壮观的美誉。

"真力弥满，万象在旁"。《红楼梦》的写实境界和人生一样广大深邃，这是多么丰富充实！然而它的诗化境界又是那么的超凡入圣，独立于万象之表，凭它独创的形象，构筑一个冰清玉洁的世界，这又是何等的空灵！而当写实的森然万象映射在诗化的空灵背景上，那该是一幅怎样壮观的景象？用宗白华先生在《论文艺的空灵与充实》中的话来表达："这是艺术心灵所能达到的最高境界。由能空、能舍，而后能深、能实，然后宇宙生活中一切事无不把它的最深意义灿然显露于前。"①

六、流传、影响与研究

当人们为雪芹多舛的命运感叹"寂寞西郊人到罕，有谁曳杖过烟林"的时候，也许没有想到，《红楼梦》的命运却是"莫愁前路无知己，天下谁人不识君"的景象。日出日落，物换星移，二百多年过去了，它在历朝历代中的流传、在文学创作中的影响以及在学术研究中的盛况，构成了《红楼梦》命运的三部曲。

1. 流传

在曹雪芹生前，《红楼梦》就以手抄本的形式在他的亲朋好友中流传，曹雪芹逝世后又渐及一些宗室亲贵，开始受到极高的赞誉。宗室诗人永忠题诗赞曰："传神文笔足千秋，不是情人不泪流。"(《因墨香得观〈红楼梦〉小说吊雪芹（姓曹）》)睿亲王淳颖亦有"满纸喁喁语不休，英雄血泪几难收"(《读〈石头

---

① 《宗白华美学与艺术文选》，河南文艺出版社 2009 年版，第 203 页。

记〉偶成》）的诗句，但也偶有顾虑其中或有"碍语"而不欲一观者。以后又流入士大夫阶层，"爱玩鼓掌，传入闺阁，毫无避忌"（毛庆臻《一亭考石杂记》），而且出现"好事者每传抄一部，置庙市中，昂其值，得数十金，可谓不胫而走矣"（程伟元程甲本序）的现象。程甲本印行以后，很快达到"士大夫几乎家有《红楼梦》一书"（潘炤《从心录》卷首）、"家弦户诵，妇竖皆知"（缪艮《文章游戏》初编卷六）的程度；嘉庆年间甚至还出现了"开谈不说《红楼梦》，读尽诗书是枉然"（得舆《京都竹枝词·时尚门》）的说法。

而当《红楼梦》流传到当时青年男女的手中时，就像一颗精神原子弹，让人痴迷，让人心摧。乐钧《耳食录》二编卷八记载：

> 昔有读汤临川《牡丹亭》死者，近时间一痴女子以读《红楼梦》而死。初，女子从其兄案头搜得《红楼梦》，废寝食读之。读至佳处，往往辍卷冥想，继之以泪。复自前读之，反复数十百遍，卒未尝终卷，乃病矣。父母觉之，急取书付火。女子乃呼曰："奈何焚宝玉、黛玉？"自是笑啼失常，言语无伦次，梦寝之间未尝不呼宝玉也。延巫杂治，百弗效。一夕瞠视床头灯，连语曰："宝玉宝玉在此也！"遂饮泣而瞑。

还有陈其元《庸闲斋笔记》卷八和邹弢《三借庐笔谈》卷四也有类似的记载。可以想象，《红楼梦》在当时社会的流传主要是以情感人。一个自称非非子的人感叹云："《红楼梦》悟书也，非也，而实情书。其悟也，乃情之穷极而无所复之，至于死而犹不可已，无可奈何而姑托于悟，而愈见情之真而至。故其言情，乃妙绝今古。彼其所言之情之人，宝玉、黛玉而已，余不得与焉。两人者，情之实也，而他人皆情之虚。两人者，情之正也，而他人皆情之变。故两人为情之主，而他人皆为情之宾……夫情者，大抵有所为而实无所为者也，无所不可而终无所可者也，无所不至而终无所至者也！或曰《红楼梦》幻书也。宝玉子虚中，非真有也。女子乃为之而死，其痴之甚矣……况女子之死，为情也，非为宝玉也。"人们从《红楼梦》中读出"妙绝今古"的真至之情，可谓雪芹之知音也。

同治年间一些地方官员士绅有感于太平天国起义的震撼和封建伦理纲常的衰亡，遂有将《红楼梦》及续书以"淫词小说"查禁之议，但那时《红楼梦》已经传入宫闱，为孝钦皇太后叶赫那拉氏所珍，甚至命人在长春宫绘有《红楼梦》壁画多幅。戊戌维新前后，还出现了"新政风行，谈红学者改谈经济，康、梁事败,谈经济者又改谈红学"(孙雄《道咸同光四朝诗史一斑录》下册)的奇特现象。清末民初反满主张盛行,苏曼殊等认为《红楼梦》为"愤满人之作"(《小说丛话》),蔡元培则以其本事为"吊明之亡,揭清之失"(《石头记索隐》),《红楼梦》再度受到注意,但是各持己见,谁都解不出"其中味"。

"五四"以后,新文化运动的倡导者胡适、俞平伯等人提倡以文学眼光认识《红楼梦》的价值,考证作者家世生平,辨析原稿续作之别,重新评估其文学价值,开始恢复《红楼梦》作为小说的本来面目。其后有关研究其思想艺术版本、流传、作者家世生平的论文论著浩如烟海。

《红楼梦》现除多种影印、校注、汇辑本外,还有维吾尔文、哈萨克文、蒙古文、朝鲜文、锡伯文等国内少数民族译本出版。它还被译成了世界上十几种主要文字的读本,仅英文就有二十几种角度不同、长短不一的译本。当《红楼梦》的两种英语全译本分别于1973年、1978年问世之后,Xiang‐Lin Wu 在《东方地平线》1982年1月号上发表《〈红楼梦〉里的几首诗》一文致贺,为它们译出的约一百七十首各种形式的诗词感到高兴。从1830年英国人 J. F. Dovis 翻译《红楼梦》第三回的《西江月》词开始,经过了一个半世纪的努力,这部中国文学的巨著终于以完美的形象走进英语世界。

2. 影响

《红楼梦》流传以后,很快被改编为戏曲搬上了戏剧舞台,仅嘉庆时的戏曲作品就有孔昭虔的《葬花》、红豆村樵的《红楼梦传奇》、万荣恩的《醒石缘》、荆石山民的《红楼梦散套》、朱凤森的《十二钗传奇》、谭光祜的《红楼梦曲》、严保庸的《红楼新曲》等。而一班文人既不满足于它的悲剧结局,也想借其名声而附骥获利,于是续程高一百二十回本成为一时的风尚,仅在乾隆、嘉庆、道光年间即有十几种续书问世。它们或给现实题材披上荒诞的外衣,多把故事装进因果报应的框子里,尽量满足读者"善有善报"的主观愿望;或把佛教的因果轮回、道教的鬼神奖惩同儒家的忠孝节义结合起来,在续作中表现出一种美化现实、宣扬封建伦常的反悲剧倾向,"遂使吞声饮恨之红楼,一变而为快心满志之红楼"(郑师靖《续红楼梦序》)。

在大批"红楼"续作之后,模仿之作也相继问世,如李汝珍的《镜花缘》、文康的《儿女英雄传》及陈森的《品花宝鉴》、魏秀仁的《花月痕》、俞达的《青楼梦》等狭邪小说。虽然这些模仿之作从总体上看远远不如《红楼梦》,但是我们也不能不看到《红楼梦》在艺术表现上对它们的影响。像狭邪小说的整体构思，显然是得之《红楼梦》的启示。另外，在具体描写方面，狭邪小说的作者一方面运用了大量的诗词曲赋，描写肖像、景物，抒发内心感受，表现生活情趣，另一方面用散文笔法也创造了许多情景交融的意境，使作品呈现出一种清丽雅洁的诗化倾向，这也是与《红楼梦》的诗化描写一脉相承的。

《红楼梦》对近现代以及当代小说、戏剧创作和理论批评也产生了难以估量的影响，尤其是现代长篇小说的创作，由于《红楼梦》的启示，现代作家对"世家"衰变史有着一种特殊的兴趣。因为现代小说家中有不少人是出身于没落衰败的封建世家，在宗法制大家庭与封建社会制度同步式微过程中，他们身闻目睹了没落大家庭中无数离合悲欢的人物和故事。当他们想把这些人物写出来的时候，首先要解决的一个问题，就是要在人物命运的变化和社会时代的变化之间寻找一个"结合部"。于是《红楼梦》所提供的艺术构思的基点和透视人生社会的艺术视角，就成为现代作家学习的范本。丁玲在谈到长篇小说《母亲》创作动因时说，她1931年回故乡，听过许多自己家庭和亲戚间的动人故事，深深感到一个家庭或一个人身上发生的激烈变化，"包含了一个社会制度在历史过程中的转变"。因此，她要通过《母亲》的创作，"描绘出变革的整个过程与中国大家庭的破产和分裂"（引自钱杏邨《关于〈母亲〉》）。鲁迅晚年曾对一部小说的具体结构方式作了这样的设计："想从一个读书人的大家庭的衰落写起，一直写到现在为止。"（参见冯雪峰《回忆鲁迅》）巴金站在民主革命和反封建的角度，再现自己在其中生活过多年的大家族，混合着血泪在《家》《春》《秋》中不仅写了"一个正在崩坏的资产阶级的家庭底全部悲欢离合的历史"，而且还用更多的笔墨写了"一个社会的历史"（《〈家〉初版后记》）。这种艺术思路实际上就是《红楼梦》的艺术轨道。另外，老舍的《四世同堂》、王西彦的《古屋》、林语堂的《京华烟云》、张恨水的《金粉世家》等，都或多或少地受到《红楼梦》的艺术滋养。可以说大家庭衰败史的叙述，是现代小说史上一个稳定性的叙事类型，而这个叙事类型则来源于伟大的《红楼梦》。

3. 研究

《红楼梦》问世后，也引起人们对它评论和研究的兴趣，并形成一种专门的学问——红学。红学的历史大体可以分为旧红学、新红学和今红学三个阶段。

这里的旧红学不是特指索隐派，而是采用广义的概念，它包括新红学兴起之前的主要研究流派。一是评点派，以脂砚斋和畸笏叟的批语为代表。他们和曹雪芹有密切的关系，对《红楼梦》的创作过程相当熟悉，有时甚至直接进入角色参与了作品的整理。这种与创作过程结合在一起的研究是十分罕见的,也为后来的研究者提供了宝贵资料和有益的借鉴。评点派影响较大的还有护花主人的《新评绣像红楼梦全传》、太平闲人的《妙复轩评石头记》以及大某山民的《增评补图石头记》。二是索隐派,以王梦阮、沈瓶庵的《红楼梦索引》、蔡元培的《石头记索隐》为代表。此派受乾嘉考据学风的影响,认为《红楼梦》写了清王朝某个贵族家庭的兴衰际遇,或某个王公贵戚的婚姻恋史,把小说中的人物、事件与历史人物事件相比附,力图找出作品影射的真人真事,这种对号入座式的研究方法,虽然注意到社会历史对作品的影响,然而却置作品本身于不顾,硬在书外找替身,弄得小说面目全非、索然无味。三是美学派,以王国维的《红楼梦评伦》为代表。王国维力排"索隐""影射"之风,第一次从美学角度直接研究《红楼梦》作品本身,认为《红楼梦》一书之精神乃在宣示"人生之苦痛与解脱之道",肯定了《红楼梦》悲剧的美学价值,建立了一个有层次有组织的理论批评体系,可以说开创了现代方法论研究《红楼梦》的先河。不足在于全为叔本华的哲学所拘限,因而也有些许牵强之处。

新红学是以胡适和俞平伯为代表。新红学的研究内容,大体上有三个方面:一是《红楼梦》作者的考证。从胡适的《红楼梦考证》开始,曹雪芹的生卒年月、家世景况、生平交游、性格特征才为人们所广泛了解,并形成比较完整的形象。直到今天,我们所掌握的那些可靠的、直接的有关曹雪芹的材料,绝大部分没有超出新红学考证的范围;二是《红楼梦》版本的考证。从胡适的《红楼梦考证》和俞平伯的《红楼梦辨》开始,人们才注意到两个区别:(1)曹雪芹原作(八十回)和高鹗续作(四十回)的区别;(2)曹雪芹的原作和高鹗改作的区别。第一个区别也就是"脂本"和"程本"的区别。脂本相继有最重要的、珍贵的甲戌本、庚辰本、戚本之发现,程本也被再细分为"程甲本"和"程乙本"。这些都奠定了日后的《红楼梦》版本研究的基础;三是《红楼梦》的思想艺术研究。他们把《红楼梦》作为一部文学作品来进行鉴赏和评价,认为《红楼梦》是中国文艺界的"第一等的作品"(俞平伯《红楼梦辨》)。他们指出,"《红楼梦》是一部自然主义的杰作","《红楼梦》的真价值正在这平淡无奇的自然主义上面"(《红楼梦研究参考资料选辑》)。这里的"自然主义",就是我们今天所说的"写实主义";这里的"平淡无奇",就是我们今天所说"淡极始知花更艳"的艺术境界。这些评价,在今天看来也没有过时。另外,鲁迅先生对《红楼梦》的思想、艺术也发表过许多精湛的见解,尤其是他能够从《红楼梦》思想、艺术所体现出来的创新精神去肯定它的重要意义和重要价值,认为"自《红楼梦》出来以后,传统的思想和写法都打破了,——它那文章的旖旎和缠绵,倒是还在其次的事"(《中国小说的历史的变迁》)。较之旧红学的评点派、索隐派和新红学的考证派,鲁迅先生的评价要深刻、高明得多。总之,从旧红学到新红学,可以说是从量变到质变的飞跃。

今红学,主要是指五十年代以后的当代红学研究。五十年代中期,当马克思主义科学世界观为学界所普遍接受之后,红学界首先发难,在全国学术界掀起一场对资产阶级唯心主义学术思想的批判运动,力求把红学研究建立在马克思主义世界观、方法论的基础上。1955年作家出版社汇集当时研究《红楼梦》的文章共一百二十九篇编为《红楼梦问题讨论集》,就比较集中地反映了在《红楼梦》研究上的成果。此后,五十年代后期、六十年代前期涌现的一批批研究成果,都是这次突破所开创的学术环境中获得的。其中影响较大的是周汝昌的《红楼梦新证》,何其芳的《论红楼梦》及蒋和森的《红楼梦论稿》。七十年代后期到八十年代前期,曾一度沉寂了的乾嘉学派,以其"求真"的思维模式与"实事求是"的社会思潮相合拍,重新受到学术界的重视,取得了重要的成果。主要论著有冯其庸的《曹雪芹家世新考》、吴恩裕的《曹雪芹遗著浅谈》《曹雪芹丛考》和吴世昌的《红楼梦探源外编》。

到了二十世纪八十年代中后期,由于文化热的兴起、方法论的讨论开拓了人们的视野,流派渐多,争论鹊起,探究的范围亦渐扩大,现在的"红学",实际上已发展成为以文学为主,但跨越文学、艺术学、史学、哲学、民俗学、档案学等多种学科的专学。

第六节 《红楼梦》的续书

在雕塑艺术的圣殿中,不少艺术家根据自己的想象为维纳斯女神雕像补塑双臂,想去完成这件看来"未完成"的杰作,但一切努力与尝试都失败了;在音乐艺术的圣殿里,也有不少热心者想为舒伯特的《第八交响曲》补写后两个乐章,结果难免有"画蛇添足"之嫌;在文学艺术的圣殿中,曹雪芹的《红楼梦》也是一部未完成的作品。于是,从清代乾隆、嘉庆以后,就不断出现了一些《红楼梦》的续书,其中高鹗的续书是流传下来了,而其他许多续书都随着岁月的流逝而逐渐湮没。可见续作难,续名作更难。

然而,当时许多文人为什么不避续貂之讥而作红楼续书?续书之风为什么能在毁多誉少的责难中愈演愈烈、竟达三十余种之多?看来,这不是"续貂"、"效颦"所能概括得了的。作为小说史上的一种现象,这是值得注意的,并且需要给予客观的评析。

一、现实题材披上荒诞的外衣

中国早期的古代长篇小说题材,不外乎朝代的兴衰更替、英雄的伟业壮举、神魔的荒诞奇幻。到了婚恋家庭小说的出现,才使创作题材真正从史料堆里和神魔天地中解放出来,"凡目之所见,耳之所闻。心有感触,皆笔之于书"①,从而使小说面貌发生了巨大的变化。《红楼梦》的问世,集中表明写实小说艺术进入了成熟阶段。但是,由于《红楼梦》续书的出现,致使写实小说"走火入魔",现实题材终于又披上了荒诞离奇的外衣。

《红楼梦补》,四十八回,归锄子撰,成书于嘉庆二十四年(1819)。在诸续作中,归锄子的续作是较好的一种。书接《红楼梦》"瞒消息凤姐设奇谋"。第一回归锄子告于友曰:"《红楼梦》一书,写宝、黛二人之情,真是钻心呕血,绘影镂空。还泪之说,林黛玉承睫方干,已不知赚了普天下人之多少眼泪。阅者为作者所愚,一至于此。余欲再叙数十回使死者生之,离者合之,以释所憾。"于是,杜撰出一部弥补憾恨的荒唐之作。书叙黛玉起死回生,病愈回苏州;凤姐瞒天过海,封锁黛玉复活的消息;贾宝玉入大荒山出家,后得禅师指点,方知黛玉在世,几经周折,最后皇帝赐婚,宝、黛终成眷属,并振兴家业。即所谓"大观园里,多开如意之花,荣国府中,咸享太平之福"②。

《续红楼梦》,三十卷,秦子忱撰,接《红楼梦》第九十六回而续。秦子忱,陇西人,名都阃,号雪坞;是位军人,曾任兖州都司。他于嘉庆二年(1797)开始撰此书,嘉庆四年(1799)梓行问世。书叙黛玉死后,魂入太虚幻境与父母团圆。后因天帝和人间帝王双颁恩诏,使得太虚幻境内所有《红楼梦》中有情之人,普返幽魂,都成伉俪之缘。"遂使吞声饮恨之'红楼',一变而为快心满志之'红楼'"。《忏玉楼丛书提要》云:"是书作于《后红楼梦》之后,人以其说鬼也,戏呼为'鬼红楼'。"

---

① 自怡轩主人《娱目醒心编·序》,丁锡根《中国历代小说序跋集》(中),人民文学出版社1996年版,第827页。
② 《红楼梦补·自序》,凤凰出版社2011年版。

《后红楼梦》，三十回，逍遥子撰。据嘉庆三年仲振奎《红楼梦传奇·跋》所说"丙辰（嘉庆元年）客扬州司马李春舟先生幕中，更得《后红楼梦》而读之，大可为黛玉晴雯吐气"，推知成书时间不会晚于嘉庆元年（1796）。书接第一百二十回，我们从第一回"毗陵驿宝玉返蓝田，潇湘馆绛珠还合浦"、第十四回"荣禧堂珠玉庆良宵，潇湘馆紫晴陪侧室"以及末回"林黛玉初演碧落缘，曹雪芹再结红楼梦"这三个回目，可以窥其故事梗概，无非也是宝玉返家、黛玉复活，二人结为夫妇，宝玉既有黛玉这个如意的妻子，又有紫鹃、晴雯这两个美慧的姬妾，这就是所谓的团圆结局。

《红楼复梦》，一百回，嘉庆十年（1805）刊行。作者姓陈字少海、南阳，号香月、红羽、小和山樵、品华仙史。书接《红楼梦》第一百二十回，以贾琏梦游地府为缘起，另叙尚书祝风三兄弟为祝梦玉娶十二金钗之事。人物多由贾府女子轮回转世而来；命运安排，也时常挂连《红楼梦》。但八十八回以后，描写宝钗挂帅，十二金钗参战，进军岭南，征剿猺人，功成封爵。

海圃主人的《续红楼梦》，四十回，嘉庆十年（1805）刊本。书叙宝玉仙逝后，上帝感宝玉之"待人无伪，驭下能宽"：宝钗之"静守女箴，克娴妇道"，即命金童玉女分别托生为宝钗之子贾茂、宝琴之女月娥，后贾茂状元宰相，文武全才，与月娥成亲，完一善果。另外还有临鹤山人的《红楼圆梦》、郭则沄的《红楼真梦》等，在此不一一列出。

从这几部作品可以看出，红楼续书的荒诞性不是表现在斗法、神变方面，而是多把故事装进因果报应的框子里，尽量满足读者"善有善报"的主观愿望，于是，张扬鬼魂，描写冥界，就成了续书题材的主要组成部分。

在红楼续书中，几乎都有死而复生的情节。在《后红楼梦》是"潇湘馆绛珠还合浦"，在《续红楼梦》是"施手段许起死回生"、"痴男怨女大返幽魂"，在《红楼圆梦》是"禅关花证三生果，幻境珠还再世缘"等等。这种死而复生的情节，在魏晋小说、唐传奇和宋元话本中，往往与对封建礼教的反叛、与作品主人公对爱情的生死不渝、热烈执著相联系，从而寄托人们对理想爱情的向往与赞美之情，可是到了《红楼梦》续书里，这种转生、返生的故事往往都与宗教迷信结合起来，因此就失去了它的积极意义和美学价值。作者或借神人，或用定魂丹，把红楼冤魂一个个从坟中棺里请出来，既非表现对理想的追求，更不是表现对现实的批判，而往往是为了证因果、偿恩怨、彰盛世，因此，描写大同小异，情节索然无味。

在红楼续书中,冥界描写是其主要内容。中国小说中现存最早的、完整地描写冥界的作品,是刘义庆《幽明录》中赵泰的故事,此后,冥界游历便成为小说创作中的一个重要题材。这种描写一般说来是荒诞不经的、消极的。但在艺术表现中,倘若处理得好,却又可能有一定的思想价值和艺术价值。意大利但丁的《神曲》写了地狱,就是一部伟大的作品。

红楼续书的冥界描写,在作品中大致有三个作用——

第一个作用是宣传迷信思想,把地狱作为轮回业报的场所,既给人们以警告,又给人们以安慰。比如《续红楼梦》第十二卷写贾母、凤姐在贾珠、秦钟的陪同下参观地狱的情景:

> 进了虎头门,但觉一团阴森之气,侵入肌骨。又见两边廊下,一带房屋绵亘百余间,每一门外,立着一个相貌狰狞的恶鬼。贾母见了这般光景,不觉心中害怕,乃向贾珠道:"这个地方有什么可逛之处,看着怪怕人的。"贾珠笑道:"这都是圣人垂教后世,勉力为善的意思。譬如,世上的人,显然有恶的,国有常刑;惟有恶在隐微,国法所不及者,死后必入地狱……罪犯具是有年限的,年限一满,就放去脱生,或人或畜或兽或禽,皆视其罪之轻重,临时分别酌定……"贾母道:"古来的人,你们也不必看他,我们也做不出他们的那样事来。只拣如今世上常有的罪孽看一两处。触目惊心,不但警醒自己,兼可劝化他人。"贾珠听了,便吩咐鬼卒把现在的速报司的狱门打开……贾母等进去一看,但觉冷气逼人,里面嚎天恸地,哭声震耳。也有上刀山的,也有下油锅的,也有剖腹挖心的,也有凌迟肢解的,种种凄惨,不一而足。贾母见了,惟有合掌念佛,悲怜嗟叹而已。

此外,像《红楼复梦》第二回"为恩情贾郎游地狱,还孽债凤姐说藏珠",《红楼真梦》第二十回"省重闱义婢共登程,拯幽狱小郎亲谒府"等都有类似的描写,其中地狱的恐怖,以及一整套刑罚制度,确实能够迷惑一些世人。

红楼续书中冥界描写的第二个作用,就是用它间接表露一点对现实的看法。像《红楼真梦》第四十一回写东方曼倩对宝玉、贾珠讲的一个笑话:

> 东方曼倩道:"妲己本是玉面狐狸转世,周武王灭纣,把他也杀了。阎王因他狐媚惑主,罚做章台歌妓,因此记的唱本倒不少,可惜都是些俚俗的。后来又到冥间,自夸他的阴功,说是专门救人之急,将身布施。阎王一时懵住了,说道:'将身布施是慈悲佛心,快给他一个好去处罢。'判官便

注定他来生做礼部尚书,兼管乐部。那乐部或许是他所长,礼部却管着科举学校,他只懂得唱本上的字、唱本上的句子,要迫着士子当金科玉律,那可误尽苍生了。"贾珠道:"你这话未免言之过甚。他从前不认识字,既做了官,还不装作识字的么?"东方曼倩道:"若如此倒好了,他就因为自己不认识字,不许以后再有认识字的,要叫天下人的眼睛都跟他一样的黑。所以要闹糟了呢。"

在冥界,今人可以与古人对话,现实可以与历史沟通,并且讲出在现实中不敢讲出的话,这可以说是一种独特的艺术处理。

第三,红楼续书中冥界描写在小说结构上也起到一定的作用。续书作者多在作品中描绘幽、明两个世界,并把它们相沟通,这种构思虽然是受佛教轮回观念的影响,但它却扩大了形象的活动空间,也即扩大了文学的表现领域,因此,冥界描写在艺术表现上的意义还是值得研究的。

那么,红楼续书的作者们为什么如此张扬鬼魂、冥界?为什么现实的题材又披上荒诞离奇的外衣?这固然与作者宣扬宗教迷信以维护封建统治的创作思想有关系,与续书难作的客观限制有关系,同时也与明清时代小说、戏曲要求"传奇"的创作思潮有关系。犹如明清诗文的复古与反复古斗争,明清小说、戏曲也存在着守旧与创新的斗争。从明代万历年间到清代雍正、乾隆年间,小说、戏曲创作因袭着旧套之风愈演愈烈,不少作品对于人物塑造和环境描写,只用一些现成的固定的套子,套来套去,因袭模仿,造成了公式化、概念化的创作倾向。于是,便出现像才子佳人小说那样的因袭滥造之作。针对这种沿袭旧套之风,当时不少文人便积极地提倡"传奇",把"传奇"作为小说、戏曲创作的一个重要标准,力求扫除窠臼,推动创新。

然而,从明代中叶到清代中叶,小说、戏曲的"传奇"却产生了严重的分歧。一种是强调从生活出发,传奇而不失其真,如《桃花扇》《红楼梦》《聊斋志异》等,另一种则是徒求离奇变幻,为传奇而传奇。这种"传奇"的主要特点:(1)题材大都是说情说梦、传神传鬼;(2)即使真实的事,也硬要弄成空幻,愈造愈幻,一味猎奇;(3)漫无头绪,只求热闹;不论根由,不近人情。因此,貌似"传奇",实则"传怪"。这种"传奇",根本不从生活出发,单纯卖弄离奇情节,以致陷入荒唐怪诞的泥坑。本来"传奇"为救沿袭之弊,可是如此"传奇",不仅没能摆脱因袭的窠臼,而且把小说、戏曲创作引向另一歧途。红楼续书的作者们正是在这种创作思潮影响下,摒弃原著的写实精神,片面发展原著的奇幻描写,从而使写实小说"走火入魔"。

二、美化现实、宣扬伦常的反悲剧倾向

中国传统的伦理道德观念主要是由儒学阐明的,千百年来,它已经渗透了每个中国人的心灵,积淀为一种固定的价值标准,符合这个标准的就是"善",违背这个标准的就是"恶"。随着三教合一为特色的文化变迁,这种强烈而深厚的伦理意识,便渗透到佛教与道教中。发展到明清,道教和佛教更表现出一种强烈的世俗化、伦理化的趋向。于是,执掌人间功过的鬼神便成了封建文化的护法神。人们在鬼神的威慑之下,只能乖乖地依照鬼神的旨意,将自己的思想、行为纳入封建伦理的规范之中。红楼续书的作者们就是在这样的思想背景下,把佛教的因果轮回、道教的鬼神奖惩同儒家的忠孝节义结合起来,从而使作品表现出一种美化现实、宣扬封建伦常的反悲剧倾向。

在上一节,我们谈到《红楼梦》的三种悲剧,即从横的方面看,是通过家庭婚姻悲剧来折射时代悲剧;从纵的方面看,是通过几个女子的被毁灭来表现文化悲剧;最后是从笼罩全书的忧患感、命运感来写人生悲剧。而红楼续书则处处与此相背,它们不是写时代悲剧,而是美化现实;也不是写文化悲剧,而是宣扬封建文化的糟粕;同时更缺乏一种充满哲理的诗情和泛宇宙意识,而是用封建礼教和宗教迷信取代了忧患感、命运感。

从《红楼梦》的写作到红楼续书的不断出现,历史已经从雍、乾盛世走到了清末的衰落时期,嘉庆、道光、咸丰时代,清政府日益腐朽,所谓"三年清知府,十万雪花银",就是那时腐朽吏治的写照。加上武备废弛,军纪涣散,以致列强入侵,一溃千里。深重的灾难,震荡了小说家的营垒。有的能够面对现实,写出了表现危机感的作品,如社会讽喻小说等。可是,红楼续书的作者们却借小说来美化现实,颂赞"天恩祖德"。像秦子忱的《续红楼梦》,作者无视天崩地裂的社会现实,摒弃婚恋家庭小说的写实方式,借助荒诞手法,让善恶各得报应。如第二卷写王熙凤在冥界被尤二姐、尤三姐又骂又追,狼狈不堪;第十二卷写薛蟠的妻子夏金桂因生前好淫,被阎王罚为青楼之妓;还有写王善保家的发疯、赵堂倌女儿遭鬼缠等等。在第二十卷还给中山狼孙绍祖"洗心",并异想天开地发明"孔圣枕中丹",使贾琏、薛蟠、贾珍、贾蓉等恶人服用此丹而变善士,从而弥合各种不可调和的矛盾。

又如归锄子的《红楼梦补》,歪曲宝黛叛逆性格,写宝玉极好功名,中进士,

点探花,授编修;黛玉得金锁,持家政,赎产振业,光复门庭。一对叛逆者,竟成了统治阶级的接班人。而当皇帝赐婚、娘娘恩赏之际,黛玉竟然满心欢喜地暗想:"当今体贴人情无微不至,虽九重宠赐毫无补于恨海情天,但外观显赫亦为势利人吐气扬眉。若不遭蹭蹬早早完就姻缘,焉得有此荣显。"同时,王熙凤知悔、赵姨娘感恩,甚至贾雨村、中山狼都个个改邪归正。在这里,看不到《红楼梦》中那腐朽力量与新生力量之间的悲剧冲突,看不到那悲剧的时代造成的时代悲剧,而是用死者回生、恶人转善、颂歌不断、盛筵常开等来"彰盛世升平之祥瑞"。这种思想倾向,在其他续书中或多或少都有表现,因为它是那些逃避现实的人们的有效麻醉剂。

在《红楼梦》中,曹雪芹描写了迎春的逆来顺受、黛玉的性格缺陷、宝钗的自我扼杀,客观地揭示出造成许多"天下之至惨"的悲剧的深刻根源之一,即"通常之道德,通常之人情,通常之境遇"的深层文化意识,从而表现出作者对封建传统文化的批判精神。而红楼续书的作者们则极力维护和宣扬封建传统文化。《后红楼梦》的作者在叙中称自己的作品旨在"归美君亲,存心忠孝";《红楼复梦》的作者也在自序中称他的作品"伦常俱备,而又广以惩劝报应之事以警其梦",使读者"知孝悌忠信礼义廉耻之节";《红楼梦影》的作者云槎外史在序中则称其书"善善恶恶,教忠作孝,不失诗人温柔敦厚本旨"等等。于是,他们便时时不忘"以忠孝节义为本"去续其"红楼之梦"。

他们写情,是"发乎情,止于礼义"。像《红楼复梦》中的秋瑞对梦玉说道:"我见你举止动作无不合我心意,舍你之外,无可与语,所以我打心眼儿的欢喜亲爱。我既爱极了你,我又不能同你百年相聚,徒然叫情丝捆住,枉送了性命。我父母只我一女,我为一己私情,失双亲之爱,罪莫大焉,安能言情?"看她如此自觉地、明智地为维护礼法而扼杀爱情,作者之用意便不言而喻。他们写宝玉作的诗是"天恩祖德日方中,彝训清严教孝忠。共爱薄昭持谨恕,更推郭况守谦恭"(《后红楼梦》)。曾经是用自己的整个生命感受着人生无常和世事变迁的叛逆者,在这里却被整个的换了灵魂,由一个"意淫大师"、彻底的叛逆者变成一个颂赞天恩祖德、大讲忠孝节义的封建卫道士,他已经没有任何探索社会和人生的悲剧精神,而只有强烈的封建伦理意识,这正是对"悲剧"的叛变。

他们笔下的薛宝钗,只要从海圃主人《续红楼梦》中的一些章回就可以看出,他们是如何地颂扬宝钗的贤德和才能,从而把一个被封建文化扼杀而失去自我的悲剧人物,写成一个奉旨旌表节孝的"光辉形象"。至于他们笔下的林黛玉,更是面目全非、个性皆无。她治家有方,深得长辈的疼爱;她言行谦恭,连宝钗也称她是个谦谦君子;她宽宏大度,能够和妻妾和睦相处;她善于感人,在佳节良辰游戏赏玩之时,会想起:"赵姨娘做人虽然器量窄狭,行为鄙陋,未免人家也太奚落了他,激之使然。我想天下无不可感化的人,何不甄陶他同归于善,书上讲的'和气致祥',俗语流传'一家和气值千金',我先尽我的道理,明儿的龙舟定要去邀他们来瞧瞧。"她议事时要讲一套"治国必先齐家"的道理,连认薛姨妈做干妈也要讲什么"由忠而恕"的滥调。于是,一个蔑视封建礼法的叛逆形象,被捏造成一个恪守封建礼法的典范人物。另外,在《红楼复梦》第五十回,作者还借宝钗的口说:"人生得意之事,莫过于忠孝节义,与那和平宽厚恺悌仁慈。这些人所作得意之事,必上贯日星,下联河岳,生为英杰,死为神灵,其乐不可言既矣。"从这个角度看,红楼续书不是文学作品,而是封建伦常的宣传品。

在《红楼梦》中,曹雪芹是要通过宝黛爱情悲剧和贾府败落的悲剧表现对"命运"的沉思,即对人生进行哲理和审美探讨。因此,他写"眼泪还债"的夙世前因,很有一种"命运"意识,这就十分自然地汇合在家族命运的大悲剧之中,从而表现了人对命运的悲壮反抗。而红楼续书纯粹是一些世俗的善恶伦理故事,虽然也有不少因果之谈,但都毫无命运感可言,一切都归给予"善有善报,恶有恶报"的庸俗观念。像《后红楼梦》第十回写湘云、惜春在谈论人定胜天还是天定人命时,湘云说:"大凡人要成个仙,不但自己心上一毫牵挂也没有,也要天肯成全他。天若生了这个人,定了这个人的终身,人也不能拗他。你看从前这些成佛作祖的,也有历尽魔障,也有跳出荣华,到底算起来许他历得尽跳得过,这里头也有个天在呢。"惜春道:"这样看起来,天定人命总不能胜的了。"湘云道:"大也由着你做去,你只将几千几百的善果逐渐的累上去,做到几世里,真个的你自己立了根基,这便是人定胜天。"在红楼续书中,难得有这样对人生的探讨,遗憾的是,这种探讨毫无命运感,而皈依了宗教和伦理。因为命运感只有疑问,只有探求,而伦理和宗教都是以善恶分明的信仰和希望为基础的。正是基于这样的思想认识,红楼续书写的多是惩恶奖善的"天意",多是给人以精神安慰的宗教鸦片,多是善恶分明的大团圆结局。

倘若和《红楼梦》作个比较的话,可以这样说,《红楼梦》是从贾府和宝玉的彻底败落、贫困中显示出对人生、对社会的怀疑和否定。尽管曹雪芹主观上是从佛、老思想的所谓"看破人生"的观点出发的,实质上却否定了当时的社会制度，批判了传统的封建文化，因此能够写出"如实描写，并无讳饰"的彻头彻尾的"大悲剧"。而续书的作者们尽管也有牢骚不满，尽管在作品中也不时骂人骂世，但是，由于他们"心志未灰"，未忘"名教"，对封建文化和现存制度还有无限的眷恋和幻想，因此，他们炮制出来的只能是曲为回护、多方粉饰的"大团圆"，即"瞒和骗的文学"。

三、从典型向类型的逆转

鲁迅说《红楼梦》的美学价值在于打破"叙好人完全是好的，叙坏人完全是坏的"传统格局，这是中国艺术典型历史形态一次质的飞跃。面对这种审美突破，红楼续书的作者们不但没有发展，而且又倒退回"恶则无往不恶，美则无一不美"的旧传统。于是，原著在特殊中显出一般的具有独特性、丰富性、复杂性的性格结构便异化为一般而非特殊的概念化、公式化、简单化的性格结构，圆的典型蜕变为扁的类型，而且是一种失败的类型，与《三国演义》《水浒传》的类型化典型也是不可同日而语的。

在《红楼梦》中，人物性格以多面、立体、善变著称，很难用"好人"、"坏人"作简单划分，表现出一种"美丑泯绝"、"美恶并举"的高级艺术形态。而续书中的人物性格则失去了这种特点，"美"和"丑"、"善"和"恶"都说得清，看得明了。如《红楼梦》中的薛宝钗，性格内向，善于"藏愚"、"守拙"，既有贤妻良母、温文恭谦的一面，又有城府深严、工于心计的一面，美中有丑，丑中有美。而在续书中，贬之者使她的"丑"一目了然，如《红楼圆梦》极力写她的"假道学而阴险"；褒之者则使她"美则无一不美"，像《续红楼梦》极力颂扬她的贤德与才能，把她描写成"节孝"的典范。又如贾宝玉，在《红楼梦》中既是一个有着不良习气的公子哥儿，又是一个思想活跃、才华横溢的人。续书则丧失了他那"说不得善，说不得恶"的特点，使他的"善"变得清晰起来。他讲四书五经，悟道参玄，他时时不忘"天恩祖德"，常常难抛"功名利禄"……我们看《红楼梦补》第七回的一段描写：

> 且说宝玉苦志用功，非温习经书，即揣摩时艺，把先前焙茗所买这些《飞燕外使》、《武则天》、《杨贵妃外传》都焚化了，一切玩耍之事净尽丢开，只知黄卷青灯，不问粉香脂艳，竟大改旧时脾气了。

这哪里是贾宝玉，分明是一个就范于封建礼俗的庸人，一个贵族之家的好儿子、好丈夫、好主人。这种"尽善尽美"的庸俗性格，虽然变得清晰了，容易理解了,但也正表明立体化的典型向干瘪的类型蜕化了。

在红楼续书中,人物性格从典型向类型逆转的又一表现是,从"人"向"神"或"半神"倒退。小说起源于神话,"从神话演进,故事渐近于人性,出现的大抵是'半神',如说古来建大功的英雄,其才能在凡人以上,由于天授的就是"①。这种带有神奇性的描写,确有使小说人物"半神"化、简单化等缺陷,给人以不够真实之感。由于《红楼梦》对于主要人物性格形成的客观现实性作了非常合理、细腻、精湛、翔实的描写,因此写出了"真的人物"。而红楼续书的作者们却没能很好地把握这一点,往往把人物性格写成是"天授的",结果他们笔下出现了"半神"的形象。像《红楼梦》林黛玉那自卑、多愁、孤傲、多心的性格特征,完全是那个社会环境和文化背景造成的。而续书中的林黛玉之所以是人们最难以接受的形象,就因为她不是"人",而是"才能在凡人以上"的"半神"。她不仅有非凡的治家才能、精明的处世手腕,而且是一个"财星"。《红楼梦补》第二十七回"兴宝藏财星临福地",写潇湘馆前后左右铺得满满的元宝,元宝上赫然錾着"林黛玉收"四个字。凤姐看了笑道:"这也奇了,怪道前儿瞧见那里有火光呢!原来林妹妹是个财星!"还有《红楼圆梦》写黛玉的泪珠可以化为明珠千千万万,真是神乎其神,这种描写真俗不可耐。最可笑的是,《红楼圆梦》还把林黛玉写成一个智勇双全、能够临阵对敌、施放"掌心雷"的女将。这些续书的作者们本来想褒扬黛玉,替黛玉作不平之鸣,没想当他们把她从"人"提到"半神"的位置上时,她也就失去了生命。

那么,中国古代小说的艺术典型形态为什么会在红楼续书中出现逆转?从主观原因看,一方面是续书的作者们没有真实的生活体验,且又缺乏创造之才,只好模仿那些"千部共出一套"的才子佳人之作。于是,宝玉、黛玉、宝钗、凤姐等人便能在众多的才子佳人之书中找到相似的形象,这不能不是扁的类型。另一方面,续书的作者们都有一种善恶分明、果报显著的主观意念,表现在小说中,正、反面必有鲜明的阵线,就像临鹤山人在《红楼圆梦》的楔子中宣称的那样,要"把假道学而阴险如宝钗、袭人一干人都压下去,真才学而爽快如黛玉、晴雯一干人都提起来"。这样,善恶交织、"美丑并举"的人物自然就不存在了。

从客观原因看,这种逆转反映了中国古代艺术典型形态演变的艰难、曲

---

① 鲁迅《中国小说的历史的变迁》,《鲁迅全集》第九卷,第302页。

折。在理论上，中国并没有形成像欧洲古典主义那样系统的理论、严格的规范。但是，儒家思想和伦理道德观念的紧密结合，却制约着人们的审美认识。孔子是以理性主义哲学进入美学领域的，强调诗和乐统一于礼，也就是文艺和审美观念直接与伦理性的社会感情相联系，并从属于现实政治。古代小说理论自然也不能摆脱这种思想的支配，总是要求小说作为"六经国史之辅"[①]，强调其"不害于风化，不谬于圣贤"的教育作用，在强调人物形象体现伦理规范的同时，也就要求把人物类型化。明代笑花主人在《今古奇观·序》中要求小说把"仁义礼智"写成是"常心"，"忠孝节烈"写成是"常行"，"善恶果报"写成是"常理"，"圣贤豪杰"写成是"常人"，使"善者知劝，而不善者亦有所惭恧悚惕，以共成风化之美"。这是封建伦理观念制约类型的审美内涵的典型理论。于是，突出伦理规范便成为中国古代小说类型形象的一大特点。而这一特点正好与红楼续书的作者们那美化现实、宣扬伦常的主观愿望相吻合，这样创造出来的人物形象当然只能是干瘪的类型。

第七节 狭邪小说

狭邪小说，是指清咸丰年间逐渐盛行的、以妓女、优伶故事为题材的长篇小说。代表作有陈森的《品花宝鉴》、魏秀仁的《花月痕》、俞达的《青楼梦》。鲁迅的《中国小说史略》、《中国大百科全书·中国文学卷》及一些文学史都把这类作品划入近代小说，我们考虑到这几部作品大都出于旧派文人的手笔，所反映的无非是封建文人的情场生活、人生理想，读者从中感受不到近代反帝反封建的时代气息，我们认为它们是古代小说的余波。因此也列入本章论述的范围。

至于稍后在上海的所谓十里洋场中兴起的另一批狭邪小说，如韩邦庆的《海上花列传》、孙玉声的《海上繁华梦》、张春帆的《九尾龟》等，可称之为海派狭邪小说。它们虽然同样以娼门艳事为题材，但不是封建文人的理想化描写，而是毫不掩饰地把妓女写成只是嫖客泄欲的工具，嫖客也决不妄想在妓院中遇到像林黛玉那样的多情女子，从而比较真实地反映了半封建半殖民地的上海妓女的现实生活，近代气息较浓，因此不在这里论述。

[①] 可一居士《醒世恒言叙》，丁锡根《中国历代小说序跋集》（中），人民文学出版社1996年版，第780页。

一、传统题材在长篇中的再现

《品花宝鉴》，又名《怡情佚史》，亦题《群花宝鉴》，六十回。作者陈森，字少逸，号采玉山人，又号石函氏，江苏常州人，生卒年不详，主要生活在道光年间。据陈森《品花宝鉴序》云：因"秋试下第，境益穷，志益悲，块然魂垒于胸中而无以自消，日排遣于歌楼舞馆间，三月而忘倦，始识声容伎艺之妙，与夫性情之贞淫，语言之雅俗，情文之真伪"，于是，在某比部的启发下，开始撰写《品花宝鉴》，"两月间得卷十五"，因穷愁而辍笔；中间又有粤西某太守的督促，在回京应试的船上又续写了十五卷，后来考试落榜，"知科名与我风马牛也"，这才绝意功名。此时某农部又鼓励他续完小说，于是，"腊底拥炉挑灯，发愤自勉，五阅月而得三十卷，因此告竣。又阅前作三十五卷，前后舛错，复另易之，首尾共六十卷"。到了道光二十九年（1849），由和陈森素未谋面的幻中了幻居士校阅删订，刊印传世。

从历史资料看，清乾隆以来，达官名士、公子王孙招伶陪酒助乐之风甚盛，扮演旦角的优伶被呼为相公，又称作"花"。这些伶人虽为男性，却被视为妓女般的玩物。《品花宝鉴》即以此为题材，以青年公子梅子玉和男伶杜琴言神交钟情、相思相恋为中心线索，写了像梅、杜这样的"情之正者"，他们认知己而不及乱，绝无狎意，并且称颂杜琴言、苏惠芳等梨园名旦"出污泥而不滓，随狂流而不下"的不俗气质，同时还写了商贾市井、纨绔子弟之流的"情之淫者"，嘲讽那些"狐媚迎人，娥眉善妒，视钱财为性命，以衣服作交情"的黑相公。作者以优伶为佳人、狎客为才子，写得情意缠绵，悱恻动人。最后诸名旦脱离梨园，当着众名士之前，熔化钗钿，焚弃衣裙，结局纯是作者个人的理想。

《花月痕》，又名《花月姻缘》，五十二回，眠鹤主人编次，栖霞居士评阅。眠鹤主人即魏秀仁（1819—1874），字子安，一字子敦，福建闽侯人。道光举人，屡试进士不第，遂客游山西、陕西、四川等地，曾为山西巡抚王庆云的幕僚。王督四川，应聘为成都芙蓉书院讲席。离职后，到山西太原，先后寄寓太原知府曹金庚和保眠琴门下。同治元年（1862），返居故里，从事教学和著述，最后卒于南平道南书院。子安少负文名，通经史，工诗词，精书画，一生撰述宏富，见于谢章铤《魏子安墓志铭》著录的有三十三种，林家溱的《子安先生别传》则谓四十余种，然"著作满家，而世独传其《花月痕》"[1]。

---

[1] 谢章铤《魏子安墓志铭》，陈庆元编《谢章铤集》之《赌棋山庄文集》卷五，吉林文史出版社2009年版，第46页。

《花月痕》是作者在太原知府保眠琴家处馆时所作,首有咸丰戊午(1858)自序,盖于同治初年修改定稿,光绪十四年(1888)刊刻问世。书中描写韦痴珠、刘秋痕和韩荷生、杜采秋两对才子、妓女相恋的故事,叙述他们穷通升沉的不同遭遇。韦风流文采,卓绝一时,然时运不济,既不能自展其才,也未能救其所爱,以致困顿终身,落魄而亡,秋痕亦殉情而死。韩则高见卓识,得达官贵人赏识,终致飞黄腾达,累迁官至封侯,成为中兴名臣,其所狎妓杜采秋亦封一品夫人。最后以痴珠的儿子小珠高中进士,做了钦差使,奉旨前往江东犒劳大军,赈恤难民,事后到并州护送痴珠和秋痕的棺木归里作结。

　　《青楼梦》,又名《绮红小史》,六十四回,成书于清光绪四年(1878)。作者俞达(?—1884),一名宗骏,字吟香,自号慕真山人,江苏苏州人。除小说《青楼梦》外,尚著有《醉红轩笔话》《花间棒》《吴中考古录》《闲鸥集》等。关于作者的身世,我们只能从其遗作及其朋友的诗文中,看出他中年的生活概貌及性情。邹弢《三借庐剩稿》云:"中年沦落苏台,穷愁多故,以疏财好友,家日窘而境日艰",可见生活的落魄;然其生性浪漫,好作冶游,"芳魂地下曾知否?踏遍斜阳我独来"①,是个多情的才子。后因生计所迫,举家隐居西乡,并产生了潜隐山林的遁世思想,但是"尘世羁牵,遽难摆脱",在苦闷和贫病交加之中,于"甲申初夏,遽以风疾亡"(邹弢《三借庐剩稿》)。

　　《青楼梦》以狎妓为题材,写所谓"风流才子"的生活理想。主人公金挹香,以其风流才情得三十六妓女的青睐,与他们朝夕往来,结为知己;又不忘"努力诗书",成就功名,后科考及第,为养亲而捐了官,授余杭知府,纳五妓为妻妾。不久,父母皆在府衙中跨鹤仙去,挹香亦入山修道,又归家度其妻妾。原来以前所识的三十六妓,都是散花苑主座下司花的仙女,今皆尘缘已满,重入仙班。于是,离散于人间的才子佳人遂欢聚于仙界。

　　从上面几部作品看来,除了《品花宝鉴》有些新的题材内容,其他则可以说是传统题材在长篇小说中的再现。实际上,反映妓女的命运和遭遇、表现社会狎妓风尚的文学作品,是随着娼妓制度的产生而产生,进而发展成为文学作品中一个反复表现的题材。在这类题材的发展演变中,一般是两条线索并行的,一是叙事文学,一是抒情文学。叙事文学,即历代的笔记小说、唐宋传奇、宋元

---

① 俞达《邀游真娘墓》,见慕真山人著、潇湘馆侍者评,李蔚华校注《青楼梦·后记》,三秦出版社1988年版,第543页。

话本、明拟话本,像唐崔令钦的《教坊记》、孙棨的《北里志》、明梅鼎祚的《青泥莲花记》、清余怀的《板桥杂记》,都比较真实地记叙了各个时代嫖妓狎伶的风尚;还有唐传奇中的《霍小玉传》《李娃传》,宋元话本中的《玉堂春落难逢夫》、明拟话本的《杜十娘怒沉百宝箱》等,多写妓女的命运与遭遇,其表现的侧重点在于妓女方面。抒情文学,即唐诗、宋词、元曲,如杜牧的诗《赠别》《遣怀》,柳永的词《雨霖铃》《凤栖梧》,赵显宏的散曲《行乐》等,其表现的侧重点在于文人方面,多寄身世之感怀。而当这类传统题材在长篇小说中再现的时候,作者则有意无意地合二为一,以叙事文学之体裁,融抒情文学之意味,把身世之感打入风花雪月的描写中,从而使狭邪小说呈现出独特的思想和艺术风貌。

二、客观而又深刻的认识价值

对于《品花宝鉴》《花月痕》《青楼梦》这几部狭邪小说的思想评价,一般都认为这些作品是作者追求功名利禄、赞赏腐朽堕落生活、抒发颓废没落情绪的思想表现,这当然没有进步意义可言。不过,如果结合作者、作品、时代及历史文化背景进行比较具体的分析的话,还是可以看出一定的认识价值。

首先,在反映封建社会妓女的悲惨命运的同时,肯定赞扬了她们的追求和才华。

《花月痕》中的刘秋痕因父亡家败,九岁时被堂叔卖与章家为婢,年幼无知,日受鞭打;后被章家女佣人牛氏及其姘夫李裁缝携逃到太原,逼她为娼,从此便成为牛、李的摇钱树了。但她身居下贱,性情却很倔强,不甘心倚门卖笑,对人总是冷淡。她的满腔悲愤,无处诉说,只得以泪洗面,借歌曲而发婉转凄楚之音。当她遇到诗才横溢而却命运多舛的韦痴珠时,有感于"同是天涯沦落人",有感于痴珠的真心相爱、平等相待,便以身相许,不再接客,而清贫孤介的痴珠却无法为她赎身。在这样的境遇下,李裁缝的儿子企图奸污她,嫖客们设计陷害她,牛氏肆意打骂她,最后把她劫走,以绝她和痴珠的关系。她却坚贞不移,给痴珠留下血书:

钗断今生,琴焚此夕。身虽北去,魂实南归。
裂襟作纸,啮指成书。万里长途,伏惟自爱。

后来她见到痴珠含恨而逝,在绝望中只有以死酬知己。秋痕从逃荒、被卖、坠入火坑,以至悲惨了结一生,是封建时代许多妓女的共同遭遇,而那个忠于爱情的美好灵魂,确实能够引起后人"生既堪怜,死尤可敬"的永恒思念。在

《青楼梦》中，爱卿属意挹香，决意不再接客，然身不由己，故想服毒自杀。当挹香把她救活时，她虽感激挹香的情意，但并不认为是一件幸事，爱卿泣道：

> 我昨与老虔婆斗口，后追思往事，清白家误遭匪类，致污泥涂。此时欲作脱身而反为掣肘，即使回乡，亦无面对松陵姐妹。与其祝发空门，不若洁身以谢世。今蒙君救妾，虽得余生，然仍复陷火坑，奈何？

这里，同样是一出封建妓女的命运悲剧，写得哀艳凄婉，使人动容。

可以看出，像刘秋痕、钮爱卿她们是封建时代妇女中的最不幸者，生活对她们是最无情的。为了生存，不得不屈己从人，强颜欢笑，来对付生活中形形色色可憎可怕的人物。她们被糟踏，被侮辱，如同漂泊不定的浮萍，无依无靠，一钱不值，因此她们多么希望能在生活中遇上一个知音，使疲惫的生命之舟能够停在宁静的港湾。可是，在那样的社会里，在那些以女人当玩物的男性中，她们深深感到："易求无价宝，难得有心郎！"所以，她们一旦在来客中遇上一个称心如意的人，总是那么眷恋，那么深情。然而，正是在这一点上体现出真正的情爱观念。她们绝无半点礼教或贞洁观念的束缚，只要有情爱基础，对象是可以自由选择的。虽然作为风尘女子，身为下贱，然而，表现在与"知音"的关系上，情爱的真诚便是整个的心灵所在。像刘秋痕之于韦痴珠，钮爱卿之于金挹香，他们的情与爱是真诚热烈的，她们的灵与肉是合于一体的。她们不考虑社会舆论，不计较妻妾地位，不管年纪大小，不嫌清贫孤介，敢爱敢恨，只要能成为一个真正的人，只要能得到真心的爱，不仅"衣带渐宽终不悔"，即使"九死亦无悔"。

当然，妓女的悲惨命运及她们的追求与抗争，并非到了狭邪小说才得到表现，这里也只能说是短篇妓女题材表现的思想在长篇中的再现，并无太多新意。不过，倘若要作个简单比较的话，可以这样说，唐传奇中的妓女尚缺乏对自己独立的人格和尊严的觉醒与追求，因此，她们的抗争往往只以脱籍从良为目的，如《李娃传》；明拟话本由于受到时代思潮的影响，作品中妓女的追求不仅仅以从良为目的，而是把支点放在爱情的追求上，把真正的爱情的追求看成是一个真正的人的自我价值的实现，如杜十娘、莘瑶琴；而清代，由于男尊女卑的传统观念的动摇，甚至还出现了尊女抑男的思潮，于是，在才子佳人小说和《红楼梦》中，多表现出一种"天下灵秀之气钟于女子"的思想倾向。狭邪小说作为人情小说的分支、才子佳人小说的末流，其对妓女形象的描写也不仅仅在于同情她们的不幸、肯定她们的追求,而且还表现她们超过须眉男子的才华和见识,书中的男主人公们往往为这些聪明灵秀的妓女们折服得五体投地,甘拜下风。

第二,在反映逛妓狎伶社会风尚的同时,表现了封建文人普遍存在的一种变异心态。

我国妓女制度的产生,起于春秋初齐管仲的设"女闾"(《战国策·东周》);到了唐宋,由于城市经济的繁荣和市民阶层的大量出现,娼妓制度大盛,上至帝王将相,下至布衣庶民,都有过不同情况的狎妓生活,而文人学士则更是浪漫风流;到了元明,妓女制度又有一定的发展,清初虽然曾下令禁止官妓制度,但雍乾之后,妓女制度又恶性膨胀起来。在这淫靡世风的浸染下,狭邪小说的作者们不仅耳闻目睹,而且自己也有这方面的嗜好与体验。因此,他们选择狎妓题材,描写狎妓生活,客观上反映了当时社会狎妓风气盛行的真实状况。

当然,封建文人出入花街柳巷的狎妓生活,确实是在封建制度下腐化堕落的表现。但是,我们还应看到这种现象背后所蕴藏的一种文化形态,即爱欲与事业的矛盾心理。在中国传统文化中,"男主外,女主内","好男儿当马革裹尸还",倘若耽于闺房之乐,便是"英雄气短、儿女情长"的怯懦表现,务须斩断情丝,"学成文武艺,货卖帝王家",这就形成一种畸形的功名心理。他们可以只身躲到深山去苦读,他们可以"三过家门而不入",他们的事业心侵袭了他们的情欲。然而,当功名失意时,他们的情欲似乎才苏醒过来。于是,便往往走向纵情声色的另一极端,其中有的纯粹是为了得到情欲的满足,有的则是希望在风月场中得到一种慰藉的抚爱。我们看宋词中柳永那"忍把浮名,换了浅斟低唱","未遂风云便,争不恣狂荡"一类的话,还有辛弃疾那"倩何人,唤取红巾翠袖,揾英雄泪"等,就可以感受到他们的狂荡,咏叹中所隐藏的功名无望、人生艰难的感慨。我们从几部狭邪小说的创作动机及作品描述中,同样可以感受到这一点。魏子安"见时事多可危,手无尺寸,言不见异,而肮脏抑郁之气无可抒发,因遁为稗官小说,托于儿女之私,名其书曰《花月痕》"[1]。谢章铤则说《花月痕》是作者描绘他自己在太原知府家坐馆期间那"花天月地"的冶游生活的[2]。博才多学的俞达也是渴望功名的,认为"为须眉者必期显亲扬名",

---

[1] 谢章铤《魏子安墓志铭》,陈庆元编《谢章铤集》之《赌棋山庄文集》卷五,第46页。
[2] 谢章铤《课余续录》卷一,见朱一玄编《明清小说资料选编》(下),齐鲁书社1990年版,第796页。

但他怀才不遇,感慨"公卿大夫无一识我之人","反不若青楼女子竟有慧眼识英雄于未遇时也"。于是,便把身世之感融入《青楼梦》的创作中,写了一名多情公子如何得到三十六名妓女的青睐、爱戴以及他们的爱情纠葛。虽然他没有视妓女为玩物,能够以平等的"人"来对待妓女,和妓女产生平等自由的爱情,但这只能说是一种变态的爱情生活。所以说,"不得志,则托诸空言",这是封建文人遭到挫折时可以选择的一条寻常出路;但是,不得志,则转向风月场中寻求知音和慰藉,这就反映了在爱欲与事业对立的文化背景下产生的一种变异心态,它并不值得肯定,但确有认识价值。

至于招伶侑酒助乐的风气,据记载是始于汉代。《汉书·张禹传》云:"禹将崇人后堂,饮食妇女相对,优人管弦,铿锵极乐,昏夜乃罢。"到了唐代,家伎且为法令所许。发展到清代,还有人专门蓄养、训练男扮女装的伶人,"人家宴客,呼之即至。席前,施一氍毹,联臂踏歌,或溜秋波,或投纤指"①,面对这种既新鲜又刺激的怪现象,那些土豪劣绅、市井篾片丑态百出,看戏之意不在戏,而是把男伶当作娼妓一样的来玩弄。像《品花宝鉴》中淫毒衙内奚十一、色狼潘其规及篾片魏聘才、唐和尚等,他们凌辱优伶,习以成性,确实反映了当时腐朽堕落的社会风尚。不过,士大夫狎优情形有所不同,他们或是因惧怕文字狱,不敢著书立说而退居林下,拥妓招优,诗酒度日;或是因惧怕政治风云,一心明哲保身而沉溺戏园酒楼。他们大体上把伶人当人看待,但是还不能说是从真正平等的意义上尊重名优,因而往往把男性女性化了的名旦当花来欣赏,把品评优伶之色艺作为一种风雅韵事,这就是在当时狎优风气下派生的一种"好男色而不淫"的怪现象。

这种"好男色而不淫"的现象,一方面是由腐朽的客观现实造成的,另一方面也与士大夫自己的变异心态有关系。因为清代曾一度在法律上不允许士大夫嫖妓,这就导致了"性转移"现象的产生。于是,在"才子"形象的描述中,出现了女性化的倾向,到了《品花宝鉴》等狭邪小说更发展成畸形的同性恋,像梅子玉和杜琴言、田春航与苏蕙芳、金粟和袁宝珠、史南湘与王兰保,他们都是有意识的、公开的相思相恋,虽然也打着"觅知音"的幌子,实际上有的已发展成一种粗鄙的变态行为。如第二十九回写"名旦"杜琴言往梅子玉家问病时那温情软语、缠绵悱恻的情状,初读仿佛黛玉往怡红院问病之情景,可一想到这是

---

① 慕真山人著、潇湘馆侍者评、李蔚华校注《青楼梦》第一回,三秦出版社1988年版,第4页。

在描写同性之间的柔情蜜意,确实令人诧异。可见,当人的情感被扭曲成一种可悲的形态时,便会在不知不觉中,把高尚引向粗鄙,使情爱沦为肉欲。

第三,在表现"风流才子"的生活向往的同时,表现了晚清封建文人的双重理想人格。

在中国古代文学中有两种理想人格:一种是依赖型的人格,即人的个性受制于封建的伦理道德;一种是自尊型的人格,具有近代性的自由人格。作为处在封建时代与近代之间的晚清文人,他们追求的理想人格必然同时烙着新与旧的印记。像《青楼梦》中的金挹香。他所向往的是"游花园,护美人,采芹香,掇巍科,任政事,报亲恩、全友谊,敦琴瑟,扶子女,睦亲邻,谢繁华,求道德"的理想生活,这就是一个具有两重理想人格的典型形象。一方面,他尽忠、笃孝,情真、义合,"故其事君,则筮仕尽心,无荒政事;事亲,则常存顾复,思力不怠;待美人,则知怜解惜,露意输忱;待朋友,则言而有信,气谊感孚"①。可以说是一个五伦全备的封建文人形象。同时,他又是一个放恣、率真、痴情的名士形象,他无视封建礼法,豪荡不羁;他无视传统的贞操观念,敢于明媒正娶风尘女子;他拥妓冶游,眠花宿柳,往往"疏放绝倒,不能自禁"②。这虽然是一种变异心态,但从另一角度看,它肯定了人欲,也就是肯定了人的个体意志,反映了那个时代新的人格理想标准。魏子安在《花月痕》中塑造了韩荷生这个理想形象,前面写他不阿附权贵,只寄情风月、流连诗酒,是一个洒脱的名士形象;后面则写他功成名就,赐爵升官,极力表现他对功名利禄的渴望与追求。这确实使形象出现不一致性,但正是在这一点上,表现了晚清封建文人的双重理想人格。这种既有封建性又有近代性的双重理想人格,决定了他们只能在传统中反传统,戴着脚镣跳舞,毕竟无法跳出封建正统思想的范畴。于是,自由人格的实现最后只得采用消极的乃至病态的方式,表现在作品中,就是对拥妓狎优的津津有味的欣赏,就是像金挹香那样选择了一条消极的追求自由人生的道路——悟道成仙。

三、细腻而又空灵的艺术表现

狭邪小说作为婚恋家庭小说的支流,在艺术表现上主要学习了《红楼梦》

---

① 汪启淑撰《水曹清暇录》,王利器辑录《元明清三代禁毁小说戏曲史料》(增订本),上海古籍出版社1981年版,第50页。
② 钱谦益《列朝诗集小传·丁集中》"王金事思任"条,上海古籍出版社1983年版,第574页。

描写细腻、笔法空灵的特点,于是,细腻与空灵便成为狭邪小说主要的艺术特征。

细腻,首先是场面描写的纤细、真切。在《品花宝鉴》第十一回写"六婢女戏言受责"的场面,先是夫人们看这一班顽婢"有闹得花朵歪斜的、鬓发蓬松的,还有些背转脸去耍笑的,还有些气忿忿以眉眼记恨的,不觉好笑",只得说她们几句,说得"群婢低头侍立,面有愧色"。可当苏小姐问她们行什么令这般好笑时,群婢中又有些抿嘴笑起来,倒惹得两位夫人也要笑了。华夫人笑道:"这些痴丫头,令人可恼又可笑"——

> 苏小姐又问道:"你们如行着好令,不妨说出来,教我们也赏鉴赏鉴,如果真好,我还要赏你们,就是你们的奶奶也决不责备你们的。"爱珠的光景似将要说,红香扯扯她的袖子,叫她不要说。爱珠道:"她们说的也多,也记不清了。"苏小姐急于要听,便对华夫人、袁夫人道:"她们是惧怕主人,不敢说,你们叫她说她就说了。"华夫人也知道这些婢女有些小聪明,都也说得几个好的出来,便对袁夫人微笑。袁夫人本是个风流跌宕的人,心上也要显显他的丫鬟的才学,便说道:"你们说的只要通,就说说也不妨。若说出来不通,便各人跪着罚一大杯酒。"红薇与明珠的记性最好,况且没有他们说的在里面,便说道:"通倒也算通,恐怕说了出来,非但不能受赏,更要受罚。"华夫人笑道:"你们且一一的说来。"于是明珠把爱珠、宝珠、荷珠骂人的三个令全说了,红薇也将红雪、红雯、红霙骂人的三个令也说了,笑得两位夫人头上的珠钿斜飐,欲要装作正色责备他们,也装不过来。苏小姐虽嫌她们过于亵狎,然心里也赞她们敏慧,不便大笑,只好微领而已。这两夫人笑了一回,便同声的将那六个骂人的三红三珠叫了过来,强住了笑,说道:"你们这般轻薄还了得,传了出去,叫你们有什么颜面见人,还不跪下。"六婢含羞只得当筵跪了。

这里,作者继承和发展了传统的白描手法,把夫人、小姐、婢女各自的身份、性格、情态、心理描绘得栩栩如生,确实"能使读者看到语言所描写的东西就像看到了可以触摸的实体一样"[①]。还有像《花月痕》第十四回写秋华堂的一次夜宴,从秋华堂的摆设写到入席后的弹唱笑语,各人的风貌不同;从众人

[①] 高尔基《本刊的宗旨》,《高尔基论文学》,人民文学出版社 1978 年版,第 215 页。

的善意取笑到秋痕的哭笑无常,各人的心理不同,写得颇为真切。这种场面描写可以说是直接受《红楼梦》的影响。

细腻,在作品中的第二表现是心理描写的细致入微、曲折委婉。狭邪小说的作者们一方面继承了中国古典小说以人物的神态、动作揭示心理的传统手法,一方面也较娴熟地运用静态的心理描写,从而细腻地传达出人物复杂的内心情感,在《青楼梦》第十六回中,作者写金挹香和钮爱卿互探真情的一段心理较量:

> 爱卿自从挹香与她话目之后,心中万分感激,早有终身可托之念。惟恐挹香终属纨绔子弟,又有众美爱他,若潦草与谈,他若不允,倒觉自荐。故虽属意挹香,不敢遽为启口。但对挹香道:"妾溷迹歌楼,欲择一知心始订终身,讵料竟无一人如君之钟情,不胜可慨!虽君非弃妾之人,恐堂上或有所未便。"挹香听是言,或吞或吐,又像茕茕无靠之悲,又像欲订终身之意,甚难摹拟。我若妄为出语,虽爱卿或可应许,似觉大为造次。万一她不有我金某在念,岂非徒托空言,反增惭恧? 心中又是爱她,又想梦中说什么"正室钮氏"之语,莫非姻缘就在今么? 又一忖道:"既有姻缘,日后总可成就,莫如不说为妙。"便含糊道……

互相爱慕,偏偏又有许多计谋;心心相印,偏偏又是心口不一,把多情公子与风流女子真心相爱的特殊感情心理描写得微妙曲折。这里,我们不难看出《红楼梦》中那对痴情儿女的影子。另外,在《品花宝鉴》中也有很多静止分析人物精神活动的描写,如第二十六回"进谗言聘才酬宿怨",作者把酒色之徒魏聘才挟嫌陷害杜琴言的内心活动刻画得很有层次。

空灵,首先表现在整体构思方面。我们从三部书的书名看,"品花"与"宝鉴","花月"与"痕","青楼"与"梦",一实一虚,虚实相映,虽是无意的巧合,却似有意的安排,这当然也是得之于《风月宝鉴》《红楼梦》的启示。

《品花宝鉴》,作者的用意主要不在于品花,而是在于如何通过"宝鉴"照出情之正者与情之淫者,因而使作品有一种寓言之味,空灵之感,正如卧云轩老人所评的那样,"骂尽人间谗诐辈,浑如禹鼎铸神奸;怪他一只空灵笔,又写妖魔又写仙"[1]。《花月痕》,"痕"是"花月"的影子,二而一,一而二。作者以

---

[1] 《品花宝鉴题词》,上海古籍出版社1991年版,第7页。

此构思全书，便是一种正反对照而又正反合一的结构布局。所以鲁迅说，荷生即痴珠，采秋即秋痕，富贵之极可至荷生、采秋，穷愁之极则如痴珠、秋痕。我们看第三十六回写采秋做梦："忽见荷生闪入，采秋便说道：'痴珠死了，你晓得？'荷生吟吟的笑道：'痴珠那里有死，不就在此。'采秋定神一看，原来不是荷生，眼前的人却是痴珠，手里拿个大镜，说道：'你瞧，采秋将唤秋痕同瞧，秋痕却不见了，只见镜里有个秋痕，一身艳装，笑嘻嘻的不说话，却没有自己的影子。'"还有从他们的名字看来，韩荷生、刘痴珠即"荷之珠"，杜采秋、刘秋痕即"秋之痕"，正是互相关联的统一体，这样构思，便把一个具体的故事写得空灵摇曳，颇有诗意。而《青楼梦》是以"梦"为全书之主脑。就像潇湘馆侍者在第三回评中所云："此书以梦起，以梦结。此一回之梦，原为一部之主脑。此回之梦，入梦之梦；后来之梦，出梦之梦。且天地，梦境也；古今，梦数也；挹香、众美，梦中人也；吟诗咏赋，梦中情也；求名筮仕，梦中事也。他人以梦为真，挹香以真为梦。以真为梦而梦易醒，故后日挹香参破梦情，跳出梦境。于是乎，誓不作梦矣。"这里，同样使作品回荡着一股灵动之气、一种含有人生哲理的主旋律。

空灵，还表现在具体描写的诗化方面，这是与《红楼梦》的诗化描写一脉相承的。在这几部作品中，作者一方面运用了大量的诗词曲赋，描写肖像、景物，抒发内心感受，表现生活情趣；另一方面用散文笔法也创造了许多情景交融的意境，从而使作品呈现出一种清丽雅洁的诗化倾向。如《品花宝鉴》第三十回写杜琴言从梅子玉处回到华府，华公子责他私行出府，把他软禁在里外不通的内室时，"一日独坐在水晶山畔，对着几丛凤仙花垂泪"的情景，既写花之不幸，又写人之不如花，从而把一个伶人不甘拘束的痛苦心理、无所归结的悲惨命运形象地传达和表现出来。

如果说，大量运用诗词曲赋及通过散文笔法创造意境是其他婚恋家庭小说常用的两种诗化手段的话，那么，化用戏曲的意境、形式，则是狭邪小说常用的第三种诗化手法。

第一，化用戏曲的意境。像《品花宝鉴》梅子玉与杜琴言魂牵梦萦的情节，几乎是化用《牡丹亭》的"惊梦"、"寻梦"等。第五回写杜琴言在到京前夕做了一个梦：

梦见一处地方，万树梅花，香雪如海，正在游玩，忽然自己的身子陷入一个坑内,将已及顶,万分危急,忽见一个美少年,玉貌如神,一手将他提了出来。琴言感激不尽,将要拜谢,那个少年翩翩的走入海花林内不见了。琴言进去找时,见梅树之上结了一个大梅子,细看是玉的,便也醒了。明日进城在路上挤了车,见了子玉就是梦中救他之人,心里十分诧异。

这是"惊梦"、"寻梦"、"遇梦",以后又有了第十回的"复梦","从此一缕幽情,如沾泥柳絮,已被缠住";在《青楼梦》第十一回"诗感花妖,恨惊月老"中,作者也写了金挹香在牡丹花畔一夜惊梦,几夕寻梦,由于化用巧妙,所以潇湘馆侍者叹曰:"一回书中,写得全部灵动,作者真神乎技矣!"

第二,把戏曲的形式与小说的描写结合起来。戏曲中抒情性的唱段,是戏曲作者运用延伸和放大内心活动的办法,来表现人物细致、复杂的思想过程和丰富、深刻的感情波澜的。小说作者把这种形式融进小说的描写中,确实给人以空灵摇曳的艺术感受。像《品花宝鉴》第六回写梅子玉听杜琴言唱"惊梦"的情态,还有《花月痕》第十四回写秋痕唱《红梨记》和痴珠听《红梨记》的情态,夸张地渲染出一个充满伤感、凄楚色彩的艺术境界和审美氛围。这种笔法明显是模仿《红楼梦》第二十三回黛玉回潇湘馆路经梨香院听墙内唱《牡丹亭》的情景。但黛玉与唱戏的之间毫无关系,且又隔着一堵墙,黛玉的内心情感是通过唱戏的代言而抒发出来。而这里唱戏的和听戏的都是作品的主角,且又是情人的关系,把他们放在同一场面上,犹如把他们推到同一舞台上,让他们通过演唱直接抒发自己的内心情感,展现自己的内心世界。因此,与其说他们是在唱戏、听戏,不如说他们全都进入角色在演戏。

第三,用戏曲结小说。《花月痕》第五十二回把痴珠、秋痕的故事编成戏曲,全书结于梦中听戏,可谓别具一格。其空灵之效果,如栖霞居士所评:"此回为全书余波,纯乎羽化登仙,非复人间烟火,以菊宴一剧,结五十二回文字,所谓神龙见首不见尾也。"

不过,作为婚恋家庭小说的分支,作为学《红楼梦》之作,狭邪小说在内容上没能很好地把人情描写同社会批判、人生思考结合起来,题材狭窄,思想平庸,无论在反映现实或表现理想方面,都缺少优秀小说的深刻性,它只能说是婚恋家庭小说的末流。在艺术上,它的不足之处也是显而易见的。首先,它摒弃了婚恋家庭小说的写实精神,理想化地塑造人物、处理关系,过分美化狎邪生活;其次,太多诗词曲令的插入,妨碍了情节的正常进行,损害了小说自然的结构，像六十回的《品花宝鉴》，就有近十回是繁冗无味的诗词曲令；第三，一些秽亵描写，冲淡了作品本来具有的清丽雅洁之灵气，从而破坏作品的艺术美感。

第八节 儿女英雄小说

后期的才子佳人小说已经开始和侠义小说糅合在一起，到了乾隆以后，更进一步把儿女情和英雄气结合起来，才子佳人故事逐渐演化为儿女英雄小说。这类作品都产生在《红楼梦》之后，它们发展了才子佳人小说中理想主义的成分，而演变为更加脱离现实的虚假的理想主义，他们塑造封建主义"高、大、全"的理想英雄，艺术上更加公式化和概念化。如果说，产生在《红楼梦》之前的才子佳人小说，还可以看作是《红楼梦》的铺路石子，还有过积极意义；那么，儿女英雄小说则自觉或不自觉地与《红楼梦》唱反调，在中国古代小说发展史上是一种倒退，除个别小说在艺术上尚有可取之处外，从总体上看，是没有多少历史进步作用可言了。

现存儿女英雄小说以《野叟曝言》《岭南逸史》《儿女英雄传》为代表。

《野叟曝言》，二十卷，一百五十四回①。作者夏敬渠（1705—1787），字懋修，号二铭，江阴人，诸生。他好学多才，知识渊博，"通经史，旁及诸子百家礼乐兵刑天文算数之学，靡不淹贯"。自负才学，游历江西、江苏、安徽、山东、河北诸省，足迹走遍半个中国，但科场不利，终身不得志。除《野叟曝言》外，还著有《纲目举正》《唐诗臆解》《浣玉轩诗文集》《医学发蒙》等。《野叟曝言》是他晚年作品，大概完成于乾隆四十四年（1779）前后，一直以抄本流传，到了光绪七年（1881）才付梓。

《野叟曝言》以明代成化、弘治两朝为背景，叙写文白（字素臣）一生的英雄业绩。文素臣文武双全，胸怀壮志，见宦官擅权，政治黑暗，于是游历天下，一路除暴安良，相继救得美貌才女璇姑、素娥和湘灵，后皆纳为侧室。入都后，为皇帝及王子治病，钦赐翰林。奉诏平定广西苗乱，大功告成，又闻京中景王

---

① 光绪七年本为一百五十二回，光绪八年本为一百五十四回。前人都认为光绪八年本多两回是后人所补，但近人研究，一百五十四回系原本，不是后人增补。参看欧阳健《〈野叟曝言〉版本辨析》，《明清小说研究》1988年第1期。

谋叛,立即入都救护太子,赴山东莱府为皇帝保驾,除尽奸党。东宫太子即位,素臣为大学士,兼兵吏二部尚书。后又平倭寇,破日本,征蒙古,服印度,使拜佛之国皆崇儒术。素臣二妻四妾,子孙繁衍,皆得高官厚禄。小说结尾写除夕之夜,素臣四世同做一梦,意谓素臣当列于圣贤行列,地位当不在韩愈之下。

据说主角文白二字,合起来是一个夏字。作者以文白自况,把文素臣写成无所不能的英雄,不但事业上飞黄腾达,而且又有幸福家庭,娇妻美妾,儿孙满堂。作者是在做白日梦,用以填补生活中的缺陷,表现对功名富贵的艳羡。虽然作者竭力塑造封建主义的高大英雄,但由于思想迂腐,脱离现实,漏洞百出,因而人物形象苍白无力。此书又是作者炫耀才学之作,把自己的经史论著大段移入小说,使作品漫长无味,失去艺术魅力。

作品把文素臣和四个爱妾的悲欢离合故事与他建功立业、斩妖除奸的英雄业绩结合起来,脱离不了才子佳人小说和神怪小说的俗套。

《岭南逸史》,二十八回,题"花溪逸士编次"。作者黄岩,号花溪逸士,嘉应州(约今广东梅县)人。生卒年代不详,约为乾隆、嘉庆间人。一生以医为业,著述尚有《医学精要》《眼科纂要》等。

《岭南逸史》书首有三篇序文,最早的是乾隆癸丑五十八年(1793)醉园序,此书应成于此之前。现存最早的是嘉庆十四年(1809)楼外楼刊本。

小说根据《广东新语》《杂录圣山外记》和永安、罗定、广州府志等地方志有关明代广东瑶军及历次征剿山民武装起义的记载虚构而成。书叙明万历年间,嘉应州秀才黄逢玉,奉父母之命去从化探望姑母,经罗浮山梅花村,在庄主张翰家投宿,遇贼,以法术保护张翰一家,因而与张女贵儿订婚。后因姑母迁离从化,逢玉在途中经嘉桂岭时,被新瑶王李小环公主强迫成亲。逢玉仍不忘父母之命,继续寻找姑母,又误入天马山,为年轻瑶王梅英所劫,被迫与其姐映雪成亲。逢玉始终怀念贵儿和李公主,趁机逃脱,在仙女的帮助下乘船赶到贵儿家,但其家已遭贼劫,不知去向。逢玉遭诬害,被南海知县以瑶军间谍罪逮捕入狱。梅英姐弟与李小环合力攻广州城,官军难守,只好议和,释放逢玉。

贵儿遭贼劫后,女扮男装去嘉应州寻找逢玉,途中被强盗蓝能强招为婿。蓝女谢金莲非蓝能亲生,而是被掠来的妻子前夫之女。金莲和贵儿一起,要杀掉蓝能报仇。

逢玉出狱后,被朝廷任命为兵部侍郎,率嘉桂、天马二山瑶军征剿蓝能,功成之后,逢玉被封为东安侯。张贵儿、李小环、梅映雪、谢金莲并为黄逢玉之妻,隐居大绀山,后仙去。

此书不脱才子佳人小说之窠臼,又杂以神仙、战争故事,黄逢玉和他的几位妻子都是英雄儿女,作者以黄逢玉功名显赫,一夫多妻的大团圆结局。写瑶族反叛,变闺阁佳人为能征善战的女豪杰,这是它与其他儿女英雄小说不同之处。思想腐朽,艺术虚假,亦无足称道。

《野叟曝言》和《岭南逸史》产生在《红楼梦》之后,但没有证据说明作者曾读过《红楼梦》,虽然,作品立意与《红楼梦》相反,但未必是有意为之。而《儿女英雄传》则是有意与《红楼梦》唱反调的作品。

《儿女英雄传》原有五十三回,后十三回因"残缺零落,不能辍辑,且笔墨弇陋",疑他人赘续,由整理者刊削①,今存四十回并《缘起首回》,题"燕北闲人著"。书前有托"雍正阏逢摄提格(甲寅,十二年)上巳后十日,观鉴我斋甫拜手谨序",及"乾隆甲寅(五十九年)暮春望前三日,东海吾了翁弁言"两序,都是假托的性质。因为书中提到《红楼梦》及《品花宝鉴》中人物徐度香与袁宝珠,说明不可能是雍正、乾隆时的作品。柳存仁推测,两篇伪序干支都是甲寅,很可能作品写作的时间是"乾隆甲寅"之后的一个花甲——咸丰甲寅(四年,1854)②。这种推测是有道理的。

《儿女英雄传》作者自称"燕北闲人",真名文康,字铁仙,姓费莫氏,满洲镶红旗人,约生于乾隆末、嘉庆初,死于同治四年(1865)之前。

文康出身于累代簪缨的八旗世家。从乾隆至咸丰,他家都有人做大官,或为宰辅重臣,或为封疆大吏。曾祖温福,乾隆朝巡抚,官至武英殿大学士。祖父勒保历任巡抚、总督而至大学士,授军机大臣,兼管理藩院。文康是勒保次孙。文康生平所知甚少,只知道他曾在理藩院任员外郎,当过天津道台,后又任安徽凤阳府通判。"晚年诸子不肖,家道中落,先时遗物,斥卖略尽。先生块处一室,笔墨之外无长物……乃垂白之年,重遭穷饥。"最后,"丁忧旋里,特起为驻藏大臣,以疾不果行,遂卒于家"③。

文康出身显贵之家,青年时代是位风流倜傥的贵族公子,但晚年却穷饿以终。他的一生饱经沧桑,历尽沉浮。他的身世与曹雪芹相似,但二人的思想却

---

① 马从善《儿女英雄传·序》,文康著、松颐校注《儿女英雄传》,人民文学出版社1983年版。
② 柳存仁《伦敦所见中国小说书目提要》,书目文献出版社1982年版,第245页。
③ 马从善《儿女英雄传·序》,文康著、松颐校注《儿女英雄传》,人民文学出版社1983年版。

大相径庭。曹雪芹是带着血泪如实地写出封建大家庭必然没落的大悲剧,而文康却是充满幻想地写出封建大家庭兴旺发达的大喜剧。

《儿女英雄传》与其他人情小说不同,不是假托历史,针对现实,而是在第一回就声明:"这部书近不说残唐五代,远不讲汉魏六朝,就是我朝大清康熙末年,雍正初年的一桩公案"。书叙少年公子安骥(字龙媒),因父亲安学海在河工任上被奸人陷害,下在狱中待罪赔修。为了营救父亲,安骥变卖田产,凑集巨款,赶赴淮安父亲任所。而唯一跟随照顾的老奶公,又在中途病倒。安骥只身前往,先是雇用的两个骡夫起了歹心,图财害命。后又误入能仁寺,落入凶僧手中。幸亏侠女十三妹在悦来店与安骥相遇后,探悉骡夫奸谋,一路暗中护助,终于弹毙凶僧,全歼能仁寺强徒,搭救了安骥和另一个蒙难的村姑张金凤及其父母。十三妹作主撮合,将张金凤许配安骥。

十三妹原名何玉凤,父亲被大奸臣纪献唐所害,她将母亲安置在义士邓九公处,自己练就一身武艺,伺机为父报仇。后安学海告诉玉凤,大仇人已被朝廷诛戮,对她进行了一通封建说教,何玉凤改变了立志出家的初衷,嫁给了安骥。金凤、玉凤同事安骥,帮他读书上进;安骥则科场连捷,位极人臣。"一龙二凤","龙凤呈祥",享尽人间富贵。

马从善《儿女英雄传序》云:"书中所指,皆有其人,余知之而不欲明言之,悉先生家世者,自为寻绎可耳。"书中奸臣纪献唐,即清初权臣年羹尧,安骥则是以文康的堂兄弟文庆作为模特儿①。文康晚年,诸子不肖,在饥寒困顿中创作《儿女英雄传》。把他们家族在仕途上一帆风顺的文庆作榜样,显然是重温昔日繁华旧梦,寄托对贵族之家的缅怀和希望。

作者充满着道学家的迂腐思想。书中有很多封建说教,令人生厌;安学海、安骥、张金凤、何玉凤等人物成为作者封建伦理思想的传声筒,影响了人物塑造。他提出符合封建道德要求的儿女英雄的标准,认为忠臣孝子对君父的忠孝之情,才是儿女之至情。"有了英雄至性,才成就得儿女心肠;有了儿女真情,才做得出英雄事业。"于是,作者把安骥和何玉凤、张金凤写成忠孝节义俱全的儿女英雄,用树立正面榜样的办法与《红楼梦》唱对台戏。

作品对现实的弊病、对官场的黑暗进行了比较深刻的揭露,对何玉凤、邓九公的侠义行为也有比较生动的描写,但由于作者思想的迂腐,给人物形象造

---

① 林薇《〈儿女英雄传〉作者文康家世、生平及著述考略》,《文史》第十八辑。

成损害。在前半部写得潇洒爽朗的何玉凤,后半部硬把她纳入封建正轨,变成温柔恭顺的贤妻良母,"遂致性格失常,言动绝异,矫揉之态,触目皆是矣"①。

《儿女英雄传》作者写作技巧是很高的,虽然思想迂腐给作品造成损害,但它在艺术上还是有不少可以肯定的地方。首先,在作品结构上,它用平话体写作,所以,关节筋脉,伏线呼应,行文布局都很紧凑,故事情节生动曲折,特别前半部,引人入胜。其次,绘事状物,细致真切,描写言行,生动传神。如悦来店十三妹与安公子相会,处处从安公子眼里看出,把一个从未出过远门的贵族公子的幼稚、呆气,与一个饱经人世沧桑的女侠豪爽、泼辣的性格作了鲜明对照。第三,人物心理描写比较成功,在中国古代小说中它在这方面成就比较突出。三十五回描写安骥中举时,家人的各种情景,十分传神。家人张进宝气喘吁吁跑进来报喜,安学海拿着报单,就往屋里跑,安太太乐得双手来接报单,却把烟袋递给了安老爷,安公子一个人站在旮旯里哭着;丫头长姐儿独自在房里坐立不安,听到喜信,把给安老爷的帽子却错给了安公子;舅太太未撒完溺就跑了出来;安公子的丈母张太太却一个人躲到小楼上,撅着屁股向魁星爷磕头。这一大段描写五千字左右,把安家上下老少崇尚功名的内心世界极其准确地表现出来。第四,用流利晓畅的北京口语写成,无论叙事状物或是人物对话,都能准确、生动。作者语言方面的功力与《红楼梦》《水浒传》作者相比,也并不逊色。

文康和曹雪芹一样出身显赫的贵族世家,晚年都陷入饥寒困顿之中,文康艺术描写、语言表达能力也不比曹雪芹弱。但是《儿女英雄传》却比《红楼梦》大为逊色,其关键在于作者的思想。这是中国古代小说史上,作家世界观对创作起着重要影响的一个突出例子。

《儿女英雄传》前半部写得比较精彩,影响很大,"悦来店"、"能仁寺"等片段被改编成戏曲作品。

《儿女英雄传》也有续书。清无名氏作,光绪二十四年(1898)出版的《续儿女英雄传》,六卷三十二回,续写安骥的盖世功业,思想、艺术均无可称道。

---

① 《中国小说史略》,第270页。

第七章 社会讽喻小说

第一节 概述

在中国小说史上,自鲁迅先生把《儒林外史》列为讽刺小说之后,虽然人们一直沿用此说,但是对这个名称的理解时有异议:或认为是指《儒林外史》的题材内容而言,因为鲁迅的《中国小说史略》大多是按题材分类命名的;或认为是指《儒林外史》的艺术表现而言,因此指出鲁迅此说的概括与全书体例不一致。对此,我们有必要明确一下"讽刺"这个概念的具体内涵。

客观地说,讽刺主要不是指文学题材内容,而是一种思想比较深刻、表现手法相对复杂的艺术形态。所以,一个民族讽刺艺术的产生和发展是其艺术智慧发展水平的标志。文学发展史上摄人魂魄的灿烂光芒,往往是由优秀的讽刺文学作品放射出来的,如英国文学中莎士比亚的《威尼斯商人》和狄更斯的《大卫·科波菲尔》《匹克威克外传》,法国文学中巴尔扎克的《人间喜剧》和莫里哀的《伪君子》等,俄罗斯文学中契诃夫与果戈里的作品,美国文学中马克·吐温的作品以及西班牙文学中塞万提斯的《唐吉诃德》等。在中国文学中同样如此,从诗经中的《硕鼠》等讽刺诗到魏晋南北朝讽刺文及《世说新语》等,再到元代的讽刺喜剧以及明清的《西游记》《西游补》《儒林外史》等,充分显示了中国文学的艺术智慧和批判力量。如果文学丧失了批判精神也就丧失了文学理想,如果讽刺文学丧失了艺术智慧也就丧失了文学品格。因此可以说,讽刺文学是一个国家、民族自信心和艺术智慧的重要体现。基于这个认识,在当今开掘和传播中国文化的努力中,研究和阐释中国古典小说讽刺艺术的价值和意义是不言而喻的。

对中国古代文学的讽刺艺术,中国古代文人略有涉及,研究的形式主要是序、跋、记等文体,研究的内容比较零星、分散,研究的深度用今天的眼光看有很大的开掘空间。二十世纪初以来,现代中西学者对中国古代讽刺文学特别是讽刺小说作了较深的研究。其中最具代表性的是鲁迅在《中国小说史略》辟有"清代讽刺小说"一篇,对中国古代讽刺小说作了专门的研究评说。鲁迅的研究对后来学者的相关研究影响很大。二十世纪下半叶以来,中西学者对中国古代讽刺小说的研究取得不少成果,通观迄今对中国古代讽刺小说的研究,主要有以下成就:一是对中国古代讽刺小说的代表作家代表作品作了非常深入的研究,为研究中国古代讽刺美学提供了丰富的学术资源;二是对与讽刺小说的相关概念进行了一定的辨析,为讽刺文学理论的形成和发展作出了贡献;三是对中国古代讽刺小说的发展演变进行了一定的梳理,为后世讽刺文学的创作和欣赏提供了帮助。

二十世纪九十年代初,我们撰写了一本《中国讽刺小说史》,现在再回头读一读当年吴小如先生序言中对讽刺小说的看法,其中有几个重要观点促使我们作进一步的思考:第一,一部小说的内容如果涉及现实社会的"人情世态"的描写,那么这一部分内容便很容易同讽刺艺术沾边搭界;第二,所谓讽刺艺术,与运用各种各样讽刺艺术创作出来的长短篇小说,乃是推动人类进步和促进社会发展的必不可少的东西,它属于民主性精华而决不是渣滓或糟粕。因此,谁反对讽刺,谁惧怕讽刺,谁憎恨或厌烦讽刺,并想方设法给讽刺加上种种罪名,谁就一定无法逃脱充当讽刺对象的必然命运;第三,作为一位讽刺小说作家,要想写出具有时代典型意义和艺术水平高的作品来,不仅要有无美不备的创作天才,还必须有识透世相的人生阅历,而更重要的乃是具有博大精深的文化历史素养。三者集于一身,再加上要求创作讽刺小说的时代紧迫感,才能使其伟大作品从十月怀胎而一朝分娩;第四,时代愈前进,人民觉悟愈高,对社会暴露出来的丑恶现象也就看得愈清楚。具有一般文化水平的读者,除了未必具备较高层次的艺术修养之外,仅从宣泄愤慨和维护正义的立场出发,他们也很难接受那种"戚而能谐,婉而多讽"的高层次的"讽刺"之作,而满足于无情的揭露和大胆的谴责了。他们宁可读"词意浅露"的作品以求快意于一时,也无暇玩味那种隐约含蓄的"婉曲"之作①。吴先生的这些观点说明了几个问题:一是从作品的角度说明讽刺小说的类别很难界定,二是从推动人类进步的角度肯定讽刺艺术的功能意义,三是从作家的角度说明讽刺文学创作所必备

---

① 吴小如《试谈中国讽刺小说:代序》,齐裕焜、陈惠琴著《中国讽刺小说史》,辽宁人民出版社1993年版,第1—7页。

的条件,四是从时代变迁与读者接受的角度说明讽刺艺术的多样性。

在此基础上,我们认为应打破讽刺作为小说类型的限制,把讽刺作为小说的一种艺术表现形式,即通过责难邪恶、揭露愚行以改正恶行或革新社会为目的的批评的艺术。西方学者从社会学的角度出发,认为讽刺源于批评的本能,它在本质上是一种社会性的艺术,是一种只有贬抑、没有赞美的艺术批评。鉴于此,我们把此前中国古代小说史上的"讽刺小说"更名为"社会讽喻小说"。

鲁迅在《中国小说史略·清之讽刺小说》中说:"迨吴敬梓《儒林外史》出,乃秉持公心,指摘时弊,机锋所向,尤在士林;其文又戚而能谐,婉而多讽:于是说部中乃始有足称讽刺之书。"这里鲁迅所说的讽刺即以婉曲的讽刺形式,描写被否定的形象,批评不合理的社会现实。这里的批评对象,有"官师,儒者,名士,山人,间亦有市井细民";这里的"指摘时弊",除了"机锋所向,尤在士林",还有攻难制艺,"刻画伪妄","揞击习俗"等。可见,同是描写现实、反映世态的作品,社会讽喻小说却不同于婚恋家庭小说,如果说婚恋家庭小说主要是以写实的笔法,通过对婚姻家庭与社会世态的描写去反映现实的话,那么,社会讽喻小说则是以讽刺的形式,包括写实、夸张、象征、怪诞等手法,通过对社会世态与被否定形象的描写去揭露时弊、批评社会。

另外,从鲁迅先生的美学理论中,我们同样可以看到讽刺作为一种艺术手法的美学特征。他说:"悲剧将人生的有价值的东西毁灭给人看,喜剧将那无价值的撕破给人看。讥讽又不过是喜剧的变简的一支流。"[①]讽刺是喜剧的支流,而喜剧的本质是:人类愉快地与自己的过去诀别。然而,在尚未达到这样的历史阶段的时候,这种喜剧本质往往以一种扭曲的形态表现出来,即批评主体对被批评的客体表现为一种义愤,义愤的情感达到极致时采用了一种逆向表现形式,这便是讽刺。可见,讽刺是一种艺术表现形式,同时也是社会历史中客观的喜剧性矛盾冲突的一种特殊形态。我国封建社会时期,虽然在"温柔敦厚"的文学传统的影响下,讽刺艺术发展的步伐是缓慢的,闪现的光芒是微弱的,但还是以各种形式活跃在文坛上。可以说,只要社会存在着具有讽刺意味的现实,那么,讽刺艺术就不会衰亡。

在先秦文学中,《诗经》中的怨刺诗,诸子著作中的寓言散文,就是善于捕

---

① 鲁迅《坟·再论雷峰塔的倒掉》,《鲁迅全集》第一卷,人民文学出版社 1981 年版,第 192—193 页。

捉和突出时代的社会症结，以暴露一切丑恶腐朽的现象为其主要特征的。其中有对统治阶级的讽刺，如《诗经·伐檀》《诗经·硕鼠》《孟子·攘鸡》《列子·献鸡》等；有对新兴士阶层的讽刺，如《庄子·儒以诗礼发冢》《韩非子·举烛》等；还有很多对一般人情世态的讽刺，如《庄子·效颦》《孟子·揠苗助长》《韩非子·郑人买履》等。文章机智、锋利、诙谐、幽默，引人入胜，发人深省。

到了汉魏，在散文方面，如贾谊的《新书》、刘向的《说苑》《新序》，王充的《论衡》等著作中，就有不少精彩的讽刺之作，即使以记述历史为主的作品，如《史记》《汉书》中的《滑稽列传》《枚皋传》等，也可以说就是绝妙的讽刺文学作品；在"文学的自觉时代"的魏晋南北朝，更有一大批尖锐泼辣、诙谐警辟、嬉笑怒骂皆成文章的讽刺散文，如孔融的《与曹操论禁酒书》、阮籍的《大人先生传》、孔稚珪的《北山移文》等。另外，在早期的小说方面，魏之邯郸淳的《笑林》、隋代侯白的《启颜录》中有不少讽刺小品，干宝的《搜神记》与刘义庆的《世说新语》，也有很多较有特色的讽刺片段，如《搜神记》中的《秦巨伯》《倪彦思》《宋大贤》等篇。

唐代，是中国古代讽刺艺术成熟的时期。在中唐，韩愈、柳宗元以清醒的头脑、批判的精神，创作了许多不朽的讽刺作品；到了晚唐，可以说是中国古代讽刺文学创作的自觉时代，是产生卓越的讽刺艺术家的时代。据《唐才子传》记：罗隐"诗文以讽刺为主，虽荒祠木偶，莫能免者"。鲁迅也曾评说："唐末诗风衰落，而小品放了光辉。但罗隐的《谗书》，几乎全部是抗争与愤激之谈，皮日休和陆龟蒙，自以为隐士，别人也称之为隐士，而看他们在《皮子文薮》和《笠泽丛书》中的小品文，并没有忘怀天下，正是一塌糊涂的泥塘里的光彩和锋芒"①。至于宋代，讽刺也多在散文中表现；而到元代，讽刺艺术则在散曲及戏剧文学中得到了新的开拓和发展。

明清，是我国讽刺文学发展到最高水平的时代。元明之际，邓牧的《伯牙琴》中的一些篇章，宋濂的《燕书》、刘基的《郁离子》中的讽刺散文，都是有感而作，嘲讽中暗寓着人生哲理，斥责里蕴含着热泪。此后，又有方孝孺的《越巫》《吴士》，马中锡的《中山狼传》、以及归有光等一大批作品，使古代讽刺散文蔚为大观。在小说，《西游记》《西游补》乃至《金瓶梅》等长篇小说，其中不

---

① 鲁迅《南腔北调集·小品文的危机》，《鲁迅全集》第4卷，人民文学出版社1981年版，第575页。

乏对世态人情的讥讽；短篇小说如《聊斋志异》，更有不少嘲讽科举、指摘时弊的篇什。在戏剧，像《桃花扇》等名著也有极浓的讽刺色彩。从先秦机智诙谐、怨而不怒的讽刺，到汉魏的辛辣精辟、嬉笑怒骂，再到唐代的锋芒毕露，直至明清那深情忧愤的笔调，都为社会讽喻小说的产生提供了丰富、宝贵的经验。

然而，只有艺术经验，也不一定能产生真正的社会讽喻小说。既然讽刺不仅仅是一种艺术手法，同时也是社会历史中客观的喜剧矛盾冲突的一种特殊形态，因此，我们还要到社会存在中去探求社会讽喻小说产生的根本原因。早在明中叶，繁荣的商品经济和新的生产方式给死气沉沉的社会生活带来了生气与希望。可是，在明清易代之际却遭到清王朝的阻扼。这种阻扼的结果，一方面使本已失去其存在合理性的封建制度又顽固地回光返照，使社会倒退到一个腐朽、沉寂的年代；另一方面，使新的生产方式的发展先天失调，它那生气勃勃、带合理性的进步的一面暂时隐退了，而其唯利是图、唯钱是亲的丑恶的一面就相对凸现出来，散发着污染社会风俗的铜臭味。这些政治、经济的变化，首先在意识形态领域里引起巨大的反响，顾炎武、王夫之、黄宗羲、颜元等一大批进步思想家，他们对腐朽的封建社会进行了相当深刻的批判，由此而汇聚成一股壮阔的民主启蒙思潮。这股思潮又影响着当时具有民主思想的进步作家和一些出身士大夫阶层的、愤世嫉俗的文人。于是，他们厌恶、不安，他们诅咒、批判；于是，义愤之情达到极致时的一种逆向表现形式——讽刺，便在小说艺术成熟的明清时代找到了表现的广阔天地；于是，在源远流长的讽刺艺术传统的哺育下，在明清，尤其是清代那具有讽刺意味的现实土壤中，社会讽喻小说便应运而生。

至于社会讽喻小说的作品，经常提到的似乎只有鲁迅先生认为"足称讽刺之书"的《儒林外史》。但是，鲁迅又曾经说过："一个作者，用了精炼的，或者简直有些夸张的笔墨——但自然地也必须是艺术地——写出或一群人的或一面的真实来，这被写的一群人，就称这作品为'讽刺'。"[①]根据这段论述，我们认为除《儒林外史》之外，还有几部稍次于《儒林外史》的中篇小说，也可以归入社会讽喻小说之列。它们是：清初刘璋撰的《第九才子书斩鬼传》四卷十回，清云中道人编的《唐钟馗平鬼传》八卷十六回，清张南庄撰的《何典》十回，清

[①] 鲁迅《且介亭杂文二集·什么是"讽刺"?》，《鲁迅全集》第六卷，人民文学出版社1981年版，第328页。

乾嘉时落魄道人撰的《常言道》十六回。另外，李汝珍的《镜花缘》中也用了虚虚实实、真真假假的独特笔法，批评了现实社会的一些丑恶现象，因此，也把它列入社会讽喻小说。

鲁迅说："讽刺的生命是真实"，这里的"真实"，是指艺术真实。因此，社会讽喻小说的创作在强调写实的同时，并不排斥运用夸张、变形、象征以至怪诞的手法。恰如其分地运用这些艺术手法，同样可以增加作品的艺术魅力，有时还可以起到强化艺术真实的作用。根据几部社会讽喻小说不同的创作特色，我们把它分为三类：

第一，魔幻化的社会讽喻小说，包括《斩鬼传》《平鬼传》《何典》等。我们在本书《神怪奇幻小说·西游记续书》中认为，西游续书的艺术风格从原书的浪漫逐渐走向现实，开了讽喻小说借魔幻形式批判现实的创作新径，这类讽喻小说的创作精神是承此而来的；而具体的艺术手法，则多承前代讽刺文学对虚构的、寓言式的人与事进行讽刺的特色。于是，本来可以直接认识的人和事，作者却像魔术师那样变幻或改变了它们的本来面目，用怪诞的手法描绘现实中不存在的鬼怪神妖，生活真实在作者虚幻的想象中消失了。但是，由于作者是基于艺术真实的原则来创作的，所以他们虚构的被讽刺的对象恰好是社会丑的典型概括。"谈鬼物正似人间"，犹如拉丁美洲的魔幻现实主义小说，"变现实为幻想而又不失其真"；说滑稽时有深意，在诙谐的描写中表现了严肃的主题，使作品不致成为浅薄的笑剧、无理的谩骂。

第二，写实性的社会讽喻小说，即《儒林外史》。吴敬梓继承和发扬了我国文学中的现实主义创作精神，远承春秋笔法，近把《金瓶梅》开拓的现实主义暴露倾向，上升到对于社会黑暗的自觉、严肃的反思与批判，使我国的现实主义文学迈进了新的阶段。而正是现实主义精神决定了《儒林外史》自始至终是以写实为主的创作特色。《儒林外史》的"闲斋老人评"指出："古人所谓画鬼怪易，画人物难，世间惟最平实而为万目所共见者为最难得其神似也。"吴敬梓在进行讽刺时，并不标新立异，而是在"最平实而为万目所共见者"中选取典型事例予以真实的描绘：喜剧性的冲突是写实的——写出喜剧冲突的出现不是偶然的现象，而是历史的必然；幽默感的描写是写实的——不是"故意把不伦不类的东西很离奇地结合在一起"①，而是将荒谬可笑的事物按照它本来的面貌

---

① 黑格尔《美学》第 2 卷，商务印书馆 1984 年版，第 373 页。

加以描写；讽刺对象也是写实的——他很少把被讽刺对象的个性的某一特征加以夸张，使之极端化，而是使"每个人都是一个整体，本身就是一个世界，每个人都是一个完满的有生气的人，而不是某种孤立的性格特征的寓言式的抽象品"①。

第三，讽喻式的社会讽喻小说，即《镜花缘》。这部作品既有《斩鬼传》等小说虚构的特征，即把现实幻化为一些具有抽象意义和讽刺意味的国家，然后对这些国人进行夸张的、漫画化的描写，从而幽默地嘲讽了种种丑陋世态，表现出一种怨而不怒的讽喻意味；同时，又有一些《儒林外史》中"直书其事，不加断语"的写实笔法，因此，便冲淡了因写实而透露出来的悲剧色彩。从这个意义上说，它更接近于喜剧的本质特征。

第二节　魔幻化的社会讽喻小说——《斩鬼传》等

魔幻化的社会讽喻小说，是在神怪奇幻小说的影响下，以魔幻的形式批评现实的一种小说类型。在封建末世，面对着该否定、该扬弃的旧事物，一些愤世嫉俗而又"无才可去补苍天"的作者，便借助魔幻的形象、怪诞的故事，把笔锋指向这样的世界：人鬼颠倒，曲直不分，一切都是荒谬绝伦的，一切都是可笑的，从而表现出对现存社会秩序及其传统陋习的反叛。应该说，这是一种不与世沉浮、不屈服现实的可贵精神。这类作品较有代表性的是刘璋的《斩鬼传》、张南庄的《何典》、落魄道人的《常言道》。它们的外在形式有三个基本特征：一，都是中篇小说；二，都用俗语写成；三，多是借鬼写人。

《斩鬼传》，又名《第九才子书斩鬼传》，四卷十回，写定于康熙四十年（1701）仲夏，大约刊行于康熙五十六年左右，现存有莞尔堂刊袖珍本、同义堂刊本及两种旧抄本。作者署名烟霞散人或樵云山人，清人徐昆在《柳崖外编》中说，作者是山西太原人刘璋。刘璋，字于堂，康熙三十五年（1696）春中举人，直到雍正元年（1723）才任县令。《深泽县志·名宦传》载："刘璋，阳曲人，年及耄，始受泽令。谙于世情，于事之累民者恶除之……任四载，民爱之如父母。旋以前令亏米谷累，解组。"可见，刘璋是一个宦途失意且又有一定正义感的人。他还写过几本才子佳人小说。

---

① 黑格尔《美学》第 1 卷，商务印书馆 1984 年版，第 303 页。

《斩鬼传》是借钟馗斩鬼的故事重新创作的社会讽喻小说。钟馗捉鬼的故事，在我国民间赫赫有名。唐中宗时的韵书曾有一条"钟馗，神也"的注释，可见，钟馗在唐初就被奉为神灵。后来，由于一些文人有作游戏文章之习，遂有虚构的钟馗故事出现，像《唐逸史》《补笔谈》中都记载着落第举子钟馗梦中为唐玄宗捉鬼的故事，此后便在民间广为流传；《斩鬼传》之前尚有佚名撰的明刊《钟馗全传》四卷，基本上是按照这个故事传说演化而成。作者循着传说原来的路向，把钟馗当作一个历史上的传奇人物来写，写他神奇的出生，非凡的抱负，着重表现了人的自我意识的觉醒，作品的社会批评意味较淡薄。

刘璋的《斩鬼传》，则是借题发挥。书叙唐德宗时，终南山秀才钟馗到京应试，成绩卓异，主考官韩愈和副主考官陆贽叹为真才，把他取在一甲一名。金殿陛见时，德宗嫌他貌丑意欲不取，奸臣卢杞乘机进谗附和，钟馗舞笏便打。德宗喝令拿下，钟馗夺剑自刎。经陆贽奏说，德宗后悔莫及，贬了卢杞，追封钟馗为驱魔大神，着他遍行天下，以斩妖邪。钟馗的魂魄先到阴间报到，阎君说：阴司"并无一个游魂作害人间。尊神要斩妖邪，倒是阳间甚多"。于是，判官出示人间鬼册三十六个名单，阎君派了含冤、负屈两个文武将军辅佐他，又拨三百阴兵助威，并把春秋时吴国奸臣伯嚭所变的白泽兽供他坐骑，返回阳世，按照鬼簿名单，跋山涉水，逐个驱除，最后被玉帝封为"翊圣除邪雷霆驱魔帝君"。德宗见了奏报，忙命柳公权题匾，派礼部尚书前往钟馗庙挂匾，在隆重的礼炮声中，众人看到的是五个瓦盆大的金字："那有这样事！"全书至此结束。

《何典》，又名《十一才子书鬼话连篇录》，十回。作者张南庄，据光绪刊本"海上餐霞客"跋，张南庄为乾、嘉时上海十位"高才不遇者"之冠首，"岁入千金，尽以购善本，藏书甲于时，著作等身；而身后不名一钱"，所著编年诗稿十余部，皆毁于咸丰初之兵火，独此书幸存，初印于光绪四年（1878）。书叙阴山下鬼谷中三家村有一财主名活鬼，因中年得子，演戏谢神，结果戏场中闹出了一场人命，受到土地饿杀鬼的敲诈勒索，弄得家破人亡。其子活死人少小无依，为舅母逐出行乞。幸遇仙人赐以辟谷丸、大力子和益智仁，并得仙人指点到鬼谷先生处学艺，后与师兄弟一起平定青胖大头鬼和黑膝大头鬼的叛乱，被阎罗王封为蓬头大将，并奉旨与臭花娘成亲，安居乐业。

《常言道》，又名《子母钱》，四卷十六回，定稿于嘉庆九年（1804），现存嘉庆甲戌十九年刊本及光绪乙亥新镌的袖珍本。作者题名"落魄道人"，而关于落魄道人的真名真事，目前一无所知。不过从作者的道号及作品的描写可以想见，这也是一个独具慧眼、满怀愤激的失意文人。书叙青年士人时伯济出外游历，带着子钱寻找母钱，不幸失足落海，飘至小人国，在没逃城中受到贪财悭吝、廉耻丧尽的财主钱士命的侮辱，后逃至道德高尚、古风犹存的大人国；钱士命仗势欺人，在向大人国索取时伯济时讨战骂娘，被大人踩死，落得身亡财空。而时伯济则时来运转，为大人送归本土，渡海得钱，合家团聚。

从题材构成看，三本书是各有特点的：一是把阴间的鬼魂请到阳间斩鬼，一是把人间的活报剧搬到阴间，一是以海外之民俗影射本土之风情。由于题材构成的不同，所以批评的重点也有所不同，从对丑恶世相的批评，到对官场黑暗的抨击，再到对金钱本质的揭露，可以说是封建社会末期的讽刺三部曲。

第一部曲是《斩鬼传》对丑恶世相的批评讽刺。

在封建社会，不良不善的习尚都会或重或轻地危害着社会风气，或多或少地侵蚀人们的灵魂。到了清初，这些习气以及表现在各种人物身上的病态现象，如妄尊自大、思想僵化、诓骗、悭吝、贪婪、好色之类，随着封建末世的日渐腐朽，便很快地蔓延开来，虽然大多属于不犯王法的社会道德风尚问题，然而却足以败坏世道人心。因此，刘璋就在钟馗捉鬼故事的基础上，进一步想象、虚构，把世间众生各种不良习性、癖性幻化为形是人类、心为鬼魅的阴间鬼物，然后把它们作为书中主要讽刺对象。其中有妄尊自大的捣大鬼等，他们大言不惭、自吹自擂，把三个捉鬼大将弄得牙痒筋疼、无法下手；还有寡廉鲜耻的酻脸鬼，具有一幅"千层桦皮脸，非刀剑枪戟所能伤，亦非语言文字所能化"；有一毛不拔的腥䑛鬼，见桌子上落了几颗芝麻，就借讲话时比划手势的机会，用手指蘸着唾沫一一粘来吃了；还有那怕被钟馗捉到，主张把银子打成棺材，趁早钻进去埋在地下，以便"人财两得"的守财奴仔细鬼等等。作者用诙谐滑稽的笔调，把三十多种具有讽刺意味的病态现象一一抉出，画出它们丑陋的特征，让人们在觉得可笑的同时引起警惕；然后假托钟馗，加以剪除，使恶人在感到畏惧的同时惊而改过，从而把半似阴曹地府的人间改造成清明的世界。

另外，作者对世俗偏见的批评讽刺也有一定的深度。像钟馗这样一位文采超凡、心地纯良的英雄才子，却仅仅为一副丑陋的容颜而不容于当道，被皇帝黜落。皇帝却说："我太宗皇帝时，十八学士登瀛州，至今传为美谈。若此人为状元，恐四海愚民，皆笑朕不识人才也。"所谓四海愚民，代表的正是世俗之见。于是才华高超的钟馗却被以貌取人的世俗偏见所吞噬。衣冠社会，原只重衣冠表相不重人，悠久的文明传统，居然不许貌丑的才子有正常的向往与追求。这是对现实和历史的嘲讽。可见,作者批评讽刺的对象并不是某一个人,也不是不分青红皂白地专对某一群人,而是世间众生相中丑恶的一群。这是一群人鬼,他们所代表的,就是当时人鬼不分、是非不明的社会风气及传统恶习。

由于刘璋把批评讽刺的重点放在丑恶的世相及传统的恶习方面,所以,对那些草菅人命、贪赃枉法的官场人物,为富不仁的大贾富商、地主豪绅以及一些较深刻的社会问题,是很少触及的。

第二部曲是《何典》侧重对黑暗官场的批评讽刺。

《何典》,通过描写嘲笑阎罗王及形形色色的妖魔鬼怪,虽然也反映了某些丑恶世相,如醋八姐的见钱眼开,牵钻鬼的损人不利己,和尚尼姑的贪财好色,封建文人的不学无术等,但重点还是在讽刺和抨击我国封建社会崩溃前夕官场内幕的黑暗现实。

在第二回,活鬼因中年得子而酬神演戏,黑膝大头鬼在戏场上打死了破面鬼。可是,三家村的土地饿杀鬼竟放着凶手不抓,却把无辜的活鬼拘捕,施以酷刑,捏造一个造谣惑众的罪名。原来那土地"又贪又酷,是个要财不要命的主儿,平素日间,也晓得活鬼是个财主,只因蚂蚁弗叮无缝砖阶,不便去发想",于是就乘机狠狠敲诈一笔。果然钱可通神,钱一到手,活鬼即被放出。

到了第八回、第九回,饿杀鬼已是枉死城的城隍,又遇上畔房小姐打死豆腐西施一案。畔房小姐是识宝太师的女儿,饿杀鬼是用钱走了识宝太师的门路、挤走了白蒙鬼才当上城隍的,恩人之女,岂能问罪。于是听从了男妓刘打鬼的鬼主意,用移花接木的办法,把荒山里的两个大头鬼抓来当替罪羊,自己则可以邀功求赏、官上加官。不料激起一场战事,终于把自己全家以及合衙官吏的性命全赔上了。这里,作者借迷露里鬼的口,比较深刻地揭露出封建官场的黑暗,他说,"虽说是王法无私,不过是纸上空言,口头言语罢了。这里乡村底头,天高皇帝远的。他又有财有势,就便告到当官,少不得官则为官,吏则为吏,也打不出什么兴头官司来……且到城隍老爷手里报了着水人命,也不要指名凿字,恐他官官相卫……"

贪官污吏见钱眼开,见人有了几个钱便生勒索之心,然后又用勒索到的钱再去买通上司,步步高升,以致官官相护,大官小官,无一好官,直弄到官逼民反,一发而不可收拾,作为最高统治的阎王也差点跟着完蛋。这种描写比起《斩鬼传》,更具有认识价值和批判意味,可以说,这是封建末世官场活剧的概括,是清王朝吏治腐败的缩影。

第三部曲是《常言道》侧重对金钱本质的批评讽刺。

《常言道》是一部专以金钱为题材的作品,它以海外小人国的民风习俗影射本土的风俗人情,以大人国的敦厚民风对比本土的歪风邪气,并且在更深广的意义上揭露了金钱的本质,可以说是对《何典》中"钱能通神"的一般认识的深化。

首先,作者在第一回就开宗明义地阐明了金钱的本质、流通与力量,表现了对金钱的清醒认识——

> 无德而尊,无势而热,无翼而飞,无足而走,无远不往,无幽不至。上可以通神,下可以使鬼。系斯人之生命,关一生之荣辱,危可使安,死可使活,贵可使贱,生可使杀。故人之忿恨,非这个不胜;幽滞,非这个不拔;怨仇,非这个不解;令闻,非这个不发。

作者在这里摘录了晋代鲁褒《钱神论》中的原句,把金钱尊为"天地间第一件的至宝,而亦古今来第一等的神佛";同时,作者又进一步论述这个"至宝""失之则贫弱,得之则富昌",今天不要,明天也要,人人都要,总之,"或黄或白,以尔作宝。凡今之人,维子之好"。这与莎士比亚在《雅典的泰门》中对金钱罪恶的控诉,有着异曲同工之妙,他们对金钱本质的认识都是较为深刻的。

然而,由于新的经济因素和新的思想观念曾有一定程度的发展,必然会使人们的金钱意识有所增强,这本来是有它的合理性的。因此,《常言道》的作者并没有完全否定金钱的作用,而是清醒地提出了对待金钱的正确态度,即取之以义:"古人原说圣贤学问,只在义利两途。蹈义则为君子,趋利则为小人。由一念之公私,分人品之邪正。"又说,"古人说得好,'临财无苟得',得是原许人得的,不过教人不要轻易苟且得耳。"他叫人不要见利忘义,为钱所役,做了"钱用人"的人,相反,应做一个"人用钱"的人。就是说,人不能异化为钱的奴隶,人应保持自己的人格尊严,要能支配金钱这种异己力量,不要为这种异己力量所奴役。这实际上包含着深刻的人生哲理。

其次,作者通过财主钱士命拼命追索子母钱的谐谑描写,具体地揭露讽刺了金钱对人的灵魂的腐蚀。

当钱士命听到时伯济提起金银钱时,"身儿虽在炕上,一心想着这金银钱,那里还睡得着,翻来覆去一夜无眠";当他异想天开、拿着自己的母钱到海中去引那子钱时,谁知那枚母钱也落在水里,于是,"顿时起了车海心,要把海水车干"。当他一旦得到朝思暮想的金银钱时,便要装模作样,摆出财主的样子,受人叩贺,恬不知耻;当他向时伯济讨取金银钱、耀武扬威地向大人国寻事而被踏死之时,还不知两个金银钱都在家里,一个自己藏在库中,一个被妻子偷去私藏……他的人生就是为钱,除了快快发财,不知还有别的乐趣;除了丢失金钱,不知还有别的痛苦。他与莎士比亚笔下的夏洛克一样,金钱是他唯一的上帝,他们有着对金钱的崇拜和强烈的占有欲,但是,他们却丧失了正常人的感情、人的灵魂。

通过分析可以看出,当我们把这三部作品分开看时,它们的思想意义并不是十分突出,而当我们把它们贯穿为具有一定内在联系的三部曲时,就可以看出清代中篇社会讽喻小说表现的内容具有由面到点、由现象到本质的不断深化的特点,似乎整个社会都进入他们的批评网中,虽然批评讽刺不是很有力的,但是,作品还是具有了一定的广度与深度。

魔幻化社会讽喻小说,尽管在题材构成、讽刺对象等方面有所不同、有所侧重,但在艺术表现方面则是有着共同的特征。如果说,借魔幻形式批判现实的基本创作精神是承《西游记》续书而来的话,那么具体的艺术手法,则多承前代讽刺文学对虚构的、寓言式的人与事进行讽刺的特色。其表现为:

第一,谈鬼物正似人间。表现在作品中主要是用怪诞的手法描绘社会现实中不存在的鬼怪神妖、大人小人,以此批判社会,影射现实。

情节怪诞,这是通向艺术组织的整体怪诞。《斩鬼传》把阴间的鬼魂请到人间斩鬼,由此虚构了一连串荒诞不经的故事:和尚的大肚子可以吞下三个鬼物,然后把它们"当作一堆臭屎屙了";桦树皮可以造脸,并且还可以装上良心,良心一发动,厚脸就会变薄等等。《何典》则把人间的活报剧搬入阴间,"其言则鬼话也,其人则鬼名也,其事实则不离乎开鬼心,扮鬼脸,怀鬼胎,钓鬼火,抢鬼饭,钉鬼门,做鬼戏,搭鬼棚,上鬼堂,登鬼箓,真可称一步一个鬼矣"。还有《常言道》中时伯济带子钱寻找母钱及钱士命用母钱到海湾中引子钱等情节。

性格荒诞,这是通过夸张描写丧失"自我"的畸形人。在病态的社会土壤里,往往会孕育出这种精神变异、性格荒诞的人。像《常言道》中的钱士命,就是一个丧失人的感情、人的灵魂的畸形人。又如《斩鬼传》中的仔细鬼,临死时吩咐儿子道:"为父的苦扒苦挣,扒挣的这些家财,也够你过了。只是我死之后,要及时把我的这一身肉卖了,天气炎热,若放坏了,怕人家不肯出钱。"说着就呜呼哀哉了,不多时又悠悠地转活过来叮嘱道:"怕人家使大秤,要你仔细,不要吃了亏……"说毕才放心死去。人死肉尚能卖,可见人已物化。

所有这些,都是现实中不可能发生的事、不可能存在的人,但是,作者为了使读者产生一种怪诞的感觉,为了更真实地表现社会的病态现象,就把讽刺和怪诞的审美意蕴结合起来,从而创造出一种既超现实又不脱离现实的艺术氛围,读者在此氛围中,还是可以感受到较明确的象征意义,即谈鬼物正似人间。斯坦尼斯拉夫斯基曾说过:"真正的怪诞是赋予丰富的包罗万象的内在内容以极鲜明的外部形式,并加以大胆的合理化,而达到高度夸张的境地。不仅应该感觉和体验到人的热情的一切组成元素,还应该把它们的表现加以凝聚,使他们变成最显而易见的,在表现力上是不可抗拒的,大胆而果敢的,像讽刺画似的。怪诞不能是不可理解的,带问号的。怪诞应该显得极为清楚明确。"①可见,怪诞尽管是一种现实的变形,但仍然要求有内在的现实内容,这就是"怪"与"真"的统一,魔幻化的社会讽喻小说基本上做到了这一点。

第二,说滑稽时有深意。魔幻化社会讽喻小说的作者都很关心现实,关心人生。由于关心,所以对目下的世风、丑恶的现实更有一种忧患感、痛苦感、愤激感。然而,他们却把苦恼藏在奇异的轻率之中,在自己的作品中采取了一种轻佻的形式:嘻嘻哈哈,玩世不恭,把痛苦变为滑稽,从而在滑稽中宣泄愤激之情,表现他们对人生、对社会、对生活的善良而真诚的愿望。

在《斩鬼传》中有一五鬼闹钟馗的情节。伶俐鬼因酆脸鬼等被诛,风流鬼又被钟馗赶入棺木,大哭一场,认为"此仇不可不报",就纠集鬼兄鬼弟,趁县尹吊丧、含冤负屈二将外出时,假扮衙役,灌醉钟馗;然后,伶俐鬼、清虚鬼脱了钟馗的靴子,滴料鬼偷了宝剑,轻薄鬼偷了笏板,短命鬼爬上树去,扳着树枝,伸下脚来,将纱帽夹去藏了。弄得钟馗脱巾、露顶、赤脚、袒怀,不成模样。诛杀人间众鬼的神道钟馗,却经常被众鬼戏弄,确实滑稽可笑。但在这众鬼把丑自炫为美的滑稽描写中,却曲折地表现了清代那些"人鬼"活动之猖獗、捣鬼之有术,使敢于主持公道、为民除害的官员难免受欺的可恶现实。

在《常言道》第十一回中,钱士命得了金银钱,便财多身弱,发起病来,自觉"腹内的心好像不在中间,隐隐地在左边腋下",请到一个庸医,问钱士命一向

---

① 《斯坦尼斯拉夫斯基论文讲演谈话书信集》,中国电影出版社 1981 年版,第 279 页。

调理用何药物,钱士命拿出一个丸方递与庸医看,但见那丸方上开着:

>　　烂肚肠一条　欺心一片　鄙吝十分　老面皮一副。
>　　右方据斤估两,用蜜煎砒霜为丸,如鸡肉膑子大,大完时空汤送下。

那庸医看完,就另外开了一帖:

>　　好肚肠一条　慈心一片　和气一团　情义十分　忍耐二百廿个　方便不拘多少,再用莺汁一大碗,煎至五分。

可是钱士命咽不下新药,仍"将旧存丸药吃了一股,喉咙中便觉滋润,因此仍服旧药。又服了几天,初时腹内的心尚在左边腋下,渐渐地落将下去,忽然一日霎时泄泻,良心从大便而出,其色比炭团还黑"。已经无可救药,却还一本正经地服什么新药、旧药,明明是可悲可笑的,却还不知自己的可悲可笑。这种滑稽的描写,看似粗俗无稽之谈,实际上隐藏着作者劝善、救世的用心与对丑恶鄙薄、愤激的感情。张南庄在《何典》的描写中也是这样,他把世间一切事物,全都看得非常渺小,凭你是天皇老子乌龟虱子,作者只是把它们看做一钱不值、滑稽可笑的鬼东西。于是,在玩世不恭、鄙薄丑恶的同时,也就表现了作者不与世沉浮、不屈服于现实的可贵精神。因此,尽管不少描写失之油腔滑调,却不能一概视之为浅薄的"江南名士"式的滑稽。

第三,用俗谚常出妙语。在语言运用方面,三部书除了充满了双关妙语、谐趣横生之外,更突出的特点是对俗谚的活用,从而使这类社会讽喻小说更有一种轻松有趣的喜剧气氛。鲁迅曾在《门外文谈》中谈到:"方言土语里,很有些意味深长的话,我们那里叫'炼语',用起来是很有意思的,恰如文言的用古典,听者也觉得趣味津津。"[1]这种活泼有趣、颇有意味的方言土语,在作品中有三个表现特色:

一是以惯用的成语、俗谚来比喻某种"现世相"。成语如"掼纱帽"比喻因气愤而辞职,"湿布衫"比喻缠在身上摆脱不掉的棘手事,"三脚猫"讽刺什么都懂一点又什么都不精的角色,"掇臀捧屁"形容谄媚逢迎的无耻情态;俗谚如"说嘴郎中无好药"比喻夸夸其谈的人没有真本领,"杀他无得血,剥他无得皮"形容光棍无赖的本质,"和尚无儿孝子多"是对贪色和尚的讽刺。这些都可以说是"现世相的神髓"。

---

[1] 《鲁迅全集》第六卷,人民文学出版社1981年版,第97页。

二是把方言土语融入叙述、对语中,使文字更见精神,作品更添趣味。《斩鬼传》第二回写挖渣鬼为捣大鬼壮胆时说:"兄长不必怕他,要的俺弟兄们作甚?要打和他就打,要告就和他告,羯羊胡吃柳叶,我不信这羊会上树。"《何典》第三回叙述活鬼得病、服药无效后的几句插白:"正叫做药医不死病,死病无药医。果然犯实了症候,莫说试药郎中医弗好,你就请到了狗咬吕洞宾,把他的九转还魂丹像炒盐豆一般吃在肚里,只怕也是不中用了。"

又如《常言道》中对钱士命拜佛的描写:"钱士命立起身来,满殿走去,见了大佛磕头拜,见了小佛踢一脚,拣佛烧香,独向救命皇菩萨案前暗自祷告"。这就是"大佛得得拜,小佛踢一脚"俗谚的化用。

三是用俗语、俗典表现人物的心理。如《常言道》第三回写钱士命想金银钱想得一夜无眠,作者就撷取民间流行的"五更调"让他唱道:"一文能化万千千,好换柴和米,能置地与田,随心所欲般般便,教人怎不把情牵,胜此爹娘与主子个也先,我的钱啊,称买命,是古谚!"把天下财主的心眼描摹得惟妙惟肖,真可谓剖腹挖心,剔肤见骨。

俗谚,是劳动人民创造的,其中有生动、质朴的,也有租野、鄙俗的,这是必然的现象。有的作者纯粹出于玩世的态度,有的也为了迎合小市民的低级趣味,因而,不是从创造人物的需要出发,而是"拾得篮中就是菜,得开怀处且开怀",把俗谚中的糟粕也收了进去,像《何典》这方面的问题比较严重,这样自然会降低作品的格调,削弱作品的讽刺意义。

第三节 《儒林外史》

写实性社会讽喻小说,是远承古代讽刺文学中的写实传统、近受婚恋家庭小说写实讽刺艺术的影响发展而来的一种社会讽喻小说类型。《儒林外史》的《闲斋老人评》中云:"古人所谓画鬼怪易,画人物难,世间惟最平实而为万目所共见者为最难得其神似也。"作为写实性社会讽喻小说的典范之作,《儒林外史》继承了我国讽刺文学中的写实创作精神,在"最平实而为万目所共见者"中选取典型事件人物予以真实的描绘,使我国的写实讽刺文学迈进了新的阶段。

一、作者与版本

吴敬梓(1701—1754),字敏轩,号粒民,安徽全椒人。移家南京后自号秦淮寓客,因其书斋署"文木山房",故晚年又自称文木老人。在明清小说作家大都失传的不幸历史中,吴敬梓算是很幸运的,通过他的《文木山房集》,我们可以较为准确地编次他的年谱,可以较有根据地勾勒他的形象。

吴敬梓出身于一个世代书香门第。其家世,浸润着传统的儒家思想。高祖吴沛早年想在举业上奋发,后因被黜失利,只以一名廪生终老。但他自信有为,一面设帐讲学,拥有大量的生徒;一面又潜心宋儒理学,著书立说,希望继承儒家的所谓"道统",著有《诗经心解》六卷,《西墅草堂集》十二卷。当时,"道德文学为东南学者宗师"[①]。

自吴沛以后,全椒吴姓连续产生由科举出身的显贵人物。据《全椒志》载:吴沛有国鼎、国器、国缙、国对和国龙五个儿子。除国器以布衣终老,其余四个都达到当时读书人所企盼的科第高峰。吴敬梓的曾祖吴国对,是顺治戊戌探花,一直以八股制艺名家,诗古文辞及书法也有名于世。曾典试福建,提督顺天学政,由编修做到侍读。这是吴氏家族的鼎盛时期。

据陈廷敬的《吴国对墓志》,国对生三子,长子名旦,次名勖,次名昇。吴勖生吴雯延,是吴敬梓的生父,吴旦生吴霖起,是吴敬梓的嗣父。这两代人虽然也有后起之秀,但整个趋势是在走下坡路。吴雯延是秀才,吴霖起也不过是一名拔贡,曾为赣榆教谕,是个清贫的学官,因不容于势利熏天的社会,于康熙壬寅年(1722)辞官归耕,次年春去世。以后家业遂衰。

从这四代家世看来,他们的治学,他们的追求,他们的政见,他们的修养,都受到传统儒家思想的长期霭霖。除吴沛直接提倡宋儒理学外,他们特别重视儒家奉为六经之一的《诗经》,吴沛有《诗经心解》,吴国鼎有《诗经讲义》,吴国缙有《诗韵正》,从而使《诗经》的"美刺"传统能更好地传给吴敬梓。另外,他们对科举功名的热衷追求,对忠信孝悌的高度重视,都对吴敬梓产生了潜移默化的影响。然而,吴敬梓的生活、思想绝不是前辈的翻版。他虽然也曾发愤制艺,但并没有成为他人生唯一的追求;他虽然也信奉道德学说,但并没有筑成他思想唯一的支柱。他的学识,他的修养,更多地透露出孤标脱俗的叛逆个性。

"何物少年志卓荦,涉猎群经诸史函"。当时的父师们为了培养子弟们的

---

① 陈廷敬《吴默岩墓志铭》,陈廷敬撰《午亭文编》卷四十五,台北商务印书馆影印文渊阁《四库全书》本,第1316册,第646页。

应试才能,一般是不让他们阅读其他杂书、史书,只需他们一心诵习朱熹注释的"四书",而吴敬梓却在前辈的书楼中过着"笙簧六艺,渔猎百家"的读书生活。他的学业除了攻读朱注为主的《四书》,还广泛"涉猎群经诸史",尤其对《诗经》《史记》《汉书》的研究有着独特的见解,曾著有《诗说》数万言及未成书的《史记纪疑》。1999年周兴陆在《复旦大学学报》发表《吴敬梓〈诗说〉劫后复存》一文,我们可以从中看到吴敬梓丰富的创作思想和独到的经学思想;另外,吴敬梓不仅能写好八股文,也工于诗赋词章。程晋芳的《文木先生传》评曰:"诗赋援笔而成,夙构者莫之为胜。"黄河的《文木山房集序》评曰:"其诗如出水芙蓉,娟秀欲滴。"吴湘皋的《文木山房集序》评曰:"敏轩以名家子好学诗古文辞杂体,以名于世。凡有所作,必曲折深入,横发截出……"我们读他的《金陵景物图诗》,读他的《移家赋》,可以想见他的文心诗思,这都为《儒林外史》的创作打下了坚实的文学基础。

"敏轩生近世,而抱六代情"。在人格修养方面,他既慕建安诗人之风雅,更追竹林七贤之狂狷,尤其是阮籍、嵇康。他们在理论上提出"越名教而任自然",以自然的人性来对抗虚伪的"名教";在生活中,表面上洒脱风流,内心里悲愤痛苦,他们的作品多是表现一种彷徨苦闷的心情与不满现实的情绪,他们的纵心肆志常常带有狂诞不经的色调,这对历代不循规蹈矩走封建正路的士大夫文人都有一定的影响。吴敬梓对此尤为景仰,常以仿效。于是,他在诗赋中直写人生之忧患:"文澜学海,落笔千言徒洒洒。家世科名,康了惟闻觑氉声","西北长安,欲往从之行路难";"明日明年,踪迹浮萍剧可怜。"(《减字木兰花》)"人生不得意,万年皆恝恝。有如网罗,无由振羽翮。"(《丙辰除夕述怀》)于是,他慷慨任气,放诞不羁,常与酒侣们"科跣箕踞互长啸","酒酣耳热每狂叫"(金榘《寄吴半园外弟》),被人认为"狂疾不可治";于是,他蔑视功名,"横而不流","一事差堪喜,侯门未曳裾"(《春兴八首》之五),"亦有却聘人,灌园葆贞素"(《左伯桃墓》),终为"众庶之不誉"。这是一种具有愤世嫉俗的狂狷色彩的叛逆性格。然而,这种仰慕与仿效并非是贵族公子的附庸风雅,而有着内在的心理依据。当他看到科举制度的不合理的时候,当他发现道德学说的虚伪性的时候,当由贵到贱的地位变化使他感到苦闷的时候,当新旧交替的时代思潮使他感到困惑的时候,一种忧生之嗟、"物外之思"自然而生。于是,建安诗人、竹林名士便成了他仰慕、追步的对象;于是,一个科举世家的后裔便成了蔑视功名的逆子。可以说,吴敬梓那内在深沉、外在狂放的性格特征,是在坎坷的生活中、在痛切的反思中形成的。

吴敬梓只在少年时期过了几年安逸的读书生活,到了十三岁就"丧母失所恃",十四岁又跟随父亲到赣榆县教谕任所,生活动荡不安,但思想还是比较单纯的。到了二十三岁,由于父亲的正直丢官,抑郁而死,他开始窥见官场斗争的现实;又看到家族的无赖之徒贪婪地要攫夺他的祖遗财产的情形,使他初步地认识了世人的真面目。而这一阶段他对科举的认识是由追求到怀疑:为了避免从"王谢高堂"中落到"百姓之家"的命运,他也曾想发愤于科举制艺。可是,在二十九岁夏天的乡试预试中,却因"文章大好人大怪",而差点被黜,更不幸的是同年秋闱乡试他又失败了。自恃"文澜学海"之才,反而被黜落第,这种不合理的现象,自然会使他对科举制度产生怀疑。"三十年来,那得双眉时暂开?"于是,他叹人生行路之艰难,感踪迹漂泊之可怜。

在势利熏天的社会里,吴敬梓这个落魄公子、科举落第的秀才,自然遭到世俗的非议和毁谤。面对难堪的侮辱,他毅然决定离开全椒,移居南京。在南京,他一方面是饮酒以浇心中块垒,一方面是广交以体验人事。由于自己社会地位的改变,使他逐渐清醒地看到封建社会的种种病痛,形成了他蔑视富贵、孤标脱俗的叛逆性格。

在吴敬梓三十五岁那年,江宁府学训导唐时琳等推荐他参加"博学鸿词"科的考试,由于词科的开设不用八股文章,所以吴敬梓开始没有拒绝。第二年春天,他参加了安庆府的院试,等到录取以后,再次推荐赴京应廷试时,他经过观察思考,一方面看穿了词科与八股取士一样,都是拿功名富贵来牢笼知识分子;另一方面他也不忘曾在科岁考上受到的侮辱和打击,为了不再辱名,为了不受牢笼,他就借病辞却了。从此,吴敬梓不再应乡举,也放弃了"诸生籍"。在他三十九岁生日那天写的《内家娇》词中,在一番自省之后,终于唱出了"恩不甚兮轻绝,休说功名"的心声。至此,吴敬梓才真正认识到科举制度的弊病。

从此,吴敬梓决心在困厄中著书,主要是酝酿创作《儒林外史》。人世的沧桑,生活的折磨,内省自己,静观外物,激起了吴敬梓内在的创作欲望。为了写自己,也为了写人生;为了批判假、恶、丑,也为了歌颂真、善、美,在"囊无一钱守,腹作千雷鸣"、"近闻典衣尽,灶突无烟青"的困厄境况中,靠着顽强的意志、孤高的个性、深厚的修养,终于完成了这部三十万字的巨著。胡适曾在《吴敬梓年谱》中说:"吴敬梓是一个八股大家的曾孙,自己也是这里面用过一番工夫来,经过许多考试,一旦大觉悟之后,方才把八股社会的真相——丑态——

穷形尽致的描写出来。"①可见,只有深刻、独特的人生体验,方能创作出深刻、独特的作品。

吴敬梓创作《儒林外史》,是从南京一直写到扬州,最后在扬州修改完稿的。他对扬州有深厚的感情,常诵"人生只合扬州死"之句。1754年,他带着妻儿寄寓扬州,继续过着淡泊名利的生活。不想就是这年的十二月十一日,在与友人王又曾饮酒消寒、纵谈今古之后,入夜突患痰涌,匆匆离开人世,结束了他坎坷磊落的一生。

然而,"著书寿千秋,岂在骨与肌?"在吴敬梓逝世后不久,《儒林外史》就有抄本流传,引起人们广泛注意和好评。作者的好友程晋芳在乾隆三十五、六年间编的《文木先生集》中说:"《儒林外史》五十卷,穷极文士情态,人争传写之。"此后,各种印本不断出现,流传更广。

关于《儒林外史》的版本,历来有五十回、五十五回、五十六回等歧说。程晋芳说原稿五十回,从叶名澧《桥西杂记》的记载中也可以看出清代确曾存在过五十回本;而金和的跋文中说原本为五十五回,并说最早的刻本是金兆燕乾隆间任扬州教授时所刻。但金刻本至今未见,是否五十五回,没有实证可以断定。现存最早刻本是嘉庆八年(1803)卧闲草堂的巾箱本,刻书已在作者逝世后五十年,为五十六回本;其次是嘉庆二十一年的清江浦注礼阁本和艺古堂本,实际上是卧本的复刊本。此后比较有名的,有同治十三年(1874)的齐省堂本和同年的《申报》馆活字本,两本都出于卧闲草堂本的五十六回本、却作了一些不必要或不妥当的减省改订。迄今可据的材料,还不能证实原作为五十回或五十五回,只能根据现存最早的版本认定全书应为五十六回。

二、传统文化的反思与民族精神的探索

我国温带大陆型的社会地理环境、农业型的自然经济、家国一体的宗法社会,共同孕育出一种以伦理道德为规范的伦理型文化。这种文化一方面可以说是以"求善"为目标的道德型文化;同时,由于它与政治的关系极为密切,因此,它又是一种以"求治"为目标的政治型文化。这样的文化潜移默化地渗入人们的心灵,不知不觉地左右人们的言行,绵延几千年,成为一种超稳定体系的深层意识,习以为常,久而不变,人们的自省与批判官能麻木了:对自己四周的人、事,较多采取一种身不由己的反射态度,而普遍地缺乏一种自省意识,即

---

① 朱一玄、刘毓忱编《儒林外史资料汇编》,南开大学出版社2003年,第176页。

以一种沉静冷峻的客观态度,反省我们自身,反省我们的心态、行为方式,反省我们的文化价值。如果说,吴敬梓的《儒林外史》比他的前辈提供了什么新东西的话,那就是他具有一种自省的灵性,一种批判的精神,对传统文化中那种超稳定体系的深层结构产生了怀疑。

首先,对科举制度的剖析,是对传统的政治型文化的反思。

作为中国传统精神文化之母的先秦学术文化,是在复杂、激烈的政治斗争中产生的,因此,带有浓厚的为现实政治服务的色彩。而秦汉以后,由于专制中央集权的封建政体的确立,更是通过政权的力量使学术文化为封建统治服务,至于各个学科的自身发展,并不太被历代统治者所关心。

这种政治型文化体现在教育方面,便是为学不离从政,为学不重科学。"学干禄"、"学而优则仕"成为官办和多数民办教育的宗旨,国家通过考选的办法从士人中选拔各级官吏,隋唐以后定型为科举制度。于是,读书做官成了封建专制统治下知识分子的唯一出路,成了封建社会读书人乃至整个社会人心习尚的指挥棒:士人自己"两耳不闻窗外事,一心只读圣贤书",惟在儒家经典的考订和解释上苦下工夫;士人的亲人则望子成龙,希望通过科举走上仕途,而"中"与"不中",更关系着社会上的人情冷暖。于是,这些为做官而读书的士子们的实际学问,更多的是考虑如何酬世、如何做官的一套功夫,至于自然知识,尤其是生产技艺,则被排斥在读书人的视野之外。如《汉书·艺文志》《新唐书·方技列传》等,鄙薄科技之意,溢于言表。这种情况发展到封建末世的明清时代,统治阶级更是变本加厉,把科举制度套上八股制艺的枷锁,立论依朱熹的《四书集注》,行文按八股的固定格式。这种愚蠢的办法不仅制造出一批愚蠢的官僚,更主要的是它腐蚀和摧残着一代一代的文人。在这举世汲汲于功名、醉心于科举的时代,吴敬梓以他的深切体验,清醒地撞响了"一代文人有厄"的警钟,并通过对几个典型人物的心灵世界的剖析,希望能够唤醒人们认识自己的愚昧性,认识民族文化的真实相。

穷苦知识分子出身的周进、范进,是痴迷执著的一类。周进苦读了几十年书,连秀才也不曾做得。他默默地忍受着新进学的梅玖的凌辱,奴颜婢膝地侍奉"发过的"王惠,这些一次次地在他受伤的心灵上增添伤痕。当他见到贡院号板时,便万感俱发,"一头撞在号板上,直僵僵不省人事"。被人救醒之后,还是"伏着号板","放声大哭","满地打滚","直哭到口里吐出鲜血来",这岂止口里流血,心也在淌血。范进,考了二十多次都没有考取的老童生,受尽了世人的奚落和丈人胡屠户的唾骂。而当梦寐以求的夙愿一旦当真实现时,顿时就发了疯:"把两手拍了一下,笑了一声道:'噫!好了!我中了!'说着,往后一跤跌倒,牙关咬紧,不省人事。"这哪儿是在笑,分明是在哭。一个因不能参加乡试而悲不自胜,一个因考中举人而发狂失态,异曲同工,都在引发人们深思他们的精神悲剧:他们还未受到政治迫害、经济压迫,是什么使他们那样的自轻自贱、逆来顺受,养就了他们那万劫不复的奴才性格?又是什么使他们那样的麻木不仁、执迷不悟,心甘情愿地把整个身心都交付出去?

名门世族出身的蘧駪夫与庄农人家出身的匡超人,是受人引诱的一类。蘧駪夫风流俊逸、超然不群。他瞧不起八股文,可是他的岳父偏偏是以八股文起家的鲁编修,他的妻子又偏偏是一位有家学渊源、精通八股的鲁小姐。于是,在岳父大人和八股妻子的教导劝勉下,渐渐地"也心里想在学校中相与几个考高等的朋友谈谈举业"。于是,今日拜访马二先生,明天招待马二先生,在聆听了马二先生许多关于八股、举业的高谈阔论之后,他"如梦方醒"。从此,清淡之志尽灭,名利之念陡长,"每晚同鲁小姐课子到三四更鼓",并且厚颜无耻地要求在马二先生的八股选本上"添上小弟一个名字"。于是,这个一度对科举进行过反抗的淡泊之士,在他人的引诱和环境的熏陶下,他的个性,他的主观愿望便由对抗、软化、妥协终至投降,成为一个庸俗的八股文评选家。

匡超人,曾经是一个单纯淳厚、勤劳俭朴的青年,由于马二先生一番"文章举业"是人生唯一可以出头之事的启蒙教育,由于知县李本瑛对他的一番抬举,还有假名士、市井恶棍的熏陶、教唆,于是,便从科举的道路走向卑鄙的深渊,成了一个丧失灵魂的衣冠禽兽。具有讽刺意味的是,正当匡超人道德沦丧成为宵小无赖的时候,温州学政"把他题了优行,贡入太学",管监察的李给事中很赏识他,把外甥女配给他,他居然厚颜无耻地用"戏文上说的蔡状元招赘牛相府,传为佳话,这有何妨"为自己开脱。然而,鲁编修、鲁小姐、马二先生、李本瑛,以及许许多多假名士并没有感到他们是在催人退化,引人堕落,甚至还以为是出于一番真诚的好意。可见,一种看不见、摸不着的落后的封建文化意识,是如何地深入人心、影响社会。

马二先生,似乎是清醒明智的一类。他不像周进、范进那样一生迷醉于通过科举升官发财,而是一个精明能干,对社会、人生有很实际了解的人;他又不同于蘧駪夫、匡超人,他不仅自己是封建文化的受害者和牺牲品,同时还要招呼、引诱更多的人一起朝着明知没有出路的死胡同里走。他不仅把自己的全部精力献给八股选政,还到处鼓吹宣传:"书中自有黄金屋,书中自有千钟粟,书中自有颜如玉。"他认为世界上除了时文而外就没有其他的文章,人生除了举业以外就没有其他的事业;孔孟程朱的语录,使他失去了自己独立思考的能力;封建的蒙昧主义,又使他窒息了人所具有的爱美天性。这是一个看似清醒明智、实已失去自我的封建知识分子的典型。

如果说欧洲是由于科学型文化的高度发展而造成人性的异化的话,那么在中国的明清时代,则是政治型文化的举业至上主义,造成了知识分子的心理变态和人性的异化。这是中国古代知识分子惨痛的教训,人们只有正视它,认识它,才能对传统文化进行积极的扬弃与择取。

吴敬梓在《儒林外史》中不仅通过对具体形象的剖析,引起读者对八股制艺所造成的精神悲剧的思考,同时还通过作品某些人物的言论及四大奇人的描写,直接地表现出作者对"重政务,轻自然,斥技艺"的政治型文化的反思与对新文化的模糊向往。

由于历代统治者总是力图把文化变成现实政治的附庸,文化人也以此为当然,一切学问不离从政。这种政治实用倾向除了培养出许许多多"八股而外,一无所知,也一无所事"的赝品外,更重要的是妨碍了各个文化分支的自由、独立的发展。吴敬梓借迟衡山的口说:"依小弟看来:讲学问的只讲学问,不必问功名,讲功名的只讲功名,不必问学问。若是两样都要讲,弄到后来,一样也做不成。"把学问从功名,即把学术从政治的附庸中分离出来,这是作者对中国文化的探索,几乎说出了一、两百年后现代文化领袖所要说的:"中国学术不发达之最大原因,莫如学者自身不知学术独立之神圣"[1]。难怪天目山樵评曰:"此论圆融斩截,千古不易。"[2]

另外,自然科学、生产技术在中国古代是受到歧视的。吴敬梓由于受到亲友中研究自然科学学风的熏陶,以及当时重视自然科学学习的进步思想家颜元、李塨的影响,因而他在作品中一方面以科学的精神、批判了扶乩算命、风水术士的迷信思想;另一方面,他的小说中的一些正面人物都通晓天文、地理、工、虞、水火之学,并对出身于市井小民凭一技之长谋生的自食其力的精神给

---

[1] 陈独秀《随感录·学术独立》,见任建树、张统模、吴信忠编《陈独秀著作选》第一卷,上海人民出版社1984年版,第389页。
[2] 天目山樵评语。见吴敬梓著、李汉秋辑校《〈儒林外史〉会校会评本》,上海古籍出版社1984年版,第662页。

予肯定。虽然新形象的描写还缺乏生活基础，虽然新精神的探求还囿于孔孟之道，但毕竟表现了作者可贵的探索和热切的向往。

其次，对封建礼教的揭露，是对道德型文化的反思。

在古代和中世纪，许多国家和民族以宗教作为维系社会秩序的精神支柱，中国文化系统却避免了全社会的宗教化。由于尚不能产生科学体系以取代宗教，因此，曾经长期充当维系社会秩序的精神支柱，是伦理道德学说，从某种意义上说是一种"准宗教"。因此，对伦理道德学说的重视，不只是某一学派的信念，而是整个中国文化系统的共同特征。从孔子把孝悌、忠信等都从属于仁的总原则之下的"仁学"创立，到孟子又把孔子的道德学说加以条理化，再到韩非子的"臣事君、子事父、妻事夫"的三纲思想，《管子》的以"礼义廉耻"为民族的精神支柱等，这些由先秦思想家构造起来的伦理说一经产生，便对中国民族精神发生巨大影响。它虽然具有鼓舞人们自觉维护正义、忠于民族国家的精神力量，但又具有精神虐杀的一面。到了宋明理学，理学家们提出"存天理，去人欲"的主张，认为人类历史上凡是真的、善的、美的、光明的都是天理，凡是假的、恶的、丑的、黑暗的都是人欲。因此，必须立公去私，存理去欲，但这种思想一与封建专制主义结合，便成为奴役人民、巩固封建统治的精神枷锁。于是，人民甘于受辱，人格不能独立，社会缺乏生气，并且给中国后期封建社会造成了"以理杀人"的恶果。在进步思想家的影响下，吴敬梓一方面用小说形象揭露了礼教吃人的残酷现实，另一方面又表现出对新道德精神的向往与歌颂。

忠孝节悌，是封建道德文化的核心，它在力求维系社会秩序的同时，却扼杀了个性、培养了奴性。

且不说匡超人为显亲扬名而钻研举业，走向堕落，也不说萧云仙为了尽孝养之责，不敢远离老父去施展自己的抱负才能；且不说范进被岳父大人叱骂侮辱时那"唯唯连声"、默默忍受的丑陋相，也不说马二先生在西湖御书楼上面对仁宗皇帝的御书，认真地行起君臣大礼的奴才相，就以王玉辉的女儿殉节一事而言，已是使人惊心，引人深思。

王玉辉是一个受封建礼教毒害极深而几乎丧失了人性的迂拙夫子，同时又不自觉地成了封建阶级以礼教"杀"人的帮凶。当了三十年的秀才，考不上举人，爬不进官场，却立志要写三部"嘉惠来学"的书。其中第一部就是礼书，将"事亲之礼，敬长之礼"等分类编纂，"采诸经子史的话印证"，"教子弟们自幼习学"。另外，还有一部是"添些仪制"，目的在"劝醒愚民"的《乡约》书。他

467

对吃人的礼教不仅不惜以残年之力进行宣传,而且还身体力行。当女儿提出要以死守节这样悖逆情理的想法时,他不但没有劝阻,反而大加鼓励:"我儿,你既如此,这是青史上留名的事,我难道反阻拦你?你竟是这样做罢。我今日就回家去叫你母亲来和你作别。"这分明是在催促女儿"勇敢"地走向礼教的刑场。当他得知女儿从夫自尽的噩耗时,他心满意足地安慰妻子说:"只怕我将来不能像他这一个好题目死哩!"还仰天大笑:"死的好,死的好!"这里,没有坏人引诱,也没有法律规定,却是一种隐藏得很深的顽固的道德力量的积淀,使王玉辉的女儿自觉从容地为夫就义,使王玉辉不自觉地成为一个丧失人性与人情的杀人帮凶。在这样的文化桎梏中,人的死活只能为他人所左右,为教条所约束,哪里谈得上人格的独立、个性的发展。

另外,在社会普遍认为"德之所在"、"义之所在",生死赴之,而物质欲望与利的夸耀都被认为是不道德的和低贱的文化氛围中,又滋生了士大夫脱离实际、空论仁义的陋习。南宋事功派学者陈亮痛论士林积弊:"为士者耻言文章行义,而曰'尽心知性',居官者耻言政事书判,而言'学道爱人'。相蒙相欺,以尽废天下之实,则亦终于百事不理而已。"①明朝学者徐光启也曾尖锐批评明朝文士的空谈心性,"竟以旷达相矜夸"。发展到清代,便出现了大批伪装清高、冒充风雅的"名士"、"高人"。吴敬梓在《儒林外史》中,也揭露了这些由封建道德文化孕育出来的假名士的伪善和伪君子的丑恶灵魂。

娄三、娄四作为相门公子,只因"科名蹭蹬,不得早年中鼎甲,入翰林"而转为"名士"。于是,或模仿文人骚客之调,在酒酣耳热之际高谈阔论,以示自己有高超的见解。然而,他们所陶醉的只是"高论"本身的形式,对内容并未认真考虑,或模仿礼贤好士之风,不惜出重金和屈尊"三顾茅庐",招揽杨执中、权勿用等一些所谓"高人"、"贤士"于门下,日夜置酒莺脰湖里,浅斟低唱,作乐寻欢。然而,他们的求贤养客完全不是为了实现什么政治理想,而只是为了沽名钓誉,为了填补空虚。因此,他们并不看重贤人的真假,而只是对求贤养客的形式感兴趣,结果收罗的这些"高人"、"贤士",竟被衙门差役"一条链子锁去","半世豪举,落得一场扫兴!"

如果说,二娄的礼贤豪举表现的是封建末世名士们精神的空虚,那么,表面装着清高绝俗而灵魂卑鄙龌龊、言若清磬而行同狗彘的杜慎卿,则表现了没

---

① 陈亮《送吴允成运干序》,《陈亮集》,中华书局1974年版,第179页。

落地主阶级精神道德的虚伪与腐朽。这样的"名士",不仅于家于国无用,就是于己于人,也是多余的。

封建道德型文化虽然维系了社会的和谐,却扼杀了人性,压抑了个性,培养了奴性,助长了恶性。吴敬梓在对这些邪恶罪行进行反思的同时,又描写了一批闪耀着时代光芒的形象。其中有身为戏子、却能从人格上争取自己独立的鲍文卿;有操着为社会所轻视的职业,却又有着真实的能力、真实的人生的四个奇人。而沈琼枝与杜少卿,则更是令人耳目一新的典型形象。由于婚姻不幸逃到南京卖艺的沈琼枝,有着坚强不屈的反抗精神,沉着灵活的应变机智,精工巧妙的生活技能;百万豪华的富商大贾,如狼似虎的衙门差役,在她心目中视如无物;南京城里啧啧可畏的人言,她不在乎,独来独往,一切都是主动的。她能在那样的社会里争取妇女人格的独立,而人格的独立又是建筑在自食其力的基础上的。这是一个前所未有的新女性。杜少卿,他不守家业名声,拒绝应征出仕,背离了科举世家和封建阶级为他规定的人生道路;他在治学和生活中,敢于向封建权威和封建礼俗挑战,追求恣情任性、不受拘束的生活;他尊重自己的个性,也尊重别人的个性与人格。他的形象预示着中国文化系统中尊重个人价值和个人自由发展的、真正的人文主义的觉醒,从而唤起民族精神文化的内省与更新。

然而,这里观念的改变与文化的更新也仅仅是预示与呼唤而已。因为在当时还没能形成一种新的生产方式,产生一种新的阶级力量,更不可能有一种新的社会制度,因此,吴敬梓所期望的理想人格、自在生活,也只能是"桃花源"式的空想。另外,又由于历史条件的局限、传统儒学的浸润,吴敬梓虽然能站出来对封建传统文化进行客观的反思,但并未能做出彻底的批判:指摘科举"时弊",却只认为八股制艺"法定的不好",隐约流露出一种改良的思想;他揭露礼教的虚伪,却提倡恢复古礼乐,祭奠先贤,并非是以复古反传统,而是在某种程度上表现出对"圣经""贤传"中的"礼治"文化精神的留恋。他为找不到真正的人生出路而彷徨,而探索,为看不到理想的民族文化而苦闷,而呼唤,他的反思带着浓厚的悲剧色彩。

三、小说视野的开拓与讽刺艺术的发展

明中叶以后,在强调人的价值的哲学思潮的启示下,在开始注重写实的文学理论的引导下,出现了一大批以家庭生活为题材反映现实的婚恋家庭小说。于是,整个古典小说的趋向,便从以英雄为主角、非奇不传的古典主义走到了

以凡人为主角、描写世俗的写实主义。这种转折是以《金瓶梅》为开端,而真正完成这种转折的,则是《儒林外史》的问世。它既没有历史演义小说、神怪奇幻小说那惊天动地的传奇色彩,也没有婚恋家庭小说那情意绵绵的动人故事,都是当时随处可见的世俗日常生活及人的精神世界,从而真正拓展了小说视野,标志着中国古代小说艺术的日趋成熟和丰富。

如果说,当时的创作氛围是吴敬梓创作《儒林外史》的客观条件的话,那么,独特的生活体验与文学师承,则是吴敬梓采取独特的艺术形式的主观原因。黑格尔认为,讽刺产生于"一种高尚的精神和道德的情操无法在一个罪恶和愚蠢的世界里实现它的自觉的理想,于是,带着一腔火热的愤怒或是微妙的巧智和冷酷辛辣的语调去反对当前的事物,对和他的关于道德与真理的抽象概念起直接冲突的那个世界不是痛恨,就是鄙视"[①]。正统的儒学教育,孤高的个性气质,家道的盛衰荣辱,人生的酸甜苦辣,理想的幻灭,现实的恶浊,这一切,促使吴敬梓选择了讽刺的艺术形式去批评社会、表现理想。另外,吴敬梓对《史记》的重视和研究,使他的创作直接受到《史记》秉持公心的实录精神与委婉曲折的讽刺手法的影响。这些主客观原因,决定了《儒林外史》写实的创作精神。

第一,讽刺对象是写实的。

在魔幻化的社会讽喻小说中,作者往往把讽刺客体个性的某一特征加以夸张,如《常言道》中钱士命的见钱似命,《斩鬼传》中仔细鬼的刁钻吝啬,都是一种孤立的、极端化的性格描写,是寓言式的抽象品。吴敬梓则写出他们丰富的性格特征、复杂的内心世界及他们出现的历史必然性。

严监生作为吝啬鬼形象,与世界文学名著中的葛朗台、阿巴公等并列而无愧。这是个有十多万银子的大地主,临死时,却因为灯盏里点着两根灯草而不肯断气。然而,他并不是"吝啬"这个概念的化身,他不同于《吝啬鬼》中的阿巴公,当阿巴公发现向他借高利贷的竟是自己的儿子,又受到儿子的严厉斥责时,他却对自己说:"我对这事并不难过,这对我倒是一个警告:他的一举一动,以后我要格外注意。"赤裸裸的金钱关系表现得如此直接和纯净,根本不受父子之情的干扰。而严监生的"吝啬"则不同,它是和别的感情交融在一起的。他虽然悭吝成性,贪婪成癖,但又有"礼"有"节",不失人性,既要处处维护自

[①] 黑格尔《美学》第 2 卷,商务印书馆 1984 年版,第 266 页。

己的利益,又要时时保护住自己的面子。所以,当他哥哥严贡生被人告发时,他能拿出十几两银子来平息官司;在夫人王氏去世时,修斋、修七、开丧、出殡等竟花费了五千银子,并常怀念王氏而潸然泪下。一毛不拔与挥银如土,贪婪之欲与人间之情,就是这样既矛盾又统一地表现出人物性格的丰富性。

马二先生作为虔诚的八股科举信徒,既有庸俗、酸腐、鄙陋、可笑的一面,又有另外的性格侧面。他江湖浪荡到处为家,但他耿介端方,没染欺骗、逢迎等恶习,他又富有热情,笃于友谊,为救人之难而慷慨解囊,为抚人之心而相濡以沫,正如作者所称颂的:"像这样才是斯文骨肉朋友,有意气,有肝胆。"意气慷慨,肝胆照人,确实是他崇高可贵的一面。所以,他能在鄙弃功名富贵的"真儒"中享有声望,能够在祭泰伯祠的盛典中被推举为"三献"。这是一个崇高与滑稽二重组合的性格形态。

勃兰兑斯说:"文学史,就其最深刻的意义来说,是一种心理学,研究人的灵魂,是灵魂的历史"①。吴敬梓不仅通过讽刺客体的外部行动来展示他们的性格的丰富性,更主要的贡献是在于他能够通过纵横两方面的挖掘,较大限度地开拓了讽刺客体内心的广度和深度,写出他们"灵魂的历史",并以此透视出时代的历史。

纵的方面,就是多层次地披沥人物心理活动的波澜。如第一回写时知县的内心世界。他先是在危素面前夸下大口,心想官长要见百姓有何难处?谁知王冕居然将请帖退回,不予理睬。他便想:可能是翟买办狐假虎威恐吓了王冕,因此不敢来。既然老师把这个人托我,若叫不动,怕惹得老师笑我疲软。于是就决定亲自出马。可是,他的这一思考忽然又被他内心闪过的念头推翻,认为一个堂堂县令,屈尊去拜见一个乡民,又怕惹得衙役们笑话。但又想到老师对王冕的垂青,想到:"屈尊敬贤,将来志书上少不得称赞一篇。这是万古千年不朽之勾当,有什么做不得!"想给青史留下三顾茅庐似的佳话,"当下定了主意"。这里,种种复杂心理不断转折、变幻,心态在纵向中曲线延伸,让人看到时知县那灵魂深处的活动。

横的方面,在作品中表现为人物因某一事件的触发而引起诸端心理、情绪的波动。第四十八回围绕逼女殉节之事,写出王玉辉一系列内心的波澜:先是一次关于青史留名的侃侃而谈,接着是两次仰天大笑,后来又写了他三次触景

---

① 勃兰兑斯著、张道真译《十九世纪文学主流·引言》,人民文学出版社1980年版。

生情,伤心落泪。从笑到哭,从理到情,从父训到父爱,层层荡开,层层推动,把这个做了三十年老秀才的腐儒的灵魂写活了。另外,作者以敏锐的眼光,洞察了人在感情最深挚的时候,往往会跌进变态的陷坑,违反常规的理性。因此,周进的悲极撞号板,范进的喜极发疯,都是他们深层灵魂活动的写照,是他们内在生命萎缩的外化;还有第五十三回雏妓骋娘在来宾楼灯花惊梦等,通过对人物梦幻的描写,展现其微妙的、下意识的心理活动,同样也是对人们内心世界的横向解剖。

总之,吴敬梓在描写讽刺对象时,无论是外在描写还是内在揭示,无论是横向解剖还是纵向延伸,都能够将生活的本质不留痕迹地拌和在性格里面,从而使喜剧造型具有完美的写实风格和艺术感受。

第二,讽刺描写是真实的。

从平淡和寻常的生活现象中显示讽刺锋芒的写实艺术,是《儒林外史》成功的一条重要经验,也是中国讽刺文学的一条重要经验。鲁迅曾经论述道,讽刺"所写的事情是公然的,也是常见的,平时是谁也不以为奇的,而且自然是谁都毫不注意的。不过这些事情在那时却已经是不合理,可笑,可鄙,甚至于可恶,但这么行下来了,习惯了,虽在大庭广众之间,谁也不觉得奇怪;现在给它特别一提,就动人"①。这里,鲁迅指出了讽刺艺术的写实方向,即从"常见""公然""不以为奇"中发掘讽刺意味的写实主义方向。而"常见"的现象中的不合理性,是讽刺喜剧的来源。能够在"谁也不觉得奇怪"的情况下,发现出来,"特别一提",那就是社会讽喻小说家独特的审美视角。吴敬梓就是以他独特的审美视角,发现"常见"的现象中的不合理性,然后将荒谬可笑的事物按照它本来的面貌加以描写,从而开拓了社会讽喻小说的写实主义新路。

一是直书其事的客观叙述。鲁迅曾批评明末拟话本末流"告诫连篇,喧宾夺主",缺乏艺术感染力;对果戈理《死魂灵》的讽刺艺术,鲁迅在高度赞扬的同时,也指出作者"常常要发一套议论"。而《儒林外史》则不同,它只是把事件客观地叙述出来,让讽刺意味从描写中自然地流露出来,使读者从中领悟出深刻的审美内涵。

比如第四回,写严贡生正在范进和张静斋面前吹嘘:"小弟只是一个为人

---

① 鲁迅《且介亭杂文二集·什么是"讽刺"?》,《鲁迅全集》第6卷,人民文学出版社1981年版,第328页。

率真,在乡里之间,从不晓得占人寸丝半粟的便宜。"言犹未了,一个小厮进来说:"早上关的那口猪,那人来讨了,在家里吵哩。"正如卧闲草堂本的评点者所批:"才说不占人寸丝半粟便宜,家中已经关了人一口猪,令闻者不繁言而已解。使拙笔为之,必且曰:看官听说原来严贡生为人是何等样,文字便索然无味矣。"又如汤知县请正在居丧的范进吃饭,范进不肯用银筷,也不肯用象牙筷,换了一双白颜色竹子的方才罢了。知县疑惑他居丧如此尽礼,倘或不用荤酒,却是不曾备办。后来看见他在燕窝碗里拣了一个大虾元子送在嘴里,方才放心。这里,不是作者介入事件的"讲述",而是不带任何贬斥色彩的"显示",看似漫不经心,平淡无奇,但却产生了强烈的讽刺效果。这不仅是讽刺艺术的发展,同时也标志着小说艺术的进步。艾伦·塔特在谈到福楼拜的《包法利夫人》中的精彩片段时说:"这一情节不是从作者的角度来说出的,而是以情境和场面来呈现的。使这一点成为小说艺术的生命属性,实际上是创造了小说的艺术。"①从这个意义上说,吴敬梓也是中国小说史上较早地创造了真正的小说艺术的作家。

貌似夸张的写实艺术。《儒林外史》中许多浓厚讽刺意味的场面、细节,似乎是运用了夸张的手法,其实质仍是写实。如第五回写严监生临死时因家人多点一茎灯草而伸着两指挣扎一段,是最富有讽刺意味的,但这并不是夸张。据阮葵生《茶余客话》卷十五载吴敬梓长子吴杉亭之言,这是发生在当时的一个真实的故事,吴敬梓很可能从吴杉亭那里听说这一趣闻,然后把它加工、提炼,运用到自己的小说创作中。

又如第十二回写权勿用戴个高高的孝帽在人丛中乱撞,恰好高帽子撞到一个乡下人掮的扁担上去,把高帽子悄悄地挑走了。乡里人没看见,权勿用摸摸头,才发现没了帽子,急得乱叫乱跑,追着乡下人要帽子,却不料一头撞到一顶轿子上,差点把轿里的官儿撞跌下来。这种描写同样也是看似夸张的写实。因为权勿用原来是按照腐儒常规的方式生活的,日子久了,就形成他的生活方式的惯性,一旦有个东西出来阻止他的惯性,他必然应付不了,必然仓皇失措,丑态百出。还有第七回写梅玖要和尚把周大老爷的亲笔写件揭下来裱藏;第四十七回写成老爹的眼睛随着滚动着的元宝而滚动的细节,都是没有夸张的描写,只是由于作者突出地描写了人物的可笑可鄙之处,写实也就成了讽刺。

---

① 艾伦·塔特《小说的技巧》,《塞维尼评论》1944年第52期,第210页。

总之,在吴敬梓的讽刺描写中,一切都是那么的平淡、琐碎,又都是那么的愚昧、可笑。在这里,根本没有外在形式上的神秘、混乱、荒唐,然而却深刻地表现了人的内在生命的慢慢萎缩,社会精神支柱的缓缓倒塌。正如亨利·W·韦尔斯所说的:"《儒林外史》表面上是写实主义文学不二之圭臬,而本质实富诗意。"①一种深沉的诗意,一种哲学的诗意。

第三,情节结构是自然发展的。

从中国古代的整个审美倾向看来,是以"文奇则传"为主流的。只有奇特,才能传世。这一理论影响了小说、戏曲。唐传奇首先显示了这一特点。后来的戏曲和小说又互相作用,互相发明,从而形成了中国小说情节具有很强的戏剧性的特征,即情节曲折离奇,主角配角分明。这个特征到《金瓶梅》的出现虽然有所转变,但还是以一、二主角贯穿始终的传统形式。而《儒林外史》则冲破了前后推进的波浪式的故事线,代之以徜徉汗漫的生活流式的人物线。

首先,作品的情节不故作巧合、曲折,没有贯穿情节的单一的中心事件,也找不出哪一部分是故事的顶点,而是按照生活的原貌来描绘生活,写出生活本身的活生生的自然形态,写出当时随处可见的日常生活。这种情节的淡化,一方面给人以自然逼真的生活本色感,同时,由于它不是靠曲折的情节而是靠内在的意蕴来打动读者,因此,读者往往要读毕全书,或者反复阅读,才能体会作品的全部意蕴。正如亨利·詹姆斯所说:"在小说提供给我们的东西中,我们越是看到那'未经'重新安排的生活,我们就越感到自己在接触真理;我们越是看到那'已经'重新安排的生活,我们就越感到自己正被一种代用名,一种妥协和契约所敷衍。"②

其次,作品没有明确的主角、配角,而是"驱使人物行列而来"。全书写了二百七十多个人物,就儒士来说,有迷恋功名的,有迷信举业的,有借名欺人的,有为官不正的;名士中,有假作清高而行为卑下者,有冒充饱学而胸无点墨者;贤人中,有重文行者,有重人情者,有重礼乐者,有尚兵农者;至于社会上的士农工商、高人隐士、医卜星相、娼妓狎客、吏役里胥等三教九流,作者把这众多生相一一推上历史舞台。从而展示当时社会的政治、文化、世态、人情,构成

---

① 亨利·W·韦尔斯《中国文学与外国文学之比较研究》,李汉秋《儒林外史研究资料》,上海古籍出版社 1984 年版,第 328 页。
② 见 W·C·布斯《小说修辞学》,北京大学出版社 1987 年版,第 25 页。

一幅幅《清明上河图》式的社会生活画,以启迪人们对历史的深沉回顾,对现实的清醒思考。迈斯基曾对托尔斯泰的《战争与和平》作过这样的评价:"……一读这无与伦比的小说,我们便仿佛觉得自己就是此中的人物似的;这并非单是书籍或小说,乃表现了那时代的一切特色的生活本身。所谓《战争与和平》的主角者,就是'那个时代本身'的表现……"①而清代惺园退士的序曾引述这样的话:"慎勿读《儒林外史》,读之乃觉身世酬应之间,无往而非《儒林外史》。"②精辟的见解,惊人的相似,我们说,吴敬梓也正是通过独特的情节设置,塑造了一个沉滞而空虚、平凡而庸俗、纷沓而散漫的巨大主角——"那个时代本身"。

另外,中国古代小说家在安排全书结构时,一般地说总是在通盘的艺术全局中具体地表现情节。因此,在主体特征上,注重把握整体和谐元素的构成秩序,寻求整体系统质。从叙述角度说,这是外视角的叙述模式。而吴敬梓一方面能够把握全局,如外在的五次集会:第一次是第十二回的"名士大宴莺脰湖",第二次是第十八回的"约诗会名士携匡二",第三次是第三十回的"逞风流高会莫愁湖",第四次是三十七回的"祭先圣南京修礼",第五次是第四十六回的"三山门贤人饯别",五次雄峙并立,互相呼应,各次都聚拢着前一次的诸色人物;内在的五次转折互相关联,即树立理想儒者、儒者受害、假儒猖獗、真儒思振、理想破灭,最后寻找新的理想,使作品不失为长篇之结构。另一方面,吴敬梓为了避免系统故事的人工构成,在高屋建瓴的同时,又把视点散开,设身处地地让各种人物的眼光来审视周围发生的一切,让作品中的某个人物或某几个人物充当事件、生活场景、故事情节的目击者和叙述者,使作品具有立体的感觉、透视的深度。比如第二回关于范进中举之事,我们听到的不是作者一个人的声音,而是多声部的交响:其中有邻居的报喜声,有范进的狂笑声;有老太太的哭声,有众邻居的劝声;有胡屠户的壮打"文曲星",有张乡绅的疏财认世兄;有来送田产的势利人,有来图荫庇的破落户;有因夫贵而倚势骄人的胡氏,有因子荣而痰迷心窍的范母。这里,作者把观察点投向场面中的许多人,让他们自我表演,自我剖析,而画面的中心点则在范进身上。这样既便于对外部世界的观察探索,又利于对内心世界的洞幽烛微;既深刻地表现了作者

---

① 《鲁迅译文集》第十卷,人民文学出版社1958年版,第181页。
② 朱一玄、刘毓忱编《儒林外史资料汇编》南开大学出版社2003年版,第285页。

的总体意图,又真实地描绘了人类生活的不确定性,即幸运与痛苦、有益的事物与有害的事物等都隐藏在混乱的生活之中,都是那样的飘忽不定、福祸相倚。这比作者单独的叙述要丰富得多,生动得多,深刻得多。应该说,这是中国古代长篇小说在结构艺术上、在叙述方式上的创新与进步。

第四,美学风格是悲喜交融的。

鹤见佑辅说:"泪和笑只隔一张纸,恐怕只有尝过泪的深味的人,才真正懂得人生的笑。"①吴敬梓的一生饱尝了人间的艰辛困厄,因而对一切不幸的人总是怀着一颗仁爱、宽厚的同情心。在他把下层人物作为批评对象时,似乎越来越笑不起来了。他笔下的人物往往呈现出更多的悲剧性。像王玉辉虽然扮演的是喜剧角色,但本质上是个悲剧性的人物。吴敬梓对王玉辉身上那种腐朽的、荒唐的方面如实地给予批评讽刺:从王玉辉鼓励女儿自杀殉夫的那番高论,到王玉辉劝女儿之后在家"依旧看书写字"的反常的平静,再到当女儿真的绝食殉夫之后,他那"仰天大笑"的反常行动。然而这里的一"言"一"行",实际上都是他自己硬做出来的,而"人硬做出可笑的样子,该是一件多么可悲的事",这里我们可以借用卓别林《舞台生涯》的这句台词来作为对王玉辉这个穷愁潦倒、被社会遗弃的灰色知识分子的人生写照。可以看出,作者对于王玉辉这个喜剧典型是抱着深沉哀怜的。他的笔锋所指,在于深入地剖析造成这种乖谬可笑现象的根源:在笑的背后是严酷的、令人忧愤的现实。同样,周进的悲极撞号板,范进的喜极发疯,也是由于作者给可笑注入了辛酸,给滑稽注入了悲愁,因而更能撩人心绪,发人深省。

如果说,《儒林外史》中这些形象的外在性格特征让我们感受更多的是"谐"的喜剧因素的话,那么,透过他们的内心世界,我们感受更多的则是"戚"的悲剧潜流。他们的性格史,是在可笑的形式中发展的悲剧史,又是在可悲的内核中发展的喜剧史。他们的所有表现都是喜剧的,同时又都是悲剧的。由于个人的悲剧体验,时代的悲剧因素,所以吴敬梓能够在讽刺批评中真实地展示出士林阶层中人物性格戚谐组合、悲喜交织的二重结构,从而给读者以双重的审美感受,让人"既笑得浑身颤抖,而又止不住眼泪直往上涌"。别林斯基在评果戈理的作品时说:"都是些以愚蠢开始,接着是愚蠢,最后以眼泪收场,可以称它是生活的可笑的喜剧。他的全部中篇小说都是这样:开始可笑,后来悲

---

① 鹤见佑辅著、鲁迅译《思想·山水·人物》,十月文艺出版社2005年版,第160页。

伤！我们的生活也是这样:开始可笑,后来悲伤！这里有多少诗、多少哲理、多少真实。"①我们说,《儒林外史》正是以它的许多诗、许多哲理、许多真实,从而使中国讽刺艺术攀登上了悲喜融合的美的境界。

四、地位与影响

《儒林外史》在中国小说史上,是一部具有开创性的杰作。首先,它以知识分子为题材,其中没有传奇性,也没有脂粉味,开辟了一条前所未有的创作道路。第二,它以"秉持公心,指摘时弊"的批判精神,以"烛幽索隐,物无遁形"的描写功力,以"戚而能谐,婉而多讽"的美学风格,奠定了讽刺小说在中国小说史上独立而崇高的地位。第三,它以写实的创作精神,独特的审美视角,拓展了小说视野,完成了中国古典小说从以英雄为主角、非奇不传的古典主义到以凡人为主角、描写世俗的写实主义的彻底转变。第四,从文学样式看,它已经脱离了话本的窠臼,也不依赖前人的现成的故事,标志着真正的创作小说的发展。

《儒林外史》不仅在中国小说史上占有重要地位,对后代的小说创作也有深远的影响。

首先,是对晚清社会讽喻小说的影响。在内容上,晚清社会讽喻小说吸取了《儒林外史》的批判精神,对科举的腐蚀人心、名士的招摇撞骗、社会的道德堕落以及官僚的贪黩无知等都有程度不同的讽刺批判。如李伯元的《官场现形记》头回"望成名学究训顽儿"的描写,明显是对范进中举的模仿;吴趼人的《二十年目睹之怪现状》中那些办什么"竹汤饼会"的斗方名士们,可以与"西湖宴集"相媲美;还有《官场现形记》中的冒得官逼女儿为上司做妾,《二十年目睹之怪现状》中的苟才夫妇跪在新寡的媳妇面前求她改嫁给总督做姨太太等,都在揭露当时社会道德的堕落和人物灵魂的卑污;又如《老残游记》写玉贤治曹州一年,就用站笼这种酷刑站死了二千多人,这比汤知县用牛肉堆在枷上枷死回教老师父要残酷得多。总之,《儒林外史》"秉持公心,指摘时弊"的批判精神影响了晚清社会讽喻小说家,使他们在时代要求下,无情地掊击了以官场为中心的整个晚清社会。但是,由于时代与作家思想的不同,又由于其作品必然要"合时人嗜好",因此,晚清社会讽喻小说的笔法相对直露,格调稍欠

---

① 别林斯基《论俄国中篇小说和果戈理君的中篇小说》,满涛译《别林斯基选集》第一卷,上海译文出版社1979年版,第183页。

高雅。

在形式上，主要是《儒林外史》的结构章法对晚清社会讽喻小说影响较大，比较突出的是《官场现形记》。鲁迅在《中国小说史略》中指出此书"头绪俱繁，脚色复夥，其记事遂率与一人俱起，亦即与其人俱讫，若断若续，与《儒林外史》略同"。《二十年目睹之怪现状》，历记"九死一生"者二十年中所遇、所见、所闻，杂集"话柄"，也类似《官场现形记》。至于曾朴的《孽海花》，虽也受《儒林外史》的影响，但实有较大的差别。曾朴曾将他的小说结构跟《儒林外史》作了比较，认为二书虽然同是联缀多数短篇成长篇的方式，但《儒林外史》像一根直穿到底的珠链，而《孽海花》则是一朵蟠曲回旋的珠花，这生动地说明了二书在结构形式上的区别。

其次，《儒林外史》对现代社会讽喻小说如鲁迅、张天翼、钱钟书等的创作也有很大影响。他们对知识分子题材的重视，对黑暗社会和"国民性"的批判，以及对写实讽刺艺术手法的运用，都与《儒林外史》有着一脉相承的联系，当然，现代社会讽喻小说的批判更彻底、艺术更成熟。

《儒林外史》目前有英、法、德、俄、越、日等译本，世界各大百科全书对《儒林外史》及其作者都有概括的介绍和评论，不少外国学者对《儒林外史》的思想内容、叙述形式、文学技巧进行了专门的研究，得出的结论是："全书充满浓郁的人情味，足堪跻身世界文学史杰作之林。它可与意大利薄伽丘、西班牙塞万提斯、法国巴尔扎克或英国狄更斯等人作品相抗衡。"[1]

第四节 《镜花缘》

我国古代文学有一种传统的"讽兼比兴"的表现手法，即运用比兴的方法来达到讽喻的目的。在韵文方面，《诗经》《楚辞》到唐宋诗词，都有大量的以此喻彼、托物起兴的讽喻作品；而早期的小说，也常常"近取譬论，以作短书，治身理家，有可观之辞"[2]。到了《镜花缘》，作者则借对神话传说的虚构生发来象征影射，从而创造出一个既超越现实又不离现实的神话幻想世界。它不同

---

[1] 亨利·W·韦尔斯：《中国文学与外国文学之比较研究》，李汉秋《儒林外史研究资料》，上海古籍出版社 1984 年版，第 327 页。

[2] 桓谭撰，朱谦之校辑《新辑本桓谭新论》卷一《本造篇》，中华书局 2009 年版，第 1 页。

于写实为主的《儒林外史》，在某种程度上说更接近于魔幻化社会讽喻小说的荒诞特征，但它又不同于魔幻化社会讽喻小说的过分滑稽乃至油滑，而表现出一种较为高雅的幽默氛围。

一、作者与版本

李汝珍（1763？—1830？），字松石，大兴（今北京市）人。《顺天府志》的《选举表》里，举人进士行列中没有他的姓名，大概也是一个科举上不曾得志的秀才。另外，《顺天府志》的《艺文志》里没有载他的著作，《人物志》里也没有他传记，因此，关于他的生平思想，目前只能从他的《李氏音鉴》与余集的《李氏音鉴序》等资料中，勾画出一个粗略的轮廓。

1782年秋，李汝珍随兄李汝璜移家到海州之板浦受业于凌廷堪仲子夫子，"论文之暇，旁及音韵"①。由于凌廷堪精通乐理，旁通音韵，故李汝珍自说："受益极多。"到1793年，凌氏补殿试后，自请改教职，选得宁国府教授，1795年赴任。此后，李汝珍便因道路远隔，不常通问了。但他却与一大批朋友往来切磋韵学，与内弟许桂林相处尤其密切。许桂林在《李氏音鉴·后序》中说："松石姊夫，博学多能，方在胸时，与余契好尤笃。尝纵谈音理，上下其说，座客目瞪舌拆，而两人相视而笑，莫逆于心。"②

1801年，李汝珍任河南县丞。从《大清历朝实录》的记载及许乔林的《送李松石县丞汝珍之官河南》诗中可知，嘉庆年间黄河多次决口，水势泛滥成灾，苏、豫两省治河，役使民工达数十万人。"熟读河渠书"、"及时思自现"的李汝珍，毅然决然地投效河工。他亲眼看到那些治河官吏见钱眼开、置灾区人民生命于不顾的现状，亲耳听到数十万河工大军要求兴工治河的呼声；他认为，百姓的正当要求应当得到朝廷的重视，这是谁也违背不了的。"他年谈河事，阅历得确验"，这就是李汝珍从阅历中得到的一点真正的体会。

1805年冬，李汝珍再度官于河南。同年，《李氏音鉴》基本成书，李汝璜为之作序。《李氏音鉴》刊行之后，早已倦于宦海浮沉的李汝珍，便把大部分精力用于写作《镜花缘》。据说《案头随录》曾载③，李汝珍在青年时不止一次随舅

---

① 李汝珍撰，《李氏音鉴》卷五，见《续修四库全书·经部·小学类》，第260册，上海古籍出版社，2002年版，第461页。
② 同上，第495页。
③ 《案头随录》，据许绍蘧说是他的高祖即李汝珍的舅兄所著，现已失传；与《镜花缘》的关系，是许氏听他祖父讲的。

兄漂洋过海,在海上谈天说地,讲些奇闻异事,并商讨编写一部书。《案头随录》所录下的游戏文章,有不少和《镜花缘》中相同。后来,大概花了二十年时间,到1815年才于板浦完成一、二稿,并送请许乔林"斧正",1817年冬,《镜花缘》定稿。

李汝珍的形象概貌是:博学多才,韵学尤精;不屑于做八股之文,不汲汲于功名富贵,性好诙谐,似有玩世不恭之嫌,然而他却是一个信奉儒家学说、有社会理想、憧憬新生活的正直文人。

关于《镜花缘》的版本较少歧见。它的版本仅清刻本就有七种:江宁桃红镇坊刻本,此为最早刻本,是按作者第二稿传抄本私刻的;苏州原刻本,此刻甚精。此外,还有道光元年刻本、芥子园新雕本、芥子园重刻本及与坊刻本近似的丁丑本。人民文学出版社又出版了新的横排本。

二、庞杂而新颖的社会内容

在《镜花缘》中,作者通过幻想的形式,创造了一个变幻无穷、光怪陆离的艺术世界。然而,作品并非单纯的蒐奇猎怪,作者在第二十三回中说道:"这部'少子'(即《镜花缘》),虽以游戏为事,却暗寓劝善之意,不外讽人之旨。"可见,作者是有意识地以游戏之笔,构造一个具有象征意味的境界,来达到讽时刺世、弃旧迎新的目的。于是,在这广阔而奇幻的艺术世界中,便装上了庞杂而新颖的社会内容。

第一,讽刺科举,探求人生之道路。

首先,作者辛辣地讽刺了在科举制度压抑、束缚下的知识分子的空疏不学、浅薄无聊。如第二十一、二十二回写唐敖等人闯进"白民国"的学馆,只见"诗书满架,笔墨如林",厅堂悬"学海文林"之玉匾,两旁挂"研经"、"训世"之对联,这种堂而皇之的气派,吓得唐敖一行"连鼻子气也不敢出"。可这高雅堂皇的气氛,却熏陶出白字连篇的八股先生,居然把《孟子》的"幼吾幼,以及人之幼"读成"切吾切,以反人之切",把"序者,射也"读成"予者,身也",牛头不对马嘴,令人啼笑皆非。还有"淑士国",到处竖着"贤良方正"、"教育人才"的招牌,却到处弥漫着令人欲呕的酸气:有装腔作势、满口"之乎者也"的酒保,有一段话用了五十四个"之"的腐儒,还有"举止大雅"、"器宇不俗"却一毛不拔、爱占便宜的老者等。这里的境与人、名与实、言与行都是那么的不协调,又都是那么的习以为常、不可救药。

其次,在一定程度上揭露了科举制度的弊病,一方面,作者通过黑齿国的红衣女子红红赴试落第等事,揭露了当时被取之人"非为故旧,即因钱财","所取真才,不及一半"的真相,从正面抨击了科场"有贝之'财'胜于无贝之'才'"的舞弊之风;另一方面,又通过闺臣说出"天朝"考官莫不清廉,为国求贤从无贪欲的反语,用一个明显违背事实的命题,从反面提醒人们注意"天朝"自身的严重弊病。

然而,作者并没有把主要笔力用在讽刺与揭露方面,而是更多地从正面探求知识分子人生之道路:是执迷不悟地走科举之路,还是走自己的路?

唐敖曾经热衷于科举考试,但并没有全力以赴,而是"秉性好游","因此学业分心",屡试不第;后来考中探花,却因人告发而被革。于是,毅然同科举考试一刀两断,索性到海外纵情漫游,最后到小蓬莱吃了"仙草",顿时撒手凡生,成仙入道了。可惜他走的是中国古代失意文人的老路:弃儒从仙。

唐敏一向"无志功名,专以课读为业",他认为,与其为功名而"奔驰辛苦,莫若在家,倒觉自在";又说:"若把天下秀才都去做官,那教书营生倒没人作了。"在那唯考是途的时代,他却理智他选择了一条既不束缚个性、又对社会有用的人生之路:弃"考"从教。

多九公,幼年入学不得中,但他没有像范进、周进那样考得死去活来,而是有自知之明地"弃了书本,作些海船生意,后来消折本钱,替人管船拿柁为生,儒巾久已不戴"。这比起淑士国那些儒巾素服、假装斯文的人,要真实进步得多,充实得多。而正是这种走南闯北、浪迹天涯的经历,使他积累了渊博的知识,连考中探花的唐敖很多地方都得向他请教。

从寻求超脱的弃儒从仙,到甘于恬淡的弃"考"从教,再到走南闯北、具有冒险精神的弃儒从商、从工,既表现了对那种以科举为人生唯一目的世风的否定,也表现了对恬淡自守的传统价值观念的突破。

第二,揶揄世态,向往理想之社会。

李汝珍生活的嘉庆、道光年间,是清王朝由"盛"到衰的转折期,也是我国封建社会由腐朽走向崩溃的前夕。新旧交替,沉渣泛起。作者认为,社会的丑恶腐败只是"世风日下,人心不古"。于是,便通过虚构的神话形象,影射当时浇薄的世风。通过牛形药兽的形象,揶揄了那些"不会切脉,也未读过医书"、"以人命当耍"的庸医;通过翼民国人头长五尺的形象,嘲笑了那些"爱戴高帽"、喜欢奉承的劣徒;另外像注重钱财、到处伸手搜刮的"长臂"者,腹中空空、却"偏装作充足样子"的"无肠"者,心术不正、暗怀鬼胎而胸部前后溃烂相通的"穿胸"者,还有好吃懒做、游手好闲而积成痼疾的"结胸"者等,都在作者的笔下露出可憎的面目、可恶的本质。刻画尤其生动的是那些表面和善、本质凶恶、"只重衣冠不重人"的"两面人",作者通过历经世故的多九公告诫人们:要特别留神,及时识破,方可免遭其害。这就深刻地映现出这些虚构的两面人的现实模特儿——封建恶势力以及充满凶脸、丑恶、诡诈的社会风气。

同样,作者也不仅仅是在揶揄世态、暴露黑暗,而是通过对一些海外世界的想象描写,具体地表现他的社会政治理想。在君子国,"耕者让畔,行者让路","无论富贵贫贱,举止言谈,莫不恭而有礼";市场上,买主主动付大价钱,取次等货;而卖主则力争收贱价钱,售上等货;这里民风淳朴,和平安宁。更为可贵的是宰相谦恭和蔼,"脱尽仕途习气";国王没有架子,有事亲到宰相家中商议;国家严禁送礼行贿等不良风气。这种文明的社会风气、和谐的社会制度、贤明的官吏,正是作者所向往的理想社会。

然而,这种向往既可喜亦可悲。可喜的是,作者能够站在先进社会力量的一边,从改革社会、变革现实的角度,力求用新的东西去否定旧的东西,并且把眼光投向"天朝"以外的广阔天地。而可悲也正在此,作者的幻想之笔虽然跨越了时空的界限,但却没能跨越出传统的封建模式:君子国是泰伯之后,世俗人文,都是"天朝文章教化所致";轩辕国是黄帝之后,所以鸾歌凤舞,一派升平景象。可以说,在中国古代作家的幻想当中,从来就没有设想过一种与儒家传统制度完全不同的合理的社会模式。如果说君子国的平等互利已经透露出资产阶级民主主义的气息,但却由于描写的不具体、不真实,因而只能成为可笑的、空幻的"乌托邦"。

第三,表彰才女,呼吁妇女之解放。

在清代,崇拜小脚之"拜脚狂",贞节观念之宗教化,集大成之女教,好媳妇之标准,一款款、一条条,摧残毁灭了多少美丽善良、多才多艺的女性。在中国妇女的非人生活达到登峰造极的时候,学术界、文学界出现了不少女性同情论者。俞正燮、李汝珍是其代表。俞正燮在《癸巳类稿》和《存稿》中,对缠足、多妻、强迫妇人守节、室女守贞等,都发表了大胆的议论,提出了严格的一夫一妻制等进步的主张。而李汝珍,则通过形象的描绘来讨论妇女问题。

首先,作者用"反诸其身"的办法,形象地控诉封建社会压迫摧残妇女的不人道、不合理。在第三十三回,借了林之洋被女儿国选作王妃的事情,使他身受种种女子所受的痛苦,"矫揉造作",血泪模糊,"求生不能,求死不得"。于是,几十天的"加工",居然使一个天朝上国的堂堂男子,向那女儿国的国王,颤颤巍巍地"弯着腰儿,拉着袖儿,深深万福叩拜"了。作者写得是那样的怨而不怒,却又那样深刻惊人:它使人不能不同情妇女的不幸,不能不感到习俗的残酷。同样,在讨妾问题上,作者也是用"反求诸己"的方法。第五十一回中那两面国的强盗想收唐闺臣等作妾,因此触怒了他的压寨夫人,这位夫人把她的丈夫打了四十大板,还数他的罪状,要男子反躬自问,要男子生出一点忠恕之心。

虽然,李汝珍破旧方面的主张,并不能超过俞正燮,可贵的是他能够提出女子参政的主张,能够承认男女智慧之平等,从而高昂地呼唤着一个妇女解放的春天的到来。作者在四十八回借泣红亭主人写的碑记说:"盖主人自言穷探野史,尝有所见,惜湮没无闻,而哀群芳之不传,因笔志之。"可见,一部《镜花缘》,原就是专为发挥女子才能而写的。他写"天地英华原不择人而畀","况今日灵秀不钟于男子",明确承认男女智慧的平等,所以女子应当同男子一样的读书、科考,一样的社交、参政;他写一百位才女"莫非琼林琪树,合璧骈珠",才德兼备,后来都名列高科,做官的做官,封王的封王;为了使他的理想合理化、合法化,他还写了历史上确实存在的武则天这样的女皇帝,上官婉儿这样的女才子。于是,他不但把贱视女子的社会心理完全打破,而且还把女子的社会地位提高到和男子一样。这种大胆的主张,不仅表现出对妇女解放的向往,而且表现出人的觉醒和社会解放的理想。

然而,李汝珍这种思想并不是偶然的,也不完全是幻想,而是得之于社会的暗示,因为在他当时和稍前曾出了许多女诗人,清代妇女才学的发达,也是两千多年来所未有的。清初陈维崧撰的《妇人集》,凡九十七条,记的都是明末清初妇女能诗词者的轶事。嘉庆初,许夔臣选辑《香咳集》,录各家妇女诗,少则一首,多则三五首,前缀小传,凡三百七十五家,其自序云:"自昔多才,于今为盛。发英华于画阁,字写乌丝;摅丽彩于香闺,文缥黄绢……拈毫分韵,居然脂粉山人,绣虎雕龙,不让风流名士。"到了道光年间,蔡殿齐编《国朝闺阁诗钞》十卷,合有百家,选择甚精,可以代表道光以前的清朝一代的女诗人。这是实实在在的、现实生活中的"百花才女"。她们的歌唱虽然还不能跳出"吟风弄月,春思秋怨"的范围,但也唱出了她们想了解世界、想探讨学问、想陶冶性情的时代心声:"足不逾闺闱,身未历尘俗,茫茫大块中,见闻苦拘束。……风雨恣搜罗，得意必抄录，自笑女子身，乃如书生笃。学问百无能，探讨性所欲。岂但填枵腹，或可企芳躅。遥遥一寸心，前修自勉勖。"①（王璊《读史》）可见，李汝珍对社会是关注的，因此能够在风雨如晦的环境中，看到光明，看到进步，看到新生，能够真诚地为妇女设想一种正式的教育制度、参政制度，具体地提出了解决妇女问题的方法，虽然在当时是不现实的。从这个意义上看，《镜花缘》比同时的《红楼梦》及一些才子佳人小说要进步得多。

　　第四，显扬才学，反映时代之风尚。

　　梁启超说清代两百多年的学术，是"取前此二千余年之学术倒卷而缫演之；如剥春笋，愈剥而愈近里；如啖甘蔗，愈啖而愈有味"。②尤其是乾隆、嘉庆时期的几代学者，虽身处逆境，却仍潜心于学术，孜孜于典籍，从而在开拓文字、音韵、训诂、目录、版本、校勘、金石诸领域取得了新的学术成就，结出了清代独有的学术硕果，即以考证的方法治学的乾嘉学派。这种言之有据、质朴无华的学术风气，必然会影响有清一代的文坛。正如胡适所说的："那个时代是一个博学的时代，故那时代的小说，也不知不觉的挂上了博学的牌子。这是时代的影响，谁也逃不过的。"③确实的，连《红楼梦》也没能逃过，不过它不是挂上博学的牌子，而是把"博学"融化在艺术形象中，而《镜花缘》则直接显示了同考据派的深刻渊源。作者曾托黑齿国紫衣女说，"学问从实地上用功，议论自然确有根据"，因而他的作品多从学问上用功，多从自己得之于书本的知识结构中寻找"有根据"的创作灵感。

　　一是古代神话知识的应用。《镜花缘》写到的几十个国家的名称，大都出自《山海经》等古籍，一一都有来历，那些珍禽异兽奇花仙草的名称，也都各有所本，像驳马见《西山经》、人鱼见《异物记》、木禾见《淮南子》、肉芝见《太平寰宇记》等。作者虽然只是以"古"为本，生发开去，为表现思想服务，但也体现了当时言之有据的学风。

　　二是关于音韵学、经学、医学等方面的知识，这些确实是很踏实的学问。如第十六回至第十九回黑齿国的识字辨音之争，第三十一回的切韵表等，显然是在炫耀他治音韵的才学；又如唐敖、多九公在黑齿国女学堂里谈经，论《论

---

① 《稀见清人别集丛刊》第18册，广西师范大学出版社2007年版，第503—504页。
② 梁启超《清代学术概论·自序》，上海古籍出版社1998年版。
③ 胡适《中国旧小说考证》，商务印书馆2014年版，第455页。

语》宜用古本校勘,论《易经》王弼注偏重义理,"既欠精评,而又妄改古字",还有唐闱臣论注《礼》诸家,以郑玄注为最善等,都是当时经学盛行的副产物。

三是着力介绍古代各种文娱活动。如琴棋书画、灯谜、酒令、双陆、马吊、射覆、蹴球等等,其中很多在当时是已近失传的东西,作者就把自己掌握的书本知识写进作品,虽然旨在表现才女们的多才多艺,但是介绍多了,也就失去了文学意味,让人觉得作者是在逗才,而非创作。

总之,作品中知识性的描写,学问式的议论,大多是在炫耀作者的才学,同时也反映了博学的时代风尚。鲁迅把《镜花缘》归入"清之以小说见才学者"之列,这种概括虽然不能涵盖整部小说,但也说明这是《镜花缘》的主要内容之一。

三、丰富而幽默的讽喻艺术

首先,从整体构思与具体表现看,作者是运用多种手法对神话传说进行生发虚构,来组构象征体系,表现讽喻意味。

一是承用旧名,杜撰新事。女儿国本于《山海经》之女儿国。《海外西经》说:"女子国在巫咸北。两女子居,水周之。"《大荒西经》说:"有女子之国",下有郝懿行引《魏志》:"有一国在海中,纯女无男。"《镜花缘》的女儿国则没有:"水周之"、"纯女无男"的特点,其中有男有女,不过国是以女为君,家是以女为主,男子是受女子的支配,这是借女儿国之名杜撰出来的故事。它在表现男女平等的民主主义思想的同时,象征影射了当时男女极端不平等的社会现实。另外,像淑士国的故事、白民国的故事,都是借名杜撰的。

二是抓住一端,生发开去。有的是生发故事,间接讽世:《海外东经》说君子国人"衣冠带剑,食兽,使二犬在旁。其人好让不争"。李汝珍就抓住"其人好让不争"生发开去,设想出一个君子国来。市场上做买卖的,卖的要低价,买的却出高价;一个非高不买,一个非低不卖。这样"好让不争",虽然有些矫饰反常,让人感到滑稽可笑,但也是对当时社会好争不让、缺少君子风度的一种影射、一种反讽。大人国故事则是根据《博物志》的大人国人"能乘云而不能走"的特征加以发挥的。有的是生发议论,直接讽世:第九回唐敖就精卫用心之专议论道:"此鸟秉性虽痴,但如此难为之事,并不畏难,其志可嘉。每见世人明明放著易为之事,但却畏难偷安,一味蹉跎,及至老大,一无所能,追悔无及。如果都像精卫这样立志,何患无成!"还有借山鸡的刚烈血性,发"世人明知己不如人,反靦颜无愧"的议论;借人鱼的受恩知报,抒"世上那些忘恩的,连鱼鳖也不如"的感慨。这种类似"托物起兴"的艺术手法,较好地体现了作品的讽喻特色。

三是漫画解释,类型勾勒。李汝珍为了达到讽世的广度,往往对神话传说中的一些奇形怪状作漫画化的解释、类型化的勾勒。《海外东经》说毛民国"为人身生毛",《镜花缘》就解释说是"因他生性鄙吝,一毛不拔,死后,冥官投其所好,给他一身长毛";《海外南经》说羽民国"其为人长头,身生羽",《镜花缘》则解释说是因为他们最爱奉承,爱戴高帽子,渐渐地把头弄长了;又如犬封国的狗头狗脑,穿胸国的狼心狗肺,长臂国的四处伸手,豕喙国的撒谎成性等等,作者就像一个漫画展的解说员,给读者讲解描述各种"类型"人物的形成与特征,一幅一幅,既有讽刺,又寓劝诫,合而观之,就是当时社会一部丑陋的"现形记"。

其次,关于作品的美学风格。如果说滑稽、讽刺、幽默是喜剧的三个审美范畴的话,那么,明清时期的这几部社会讽喻小说,正好有所侧重地体现了三种美学风格:《斩鬼传》等寓讽刺批评于滑稽,风格显得比较轻佻;《儒林外史》寓讽刺批评于写实,风格显得比较凝重;而《镜花缘》是寓讽刺批评于幽默之中,表现出来的是一种比较轻松的风格,它预示着人类将愉快地把该否定的东西送进历史的坟墓。

寓讽刺批评于幽默,常常表现出一种巧妙的揶揄、乐观的自嘲。第五回对武太后怒贬牡丹花的讽刺。当上官婉儿看到上林苑两千株牡丹花快被炭火炙焦时:

> 上官婉儿向公主轻轻笑道:"此时只觉四处焦香扑鼻,倒也别有风味。向来公主最喜赏花,可曾闻过这样的异香么?"公主也轻轻笑道:"据我看来,今日不独赏花,还炮制药料哩。"上官婉儿道:"请教公主,是何药料?"公主笑道:"好好牡丹,不去浇灌,却用火炙,岂非六味丸用的炙丹皮么!"上官婉儿笑道:"少刻再把所余二千株也都炙枯,将来倒可开个丹皮药材店哩。向来俗传有'击鼓催花'之说。今主上催花,与众不同,纯用火攻,可谓'霸王风月'了。"

对专横粗野的女皇的批评讽刺,是在才女风趣的笑语揶揄中表现出来的。这里,不是严肃的讽刺、激烈的否定,而是一种温和、自信的"扬弃"。

第六十七回对林婉如、秦小春在放榜前夕一反常态、举止失措的描写,"立也不好,坐也不好";醒着也笑,梦中也笑;还"立在净桶旁边,你望着我,我望着你,倒像疯癫一般,只管大笑"。倘若就此搁笔,那与"范进中举"还有点异曲同工之妙。可是作者又让舜英出来揶揄一番:"二位姐姐即或乐的受不得,也该捡个好地方。你们只顾在此开心,设或沾了此中气味,将来做诗还恐有些屁臭哩"。既嘲人又自嘲,便把原来一点悲剧意味都冲没了。

  第十八、十九回写唐敖一行本想在黑齿国女子馆摆些资格,卖弄些学问,没想反被红衣女子、紫衣女子驳得"汗如雨下,无言可答"。过后唐敖说道:"原想看他国人生的怎样丑陋。谁知只顾谈文,他们面上好丑,我们还未看明,今倒被他们先把我们腹中丑处看出去了!"于是,三人"只觉自惭形秽","只觉面目可憎,俗气逼人","只觉无穷丑态",赶快"躲躲闪闪,联步而行"地潜逃了。他们不是那种不知己丑、又把丑自炫为美的滑稽人物,他们敢于自省、乐于自嘲;能够自知其丑,又能够愉快地与自己丑的东西告别。这就是幽默的本质。

  寓讽刺于幽默,还常常是和超现实的理想紧密结合的,即在艺术世界中的意象并非现实的模拟,而是把真实、理性、逻辑让位于想象,从而构筑一个生动、奇幻的艺术境界。像作品中常常运用一种和现实颠倒对照的手法,以及"反诸其身"的手法,如君子国的好让不争的描写,与现实中"漫天要价,就地还钱"的不公平的买卖现象形成鲜明的对比;两面国的强盗向夫人求饶的描写,与现实中男尊女卑的现象形成对比;还有女儿国的描写,"男人反穿衣裙,作为妇人,以治内事;女人反穿靴帽,作为男人,以治外事"。后来写林之洋被选到宫里作嫔妃,要他裹足,使他骨断血流,尴尬不堪,"只觉得湖海豪情,变作柔肠寸断了"。作者同样是故意颠倒现实中的男女角色,把男人治女人之道用来反治其身,于是,那些在现实中尚不能否定、但却该否定的事物,在理想世界中、在幽默揶揄中被轻松愉快地送进了历史的坟墓。

第八章 公案侠义小说

第一节 概述

公案小说相当于现代的侦探小说,主要描写案件侦破的曲折过程,歌颂能官的聪明才智与清明公正。早在《史记》的循吏和酷吏列传中就孕育了公案小说的种子。魏晋南北朝小说如《搜神记》里的"东海孝妇",就生动地勾勒了于公的清官形象。记述狱讼事件的书,在五代时就出现了,如和凝父子的《疑狱集》及其续作、宋郑克的《折狱龟鉴》和桂万荣的《棠阴比事》等。宋代《名公书判清明集》将案件分门别类的编纂方法,对后世的公案小说有明显影响。不过,赋予公案以文学性质,使公案故事真正成为一种小说类型应该始于宋代。《醉翁谈录》里属于公案类的话本有十六种,现在只有《三现身》存在《警世通言》中,就是《三现身包龙图断案》,故事写开封府押司孙文救了一个冻倒在大雪里的人,这人后来竟和孙文妻子私通,并将孙文害死,干脆娶走了孙妻。孙文的鬼魂三次出现,最后包公破案。另外尚存的其他公案话本还有《错斩崔宁》《简帖和尚》《错认尸》等。和现代侦探小说不同的是,这些公案小说还没有把破案过程作为描写重点,所以主人公往往是作案者而不是破案者,重点写的是作案过程,后来东窗事发,官吏只是根据明显的证据进行简单的判决。这一点和清代的施公、包公作品也是不同的。另外所写案件一般都是民事案件,不外奸淫、偷盗、谋财害命之类,也有个别写官府草菅人命造成冤案。

元代公案小说不多,但公案戏对后来的公案小说影响很大。元代公案戏流传下来的有二十多种,著名的如《窦娥冤》《鲁斋郎》《蝴蝶梦》等。就内容上说,公案戏加强了对社会的批判力量。宋代公案话本虽然也谴责官吏的无能,但经常在案情里加入了一些偶然性因素,比如《错斩崔宁》《错下书》《错认尸》等,都集中在一个"错"字。像《错斩崔宁》中的冤案,作者认为是因为"人情万端""世路崎岖",所以得出"口舌从来是祸基"的结论,把冤案的根源归结为

"戏言"而不是吏治的问题,这显然是表面化的。虽然我们不能说这是作者在有意减轻官府的罪责,但在客观上确实削弱了批判的力度。而元代的公案戏中不少人物都是权豪势要,或皇亲国戚,或花花太岁,或地痞恶霸,他们在社会上为非作歹,横行不法,给人民带来灾难。公案戏重在揭示造成冤案的必然性,这样就增强了对封建制度批判的力度。在批判黑暗吏治的同时,公案戏还塑造了一批清廉公正的清官形象,比如包公形象。他们的主要性格特点是刚正不阿,铁面无私,能公正执法;另外一点是充满智慧。清官形象虽然也是来自生活,但更主要的是表达了作者和读者的共同愿望,是理想主义的产物。

明代中叶以后是公案小说发达时期,产生了《包龙图判百家公案》《龙图公案》等一系列作品。这些作品的主题大部分由揭露黑暗政治转向歌颂清官的明察和清廉。清官斗争的对象多是奸夫淫妇、强盗窃贼、流氓地痞乃至狐妖怪兽,较少让他们直接面对黑暗政治,只有《包公案》《海公案》还能表现主人公的斗争精神。到了清代中叶以后,公案小说与侠义小说合流,产生了《三侠五义》《施公案》《彭公案》等作品。到了民国以后,公案小说逐渐消亡。

在公案小说中,清官形象有一个从理想到神化的演变过程。在宋元话本、优秀元杂剧、《明成化说唱词话》的部分作品以及《包公案》部分故事中,清官是人民愿望的化身,是人民美好理想的体现。其主要表现是:1. 包公斗争的对象,他的对立面不是市井小民,也不是一般的窃贼强盗、奸夫淫妇,而是"权豪势要",即大贵族、大官僚、大恶霸;2. 这些作品中受害者不是消极等待、乞怜,而是奋起反抗;3. 包公断案手段主要不是靠神灵启示,而是靠智慧,靠调查研究,靠人民支持;4. 清官身上寄寓了人民群众的美学理想,他们有着不畏权势、清正廉洁、勤俭朴素等美好品格,是理想化的。在元杂剧和公案小说中还存在另一种清官,即神化的清官。他们斗争的对象不是"权豪势要",而是窃贼强盗、奸夫淫妇,他们提出的不是大贵族、大官僚、大恶霸压迫人民的问题,而是偷窃奸淫这些社会伦理道德问题。其实这些社会丑恶现象也是封建统治腐败的产物,如果把当时社会问题仅仅归结为盗贼横行、淫妇邪恶,显然回避了社会的主要矛盾,而且在这些描写中又打上了很深的封建道德的烙印。另外,清官断案既不靠智慧,也不靠调查,而是靠神灵显身、神佛托梦、鬼魂诉冤等等,所有案件审理几乎全靠鬼神,使这些作品失去了现实的色彩,清官形象因此也逐步偶像化、公式化,成为神化的清官。

前面所说的两种清官形象,大体上都是民间的产物,没有直接介入朝廷的重大斗争。到了明代,清官形象又发生了重大变化,即从民间的清官转化为积极参与朝廷忠奸斗争的忠臣形象。标志着这个转变的是《明成化说唱词话》中的《仁宗认母传》和《百家公案》,《龙图公案》中仁宗认母故事。这时清官所断的已不是民间的冤案,而是皇帝家族内部争夺王位的大案,清官成为与朝廷奸臣斗争的忠臣。清代《三侠五义》沿着这条线索发展,他们斗争的对象已不是奸夫淫妇、窃贼强盗,也不仅仅是横行不法的"权贵势要",而是"常怀不轨之心"、"反迹甚明"的奸臣或帝戚,这些上层贵族人物不但欺压百姓而且觊觎皇权,阴谋叛乱。清官从折狱断案型变为除奸平叛型了。

到了《施公案》出现,清官形象又进一步演化为镇压人民的刽子手。他们要断的已不是民间冤案,而是人民造反的钦案;要镇压的已不是谋反的叛臣,而是于六、于七这样的农民起义领袖。清官从除奸平叛型又变为灭盗平叛型。

在优秀的公案作品里,清官斗争的对象是"权豪势要",重点是反恶霸,是代表人民向统治阶级中的官僚恶霸作斗争;神化的清官,重点是反盗贼、流氓,作品虽然没有抓住社会的主要矛盾,但所揭露的仍是封建统治下的腐败丑恶现象;忠臣型清官,重点是反奸臣,清官忠臣色彩大大加强。清官从统治阶级外部转向统治阶级内部,从代表人民向统治阶级中特权人物作斗争转为统治阶级内部的斗争,即清官为审理皇家的冤案、平定统治阶级内部的叛乱、为巩固皇权而斗争。但是,清官还是站在正义的一边向邪恶势力作斗争,它的斗争对象是统治阶级内部的奸臣,而不是农民起义。《施公案》等作品重点是反对农民起义,它使斗争从统治阶级内部又转向外部,即清官为平定农民起义而斗争。这样,清官就完全成了统治阶级的奴才和鹰犬。清官断案的故事就丧失了它的积极意义,公案小说也随之而湮没。

侠义小说与公案小说是密切联系但又自成体系的,它们按分久必合、合久必分的轨道发展。

所谓侠义小说,是以豪侠仗义行侠为题材,主要歌颂重义尚武、扶困济危的侠客。《史记》中《刺客列传》《游侠列传》可视为侠义小说的滥觞。在汉魏六朝的小说中,《吴越春秋》中的《越女试剑》,《搜神记》中的《三王墓》(即《干将莫邪》)、《李寄斩蛇》,《世说新语》中的《周处》等等已展现武侠小说之雏形。到了中晚唐出现了比较成熟的侠义小说,如《虬髯客传》《红线》《昆仑奴》《聂隐娘》等等,他们是貌不惊人而实际并不平凡的江湖异人,在危难关头挺身而出,凭借其神奇本领匡扶正义、惩治邪恶,事成之后则飘然远逝,其间流荡着一种在拯救他人、拯救社会中超越生命、超越功利的精神气质。宋元话本中"朴刀杆棒"和部分公案类作品也是侠义小说,如《宋四公大闹禁魂张》《杨温拦路虎传》等。从唐代到宋元,豪侠有两类:一类属于个人仗义行侠的,他们主要是凭靠自己的武术和技艺,或拳法剑术,或飞檐走壁,去完成惊险的救困解危的英雄行动,在戏曲舞台上属于"短打"一派,后代的侠义小说主要继承了这一类;另一类则先是个人行侠,后加入集体,表现出豪侠的群体性,如《水浒传》《杨家将》等,发展为英雄传奇小说,他们已不单是个人行侠,而是集体反抗;不单单是靠个人的飞檐走壁或拳术刀法,而是运筹帷幄、行军布阵、设伏打援、战场拼杀,展开千军万马的武装斗争,豪侠也变成了武将,在戏曲舞台上属于"长靠"一派,脱离了侠义小说的范畴。

明代侠义小说并不发达,比较典型的侠义小说是在清代中叶以后出现的,《绿牡丹》可以说是长篇侠义小说的先声,《三侠五义》《施公案》《彭公案》则是侠义与公案结合的产物。这以后,《圣朝鼎盛万年青》《七剑十三侠》等又逐步从公案侠义的合流中分流出来,成为独立的武侠小说。

在宋元明之前,侠义小说的豪侠主要是代表了人民的愿望,它们或与豪强恶霸作对,救助贫弱百姓;或向官府朝廷挑战,炫耀自己的武术本领。他们大多属于下层人民,或飘忽不定,或隐姓埋名,并没有成为统治阶级的附庸。当然,这种个人反抗、个人复仇、个人英雄主义有它的思想局限性,但它毕竟是被压迫的人民在封建重压下反抗意识的表现,在无望中寄托的幻想。到了《三侠五义》,公案与侠义结合,侠客成了清官的助手。他们在忠与奸的斗争中,站在忠臣的一边与奸臣作斗争,为皇帝讨伐篡权反叛的奸臣贼子,还没有直接与农民起义作对。而《施公案》《彭公案》《永庆升平》中的侠客,则在清官的统率下,灭盗平叛,成为镇压农民起义的帮凶与鹰犬。侠客从代表人民的愿望向封建秩序挑战,转变成统治阶级的忠臣义士向乱臣贼子作斗争,再转变为统治阶级的刽子手去镇压人民,这样,侠客的光彩尽失。《圣朝鼎盛万年青》《七剑十三侠》等则又展开了教派门户之争,主要是个人恩怨、教派争斗,又杂以神怪妖法,这种单纯的侠客个人复仇,没有很大的社会意义。

公案小说与侠义小说,在中国小说史上是独立发展的两个流派,但到清代中叶以后,公案和侠义小说出现了合流的趋势。尔后又分为二支,公案小说逐渐衰歇,而侠义小说在清代末年大为兴盛,发展为武侠小说。到了二十世纪的二十至四十年代又掀起高潮,不肖生、赵焕章、顾明道、李寿民(还珠楼主人)、白羽等人的武侠小说风行一时；五六十年代，港台的新派武侠小说蔚为大观，金庸、梁羽生、古龙三大家影响颇大，虽已与清代武侠小说面貌不同，但也还留有古代武侠小说的痕迹。

那么，公案和侠义小说为何会出现合流的趋势呢？

本来这是两种不同题材的小说，一是写侠客们仗义助人，为民除害，考虑的是下层民众的利益；而公案则是维护封建法律，虽然也有为民伸冤的清官，但从根本上说，是为统治阶级服务的。在很多时候，侠客和清官的利益会发生冲突，成为矛盾的双方。因为自古以来侠士都是"以武犯禁"的，禁者，法也，而清官作为执法者，对侠者的犯法行为当然应该治理。这样看来，侠士和官府、侠义小说和公案小说有它对立的一面。不过我们还应该看到二者也有相似的一面：侠士和清官虽然出发点不尽相同，但都讲究公正，都对邪恶的东西深恶痛绝并给予打击。比如对那些为非作歹、祸国殃民的权豪势要，侠士出于义愤，清官出于维护法律，都和他们进行斗争，最终不约而同地达到为民除害、维护人民利益的目的。另外，从艺术风格上看，公案小说和侠义小说也有相近的地方：二者都讲究故事情节的曲折变化，主人公都充满智慧，并且神秘莫测，具有超常的能力，为故事蒙上了一层神奇的色彩，产生了其他类型小说所没有的独特的吸引力。公案和侠义之所以能在清代走向合流，应该和这些共同点或相似点是有关系的。对于读者来说，智慧的清官和义勇的侠士们结合起来，一定能演出更为引人入胜的故事。事实也是如此，合流后的公案侠义小说变得智勇相兼、文武双全，更加显得有声有色。

可见，公案侠义合流主要是从艺术接受角度考虑的，是人们的愿望和作家想象的产物。从当时的创作盛况来看，读者确实喜欢这类作品：一部《三侠五义》，就出现了《小五义》《续小五义》等，一直续到二十集；《彭公案》也续到十七集；此外还有《李公案》《刘公案》等，虽然艺术水平不高，但却为下层社会的读者喜闻乐见，乃至满腹经纶的高层次读者也受到感染，有点像今天的教授们也看武侠小说似的（陈平原的《千古文人侠客梦》）。像清末大学者俞樾就对《三侠五义》很欣赏，认为它"事迹新奇，笔意酣恣，描写既细入毫芒，点染又曲中筋节"，"算得天地间另是一种笔墨"，并且还亲自动手修改，改名为《七侠五义》。而对于下层读者来说，他们只是希望社会安定、生活平安，他们分不清强盗和农民起义军的真正界线；相反，官府里的清官领着一群武艺高强的侠客去打强盗，并且把他们绳之以法，在大多数读者看来都是一件很快意的事。因此，尽管合流后的清官形象增强了忠君色彩，侠士形象也成了皇权斗争的工具，但对大多数读者来说，他们更关注的是公案侠义小说带给人们的那份新奇快意的感觉。

不过，从中国古代小说演变史来考察公案侠义小说，就其总体来说，它并不代表小说史前进发展的潮流，而是表现了逆转的趋势。这种逆转趋势表现为：一是从作家个人的独立创作又转向群众与作家相结合创作的说书体小说；二是从日常生活个性化的描写又转向半人半神的类型化描写；三是从对封建意识形态的批判又转向对封建伦理道德观念的歌颂；四是书中正面人物由怀疑封建制度而不愿为封建统治效劳、成为具有离心倾向的浪子或逆子，又变成了积极为封建制度效劳、鼓吹为维护封建王朝建功立业的所谓"英雄豪杰"。

当然，我们只是就公案侠义小说总体趋势而言，并不排斥某些作品在思想艺术上有一定的成就；不讳言它的说书体小说的优点，即情节的惊险与曲折，很有吸引力，在老百姓中颇受欢迎，产生巨大影响的事实；不忽视它的创作，为现代武侠小说提供了素材，积累了艺术经验。正因为如此，我们认为研究公案侠义小说是必要的，忽视它的存在，或者在小说史中一概抹杀，都是不妥当的。

第二节 公案小说

宋元时代的公案小说，大体有两类。一类是民间说书艺人创作的公案小说，它主要叙述冤案的发生和经过，对含冤受屈者寄予很大的同情，最后，依靠受害者的斗争，冤案得以昭雪，即使有清官判案，也只是在案情大白之后，履行一下判案的司法程序而已，重点并不在歌颂清官的明断，如《错斩崔宁》，主要写崔宁、陈二姐含冤受屈的悲惨遭遇，由于官府审案"率意断狱，任情用刑"，造成冤案。案件是由刘大娘子发现凶手，并向官府报告后，才得以昭雪。《简贴和尚》也是着重叙述由于和尚的奸谋，致使皇甫松休妻，造成夫妻离散的悲剧，最后也是由于杨氏发觉和揭发了和尚的阴谋，冤情才大白于天下。元杂剧中的公案戏，情况也类似。这类作品有较高的思想、艺术价值。另一类，是由承袭前代"公案书"而来的。现在我们可以看到的宋人编的《名公书判清明集》，为宋人编刊的"公案书"之仅存者。此书宋刻残本，只存户婚门这一部分，约六万五千字。明隆庆三年，盛时选的翻刻本是完整的。全书共十四卷，分为官吏、赋役、文事、户婚、人伦、人品、惩恶七门，约有二十二万字。它主要收录了一些著名官吏明敏断案、平反冤狱的记载或士大夫自己的判词,供为官者参考。《名公书判清明集》分门别类编纂的方法,以及着重记载官吏判词的体例,对宋元另一类公案小说有很大影响。《醉翁谈录》所载的"私情公案"和"花判公案",就是承袭了它的形式。这类故事重点是记述官吏的明敏断案和判词的巧妙、诙谐,对受屈含冤者并没有很大的同情,更多透露出一种文人的情趣。它主要来源于前代"公案书"等文献资料,而不是民间艺人的创作,其思想、艺术价值不如前一类公案小说,有的还只是说书人的参考资料,还没有赋予它文学创作的性质。

万历年间,出现一大批公案小说,大多数是收集民间故事和"公案书"里的案例,可以称之为书判体公案小说。现在可以看到的有下列几种:

1.《包龙图判百家公案演义》,十卷一百回,题"钱塘散人安遇时编集","书林朱氏与耕堂刊行",有"万历甲午岁朱氏与耕堂"字样,当为万历二十二年(1594)刊本。

2.《龙图公案》,十卷一百则,序署"江左陶烺元乃斌父题于虎丘之悟石轩",明刊本。又有《龙图神断公案》,题署亦同,十卷六十二则,为百回本之简本。

3.《海刚峰先生居官公案传》,四卷七十一回,题"晋人羲斋李春芳编次","金陵万卷楼虚舟生镌",卷首有李春芳写于万历丙午(万历三十四年,1606)序。

4.《皇明诸司廉明奇判公案》,二卷,存万历二十六年(1598)余象斗自序本,又有明建安书林郑氏萃英堂刊本,不题撰人。上卷分人命、奸情、盗贼三类,计三十七篇;下卷分争占、罪害、威逼、拐带、坟山、婚姻、债负、户役、斗殴、继立、脱罪、执照、旌表等十三类,计六十八篇,上下卷共一百零五篇。

5.《皇明诸司公案》,六卷,题"山人仰止余象斗编述","书林文台余氏梓行",明万历三台馆刊本。封面题"续廉明公案传",可视为《皇明诸司廉明奇判公案》之续书。卷一至卷六,依次是人命、奸情、盗贼、诈伪、争占、雪冤六类,计五十九篇。

6.《新民公案》,四卷四十三篇,首有万历乙巳孟秋序(即万历三十三年,1605),题"建州震晦杨百明发刊","书林仙源金成章绣梓"。分欺昧、人命、谋害、劫盗、赖骗、伸冤、奸淫、霸公八类。

7.《明镜公案》,七卷,题"明葛天明、吴沛泉汇编,三槐堂王崑源梓行"。

分为人命、索骗、奸情、盗贼、雪冤、婚姻、图赖、理冤、附古、古案十类，计五十八篇。现残存四卷，共二十八篇。每卷末有"新刻诸名公奇判公案一卷终"、"新刻续皇明公案传二卷终"、"新刻皇明诸司廉明公案三卷终"、"新刻诸名公廉明奇判公案传"等字样，可见此书当出于《皇明诸司廉明奇判公案》和《皇明诸司公案》之后，故标为"新刻"。

8.《详情公案》，全书六卷，现存卷二至卷四，题"陈眉公编"、"存仁堂陈怀轩刻"，卷二末尾有"李卓吾公案卷二终"的字样。卷二至卷四分为强盗、抢劫、窃盗、奸拐、威逼、人命、索骗七门。此书似出自《明镜公案》。

9.《律条公案》，七卷，全名是《新刻汤海若先生汇集古今律条公案》，"书林萧少衢梓行"。前面有"六律总括""五刑定律""拟罪问答"等，分为谋害、强奸、奸情、强盗、窃盗、淫僧等类。

10.《杜骗新书》，四卷，题"浙江夔衷张应俞著"。分为二十四类，此书所叙案情，全为欺骗类，但无诉状、判词等，不同一般公案书。

这几部公案小说有共同的特点：一是形同短制——大多以短篇小说集的形式出现，虽然有的采用章回小说的形式，但实际上都是短篇小说集，各篇或各回之间并无联系，都是单独成篇；二是按类编排——编辑方法大都与《名公书判清明集》相似，按案件性质分类编排。《百家公案》《龙图公案》《海刚峰先生居官公案》虽有中心人物，但细考其内容，仍是按类编排，把同类案件集中在一起。鲁德才在《明代各诸司短篇公案小说集的性格形态》中云："盖分类编辑，虽窃取法家书体例，然意在搜集异闻，以备一般人之消遣"[1]；三是结构类似——大多有一个类似的结构形式，即日本学者阿部泰记所云："先叙事情之由，次及评告之词，末述判断之公"，是一种新型的书判体公案小说[2]；四是故事雷同——案件内容多是一般刑事案件，如奸情、盗窃之类。其中一部分靠清官智慧断案，一部分靠鬼神启示断案。这些故事大同小异，互相抄袭，雷同的案例很多；五是法胜于文——虽然如《廉明公案》有人物，有情节，有描写，具备了一定的小说要素，但总体看来，这些公案小说法律意味较浓，艺术水平不高；六是时间相近——这些书都是在明万历二十年以后到明末出现的。在前后五十

---

[1] 载《'93中国古代小说国际研讨会论文集》，开明出版社1996年版，第464页。
[2] 阿部泰记著、陈铁镔译《明代公案小说的编纂》，《绥化师专学报》1989年第4期、1991年第1期。

年的时间里,出了十来部同类性质的作品,也可以算是明代后期的一个小说流派了。

在这个艺术成就不高的小说流派中,却有两个影响深远的作品序列,就是有关包拯和海瑞的公案小说。

一、包拯故事的作品

历史上的包拯,经过民间的创造,成为小说、戏曲作品中的活跃人物,成为我国家喻户晓、妇孺皆知的清官形象。包公故事在宋元话本中就出现了,《合同文字记》和《三显身包龙图断案》是最早的包公断案故事。《宋四公大闹禁魂张》虽不是包公断案故事,但在篇末出现了包公的名字:"直待包龙图相公做了府尹,这一班盗贼,方才惧怕。各散吃讫,地方始得宁静。"但总的说,在流传下来的宋元话本中,包公的故事并不多。可是在元杂剧里包公成为重要的角色,可以专辟一类,称为"包公戏"。现在保存下来有完整剧本的清官断案戏有十六、七种,其中包公断案的就有十一种之多,这就是无名氏的《陈州粜米》《合同文字》《神奴儿》《盆儿鬼》,关汉卿的《蝴蝶梦》《鲁斋郎》,郑廷玉的《后庭花》,李行道的《灰阑记》,曾瑞卿的《留鞋记》,武汉臣的《生金阁》,还有一种是科白不全的《张千替杀妻》。

到了明代出现了两种有关包公的小说,一是《包龙图断百家公案》,二是《龙图公案》,它又有百回本与六十二回本之别。这是两种不同的小说,其中相同的故事只占四分之一。1967年上海嘉定出土的《明成化说唱词话》中有与包公故事有关的八种词话:《包待制出身传》《包龙图陈州粜米记》《仁宗认母传》《包龙图断歪乌盆传》《包龙图断曹国舅公案》《张文贵传》《包龙图断白虎精传》《师官受妻刘都赛上元十五日看灯传》。

这三部书,从刊刻时间看,《明成化说唱词话》最早,《百家公案》次之,《龙图公案》最晚,可能是明末刊本;从内容方面考察,三书相同的几个故事加以比较,也说明是《明成化说唱词话》最早,《龙图公案》最晚,因为在演化过程中,情节的漏洞得到弥补,如刘都赛故事,《明成化说唱词话》《百家公案》里都是刘都赛被赵皇亲强房进王府后,太白金星化为小虫咬坏她的衣服,刘都赛要织匠来补,这才有与经营纺织业的丈夫师官受见面的机会。《龙图公案》改为刘都赛衣服是被老鼠咬破的,情节更近情理。

从故事演变的角度看,这三部有关包公的小说和说唱词话有几点值得重视:

1.《明成化说唱词话》中有《包待制出身传》,《百家公案》的卷首有一篇《包公出身源流》,而《龙图公案》没有。《明成化说唱词话》与《百家公案》中关于包公出身的叙述不尽相同,但都是《三侠五义》中包公出身故事的雏形。

2.《百家公案》《龙图公案》中大多数是民间刑事案件,反对的是奸夫淫妇、小偷强盗,但在《明成化说唱词话》《百家公案》《龙图公案》中都有一部分作品,矛头直指皇亲国戚、恶霸豪绅,具有尖锐的政治内容,如三书都有刘都赛、袁文正等故事,揭露贵族官僚残害百姓的案件触目惊心,这是三书中最有价值的部分。

3. 三书都出现了仁宗认母故事。据《宋史》记载,宋仁宗生母李宸妃,原是章献太后(刘后)的侍儿,她生下的皇子,章献太后认为己子,让杨淑妃养育,到皇子长大,继承了皇位,就是仁宗皇帝。可是李妃还"嘿处先朝嫔御中","人畏太后亦无敢言者","终太后世,仁宗不自知为妃所出也",到了刘后死后,才有人告诉仁宗他的生母是李妃。"仁宗不视朝累日,下哀痛之诏自责,尊宸妃为皇太后,谥'庄懿'"。这是当时轰动朝野的大事,民间广为流传。人民对李宸妃表示同情,对刘后的专横深为愤慨,围绕皇子的命运,敷演出动人的故事。陈琳、寇承御等忠臣与刘后、郭槐等奸贼展开惊心动魄的斗争,但这个故事与包拯无关。只有到了《明成化说唱词话》中的《仁宗认母传》、《百家公案》第七十四和七十五回、《龙图公案》中的"桑林镇"里才把这个故事与包公断案联系在一起,这样包公断的已不仅是民间的案件,而是皇帝宫廷里争夺继承权的大案了。包公介入了朝廷内部的忠奸斗争,包公已成为皇家的包公,这是包公形象的重大转变。

4. 过去《百家公案》不易见到,论述包公系统故事多只举《龙图公案》。实际上,两书相比,《百家公案》更有价值。这不但因为它刊刻年代更早,而且因为《百家公案》中有陈世美抛弃妻子秦氏的故事;还有狄青、杨文广与包公互相支持的故事,后来《万花楼杨包狄演义》就以此而敷衍成书;另外还有弹子和尚的故事,与《平妖传》相似;包公的衙役里出现了张龙、赵虎,显然对《三侠五义》产生影响,等等。这些都为研究包公故事流变和古代小说之间的相互影响提供了宝贵的资料。

二、海瑞故事的作品

海瑞是明代中叶著名的刚正廉洁的官吏,被称为"南包公"。他经历明代正德、嘉靖、隆庆、万历四朝。他在任淳安知县时,就有两件事轰动朝野。《明史·海瑞传》上这样记载：

> 宗宪子过淳安，怒驿吏，倒悬之。瑞曰："曩胡公按部，令所过无供帐。今其行装盛，必非胡公子。"发橐金数千，纳之库，驰告宗宪。宗宪无以罪。……都御史鄢懋卿行部过，供帐甚薄，抗言小邑不足容车马。懋卿怒甚，然素闻瑞名，为敛威去。

后来海瑞做了京官，任部都主事，上《治安疏》尖锐批评嘉靖皇帝。"帝得疏，大怒，抵之地，顾左右曰：'趣执之，无使得遁！'宦官黄锦在侧曰：'此人素有痴名。闻其上疏时，自知触忤当死，市一棺，诀妻子，待罪于朝，僮仆亦奔散无留，是不遁也。'帝嘿然。少顷复取读之，日再三，为感动太息，而留中数月。尝曰：'此人可方比干，第朕非纣耳！'"这件事更使海瑞忠直刚正的美名，广泛传扬了。黄秉石在《海忠介公传》中云："时都下人编公事为小说，咏唱通衢，取糊口钱。"

海瑞在万历十五年（1587）病逝，二十年后，即万历丙午（1606）就出现了《新刻全像海刚峰先生居官公案传》（一题《海忠介公居官公案传》）一书。书首有晋人羲斋李春芳序，恐系伪托①。此书七十一回，叙述了七十一个互不关联的海瑞审案故事，是一部短篇小说集。内容都是强奸、盗窃、图财害命之类的案件，反映了社会的腐败黑暗，与同时的其他公案小说相类，并没有什么特色。令人不解的是，海瑞一生轰动朝野的几件大事，《海瑞集》所收录的他在淳安县任上所审的许多案卷，竟没有一件反映在这部公案小说中，而且后来有关海瑞的小说、戏曲、说唱作品都与它没有直接的关系。这些情况表明，它只是把当时流传的一些公案故事加以编辑、附会在海瑞的名下，因此，《海刚峰先生居官公案传》的价值不是很大的。

真正写海瑞故事的是《海公大红袍全传》和《海公小红袍全传》。《海公大红袍全传》，六十回，署"晋人李春芳编次"，显系受《海刚峰先生居官公案传》题署的影响，托名李春芳，其真实姓名无考。《海公小红袍全传》四十二回，清无名氏撰。这两本严格说来都不是公案小说，但是海瑞作为清官形象与包公形象一样深入人心，以致人们约定俗成地把它们归入公案小说。

---

① 李春芳，字石麓，江苏兴化人，隆庆年间曾为相。但在出版于嘉靖三十一年的《大宋中兴通俗演义》后附有《精忠录》题为"李春芳编辑"，《海刚峰先生居官公案传》，也题"晋人羲斋李春芳"，《海公大红袍》又题"山右义斋李春芳编次"。可能先是托名宰相李春芳，以抬高小说身价，后来有的就沿用了。

《海公大红袍全传》从海瑞出生写起,赴考、招亲花了不少篇幅。进入仕途之后,以海瑞与严嵩的斗争为贯穿的主线,着重写海瑞出任山东历城县知县时,和依附严党的恶霸刘东雄的斗争。《海公小红袍全传》与前书相照应,写海瑞在万历皇帝即位后,被重新任用,他与宰相张居正的斗争是前三十二回的中心事件。张居正把持朝政,私藏国宝,陷害忠良,甚至图谋篡权夺位。海瑞支持孙成、周元表等到张居正家乡荆州搜出罪证,于是张居正满门法办,海瑞出任宰相。后十回,写海瑞折狱断案,为周文玉兄弟平反冤狱的故事。

《海公大红袍全传》中关于海瑞在淳安知县任内抵制钦差大臣张志伯,与历史上海瑞与鄢懋卿斗争的事迹有关;《海公小红袍全传》中周元表是以历史上的邹元标为原型。除此之外,都是根据传说铺演虚构而成,没有历史根据。有的则与史实相距甚远,例如《海公小红袍全传》写张居正阴谋叛乱;杨令婆成了地仙,长生不死,又带领杨家将来支持海瑞,反对奸臣,实属荒诞不经。

《海公大红袍全传》、《海公小红袍全传》二书,以忠奸斗争为主线,一方面,写奸臣恶霸为非作歹、贪赃枉法、残害百姓的种种罪行,反映了当时朝政的黑暗,具有一定的认识价值;另一方面,海瑞与奸臣恶霸作斗争,其刚正不阿、疾恶如仇的形象亦颇生动鲜明。《海公大红袍全传》中,海瑞在卖豆腐的张老儿父女处于悲惨境地时救助了他们,到元春当了皇后生了皇子又被严嵩陷害打入冷宫时,海瑞又向皇帝进谏,使张皇后和太子"重庆承恩"。这样,海瑞深深介入了皇家内部争夺继承权的斗争,与明代与包公有关的说唱词话和小说的思想倾向是一致的,即从民间的包公转化成皇家的包公。海瑞以张皇后和太子为靠山与奸臣权相作斗争,削弱和淡化了海瑞斗争的艰苦性,影响了海瑞形象的塑造,"应该说是大败笔"①。

根据《海公大红袍全传》改编的戏曲不少,整本的就叫《大红袍》。至于改编其中一个片段的,有《三上轿》《假金牌》《孙安动本》等。而弹词《福寿大红袍》《玉夔龙》,京剧中的《五彩舆》《德政坊》等,虽也是写海瑞故事,但并不是直接从《海刚峰先生居官公案》《海公大红袍全传》《海公小红袍全传》改编的,而是另行创作的。

三、清官形象的传奇艺术

从艺术表现的角度看,公案小说虽然都比较粗糙、幼稚,但包公、海公形象

---

① 蒋星煜《中国戏曲史探微》,齐鲁书社1985年版,第82页。

的传奇化却为后来小说、戏曲的清官形象创作提供了艺术经验。

1. 身世的传奇化：宋元话本和元杂剧对包公形象的身世描写都比较简单，《百家公案》和《龙图公案》则使包公身世具有浓厚的传奇色彩，即天上的文曲星君，降生庐州城外十八里凤凰桥畔小包村。因为生得丑陋，遭到父亲的嫌弃，幸蒙长嫂何氏收养回护，并请先生到家设帐教习，后来进京考中状元，授定远知县。出生的传奇化为包公的传奇生涯定下了基调。同样，在《海公大红袍全传》第一回"海夫人和丸画荻"中，小说叙述海瑞的出生，给海瑞套上了非同凡人的神奇光环：海瑞是五指山的豸兽投胎，是奉玉帝敕来到人间的，所以海瑞具有超凡的神力。

2. 权力的传奇化：元杂剧中包公的权力有限，斩杀那些罪大恶极的权豪势要还必须运用智巧，不能直接进行，如《鲁斋郎》；而《百家公案》和《龙图公案》的包公则直接拿皇亲国戚开刀，如《狮儿巷》的故事，包公为了替穷秀才袁文正一家伸冤，决定惩治皇亲曹国舅。仁宗皇帝亲自到开封府衙门来替曹国舅说情："万事看朕份上，恕了他罢。"包公马上拉下黑脸说："二国舅罪恶满盈，若不依臣判理，情愿纳还官诰归农"，终于"令牢中押出二国舅赴法场处决"。当皇上降下赦文，只赦免东京罪人和二皇亲时，包公道："都是皇上百姓，犯罪偏不赦天下。"先下命把二国舅斩杀，大国舅等待午时开刀，直到包公接到皇上大赦天下的诏书之后，这才打开大国舅的长枷。小说结尾处云："包公此举，杀一国舅而一家之奇冤得伸；赦一国舅而天下之罪囚皆释。"作品通过包公权力的传奇化塑造了一个法不阿贵的典型。

在海公故事中，同样也通过权力传奇化的描写塑造海瑞忠贞刚烈的传奇形象，如《海公小红袍全传》第四回写海瑞缴旨入京，此时海瑞已经请辞归田，如何又能进京与张居正抗衡呢？原来是万历天子得了一梦：

> 恍然如在御花园饮酒，瞥见文班中走出一人，身极长大，手拿弓箭对朕面上射来。朕见无人救驾，飞身跑走。却见前面一派汪洋大海，海中一只小船，船中一人头戴乌纱，身穿红袍，一阵狂风，吹到朕前。朕看那人满面瑞气，口称"万岁不必惊忙，有臣在此保驾"。忽然惊醒。不知长人弓箭是什么人，红袍纱帽是什么人。"众卿为朕解之。"那皇爷连问数声，两班寂然，无人答应，皇爷不悦。忽左班中闪出一人，俯伏金殿奏道："臣吏科给事中孙成奏闻陛下：那长人手提弓箭者，乃是奸贼之姓，日后自知。只

是大海有船,船中有一人,狂风吹到驾前,满面瑞气的臣子,据臣详解,一定姓海名瑞字刚峰,先帝时曾拜御史,原任南直操江,乃是一个保驾忠臣。"皇爷闻奏道:"太后曾对朕说,恩官海瑞是个忠臣,朕几忘了。"便道:"孙卿所奏,甚是有理。即着行文司,宣召海瑞来京。"忽闪出一位大臣,俯伏金阶奏道:"臣大学士张居正奏闻吾主:那海瑞三年前已经身死,不必宣召。"皇爷听奏道:"原来死了!可惜忠臣弃世。朕今着礼部员外陆元龙,赍诏前去祭奠,钦哉!"元龙领旨,捧了丹诏,离却京都,望广东一路行来。

其实,海瑞并没有与张居正同朝为官的记载,但是小说为了塑造传奇形象,让海瑞有了与先帝同列的身份,并赋予了与张居正共同辅佐皇上的权力。当海瑞得知张居正与国舅陈堂合谋、假传圣旨企图将孙成处斩时,一条链子就把国舅锁住:"国舅爷,我海瑞是没情面的,就是这样吧!"与包公斩杀曹国舅有异曲同工之妙。

3. 断案的传奇化:一是巧设机壳,设法诱使罪犯走进圈套,获取确凿证据,然后将他们制服,如《石碑》,包公就是通过审石碑这一奇怪行为来破案的;二是鬼神断案,包公有一个联络鬼神的游仙枕,经常给包公以兆示。在《海公大红袍全传》第三十七回"机露陷牢冤尸求雪"中,海瑞到刘家庄去深入虎穴,不想被捉进水牢。此时,便有蒙冤受死的山东简巡案阴间托梦,告知水牢中的实情,为海瑞扳倒刘东雄提供了证据。利用鬼神断案不仅出人意料,而且也显示了包公、海公的过人神通;而利用神判实现人间得不到的公理,则展示了对正义的不屈追求。可见,对于中国古代公案小说的叙事方式而言,虽然不像西方侦探小说那样对逻辑推理破案的重视,但在看似最荒谬的描写中恰恰是最符合创作观念和创作实际的一种表现方法。

第三节 公案侠义小说

唐传奇和宋元话本中有不少侠义小说,但在长篇小说领域里却很少见。《水浒传》包含着侠义小说的因素,可视为长篇侠义小说的源头之一,但毕竟不是纯粹的侠义小说。在明万历二十年到明代末年,公案小说大为兴盛的时候,也没有出现长篇的侠义小说。一直到了清代后期,即嘉庆、道光年间,侠义与公案结合产生了数量相当多的公案侠义小说和武侠小说,一直延续到清末。

为什么在嘉道年间到清末会出现这么多的公案侠义小说？这里有深刻的社会原因和小说自身发展的原因。

首先，适应了统治阶级挽救危机的需要。嘉庆时期紧接着康熙、乾隆的"盛世"，是清代历史由盛转衰的时期。这时，一方面，统治阶级大量搜刮财富，兼并土地，过着奢侈腐化的生活；另一方面，人民不堪忍受压迫，反抗运动在经过康、乾时期的沉寂之后，又蓬勃兴起了。嘉庆元年，张正谟、姚之富等人领导的白莲教起义，揭开了清代后期农民大革命的序幕；嘉庆十八年，李文成、林靖领导的天理教起义，以及天地会、八卦教、闻香教的起义在嘉庆年间绵延不断。到了道光、咸丰年间，更爆发了太平天国起义，从此，清王朝走上了灭亡之路。在声势浩大的农民起义面前，统治者采取了镇压招抚并用的政策。这时，满清的八旗兵已损失了当年入关时的战斗力，成为一支腐败的军队。因此，他们只有招抚农民起义中的反叛分子和各地的地主武装，利用它们来作为镇压农民起义的骨干力量。公案侠义小说的大量出现正是统治阶级这种政治需要在文化上的反映。

其次，这种现象的出现是人民特别是市民中落后思想的产物。受清代统治者严厉统治和怀柔腐蚀的影响，这时人民群众中滋长着一种情绪：一方面，看到政治的日益腐败，对清官的幻想逐渐破灭，把希望寄托在"除暴安良"的侠客身上；另一方面，农民起义中的反叛分子和地主武装集团在镇压人民革命中"立功"，封官受赏，得到特殊的"恩典"。封建统治者大力宣扬这些封建爪牙的富贵尊荣，引起市井游民的羡慕。正如鲁迅一针见血指出的："时去明亡已久远，说书之地又为北京，其先又屡平内乱，游民辄以从军得功名，归耀其乡里，亦甚动野人之歆羡，故凡侠义小说中之英雄，在民间每极粗豪，大有绿林结习，而终必为一大僚隶卒，供使令奔走以为宠荣，此盖非心悦诚服，乐为臣仆之时不办也。"①

再次，有小说自身发展的原因。一方面，万历到明末的公案小说，实际都是短篇小说集，内容大同小异，而且文牍案例体的固定模式大大限制了它的发展，在兴盛一时之后，逐渐失去它的吸引力；另一方面，明末清初兴起的才子佳人小说，到了乾隆年间，逐步加入侠义的内容，向才子佳人、侠义、神怪小说融合的方向发展。公案小说、神怪小说、才子佳人小说都令人厌倦了。"值世间

---

① 《中国小说史略》，第278—279页。

方饱于妖异之说,脂粉之谈"时,这种"以粗豪脱略见长"的公案侠义小说就应运而生。

清代嘉庆、道光年间至清末出现了十多种公案侠义小说,择其要者,简介如下:

一、《施公案》与《彭公案》

《施公案》,清无名氏撰。最早的刊本有一篇嘉庆三年(1798)序。现存道光四年(1824)刊本。初刻《施公案》八卷九十七回,又名《百断奇观》。另有续集一百回,又名《清烈传》,光绪十九年(1893)刊本。以后又有二续三续,发展成为五百廿八回,约一百二十万字。1980年宝文堂书店出版的《施公案》,断于四百零二回,即"窦耳墩明正典刑"止,这以后的一百多回未收。

《彭公案》,二十四卷一百回,署贪梦道人撰。今存光绪十八年(1892)刊本。但道光四年庆升平班戏目中有六出与《彭公案》有关的戏,可见它的故事在戏曲中流传更早,编成小说较晚。《彭公案》亦有《续彭公案》八十回,再续八十一回,以后不断续作,竟达十七集之多。1987年宝文堂书店把《彭公案》和它的续书一起整理出版,凡三百四十一回。

《施公案》以施世纶为原型。据《清史稿》卷二六〇、二七七"列传"所载,施世纶(小说为仕伦)为汉军镶黄旗人,是靖海侯施琅的儿子,康熙二十四年以"荫生"出任江苏泰州知州,历任扬州及江宁知府、湖南布政使、顺天府尹、直至户部侍郎、漕运总督。清代文人笔记中多有记述,邓之诚《骨董三记》中绘其形状:"苏州施抚军世纶……貌甚奇,腿歪、手瘪、足跛、口偏",与小说所描写相同。《施案奇闻》的序中说他禀性:"峭直刚毅、不苟合、不苟取。一切故人亲党,有干谒者,俱正色谢绝之……凡民有一害,必思有以除之,有一利,必思有以兴之。即至密至隐之情,未有不探迹索隐,曲得其实者。"民间广泛流传其为民伸冤、平反冤狱的故事,陈康祺《郎潜纪闻二集》卷四中云:"少时,即闻乡里父老言施世纶为清官。入都后,则闻院曲盲词,有演唱其政绩者。盖由小说中刻有《施公案》一书,此公为宋之包孝肃、明之海忠介。故俗口流传,至今不泯也。……公平生得力在'不侮鳏寡,不畏强御'二语。盖二百年茅檐妇孺之口,不尽无凭也。"[1]陈康祺生于清道光二十年,同治十年进士,官至刑部员外郎。从他的这些话,可见施公故事早已在民间流传。

---

[1] 陈康祺著《郎潜纪闻》,中华书局1984年版,第387页。

《彭公案》里的彭朋,以彭鹏为原型,《清史稿》卷二七七有传。彭鹏,福建莆田人,顺治十六年举乡试,"耿精忠叛,迫就伪职,鹏阳狂示疾,椎齿出血,坚拒不从。"因此,耿精忠叛乱平定后,康熙二十三年,授三河知县。后历任工部给事中,广西、广东巡抚等职,以清官著称。

《施公案》与《彭公案》为姐妹篇,两书情节和人物多有交叉衔接处。《彭公案》成书晚于《施公案》,但书中的故事却早于《施公案》。《彭公案》里黄天霸还是个刚开始闯荡江湖的少年,而《施公案》里却成为叱咤风云的人物了。

《施公案》、《彭公案》里的案件有三大类。一是民间刑事案件,如《施公案》里金铺老板逼占伙计女儿,杀死其夫;陶武生父子用高利贷逼迫贫民还债;地主郎如豹私造假契,吞并农民土地,等等。《彭公案》里恶霸地主左青龙强夺平民张永德之女;鸡奸赵永珍之子,并把他打死;霸占刘四的田地五十亩,等等。二是大案,就是一些与封建当权上层有牵连的恶霸土豪、皇粮庄头的大案件,如《施公案》里大地主关升纵容恶奴阎三片,夺田占房,州官徇情,互相勾结。施仕伦微服察访,也被吊打;皇粮庄头黄隆基,吞并千顷土地,网罗流氓爪牙,勾结官府,夺占民房。《彭公案》里武举人武文华,是索皇亲的义子,与皇粮左庄头勾结,为非作歹,竟到京城买通御史,参劾彭朋,将其免职。这两类案件,反映了当时恶霸官吏的横行不法,揭露了所谓"盛世"的黑暗与腐朽,应该说,是有一定的认识价值的。第三类是钦案,就是施仕伦、彭朋率领侠客镇压农民起义,如《施公案》里摩天岭余成龙,作品里也说他是"不劫往来客人,专劫富贵人家"的好汉,施仕伦、黄天霸却把他剿灭了。窦耳墩是绿林好汉,他盗"御马"向皇权挑战。可是黄天霸"三进连环套",用残酷手段镇压窦耳墩,夺回了"御马",从此飞黄腾达。作品还详尽描写了施、黄等人镇压于六、于七的起义。《彭公案》里的周应龙,也是一位绿林好汉,并没有干什么残害百姓的事。他把杨香武盗来的"九龙杯"夺到手,藏在避侠庄,不肯交出来,黄三太上门去要,周应龙冷笑一声:"黄三太,你不必拿着皇上来吓我。我周应龙是堂堂正正奇男子,轰轰烈烈大丈夫,你只管调官兵来,我也不怕。"最后,黄三太、杨香武为了向皇帝效忠,盗回"御杯"后,康熙下旨将周应龙"就地正法","勿容一名漏网"。这里的"清官"不仅是皇家的忠臣与奸臣作斗争,更是维护王朝的除"盗"平叛——镇压一切反抗官府的力量。侠客虽然戏弄皇帝,盗走"御杯",好像与《宋四公大闹禁魂张》中的侠客近似,但最后还是"效忠皇上",与清官一起成为皇家的鹰犬。清官弃民为君,侠客重忠弃义,《施公案》与《彭公案》中的清官和侠客形象发生了质的变化。这种变化是由于时代特点、文化背景、作者意图、读者接受、作品传播等多方面因素所决定的,我们不能简单地把侠客投靠清官看作是侠客的堕落,也不能简单地把清官除盗平叛看作是历史的反动。

《施公案》与《彭公案》是从"院曲盲词"中来的,是说书体小说,因此有民间说唱文学的特色。

从清官破案方面说,它以"公案"勾连串套,形成特殊结构,前案未破,后案又起;数小案悬结于一大案,一大案分枝为诸小案。比起明代的公案小说,有了很大进步。但清官逐渐偶像化、公式化,成为傀儡,失去了它的光彩。而侠客形象却有血有肉,鲜明生动,黄三太、黄天霸、杨香武等人都给读者留下了深刻的印象。

说书体小说,最大的优点是"情节拿人",故事的曲折惊险,使它吸引了许多读者。虽然,编书的人文学修养很差,正像鲁迅所说"几不成文",但曲折生动的情节,却是较好的毛坯,为戏曲和曲艺艺术家的加工创造奠定了良好的基础。《施公案》《彭公案》出现在花部戏曲鼎盛的时期,据小说改编的戏曲,如《恶虎村》《连环套》《九龙杯》、"八大拿"①等戏目在艺术上达到炉火纯青的地步。

二、《三侠五义》及其续书

道光年间著名说唱艺人石玉昆是演说包公故事的专家。当时有人把他说唱的《龙图公案》记录下来,题作《龙图耳录》,一百廿回,存谢蓝斋抄本,1980年上海古籍出版社出版了傅惜华、汪原放校点本。石玉昆本来是连说带唱的,《龙图耳录》只存讲说部分,没有唱词,这样就把它改成纯粹的散文话本了。后来,又有人把它改编成《三侠五义》。清同治十年(1871)前,问竹主人第一次加以修订,成为一百二十回本的《三侠五义》,又名《忠烈侠义传》。到了光绪元年(1875),入迷道人,即文琳,又把问竹主人修订的稿子作了第二次加工。光绪五年(1879)出了活字印本。光绪十五年(1889)俞樾改写了第一回,把书名改为《七侠五义》,重加刊印,成为民间最流行的本子。②

---

① "八大拿"说法不一,据张肖伦《菊部丛谭》、《茜宝剧话》称:"八大拿"指《武文华》、《趴蜡庙》、《独虎营》、《双盗印》、《霸王庄》、《东昌府》、《拿左青龙》、《拿郎如豹》。或云拿左、拿郎两出不在"八大拿"之内,应加入《拿李佩》、《拿侯七》,又云《拿谢虎》剧亦在内。
② 关于石玉昆的生平和《三侠五义》成书过程,可参看《石玉昆及其〈三侠五义〉》,见《河北文学》1961年第4期;《有关〈三侠五义〉作者的一首可贵的诗》,见《天津日报》1961年8月29日。

《三侠五义》前面二十七回左右,主要写包公故事,后面七十多回,主要写侠义故事。写包公故事部分,包括包公出身、断乌盆案、断仁宗生母李妃案,它集中了元代以来戏曲、小说中包公故事的精华,并把它定型化,此后,小说戏曲中的包公故事就没有多少发展了。

《三侠五义》里包公是沿着忠奸斗争的轨道发展的,包公忠臣的形象更加突出。这表现在:(1)包公断李妃案演变得更完整,加入了刘后、郭槐勾结,狸猫换太子的故事。陈琳、寇珠、余忠为了救护太子,不惜牺牲自己的生命,寇珠撞阶而死,余忠冒名顶替代李妃而死,表现了他们对皇帝的赤胆忠心。另一方面,刘后、郭槐等人要尽阴谋诡计,狸猫换太子,逼死寇珠,甚至要害死李妃,表现了奸诈毒辣的性格,成了典型的奸臣。李妃流落桑林镇,路遇包公,包公为这桩皇家冤案的审理立了大功,他对皇帝的忠心得到突出的表现。(2)《三侠五义》里的包公为民间百姓伸冤报仇的事少了,斗争的对象也不仅是"权豪势要",而是有"造反"迹象的奸臣。例如,包公与马朝贤(太监)叔侄的斗争、与襄阳王的斗争都是因为这些人"常怀不轨之心""反迹甚明",包公是为巩固皇权而斗争,与包公对立的,不仅仅是统治阶级中为非作歹的特权人物,而是一个以篡夺皇位为政治目的的叛乱集团。因此,《三侠五义》里的包公虽然依靠智慧和实地调查,侦破了一些民间刑事案件如"墨斗杀人案"等。但是,与襄阳王等武装叛乱集团的斗争仅仅靠智慧和"微服察访"是无法解决的,包公、颜查散要依靠一批侠客,靠他们的高超武艺和飞檐走壁的本领,才能搜集罪证,揭露阴谋,平定叛乱。(3)突出包公和全书的忠君思想,使包公的忠臣色彩大大加强。包公是反对图谋叛乱的忠臣,是保卫皇权的擎天柱。他率领的侠客,也被赋予忠臣义士的品格。例如,包公向皇帝引荐"五鼠"时,把"钻天鼠"(卢方)改称为"盘桅鼠",把"翻江鼠"(蒋平)改为"混江鼠","恐说出'钻天''翻江',有犯圣忌,故此改了,这也是怜才的一番苦心"。这些侠客见了皇帝也是开口"罪民",闭口"罪臣"。他们以被封为"御猫"、作为皇帝的侍卫而感到无比光荣;他们以协助清官、铲除乱臣贼子作为自己的神圣职责。他们已不是民间"除暴安良"的义侠,而是朝廷的侦探和保镖了。

包公形象虽然也有写得比较生动的一面,但是,包公的神通减小了,他不再能"坐赴阴床"去阴间或天上断案了,而是让手下的一批贤人侠士帮他破案;他有了七情六欲,在处事的时候变得有点委曲求全,有时甚至自身难保,其形象开始由神人向凡人靠拢,于是,有关包公的公案小说也由"神话变成了人话",民间的包公崇拜也出现了由神到人的转变趋势。

《三侠五义》艺术上的最大成就,就是豪侠形象的创造,他们栩栩如生,有血有肉,为中国小说史画廊增添了这一类型的人物形象,对后代武侠小说具有重大的影响。正如鲁迅所说:"至于构设事端,颇伤稚弱,而独于写草野豪杰,辄奕奕有神,间或衬以世态,杂以诙谐,亦每令莽夫分外生色。值世间方饱于妖异之说,脂粉之谈,而此遂以粗豪脱略见长,于说部中露头角也。"①

《三侠五义》是部说书体小说,"绘声状物,甚有平话习气",保持了平话的特点,在惊险曲折的故事情节中展示人物性格。北侠欧阳春与双侠丁兆兰在刺杀马刚时,性格就完全不同。丁兆兰年轻气盛,锋芒毕露,高声张扬,还嘲笑欧阳春胆小;欧阳春老成持重,考虑周密,不动声色,却在丁兆兰动手之前杀了马刚。通过对比,欧阳春胆识、武艺显高一等,令人信服,两人的不同性格,泾渭分明,格外醒目。

《三侠五义》不但能在惊险曲折的故事中刻画人物,还能通过富有情趣的市井生活来塑造人物,使小说富有生活气息,真实可信。在"真名士初交白玉堂,美英雄三试颜查散"这一回里,颜查散与化名金相公的白玉堂交上朋友,白玉堂每到一处,故意挥霍颜查散的银子,摆阔气,闹排场,考验颜查散。通过小书童雨墨的眼睛,极有风趣地把白玉堂的豪气、颜查散的质朴、雨墨的机灵都活脱脱地表现出来。《三侠五义》这一类作品中的人物"大半粗豪",容易写得性格雷同,而《三侠五义》人物虽有"行侠尚义"和"致君泽民"的共性,但又写得个性分明。白玉堂的心高气傲,锋芒毕露;蒋平心机深细,谨慎而又灵活;展昭谦逊平和,谨小慎微;欧阳春深沉老练,质朴豪放;艾虎则粗中有细,活泼可爱;沈中元忍辱负重,随机应变;丁氏双侠,富贵气象,风流倜傥。这中间最成功的要算白玉堂。作者把他的英雄豪气和心高气傲的个性统一在一起。白玉堂说:"我既到东京,何不到皇宫内走走。倘有机缘,略略施展施展,一来使当今知道我白玉堂,二来也显示我们陷空岛的人物,三来我做的事,圣上知道,必交开封府,既交开封府,再没有不叫南侠出头的。那时我再设个计策,将他诓入陷空岛奚落他一场。是猫儿捕了耗子,还是耗子咬了猫?纵然罪犯天条,斧钺加身,也不枉我白玉堂虚生一世。那怕从此顷身,也可以名传天下。"为此,他出入深宫内院,杀人题诗;在相府里

---

① 《中国小说史略》,第273页。

闯荡奔跃,盗走"三宝";又把"御猫"展昭囚在通天窟内,尽情嘲讽,表现了他根本不把官府皇宫看在眼里的豪气,又表现他心胸狭窄的毛病。最后,因为"争强好胜不服气",惨死在铜网阵里,"血渍淋漓,慢说面目,连四肢俱各不分了"。写英雄人物的缺点和悲惨下场,打破了"平话"小说描写英雄高大完美的模式,使人物形象更加真实感人。

市井细民口语的熟练应用,是这部小说的重要特色。第三十九回众人在猜测白玉堂为何要与展昭作对时,有这样一段描写:

> 展爷道:"……他若真个为此事而来,劣兄甘拜下风,从此后不称'御猫',也未为不可。"惟赵虎正在豪饮之间,听见展爷说出此话,他却有些不服气,拿着酒杯,立起身来道:"大哥,你老素昔胆量过人,今日何自馁如此?……倘若那个甚么白糖咧、黑糖咧——他不来便罢。他若来时,我烧一壶开开的水把他冲着喝了,也去去我的滞气。"展爷连忙摆手,说:"四弟悄言。岂不闻窗外有耳?……"刚说至此,只听拍的一声,从外面飞进一物,不偏不歪,正打在赵虎擎的那个酒杯上,只听铛啷一声,将酒杯打个粉碎。

情节之惊险、语言之谐趣都表现出来了。

《三侠五义》的续书很多,比较有名的是《小五义》和《续小五义》。《小五义》,一百二十四回,光绪十六年(1890)五月刊出。《续小五义》,一百二十四回,同年十月问世。这两部续书都题石玉昆撰,但是,正如鲁迅所说,"序虽云二书皆石玉昆旧本",实际上"疑草创或出一人,润色则由众手"①。

《小五义》从颜查散奉旨上任,得知襄阳王谋反开始,写众侠客为朝廷除害,竞相去探襄阳王所布铜网阵的故事。这时,白玉堂因探铜网阵已经牺牲,老一辈义侠大都衰老,而他们的子侄继承了他们的事业。卢方之子卢珍,韩彰义子韩天锦,徐庆儿子徐良,白玉堂侄子白芸生,欧阳春义子艾虎,合称"小五义"。他们在投奔颜查散途中,一路铲除地方豪强,扶弱济贫,最后集中武昌,同老一辈义侠一起,准备共破铜网阵。

《续小五义》,叙众英雄共破铜网阵,又会同官军围攻王府,襄阳王由暗道逃遁,后至宁夏国。诸破铜网阵之人,皆得封赏。一日,大内更衣殿天子冠袍

---

① 《中国小说史略》,第275页。

带履被盗,留下印记粉漏的白菊花。于是众侠客又去捕捉白菊花晏飞。南阳府东方亮助襄阳王谋反,设机关密布之"藏珍楼",将天子冠袍带履及至宝"鱼肠剑"藏于楼中。众侠巧破机关,活捉东方亮。一波未平,一波又起,东方亮妹东方玉清武艺出众,为救其兄,夜闯开封府,刺杀包拯,不成,又盗走包公相印,逃往朝天岭。众侠客得君山寨主钟雄水军相助,攻陷朝天岭。正在高兴之际,忽报陷空岛为白菊花晏飞攻破,卢方身负重伤。群雄又赶赴陷空岛,杀死晏飞。此时,襄阳王发宁夏国兵攻潼关,群雄又急赴潼关,生擒襄阳王,"从此国家安定,军民乐业"。

《小五义》和《续小五义》保持了《三侠五义》的优点,情节曲折惊险,能吸引人,虽头绪纷纭,但主干清晰,枝叶扶疏。蒋平、艾虎、徐良等人亦颇生动。但二书文字都不如《三侠五义》,艺术水准是不高的。

第四节 武侠小说

武侠小说是指以凭借武技、仗义行侠的英雄为主要表现对象的小说。它不同于公案侠义小说,因为此类书中基本没有清官断案或清官率领侠客破案,而是单纯的侠客"尚义行侠"。它是在清代嘉庆、道光年间兴起,一直延续到清末。其中一部分是由公案侠义小说中分化而来,由清官侠义型向武侠型转化。另一部分则由才子佳人小说演化而来。乾隆以后的才子佳人小说已与侠义、神怪小说融合,有的已演变为儿女英雄小说,有的则进一步淡化才子佳人的爱情婚姻故事,突出"尚义行侠"的内容,演变为武侠小说。

武侠小说的兴盛,除了我们在公案侠义小说一节里所说的原因外,还与中国武术的发展密切相关。"吾国技击之学,发端于战国,昌明于唐宋,盛极于明清。"[1]清代武术达到鼎盛时期,这与前代武术的积累,与满清入关后将北方民族的技击引入有关,也与白莲教、天理教、太平天国等农民起义以"精武"号召群众有关。在群众性学习武术的热潮中,产生了武侠小说是很自然的。

清代武侠小说有两种类型,一是写实型,一是幻想型,后者把武术与道家术士的修炼之术结合,增加了武侠小说的神奇性。

下面分别介绍一些比较著名的武侠小说。

---

[1] 陆士谔《拳经·序》,天津古籍书店1987年影印版。

一、《争春园》与《绿牡丹》

《争春园》又名《剑侠奇中奇》，四十八回，不署撰人，卷首有序，署"己卯暮春修禊，寄生氏题于塔影楼之西榭"。柳存仁根据英国博物院所藏《五美缘》书序的题署，断此己卯为嘉庆二十四年（1819）①。

书叙汉平帝时，洛阳郝鸾行侠好义。遇仙人赠以龙泉、攒鹿、诛虎三口宝剑，嘱其自留龙泉，另二剑可分赠英雄。郝鸾在开封西门外争春园遇宰相米中立之子米斌仪，仗势抢夺太常少卿凤竹之女栖霞。郝鸾在义士鲍刚协助下，救助栖霞及其未婚夫孙佩。后孙佩被诬入狱，栖霞卖入青楼。郝鸾与鲍刚、马俊结义，将宝剑分赠二人。郝鸾等英雄几经周折，救出孙佩、栖霞，二人结为夫妇。郝鸾结义兄弟柳绪入京，适公主抛绣球招亲，中柳绪。奸相米中立逼走柳绪，以他人冒名顶替。后阴谋败露，米中立伏法。郝鸾等三人皆寿至九十余，白日飞升。

另有《大汉三合明珠宝剑全传》，四十二回，不题撰人。孙楷第云"似本《争春园》"②。书中人物多与《争春园》有关，但情节却有不同，存同治十三年（1874）刊本。

《绿牡丹》，又名《宏碧缘》《四望亭全传》《龙潭鲍骆奇书》，六十四回，作者不详。存道光辛卯十一年（1831）刊本。

小说以唐代武则天时期为背景，以江湖侠女花碧莲与将门之子骆宏勋的婚姻为线索。叙述骆宏勋与定兴县富户任正千为结义兄弟。任正千娶妓女贺氏为妻。一日，江湖豪侠花振芳为择婿带女儿花碧莲以卖艺为名，闯荡江湖，来到定兴。花碧莲看上骆宏勋，花振芳向骆求亲，骆不允。花花公子王伦调戏花碧莲，为骆、任所劝。贺世赖为妹子牵线，贺氏与王伦勾搭成奸。王伦、贺氏逼走骆宏勋，诬任正千为盗。其后，"旱地响马"花振芳和"江河水寇"鲍自安等豪侠协助骆宏勋、任正千剪除武周佞臣及其党羽爪牙，严惩了王伦、贺氏、贺世赖，除掉四杰村地霸朱家"四虎"，几经周折，骆宏勋与花碧莲结为美满姻缘，众豪杰在狄仁杰、薛刚率领下，逼武则天退位，中宗登极，众豪杰俱得封赏。

《绿牡丹》在思想、艺术上都比《争春园》高出一筹。《绿牡丹》可能是从才子佳人小说演化而来，因此仍保留了骆宏勋、花碧莲婚恋这个框架，书名也叫

---

① 柳存仁《伦敦所见中国通俗小说书目提要》，第235页。
② 孙楷第《中国通俗小说书目》，人民文学出版社1982年版，第220页。

《宏碧缘》,但其主要方面则是比较纯粹的侠义小说。

小说里的骆宏勋和他的仆人余谦、任正千、花振芳和女儿花碧莲,鲍自安与女儿鲍金花、女婿濮天雕等,都是"解祸分忧,思难持危"的义侠或绿林好汉。作品反复强调他们斗争的正义性,不是强盗而是豪侠。"花、鲍二人皆当世之英雄,非江湖之真强盗也;所劫者,皆是奸佞;所敬者,咸系忠良。每恨无道之秋,不能吐志,常为之呀嗟长叹。"这些侠客具有浓厚的民间色彩,他们是为了反对奸佞、恶霸而斗争。他们不像《三侠五义》中的侠客那样,侠气少,官气多;也不像《施公案》《彭公案》里的侠客沦为官家的鹰犬。小说歌颂豪杰侠士对黑暗社会的冲击与搏斗,贯穿着"为友尽义,为民解危"的主题思想。

作品富有民间文学的气息。在紧张惊险的故事中塑造人物,却能做到人物形象鲜明,甚至相似的人物也有不同的个性色彩。"旱地响马"花振芳仗义耿直,"江河水寇"鲍自安机智爽朗;余谦赤胆忠心,而粗中有细;任正千粗豪质朴,而近于鲁莽;同属侠女,花碧莲深挚而细致,鲍金花骄矜而急躁。小说不是简单地叙述故事,而能注意心理描写。三十五回花振芳设计劫走骆宏勋之母,假传死讯,逼骆宏勋回家。骆宏勋、余谦赶到灵前祭奠时,知道内情的濮天雕拜也不是,不拜也不是,进退两难;骆宏勋、余谦见他犹豫不定,心中大怒。骆宏勋过于哀伤而不觉察;余谦粗中有细,窥破个中秘密。在这一件事中,骆、余、濮三人心理活动描写细致曲折,趣味横生。

小说在结构上,采用复线交叉进行,情节曲折有致,事件此起彼伏,而转换自然,保持着说书体小说的特点。小说语言也保持民间文学的风格,质朴明快,粗犷动人。

《绿牡丹》对《儿女英雄传》、《三侠五义》等后代小说有明显的影响,是长篇侠义小说的先声,它的故事也被改编为戏曲作品和平话,活跃在舞台上,盛演不衰。

二、《永庆升平》

《永庆升平》分前后传。前传九十七回,为清姜振名、哈辅源演说,郭广瑞编。书前有郭广瑞写于光绪辛卯,即光绪十七年(1891)的自序,叙述了成书过程:"国初以来,有此实事传留。咸丰年间,有姜振名先生,乃评谈今古之人,尝演说此书,未能有人刊刻流传于世。余长听哈辅源先生演说,熟记在心,闲暇之时录成四卷,以为遣闷。兹余友宝文堂主人,见此书文理直爽,立志刊刻传世,非图渔利,实为同好之人遣闷,余亦乐从。遂增删补改,录实事百数回,使忠臣义士得以名垂千古……"①现存光绪十八年(1892)宝文堂刊本。后传一百回,"因前部刊刻叙事未完",所以贪梦道人续写,成书于光绪十九年(1893)。

《永庆升平》是以清朝初期经济繁荣、政局稳定为历史背景,以镇压天地会、八卦教起义为主要事件,宣扬康熙皇帝的圣明和清王朝的"太平盛世"。故事开始时,康熙微服出访,到兴顺镖店访查"邪教"的活动,马成龙等豪侠保驾有功,被康熙重用。因天地会、八卦教势力遍及全国十二省,康熙派神力王、穆将军挂帅,马成龙等为大将,率领兵马前往河北、四川、云南、福建等地进行镇压。在赵玄真、云霞道人、回教正等高僧圣道协助下,终于剿灭天地会、八卦教,活捉了八路督会总吴恩及众会总,将他们"勿分首从",全行"就地正法"。全书结尾唱起这样的颂歌:"皇王有道家家乐,天地无私处处同。从此天下太平。五谷丰登,万民乐业,永庆升平。"

《永庆升平》前后传美化满清王朝的统治,把它称为"太平盛世",把天地会、八卦教称为"匪徒",把他们描写成抢掠妇女、巧取豪夺、破坏水利工程、致使黄河泛滥成灾的"妖逆"。小说中多次通过"清官""义侠"之口,宣称:"自前明崇祯甲申,流贼李自成作乱,天下刀兵四起,吴三桂请我国圣人入关以来,赶走李自成,灭了张献忠,天下赖以太平。今又有妖逆作乱,上干天怒,下招人怨,不久必被大兵所灭。我皇上自定鼎以来,省刑罚,薄税敛,恩威并施,赏罚分明,以天下黎民为重。这些不知时务的妖逆任意胡为。"作品把地主豪绅、镖头贾商、退隐僧道、绿林好汉以及义军中的叛徒统统组织起来;把镇压天地会、八卦教的顾焕章、马成龙都披上"侠客义士"的外衣,尽力美化他们,使他们成为"正义"的化身,成为人民的榜样,以此来消除反叛,维护王朝,达到"皇朝永固""永庆升平"的目的。

《永庆升平》作者的主观创作意图是美化王朝统治的,但作品在客观上也有一定的认识价值。首先让我们看到"太平盛世"并不太平。《永庆升平》前传第七回康熙微服查访,在广庆荣园听说"四霸天"无恶不作。康熙说:"难道地面巡城御史还不办他们吗?"茶园老板孙四说:"唉!你老人家偌大年纪,还不通世路吗?有官就有私,有水就有鱼。他等俱有几个朋友庇护。"这就透露

---

① 郭广瑞撰《永庆升平序》,丁锡根编著《中国历代小说序跋集》(下),人民文学出版社1996年版,第1559页。

了在天子脚下的京城,也是恶霸横行,结党营私,可见官府的黑暗腐败。

其次,作者对天地会、八卦教也是极为仇视的,用歌颂性笔调正面描写对天地会、八卦教的残酷镇压,但客观上,使我们看到统治者对人民的血腥镇压的残酷性。他们不但把首领吴恩就地正法,就是对一般会众也是格杀勿论。如《永庆升平》前传五十七回,马成龙在祁家庄杀了一百零三口,知县王文超对他说:"马大人,你杀这一百多人,不但无罪,而且还有功。""我已派人验过,头上俱有顶记,都是天地会、八卦教中人。康熙老佛爷有旨意:无论军民人等,头上有顶记,杀死无罪。"

总之,《永庆升平》前后传与《荡寇志》的创作意图是一样的,可是,它在艺术上却远不如《荡寇志》。它在艺术上成功之处,主要是保持了说书体小说的优点,情节曲折动人,引人入胜;结构巧妙,在大事件中穿插小事件,连环式交叉发展,波澜起伏,增强了小说的趣味性;有一些人物形象比较生动,特别是马梦太、马成龙这"二马"个性比较突出。小说里还出现了鹰爪功、点穴法之类的武术技法,反映了武侠小说中武术描写的发展。《永庆升平》不仅有"短打"还有"长靠",虽是武侠小说,但也出现千军万马对阵作战,在武侠小说中又融入历史演义、英雄传奇的写法,是武侠小说发展中的一个趋势。

《永庆升平》与京剧有密切关系,书中有些情节事件被改编为京剧,如京剧连台本戏《永庆升平》共有八本;改编为单本剧的有《五龙捧圣》《二马下苏州》《夜闹福建会馆》《汝宁府》《张广太》《剪子谷》等十多种。

三、《圣朝鼎盛万年青》

《圣朝鼎盛万年青》,八集七十六回,不著撰人。前二集十三回,刊行于光绪十九年(1893),"始作者为广东人"。以后有人陆续续作,最后竟续至八集七十六回,其刊行时间或已在清末民初①。

此书有两条线索,一条是乾隆将朝政交给刘墉、陈宏谋,为了"查察奸佞、寻访贤良",自己化名高天赐到江南微服私访;另一条线索是围绕胡惠乾、方世玉的故事,展开峨眉、武当和泉州少林寺的武林门派斗争。五十七回以后,两条线索合一,乾隆下令剿除胡惠乾等,峨眉山白眉道人、武当山八臂哪吒冯道德以及尼姑五枚大师等会聚泉州,击毙至善禅师和他的徒弟方世玉、胡惠乾等,攻破泉州少林寺。

---

① 参看吴敢、邓瑞琼《〈圣朝鼎盛万年清〉版本补考》,载《明清小说研究》1988年第4期。

乾隆下江南这条线索，一方面，将乾隆神化，把他说成是真命天子，土地神、太白金星等一路护驾，白蛇、黑虎精等俱来朝拜讨封。另一方面，把乾隆侠客化，他到处除暴安良，铲除奸佞，甚至不顾国法，未经官府审判随意就将恶霸、奸臣杀死；动不动就打上公堂，将知府、知县揪出毒打；更可笑的是他还坐上聚义厅，与绿林好汉一起抵抗官军。对乾隆的描写是继承了《飞龙传》等小说的传统，既把皇帝平民化、侠客化，又在他的头上设置神灵的光圈，将其神圣化。乾隆下江南这条线索，一方面反映了当时社会黑暗，如海边关提督叶绍红父子横行不法，鱼肉百姓；新科翰林区仁山仗势欺人，用假银两买张桂芳的鸡蛋，还将张桂芳诬陷下狱，将其妻卖入妓院，逼使张妻跳河自杀，等等。正像乾隆所说："朕今来此游玩，逢奸必削，遇寇则除，不知革了多少贪官污吏，可见食禄者多，忠心为国者少，然则，世态如此，亦无可如何。"这说明在所谓"盛世"的乾隆时代，也是贪官恶吏横行，诬害冤狱遍地。另一方面，反映了百姓对清官幻想的破灭，寄希望于侠客，现在连对侠客的希望也破灭了，竟幻想皇帝变成侠客，不但有武功盖世，可以打抱不平，而且有至高无上的权力，可以任意制裁奸佞恶霸，而不受任何限制与干涉。乾隆下江南，一路上遇见高进忠、周日青等所谓"忠良"，赏以高官，遇到豪侠，以至绿林好汉，也荐到京城，委以武职，这也是平民百姓对功名的羡慕，对荣升封赏的幻想。

武林门派这一线索写出至善禅师、胡惠乾、方世玉等人的复杂性格。胡惠乾父亲开小杂货店，被机房的人欺侮而死。胡惠乾决心为父报仇，是值得同情的。但是，当他拜泉州少林寺至善禅师为师，学成一身武艺之后，却倚仗武功，欺侮机房的机工，达到蛮不讲理的地步，竟成了地方一霸，最终走向反面。这是告诫武林人士切不可借武功欺压百姓。方世玉秉性刚强，富有正义感，少年时代就惩治恶棍雷老虎，后来又救助被打得遍体鳞伤的胡惠乾。作者也热情肯定和赞扬他，但后来因为陷入门派之争而不能自拔，终于被过去十分喜爱并帮助过他的五枚大师所杀。至善禅师也是好人，爱护徒弟，解人危难，做过不少好事，但对徒弟过分溺爱，到了不分青红皂白、一味袒护包庇的地步，最终也落得悲惨下场。人物性格没有简单化、绝对化，描写比较成功。

书中所写的武林门派之争，武当、峨眉、少林三大派之间的争斗，内功外功、梅花桩、八卦掌、点穴法，出少林寺要打一百多个木人等等，都为后代武侠小说所承袭。

这部小说是出自多人之手，断断续续写成，因此，前后不连贯，内容拉杂，结构松散，有的人物有头无尾，有的故事有始无终，文字也比较粗糙。

四、《七剑十三侠》

《七剑十三侠》又名《七子十三生》，三集一百八十回，三集陆续写完，先后刊出，石印本题"姑苏桃花馆主人唐芸洲编次"。《仙侠五花剑》首有光绪二十六年惜花吟主人自序，说明它是继《七剑十三侠》初集而作，可见《七剑十三侠》初集刊行时间不会晚于光绪二十六年（1900）。

如果说《三侠五义》及《小五义》、《续小五义》主要内容是写侠客们在包拯、颜查散率领下平定襄阳王叛乱，那么《七剑十三侠》的内容也差不多，它是以明正德年间为背景，写徐鸣皋等豪侠在七子十三生的协助下，由王守仁率领平定江西宁王叛乱。两书思想倾向大体相同，都是以侠客为朝廷平叛灭奸为题材。但是，《七剑十三侠》在豪侠故事中融入神妖斗法，胡编乱造，严重脱离现实，其成就远逊于《三侠五义》。

《七剑十三侠》第一集六十回，主要写宁王"收罗草泽英雄，除却忠良之辈"，为谋反作准备。徐鸣皋等十二位英雄豪杰苏州打擂台，三上金山寺，除奸锄恶，铲除宁王党羽。第二集六十回，徐鸣皋等人在杨一清率领下征讨安化王，平息赣闽一带谢志山等人造反。第三集六十回，集中写徐鸣皋等人在王守仁率领下，与七子十三生一起征讨宁王，宁王请来白莲教主徐鸿儒以及余半仙、非幻道人等"妖人"与王师对抗。双方斗法，王师大胜，宁王被凌迟处死，从此"风调雨顺，国泰民安"。

这部小说除了以前英雄传奇和侠义小说中常有的两军对阵、飞檐走壁、刀法剑术、暗器机关之外，又增加了剑仙口吐飞剑的情节，侠客型转化为剑仙型，属于幻想型武侠小说，这是这部小说的特点。但神妖斗法，只重法宝飞剑之类的荒唐怪诞描写，而人物形象苍白无力，七子十三生二十个人物面目一样，徐鸣皋等十二位英雄性格雷同，艺术上实在无甚可取。

从《施公案》《彭公案》《三侠五义》到《圣朝鼎盛万年青》《七剑十三侠》，武侠小说的各种类型齐备。《施公案》主要是飞镖暗器；《三侠五义》主要是刀法剑术和布设机关；《圣朝鼎盛万年青》主要是门派拳术；《七剑十三侠》则在武艺中加上了"修仙之一道"，侠客成了能口吐飞剑的剑仙。此后的武侠小说，包括近来盛行的台港武侠小说，除了吸收西方小说的写法使人物内心描写丰富、作品结构精巧外，如果单从武侠们的手段来看，可以说没有什么新鲜的东西，在我们前面介绍的几部作品中都已具备了，他们只是模仿、抄袭，有的则加以巧妙地运用罢了。除前面所介绍的公案侠义和武侠小说之外，还有《李公案》(李秉衡)、《刘公案》(刘墉)、《于公案》(于成龙)、《英雄大八义》《英雄小八义》《七剑十八侠》《仙侠五花剑》等等，千篇一律，大体不出以上所介绍诸书之范围，故不赘述。

郑振铎在总结"俗文学"的特质时曾经说过："她是民间的大多数人的心情所寄托的"，是新鲜的，奔放的；"但也有其种种的坏处。许多民间的习惯与传统的观念，往往是极顽强的黏附于其中，任怎样也洗刮不掉。所以，有的时候，比之正统文学更要封建的，更要表示民众的保守性些。"①公案侠义与武侠小说大都是民间文学作品，不是文人小说。它的优点和缺点，正是这种民间文学特质的表现。就其形象构成来看，"侠客"与"清官"都是民间敬仰与崇拜的偶像，他们内在的精神气质与性格模式、生存活动空间的转化与定型以及加盟与联合的归属方式，都是民间伦理强烈干预和改造的结果，符合民间化的想象空间与叙述角度；就其所呈现的思想情感来看，小说在客观上反映的是市井民间意识，拥有源于底层民众的、内涵复杂多样的道德说教和评判标准，包括忠奸对立、善恶相应、富贵无常、福祸轮回等思维立场。就其深层文化意蕴来看，"清官与庙堂"、"侠客与江湖"作为一种原型意象，实际上穿透了具体的历史事件，已经凝固成一种"集体无意识"。在这种"集体无意识"的驱使下，作者往往自觉不自觉地或是无奈地照着"民间程式"创作，所谓清官为民作主、侠客仗义江湖，只不过是一种道德理想驱使下的思维惯性，而对人类真实的苦难缺乏深刻的同情和理解。这种种因素都使长篇公案侠义小说体现出鲜明的民间化倾向，彰显了该类小说强烈的民间特质。但这毕竟是古典小说史的尾声，一个空前激烈的历史转折时期即将来临，公案侠义小说和其他古典小说类型一样，都将在这一转折中翻开新的篇章。

---

① 郑振铎《中国俗文学史》，中国文联出版社 2009 年版，第 2—3 页。

主要参考书目

一、小说书目提要

孙楷第《中国通俗小说书目》，人民文学出版社 1982 年

孙楷第《戏曲小说书录解题》，人民文学出版社 1990 年

柳存仁《伦敦所见中国小说书目提要》，书目文献出版社 1982 年

程毅中《古小说简目》，中华书局 1981 年

袁行霈、侯忠义《中国文言小说书目》，北京大学出版社 1981 年

江苏省社会科学院明清小说研究中心编《中国通俗小说总目提要》，中国文联出版公司 1990 年

宁稼雨《中国文言小说总目提要》，齐鲁书社 1996 年

石昌渝主编《中国古代小说总目》，山西教育出版社 2004 年

朱一玄、宁稼雨、陈桂声《中国古代小说总目提要》，人民文学出版社 2005 年

二、作家作品研究资料

马蹄疾《水浒资料汇编》，中华书局 1980 年

谭正璧《三言两拍资料》，上海古籍出版社 1980 年

李汉秋《儒林外史研究资料》，上海古籍出版社 1984 年

刘荫柏《西游记研究资料》，上海古籍出版社 1990 年

朱一玄、刘毓忱《三国演义资料汇编》，南开大学出版社 2002 年

朱一玄《水浒传资料汇编》，南开大学出版社 2002 年

朱一玄《金瓶梅资料汇编》，南开大学出版社 2002 年

朱一玄《西游记资料汇编》，南开大学出版社 2002 年

朱一玄《儒林外史资料汇编》，南开大学出版社 2002 年

朱一玄《聊斋志异资料汇编》，南开大学出版社 2002 年

朱一玄《红楼梦资料汇编》，南开大学出版社 2002 年

一粟《红楼梦卷》(上下),中华书局1963年
丁锡根《中国历代小说序跋集》,人民文学出版社1996年
黄霖、韩同文《中国历代小说论著选》,江西人民出版社1982年
侯忠义《中国文言小说参考资料》,北京大学出版社1985年

三、小说史研究专著

鲁迅《中国小说史略》,人民文学出版社1983年
胡适《中国旧小说考证》,商务印书馆2014年
胡士莹《话本小说概论》,中华书局1980年
夏志清《中国古典小说导论》,安徽文艺出版社1988年
韩南《中国白话小说史》,浙江古籍出版社1989年
石昌渝《中国小说源流论》,三联书店1994年
董乃斌《中国古代小说的文体独立》,中国社会科学出版社1994年
杨义《中国古典小说史论》,中国社会科学出版社1995年
侯忠义《中国文言小说史稿》,北京大学出版社1993年
吴志达《中国文言小说史》,齐鲁书社1994年
陈大康《明代小说史》,人民文学出版社2007年
刘上生《中国古代小说艺术史》,湖南师大出版社1993年
李剑国、陈洪《中国小说通史》,高等教育出版社2007年
程毅中《宋元小说研究》,江苏古籍出版社1998年
王运熙、顾易生《中国文学批评史》,上海古籍出版社1996年

四、小说文献综论

蒋瑞藻《小说考证》,上海古籍出版社1984年
赵景深《中国小说丛考》,齐鲁书社1980年
叶德均《戏曲小说丛考》,中华书局1979年
阿英《小说闲谈》(四种),上海古籍出版社1985年
郑振铎《郑振铎中国古典文学论文集》,上海古籍出版社1984年
谭正璧《谭正璧学术著作集》,上海古籍出版社2011年
戴不凡《小说见闻录》,浙江人民出版社1980年
徐朔方《小说考信编》,上海古籍出版社1997年

章培恒《献疑集》,岳麓书社 1993 年
袁世硕《文学史学的明清小说研究》,齐鲁书社 1999 年

五、史学哲学专著
孟森《明史讲义》,中华书局 2009 年
嵇文甫《晚明思想史论》,河南大学出版社 2008 年
梁启超《清代学术概论》,江苏文艺出版社 2007 年
钱穆《中国近三百年学术史》,中华书局 1984 年
江藩《国朝汉学师承记》,中华书局 1993 年
葛兆光《中国思想史》,复旦大学出版社 2004 年
任继愈《中国哲学史》,人民出版社 2003 年
赵园《明清之际士大夫研究》,北京大学出版社 1999 年
韩经太《理学文化与文学思潮》,中华书局 1997 年
赵士林《心学与美学》,中国社会科学出版社 1992 年
孙昌武《佛教与中国文学》,上海人民出版社 2007 年

编后记

　　大学毕业后留校当研究生,在吴组缃、吴小如先生的指导下,研读宋元明清文学,以古代小说为重点。当时,我曾萌生过将来要编写一本小说史的念头。研究生毕业后,遇上十年动乱,编写小说史的愿望当然化为泡影,1980年春,到中山大学参加中国戏剧史研讨班,来自全国高等学校的十六位同志在王季思先生的指导下学习。这段时间,我重温了业已荒疏了的专业,编写小说史的念头也复苏了。1983年春,从兰州大学调回家乡,在福建师大中文系任教。这是一个学术空气浓厚而又团结和谐的集体,老一辈专家和中青年同志的奋发努力,激励着我,团结和谐的集体,为潜心钻研业务提供了良好的环境。于是,我打算把编写小说史的愿望付诸实践。

　　我的想法,得到我的导师吴小如教授的热情支持。在总体构想时,他提出了精辟的见解;全部稿件他都仔细审阅,从内容到文字提出了宝贵的意见,最后又为本书写了序言。我的想法,也得到青年同志的支持,包绍明、陈惠琴同志自愿参加,承担了部分撰写任务。因此,可以说,这部《中国古代小说演变史》是我们老中青三代人合作的成果。

　　本书着重勾勒了中国古代小说的轮廓,提供研究小说史的主要线索。在编写过程中,我们尽量吸收前人和当代的研究成果,参考了许多专家和同行的论著。特此说明。

　　本书涉及相当多的中国古代小说,资料方面的困难是显而易见的。北京图书馆、首都图书馆、北大图书馆、北师大图书馆、南京图书馆、江苏社科院图书馆、南京师大图书馆都给了我们很多帮助。福建师大图书馆又动用了宝贵的外汇,从海外为我们购置了一批图书。对此,我们是感激不尽的。

　　编写书不容易,出版书则更难。敦煌文艺出版社在目前出书如此艰难的情况下,愿意赔大钱出版我们这部著作,他们支持学术事业、扶植中青年学者的精神也使我们深受教育和鼓励。书稿交稿后,责任编辑仔细推敲,精心修改,补缺补漏,对他们的热心帮助,我们表示诚挚的谢意。

编后记

　　本书的框架和提纲集体讨论,然后分头执笔。包绍明执笔第一、二两章,陈惠琴执笔第五、七两章和第六章的五至七节,绪论和第三、四、八三章及第六章的一至四节、第八节由我执笔,并负责全书的总纂。研究生潘贤强负责资料和书稿的誊写工作。

　　当我们把这部书稿呈献在读者面前的时候,感到兴奋而又不安。书毕竟是印出来了,劳动成果能够奉献社会而没有束之高阁,这令人喜悦;但又感到惴惴不安,因为我们斗胆写了这样一部相当大部头的书,涉及面又那么宽,诚然是力不从心的。规律性问题没有阐述透彻,不少论述仅及皮毛而不深入,材料上也会有错误和漏洞,诚恳地希望专家和读者指教。

　　当我们完成了这部书之后,心里又产生了一个奢望。希望能有机会根据专家和读者的意见,把本书重新修订并补入本书目前未涉及的小说理论和近代小说两部分,使之成为一部更完备的中国小说史。当然,这只是一种设想,但愿能够成为现实。

齐裕焜
1989 年 12 月于福州

修订本后记

《中国古代小说演变史》(以下简称《演变史》),1990年由敦煌文艺出版社出版,迄今已二十四年。让我们感到欣慰的是《演变史》得到了学界师友的充分肯定和读者的接受,至今仍保持着学术生命力。

二十多年来,中国古代小说研究取得突出的成就,我们也有一些新的思考,《演变史》要继续为读者服务,就必须吸收学界的研究成果,并根据我们的思考重新修订。这次修订工作主要从以下几个方面进行:

一是更新观念。这次修订吸收了小说理论研究的新成果,改变了某些陈旧的观念,对小说史发展现象和重要作品尽量作出恰如其分的阐释和评价;

二是补苴罅漏。有的是补充新发现的作品,如《型世言》等;有的是补充作家生平、作品版本等方面的材料并修订了一些错误,如补充介绍了《三国演义》的叶逢春本等;有的是加强薄弱部分,如将第一章"志怪传奇小说"改为"文言小说",除原有的志怪、传奇之外,增加了轶事小说等;

三是统一体例。从体例上突破了一般小说史的框架,变按历史顺序分阶段评析为分类编写的方法,是《演变史》有创造性的地方,但总觉得分类标准还是不够统一,这次修订就统一以题材分类。

《演变史》是包绍明、陈惠琴和我一起编写的,因为绍明这些年担负了繁重的行政领导工作,无暇顾及,书稿修订任务就由我和惠琴承担。我负责修改绪论和一至四章,第五至第八章则由惠琴负责。

《演变史》是在我的老师吴小如先生的指导下编写的,他知道我们的书要修订出版也非常高兴,但没想到的是在我们修订本即将面世时,吴先生却于今年5月11日离我们而去。"世上已无吴小如,问学求序何处寻",二十五年前吴先生为本书写的序,将成为我们永久的纪念。

承蒙人民文学出版社的厚爱,他们打算出版《演变史》修订本,敦煌文艺出版社也慨然允诺。在此,我们对两家出版社及各位编辑先生、女士表示由衷的谢意。

《演变史》的修订虽然有了新的面貌,但毕竟是学海无涯水平有限,谅有诸多不足之处,希望时贤和读者提出批评意见。

齐裕焜
2014 年 6 月 10 日于福州

中国古代小说演变史